마오쩌둥이 만난 세계의 주요 정치가들

握手風雲

마오쩌둥이 만난 세계의 주요 정치가들

초판 1쇄 발행 2017년 4월 27일
초판 4쇄 발행 2017년 6월 26일
지 은 이 장시우쥐안(張秀娟), 둥전루이(董振瑞), 두지엔난(杜劍楠)
옮 긴 이 김승일·이택산
발 행 인 김승일
디 자 인 조경미
펴 낸 곳 경지출판사
출판등록 제2015-000026호

판매 및 공급처　도서출판 징검다리
주소 경기도 파주시 산남로 85-8
Tel : 031-957-3890~1 Fax : 031-957-3889 e-mail : zinggumdari@hanmail.net

ISBN 979-11-86819-54-8　03820

마오쩌둥이 만난 세계의 주요 정치가들

握手風雲 약수풍운

장시우쥐안(張秀娟), 둥전루이(董振瑞)
두지엔난(杜劍楠) **지음** | 김승일 · 이택산 **옮김**

🌱 경지출판사
Korea Wisdom China

서 문

마오쩌둥은 세계적으로 유명한 외교 전략가이자, 신중국의 외교관계를 수립하는데 있어서 중요한 공헌을 한 인물이다. 그의 긴 혁명과 건설에 임하는 과정에서 그는 중국공산당의 외교전략과 정책을 제시하기 위하여, 신중국의 국제전략 사상의 확립, 외교정책의 제정, 중대한 외교활동의 전개 그리고 외교에 새로운 국면을 창조하는 등 절대로 사라질 수 없는 역사적인 공헌을 하였다. 게다가 그는 광대한 포부와 용맹한 기백을 가지고 중국의 외교를 위하여 '폭력을 두려워하지 않고(不畏强暴), 정의를 실현하는 원칙을 지키며(伸張正義), 공통점을 취하고 차이점을 보류하고(求同存異), 사실을 토대로 하여 진리를 탐구하며(實事求是), 말을 했으면 책임을 지는(說話算數)' 등의 선명한 풍격을 수립했다. 또 구중국의 굴욕적인 외교를 끝냈을 뿐만 아니라, 신중국을 위하여 친구를 얻었고, 신망을 얻었으며, 나아가 세계 각국의 폭넓은 존경과 찬양을 받았다.

마오쩌둥은 성격이 활달하고 박학다식하며, 대화의 수준이 높아 막힘이 없고 말할 때의 기세 또한 매우 높았다. 그러나 사람들을 온화하게 대하고 자연스럽고 유모스러워서 매우 능숙하게 교제하였기에 상대방을 곧바로 친구로 만들었다. 그리고 그는 신중국의 대외 관계에 있어서 새로운 국면을 구축하고, 더 많은 국제적인 역량을 단결 시키고 쟁취하기 위해서, 그리고 신중국의 혁명과 건설의 과업을 더욱 좋게 하기 위해서, 제교류를 매우 중요시했고 그것을 위하여 모든 정신과 심혈을 기울였다. 그는 "내 업무의 일부는 바로 국외의 동지나 친구들과 이야기를 나누는 것이다. 적대적인 사람조차도 나는 만나서 이야기를 나눌 것이다"라고 말하곤 했다.

그는 신중국의 외교무대에서 서로 다른 정치적 경향을 가지고 있고 서로 다른 이데올로기를 가진 유명하고 국제적인 정치가들과 교류 했는데, 이런 정치가들 중에는 세계적인 명성을 가진 정치 활동가도 있었고, 명성이 탁월한 혁명가도 있었으며, 또 전공이 현격한 장군 등도 있었다. 마오쩌둥과 그들은 혹은 철학적인 문제에 대하여 고금을 막론하고 담론하였으며, 천하대세를 종횡으로 논하였으며, 혹은 민생의 고통에 대하여 심혈을 기울이고, 혹은 친구처럼 허물없이 지냈으며, 혹은 국제 전략에 대하여 심각하고 상세하게 분석하였으며, 혹은 개인의 전기에 대하여 서로 흠모하는 등의 미담을 남겼다. 그런 재미있는 이야기가 현재까지 여전히 빛나고 있으며 세상 사람들에게 널리 전해지고 있다.

마오쩌둥과 국제적인 정치가들과의 왕래와 활동을 더욱 전면적이고 체계적으로 반영하기 위하여 작자는 대량의 자료를 수집했고 진지하게 연구를 정리하여 이 책을 완성하였다. 마오쩌둥이 사귀었던 국제적인 주요 정치가는 32명이다.

이 책은 마오쩌둥이 아시아, 미주, 아프리카, 오세아니아에서 찾아온 정치계의 주요 인사들과 얼굴을 맞대고 나눈 대화를 통해, 마오쩌둥의 초월적인 외교사상과 지혜를 전면적으로 반영했다. 또 이 책에 실린 마오쩌둥과 수많은 국제정치 요인들과의 담화를 종합하여 살펴보면, '평화공존 5항 원칙(和平共存5項原則)'의 제시과정과 살아있는 실천을 충분히 이해하고 있을 뿐만 아니라, '일변도(一邊倒)'에서 '일조선(一條線)'까지의 신중국을 잘 나타내고 있음을 알 수 있다. 그리고 패권주의와 강권정치를 반대하는 국제 전략방침의 변화과정을 잘 보여 주고 있다. 그는 이러한 외교원칙으로 시작한 무한한 생명력을 실천적으로 증명했다. 국제교류 중 마오쩌둥은 항상 평화우호와 국가의 주권과 존엄을 단호히 지켜 세계인에게 신중국의 독립적이고 자주적인 외교원칙과 전략방침을 보여 주었고, 동시에 독특한 가치를 추구함으로써 하나의 대국영수의 강렬한 독립적 인격, 그리고 재지와 풍모를 보여 주었다. 그는 또 아무런 구속 없이 하고 싶은 대로 그의 선견지명과 심모원려(深謀遠慮)한 외교사상과 정치적 지혜를 방출하였다.

이 책에서는 마오쩌둥과 공산당국가의 지도자들을 자세히 설명하고, 특히 소련 지도자들과의 교류과정을 통하여, 마오쩌둥이 당의 평등한 국제관계 준칙의 건립을 위하여 투쟁한 복잡한 사정과 그가 이룩한 위대한 공헌을 충분히 반영했다. 세계 공산주의운동 중에 출현한 '노자당'과 '아자당'의 문제에 대하여, 마오쩌둥은 국제 교류 중에 평등의 원칙을 단호하게 지킬 것을 주장했고, 스스로 타국과 타인을 평등하게 대할 것을 요구했으며, 타국이나 타인도 자신들을 평등하게 대할 것을 요구했다. 이 때문에 그는 소련공산당의 대당(大黨)주의 대국(大國)주의와 장기적인 투쟁을 벌였다. 이 투쟁의 결과로 각국의 당이 상호관계 속에서 점점 독립자주와 평등협상의 원칙으로 각종 문제를 처리하는 정상적인 국면을 형성케했다. 이에 하나의 당에 기타의 당이 절대적으로 복종하는 시대는 역사가 되었고, 이후 당의 국제관계는 4항 원칙(독립자주, 완전평등, 상호존중, 내부사무 상호 불간섭)이란 최종적인 사상과 이론의 기초를 닦게 되었다.

이 책은 마오쩌둥과 이런 국제적인 정치 요인과의 교제라는 작은 부분까지 자세한 묘사를 통하여 입체적으로 마오쩌둥의 범상치 않은 인격적 매력을 나타내고자 했다. 먼저, 마오쩌둥은 국제교류에서 복잡한 정치, 경제, 문화, 이데올로기와 이익의 경쟁을 주동적으로 이끌었고 반드시 정국을 지배하였다. 마오쩌둥은 이런 국제정치 요인들과의 외교적 교류에서 그의 지도자적인 재지와 인격적인 매력을 충분히 발휘하여 지배할 수 있는 사람이었다. 마오쩌둥이 닉슨과의 역사적인 만남에서 재미있고 편안한 기분으로 회견을 진행한 것처럼 마오쩌둥은 해학적이고 마음먹은 대로 회담 전체를 지배했다. 키신저는 처음 마오쩌둥을 만났을 때, 그의 위엄에 겁을 먹고 마오쩌둥의 매력에 탄복하였다. 그는 이후에 말하기를 "마오쩌둥은 회담 전체를 지배하여 중심이 되었는데, 이는 대다수의 국가들이 허례허식을 이용하여 지도자의 위엄을 나타내는 방법이 아닌 그 자신이 발휘한 일종의 감각적으로 얻어진 압도적인 매력이 있었기 때문이었다"라고 했다.

마오쩌둥은 어떤 누구와 교류를 하더라도 모두 논리적으로 말하였고, 이론을 가지고 사람들을 설득하였으며, 국가와 민족의 이익이 우선이라는 원칙아래, 성실함을 근본으로 남는 돕는 넓은 포용력을 가졌다. 그는 많은 친구들을 가졌으며 그들을 진심으로 존중하였고 응대하였다. 그들 중에 다수가 진심으로 마오쩌둥의 인격적인 매력에 빠졌고 중국을 이해하고 중국혁명과 건설의 목표에 지지를 보냈다. 영국의 전 수상 에드워드 히스는 일찍이 이렇게 말했다. "마오쩌둥은 사람을 매우 유쾌하게 하는 사람이며, 상냥하고 친절하고 쉽게 다가갈 수 있는 위인이다. 그의 열정은 나를 전혀 구속하지 않았고 그의 이야기는 사람들을 유쾌하게 하였으며 또 흥분하게 했다." 파키스탄 정치가 알리 부토는 이렇게 말했다. "그의 위대한 인격의 영원함은 곧 우리 힘의 원천이다."

이 책의 저자는 다년간 문헌연구에 종사한 경력을 바탕으로 대량의 진귀하고 의지할 만한 역사자료를 발굴하고 충분히 이해했다. 엄격하고 신중한 분석과 비교연구를 통하여 기술하는 방법으로 편찬하고 생동감 있고 활발하게 서술하여, 이 책을 사료로써 그 연구가치가 있게 하였으며, 감상하고 읽을 만한 가치가 있게 하였다.

CONTENS

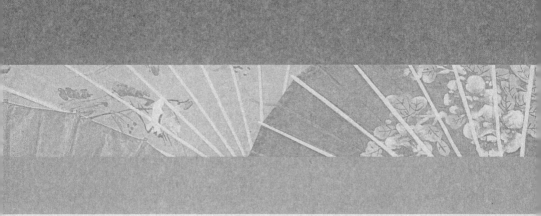

1

상호존중의 우의(友誼)를 건립하다
— 마오쩌둥과 스탈린

1

상호존중의 우의(友誼)를 건립하다
― 마오쩌둥과 스탈린

　스탈린은 1879년 12월 21일 조지아에서 출생했다. 1903년에 러시아 사회민주노동당이 멘셰비키와 볼셰비키의 양 당파로 분화되는데, 그는 볼셰비키파에 참가했다. 이후 그는 1912년에 볼셰비키당 중앙위원회에 선출되었고, 1917년 5월부터 1952년 10월까지 그는 계속 소련 공산당 중앙정치국 위원에 선출되었다. 또 1922년부터 1952년 10월까지 당 중앙 총 서기를 맡았다. 1941년 소련 인민위원회(1946년 소련장관회의로 개명했다) 주석을 겸임했다. 1952년 10월에 소련 공산당 19대장 중앙정치국이 소련공산당 중앙주석단으로 바뀌고, 그는 주석단 위원과 중앙서기처 서기에 당선되었다. 1953년 3월 5일 세상을 떠났다.

　중화인민공화국이 성립한 다음날 소련정부는 각서를 보내 중화인민공화국과 외교관계수립을 결정하고 서로 대사를 파견했다. 소련이 제일 먼저 신중국을 승인하였다. 얼마 후에 마오쩌둥은 '큰형님'인 소련을 방문했다. 이는 마오쩌둥이 처음으로 외국을 방문하는 것이고, 처음이자 마지막인 스탈린과의 회견이었다. 이는 서사적으로 위대한 역사성을 띤 회견이라고 할 수 있다. 이 회견은 그들이 일찍이 가지고 있던 의심과 불만을 해소시키고 상호 존중과 소중한 우의를 건립하게 했다.

역사적인 회견

1949년 12월 21일은 스탈린의 70세 생일이 되는 날이었다. 마오쩌둥은 중공중앙과 중화인민공화국 정부 대표단을 인솔하여 생일을 축하하고, 양 당이 관심을 가지는 문제에 대하여 의견을 교환하고, 관련 조약과 협정 등을 협상하고 서명하였다. 마오쩌둥의 이번 방문에 대한 중앙정치국의 결정은 스탈린의 생일을 축하한 후에 소련에서 휴식을 취하면서, 조약의 담판을 저우언라이(周恩來)에게 처리하도록 하는 것이었다.

스탈린의 생일을 축하하는 것에 대하여 말하자면, 일찍이 10년 전인 1939년 12월 20일, 마오쩌둥이『신중화보(新中華報)』에 발표한 「스탈린은 중국인민의 친구: 斯大林是中國人民的朋友」라는 글에서 스탈린의 60세 생일을 축하하였다. 당시 두 사람이 비록 안면은 없었지만 마오쩌둥은 자신의 독특한 글재주로 축하의 글을 썼는데, 이는 사람들의 마음을 후련하게 하고 기분을 유쾌하게 했다.

이 글에서 마오쩌둥은 다음과 같이 말했다. "스탈린의 생일을 축하하는 것은 단지 분위기를 맞추기 위해 억지로 하는 말이 아니다. 스탈린을 지지함과 동시에 그의 과업, 사회주의의 승리, 그가 사람들에게 제시한 방향과 나의 친절한 친구인 스탈린을 지지하는 것이다. 현재 전 세계 대다수의 인류가 수난을 겪고 있기 때문에 스탈린이 제시한 방향과 스탈린의 원조만이 인류가 직면한 재난에서 벗어날 수 있다." "사회주의적인 국가, 사회주의적인 지도자, 사회주의적인 인민, 사회주의적인 사상가 · 정치가 · 노동자만이 중화민족과 중국인민의 해방과업에 진정으로 도움을 줄 수 있다. 그러므로 만약 우리의 과업에 그들의 도움이 없다면 우리는 최후 승리를 쟁취할 수 없을 것이다." "스탈린은 중국인민의 해방사업에 있어 충실한 친구이다. 중국인민의 스탈린에 대한 경애와 소련에 대한 우의는 온전히 마음속에서부터 우러나온 것이다."[1]

외교부는 마오쩌둥이 소련을 방문하기 전에 구체적인 준비에 착수했다. 그 중요한 준비는 바로 서류와 선물이었다. 서류는 마오쩌둥과 저우언라이의 관심과 지도아래 완성한 것이고, 선물은 양상쿤(楊尙昆)이 맡아 처리하였다. 이것이 스탈린에게 보내는 선물이었다. 선물은 상수(湘繡:후난지방의 자수 제품), 자기(瓷器), 차(茶), 죽순(竹筍) 외에 산동의 파(大蔥), 배추(大白菜), 무(大蘿卜) 등을 함께 보내기로 했다. 이 때문에 마오쩌둥은 1949년 12월 1일, 산동분국(山東分局)에 아래와 같은 전보를 보냈다.

금년 12월 21일은 스탈린 동지가 70세 생일을 맞이하는 날입니다. 중앙에서는 산동에서 생산되는 배추, 무, 파, 배를 생일 선물로 보낼 예정입니다. 당신들은 전보를 받은 후 3일 내(12월 4일 전)에 각 품목당 5천근씩 2만근을 구매하고, 중앙에서 비행기를 제남으로 보낼 테니 운송해 주기를 바랍니다. 비행기가 12월 4일에 제남에 도착하니 시간을 지켜야 합니다. 당신들은 각 물품(배추, 무, 파, 배)을 구매할 때 주의하여 가장 좋은 것으로 준비해야 합니다.[2]

이 전보의 내용을 현재의 관점에서 본다면 약간 '촌스러운' 선물이었지만,

---

1) 『모택동 선집(毛澤東選集)』 제2권, 인민출판사, 1991년 6월, p657~658.
2) 『건국이후의 마오쩌둥 문헌(建國以來毛澤東文稿)』 제1권, 중앙문헌출판사, 1987년 11월, p172.

당시의 입장에서 본다면 확실히 매우 현실적이고 귀한 선물이었다.

　12월 6일, 마오쩌둥의 일행은 베이징에서 열차를 타고 출발했다. 당시 마오쩌둥을 수행하는 인원이 매우 적었는데, 바로 천보다(陳伯達), 예즈룽(葉子龍), 왕둥싱(汪東興), 오우양친(歐陽欽)과 스저(師哲)였다. 그리고 소련의 주중 대사 로쉰과 중국 철로 복구사업의 담당자인 코발레프와 동행했다. 루오루이칭(羅瑞卿), 리커농(李克農), 마오안잉(毛岸英)이 중국과 소련의 국경까지 배웅을 했다. 천진을 지나갈 때, 철로위에 한 개의 수류탄이 발견되어 루오루이칭이 하차하여 이를 조사하고 처리했고, 리커농(李克農), 마오안잉(毛岸英)은 계속 배웅했다.

　12월 9일, 이들은 만주(滿洲)에 도착하여 소련 열차로 갈아탔다. 이 열차는 소련의 지도자가 사용하는 전용열차로 객차 내에 욕실이 있었으며, 마오쩌둥을 위한 요리사가 타고 있었다. 국경에 도착한 마오쩌둥을 소련의 부 외교부장 라프룬체프(拉夫倫捷夫), 치타주(시베리아 동부) 소비에트 주석 코즈로프(烏若夫 Кожеуров)와 자바이칼스크 지방 군사지역 사령부 대표 및 외교부 대외간부 마트베에프가 국경을 넘어 첫 번째 역인 자바이칼스크에서 의장대와 함께 성대하게 영접했다.

　모스크바로 가는 도중에 마오쩌둥은 대부분의 시간동안 책을 보면서 보냈으며, 어떤 때는 통역사 스저가 마오쩌둥과 한담을 나누면서 철로 주변의 풍경, 유적 그리고 풍토와 인심을 소개했다. 열차가 크라노스야르스크에 도착했을 때, 소련 외교부의 간부가 미리 역에 전화를 해서 마오쩌둥의 건강상태와 여정이 순탄한지와 그리고 또 필요한 것이 있는지 등을 물었다. 소련 측에서 파견한 통역담당 니콜라이 페도렌코가 마오쩌둥을 만나 장시간 이야기를 나눴는데, 마오쩌둥의 유머와 지혜는 그에게 매우 깊은 인상을 남겼다. 스베르들로프스크에 도착했을 때, 마오쩌둥은 몸이 불편함을 느꼈다. 열차가 멈추자 스저가 마오쩌둥을 모시고 플랫폼을 거닐었다. 날씨가 많이 차가워서 그런지, 마오쩌둥은 두통을 느꼈고 식은땀을 흘렸다. 스저가 재빨리 그를 부축하여 객실로 돌아가 휴식을 취하게 하고, 수건으로 땀을 닦아주었다. 잠시 후에 마오쩌둥의 상태가 회복되었다. 이후 그는 다시는 플랫폼을 거닐지 않았다. 열차가 야로슬라블에 도착했을 때, 중국 주 소련대사 왕지아샹(王稼祥)이 열차에 올라 모스크바까지 같이 갔다.

12월 16일, 열차는 모스크바 북역(또는 야로슬라블역이라고도 했다)에 12시 정각에 도착하였는데 이는 소련 측의 세심한 배려라고 할 수 있었다. 모스크바역의 건물들에 선명한 중소 양국의 국기가 가득 걸려 있었고, 위용을 당당히 드러내는 삼군 의장대와 군악대가 역의 광장에 도열하여 중국 지도자를 영접했다. 소련 장관회의 부주석 몰로토프, 원수 불가닌, 외무부장 멘시코프, 부부장 그로미코 그리고 모스크바 수도방위사령관 시니로프 중장 등이 역에서 영접했다. 마오쩌둥은 이 역에서 간단한 연설을 발표했다. "세계에서 가장 위대한 사회주의 국가인 소련의 수도를 방문하게 되어 평생 동안 가장 유쾌할 일입니다."라고 했으며 중소 양국인민의 "깊은 우의"를 칭송했다. 그는 또 "현재 중요한 임무는 소련을 주도로 하는 세계 평화의 전선을 공고히 하고, 전쟁 도발자를 반대하고, 중소 두 국가의 국교를 공고히 하고, 중소인민의 우의를 발전시키는 것입니다. 중국 인민혁명의 승리, 중화인민공화국의 성립, 신 민주국가 및 세계의 평화를 사랑하는 인민 공동의 노력, 중소 두 대국 공동의 희망과 친밀한 협력, 특히 스탈린 원수의 확실한 국제정책 덕분에 이번 임무가 반드시 실현될 수 있고 좋은 결과를 얻을 수 있을 것이라고 저는 믿습니다"라고 했다.[3] 날씨가 매우 추운 관계로 소련 측이 마오쩌둥의 건강을 걱정하여 환영의식을 빨리 진행하였다. 마오쩌둥은 빠르게 의장대를 사열하고 바로 차에 올라 숙소로 향했다. (모스크바의 교외로 스탈린이 2차 세계대전 당시 머물렀던 숙소)

로쉰이 중국 손님들을 숙소로 안내한 후, "여러분, 편안히 쉬십시오!"라고 말하고는 바로 자리를 떴다. 몰로토프가 마오쩌둥의 휴식을 돌보면서 오후 6시에 스탈린과 마오쩌둥이 크레물린 궁의 소회의실에서 회견을 가질 것이라고 통지했다.

6시 정각, 문이 열렸다. 스틸린을 수장으로 한 몰로토프, 말렌코프, 베리야, 카가노비치, 비신스키 등이 스틸린의 뒤에 도열해 있었다. 스탈린은 위풍당당한 원수복을 입고 있었는데 그 모습이 매우 활기차 보였다. 마오쩌둥이 대문을 들어서자 스탈린이 즉시 앞으로 나가 맞이하면서 열렬하게 두 손을 내밀자 마오쩌둥도 두 손을 마주 내밀었다. 이는 세계에서 가장 큰 공산당 영수들이 마침내 악수를 하는 순간이었다. 스탈린이 한차례 자세히 보더니 말했다. "당신은 매우 젊고 건강하군요!" 그리고 고개를 돌리더니 몰로토프 등을 그에게 소개했다. 모두가 로비에 서서 서로 안부를 묻고 축하를 했다. 스탈린은 매우 감격해 했고, 마오쩌둥을 끊임없이 칭찬하면서 말했다. "위대하고 정말 위대합니다! 당신은 중국의 인민에게 매우 큰 공헌을 했으며, 중국 인민의 훌륭한 아늘입니다! 우리는 당신의 건강을 기원합니다!"

---

3) 『건국이후의 마오쩌둥 문헌』 제 2권, 중앙문헌출판사, 1987년 11월 제1판, p189.

마오쩌둥이 이에 답하였다. "저는 오랫동안 배척을 받은 사람으로, 할 말이 있어도 말할 곳이 없었습니다…."

마오쩌둥은 잠시 멈춰 섰는데, 이는 스탈린을 매우 놀라게 했으며 잠시 말문을 막히게 했다. 그러나 총명하고 반응이 기민한 스탈린이 매우 재빨리 그 말을 받아 말했다. "승리자는 심판받을 수 없으며, 무릇 승리했다면 모두 옳은 것입니다." 스탈린은 이 교묘한 대답으로 이 실수를 피했고 실제로도 자신의 실수를 공개적으로 부인하지 않고 마오쩌둥을 칭찬했다. 당시 권력의 정점에 올라 있던 스탈린의 입장에서 본다면 정말로 쉽지 않은 일이었다.

말하는 사람은 무심코 말하지만 듣는 사람은 마음에 담아 둔다. 마오쩌둥은 스탈린의 말에서 숨은 뜻을 알아 차렸다. 몇 십 년의 중국공산당 투쟁 과정 중에 스탈린의 영향이 없었던 적이 없다고 말할 수 있다. 이로 인해 마오쩌둥이 중국공산당과 중국 인민을 이끌고 혁명투쟁을 진행할 때, 마오쩌둥은 스탈린이 중국에 명령을 하는 지도방식으로 인해 종종 충돌과 논쟁을 일으켰다.

대혁명의 시기에서 중앙 혁명에 이르기까지는 5차 '반위초(反圍剿 - '위초작전'은 국민당이 중국공산당에 시행한 포위섬멸작전)' 작전의 실패에 근거하여 스탈린과 코민테른이 중국의 상황을 이해하지 못했기 때문에, 수차례 주관주의와 명령주의적 실수를 범하고, 중국혁명에 일련의 손실을 입혔다. 그리고 왕밍(王明)의 '좌경' 모험주의와 이후의 '우경' 투항주의의 실수는 모두 스탈린과 관련이 있었다. 이때 마오쩌둥은 비록 스탈린을 지적하여 비판하지는 않았지만, 사실 이 과정에서 그 실수를 배척하였다. 마오쩌둥은 마르크스주의의 보편적인 진리를 중국혁명의 구체적인 실천과 결합시켜, 농촌이 도시를 포위하여 무력으로 정권을 쟁취했다는 중국정세에 적합하고 정확한 방향을 찾았다. 그리고 혁명의 힘을 끊임없이 증강시켰다. 실수 및 중국혁명에 조성한 엄중한 손실 앞에 스탈린은 점점 마오쩌둥의 논리와 실천의 정당성을 깨닫게 되었다. 1935년 1월 준의회의(遵義會議: 1935년 1월 15~1월 17일, 중국공산당중앙정치국 귀주(貴州) 준의에서 개최함, 독립자주적인 중국혁명에 대한 문제)에서 마오쩌둥의 이론과 실천에 대한 정당성을 새롭게 확립했다.

총체적으로 말하면, 중국혁명의 긴 세월 동안 스탈린은 열렬하게 중국인민의 투쟁을 지지하고 올바른 지도도 많이 했으나 반면에 많은 실수도 있었다. 예를 들어, 전쟁에서 승리한 후를 포함하여 국민당 장제스(蔣介石)의 힘을 높게 보고, 반면에 중국공산당이 이끄는 인민무장 세력의 힘을 낮게 본 그의 실수는 중국공산당 및 지도자들의 감정을 매우 상하게 했다. 그러나 신중국 성립 직전에 스탈린은 중국공산당의 정확한 힘과 마오쩌둥의 공적을 점차 깨달았다. 그리고 장제스로 대표되는 국민당통치를 어떻게 정리해야 하는지에 대하여 빈번하게 마오쩌둥과 편지와 전보를 교환하고 대책을 논의했다. 1949년 1월 6일부터 17일까지 그들은 10여 차례 전보를 교환하면서, 국민당이 제시한 소위 평화담판 문제에 대하여 어떻게 대응해야 하는지, 국민당 정부가 요청한 영국 미국 프랑스 소련 4국 정부의 중재 하에 국공 정전강화를 하는 문제에 대하여 어떻게 대답하여야 하는지, 그리고 연합정부를 건립하는 과정에서 민주인사의 문제와 소련원조문제에 어떻게 대응해야 하는지 등을 논의했다. 마오쩌둥과 스탈린이 교환한 전보의 주요 내용은 1월 14일 마오쩌둥이 시국성명발표 중에 국민당과 담판을 한 8항의 조건을 집중적으로 표현했다고 할 수 있었다. 마오쩌둥과 스탈린이 전보 교환을 한 이 짧은 시기는 중소 관계사에 있어 중요한 역사적 의의를 가진다. 당시에 마오쩌둥은 중국을 건설하는 데 소련에게 원조를 청하는 것을 고려하면서, 1949년 연초에 자신이 대표단을 이끌고 소련을 방문하는 것을 제의했다. 스탈린이 정세를 고려하여 마오쩌둥의 소련방문을 연기할 것을 건의하자 마오쩌둥이 이에 동의하였다. 1949년 말의 이 소련 방문은 이전의 결정이 실현된 것이었다.

중소양국의 수반이 각자 자리에 앉자 회담이 시작되었다. 한쪽은 소련 측이 길게 자리했고 다른 한쪽은 중국 손님이 앉았다. 스탈린은 중간에 앉았다. 스탈린은 먼저 마오쩌둥의 건강에 관심을 가지고 그가 건강에 유의하기를 희망했다. 그런 후에 친절하게 말했다. "중국혁명의 승리는 세계의 천칭(天秤)을 변화시킬 것이며, 국제혁명의 저울추를 무겁게 할 것입니다." "우리는 진심으로 당신들의 승리를 축하합니다! 그리고 당신들은 더 많은 더 큰 승리를 획득하기를 희망합니다!" 마오쩌둥이 진실하게 대답했다. "나는 중국인민을 대표하여 소련인민이 오랫동안 우리들에게 보내준 지지와 도움에 대하여 진심으로 감사합니다! 중국인민은 친구를 잊지 않습니다…."

회담은 길게 이어졌다. 스탈린이 마오쩌둥의 마음을 확실히 알 수 없어 물었다. "우리는 이번에 무엇을 해야 합니까? 당신은 어떠한 생각과 소망을 가지고 있습니까?" 마오쩌둥이 대답했다. "이번 방문의 첫 번째 목적은 스탈린 동지의 70세 생일을 축하하기 위한 것이고, 두 번째 목적은 소련을 둘러보기 위함입니다. 동서남북 모두 둘러보고 싶습니다." 스탈린이 한발 더 나아가 물었다. "그럼 우리가 어떤 것을 만들어야 합니까?" 이에 마오쩌둥은 자신의 생각을 다음과 같이 표현했다. "이번 방문에 그 어떤 것을 완성해야 합니다. 당연히 어떤 물건을 만들어야 하며, 그것은 반드시 보기 좋고 맛이 있는 것입니다." 마오쩌둥의 이 말을 만약 직해하여 통역했다면 소련인들이 반드시 이해할 수 없을 것이라 여긴 스저가 통역을 하면서 해석하였다. "보기 좋다는 것은 형식이 보기 좋다는 것으로 겉모양이 그럴듯하고, 맛이 좋다는 것은 내용이 의미가 있다는 것으로 충실하다는 것입니다." 그러나 소련동지들은 여전히 그것이 무엇인지 이해하지 못하고 모두 어리둥절해 하였다. 베리야가 뜻밖에도 소리를 내면서 웃었다. 스탈린은 냉정을 유지한 채 점잖게 계속 의견을 물었다. 하지만 마오쩌둥은 소련에 대하여 경험이 있었기 때문에 자신이 생각한 바가 있었다. 만약 소련이 중국을 도와줄 생각이 있다면 반드시 능동적으로 표현하고 우호를 표시할 것이라 생각했으며, 만약 표시하지 않는다면 진심이 없는 것으로 우리가 다시 제시한다고 해도 아무 쓸모가 없는 것이며 구걸하는 것이라 생각했다. 그래서 스탈린이 다시 의견을 물었어도 그는 오히려 더 이상 분명하게 대답하지 않았다.

한차례 인사말을 나눈 후, 마오쩌둥은 단도직입적으로 『중소우호 동맹 상호원조조약(中蘇友好同盟互助條約)』의 체결 문제를 제시했다.

스탈린도 통쾌하게 이 문제에 대하여 토론하고 결정할 수 있다고 표시했다. 더 자세하게 말하면 1945년 체결한 『소중우호동맹조약』의 보류를 선포하고, 장래 그것에 대한 개정과 혹은 현재 그것에 상응하는 수정에 대한 성명을 선포했다는 것이다.

스탈린은 마오쩌둥에게 다음과 같이 설명하였다. 모두가 알고 있듯이 이 조약은 중소양국이 『얄타협정』에 근거하여 체결한 것으로 이 협정은 소련으로 하여금 극동지역에서 쿠릴열도, 남사할린섬, 여순(旅順口) 등을 얻게 했다. 그래서 이 조약의 체결은 미국과 영국의 동의를 얻어야 했다는 것을 의미했다. 이런 사항을 고려하면 우리는 작은 범위인 이 조약의 조항에 대하여 어떻게 변경할지 잠시 보류해야 했다. 이는 설령 하나의 조항을 변경할지라도 조약을 수정하는 중에 언급된 쿠릴열도, 남사할린섬 등의 각 조항은 모두 미국과 영국이 법률적인 문제를 일으킬 수 있는 구실을 제공할 수 있기 때문이라고 했다. 중국의 권리에 영향을 미치는 문제에 대하여, 만약 여순항에 군대를 주둔시키는 것과 중장철도(中長鐵道:러시아가 건설한 내몽고 만주리(滿洲里)부터 하얼빈 장춘(長春)까지의 철도) 문제 같은 경우에는 임기응변의 방식을 찾고 형식상으로는 보류하면서 실제로는 기존의 조약을 수정했다는 것이다. 예를 들어 형식상 소련이 여순에서 군대를 주둔할 수 있는 권리를 보류하고, 중국정부의 건의에 따라 그곳에 주둔하고 있는 소련군대를 철수했다. 중장철도 문제도 형식상으로는 보류하고 실제로는 상응하는 협정 조항으로 고칠 수 있다는 것이었다.

당연히 마오쩌둥은 스탈린의 이런 해석에 대하여 심리적으로 준비가 되어 있지 않았다. 또 자신의 권리를 회수하는 것이 소련에게 영토적 손실을 입힐 것이라고 미처 생각하지 못했다. 그러나 여순항의 문제에 대해서는 마오쩌둥이 1949년 2월 그와 미코얀이 담화를 나눌 때, 이미 무엇 때문에 즉시 변화시킬 필요가 없는가에 대한 이유를 확실하게 말했다. 그는 중국이 아직 해군을 보유하고 있지 않아서 미국과 일본의 위협에 대하여 여순 항구의 방어를 인계받을 능력이 없다고 생각했다. 그래서 스탈린의 말을 듣자 마오쩌둥이 다음과 같이 밝혔다. 중국은 조약에 대하여 의논할 때, 『얄타협정』내에서의 미국과 영국 양국의 입장에 대하여 고려하지 않았다. 우리는 당연히 어떻게 해야 모두가 이로운가에 따라서 일을 진행해야 했다. 이 문제는 주도면밀하게 고려해야 했다. 그러나 지금 명백한 사실은 현재 조약을 수정할 필요가 없다는 것으로 이것은 급하게 여순에서 철수할 필요가 없다는 것과 같다. 마오쩌둥은 계속 이는 중장철도와 여순의 현 상황이 중국의 이익에 부합하고 중국의 역량에만 의지해서는 제국주의의 침략을 저지하기에는 부족하기 때문이라고 분명하게 표시했다. 그리고 중장철도문제에 있어서는 중국에 철도와 공업간부(인재)를 교육하는 학교가 아직 하나뿐이라는 것이었다.

그러나 스탈린은 자신만의 생각이 확실히 있었다. 그의 입장에서 볼 때, 가장 불평등한 구 조약의 실질적인 내용을 감안하면 소련이 여순 항구를 빌려 중국에 주둔하는 상관 협정을 통하는 것이 최선이었다. 만약 마오쩌둥이 이번 소련 방문에서 실질적으로 중국에서 철군하는 문제를 해결할 수 있다면, 공산당이 국제무대에서 진정으로 그 명망과 자주성을 얻을 것이라는 것은 의심할 여지가 없었다. 그래서 스탈린은 다음과 같이 밝혔다. "소련이 철군한다는 것이 결코 다시는 중국을 원조하지 않는 것이 아닙니다. 문제는 우리 공산당의 입장에서 볼 때, 타국의 영토에 특히 우호국가의 영토에 주둔하는 것은 완전히 부합되지 않는 것입니다. 그래서 누구든지 다음과 같이 말할 수 있습니다. 만약 소련군대가 중국의 영토 내에 주둔할 수 있나면, 왜 영국인은 홍콩에 주둔할 수 없고 미국인은 동경에 주둔할 수 없냐고 할 것입니다. 그러므로 철군은 양국관계에 있어 평등원칙에 부합될 뿐만 아니라, 소련의 철수도 중국공산당에게 민족자산계급과의 상호관계를 해결하는데 많은 도움을 줍니다. 모든 사람들이 곧 장제스가 하지 못했던 일을 공산당이 처리했다는 것을 알게 될 것입니다."

마오쩌둥은 스탈린과의 1차 회담에서 "현재 조약을 수정할 필요가 없다"는 의견을 어쩔 수 없이 받아들이게 될 줄은 미처 몰랐기 때문에 방법이 없음을 느끼고 흥이 식었다. 그러나 그는 그래도 이번 방문에서 반드시 비교적 만족할 만한 새로운 조약을 체결할 수 있다고 굳게 믿었다. 그리하여 그는 스탈린에게 물었다. "저우언라이가 모스크바에 와서 조약 문제를 해결해야 합니까?"

이에 대하여 스탈린이 오히려 이 문제는 당신들 스스로 결정하였기 때문에 아마도 다른 사항에 대해서는 저우언라이가 필요할 것이라고 말했다. 이 말의 의미는 다시 한 번 명백하게 말한 것으로, 마오쩌둥이 이미 조약을 수정하지 않는다는 것에 동의하였기에 설령 저우언라이가 오더라도 조약의 문제를 해결하러 오는 것이 아니라, 오직 다른 문제만 해결할 수 있다는 것이었다. 마오쩌둥은 조약의 문제에 대하여 계속 협상을 이어 나갈 수가 없자, 화제를 차관과 대만문제로 돌렸다. 소련이 중국에 차관 3억불을 지원하는 문제에 관하여 스탈린은 이를 시원하게 받아들였다. 그러나 대만을 해방시킬 때, 소련해군과 공군의 지원을 받는 문제에 대해서는 스탈린이 완곡하게 거절했다. 그가 다음과 같이 밝혔다. "원조를 하는 것은 문제가 되지 않지만, 원조의 형식은 반드시 고려해 보아야 한다." 여기서 가장 중요한 문제는 미국이 간섭할 만한 구실을 제공해서는 안 된다는 것이다. 회담이 막바지에 이르렀을 때, 스탈린은 러시아어로 된 마오쩌둥의 저서를 받았으면 했다. 이에 마오쩌둥이

"1950년 봄에 책을 만드는 일을 계획하고 있는데, 이에 저는 소련 동지들의 도움을 받고 싶습니다. 첫째로 함께 러시아어를 번역하여 같이 번역문을 잘 정리하고, 두 번째로 중문 원고에 대하여 도움을 얻었으면 합니다"라고 하자, 스탈린이 이를 승낙했다.

마오쩌둥은 회담 후 삼일 째 되는 날에 류샤오치(劉少奇)에게 전보를 보내 이번 스탈린과의 회담상황을 자세하게 설명하였다. 스탈린은 마오쩌둥의 생각과 희망을 분명하게 알기 위해 회담 후에 두 차례 마오쩌둥에게 전화를 걸어 여전히 그에게 어떻게 할 것인가와 어떤 요구가 있는지를 물었다. 마오쩌둥은 우호적인 태도로 진심으로 스탈린의 관심과 배려에 감사를 표시하였으나, 자신의 생각과 요구를 말하지는 않았다. 마오쩌둥은 계속 소련 측이 능동적으로 표시하기를 희망했다. 그들이 능동적이지 못한 것을 알게 된 마오쩌둥은 직접적으로 스탈린에게 말했다. "저우언라이 동지가 오기를 기다려 다시 이야기 합시다." 마오쩌둥이 이렇게 말한 이유는 한편으로는 저우언라이가 외교 능력을 충분히 발휘하여 더 좋게 소련과 이야기할 수 있다고 생각했기 때문이고, 다른 한편으로는 그 자신이 스탈린과 정책을 결정할 때 여지를 남길 수 있다고 생각했기 때문이다.

12월 21일, 모스크바 대공연장에서 스탈린의 70세 생일 경축행사가 거행되었다. 참석한 사람들 모두 고위 간부들이었다. 스탈린은 기타 국가 공산당과 노동당의 대표들과 같이 앉았다. 마오쩌둥은 스탈린의 옆에 앉았고 스저가 마오쩌둥의 옆에시 통 역을 하였다. 마오쩌둥의 축사는 페도렌코가 대신해서 읽었으며, 축사에서 "스탈린은 세계인민의 스승이며 친구이자 또한 중국인민의 스승이며 친구이다. 그는 마르크스레닌주의의 혁명이론을 발전시켰으며, 세계 공산주의 운동에 지극히 뛰어나고 큰 공헌을 하였다"라고 밝혔다. 스탈린은 진지하게 마오쩌둥의 축사를 들었다. 경축행사 중에 스탈린은 거듭 고개를 돌려 마오쩌둥과 이야기를 나누었다.

행사 이후 연회를 열고 예술 공연을 관람하였다. 스탈린과 마오쩌둥은 과거 차르전용의 방에 앉았으며 매우 분위기가 좋았다. 공연이 끝나자 관중이 전부 고개를 돌려 환호했다. "스탈린! 마오쩌둥!", "마오쩌둥! 스탈린!" 마오쩌둥이 손을 들어 관중들에게 인사하고 입을 열어 "스탈린 만세!", "영광이 스탈린에게 있기를!"하고 외치자, 전 공연장에 환호성과 박수소리가 한참 동안 울려 퍼졌다.

경축행사와 생일축하 연회에서 스탈린 등 소련의 지도자들이 마오쩌둥에게 특별한 선물을 하자 우울했던 마오쩌둥은 어느 정도 위안을 받았다. 그러나 소련 측은 실질적인 문제에 대해서 말을 회피했다. 조급해진 마오쩌둥은 축하행사 둘째 날 코발레프를 숙소로 불러 이야기를 나누면서 그가 이번 담화의 내용을 스탈린에게 전하도록 했다. 그중에 12월 23일 혹은 24일 예정된 회견에서 중소조약의 해결, 차관협정 그리고 무역협정 등의 문제에 대하여 담판 짓기를 희망한다고 언급했다. 마오쩌둥은 저우언라이를 모스크바로 불러들여 협정체결을 담당하게 할 예정이었다. 12월 24일, 스탈린과 마오쩌둥은 2차 담판을 진행하였는데, 월남, 일본 그리고 인도 등 아시아 형제국가의 사정을 중점적으로 논의했다. 스탈린은 단 한마디도 중소조약에 대해 언급하지 않았다. 마오쩌둥이 저우언라이가 모스크바에 와도 되는지 물었을 때, 스탈린은 오히려 "정부 주석이 이미 여기에 자리했는데, 내각 총리가 또

오는 것은 대외관념상 불리한 영향을 줄 수 있습니다. 다시 생각해 보아도 역시 저우언라이가 모스크바에 오지 않는 것이 좋겠습니다"라고 말했다. 스탈린은 이유가 되지 않는 핑계를 들면서 여전히 새로운 조약을 체결하는 것을 원하지 않았다. 이 회담 후, 마오쩌둥의 심정은 매우 무거워졌다. 이는 아마도 스탈린이 계속 저우언라이가 모스크바에 와서 조약을 체결하는 문제에 대하여 대답하지 않았던 것과 관련이 있었을 것이다.

여기서 마오쩌둥의 생각을 분명히 알 수 있는 것은 저우언라이가 모스크바에 올 수 있기를 매우 희망했다는 것이다. 사실 1차 회담을 통하여 스탈린의 생각을 이해한 후, 마오쩌둥은 신조약 체결의 가능성이 이미 없음을 알았다. 그러나 구 조약을 보류하는 상황이라 할지라도, 차관, 무역, 교통 등에 관한 새로운 협정 문제를 어떻게 체결해야 하는지와 새로운 협정과 이전의 협정을 서로 조화롭게 하는 문제를 어떻게 진행해야 하는지 등이 남아 있었다. 그는 이 문제가 쉽게 해결될 문제라고 보지 않았다. 그래서 만약 저우언라이가 모스크바에 올 수 있어서 소련과 그 어떤 협의를 달성한다면, 이번 방문에서 실질적인 성과를 얻을 수 있을 것이라고 생각했다. 그러나 스탈린이 이런 최소한의 요구조차도 시원하게 승낙하지 않을 줄은 생각하지 못한 마오쩌둥은 이를 마음에 두고 심지어 크게 화를 내면서 문을 걸어 잠그고 나오지 않고, '별장에서 잠을 자겠다'고 선포했다. 1958년 마오쩌둥이 후르시초프와 담화할 때, 이때의 심정을 언급하면서 다음과 같이 말했다. "내가 모스크바에 갔을 때, 스탈린은 우리와 우호조약을 체결하고 싶어 하지 않았으며, 또 이전 국민당과의 조약을 폐기하고 싶어 하지 않았습니다. 저는 기억합니다. 페더렌코와 코발레프가 이런 스탈린의 의사를 나에게 전달했을 때, 저는 소련의 각

지역을 둘러보았으면 좋겠다고 했습니다. 그리고 나는 그들에게 다음과 같이 말했습니다. '나는 오직 세 가지 임무만 있습니다. 밥 먹는 것, 잠자는 것 그리고 볼일(대변)을 보는 것입니다. 나는 모스크바에 단지 스탈린의 생일을 축하하러 온 것만이 아닙니다. 만약 당신들이 우호조약을 체결하고 싶지 않다면 그럼 체결하지 맙시다. 나는 곧 나의 세 가지 임무를 완수할 것입니다'"[4]

파란만장한 『중소우호동맹상호원조조약』의 체결

스탈린의 생일을 축하한 이후, 언론계는 소련에서의 마오쩌둥의 활동에 대하여 매우 축소하여 보도했다. 이런 상황은 다른 국가들의 각종 추측을 불러일으켰는데, 영국의 한 신문사에서는 심지어 마오쩌둥이 스탈린에게 구금당했다고 보도했다. 이 소식을 들은 마오쩌둥은 기분이 매우 좋지 않았으며, 이때의 스탈린도 마오쩌둥과 협상의 돌파구를 찾기 시작했다. 그는 이해득실을 비교한 후, 최종적으로 태도를 바꿀 결심을 하고 중국을 자신의 강력한 맹우로 만들기로 결정했다. 스탈린은 스스로 기회를 만들어 마오쩌둥이 1950년 1월 1일의 타스통신 기자들의 질문에 답할 수 있게 만들었다. 마오쩌둥은 기자들의 질문에 답할 때 다음과 같이 말하였다. "중국은 현재 군사방면이 순조롭게 진행되고 있으며,

---

4) 앤밍푸(閻明復), 주루이전(朱瑞眞), 「1958년 마오쩌둥과 후르시초프의 4차 회담을 기억하며:憶1958年毛澤東與赫魯曉夫的四次會談」, 『중공당사자료』 2기, 2006년.

평화로운 경제건설로 전환되었다. 나는 소련에 머무르는 동안 약간의 중화인민공화국의 이익과 관련한 문제를 해결하는 데에 필요한 시간을 쓰기로 결정했다. 이 문제에는 먼저 현재 중소우호동맹조약의 문제와 소련이 중화인민공화국에 차관을 제공하는 문제, 중소 양국 무역과 무역협정의 문제 및 기타 문제 등이 있다. 소비에트 국가의 경제와 문화를 더 잘 이해하기 위해 나는 소련의 몇몇 지방과 도시를 방문할 예정이다."[5]

기자들의 질문에 대한 답변은 하나의 신호를 보낸 것이나 마찬가지였다. 이 때문에 스탈린은 차관과 무역 등의 협정에 체결할 준비를 해야 했을 뿐만 아니라, 우선 중소조약의 문제를 토론할 준비를 해야 했다. 이는 정황이 마오쩌둥이 예측하는 방향대로 발전했음을 의미했다.

1월 2일 저녁, 몰로토프와 미코얀이 마오쩌둥의 숙소에 찾아와 그에게 중소조약 등의 문제에 대한 의견을 물었다. 마오쩌둥은 이미 스탈린의 태도변화를 눈치 챘지만 여전히 신중했다. 그는 새로운 중소우호동맹조약을 체결하는 것이 가장 좋다고 말하면서 다음과 같이 말했다. "이렇게 해야 최대의 이익을 얻을 수 있다. 중소 관계가 새로운 조약 아래에서 이루어지면 중국인민, 농민, 지식인 및 민족자산계급의 좌익 모두가 기뻐할 것이며, 민족자산계급의 우익이 고립될 것이다. 그리고 국제적으로 우리는 더 큰 정치자본으로 제국주의 국가에 대응할 수 있다. 또 과거 중국과 각 제국주의 국가와 체결한 조약을 조사할 수 있다." 마오쩌둥은 또 다른 두 가지 방법을 언급했다. 하나는 간단한 성명을 발표하는 것이고 다른 하나는 양국관계의 요점을 설명하는

---

5) 『인민일보』 1950년 1월 3일.

성명을 작성하여 서명하는 것이었다. 토론을 거친 몰로토프는 첫 번째 방법이 가장 좋다고 생각하였으며, 심지어 저우언라이가 모스크바에 와서 조약을 체결할 시간이 필요하다고 생각했다. 이런 몰로토프는 이미 스탈린의 명령을 받아 준비를 하고 온 것으로 보였다. 스탈린이 마침내 저우언라이가 모스크바에 와서 신 조약을 체결하는 것에 동의했다. 그날 밤에 마오쩌둥은 바로 중공중앙(중국공산당중앙위원회)에 다음과 같이 전보를 보냈다.

> 최근 이틀 동안 여기 일에 많은 발전이 있었습니다. 스탈린 동지가 저우언라이 동지가 모스크바에 와서 새로운 중소우호동맹조약 및 차관, 통상 그리고 민항 등의 협정사항을 체결하는 것에 동의 했습니다. [6]

마오쩌둥은 전보로 저우언라이가 북경에서 출발하는 대략적인 시기를 확정지었다. 이때의 마오쩌둥의 심정은 어둠에서 밝은 곳으로 나온 것 같았을 것이며, 특히 정신이 맑았을 것이다. 그는 한편으로는 중소우호동맹상호원조조약의 문제를 생각하면서 주도적으로 중·소 회담과 관련한 준비를 하였다. 다른 한편으로는 저우언라이가 도착할 때까지의 시간을 이용하여 다른 곳을 참관하고 소련지도자들과 접촉을 진행하였다. 1월 15일, 마오쩌둥 일행은 레닌그라드를 방문하러 떠났다. 현지의 지도자들의 융숭한 환영을 받고 스몰리 궁에서 휴식을 취하기로

---

6) 『건국이후의 마오쩌둥 문헌』 제 1권, 중앙문헌출판사, 1987년 11월, p211.

했다. 그러나 마오쩌둥은 발트 해에 가기를 원했다. 그의 희망을 존중하여 기차를 타고 발트 해의 핀란만(Gulf of Finland)으로 갔다. 대해와 육지는 얼음에 의해 그 경계선조차도 구분할 수 없었는데, 얼음 층의 두께가 1.5미터 정도였다. 여기에서 10월 혁명 때 노동자 폭동이 일어났던 지방인 크론시타트(Kronshtadt) 요새를 볼 수 있었다. 마오쩌둥이 열차에서 내려 얼음 위를 걸으면서 다음과 같이 말했다. "여기는 진짜 천리가 얼음으로 뒤덮여 있군!" "나는 태평양의 서해안인 블라디보스토크부터 대서양의 동해안인 발트 해까지 가보고, 그런 후에 흑해에서 북극권까지 소련의 동서남북을 모두 가보고 싶다!" 소련 측 동지들은 잠시 생기가 돌면서 기뻐했고 박수를 치면서 마오쩌둥의 격정과 광활한 포부에 감동을 받았다.

레닌그라드에서 있을 때, 마오쩌둥은 키로프기계제조 공장을 참관하고, 10월 혁명 때 동궁을 포격한 순양함 '오로라호'와 소련 독일 전쟁 때의 방어지역을 보았다. 그리고 또 동궁(예르미따시)과 차르의 침실, 장서실과 응접실을 참관했다.

저우언라이가 모스크바에 도착하기 전에 마오쩌둥은 모스크바로 돌아왔다. 다음날 저우언라이가 크라노스야르스크에서 전화를 걸어 왔다. 마오쩌둥은 한차례 이야기를 나누려 했지만 통화가 불량하여 잘 알아들을 수가 없었다. 우랄산의 스베르들로프스크에서 다시 통화를 했다. 이때 마오쩌둥은 저우언라이와 한 시간 이상 통화를 했다. 마오쩌둥은 그에게 자신의 활동과 희망 및 조약을 체결해야 하는 내용 등 모든 것을 말했다. 그리고 저우언라이의 의견도 구했다. 이렇게 저우언라이는 상황파악을 하고 있었기 때문에 모스크바에 도착하자마자 바로 업무에 투입할 수 있었다.

왕지아샹이 200킬로미터 밖의 야로슬라블에서 저우언라이 일행을 영접했다. 모스크바 북역에서도 의장대가 환영을 했는데 마오쩌둥 때와 비교하면 비교적 소규모였다.

1월 20일 저우언라이가 인솔하여 온 대표단이 모스크바에 도착했다. 그 일행에는 리푸춘(李富春)·우시우첸(伍修權)·뤼둥(呂東) 장화둥(張化東) 및 라이야리(賴亞力)·허치엔(何謙)·천훙(沈鴻) 쑤농관(蘇農官)·오우양친(歐陽欽)·차이수판(柴樹藩)·청밍성(程明升) 왕쉰(王勛)·니에춘잉(聶春營)·루오유(羅維)·창옌칭(常彦卿)등이 있었다. 저우언라이는 다른 별장에 머물렀는데, 마오쩌둥과 비교적 멀리 떨어져 있었다. 저우언라이는 즉시 마오쩌둥을 만나고 어떻게 일을 시작해야 하는지 의논했다. 다음날 저우언라이는 아예 마오쩌둥이 머무는 곳으로 방을 옮겼는데, 이렇게 하니 마오쩌둥과 의논을 하기가 더 편해졌다.

1월 22일, 스탈린이 말렌코프, 몰로토프, 미코얀, 비신스키를 대동하고 마오쩌둥과 저우언라이와 회담을 진행하였다. 회담의 주요 쟁점은 신 조약에 대한 내용이다. 소련 측은 여섯 차례 수정을 거친 초안을 준비했고 『중소우호동맹상호원조조약』이라고 하였다. 마오쩌둥이 중국 측은 초안을 만들지는 않았으며 단지 큰 윤곽만 있다고 밝혔다.

담판의 주요 내용은 다음과 같았다. 첫째, 신강(新疆)지역 문제에 대하여 초안을 작성하는 것으로 석유의 채취, 유색금속의 개발, 희귀금속의 개발 및 소련이 중국신강의 변경에서 비축한 대량의 무기를 인도하는 문제 등에 관한 내용이었다. 사푸딘이 이 협정에 사인을 하러 모스크바로 갔다. 둘째, 동북(東北)지역 문제였다. 여기에는 중 소가 공동으로 중장철로 사용하는 것 및 인도 문제, 여순 항구와 대련에 소련공군의 주둔, 동북에 소련영사관

설립, 발트 해·치타·하바롭스크 등에 중국영사관(중국영사관은 후에 형식상 존재하게 되었다)을 설립하는 등의 문제와 소련 교민의 문제 등이 있었다. 10월 혁명 후 수많은 러시아인이 중국동북지역으로 도망쳐 이곳에 많은 기업을 세웠는데, 소련은 이때 이를 추림공사(秋林公司)로 통합시키고 국가에 귀속할 것을 결정했다. 이상의 문제에 대하여 기본적인 의논을 하였고, 그 후에 리푸춘이 중국 측의 인원을 이끌고 소련과 각 사항에 대하여 구체적으로 의논하여 협정의 초안을 작성했다.

담당자들이 조약과 협정의 초안을 작성할 때, 마오쩌둥과 저우언라이는 크레믈린 궁에서 스탈린을 배방했다. 이 회견에서 스탈린은 또 마오쩌둥에게 그가 쓴 문장과 문건 등을 편집 출판하기를 건의했다.

마오쩌둥은 스탈린이 이론에 강한 전문가를 중국으로 파견해 이 사업을 완성할 수 있기를 희망한다고 표시했다. 스탈린은 즉시 철학자 유진을 중국으로 파견할 것을 약속했다. 후에 유진은 『모택동선집』 제1권과 제2권의 편집활동에 참가했다. 편집 과정 중에 스저가 러시아어로 번역하고 스탈린에게 보냈다. 『실천론』과 『모순론』이 두 편의 철학 저서는 단독으로 먼저 번역되었다. 스탈린이 이 책을 읽은 후 소련 『볼세비키』 잡지에 게재하도록 지시했다.

당시의 소련 측 통역담당 페도렌코의 회고에 의하면 마오쩌둥은 모스크바에 머물렀을 동안 수차례 스탈린과 회견과 담화를 하였는데, 대부분이 밤이었고 장소는 늘 모스크바와 가까운 교외의 별장에서 이루어졌다. 손님과 주인이 큰 테이블에 둘러앉았고 자리에는 식기, 와인 잔, 작은 술잔, 물, 그루지아 포도주가 있었으며, 또 탁자 위에는 온실에서 키운 신선한 채소가 있었다. 담화는 실제로 스탈린과 마오쩌둥

간에 진행이 되었는데, 화제도 다채로웠으며 분위기도 엄격하지 않았다. 페도렌코가 회고하면서 다음과 같이 말했다. 한번은 마오쩌둥이 과거 국민당 군대와 전투를 벌인 고난의 세월에 대하여 언급하면서 지휘관이 "고난과 위험을 두려워하지 않고, 죽는 것을 집으로 돌아가는 것처럼 여기다(不畏艱險 視死如歸)"라는 구호로 전사들의 전투를 고무시켰다고 했는데, 페도렌코가 여기서 '귀(歸)'자의 의미를 이해하지 못하여, 이 구호의 전체 의미를 이해할 수 없었기 때문에 부득이 마오쩌둥에게 '귀'자의 의미에 대한 해석을 부탁하자 그가 사용한 이 구호에 대하여 해석을 하였다. 페도렌코와 마오쩌둥의 대화에 어찌된 영문인지 몰라 하던 스탈린이 돌연 명령조로 페도렌코에게 말했다. "당신은 장시간 여기에서 비밀활동을 할 생각입니까?" 이에 페도렌코가 해명을 하자, 스탈린은 그에게 이 중국문자와 전체 구절을 해석하게 했다. 스탈린이 잠시 침묵하고 페도렌코에게 물었다. "마오쩌둥 동지의 해석이 어떠한가?"

 "저의 관심도 바로 이점입니다. 그러나 마오쩌둥은 아직 충분하게 설명하지 않았습니다." 페도렌코의 대답은 여기까지였다.

 스탈린이 계속해서 말했다. "그럼 좋습니다. 계속 비밀활동을 하십시오!" 그래서 페도렌코가 재차 마오쩌둥에게 해석을 부탁했다. 마오쩌둥이 말했다. "중국문자 '귀'는 여기에서 통상적인 '돌아오다(回來)'와 '다시 오다(再來)'의 의미가 아닙니다. '귀'의 의미는 '원래의 상태로 돌아오다'입니다. 비록 중국의 수많은 사람들이 악비(岳飛)의 이름을 알고 있지만 중국의 모든 사람들이 모두 이 성어의 진정한 함의를 알지는 못합니다. 그래서 이 성어는 당연히 이렇게 해석해야 합니다. '모든 고난과 고통을 무시하고, 자기의 원래의 상태로 돌아오는 것과 같이 죽음도 그렇게 보아야 한다는 것'입니다."

스탈린은 마오쩌둥의 해석을 듣고 좀 더 생각을 하더니 작은 소리로 말했다. "보아하니 이는 천재적인 통치자입니다…. 두려워하지 않는 정신과 뛰어난 재능 그리고 원대한 계략을 표현했습니다…."

페도렌코는 스탈린이 정확하게 누락된 단어의 구절을 만들고, 번역할 때의 용어로 매우 중의적으로 표현하였으며, 그가 매우 주의를 기울여 손님의 이야기를 들었고 온 정신을 모두 이야기의 내용에 집중했다고 했다.

페도렌코는 그의 회고 글에서 한번은 마오쩌둥과 스탈린이 회담을 진행했을 때, 페도렌코와 같이 앉아 있던 마오쩌둥이 페도렌코에게 작은 소리로 스탈린은 왜 홍포도주와 백포도주를 섞는지, 그러나 다른 사람은 왜 그렇게 하지 않는지에 대하여 물었다. 페도렌코는 다음과 같이 말했다. 설명하기 매우 어려운데, 이는 스탈린에게 물어 보는 것이 좋겠다고 했다. 마오쩌둥은 약간 예의가 없다고 생각하여 스탈린에게 묻는 것을 반대하였다. 그들의 담화를 또 스탈린이 들었다. "당신들은 거기서 비밀스럽게 작은 소리로 무슨 이야기 합니까? 누구에게 숨기려 하는 것입니까?" 그러자 페도렌코가 다음과 같이 대답했다. "마오쩌둥 동지가 당신은 왜 각종 술을 섞는지 그리고 다른 사람들은 왜 그렇게 하지 않는지를 물었습니다."

스탈린이 다음과 같이 말했다. "그럼 당신은 왜 나에게 묻지 않았습니까?" 페도렌코는 마오쩌둥이 스탈린에게 묻는 것을 반대해서 그랬다고 설명했다. 스탈린이 작게 웃으면서 마오쩌둥에게 그가 왜 몇 종류의 술을 섞는지 설명했다. 그는 다음과 같이 말했다. "당신은 알 것입니다. 이는 나의 오래된 습관입니다. 포도주, 특히 그루지아(조지아) 포도주는 자신의 맛과 향이 있습니다. 나는 홍 백 포도주를 혼합하여 술의 맛을 더욱 좋게 하는데, 이는 초원의 서로 다른 향의 꽃을 하나의 꽃다발로 묶는 것과 같습니다."

그러자 마오쩌둥이 다음과 같이 물었다. "그럼 당신은 어떤 술을 좋아합니까, 스탈린 동지! 홍포도주입니까? 백포도주입니까?"

스탈린이 심사숙고하여 다음과 같이 말했다. "나는 주로 백포도주를 마십니다. 그러나 나는 홍포도주를 신뢰합니다. 나는 일찍이 이 술을 마시기 시작했습니다. 제가 유배되었을 때 장티푸스에 걸렸는데 감옥에서 어떤 착한 의사가 몰래 나에게 소량의 홍포도주를 주었습니다. 스페인 술 같았는데 그것이 죽음 직전의 나를 구했습니다. 그 때부터 홍포도주가 약용으로도 쓸 수 있다는 것을 깊게 믿었습니다."

이 두 사람은 이전에 만난 적이 없는 영수들이었다. 그들은 이번 만남을 기회로 자유롭게 이야기를 나누고 담화내용을 사전에 다른 사람들에게 말하지 않았다. 회담 중에 그들은 언어와 사유의 문제에 대하여 토론하였다. 스탈린이 밝힌 기본적인 관념은 언어란 의식이 있어 사상을 표현하는 도구로 계급성이 없다는 것이었다. 이는 바로 그가 오래 지나지 않아 발표한 저서 『마르크스주의와 언어학 문제』에 나온 관점이다. 마오쩌둥도 이론과 논점의 글을 발표했다. 그것은 한자와 한어를 장악하기가 쉽지는 않지만, 그러나 실제적으로 모든 사람들이 배울 수 있고 어떠한 사람도 배울 수 있는 것으로 배우기를 희망하기만 하면 끊임없이 실력을 늘릴 수 있다는 것이었다. 여기에서는 사회적 지위와 계급을 구분하지 않았다.

『중소우호동맹상호원조조약』은 이번 양국 정상의 회견과 회담의 주요 실적이었다. 1월 22일부터 긴장 속에서 회담을 시작하여 협상은 2월 14일까지 20여 일간 이어졌다. 장엄한 조인의식은 크레물린 궁에서 거행되었다. 이는 소련방문에서 마오쩌둥이 스탈린과 회담을 진행하여 얻은 최대 성과로써 방문 전체의 최대 성과를 선포한 것이었다. 결국 마오쩌둥이 자신의 생각을 굳건히 지켜서 조약을 새로 개정할 필요가 없다는 스탈린의 생각을 변화시켰고, 정식으로 중국과 『중소우호동맹상호원조조약』, 『중국장춘철도, 여순구 및 대련에 관한 협정:關于中國長春鐵道旅順口及大連的協定』 및 『소련이 중화인민공화국에 차관을 제공하는 것에 관한 협정:蘇聯貸款給中華人民共和國的協定』에 조인했다. 이는 1952년 말까지 소련이 『얄타협정』과 1945년의 『중소우호동맹조약』을 통해 중국동북에서 취득한 권리를 모두 반환하고, 경제와 국방 방면에서 중국에 원조를 할 것에 대한 약속을 의미했다. 이는 스탈린에게는 만족감을 느끼게 했고, 중국인에게는 치욕적인 불평등 협정이 모두 폐기되었음을 느끼게 했다. 이는 중국외교 역사상 전례 없었던 매우 큰 성과였다. 비록 조약 중에 아직 불평등한 요소와 인소가 남아 있었지만, 마오쩌둥이 이번 소련방문에서 얻은 거대한 성공으로 말하자면 당시의 상황으로 볼 때 기타문제는 이미 부차적인 것이었다.

국가주권과 민족이익이란 중대한 문제에서 마오쩌둥은 지금까지 양보한 적이 없었는데, 설령 스딜린에 대해서도 예외는 없었다. 그러나 마오쩌둥은 원칙을 고수했다는 전제아래 필요에 따라 타협과 양보를 능숙하게 사용했다. 중장철도에 대한 담판 중에 소련 측이 처음에는 반환을 원하지 않았으나 중국 측이 계속 요구하자 결국은 소련이 중국에 반환하는 것에 동의했다. 그러나 반환 전의 과도기 동안 공동으로 경영하는 것에 대한 지분 문제에서 중국 측이 양보를 하여 결국 협의를 이끌었다. 50년대 말 마오쩌둥은 이 중소 회담이라는 역사적인 때를 회고하면서 다음과 같이 말했다. "나는 모스크바에서 스탈린과 중소조약 문제, 중장철도, 주식합자회사 그리고 국경 등의 문제에 대하여 담판할 때, 나의 태도는 첫째, 당신이 제시하고 나는 동의하지 않는 것에 대하여 싸운다. 둘째, 만약 당신이 계속 의견을 고수한다면 나는 받아들일 수 있으나 의견을 남겨 둔다. 이것은 사회주의의 이익이 손해를 보지 않도록 배려했기 때문이다." 마오쩌둥은 이렇게 1차 소련방문에서 얻은 성과에 대하여 만족했다.

조약의 조인식은 매우 성대했다. 소련 외무장관 비신스키가 소련을 대표하고, 총리 겸 외무장관인 저우언라이가 중국을 대표하여 서명하였다. 비신스키와 저우언라이는 모두 연설을 했다. 조인식이 끝난 후에 스탈린은 축하연회를 거행하였다. 이후 바로 왕지아샹이 고별 연회 준비에 착수했다.

마오쩌둥은 크레물린 궁에서 중국 측의 연회를 개최하는 것을 거절했다. 이는 중국이 결코 소련의 속국이 아니라는 것을 강조하기 위해서였다. 마오쩌둥은 중국이 중소우호조약 체결을 축하하는 연회를 모스크바의 한 호텔에서 개최할 것을 고집했다. 또한 스탈린이 크레물린 궁에서 연회를 개최하라고 요구한 것도 아니었다. 마오쩌둥은 스탈린에게 고별연회에 참석해 줄 것을 요청했다. 한차례 복잡한 일이 있은 후, 마오쩌둥과 중국의 동지들을 존중하는 의미에서 스탈린은 그가 일생동안 지켰던 신조를 깨고 밖에서 거행한 연회에 출석하는 것에 동의하였을 뿐만 아니라, 예의를 갖춰 연회에 끝까지 함께 자리했다. 소련 정부조차도 인정할 정도로, 이는 스탈린에게는 오직 한 번 뿐이었다. 스탈린의 이런 거동은 세계여론과 매체로 하여금 마오쩌둥과 중국이 스탈린의 심중에 매우 중요한 위치를 차지했다는 것을 알 수 있게 했다.

2월 14일, 크레믈린 궁 부근의 그랜드호텔의 1층 전부를 중국대사관에서 대관했다. 오후 6시 반 소련의 고위간부와 각국의 소련주재 대사관의 사절 등 500명의 내빈이 도착했다. 그들은 모두 스탈린이 그날 참석하는지 몰랐다. 마오쩌둥과 저우언라이가 입구에서 스탈린을 영접했다. 조금 지나자 삼엄한 호위 아래 스탈린이 중앙정치국위원회 전부를 대동하고 도착했다. 마오쩌둥은 스탈린과 악수를 한 후, 스탈린을 연회장의 가운데로 안내하였다. 수많은 소련 고위간부들도 이렇게 스탈린을 가까이서 본 적이 없었는데, 이에 손님들이 모두 경악하였다. 계속해서 열렬한 박수소리가 울려 퍼졌고 마오쩌둥과 스탈린이 도착하여 자리에 착석하고 나서야 비로소 박수를 멈췄다.

연회장은 유리벽을 사이에 두고 대연회장과 소연회장으로 구분되어 있었다. 마오쩌둥, 저우언라이, 스탈린 및 소련공산당 중앙정치국위원 등은 소연회장에 자리했고, 기타 내빈들은 대연회장에 자리했다. 축배 연설을 할 때, 유리벽 때문에 연설이 잘 들리지 않았던 대연회장의 사람들이 소연회장 가까이로 몰려들었다. 유리벽이 곧 깨질 것 같이 심상치 않음을 느낀 저우언라이가 황급히 사람들을 시켜 유리벽을 치우고, 하나의 연회장으로 만들고서야 사람들이 진정하였다. 축배 연설이 다시 시작되었다.

마오쩌둥은 술잔을 들어 스탈린의 건강을 기원하고 중국과 소련의 우호만세라고 하면서 축하하였다. 스탈린도 여러 차례 잔을 들어 마오쩌둥과 저우언라이의 건강을 기원했다. 연회는 한밤중까지 이어졌고 마음껏 즐기고 흩어졌다.

고별 연회 후에 마오쩌둥 일행은 귀국 준비를 하였다. 2월 17일, 마오쩌둥은 모스크바를 떠났다. 마오쩌둥과 중국 대표단을 위해 일했던 직원들은 스탈린 주변의 크레물린 궁에서 일하는 사람들이었다. 마오쩌둥은 방문기간 동안 그들과 매우 깊은 정을 쌓았다. 마오쩌둥이 열차에 오를 때 모든 직원들이 눈물을 흘렸다. 스저는 배웅을 나온 한 장교와 이 일에 관해 언급한 적이 있었다. 그 직원은 마오쩌둥을 스탈린보다 더 가깝게 생각했다. 식당의 위생과 관리를 담당했던 할머니는 마오쩌둥이 그들을 이해하고 관심을 가졌으며 전기를 아꼈다고 말했다. 또 마오쩌둥이 자신의 방을 스스로 깨끗하게 청소했으며, 나가고 들오는 것이 매우 예의가 있었다고 말했다. 그들은 그에게 감동을 하였고 매우 좋은 감정을 가졌다.

몰로토프가 마오쩌둥이 머무는 곳까지 찾아와 마오쩌둥을 열차까지 배웅했는데, 그가 먼저 기차역에 도착하여 마오쩌둥을 영접하고 열차에 오를 때까지 배웅했다. 마오쩌둥은 기차역에서 고별연설을 했다. 그는 이번 소련 방문과 스탈린과의 회견의 성과를 매우 높게 평가하고, 이번 방문과 쌍방의 조약 체결, 협정으로 건립되는 중소 양국의 상호이해 그리고 단결과 두터운 우의를 예로 들어 그 의의를 강조하였다.

마오쩌둥의 전용열차가 중국 국경으로 들어 왔을 때, 역사적으로 매우 중요한 이번 방문은 원만한 마침표를 찍었다. 이후 중소우호 관계는 밀월의 시기에 접어들기 시작했다.

한국전쟁에서 흘린 피와 큰 시련

신중국 성립 후, 마오쩌둥은 방치된 각종 사업들이 모두 시행되기를 기다리고 있었다. 그는 당시 대만 수복에 소련이 도와주기를 희망했다. 그러나 스탈린은 김일성이 한반도를 통일하는 사업에 동의하고 비준하였기 때문에, 중공이 대만을 해방시키는 계획은 어쩔 수 없이 결렬되었다.

1950년 3월, 김일성이 비밀리에 소련을 방문했다. 스탈린은 김일성의 통일계획에 대하여 확실히 긍정적인 태도를 표시했다. 그는 김일성에게 조선(북한)의 이 계획을 반드시 마오쩌둥 동지에게 통보하라고 했다. 만약 마오쩌둥 동지도 동의를 할 경우, 그는 계획에 반대하지 않을 것이라고 했다. 5월 13일, 김일성은 중국을 방문하면서 그의 통일 계획을 가지고 갔다. 둘째 날 스탈린은 소련대사를 통하여 마오쩌둥에게 한 통의 전보를 전달했다. 전보의 내용은 다음과 같다.

마오쩌둥 동지에게!
조선의 동지와 이야기 중에 필립빠프(스탈린이 사용한 가명)와
그의 친구들이 다음과 같은 의견을 표시하였습니다. 국제 형세가
이미 변화하고 있기 때문에 그들 조선인이 다시 통일의 실현에

착수하겠다는 건의에 동의하였습니다. 그러나 부차적인 조건이 있는데 바로 최종적으로 중국 동지와 조선 동지가 공동으로 결정해야 합니다. 만약 중국 동지가 동의하지 않는다면, 이 문제에 대한 결정을 연기해야 하며, 곧바로 새로운 토론을 진행해야 합니다. 회담중의 상세 내용은 조선동지가 당신에게 설명할 것입니다.[7]

스탈린의 태도로 인해 마오쩌둥은 자연히 반대의 태도를 보일 수가 없었다. 그러나 마오쩌둥은 스탈린과 김일성이 사전에 미리 그와 상의하지 않은 것에 대하여 마음속으로 불만스러웠다. 사실 마오쩌둥은 이 시기에 한국전쟁을 벌이는 것을 희망하지 않았다.

1950년 6월 25일 한국전쟁이 발발했다. 미국은 연합국의 이름을 빌려 열 몇 개 국가의 군대를 모아 조선에 무장간섭을 했다. 미국은 동시에 제7함대를 파견하여 대만해협으로 들어서고 중국의 영토인 대만에 발을 들여 놓았다. 마오쩌둥은 일찍이 조선동지에게 미국의 간섭 가능성을 주의하라고 충고했으며, 그들이 인천 지역의 방위선을 강화하기를 희망하였다. 이는 미국이 그곳에 상륙할 가능성이 있기 때문이었다. 전쟁 상황은 마오쩌둥의 분석에 따라 변했다. 9월 25일 미군은 인천에 상륙했고 이승만 군대와 함께 조선인민군에 대하여 협공을 진행하여 매우 빠르게 3.8선을 넘었다.

---

7) 양쿠이송(楊奎松), 『마오쩌둥과 모스크바의 은원(澤東與莫斯科的恩恩怨怨)』, 강서인민출판사, 2011년 4월, p274~275.

마오쩌둥과 저우언라이는 한국전쟁의 형세를 면밀하게 관찰하여, 중국은 제국주의가 중국의 주변국을 침략하는 행위를 절대 용인할 수 없으며, 절대 좌시하지 않을 것임을 선언했다.

10월 1일 김일성은 스탈린에게 원조를 청했다. 스탈린은 신속하게 마오쩌둥에게 전보를 보내 마오쩌둥이 출병하여 조선을 도와주길 희망했다. 무산계급 국제주의의 입장에서 출발함과 동시에 중국의 국가 안전을 고려하여 마오쩌둥은 다음날 전보를 스탈린에게 보내 "우리는 지원군의 이름으로 군대를 한반도 경내에 파견하여 미국 및 이승만 군대와의 전쟁을 결정하고 조선 동지를 원조했습니다. 우리는 이것이 반드시 필요하다고 여깁니다. 만약 조선(한반도)이 미국에게 점령당했다면, 조선혁명이 근본적으로 실패하게 되면, 미국의 침략자는 더욱 창궐할 것이고 동아시아 전반에 불리할 것입니다"라고 했다.[8]

출병에 대하여 마오쩌둥은 또 다른 생각이 있었는데, 그것은 바로 중국이 출병에 있어 반드시 소련의 지지와 원조를 얻어야 했다는 것이다. 그는 즉시 저우언라이 등을 모스크바로 파견하여 스탈린과 소련의 태도를 탐색하였다.

조선 문제에 대하여 스탈린은 단호하게 미국의 침략행위에 대하여 반대했다. 저우언라이와의 회담 중에 스탈린은 소련은 일찍이 소련군대 전부를 조선에서 철수했다고 선언했는데, 지금 다시 조선으로 출병하는 것은 곤란하다. 이는 우리가 미국과 직접적으로 교전하는 것에 해당하므로 우리는 중국이 파병했다는 조건아래 중국에 무기와 장비를 제공할 수

---

8) 『건국이후의 마오쩌둥 문헌』 제1권, 중앙문헌출판사, 1987년 11월, p539.

있고, 동시에 어느 정도의 공군을 출동시켜 엄호할 수 있다고 분명하게 표시했다.

스탈린의 태도와 생각이 북경에 전해지고서야 마오쩌둥은 알았다. 조선 문제에서 스탈린은 자기 자신의 생각이 있었다. 그가 출병을 원하지 않았던 근본적인 원인은 역시 소련이 미국과 직접적인 군사 대결에 말려드는 것을 두려워했고, 새로운 세계대전이 초래할 것을 걱정했기 때문이었다. 그렇지만 이에 대하여 마오쩌둥은 당시에 5년에서 15년 내에 세계대전의 발발은 불가능하다고 예언했는데, 곧바로 한국전쟁이 끝나고서야 비로소 스탈린은 마오쩌둥의 예언이 옳았다는 것을 깨달았다.

어쨌든 마오쩌둥은 이해득실을 따져 본 후, 역시 출병하는 것이 안하는 것보다 낫다고 믿었다.

마오쩌둥의 대답은 스탈린의 예상을 크게 벗어났다. 지원군의 조선 출병은 미국군대가 국경에 주둔하는 두려운 결과를 피할 수 있게 했다. 어쨌든 1950년 10월 25일 지원군이 한국전쟁에 참전하여 1951년 6월 연속으로 5차례나 중요한 전장에 출병을 하고 미군에게 빼앗긴 3.8선까지 수복해 대치 국면을 형성했다. 투르먼이 마오쩌둥의 대담함을 알고 부득이하게 스탈린의 도움으로 쌍방이 정전을 요구하고 협정에 사인했다. 마오쩌둥도 이에 동의하고 쌍방은 일진일퇴의 담판을 벌여 1953년 7월 정전협정에 사인했다.

한국전쟁은 중소 관계를 시험했고 중국의 국제적 지위를 향상시켰다. 마오쩌둥의 소련 방문과 『중소우호동맹상호원조조약』에 서명했을 때의 스탈린은 마오쩌둥에 대하여 신임하지 않았고 또 방심하지도 않았다. 한국전쟁 발발로 조선을 지원하는 문제에 이르러 소련이 속수무책이었을 때, 마오쩌둥은 위험을 두려워하지 않고 강력히 출병을 주장하여 스탈린을 완전히 감동시켰다. 이 점에 대하여 마오쩌둥은 여러 차례 다음과 같이 말했다. "스탈린이 언제부터 우리에 대해서 안심했다는 것인가? 그것은 우리가 지원군을 파견하여 압록강을 건너고 미국에 대항하여 조선을 지원한 후이다. 우리의 군대가 강을 건너 싸우자 그가 안심했고, 우리가 절반의 티토주의(titoism)가 아니고 국제주의자이며 진정한 공산당이라고 여겼다. 우리가 모스크바에 있었을 때에는 스탈린이 우리를 완전히 믿지 않았었다."[9]

사람은 이미 떠났으나, 우의는 영원히 존재했다.

1953년 3월 5일, 조선에서 정전의 날이 멀지 않았을 때, 모스크바로부터 경악할 만한 불행한 소식이 전해졌다. 바로 스탈린이 세상을 떠난 것이었다.

바로 전날 마오쩌둥이 전보를 보내어 병환을 물었었다. "당신이 병이 위중하다는 불행한 소식을 알게 되었습니다. 중국인민, 중국정부와 저도 매우 깊은 관심을 가지고 있습니다. 당신에게 성실하고 진지하게 위문을 표합니다. 그리고 당신의 병환이 호전되어 건강을 회복하기를 희망하고, 중국과 전 세계의 평화를 사랑하는 인민의 기원으로 위로합니다."[10]

---

9) 우렁시(吳冷西) , 『十年論戰: 1956~1966 중소 관계 회고록』 상권, 신화출판사, 1999, p18.
10) 『인민일보』 , 1953년 3월 5일.

마오쩌둥은 스탈린의 불행한 사망소식을 들은 당일 즉시 주떠(朱德), 저우언라이 등 당의 주요 지도자들에게 명령을 내려 소련 주 중국대사관 앞으로 애도의 뜻을 전했다. 알렉산더 S. 판유스킨 대사를 불러 중국공산당과 정부 그리고 중국인민의 스탈린에 대한 무한한 애도와 추앙의 정을 전달했다. 마오쩌둥은 또 친히 중앙인민정부 령을 발령하여 애도기간에 전국의 모든 기관과 단위에 연회와 오락 활동을 금지하고 조기를 걸고 애도를 표시하라고 했다. 마오쩌둥은 뒤이어 저우언라이를 대표로 소련에 파견하여 스탈린의 장례식에 조문하게 했다.

스탈린에 대한 그리움을 표현하기 위하여 마오쩌둥은 3월 9일 『인민일보』의 첫 면에 「가장 위대한 우의(最偉大的友誼)」라는 유명한 글을 발표하였는데, 스탈린의 일생에 대하여 높은 평가를 하고 그를 당대 세계 공산주의 운동의 위대한 스승이라고 했다. 그는 중국인민의 해방과 건설 사업에 숭고한 지혜를 바쳤으며, 우리는 이러한 위대한 영수와 가장 진실한 친구를 잃어 무한한 비통을 느낀다고 했으며, 또 단호하게 중소 양국 인민 간에 이 위대한 우의를 영원히 유지해야 한다고 했다.

3월 9일 모스크바에서 스탈린을 위한 추도 대회가 하루 동안 거행되고, 북경에서도 천안문광장에서 60만 명의 추도 대회가 거행되었다. 그리고 전국 각 도시에서 애도활동을 진행하도록 하여 이 세계적인 무산계급혁명의 지도자를 애도했다.

스탈린의 사망에 마오쩌둥은 매우 비통해 했다. 비록 이 소련 지도자가 중국혁명의 몇 십 년 동안 마오쩌둥에 대하여 적지 않은 의심과 오해 그리고 불신임을 가지고 있었고 심지어 압제와 배척을 하였지만, 마오쩌둥은 이미 그 역사적인 은원을 떨쳐 버렸다. 1949년 연말의 역사적

만남 및 한국전쟁이라는 시련에 의해 마오쩌둥과 스탈린은 상호 존중의
우의를 맺었다.

마오쩌둥은 스탈린에게 탄복했고 스탈린도 마오쩌둥을 매우 공경했다.
스탈린은 비교적 오만했다. 그러나 마오쩌둥에 대해서는 달랐는데, 그는
이 동방대국의 수반을 매우 존중했다. 중국혁명의 성공경험을 중요하게
생각했다. 『마오쩌둥선집』의 출판, 특히 러시아어판의 발행에 대한
스탈린의 관심과 도움은 밀접한 관계가 있다. 스탈린의 일생 중 최후 몇
년 동안 중소 양당과 양국관계의 사정에 대하여 언급할 때, 크고 작음을
막론하고 그가 모든 것을 직접 물어보고 직접 처리했다. 이는 스탈린이
마오쩌둥에 대한 존중과 중국에 대한 깊은 관심을 충분히 표현했다고 할
수 있다.

중국은 마지막에 공공장소에서 스탈린의 초상을 치워버리고 또 스탈린을
위해 공개 변호하는 것을 중지한 것은 모두 마오쩌둥의 결정이었다. 어떤
학자는 비록 마오쩌둥이 스탈린에게 많은 원한이 있었지만 그는 스탈린을
동정하고 이해했다고 말했다. 그의 사상체계가 스탈린과 상당히 많이
비슷하였기 때문에 두 사람은 마르크스주의의 주요관점에 대한 이해에
있어서 거의 일맥상통했다.

2

겉으로는 친해 보이지만, 속으로는 각자
딴마음이 있어 공식적으로 결별하다
— 마오쩌둥과 후르시초프

2

겉으로는 친해 보이지만, 속으로는 각자
딴마음이 있어 공식적으로 결별하다
— 마오쩌둥과 후르시초프

후르시초프는 1894년 러시아의 한 광부의 가정에서 태어났다. 1918년에
그는 공산당에 가입했다. 1929년에 모스크바 공업학원에 들어가고, 졸업
후 모스크바지역 위원회 서기, 시위원회의 서기로 일했다. 1938년에는
우크라이나 중앙 제1서기로 일했다. 1949년에는 중앙서기 겸 모스크바
시위원회 제1서기로 일하고 1953년 9월 당 중앙 제1서기에 당선되었다.
1958년에는 소련 장관회의 주석을 겸임했다. 1964년 10월에 소련 공산당
중앙 제1서기의 직무에서 해임되고 다음날 또 소련 장관회의 주석의
직무에서 해임되었다. 1971년 9월 11일 세상을 떠났다.

마오쩌둥과 후르시초프의 왕래는 극히 희극적이었다. 이 두 명의
지도자는 특별한 문화 배경, 가치관 그리고 성격을 가지고 있었는데,
그들의 관계 발전과 결말에 심각한 영향을 미쳤다. 그러므로 매우 중요한
역사적인 가치를 가지는데, 그들의 왕래에서 우리는 당시 중소 관계
발전의 행적을 알 수 있다.

"후르시초프의 이 한 송이 꽃은 나 마오쩌둥보다 보기 좋다."

　스탈린 사후 후르시초프는 소련공산당 내 권력 투쟁 속에서 우세한 지위를 차지하고, 1953년 9월에 소련의 새로운 지도자가 되었다. 그리고 그는 중국공산당의 인정과 지지를 얻기 위해 매우 노력했다.

　1954년 9월 29일, 후르시초프는 중국에 우호방문을 정식으로 추진하고 국경절 경축행사에 참가했다. 이는 소련의 성립 이래 처음으로 소련 최고 지도자가 중국을 방문하는 것이었다. 9월 30일, 후르시초프는 중화인민공화국 성립 5주년 경축 집회에 참가하여 장문의 연설을 발표했다. 그날 오후에 마오쩌둥은 후르시초프를 수장으로 한 소련정부 대표단을 만났다. 마오쩌둥은 후르시초프에게 다음과 같이 말했다. "우리는 국제정세와 대외정책의 방면에서 항상 서로 논의하고, 조화롭게 조절하여 대외적으로 일치해야 합니다. 그리고 국내 사무와 경제건설 측면에서 상호 도움을 주고 상호 보완하고 상호 협조해야 합니다." 후르시초프는 이 마오쩌둥의 관점에 찬성했다.

　1954년 10월 12일, 중소 쌍방이 중소양국 정부의 『중소 관계와 국제 정세의 각 항목에 관한 연합 선언』, 『일본과의 관계문제에 관한 연합 선언』, 『여순구의 해군 주둔지 문제에 관한 연합 성명』, 『각 주식회사 중의 소련 측 주식을 중화인민공화국에 인도하는 것에 관한 연합 성명』, 『과학기술합작협정에 관한 연합 성명』 등을 체결했고, 또 『소련정부가 중화인민공화국정부에게 5억 2천만 루블의 차관을 장기적으로 제공하는 것에 관한 협정』과 『소련이 중화인민공화국정부에 15개 항목의 새로운 산업체 건립에 관한 협조와 기존의 협정규정인 141개 항목의 기업설비를 확대하기 위한 제공 범위에 관한 의정서』 등을 체결했다.

상상하기 어렵지 않듯이 후르시초프는 소련공산당 내의 반대를 전혀 고려하지 않고 중국에게 대규모의 건설자원을 제공하는 것을 고수하였고, 또 스탈린이 이전에 중국에 강화한 중국의 주권과 권익에 손해를 끼친 협정과 조항을 폐지함으로써, 중국공산당과 인민의 호감을 얻었으며 마오쩌둥에게 매우 깊은 인상을 남겼다. 쌍방의 관계는 이후 상당히 밀접한 관계로 발전했다. 후에 이에 대하여 마오쩌둥은 소련 주중대사 유진에게 다음과 같이 말했다. "후르시초프 동지의 집권을 우리는 매우 기뻐하고 있으며, 1954년의 제1차 회견은 매우 적절했습니다."

그러나 2년 후 후르시초프는 소련공산당 20대 회의 비밀보고 중, 평화과도기의 사상과 스탈린에 대한 평가문제로 인하여, 마오쩌둥과 후르시초프의 사이에 세워진 신임관계에 음영이 드리워지기 시작했다. 마오쩌둥은 후르시초프에 대하여 담대하게 폭로하고 맹목적인 숭배를 타파하면서 계속 긍정적인 평가를 해주었다. 그러나 스탈린에 대한 평가문제에 대해서는 마오쩌둥이 1965년 3월 31일 소련대사 유진에게 다음과 같이 말했다. "스탈린을 비평하는 문제에서 중국인은 먼저 말하는 것을 좋아하지 않습니다. 이는 소련 공산당이 스스로 폭로한 것으로 이것은 좋은 일입니다." 이후 그는 많은 시간을 할애하여 유진과 그가 본 스탈린이 중국 문제에 있어서 종종 실수한 것에 대하여 이야기했고, 또 이미 오래된 불만을 표시한 적이 있었다. 하지만 마오쩌둥은 계속 스탈린은 위대한 마르크스레닌주의자이며 우수하고 충실한 혁명가라고 생각했다. 또 그가 좋은 의도로 잘못을 범한 것으로 이는 인식의 차이이며, 게다가 모든 문제에 대하여 잘못을 범한 것은 아니고 부분적인 문제에 대하여 잘못을 범한 것이라고 했다. 그러므로 마오쩌둥은 천안문에 걸린 스탈린의 초상을 내릴 필요가 없다고 결정했다.

폴헝 사건(폴란드와 헝가리에서 발생한 군중 가두시위) 발생 이후, 중소 양당은 스탈린 문제를 두고 의견이 갈리는데, 점점 당내에 공론화가 되었다. 이때 마오쩌둥은 정세를 예측함에 있어서 그렇게 낙관하지 않았으며, 후르시초프에 대한 인상도 점점 나빠지기 시작했다. 심지어 후르시초프가 마르크스레닌주의를 따르지 않고 있으며, 혁명사상도 결핍되어 있다고 생각했다.

1957년은 10월 혁명 40주년에 마오쩌둥은 국제 정세에 큰 변화가 일어나고 있기 때문에 각국 공산당은 마음이 서로 통해야 하며, 10월 혁명의 보편적 의의를 새롭게 명확히 해야 한다고 생각했다. 이를 위하여 마오쩌둥은 두 번째로 소련을 방문하는데, 이는 그의 두 번째이자 마지막으로 외국을 방문하는 것이었다. 그의 이번 소련 방문의 목적은 소련 40주년 국경일 활동에 참가하기 위해서이며, 세계각국공산당과 노동당 대표회의에 참석하기 위해서였다.

11월 2일, 마오쩌둥은 중국당정 대표단을 이끌고 모스크바 부노코보 국제공항에 무사히 도착했다. 마오쩌둥이 비행기 입구에 모습을 드러내자마자 비행기 트랩 아래에서 박수소리가 울려 퍼졌다. 미리 나온 환영인사들이 매우 많았으며 의장대도 있었다.

마오쩌둥은 천천히 트랩을 내려왔는데, 단지 발아래를 조심하고자 했을 뿐 결코 환영인파를 의식하지 않았지만, 이미 박수소리는 열정적으로 울려 퍼졌다. 마지막으로 세 번째 계단이 남았을 때, 그는 고개를 들어 후르시초프가 양손을 내밀어 환영을 표시하는 것을 보았다. 마오쩌둥의 장엄한 얼굴에도 우호적이고 깊은 미소가 떠올랐다. 그리고 후르시초프와 악수를 하며 포옹을 했다.

이어서 마오쩌둥은 공항에 마중을 나온 소련 당(黨), 정(政), 군(軍)의 고위 지도자들과 차례대로 악수를 했다. 후르시초프가 그의 옆에서 소개를 했다. 이후 마오쩌둥은 후르시초프의 인도아래 삼군 의장대를 사열했다.

후르시초프와 만난 적이 있는 외국 지도자들은 후르시초프에 대하여 이야기 할 때, 대체로 두 가지 인상을 가졌다. 혹자는 매우 시끄럽고 매우 의기양양하고 기뻐서 덩실덩실 춤을 추는 것 같다고 하고, 혹자는 교양이 없고 성질이 급하고 거만하며 제멋대로 군다고 했다. 예를 들어 신발을 벗어 연합국 회의에서 책상을 치는 행동 등이다. 그러나 후르시초프는 마오쩌둥의 면전에서는 전혀 그런 모습을 보이지 않았다. 그는 엄숙하고 진중하고 게다가 예의를 지켰다.

마오쩌둥은 이번 소련방문에서 후르시초프에게 가장 높은 예우를 받았다. 모든 기타 국가와 당의 지도자들 모두 레닌산 등에 숙소를 배정받았는데 반해 마오쩌둥은 크레물린 궁에 배정받았고 게다가 가장 호화로운 에카테리나 여왕의 침궁에 머물게 했다. 전체 회의기간에 모든 지도자들이 사전에 연설원고를 인쇄하여 대회 주석단에 제출해야 했는데, 마오쩌둥만이 연설문 없이 발언이 가능했다.

후르시초프는 마오쩌둥을 직접 인도하여 차를 타고 공항에서 숙소로 이동하게 하고, 마오쩌둥의 담당직원이 시기적절하게 샴페인을 전달하게 지시했다. 쌍방이 잔을 들어 후르시초프가 소련 측 대표로 열정이 충만한 환영사를 하고 마오쩌둥이 중국 측 대표로 감사의 말을 전했다. 이어 잔을 부딪치고 호감을 표시하는 소리가 한차례 울려 퍼졌다.

간단한 환영의식이 끝난 후 후르시초프는 마오쩌둥에게 일찍 휴식을 취할 것을 제의하고는 소련 측 인사들을 인솔하여 자리를 떴다.

마오쩌둥이 크레믈린 궁에 머무는 동안 후르시초프의 대우가 극에 달했다. 매일 아침 찾아와 인사를 했고 예를 다해 대접했다. 후르시초프는 마오쩌둥과 거의 떨어지지 않았다. 소련 측의 이런 열정적인 접대를 받았기 때문에, 마오쩌둥은 후르시초프에 대하여 호감을 갖게 되었다.

10월 혁명의 승리 40주년을 경축하기 위한 행사 도중에 마오쩌둥은 레닌산에서 집회군중을 향하여 열정이 충만한 연설을 발표했다. 그는 연설 중에 매우 신중하게 당시 중소 양당과 국제 공산주의 운동 중에 존재했던 원칙에 대한 충돌문제를 언급했다. 즉, 스탈린 문제, '평화가 사회주의로 넘어가는' 문제 등과 같은 소위 민감한 문제들이었다. 그는 레닌을 칭찬했고, 10월 혁명의 보편적 의의를 칭찬했고, 소련 공산당과 소련 인민이 세계혁명을 위해 이룩한 거대한 역사적인 공헌을 칭찬했다. 그는 중소 우의와 소련을 수장으로 하는 사회주의 진영의 단결과 우의를 외치고, 심지어 가장 아름다운 단어를 사용하여 소련 인민이 소련공산당 20차 대표회의 방침아래 얻은 위대한 성과를 칭송했다.

그의 그런 높은 기세와 성대하고 높은 목소리는 레닌산의 상공, 모스크바 전체 그리고 소련 하늘에 울렸다. 지구상 무릇 라디오가 있는 지방이라면 모든 사람들의 마음을 격양시키는 그의 소리를 들을 수 있었다. 그 소리는 끊임없이 울려 퍼졌고 또 장시간 폭풍우와 같은 열렬한 박수소리가 울려 퍼졌다.

11월 7일 후르시초프는 마오쩌둥과 어깨를 나란히 하고 레닌의 묘소로 이동하여 소련의 막강한 군사력을 사열하고 만세를 부르며 환호하는 군중의 행진을 참관했다.

마오쩌둥에 대한 인민들의 이런 친근하고 열정적인 분위기는 후르시초프를 감동시켰다. 하물며 그는 마오쩌둥이 그와 논쟁을 격렬하게 했을 때에도 여전히 공산당과 노동당을 위해 수많은 일을 했고 '소련을 수반으로 하는' 생각을 지켰음을 알고 있었다. 모스크바에 도착한지 얼마 지나지 않아 마오쩌둥은 폴란드 등의 당과 국가 지도자들과 담화를 나눌 때, "중국은 작은 나무이고 소련은 큰 나무이다. 중국은 인구 방면에서는 대국이라 할 수 있지만 경제 방면에서는 오히려 소국이다. 우리의 철강생산량은 벨기에보다 적고, 폴란드와 비슷하며, 겨우 500만 톤인데 소련은 5,000만 톤이다"라고 강조했다.

11월 14일, 12개 사회주의 국가 공산당과 노동당 대표회의에서 마오쩌둥은 첫 번째로 발언하며, 공개적으로 다음과 같이 표명했다. "우리 중국이 우두머리가 될 수 없는 것은 이런 자본이 없기 때문이다. 우리는 경험이 적다. 우리는 혁명의 경험은 있으나 건설의 경험은 없다. 우리는 인구 방면으로는 대국이나 경제 방면으로는 소국이다. 우리는 위성의 반쪽도 쏘아 올린 적이 없다. 이렇듯 우두머리가 되는 것은 매우 곤란하며, 회의에 참석한 사람들이 동의하지 않을 것이다. 소련 공산당은 40년의 경험이 있는 당으로 그 경험이 매우 완벽하다."

회의 기간 동안 전반적으로 마오쩌둥의 표현은 매우 활기가 넘쳤고, 자연스럽게 회의의 중심이 되었다. 그의 명망과 지도자적인 풍모에 후르시초프는 약간 질투를 느꼈다. 그러나 결론적으로 말하자면 그는 매우 기뻐했다. 이는 국제 공산당 운동에서 대단히 중요한 지위를 차지하고 있던 중국 공산당의 마오쩌둥이 후르시초프와 소련 공산당을 지지했기 때문이다.

각국 공산당과 노동당 대표회의는 두 단계로 나뉘었다. 하나는 11월 14일부터 16일까지의 사회주의 국가 공산당과 노동당 대표회의였고, 다른 하나는 17일부터 18일까지의 세계 각국의 공산당과 노동당의 대표회의였다. 18일, 64개의 공산당과 노동당 대표회의에서 모든 발언자가 사전에 미리 제출한 발언문에 따라서 발언을 했는데, 마오쩌둥만 열외였고, 또 모든 발언자들이 주석대 앞으로 나가서 연설을 했는데, 이 역시 마오쩌둥만 열외였다.

이 회의 전에 마오쩌둥은 후르시초프와 단독회담을 하였다. 회담 중에 마오쩌둥은 소련이 얼마 전에 성공적으로 발사한 인공위성에 대하여 엄지를 치켜세우며 다음과 같이 말했다. "훌륭합니다. 소련은 또 인공위성을 하늘에 올렸습니다. 대단합니다! 세계가 미국을 지나치게 치켜세우는데, 그들은 왜 감자 한 알 조차도 올리지 못할까요? 이는 매우 큰 의미가 있습니다. 이는 사회주의제도의 우월성을 설명하는 것입니다." 마오쩌둥은 이야기를 여기까지 하고 잠시 쉰 다음, 진지하게 후르시초프에게 다음과 같이 물었다. "당신들이 힘을 더 낸다면, 10년 안에 주요 경제지표에서 미국을 초월할 수 있겠습니까?"

후르시초프가 잠시 생각을 한 후 고개를 끄덕이며 말했다. "우리가 노력한다면 가능합니다."

마오쩌둥은 엄숙하게 말했다. "위성발사 성공의 소식을 들은 후, 저는 줄곧 이 문제를 생각했습니다. 우리 모두 목표를 세워야 합니다. 당신은 10년 안에 미국을 따라 잡고 우리는 15년 안에 영국을 따라잡아야 합니다!" 이는 마오쩌둥이 당시 국제정세에서 사회주의의 역량이 제국주의의 역량을 전반적으로 압도했다고 생각했다는 것을 알 수 있다. 또 이러한 마음을 가지고 있었기 때문에 비로소 그는 18일의 회의에서 연설을 진행한 것이다.

비록 마오쩌둥은 후르시초프의 방법에 대하여 많은 불만을 가지고 있었지만, 세계 공산주의 운동의 단결과 중소 관계의 보호라는 대국적 입장에서 그는 항상 크고 공통적인 것은 취하고 작고 다른 것은 남겨두는 원칙을 고수했다. 그는 수차례 소련 지도자에게 다음과 같이 표시했다. 국가관계에서 우리는 일치단결해야 한다. 소련에 불리하다면 우리는 모두 반대한다. 이번 소련 방문에서 그는 항상 수많은 형제당의 지도자들을 열심히 설득하고 '소련을 수반'으로 하는 논조를 지켰다. 이는 후르시초프를 감동시켰다. 18일 회의에서 그는 다음과 같이 말했다. "후르시초프의 한 송이 꽃은 나 마오쩌둥의 것보다 보기 좋습니다." 그러나 "어떠한 사람이라도 모두 사람의 도움이 필요합니다. 사내대장부라 하더라도 세 번의 도움이 필요하고 울타리도 세 개의 말뚝이 필요합니다. 이는 중국의 고사성어입니다. 또 중국에는 다음과 같은 성어가 있는데, '연꽃이 비록 보기 좋지만 녹색의 잎이 꽃을 받쳐야 한다'는 것입니다. 나는 후르시초프의 연꽃이 비록 좋다고 했지만 녹색 잎의 도움도 필요하다고 생각합니다. 나 마오쩌둥의 연꽃은 보기 좋지 않아 더욱 녹색 잎의 도움을 필요로 합니다."[11]

톨리아티(Palmiro Togliatti, 이탈리아 정치가)가 앞장서서 박수를 치자 박수소리는 홀 전체에 울려 퍼졌다. 후르시초프는 감격해 하며 톨리아티를

---

11) 『모택동문집』 제7권, 인민출판사, 1999년 6월 제1판, p330.

바라보았다.

　마오쩌둥이 톨리아티가 있는 쪽을 슬쩍 한번 보고는 그의 대각선 맞은 편에 앉아 있는 유고슬라비아 공산주의자 연맹 대표 카르델을 바라보았는데 눈빛에 우호의 감정이 넘쳐흘렀다.

　20국 선언에 유고슬라비아 대표가 서명을 원하지 않는 일에 대하여 마오쩌둥은 다음과 같이 말했다. "나는 또 유고슬라비아의 동지들이 제2차 선언에 서명할 준비를 하는 것이 기쁩니다. 그들이 육십 몇 개 당의 평화선언에 대한 서명표시를 한 것은 무엇 때문이겠습니까? 바로 단결을 표시한 것입니다. 20국 선언에는 그들의 서명이 없지만 20국 중에 단지 하나의 국가가 없는 것입니다. 그들이 서명하는 것이 곤란하다고 하면 우리는 그것도 괜찮다고 생각합니다. 우리는 강요해서는 안 됩니다. 유고슬라비아가 서명을 원하지 않으면 안하는 것도 좋습니다."[12] 카르델이 당시 매우 감동받았다는 것을 자리한 모든 사람들이 느꼈다.

　마오쩌둥은 현재 세계는 양대 진형으로 나뉘어 서로 대립하고 있다고 말했다. 누구의 힘이 더 강한가를 논할 때, 그가 제2차 세계대전 당시 미국, 영국 그리고 소련의 철 생산량이 각각 얼마나 되는지에 대하여 계산을 하고는 손짓을 하면서 두 개의 숫자를 말했다. 이는 그가 이틀 전 식사를 할 때, 한편으로는 소련 크레물린 궁의 주방장 이바노비치가 만든 메추라기 구이를 맛보면서, 다른 한편으로는 푸쇼우창(浦壽昌) 동지에게 다음과 같이 물었다. "당신은 미국에 여러 해 있었는데, 미국의 주요 경제 상황을 나에게 설명해 줄 수 있겠습니까?" 이에 푸쇼우창이 적지 않은

---

12) 『모택동문집』 제7권, 인민출판사, 1999년 6월 제1판, p330.

숫자를 말해주었는데, 마오쩌둥은 깜짝 놀랄만한 기억력으로 이를 전부 암기하고 이 회의에서 전부 언급했다는 것이다. 그는 계속해서 말을 했다. "그러나 미국과 영국은 독일과 일본을 삼킬 수 없으며, 단지 소련의 도움을 구해야 가능합니다. 미국이 매우 대단하다고 말하지 않습니까? 그런데 왜 현재 감자 한 알도 쏘아 올리지 못하는 것입니까?" 이에 홀 전체에 박수소리와 환호성이 울려 퍼졌다.

최초로 인공위성 발사에 성공한 것은 역사에 한 획을 긋는 사건이었다. 소련의 실력도 인공위성발사 성공 때문에 세계의 주목을 받았다. 당시 사회주의 진영 전체가 매우 고무되어있었다. 마오쩌둥은 역량을 완벽하게 분석하고 비교한 후, 격앙되고 큰 소리로 당시 세계 형세에 대한 자신의 판단을 밝혔다. "동풍이 서풍을 압도했습니다." 동시에 그는 후르시초프와 나눈 이야기를 즉흥적으로 꺼내어 회의에서 엄숙하게 선포했다. "중국이 15년 후에 영국과 대등하거나 추월해야 합니다."

후르시초프는 갑자기 마오쩌둥을 향해 박수를 쳤다. 그러나 마오쩌둥은 자신의 이 즉흥적인 이야기에 대하여 결코 기뻐하거나 감격한 것은 아니었다. 마오쩌둥은 이 연설을 이용하여 자신의 생각을 표현하였는데, 그중 어떤 사상은 후르시초프와 이미 사적인 자리에서 격렬하게 논쟁을 벌인 것이었다. 그러나 마오쩌둥은 후르시초프를 반대하는 것이 아니었으며 단지 보류한 것이었다. 반대로 그는 기회를 포착하여 각 공산당 영수들을 설득하여 그의 관점을 받아들이게 하고 싶어 했으며, 적어도 정확하게 그의 관점을 이해시키고 싶어 했던 것이다.

마오쩌둥은 또 그가 매우 자랑스럽게 여기는 '종이 호랑이'에 관한 유명한 말을 언급하면서, 각국의 공산당으로 하여금 용기를 낼 수 있게 격려하고,

'전략적으로 적을 경시했다.' 그는 다음과 같이 말했다. "강하다고 하는 모든 반대파는 종이 호랑이에 불과한데, 그 원인은 인민과 단절했기 때문이다. 미국과 원자탄도 종이 호랑이이므로 두려워할 필요가 없다." "현재 또 하나의 상황을 예상해야 하는데, 그것은 전쟁을 일으키려고 하는 미친 사람인 그들이 원자탄과 수소폭탄을 도처에 떨어뜨릴 수 있다는…" 이 문제에 대하여 마오쩌둥은 정중하게 사회주의 국가는 영원히 전쟁의 침략자가 돼서는 안 된다고 발표했다. 그는 가장 나쁜 상황에서 출발하여 전쟁의 결말을 고려하고는 모든 대표들에게 말했다. "나는 한 분의 외국정치가와 이 문제를 논의한 적이 있습니다. 그는 만약 핵전쟁이 벌어진다면 인류사회는 멸망할 것이라고 생각하고 있습니다. 그러나 저는 극단적으로 말해서 인류의 반이 죽고 반이 살아남고, 제국주의를 이기고 전 세계가 사회주의화 된 다음 시간이 지나 또 27억이 생기고 반드시 좀 더 많아질 것이라고 생각합니다. 우리 중국은 아직 완성되지 않았고, 평화를 희망합니다. 그러나 만약 제국주의가 싸움을 건다면 우리는 부득이 마음을 다잡고 싸움을 끝낸 다음 다시 건설할 것입니다. 만약 전쟁을 두려워하면 전쟁이 일어났을 때 당신들은 어떻게 하겠습니까?"[13]

후르시초프와 적지 않은 사람들은 마오쩌둥의 이 변증법적 사상을 받아들이기 매우 힘들어 했다. 후르시초프가 후에 다음과 같이 변론했다. "원자탄은 무슨 '종이 호랑이'가 아니다. 사회주의와 자본주의를 막론하고 핵전쟁이 일어난다면 전 세계가 아마도 멸망할 것이며, 그런 다음 무슨 인민이 있어 의지할 수 있겠는가?"

---

13) 『모택동문집』 제7권, 인민출판사, 1999년 6월 제1판, p326, 328.

후르시초프는 작고 두툼한 손으로 빛나는 정수리를 가볍게 쓰다듬었다. 그는 약 1개월 전에 서명한 그 협정을 후회했다. 1957년 10월 15일 중국과 소련은 국방신기술협정에 사인했는데, 소련은 중국에게 원자탄 샘플 한 기와 이런 종류의 원자탄을 생산하는 것에 대한 관련 기술 자료를 제공해야 했다. 그러나 중국이 원자탄을 생산하는 것은 아직 요원한 일이었고, 현재 중요한 것은 중국공산당 수뇌가 원탁 앞에 앉아, 『모스크바 선언』과 『평화 선언』 이 두 개의 문건에 서명을 했다는 것이다. 후르시초프는 수많은 양보를 하게 되었지만 기본적인 목표는 달성했다. 그는 모스크바 회의에 대하여 만족했다. 마오쩌둥도 반드시 타협을 필요로 했지만 기본적인 목표는 달성했다. 그도 모스크바 회의에 만족했다.

소련공산당 중앙은 크레물린 궁의 에카테리나 홀에서 연회를 거행했다. 각국의 대표단을 초대했다. 그 전에 마오쩌둥은 모스크바 대학에서 중국유학생들을 향하여 연설하면서 자신의 관점을 거듭 표명했다. 외교적인 측면에서 소련 측은 그들이 느낀 불만을 제때에 중국에게 말하지 않았다. 후르시초프는 변함없이 정성스레 연회를 거행하고 배웅했다.

마오쩌둥은 연회에서 축배를 들며 말했다. "소련 공산당 중앙과 소련 정부의 초청에 감사합니다. 오늘 우리를 초대하여 이렇게 많은 맛있는 음식을 대접해 주셔서 감사합니다. 우리는 두 번의 매우 만족한 회의를 열었습니다. 모두 단결해야 합니다. 이는 역사적인 요구이며 각국 인민의 요구입니다." 그리고 또 말했다. "중국 고시(古詩)에, '두 개의 진흙으로 만든 보살이 있어 같이 부서지고 물로 조화를 이뤄 다시 두 개가 되니, 나의 몸에 네가 있고 너의 몸에 내가 있다'는 말이 있습니다." 그러자

연회장에 열렬한 박수소리가 울려 퍼졌다. 후르시초프는 술잔을 들어 한편으로는 큰소리로 좋다고 외치고, 다른 한편으로는 마오쩌둥과 술잔을 부딪치니 맑은 소리가 울렸다.

'중국인은 가장 어렵게 동화했다'

1958년의 시작과 함께 몇 달 동안 중소 관계는 기본적으로 안정적인 분위기 속에서 지나갔다. 특히 유고슬라비아 당을 비판하는 문제에서 마오쩌둥은 후르시초프를 칭찬했다. 4월 초 후르시초프는 중공 중앙에 편지를 보내 소련 중앙은 남공 7대(유고슬라비아 공산당 7차 대회)에 대표단을 파견하지 않는다고 표시했다. 이에 중공 중앙은 전혀 주저함이 없이 지지를 보냈다. 그러나 남공 7대 개최 전에 소공 중앙기관 간행물인 『공산당인』에 글을 발표하고 소련은 "동지의 예로" 유고슬라비아가 막 제안한 7대 토론의 새로운 당 규정을 비판했다. 마오쩌둥은 이 소련 중앙의 글에 대하여 만족하지 못했다. 5월 4일, 마오쩌둥이 검토하여 『인민일보』에 논평을 발표하여 분명하고 단호하게 티토 '지도자 집단'을 미국의 추종자로 간주했다. 5월 9일, 소공 중앙은 유고슬라비아 7차 대회에서 통과된 강령초안에 대하여 비교적 날카로운 비평을 진행했다. 마오쩌둥은 이에 대하여 매우 기뻐하며, 다음과 같이 지적했다. "소련 공산당이 5월 9일 유고슬라비아에게 보낸 편지는 매우 좋은 글이다.

우리의 입장과 완전히 일치했다. 그들은 깨달았고 일어났다."[14] 그는 또 등소평에게 지시하여 소련공산당의 편지를 인쇄하여 중국 공산당 8차 대회 제2차 회의에 참가한 대표들에게 나눠 주었다.

이는 마오쩌둥이 소련 측에 대하여 좋은 감정 상태를 유지하고 있었음을 알 수 있게 했다. 또 그가 제2기계공업부의 보고에서 다음과 같이 지시한 것을 보면 알 수 있다. "소련 전문가들은 모두가 좋은 동지이고 이치에 맞아 늘 이야기가 통했다. 무릇 소련 전문가가 있는 지방은 모두 이에 따라 처리해야 하고 어떠한 예외도 허락하지 않는다. 공산주의자의 대오에서 보면 사해의 모두가 형제이므로 반드시 소련동지를 자신의 사람처럼 대해야 한다."

그러나 마오쩌둥의 이런 '소련 동지'에 대한 인상이 좋은 즐거움은 오래 지속되지 않았다. 6월 7일, 마오쩌둥은 소련이 제의한 중국남방지역에 고출력의 장파(長波)라디오 방송국을 쌍방합작 건설하는 것에 관하여 국방장관 펑더후이(彭德懷)의 보고를 받았다. 중국 측의 주장은 소련이 기술과 설비를 제공하고 중국이 투자를 하되, 소유권은 중국에 있고 완공 후 쌍방이 공동으로 사용하는 것이었다. 그러나 소련 측은 소련이 첨단 기술에 대한 통제권을 가지기를 고수했다.

이에 대하여 이해할 수 없었던 마오쩌둥은 자본은 반드시 중국으로부터 나와야 하고 소련으로부터 나와선 안 된다고 강력하게 주장하였다. 만약 장파라디오 방송국의 일 만이라면 마오쩌둥이 아마도 그렇게 화를 내지 않았을 것이다. 그러나 이어서 발생한 '공동함대건립'문제는

---

14) 『건국이후의 마오쩌둥 문헌』 제 7권, 중앙문헌출판사, 1992년 8월 제1판, p229.

마오쩌둥은 위 사건과 연결하여 생각하게 되면서, 후르시초프가 또 대국의 쇼비니즘을 벌인다고 의심하게 했다. 이는 이미 자신 있게 각국 공산당들과 권위적인 지위를 세운 마오쩌둥을 매우 화나게 했다. 7월 21일, 유진이 마오쩌둥에게 후르시초프와 소련 공산당 중앙 주석단의 '소련과 중국의 잠수함 함대 공동 건립을 하자'는 건의를 전달하고, 동시에 저우언라이와 펑더후이가 모스크바를 방문하여 구체적인 협상을 진행하기를 희망했다고 전했다. 마오쩌둥은 즉시 다음과 같이 표시했다. "먼저 방침을 명확히 해야 합니다. 우리가 하고, 당신들이 지원하는 것입니까? 아니면 오직 같이 해야만 하는 것으로, 당신들과 같이 하지 않으면 도와주지 않을 것입니까? 이는 바로 당신들이 우리를 압박하여 같이 하고자 하는 것입니까?" 마오쩌둥은 소련 측이 제의한 '잠수함 함대의 공동 건립'에 동의할 수 없었다. 그래서 그는 유진에게 다음과 같이 말했다. "우리는 당신들을 불러 우리의 일을 도와달라고 하고 싶었는데, 당신들은 도리어 합작회사를 하고 싶어 합니다. 합작회사의 문제에 대하여 우리는 생각해 본 적이 없기 때문에, 먼저 의논해 보아야 하고 동의했다면 사람이 갈 것이고 동의하지 않는다면 당신들이 도와주지 않을 것이므로 우리는 일을 하지 못할 것입니다." 그날 저녁 마오쩌둥은 잠을 이루지 못했다. 마오쩌둥은 다음 날 유진을 만나 매우 날카롭게 말했다. "당신들이 어제 돌아간 이후 나는 잠을 자지 못했고 식사도 못했습니다.", "몇 년 전 후르시초프 동지가 4개의 합작회사를 없애고 여순기지에서 철수했습니다. 스탈린 때에는 여기에 통조림 가공공장을 만들어야 했습니다. 나는 대답하기를 당신들이 우리에게 설비를 제공하고 우리를 도와 건설해 달라고 했습니다. 상품은 모두 당신들에게 주었습니다. 후르시초프

동지는 나를 칭찬했고 나에게 대답하기를 좋다고 하였습니다. 그런데 왜 지금 또 해군 합작회사를 만들어야 하는 것입니까? 이는 나에게 스탈린 때의 일이 또다시 발생한다고 생각하게 합니다. 장파라디오 방송국도 좋고 해군 잠수함도 좋지만, 모두 소유권이 문제이고 정치적인 문제이니 아무래도 좋은 이야기가 없을 것 같습니다. 스탈린이 살아 있을 때에도 우리는 공동경영을 하지 않았습니다. 공동경영을 원했다면 모든 것을 공동으로, 육 해 공군, 공업, 농업, 문화, 교육 모두를 공동 경영하는 것은 어떻겠습니까? 혹은 일만 킬로미터가 넘는 해안선 모두를 당신들에게 주고 우리는 단지 유격대를 운용하는 것은 어떻겠습니까? 당신들은 원자력을 개발했다고 통제하려 하고 조차권을 원합니다. 이외에 또 무슨 이유가 있습니까?"

유진은 마오쩌둥의 생각을 후르시초프에게 보고했다. 1958년 7월 31일, 후르시초프는 급히 베이징을 방문했다. 외교 활동에 있어서 이는 단순한 공무적인 방문이었지만, 이번 방문과 회견은 후르시초프와 마오쩌둥 모두에게 유쾌하지 않은 것이었다.

마오쩌둥이 미리 공항에 나와 후르시초프를 영접하여 호텔까지 인도했다. 잠깐의 휴식을 취한 후르시초프는 곧 중남해에서 마오쩌둥을 만났다. 포나마리오프 동지와 덩샤오핑(鄧小平) 동지가 동석했다. 후르시초프는 마오쩌둥을 만나자 마자, 쉬지 않고 계속 말하기 시작했다. 그는 끊임없이 마오쩌둥에게 다음과 같이 해명하였다. "유진 대사가 나의 생각을 잘못 이해한 것 같습니다. 그는 지금까지 함대 문제를 다뤄 본 적이 없기 때문에 정확한 사실을 명확하게 전달할 수 없었을 것입니다. 소공 중앙은 과거와 현재를 막론하고 연합함대를 건설하는 문제를 지금까지 생각해 본 적이 없습니다. 함대를 건설하는 문제는 매우 복잡한 것으로 우리는 현재 아직 이 문제에 대하여 어떻게 해야 할지 최종 결정을 하지 않았습니다."

이에 마오쩌둥은 그래도 이해할 수가 없었으며 심지어 화가 나기까지 했다. 그는 덩샤오핑에게 그와 유진 대사의 대화록을 가져오라고 했다. 후르시초프는 그럴듯하게 다음과 같이 변명하였다. "중국은 광활한 해안선을 가지고 있고 공해가 있어 그곳에서 쉽게 미국과 전쟁을 할 수 있습니다. 이 때문에 중국과 이런 조건을 감안하여 문제를 토론하는 것이 가장 좋을 것입니다. 더 구체적으로 말하면, 당신들은 강에서(황하와 혹은 다른 강) 잠수함을 생산하는 공장을 건설해야 합니다. 우리는 이런 문제에 의견을 나누어 보는 것이 필요하다고 생각합니다. 그러나 연합공장 혹은 연합함대 건립에 관해서 우리는 생각해 본 적이 없고 또 필요하지도 않습니다."

마오쩌둥은 그래도 매우 이상하다고 생각하고 다시 한 번 다음과 같이 강조했다. "유진은 쉬지도 않고 연합함대건립의 문제를 말했었습니다. 그의 이야기 전체가 모두 연합함대 건립과 관련이 있었습니다. 우리는 후르시초프가 중국 동지와 같이 이 해군함대를 공동 건립하는 문제를 결정하고 싶어 하며, 월남을 흡수하는데 참가하고 싶어 한다고 이해했습니다."

후르시초프 자신은 무고한 사람인 것처럼 행동하면서 재차 다음과 같이 말했다. "우리는 스스로 함대를 건립하고 그것을 충분히 이용할 수 있습니다. 함대는 두 개의 국가가 관리할 수 없습니다. 함대는 지휘가 필요한데, 만약 두 명이 지휘하게 되면 작전을 펼칠 수 없습니다."

마오쩌둥은 유진 대사와 이야기한 내용과 후르시초프가 언급한 내용에는 현저한 차이가 있다고 생각하면서 자존심에 상처를 받았다. 후르시초프도 중국 동지가 우리를 믿지 못한다고 생각하고, 자신들의 정책에 대하여 정확히 이해하지 못한다고 생각하면서 자존심에 상처를 받았다. 그는 계속 연합함대의 일은 과거에도 없었고 현재에도 없으며 미래에도 없는 있을 수 없는 일이라고 설명했다. 이는 오해로 유진이 정확하게 설명하지 않아서 벌어진 일이라고 했다. 그는 또 마오쩌둥에 대한 불만을 표시했고, 그에게 하나의 의견을 제시하며 이왕 마오쩌둥이 공산주의 관계의 범위를 알게 된 만큼 잠을 자듯이 깊이 생각해야 하고 이것이 오해라는 것을 알아야 하며, 재차 이 사건을 분명하게 생각해 보아야 한다고 했다.

해군함대를 건립하는 문제에 관하여 마오쩌둥은 다음과 같이 강조했다. "우리는 단지 원조를 받고 잠수함 함대를 건립하고 어뢰쾌속정과 소형수상함선을 건조하고 싶었던 것입니다."

후르시초프는 마오쩌둥의 생각에 동의하고 중국은 강력한 유도탄을 장착한 잠수정 함대와 어뢰가 아닌 유도탄을 장착한 쾌속정과 구축함을 보유해야 했다고 생각했다. 그리고 군사 목적으로 사용하는 민용 함대의 건립을 고려할 수 있으며, 해안유도 발사 장비와 유도탄을 장착한 군함이 필요하고 혹은 이동이 가능한 해안 방어체계가 필요하다고 했다. 또 이렇게 해야 해안선의 길이가 매우 긴 지역에서 적을 저지할 수 있다고 하면서, 또 소련이 가지고 있는 모든 것을 중국에 줄 수 있다고 말했다.

후르시초프는 레이더기지는 꼭 필요한 것이라고 여겨 소련뿐만 아니라 중국과 같이 잠수함 함대를 건립할 때도 필요할 것이라고 생각했다. 소유권은 중국에 귀속하고 중국 측이 투자하고 소련은 단지 평등협상의 기초위에 권리를 가지고 이 라디오 방송국을 사용하면 된다고 했다. 또 그것은 중국의 재산이며, 중국정부가 투자한 것으로 단지 공동으로 이용하겠다고 했다.

회담 중에 후르시초프는 모든 소련의 기술자들을 철수시키는 문제에 대하여 언급했다. 그는 다음과 같이 말했다. "우리가 파견한 기술자들은 자신의 영역에 대해서는 분명하게 일을 할 수 있으나 정치에 대해서는 잘 모릅니다. 그들에게 우리의 관계를 설명할 수는 있으나 그들은 정확하게 이해하지 못 할 것입니다. 그래서 우리는 당신들에게 서신을 보내 모든 기술자들의 소환을 요청한 것입니다. 당신들은 우리에게 당신들의 인민들을 파견하여 소련에서 기술을 배울 수 있을 것입니다."

마오쩌둥은 이 두 가지 방법을 모두 이용해야 한다고 생각했다. 이에 후르시초프는 이 두 가지 방법을 모두 수용하는 것은 불평등을 초래할 것이라고 생각했는데, 이는 소련에게는 중국방면의 전문가가 없었기 때문이었다. 마오쩌둥은 소련이 중국에 전문가를 파견해야 한다고 계속 주장했다. 그리고 그는 중국 사람들을 소련에 파견하여 공부시킬 수 있다고 말했다.

마오쩌둥이 민감하게 반응하고 분노를 한 것은 당연하다. 중국해군 창건의 역사가 10년도 안되어 아직 연해를 방위하는 단계에 있었는데, 어떻게 평등하게 소련과 무슨 연합함대를 만들 수 있겠는가? 하물며 소련이 만약 중국에서 해군기지를 만든다면, 이는 국가주권에 큰 문제가 생기는 것이다. 소련은 동유럽 기타 사회주의 국가에 군대를 파견하여 주둔하고 있고 기지를 건설했디. 중국은 동유럽에 관여할 수 없듯이 중국의 일은 중국 스스로 해야 하는 것으로 어떠한 외국의 군인 한 명이라도 중국의 영토에 발을 들이는 것을 불허한다는 것이다. 이는 중국공산당과 정부의 분명하고 일관된 입장이었다.

이번 회담은 처음에는 말다툼이 비교적 심했지만 회담이 끝났을 때에는 먹구름이 대체로 흩어졌다. 이어서 8월 1일부터 3일까지의 3차 회담에서 후르시초프는 연합함대의 일을 다시 꺼내지 않았고 회담은 진실하고 우호적인 분위기에서 진행되었다고 말할 수 있었다.

8월 1일의 회담은 중남해에 있는 수영장에서 거행되었다. 류샤오치, 저우언라이, 덩샤오핑 등의 중국 당 정부 지도자들이 참석해 회의를 하였다. 그 규모가 지난 회담 때 보다 컸다. 이번 회담에서 마오쩌둥과 후르시초프는 국제정세에 대하여 이야기를 나눴다. 국제정세를 바라보는 관점에 대하여 쌍방은 그 차이가 그렇게 크지 않았고 수많은 공통점을 언급하였다. 그래서 분위기는 지난 회담보다 좋았다. 그러나 여전히 논쟁이 있었다. 소련공산당 20대 대표회의에서 스탈린을 비판한 일에 관하여, 후르시초프는 중국공산당이 이 일에 대하여 일으킨 반응에 대하여 불만을 가지고 다음과 같이 말했다. "당신들은 왜 우리 후원을 향하여 돌을 던지는 것입니까?"

마오쩌둥은 감정에 치우치지 않고 확고부동하게 말했다. "우리는 돌을 던진 것이 아니라 금을 던진 것 입니다."

후르시초프 역시 확고부동하고 단호하게 말했다. "다른 사람의 금을 우리는 원하지 않습니다."

마오쩌둥은 여전히 흔들리지 않고 말했다. "당신이 다른 사람의 금을 원하는지 원하지 않는지의 문제가 아닙니다. 우리는 당신들을 위해 조금이나마 힘을 보태기 위해서였습니다."

국제 정세를 거쳐 중국 국내 정세에 대하여 언급했을 때, 마오쩌둥은 중국의 '대약진(大躍進)'을 언급하고 인민공사(人民公社)를 이야기했다. 후르시초프는 이 일에 대하여 이해할 수 없다고 하고 이것은 모두 중국식(中國式)이라고 생각했다.

후르시초프는 중국 국내 정세를 이야기하는 기회를 빌려 화제를 국제관계로 전환하면서 다음과 같이 말했다. "아시아와 동남아시아에 대하여 당신들이 우리들보다 잘 알 것입니다. 우리는 유럽에 대하여 비교적 잘 압니다. 만약 업무를 분담했다면 우리는 단지 유럽의 사정을 더 많이 생각할 수 있고, 당신들은 아시아의 사정을 더 많이 생각할 수 있습니다."

마오쩌둥은 어떠한 생각도 없었기 때문에 손짓을 하며 말했다. "이런 분담은 안 됩니다. 각국은 각국의 현실적인 상황이 있습니다. 어떤 일은 당신들이 우리보다 더 잘 파악하고 있습니다. 그러나 각국의 주요 사정은 역시 자국인민에 의해 해결되어야 합니다. 각 국가 모두 각자 현실적인 상황이 있습니다. 다른 국가가 간섭하는 것은 좋지 않습니다." 마오쩌둥의 이 말은 여전히 그가 다른 국가의 주권을 존중하고 있고, 후르시초프에게 세력의 범위를 나누는 어떤 일을 하지 않아야 한다고 일깨우는 것이었다.

회담이 끝나고 마오쩌둥은 후르시초프를 청해 수영을 했다. 후르시초프의 수영실력은 뛰어나지 않았는데, 구명튜브를 착용하고서야 비로소 깊은 곳에 들어갔다. 마오쩌둥의 수영실력은 국내외에 유명했다. 그는 물이 깊은 곳에서부터 입수하여 물속에서 평형과 횡영을 하면서 얕은 곳으로 갔다가 다시 돌려 깊은 곳으로 갔다. 후르시초프는 이 동반자이자 호적수인 중국공산당의 영수를 관찰하였다. 마오쩌둥은 몇 가지 영법을 사용하여 헤엄을 친후 놀랍게도 수면위에 누운 후에 또 수중에서 몸을 수직으로 세웠는데 거의 제자리에 선 모양에 가까웠다. 이런 모습은 후르시초프를 깜짝 놀라게 했다. 그는 탄복하면서 머리를 흔들며 고개를 끄덕였다.

마오쩌둥은 한동안 수영을 하고나서 만족스럽게 후르시초프와 한담을 나누었다. 이미 쌍방이 회담을 나눴던 공식적인 분위기는 없어졌고, 개인적인 비교적 가볍고 자유로운 분위기로 바뀌었다.

"중국인은 동화(同化)를 가장 어려워합니다." 마오쩌둥은 후르시초프를 바라보면서 의미심장하게 말했다. "과거 많은 국가가 중국을 침략하고자 중국으로 들어 왔지만 결과는 어떠했습니까? 그렇게 중국으로 진격한 많은 사람들은 결국 버틸 수 없었습니다." 후르시초프가 이 말을 듣고 얼굴이 무표정하게 변해, 그가 어떤 생각을 하는지 알 수 없었다.

이어서 8월 3일의 회담 중에 그들은 핵무기의 시험문제, 미소 관계 문제 등에 대하여 의견을 충분히 교환했다. 마오쩌둥과 후르시초프는 더욱 가볍고 재미있게 말했는데, 마치 아무 일도 일어나지 않은 것 같았다. 2개월 후 후르시초프가 편지를 보내 중국의 핵잠수함 건조에 도움을 주는 문제에 대해 구체적인 논의를 하자는 것에 동의를 분명하게 표시했다. 그러나 후르시초프의 엉킨 마음은 완전히 열리지는 않았다.

후르시초프는 7월 31일 베이징을 방문하여 8월 3일에 모스크바로 돌아갔다. 마오쩌둥은 직접 공항까지 후르시초프를 배웅했다. 그러나 차를 같이 타고 공항까지 가지 않았고 배웅할 때에도 환송의식을 하지 않았다. 또 마오쩌둥과 후르시초프는 포옹도 하지 않았다. 그리고 그날 회담 성명서를 발표했다. 이 성명서는 중소 수뇌의 내부 회견을 세상에

알린 것이었다. 그러나 성명서에는 회견에 대한 어떠한 구체적인 내용도 언급되어 있지 않았고, 단지 이 성명서에는 중소 양국이 일련의 문제에서 '의견의 완전일치'를 거두었고 세계평화의 유지와 보호에 있어 중대한 의의를 가진다고 표시했다.

1958년 후르시초프의 중국 방문 및 그와 마오쩌둥의 회담은 중소 관계사에 있어 중대한 사건이었다. 이번 회담은 1954년의 중국 방문 때와 같지 않았으며, 중소 우호를 증명하는 회담이 되었다. 이번 회견을 통해 마오쩌둥과 후르시초프 간에는 이미 존재했던 불신의 감정이 더 커졌다. 그들은 모두 상대방의 성격과 행동방식을 좋아하지 않았다. 이는 중대한 전환점으로 실제로는 중소 관계에 이미 음영이 드리워지고 있었고, 중소 간 분열은 사실상 이미 시작된 것이었다. 어떤 각도에서 보더라도 이번 회담은 이후 중소 관계에 심각한 영향을 미쳤다.

"나도 당신에게 모자를 보낸다.
이는 바로 우경기회주의(右傾機會主義)이다."

1958년 8월 23일 중국의 영토인 대만에 대한 미국의 야욕을 분쇄하기 위해 마오쩌둥은 중국 인민해방군에 금문(金門)을 포격할 것을 명령했다. 후르시초프는 이 행동이 '소미합작'에 방해가 될 것을 염려하여 중공에게 대만에 무력사용을 하지 말 것을 요구했다. 이는 중국 내정의 문제이기 때문에 마오쩌둥은 강한 어조로 거절했다. 8월 27일 서장문제를 둘러싸고 줄곧 마찰이 일어나고 있는 중인(중국 인도) 문제는 결국 논쟁이 되고 있는 해당 지역에서 무장충돌이 발생하기에 이르렀다. 당시 후르시초프는 있는 힘을 다해 미국과 관계 완화를 추진하고 있었으며 미국방문을 준비하고 있었다. 마오쩌둥이 대만해협에서 위기를 일으키고, 또 중국과 인도의 변경에서 무장충돌사건이 일어난 것에 후르시초프는 이를 감당할 수 없었던 것이다. 중인 문제에 대해서도 그는 단지 성명을 내어 유감을 표시했을 뿐이었다.

1959년 9월 15일 후르시초프가 미국을 방문했다. 26일에서 27일까지 소미 양국 수뇌가 데이비드 캠프에서 회담을 진행하였다. 후르시초프는 그의 평화공존, 평화경쟁의 이상을 실현할 수 있다고 믿었다. 그는 매우 기뻐하며 미국에서 비행기를 타고 북경을 방문하여 마오쩌둥에게 그의 국제관계에 대한 새로운 이념을 설명할 준비를 하고는 마오쩌둥에게 그의 이런 이념에 따라 행동해 줄 것을 권고 했을 때, 결국 쌍방 간에는 전에 없던 논쟁이 폭발했다.

후르시초프와 그가 이끌고 온 소련의 대표단은 중화인민공화국 성립 10주년 경축행사에 초청을 받아 북경을 방문했다. 9월 30일 후르시초프는 신중국 성립 10주년 경축 축사 중에 중국 인민을 향해 축하를 표시하고 중국 인민이 이룩한 위대한 성과를 칭찬했다. 그러나 국제정세, 전쟁 그리고 평화 등의 문제를 언급하고, 또 공개적으로 그는 마오쩌둥 등의 중국 지도자 등과는 다른 생각을 이야기했다. 그는 말했다. "아이젠하워 대통령을 포함하여 수많은 자본주의 국가 지도자들은 부득이하게 현실을 고려하고 있는데, 그들은 긴장국면에 있는 국제형세를 반드시 완화하여 새로운 국제관계를 건립해야 한다고 생각하고 있다. 우리는 여기서 분쟁을 해결하는 수단으로 전쟁을 이용하는 것을 반드시 저지해야 하며 당연히 분쟁을 대화로써 해결해야 한다." 그리고 그는 심지어 "그 어떠한 무력을 사용하여 자본주의 제도의 공고성을 시험하는 것은 모두 옳지 않다"고 말했다. 이는 분명히 마오쩌둥에게 말한 것이었다. 이에 대하여 마오쩌둥은 당연히 기분이 좋지 않았다.

다음날 오전 1시 마오쩌둥 등과 중국 지도자들은 후르시초프 및 호치민, 김일성, 노보트니(체코슬로바키아 영수) 등 기타 국가의 수뇌와 함께 천안문의 성루에서 국경절 퍼레이드를 사열했다. 성루에서 휴식을 취할 때, 후르시초프는 차갑게 마오쩌둥에게 말했다. "원자탄에 관하여 우리가 그들을 철수시켜도 되겠습니까?"

이 그들이란 당연히 소련기술자들을 말했다. 지난 6월 소련은 이미 단독으로 중국과 체결한 핵협정의 무효를 선언했다. 이는 1958년 후르시초프가 중국을 방문하여 마오쩌둥과의 회담에서 그가 만족스러운 협의를 달성하지 못한 것에 대한 대답이었다. 이는 단지 중소 관계가 이미 이데올로기적인 면에서의 중공과 소공의 의견 충돌이 아니라 국가관계적인 면으로 발전한 것이었다. 사실상 중소동맹은 이미 존재하지 않았다.

마오쩌둥은 평상시와 같은 표정으로 차갑게 말했다. "우리는 스스로 할 수 있습니다. 이는 우리에게도 단련이 될 것입니다." 마오쩌둥은 이런 종류의 국제관계에 대하여 신중했고, 특히 역사적 책임에 대해서도 신중했다. 그는 말했다. "우리는 꺼낸 말에 대하여 모두 기억해야 합니다. 우리는 필요한 것은 필요합니다(소련기술자와 자료를 말했다). 철수하는 것도 크게 관계가 없습니다. 만약 기술적으로 도와줄 수 있다면 더욱 좋고, 도와줄 수 없다면 당신들이 생각하는 대로 히 십시오."

쌍방의 대화로 10월 2일에 진행한 회담의 분위기가 어떠했을지 알 수 있다.

10월 2일 마오쩌둥이 류샤오치, 저우언라이, 주떠(朱德), 린뱌오(林彪), 덩샤오핑, 펑전(彭眞) 그리고 천이(陳毅)등은 중공지도자들을 인솔하여, 후르시초프, 수슬로프, 그로미코와 소련 주중 대사관 대사 안토노프와 함께 중남해의 이년당(頤年堂)에서 양당 회담을 개최했다. 회담은 오후 5시부터 자정까지 진행되었는데, 쌍방은 대만문제, 미국인 억류 문제, 서장문제 그리고 중인 변경문제를 포함한 모든 문제에서 격렬한 논쟁을 벌였다.

후르시초프는 마오쩌둥과 만나 악수를 하면서부터 지나치게 흥분하고 열정을 표출했다. 그는 중국이 곤경에 처했다는 것을 알았으며, 또 소련이 유리한 위치를 점했다는 것을 알아차렸다. 그는 스스로 이미 주도권을 장악했다고 느꼈다. 그는 계속 흥분되어 있었고 시끄러웠다. 또 수양이 부족하고 성격이 조급한 일면을 나타냈다.

후르시초프는 먼저 그가 미국을 방문한 사정을 소개하고 아이젠하워의 전언을 전달했다. 마오쩌둥은 아이젠하워가 대만문제와 중국에서 발생한 전쟁에 대하여 관여하고 싶지 않다고 강조한 것에 대하여 매우 흥미를 느꼈다. 그러나 후르시초프가 중국이 미국인 5명을 억류한 일에 대하여 미국 측의 입장에서 공언한 것에 분노를 느끼고 그렇지 않다고 생각했다.

대화가 대만문제에 이르렀을 때 마오쩌둥은 다음과 같이 강조했다. "대만은 중화인민공화국 내부의 문제입니다. 우리는 반드시 대만을 해방시킬 것입니다. 당연히 해방의 방법은 평화적일 수도 있고 전쟁일 수도 있습니다. 우리는 담판 중에 항상 주장했었습니다. 미국인이 대만에서 떠나길 요구했고 그러면 우리의 관계는 어떠한 문제도 없을 것입니다. 이후 남은 것은 우리와 장제스 사이의 문제입니다. 우리는 장제스를 담판이라는 전제하에 스스로 남아있는 문제를 해결할 것입니다."

대화가 억류된 5명의 미국인의 문제에 이르렀을 때는 저우언라이가 구체적인 상황을 설명했고, 억류의 원인을 설명했다. "우리가 억류한 미국인은 대략 90명이라고 했습니다. 그러나 그중 대다수를 이미 석방했고 현재 단지 5명만이 중국에 구금되어 있습니다. 그들은 모두 첩자라서 중국법률에 의거하여 감금한 것입니다. 우리는 심지어 우리 중국인이 너무 많은 미국인을 석방했다고 생각합니다."

후르시초프는 마치 훈계를 하듯이 말하였다. "저는 처음으로 이런 상황을 들었습니다. 그러나 만약 우리가 당신들이라면 그렇게 하지 않을 것입니다. 그 미국인들을 추방해도 좋고 미국과 교환을 해도 좋습니다. 레닌 시기에 우리도 그렇게 했었는데 그것이 옳습니다. 당신들이 두려움을 모르고 그들을 자극하고 싶다면, 계속 미국인을 억류할 수도 있습니다."

마오쩌둥은 매우 기분이 나빠져서 딱딱하게 말했다. "당연히 풀어 줄 수 있습니다. 그러나 우리는 지금 풀어줄 수 없습니다. 우리는 이후에 더욱 적당한 때에 그렇게 할 것입니다. 미국인은 우리가 조선에 보낸 대량의 지원군이 대만으로 가고, 조선인민 민주공화국의 수많은 병사가 남조선으로 내려갈 수 있다는 것을 알아야 합니다."

후르시초프도 매우 기분이 나빠져서 말했다. "좋습니다. 이는 당신들 내부의 사정입니다. 우리는 간섭하지 않겠습니다. 그러나 당신들의 태도는 서로 의견을 교환하는 것을 어렵게 합니다. 제가 상조하고 싶은 것은 제가 미국의 대표가 아니고 또 미국인을 대신해서 사정하는 것도 아닙니다. 저는 소비에트 사회주의 국가와 소련 공산당의 대표입니다. 나는 이 문제를 언급한 이유와 이렇게 하는 이유는 바로 당신들에게 우리의 관점을 전달하기 위함이며, 이 문제가 국제정세에 안 좋은 영향을 미칠 것이라고 생각했기 때문입니다."

마오쩌둥은 체면을 차리지 않고 말했다. "그것이 바로 미국인으로 하여금 어려움을 느끼게 하는 것입니다."

후르시초프가 화를 내며, "이 문제는 우리들에게도 처리하기 어렵다고 생각하게 합니다."

마오쩌둥은 후르시초프에게 정말 화가 났지만, 분위기를 완화하기 위하여 그는 또 화제를 대만문제로 전환하여 말했다. "대만문제는 매우 분명합니다. 우리는 대만을 해방시키지 못했을 뿐만 아니라, 게다가 10년, 20년 아마도 30년 후에도 그 도서 연해에 들어가지 못할 것입니다."

후르시초프는 계속 화를 냈다. 그는 차갑게 말했다. "대만은 중국의 일부분이고, 중국의 성이라는 이 원칙적 문제에 대하여 우리는 이견이 없습니다. 5명의 미국인 문제에 관하여 우리는 다른 방법으로 해결할 수 있습니다. 당신이 당신들이 10년, 20년 심지어 30년간 대만을 해방시킬 수 없다고 말하는데, 문제는 당신들이 어떻게 전략을 운용하는 가에 있습니다. 대만문제는 미국인에게 부담을 주는 것일 뿐만 아니라, 우리도 난처하게 만들었다는 것을 알아야 합니다. 간단하게 말하자면, 우리는 대만 때문에 전쟁에 말려들 수 없습니다. 그러나 동맹국으로써 우리는 대외적으로 그렇게 이야기하지 않을 것입니다. 우리는 일단 대만의 정세가 심각한 긴장국면에 빠지면, 우리는 중국을 지지했다고 말할 것입니다. 이후 결국 미국도 미국이 대만을 보호할 것이라고 성명을 발표하게 되면 세계대전의 분위기가 조성될 것입니다."

마오쩌둥이 반문하여 물었다. "그럼 당신은 우리가 어떻게 해야 했다고 생각합니까? 미국인의 의사에 따라서 대만지역에서 무력사용을 포기하겠다고 선포하고 이 문제를 국제문제로 삼았어야 했다는 것입니까?"

후르시초프가 다음과 같이 주장했다. "우리는 대만문제에 대하여 어떠한 건의를 할 수 없지만, 단 당신들이 정세를 완화하는 조치를 취해야 한다고 생각합니다. 우리는 당신들의 맹우로써 최소한 대만문제에 있어서 취할 수 있는 대책을 당연히 이해하고 있습니다. 그렇지만 당신들의 입장과 원칙에 대해서도 역시 저는 오늘 처음 듣는 것입니다. 당신들의 친구가 말려들 수 있는 모든 문제에 대해서 당연히 의견을 교환해야 하지 않겠습니까?"

마오쩌둥은 후르시초프가 금문포격 사건에 대하여 원망을 품고 있음을 깨닫고 해명하였다. 그런 후에 강조하며 말했다. "우리는 대만지역에서 대규모의 군사행동을 일으킬 생각이 없습니다. 단지 미국인에게 약간의 혼란을 주고 싶었습니다. 미국인들도 결코 싸우고 싶어 하지는 않는다고 믿습니다." 마오쩌둥이 계속 말했다. "비록 우리는 도서연해를 포격했지만 우리는 그들을 해방시킬 생각이 아니었습니다. 우리는 미국이 도서연해와 대만 때문에 우리와 싸움을 하지 않을 것이라고 생각합니다."

후르시초프는 매우 이해하기 어렵다고 생각하면서 말했다. "만약 당신들이 그 도서를 포격했다면 그것은 당연히 그들을 점령하려 한 것입니다. 만약 당신들이 이 도서를 빼앗을 필요가 없다고 생각했다면, 그럼 당신들은 그들을 포격할 필요가 없었습니다. 난지 개와 고양이를 희롱하기 위해서 도서를 포격한 것은 가치가 없는 일입니다."

후르시초프의 어조가 비웃는 것임이 분명함을 느낀 마오쩌둥 역시 강하게 말했다. "이는 우리의 정책입니다. 당신은 두 개의 다른 성질의 문제를 뒤섞는 것입니다. 하나는 우리와 미국의 문제인 국제문제입니다. 다른 하나는 우리와 대만의 문제인 국내 문제입니다. 우리와 미국의 관계문제는 대만을 침략한 미국과 우리가 미국에게 대만에서 철수할 것을 요구하는 문제이고, 우리와 대만의 문제는 바로 우리가 어떻게 대만을 해방시키는가에 대한 문제입니다."

후르시초프는 마오쩌둥의 견해에 불만을 표시하며 재차 강조했다. "우리들 사이의 문제는 당신들이 우리가 이해할 수 있는 정책을 제정해야 하는 것에 있습니다. 이는 우리는 내일 당신들이 무엇을 할지 알지 못하기 때문입니다. 당신과 나 모두가 전쟁을 원하지 않는다는 것을 모든 사람들이 알고 있습니다. 문제는 세계 여론이 당신들이 내일 무엇을 할지 모를 뿐만 아니라, 우리와 당신들의 맹우들조차도 모두 당신들이 내일 무엇을 할지 모른다는 것입니다. 이것이 가능합니까?"

마오쩌둥은 미국과 전쟁을 원하지 않는다고 말했다.

한 시간 정도의 휴식을 한 후, 중소 쌍방은 중인변경문제와 서장문제를 둘러싸고 더 격렬한 논쟁을 벌였다.

후르시초프는 중공의 중인변경문제에서 시행한 정책에 대하여 비판을 하였다. 그는 말했다. "우리는 모두 싸움을 원하지 않습니다. 그러나 우리는 모두 실수를 범할 수 있는데, 몇 년 전 우리는 미국인을 남조선(대한민국)에 끌어 들였습니다. 우리는 정세를 완화하는 방식을 찾아야 하고, 상황을 개선하는 방법을 찾아야 합니다. 우리는 현재 성공적으로 전쟁의 긴장상태를 해소했다는 것에 매우 긍지를 느끼고 있습니다. 우리는 다음과 같이 제의합니다. 우리는 그들의 입장을 이해하지 못하기 때문에, 특히 당신들과 인도의 충돌을 이해하지 못합니다. 우리는 페르시아인과 변경문제로 150년 동안 논쟁을 벌인 적이 있습니다. 3, 4년 전 우리는 우리의 영토의 일부분을 이란(페르시아)에게 떼어주는 것으로 이 문제를 해결했습니다. 우리는 이렇게 문제를 해결한 것입니다. 우리의 영토가 50,000㎢가 넘거나 혹은 50,000㎡가 안 되거나 이런 것은 중요하지 않습니다. 레닌의 예를 들어 그는 카르스, 아르다한 그리고 아라라트를 터키에 넘겨주었습니다. 현재 우리의 카프카스 지역에서는 아직 일부 주민이 레닌의 이 조치에 대하여 불만을 가지고 있습니다. 그러나 나는 그의 행동이 옳다고 믿습니다. 제가 이렇게 이야기하는 것은 영토문제는 결코 극복할 수 없는 것이 아니라고 당신들에게 말하고 싶어서 입니다. 당신들과 인도는 다년간 양호한 관계를 맺고 있었는데 돌연 유혈사태가 발생하여 네루(Jawaharlal Nehru)가 매우 곤란한 입장에 처해있습니다. 우리는 네루를 자산계급의 정치가라고 말할 수 있습니다. 그러나 우리는 알고 있습니다. 만약 네루가 권력에서 내려온다면 또 누가 있어 그보다 좋겠습니까? 달라이라마는 서장에서 도망쳐 나왔는데 그는 작은 자산계급입니다. 우리는 이 상황에 대하여 잘 알지 못합니다. 헝가리 사건이 발생했을 때에 네루는 우리를 반대하였지만, 이에 대하여 우리는 원망하지 않았는데, 이는 한 명의 소자산계급 정치가가 거기에서 어떠한 것도 바라지 않았기 때문입니다. 비록 그가 우리를 반대했지만 이것은 결코 우리와 그가 유지한 우호적인 관계를 방해하지 않았습니다. 만약 당신들이 내게 말할 수 있도록 했다면 나는 곧 한 명의 손님의 신분으로써 할 수 없는 말을 할 수 있습니다. '서장

사건은 당신들의 잘못이다'라고 말입니다. 당신들은 서장을 통제하고 당신들은 거기에 대한 정보를 가지고 있어야 하며, 달라이라마의 계획과 의도를 알아야 합니다."

마오쩌둥은 차갑게 말했다. "네루도 서장사건의 발생이 우리의 잘못이라고 말했습니다. 소련의 타스통신이 증인문제에 대하여 성명을 발표하지 않았습니까?"

후르시초프는 매우 화난 것처럼 즉시 마오쩌둥에게 물었다. "당신들은 정말로 인도와의 충돌에 대하여 우리의 지지를 얻고 싶은 것입니까? 우리들의 입장에서 그렇게 하는 것은 어리석은 것입니다. 타스통신의 성명은 필요한 것입니다. 만약 우리가 그 성명을 발표하지 않았으면 그것은 곧 사회주의국가 연합전선이 형성되어 네루를 반대하는 인상을 초래하였을 것입니다. 사실상 달라이는 기회를 틈타 인도로 도망간 것인데 당신은 네루가 어떻게 처리하기를 바랍니까? 이는 공산당의 잘못이지 네루의 잘못이 아닙니다."

마오쩌둥이 단호하게 말했다. "아닙니다. 이는 네루의 잘못입니다. 우리의 잘못은 즉각적으로 달라이라마의 무장을 해제하지 못한 것에 있습니다. 인도인이 서장에서 한 모든 행위는 마치 서장이 자신들의 것처럼 행동한 것입니다. 서장문제에서 우리는 그를 반드시 벌할 것입니다."

후르시초프가 물었다. "그럼 변경에서 사람을 죽이길 원합니까?"

마오쩌둥이 답했다. "문제는 그들이 먼저 우리를 공격했다는 것이고, 그들이 국경을 넘어 12시간 동안 계속 발포했다는 사실입니다."

저우언라이가 후르시초프에게 물었다. "당신은 누가 더 많았을 것 같습니까? 인도 아니면 우리?"

후르시초프는 다음과 같이 강조하였다. "비록 인도인이 먼저 진공한 것이지만, 중국인은 죽은 사람이 없었고, 인도측이 오히려 사상자가 있었습니다. 당신은 중국 외교부장을 다년간 맡았기 때문에 당연히 나보다 분명하게 어떻게 하면 유혈충돌을 피하고 문제를 해결할 수 있는지 잘 알 것입니다."

저우언라이가 다시 물었다. "만약 핀란드인이 소련의 국경을 공격했다면 당신들은 설마 반격하지 않을 것입니까?"

후르시초프가 말했다. "우리는 단지 당신들과 충돌에 대한 생각을 나누자는 것입니다. 그것은 우리를 제외하고는 당신들에게 이렇게 말할 수 있는 사람들이 없기 때문입니다."

마오쩌둥이 이어서 말했다. "당신들은 우리에게 두 개의 죄를 덮어씌웠습니다. 하나는 우리가 서장에서 잘못을 범했다는 것이고, 다른 하나는 중인 변경충돌의 문제에서 우리가 잘못을 범해서 인도사람들이 죽었다는 것입니다. 그리고 당신들은 성명을 발표했습니다. 우리도 당신들에게 하나의 죄를 덮어씌우고 타협이라고 부르겠습니다. 가져가십시오."

후르시초프는 매우 분노하며 말했다. "우리는 받아들일 수 없습니다. 우리가 단호히 지키는 것은 공산당의 원칙과 입장입니다."

마오쩌둥이 말했다. "타스통신의 성명은 모든 제국주의자들을 매우 기쁘게 할 것입니다."

후르시초프는 이때 마오쩌둥의 비판에 대한 불만과 과거 중국으로부터 받은 비판에 대하여 불만을 분명하게 표시하고 분노하면서 말했다. "왜 당신들은 우리를 비판할 수 있고 우리는 도리어 당신들을 비판할 수 없는 것입니까? 유진 동지와 담화했을 때와 폴형 사건이 발생했을 때를 막론하고 당신들은 모두 첨예하게 소련 공산당을 비판했지만 우리는 허심탄회하게 비판을 받아 들였습니다. 그러나 그렇게 많은 문제가 발생한 후 우리는 오히려 당신들을 책망하지 않았습니다. 당신들은 반대의견을 용인하지 못하고, 당신들은 당신들 자신만이 정통이라고 믿습니다. 이는 근본적으로 당신들의 오만을 폭로한 것입니다. 천이가 우리를 비판한 것은 타협주의이고 이는 정치적인 낙인입니다. 그는 무슨 근거로 그렇게 하는 것입니까?"

외교부장 천이가 여기까지 듣고, 참을 수 없어 큰소리로 말했다. "타스 통신의 성명은 곧 인도를 지지하는 것이고 자산계급을 지지하는 것입니다."

후르시초프는 더욱 더 강하게 다음과 같이 표현했다. "당신들은 우리가 당신들에게 복종하게 하고 싶어 합니다. 그것은 완전히 불가능한 것입니다. 우리도 하나의 당이고, 우리 자신의 풍격이 있습니다. 헝가리사건 때 당신들은 우리를 가르쳤습니다. 우리는 받아들였습니다. 당신들은 지금도 반드시 우리들이 말을 들어야 한다고 합니다. 당신들은 정치적인 질책을 거두어야 합니다. 그렇지 않으면 우리 양당의 관계가 손상을 입을 것입니다. 우리는 당신들의 친구이고 그것은 사실입니다. 우리는 어떠한 사람들과도 타협하고 싶지 않으며 친구와도 타협하고 싶지 않습니다."

천이가 말했다. "그러나 당신들이 인도와의 관계가 복잡해지고 달라이라마가 도망간 것이 우리의 잘못이라고 말했습니다. 사실 당신들은 우리집 대문 앞에서 우리에게 정치적인 질책을 한 것입니다."

후르시초프는 매우 격분하여 말했다. "이는 완전히 다른 두 가지 일입니다. 당신은 원수(元帥)로서 우리에게 침을 뱉어선 안 됩니다. 우리는 놀라서 물러설 뿐입니다."

마오쩌둥이 상황을 보고는 분위기를 완화시키고자 말했다. "천이의 말은 사소한 부분입니다. 일부분을 전부로 논해선 안 됩니다." 그러나 후르시초프는 결코 멈출 의사가 없이 계속해서 천이 동지와 논쟁을 하였다. 이에 천이가 말했다. "금문과 마주(馬祖)를 포격한 것은 우리의 내정문제인데, 후르시초프 동지! 당신은 얼마나 많이 관여할 생각입니까? 당신은 국민당을 대신하여 말하는 것 입니까?"

후르시초프는 천이의 기세에 눌려 넋을 잃고 몇 초간 멍하더니 얼굴이 돌연 피가 날것처럼 붉어져서 격렬하게 말했다. "천이 동지, 군대의 계급을 논하자면 당신이 나보다 높아 당신은 원수이고 나는 단지 중장입니다. 그러나 당내에서 나는 총서기이며 제1서기입니다."

천이도 전혀 물러서지 않고 말했다. "당신은 제1서기가 맞습니다. 그러나 당신의 말이 틀렸기 때문에 당신의 말을 들을 수 없는 것입니다."

후르시초프는 천이를 상대하기가 어렵다고 느끼고는 아예 그를 다시 상대하지 않았다.

마오쩌둥은 후르시초프를 바라보고 미간을 잔뜩 찌푸렸다. 그는 마치 후르시초프를 꿰뚫어 보는 것 같았는데, 후에 비공식적인 자리에서 "후르시초프는 담량이 있다. 그러나 화를 초래했다. 좋지 않은 일이 많이 일어나고, 그는 하루도 좋게 보내지 못할 것"이라고 예측했다. 후에 그 사실이 증명되는데, 후르시초프의 명운은 마오쩌둥이 말한 것처럼 1964년 불행히도 정치 무대에서 내려왔다. 대국의 영수로써 그는 확실히 분명하고 치명적인 약점이 있었다.

이번 후르시초프의 북경 방문에서의 회담은 그와 마오쩌둥의 마지막 회견이었고 또한 중소 양당 영수의 역사 이래 처음 발생한 매우 심각한 논쟁이었다. 후르시초프는 이번에 명목상 손님의 신분으로 중국의 성대한 경축행사를 축하하러 왔지만, 그는 마오쩌둥 등 중국 지도자들과의 회견에서 예의를 갖춘 외교적인 언어사용을 제외하고, 경축일의 분위기를 고려하지 못했다. 후르시초프는 모스크바로 돌아와 바로 쌍방이 동시에 10월 2일의 회담기록을 소각할 것을 건의하였는데, 중공중앙은 도리어 매우 신속하게 다음과 같은 보고를 받았다. 그것은 후르시초프가 시베리아에 도착하자마자 공개적으로 중국공산당에 대해 비판을 하고, 그중에는 심지어 마오쩌둥이 '싸움을 좋아하는 수탉'이라고 빗대어 말했다는 것이다.

1959년 10월의 회담으로 중소 관계가 한층 더 악화되었음이 매우 분명하게 나타났다. 마오쩌둥과 후르시초프는 이데올로기적 측면에서 엄중한 의견차이가 있었기 때문에, 서로 참지를 못했다. 그들은 모든 면에서 맞지가 않았고, 어떠한 문제에 있어서도 일치하지 못했다. 2개월 후 마오쩌둥은 내부적인 문제를 비판하면서 말했다. "후르시초프는 매우 유치하다. 그는 마르크스레닌주의를 이해하지 못하고 쉽게 제국주의의 거짓을 받아들인다. 그는 중국이 절정에 이르렀음을 이해하지 않고 또 연구하지도 않아, 많은 부정확한 정보를 믿고 생각대로 마음대로 말했다. 그가 만약 이것을 고치지 않는다면 몇 년 후에 그는 곧 완전히 파산할 것이다(8년 후). 그는 중국에 매우 당황하였는데 그 공황의 정도가 최고조에 이르렀다. 그는 두 가지를 두려워했다. 하나는 제국주의에 대한 두려움이고, 다른 하나는 중국공산주의에 대한 두려움이었다. 그는 동유럽의 각 당과 세계 각국의 공산당이 그들을 믿지 않고 우리를 믿는 것에 대해 두려워했다. 그들의 우주관은 실용주의였다. 이는 일종의 극단적인 주관적 관념론(唯心主義)이다. 그는 규칙이 결여되어 있어 단지 유리하기만 하면, 기회에 따라 쉽게 변했다."[15]

마오쩌둥은 선포했다. "우리는 현재 반격으로 전환하여, 천궁을 크게 시끄럽게 할 것이다"

1958년 이후의 중소 관계는 이미 갈수록 심각해지는 상황에 처했다. 1960년 소련은 단독으로 협정을 철회하고 중국에 있는 만 명에 달하는 소련 기술자들을 철수시키고 343가지의 기술자 원조 계약을 파기하고, 257가지의 과학기술관련 합작항목을 취소했다. 그리고 중국에 매우 중요한 일련의 설비에 대한 원조를 대폭적으로 줄였다. 심지어 후르시초프는 중국은 3년 안에 소련이 미국에 대항하고 조선을 원조하기 위해 중국에 제공한 무기와 물자 및 기타 차관을 상환해야 한다고 했다. 후르시초프의 이런 신의를 저버리는 행동은 3년 후 자연히 재해로 돌아와 중국경제에 매우 큰 손실을 입혔으며, 중국경제는 이전에 없었던 매우 심각한 국면에 처하게 되었다. 마오쩌둥은 이에 굴복하지 않고 소련을 향하여 다음과 같이 선포했다. "3년의 빚을 우리는 1년 안에 청산했다."

---

15) 『건국 이후의 마오쩌둥 문헌』 제 8권, 중앙문헌출판사 1993년 1월 제 1판, p601.

그리고 그는 중국 인민을 훈계했다. "후르시초프는 우리를 압박하여 구석으로 몰고 있다. 그는 심지어 주변의 사람들에게 우리가 고기를 먹지 못하고, 달걀을 먹지 못하고, 식량이 정량을 넘지 못할 것이라고 말했다."

사실 마오쩌둥은 항상 중소 관계가 전면적으로 악화되는 것을 피하기 위해 노력했다. 1959년 후르시초프가 중국을 방문한 이후, 10월 14일 그는 안토노프를 만나 그에 대해 말했다. "지난주 회담에서 주요 문제에 대하여 불일치한 점이 있었습니다. 그러나 이는 10개의 손가락 중에 하나의 문제입니다. 중소는 이 작은 손가락 하나 때문에 일치한 다른 9개의 손가락이 영향을 받아서는 안 됩니다." 12월 항주(杭州)에서 회의가 열렸는데 마오쩌둥은 여기서 더욱 강조했다. "후르시초프도 완전히 틀린 것은 아닙니다. 국제적으로 그는 아직 사회주의 진영을 원하고 있으며, 지금까지 여전히 중국의 건설을 지원하고 있습니다. 후르시초프는 훌륭한 마르크스주의자는 아니지만 그도 완전한 수정주의자는 아닙니다." 1960년 초 상해에서 중앙공작회의(中央經濟工作會議:중공중앙과 국무원이 개최하는 최고경제회의)가 열렸는데, 중공중앙은 여전히 중소분쟁을 손가락 하나의 문제로 보았다. 마오쩌둥과 중공중앙의 지도자들을 막론하고 그 누구도 양당의 관계가 근본적으로 파괴될 것이라고는 생각하지 못했다.

소공은 중인 변경갈등문제에서 '엄격하게 중립을 지킨다'의 태도를 공개적으로 선언하고, 1960년 2월 5일 중공중앙에 보낸 통지에서 단도직입적으로 중공이 중인 변경문제에서 편협한 민족주의와 모험주의의 정서를 나타낸 것에 대하여 비판했다. 후르시초프는 또 공식적인 자리에서 '마오쩌둥은 오래된 신발'이라고 말했는데, 이 때문에 일어난 중공의 반감이 어떠했는지는 알만하다. 이렇듯 중소 양당의 의견차이가 한층 더 악화되는 것은 피할 수 없었다. 후르시초프가 사실상 중소논쟁을 반공개화 했기 때문에 더 이상 참을 수 없었던 마오쩌둥은 『레닌주의 만세』 등 3편의 글을 발표하여, 중소 갈등을 중인변경문제와 대미정책에 대한 구체적인 문제에서 레닌주의 이론의 관점 방향으로 확대했다. 비록 마오쩌둥은 한편으로는 중소의 의견 불일치는 단지 손가락 하나의 문제라고 했지만, 다른 한편으로 오히려 어느 정도 후르시초프와 수정주의를 같이 보고 '반수정주의'라고 불렀다. 후르시초프는 국제회의 에서 마오쩌둥에 대하여 심하게 풍자하고 비꼬면서, 마오쩌둥이 현재 전쟁을 이해하지 못한다고 비판했다. 마오쩌둥은 후르시초프가 중국의 '우파(右派)'라고 생각하고, 심지어 그가 자산계급의 수정주의 노선을 대표했다고 단언했다.

1960년 11월 소련은 81개 당의 대표단이 참가한 세계 각국의 공산당과 노동당 대표회의를 소집했다. 마오쩌둥은 대체로 이 81개 당의 회의는 한차례 악전이 될 것이며, 싸움이 매우 격렬해 질 가능성이 있고, 심지어 결별의 끝자락에 직면할 수 있기 때문에 결별이라는 사상적 준비를 해야 했다고 판단했다. 호치민 등의 중재로 이번 회담은 비록 격렬한 논쟁이 있었지만, 결국 회담을 통하여 쌍방은 타협을 보았다. 마오쩌둥은 이번 회의를 평가하면서 말했다. "이번 81개 당 회의는 그 성과가 매우 좋았다. 위대한 성과를 거두었다고 말해야 한다. 대체적으로 후르시초프가 일으킨 반중국의 파도가 가라앉았다." 1961년 10월의 소공 22차 대표회의에서 후르시초프이 여러 가지 조치 때문에 서우언라이를 단장으로 한 중국 대표단이 분노하여 회의를 그만두고 조기 귀국했다. 마오쩌둥은 공항에서 그들을 영접하며 저우언라이의 행동에 대하여 찬성을 표시했다.

충돌은 점점 심해졌다. 1962년 4월에서 5월까지, 소련은 몇 만의 중국 공민을 부추겨 소련 쪽 변경으로 넘어가게 하고 동시에 신강이녕(新疆伊寧)의 무장폭동을 획책했다. 마오쩌둥을 더욱 분개하게 한 것은 동년 가을 후르시초프가 공개적으로 인도군대가 중국영토를 침범한 것을 비호한 것이었다. 이에 마오쩌둥은 후르시초프가 이미 그와 결별을 결심했다는 것을 알게 되었다.

뒤이어 중소 양당의 논쟁은 공개적으로 진행되었다. 1963년 9월 6일부터 시작하여 중공중앙은『인민일보』와 잡지사인 『홍기(紅旗)』편집부의 이름으로 연달아 소공중앙에 초점을 맞춘 논쟁의 글을 발표했다. 즉, 소위 '구평(九評)'이라는 후르시초프에 대하여 전면적이고 철저한 비판을 진행했다. '구평'의 발표에 뒤이어 소련 측이 일으킨 대규모의 논쟁은 중소 양당의 모순을 최고조에 도달하게 했다. 후르시초프와 소공중앙에 대하여 공개적으로 확실하게 반대하고 무한적으로 비판한 상태에서, 마오쩌둥과 후르시초프 간의 격렬한 상호 공격을 멈추게 하는 것은 이미 불가능하였다. 마오쩌둥은 이 몇 년간의 반복을 거쳐, 결국 한숨 돌리고는 반대로 지금의 이러한 형세에 대하여 비교적 만족해했다. 그는 공개적으로 말했다. "소공 '20차 대표회의'부터 1963년 7월까지, 우리는 비교적 수동적이었다. 현재 우리는 반격으로 전환했다. 매우 시끄러운 천궁의 싸움이 크게 일어나 그들의 규율과 제도를 타파했다."[16] 이렇게 해서 중소 관계에 영향을 주자 그의 태도는 다음과 같았다. "우리는 분열을 원하지

---

16) 『모택동문집』 제 8권, 인민출판사, 1999년 6월 제 1판, p358~359.

않는다. 그러나 우리는 분열에 대하여 사상적으로 준비가 되어있다." 사실
중소 관계의 전면적인 결별은 마오쩌둥의 희망을 떠나서 이미 바뀔 수가
없었다. 60년대 말 중소 쌍방은 심지어 영토충돌이 발생하여 결국 전쟁이
발생했다.

　1964년 4월 16일 마오쩌둥, 류샤오치, 주떠 그리고 저우언라이는
후르시쵸프에게 축전을 보내어 그의 70세 생일을 축하했다. 축전에서
다음과 같이 말했다. "위대한 형제국가인 중소 양국 인민 공동의
이익과 공동의 투쟁 목표가 있다. 비록 지금 우리와 당신들 사이에
마르크스레닌주의원칙 문제에 대한 일련의 분쟁이 존재하고, 단결하지
못하는 상태에 처해 있지만 우리는 결연하게 믿고 있는 것이 있는데, 이는
단지 잠시라고 생각했다는 것이다. 일단 세계에 중대한 사건이 발생하면,
중소 양당, 양국과 우리의 인민은 곧 함께 일어나고 공동으로 적에 맞설
것이다."[17]

　그러나 반년이 지나 후르시쵸프는 소련공산당과 브레즈네프에 의해
쫓겨나게 되었다. 세계에서 양대 공산당 국가의 수뇌인 마오쩌둥과
후르시쵸프는 친밀한 합작에서 시작하여 공개적 결별에 이르기까지
그들 간의 10여 년간의 은원과 시시비비의 역사는 모두 후르시쵸프가
쫓겨나면서 마침표를 찍었다.

---

17) 『건국 이후의 마오쩌둥 문헌』 제 11권, 중앙문헌출판사, 1996년 8월 제 1판, p59~60.

3

성실한 사적인 친구, 내키지 않는 일을 하는 주중대사

— 마오쩌둥과 유진

3

성실한 사적인 친구, 내키지 않는
일을 하는 주중대사
-마오쩌둥과 유진

유진의 풀 네임은 유진 파벨 페도로비치이다. 1899년 출생했으며, 레닌그라드 스탈린공산주의대학 및 모스크바 홍색교수학원을 졸업했다. 그는 철학박사이자, 저명한 철학자이고 소련과학원 회원이었다. 1937년부터 1947년 러시아공화국 국가출판국연합총처의 처장을 맡았다. 1953년 4월 소련 동독관리위원회 주석의 정치고문에 임명되었다. 같은 해 8월 소련의 주독일민주공화국(동독) 부고등판무관에 임명되었다. 1953년 12월부터 1959년 12월까지 중국 주재 소련대사로 복무했다. 그는 1968년 세상을 떠나는데 향년 70세였다.

『마오쩌둥선집』으로 맺은 인연

마오쩌둥이 처음으로 소련을 방문했을 때, 스탈린에게 소공중앙이 그가 과거 발표한 글의 편찬에 도움을 줄 이론적으로 능력이 있는 전문가를 파견해 줄 것을 요청했다. 스탈린이 마오쩌둥에게

『간명철학사전(簡明哲學辭典)』의 편찬을 주관한 적이 있었던 학자인 유진을 추천했다. 마오쩌둥이 쾌히 승낙했다. 소련에서 돌아온 마오쩌둥은 잠시 휴식을 취한 뒤, 즉시 『마오쩌둥선집』의 편찬사업 준비에 착수했다. 1950년 4월 마오쩌둥은 스탈린에게 전보를 보내 정식으로 유진을 중국에 파견해 그가 진행하는 사업에 지원해 주기를 요청했다. 5월 초 마오쩌둥은 중남해 풍택원(中南海豊澤園)에서 정치국회의를 열고 마오쩌둥선집 편찬위원회를 조직했다.

같은 해 7월 유진이 요청에 응하여 중국을 방문하고, 즉시 원고를 보기 시작했다. 9월 중국어 원고의 제공이 지연되어 번역의 진척이 더뎌지자 유진의 일도 어느 정도 영향을 받았다. 그러자 마오쩌둥은 유진에게 각 기관을 위해 강의를 부탁했다. 9월 21일 중소우호협회의 요청에 응하여 유진은 북경에서 「자본주의에서 사회주의로 넘어가는 과도기의 소련」이라는 제목으로 강연을 했다.

9월 말 유진의 중국 방문기간이 곧 끝나게 되었으나 『마오쩌둥선집』 편집의 완성은 아직 요원했다. 그리하여 9월 30일 마오쩌둥은 스탈린에게 전보를 보내 유진의 파견기간을 연장해 줄 것을 요청했다. 마오쩌둥은 전보에서 다음과 같이 말했다. "유진은 여기에서 2개월 동안 일을 했습니다. 그러나 『마오쩌둥선집』의 편집을 도와주는 일이 끝나지 않았으며 아직 상당한 시간이 필요합니다. 그리고 우리는 그가 산동, 남경, 상해, 항주, 장사, 광주, 한구(漢口), 서안, 연안, 심양, 하얼빈 등의 지역을 참관하여, 우리의 간부들에게 정치이론에 대하여 발표와 연설 등을 해주기를 희망합니다. 이 때문에 나는 유진 동지가 중국에 머무르는 시간을 1951년 1월 말 혹은 2월 말까지 연장하는 것에 대하여 당신이 승낙해주기를 요청하며, 그 가능여부를 전보로 회답해 주시길 청합니다."

10월 9일 스탈린이 마오쩌둥에게 전보로 회답했다. "유진의 중국에 머무르는 기간의 연장에 대하여 요청하는 전보를 나는 이미 받았습니다. 지금 당신에게 통지합니다. 유진은 중국에 금년 말까지 머무를 수 있습니다. 『마오쩌둥선집』을 완성하는 것 및 중국 각 도시 간부회에서 강연할 수 있도록." 마오쩌둥은 스탈린의 회신을 받은 후, 10월 11일 류샤오치에게 "유진을 위하여 각 지역을 참관하고 강연할 수 있도록 계획하라"는 지시를 내렸다. 이후 유진은 상해, 항주, 광주, 한구, 서안 등의 지역을 참관하고 강연을 했다.

참관과 강연을 끝내고 북경으로 돌아온 유진은 『실천론(實踐論)』 등의 번역원고를 보고 매우 재미있어 하면서 많은 칭찬을 했다. 그 후 마오쩌둥과 유진은 곧 『마오쩌둥선집』 제1권의 원고에 대하여 충분히 의논했다. 유진은 이 원고가 매우 많은 부분에 있어 독특하고 가치가 있다고 했다. 유진은 『실천론』, 『모순론』, 『연안문예좌담회에서의 연설』 등의 글을 매우 추종했다. 그는 이 몇 편의 글을 스탈린에게 보내 읽을 수 있게 하자고 했고, 또 『실천론』을 소련의 이론 간행물에 발표하자고 건의했다. 이에 마오쩌둥이 유진의 건의에 동의했다.

1950년 12월 『볼세비키』 잡지 제23기에 마오쩌둥의 『실천론』의 전문이 기재되었다. 그 후 『프라우다지(眞理報)』 편집부가 이에 대하여 글을 발표하면서 소련의 수많은 독자들에게 마오쩌둥의 이 철학 명저를 추천하고, "마오쩌둥 동지의 『실천론』을 소련과학계가 매우 큰 흥미를 가지고 읽었다"고 표현했다. 1951년 1월 소련은 또 『실천론』의 단행본을 출판했다. 실천론이 소련에서 발표된 후 그 반응이 아주 좋아서 마오쩌둥도 매우 기뻐했다. 1950년 12월 28일 마오쩌둥은 신문총괄부서 서장 후챠오무(胡喬木)에게 『실천론』과 『프라우다지』의 평론 글을 책임지고 완성하여 이틀에 나누어 게재할 것을 지시했다. 29일, 30일, 『인민일보』에 『실천론』과 『프라우다지』 편집부의 평론을 차례대로 발표했다.

유진은 일하는 데 있어 매우 겸손했는데, 그는 중국의 문제에 대하여 결코 정통하지 않음을 솔직하게 인정했다. 그러나 마오쩌둥의 저작에 대한 연구를 진행한 후에 그는 중국의 철학 역사 이론 문학에 관하여 적지 않은 지식을 쌓게 되었다. 동시에 유진은 『마오쩌둥선집』 제1권의 문장을 이론적 문헌으로 삼아 약간의 건의를 하였다. 그는 '땅바닥에 주저앉아, 온돌 위에 앉아(一屁股蹲下 坐在炕上)', '게으른 아낙의 발싸개-전족용 천-처럼 구리고 길다(懶婆娘裹脚布, 又臭又長)', 변증법에서의 '생과 사'의 관계 등의 예를 들어 약간의 어구가 조금 엄격하다고 생각하였다.

마오쩌둥은 유진에게 매우 호감을 느꼈다. 이번 일이 끝나고 마오쩌둥은 유진이 다시 중국에 와서 도움을 주기를 희망했다. 유진은 매우 기쁘게 이를 받아들였고 가족들과 같이 중국으로 오길 희망했다.

1951년 1월 상순에 유진은 소련으로 돌아갔다. 그전에 마오쩌둥이 유진을 이년당으로 초청하여 주연을 베풀고, 그를 배웅하기 위해 마오쩌둥은 특별히 류샤오치, 주떠 그리고 저우언라이를 불러 동반하게 하여 그를 매우 중요시했다.

마오쩌둥과 유진은 『마오쩌둥선집』의 편집 때문에 인연을 맺었다. 그러나 수련의 전문가의 도움을 요청하여 그의 글을 보게 한 다른 목적을 8년 후 마오쩌둥이 유진을 만나 설명한 적이 있었다. 그가 말했다 "왜 내가 당시에 스탈린에게 학자를 파견해 달라고 요청하여 나의 문장을 보게 한 줄 아십니까? 그렇게 내가 자신이 없었을까요? 글조차도 당신들을 청하여 보게 했다? 할 수 없어서 일까요? 아닙니다! 당신들을 청하여 중국을 보게 한 것이고, 중국이 진짜로 마르크스주의인지 아니면 반은 진짜고 반은 가짜인 마르크스주의인지를 보게 한 것입니다. 당신이 돌아간 후에 우리들에 대하여 좋은 말을 할 것입니다. 당신이 스탈린에게 첫 번째로 하는 말이 바로 '중국인은 진정한 마르크스주의자이다'입니다. 그러나 스탈린은 아직도 의심합니다. 단지 한국전쟁만으로 그의 생각이 바뀌었습니다. 또 동유럽의 형제당과 기타 각국의 당이 우리에 대하여 의심하고 있습니다." 이 점은 유진이 당시에 정말 생각하지 못했던 것이다.

흥미가 맞아 우의가 날로 깊어졌다

1951년 7월 마오쩌둥의 요청에 응하여 유진은 부인 지나와 두 번째로 중국을 방문했다. 이번에 유진은 동북(東北)과 화북(華北)을 방문하여 중국의 간부들에게 강연을 하였으며, 중국이 동방 각국의 형제당을 연구하는 데 도움을 주었고, 『마오쩌둥선집』을 번역하는 사업을 지도하였다.

마오쩌둥은 유진이 이번에 중국을 방문하는 것에 대하여 매우 중요하게 생각하여, 유진이 이미 출발하였다는 소식을 듣고 7월 20일 새벽 3시 특별히 가오강(高崗)에게 전보를 보내 지시했다. "스탈린 동지가 나의 요청에 동의를 하여, 유진 동지가 다시 파견되어 우리의 이론적인 교육을 도와주는 일을 하러 중국을 3개월 동안 방문합니다. 현재 유진 동지는 이미 7월 15일 몸을 움직여서 7월 20일에는 만주리(滿洲里)에 도착할 것입니다. 즉시 사람을 파견하여 영접하세요. 그가 동북에 도착하면 당신은 그와 간담회를 하십시오. 만약 그가 먼저 북경에 오고자 한다면 바로 사람을 파견하여 북경으로 모시고 오십시오. 만약 그가 먼저 동북의 각 도시에서 우리의 간부들에게 강연을 하거나 공장, 학교, 농촌을 참관하길 원한다면, 즉시 당신이 적절히 배치해 주고 능력 있는 통역인원, 수행인원 그리고 경호인원을 파견하여 곳곳에 적당한 수의 간부를 배치하여 강연을 듣게 하고 좌담회를 진행하십시오." 가오강은 즉시 마오쩌둥의 지시에 따라 그에 상응하는 준비를 하였다.

유진부부가 북경에 도착한 후 마오쩌둥은 또 루딩이(陸定一)를 보내어 수행하게 하고 각 대도시에서 강의와 참관을 하게 했다. 유진은 이번 여행에 대하여 매우 만족하고 북경으로 돌아와 특별히 마오쩌둥에게 현재 상황을 보고하는 편지를 썼고, 마오쩌둥은 이 편지를 보고 매우 만족했다.

마오쩌둥은 유진 부부의 중국에서의 업무와 생활을 더욱 잘 보살펴 주기위해 유진이 두 번째로 북경을 방문했을 때, 경산(景山) 뒤의 거리에 있는 한적한 숙소를 마련해주었다. 마오쩌둥은 두 번이나 유진의 숙소를 찾아가 사상과 이와 관련된 문제에 대하여 이야기를 나눴다. 9월 마오쩌둥은 친히 유진 내외가 청도에서 휴식을 취할 수 있도록 산동성(山東省)위원회와 청도시(靑島市)위원회에 서신을 보내 그들에게 유진 내외를 잘 보살피라고 부탁했다. 그리고 그들에게 또 유진을 위하여 제남(濟南)과 청도에서 학술 좌담회를 계획하라고 무탁했다. 마오쩌둥은 완전히 유진 내외를 자신의 개인적인 손님으로 대했다.

서로에 대한 이해가 점점 깊어짐에 따라 취미도 매우 비슷해져서 마오쩌둥과 유진의 관계는 그야말로 친밀해 졌다. 마오쩌둥과 유진 모두 철학에 대하여 그 공로가 적지 않았다. 한 번은 마오쩌둥이 경산 뒤에 위치한 유진의 집에 가서 이야기를 나눴는데, 그들은 뜻밖에도 변증적인 관점에서 물리와 생리학 방면의 문제에 대하여 담론하였고, 게다가 그 견해가 매우 일치하여 즐거워했다. 유진은 분위기를 활발하게 하기위하여 두 명의 소련 작가 코르네이추크와 바실렙스카야를 손님으로 초청하였으나, 이 두 명의 작가는 단지 당차고 차분하게 말하는 두 명의 철학 대가의 말을 듣기만 하고 있었다. 이후 유진은 마오쩌둥을 청하여 집에서 영화를 볼 때에도 그들 대화의 주제가 철학적인 문제를 벗어나지 않았다.

1951년 10월 19일 유진은 2차 중국 방문기간이 끝나 귀국길에 올랐다. 이때 『마오쩌둥선집』 제1권의 번역이 이미 끝나고 제2권도 기본적으로 번역이 완성되었다. 소련은 『마오쩌둥선집』의 번역을 소련국가 출판국이 담당하고 싶다고 건의하고, 소련 독자들이 보편적으로 이해 할 수 있고 작자의 본의를 이해 할 수 있게 하겠다고 약속을 했다. 마오쩌둥이 소련의 요구에 동의하여, 1953년 소련이 러시아어 판 『마오쩌둥선집』 제1권을 출판하여 소련과 동유럽 국가의 폭넓은 관심을 일으켰다. 이후 계속 제2권, 제3권을 출판했다.

지식인이 지휘권을 얻자, 전력을 다해 서로 돕다.

1953년 정권을 잡은 후르시초프는 마오쩌둥이 유진을 아끼는 것을 알았다. 후르시초프는 마오쩌둥이 익숙하지 않은 사람을 파견하는 것은 중국과의 교류에 불편하다고 생각했다. 그리하여 아무것도 따지지 않고 쿠즈네초프를 대신하여 외교 경험이 없는 유진을 주중대사에 임명했다. 소공 19차 대표회의에서 유진은 이미 중앙위원회위원에 당선되었다.

1953년 12월 15일 유진이 중앙인민정부 마오쩌둥 주석에게 국가 공문을 보내 마오쩌둥 주석에게 축하의 말을 전했다. "주석동지, 저는 당신에게 보증을 합니다. 저는 자신을 아끼지 않고 소비에트사회주의공화국연맹과 중화인민공화국 양국 간의 위대한 동맹을 더욱 강화하고 형제의 우의와 긴밀한 합작을 위해 모든 힘을 다할 것입니다." "저는 이번 기회를 빌려 위대한 중국 인민이 최근 4년 동안 중국 국내에 실현한 각항의 역사적인 개혁으로 얻어진 전면적인 진보에 대하여 충심으로 감탄을 하고 기쁨을 표시합니다." 마오쩌둥이 답사에서 이렇게 말했다. "나는 당신이 소비에트사회주의공화국연맹의 주중화인민공화국 소련대사의 특명을 받은 전권대사에 임명된 것을 매우 열렬하게 환영합니다. 당신이 중소 양국의 우호와 상호 합작을 공고히 하기 위한 일을 하는 중에, 당신은 곧 나와 중화인민공화국 정부의 전면적인 지지를 받을 것입니다."

유진은 대사의 직무를 인계받은 후, 본래 대사관에 거주해야 했으나 그는 여전히 경산 뒤에 머물기를 원했다. 마오쩌둥과 저우언라이는 관례를 깨고 유진의 희망을 들어주었다. 신분의 변화 때문에 외교적인 예의와 의식의 구속을 받아 유진과 마오쩌둥의 교류는 전의 두 번의 경우와 같이 편하지는 않았다. 그러나 그는 종종 마오쩌둥과 그가 매우 흥미를 느끼는 철학문제에 대하여 담론을 하였다.

유진은 자신이 주중대사로 있었던 기간에 중소 관계가 밀월의 관계에서 결별의 관계로 변화하는 경험을 했다. 유진은 대사가 된 것은 지식인이 지휘권을 가진 것과 같아서 외교적 사무처리 능력이 떨어졌으며, 국사를 처리하는데 능숙하지도 않았으며, 또 경제건설도 이해하지 못했다. 부임 후 얼마 되지 않아 곧 대처할 수가 없었다. 학자의 티가 매우 심한 유진에게 있어서 대사의 책무는 확실히 내키지 않는 일을 억지로 하는 것과 같았다. 그는 항상 소련 기술자와 고문의 비난을 받았다. 이에 대하여 마오쩌둥도 이를 모두 알고 있었는데, 그는 이전과 다름없이 유진을 지지하고 소련에 유진이 계속 중국에서 일을 할 수 있게 해달라고 부탁했다. 후르시초프도 유진의 상황을 알고 있었으나 중국정부의 의견을 존중하여 유진을 소환하지 않았다.

마오쩌둥은 유진을 성실한 사람이라고 생각했고, 그래서 그를 특별히 존중하였다. 1953년 12월 하순 소련장관회의의 부주석 겸 금속광물공업부(治金工業部) 부장 제위시안이 중국을 방문했다. 그 다음날 마오쩌둥은 제위시안과 유진을 만났다. 몇 마디의 한담을 가진 후 마오쩌둥은 그들에게 중국당내와 국내의 상황을 소개했다. 마오쩌둥이 말했다. "우리당에 혹은 국내에 소란이 생기려 합니다…. 이 소란의 성질을 한마디로 말하면 바로 '어떤 사람이 나를 때리려고 했다'입니다. 우리중국은 역사상 일찍이 진(秦)이 6국을 멸하여 출현하고 진이 초(楚)를 멸한 것이 역사적인 사실인데 현재는 어떠합니까? 아직 기다려 보아야 합니다." 이번 담화는 예사롭지 않았는데 마오쩌둥의 분명한 설명이 없어 그가 말한 진이 가오강(高崗)을 가리키는 것인지 두 명의 손님은 도무지 알 수가 없었다. 유진과 제위시안은 단지 매우 주의해 들으면서 이따금 탄성을 표시할 뿐이었다.

유진이 주중대사를 맡은 지 5년째, 즉 1958년 7월 21일에 유진은 마오쩌둥에게 후르시초프와 소공중앙주석단의 소련이 중국에 공동으로 핵잠수함 함대를 건립하자는 제의와 저우언라이와 펑더후이가 모스크바를 방문하여 이에 대한 구체적인 의논을 진행하기를 희망한다고 전달했다. 사실 이는 소련해군 원양함대가 '장파라디오' 해안기지에 대한 통신지휘가 필요했기 때문으로 후르시초프가 중국의 남해안에 공동건설을 제의한 적이 있었지만, 마오쩌둥에게 거절당했다. 공교롭게도 이때 중국해군이 소련에게 원양잠수함의 건조에 도움을 달라고 제의했는데 후르시초프가 이 기회를 이용하여 양국 공동의 '연합함대'를 건설하자고 요구하고, 이렇게 '장파라디오 방송국' 문제도 핵심적인 문제만 해결하니 다른 것들도 잇따라 풀렸다. 후르시초프의 '묘책'은 공교롭게도 마오쩌둥의 한계를 자극하여 마음 아프게 했다. 마오쩌둥은 설명을 들은 후 안색이 크게 변하며 말했다. "먼저 방침을 명확히 해야 합니다. 우리가 하고, 당신들이 지원하는 것입니까? 아니면 오직 같이 해야만 하고, 당신들과 같이 하지 않으면 도와주지 않을 것입니까? 이는 바로 당신들이 우리를 압박하여 같이 하고자 하는 것입니까?" 이런 마오쩌둥의 태도는 유진을 매우 놀라게 하였다.

다음날 일찍 마오쩌둥은 또 유진과 만났다. 마오쩌둥은 중소 간의 왕래 이래, 여러 번 풍파가 있었지만 모두 대국을 상하게 하지는 않았다고 지적하면서 다음과 같이 말했다. "현재 당신들이 해군 '합작사'를 만들자는 것은 스탈린이 살아있을 때에 우리도 하지 않았습니다. 후르시초프 동지가 '합작사'를 취소했고 믿음을 세웠습니다. 그러나 이번 소유권 문제는 나를 스탈린의 그것이 또 왔구나 하고 생각하게 했습니다." 마오쩌둥은 매우 격하게 말했다. 공동경영을 원했다면 모든 것을 공동으로 육·해 공군, 공업, 농업, 문화, 교육 모두를 공동 경영하는 것은 어떻겠습니까? 혹은 일만 킬로미터가 넘는 해안선 모두를 당신들에게 주고 우리는 단지 유격대를 운용하는 것은 어떻겠습니까? 당신들은 원자력을 개발했다고 통제하려 하고 조차권을 원합니다." "당신들이 어제 나를 화나게 하여 밤새 한숨도 못 잤습니다. 화가 많이 났습니다. 만약 잘못을 했다면 나 한 사람이 한 것입니다. 이번 회담이 순탄하지 않으면 다시 이야기 할 수 있으며 매일 나와 이야기를 할 수 있습니다. 그래도 안 된다면 나는 모스크바에 가서 후르시초프 동지와 대화를 나눌 수도 있습니다. 혹은 후르시초프 동지를 북경으로 청하여 모든 문제를 분명하게 말하겠습니다."

마오쩌둥은 성실하고 충실하게 대화를 하고는 "당신이 내가 어떻게 말했는지 그대로 후르시초프 동지에게 보고해 주십시오. 당신이 보고할 때 그가 듣기 좋게 나를 대신하여 각색하지 말고 이야기 하세요!"라고 했다. 후르시초프가 유진의 보고를 듣고는 사태가 심상치 않음을 느껴, 비밀리에 북경을 방문하여 마오쩌둥에게 상황을 해명하고, 유진이 그들의 진정한 의도를 파악하지 못했다고 책망하고는 유진을 명실상부한 희생양으로 만들었다.

이듬해 중소 관계가 결별을 향해 달려가기 시작했다. 유진도 임기만료 후 소환되어 돌아가 계속 회원으로 일했다. 마오쩌둥은 여전히 이 철학가를 매우 존중하고 아꼈다. 『마오쩌둥선집』의 편집출판과 러시아어 판 발행은 그의 심혈이 담겨있는 것이었다. 그리고 중소 우의의 발전에도 그는 전심전력을 다하였다. 마오쩌둥의 사적인 친구로 그는 성실하고 믿을 만 했으며, 그가 가지고 있는 재능을 충분히 발휘하였으나 정확하게는 원래 내키지 않는 일을 억지로 한 것이었다.

4

나는 작별이 아니라,
다시 보자고 말하는 것이다
― 마오쩌둥과 보로실로프

4

나는 작별이 아니라, 다시 보자고 말하는 것이다
- 마오쩌둥과 보로실로프

보로실로프 그의 풀네임은 클리멘트 예프레모비치 보로실로프이다. 그는 1881년 1월 23일 출생했다. 소련공산당과 소비에트 국가의 적극적인 활동가로 볼세비키당의 최고원로 중 한 명이었고 소련의 군사력을 조직한 사람으로 매우 뛰어난 고위 장교였다. 1921년 러시아 공산당 제10차 대표 대회부터 당의 중앙위원회 위원에 당선되고 1926년부터 중앙정치국위원을 맡았다. 1952년 소련공산당 제19차 대표대회에서 중앙위원회 주석단 위원에 당선되었다. 1946년 3월부터 1953년 3월까지 소련장관회의 부주석을 맡았다. 1953년 3월 소련최고 소비에트 주석단 주석에 당선되었다. 후에 후르시초프 수정주의 집단의 대내외 정책에 반대하여 1958년 공격을 받아 '반당집단(反黨集團)'이 되었다. 후르시초프 집단이 와해되자 명예를 회복하고 1966년 소공 23차 대표대회중앙위원에 당선되었다. 1960년 12월 3일 그는 세상을 떠났으며 크레믈린 궁의 홍벽아래 안장되었다.

비록 다른 국가에 몸담고 있었지만 같은 무산계급혁명가, 정치가, 군사가인 마오쩌둥과 보로실로프는 서로 뜻이 같았으며 생각이 일치했다. 1939년 9월 14일 마오쩌둥은 『제2차 제국주의 전쟁을 논한다』의 글에서 전쟁에 대한 전망을 언급하며 말했다. "나는 보로실로프 동지의 소련공산당 18차 대표대회에서 한 연설에 매우 찬성한다. 그가 현대의 전쟁은 장래에 반드시 오랫동안 유지되고 끊임없이 계속되는 소모의 전쟁이 될 것이라고 한 것과 같이 피할 수 없는 전반적인 군사충돌이다. 파천황의 네가 죽고 내가 사는 중요한 고비가 올 것이라는 그의 예측은 매우 정확하다고 생각한다." 문장의 여기저기에 이 두 명의 위인이 무심코 드러낸 시국을 판단하는 면에서 일치하지 않는 부분이 없었다. 1957년 4월에 이르러 보로실로프가 중국을 방문하여 마오쩌둥은 비로소 그와 만나게 되었다.

중국인민의 가장 친한 친구

1956년 2월 소공 20차 대표회의 후에, 후르시초프의 '비밀보고서' 『개인숭배 및 그 결과에 관하여(關于個人崇拜及其後果)』를 미국중앙 정보국이 폴란드인의 수중에서 입수하여 그 전문을 발표했다. 이 일은 같은 해 10월 폴란드와 헝가리에서 당국에 항의하는 군중 가두시위를 초래했다.

이와 동시에 서방 적대세력이 전 세계에 반소반공의 물결을 일으키고 동유럽의 정세도 요동쳤다. 이탈리아와 영국의 공산당원은 분분히 탈당을 요구했고, 기타 국가의 공산당도 심각한 위기를 맞이하여 공산당의 치지가 매우 어려워섰나. 이때 몇몇 국가의 공산당 중앙이 당시의 형세와 국제공산주의운동 중에 출현한 절박한 각종 문제에 대하여 의견을 교환하고, 의식을 통일하고, 국제공산주의운동의 단결과 발전을 촉진하기 위해 소공중앙에 각국 공산당과 노동당 국제회의의 개최를 건의하였다. 소공중앙은 중공중앙에 이런 건의를 전달했다. 중공중앙과 마오쩌둥은 이 국제회의는 매우 적절한 시기에 현재 세계정세와 국제공산주의운동 중에 출현한 중요한 문제를 토론하고 나아가 공통의 인식을 얻고, 단결을 강화하고, 공동으로 적에 대응할 수 있는 매우 필요한 일이라고 생각했다. 이후 소공중앙과 중공중앙은 곧 이번 국제회의를 어떻게 개최해야 할지에 대하여 여러 차례 의견을 교환했다. 이런 상황에서 전 세계를 향하여 중소 양당과 양국의 일치단결과 사회주의 진영을 수호했다는 결심을 표명하기 위하여 쌍방은 소련최고위 소비에트주석단 주석 보로실로프의 중국 방문을 결정했다. 1957년 1월 6일 마오쩌둥은 중화인민공화국 주석의 이름으로 소련소비에트주석단 주석 보로실로프에게 서신을 보냈다. "나는 경애하는 주석 동지가 우리나라를 방문하는 것에 대해 중화인민공화국과 중국 인민을 대표하여 열렬하게 환영합니다.

나는 당신의 방문이 반드시 우리 양국 사이의 친밀한 합작과 위대한 우의를 한층 더 공고히 하고 발전시킬 것이라고 굳게 믿습니다. 만약 당신이 동의한다면 당신이 적당하다고 생각하는 방문시기를 우리에게 통지해 주십시오. 나와 중국의 전 인민은 매우 유쾌한 마음으로 당신이 오기를 기다리겠습니다." 1월 18일 보로실로프는 마오쩌둥에게 답신을 보냈다. "나는 매우 감격하였으며, 당신의 요청을 받아들입니다. 만약 당신들이 괜찮다면 나는 1957년 4월 5일부터 5월 5일까지 형제와 같은 중화인민공화국을 방문하겠습니다." 그리하여 이 두 위인의 미담이 아래와 같이 성사되게 되었다.

1957년 4월 15일 보로실로프는 소련 최고위 소비에트 대표단을 이끌고 북경에 도착했다. 대표단의 구성원에는 소련최고위 소비에트주석단 부주석 우즈베커, 최고위 소비에트주석단 주석 라시도프, 소련고등교육부 부장 옐우틴, 외교부 부부장 페도렌코, 주중 소련대사 유진 등이 있었다. 보로실로프의 아들 내외도 같이 방문했다.

보로실로프는 이번 방문에서 중국의 수준 높은 격식있는 접대를 받았다. 마오쩌둥, 류샤오치, 저우언라이, 주떠, 펑전, 허룽(賀龍)등 당과 국가 지도자 및 수도 각계의 대표 그리고 수천 명의 군중이 남원(南苑) 공항에서 그들을 영접하고 그곳에서 융숭한 환영의식을 거행했다. 마오쩌둥은 보로실로프와 함께 육해공군 의장대를 사열하고, 이어서 공항에서 열정이 넘치는 축하 연설을 발표하였다.

마오쩌둥이 말했다. "경애하는 보로실로프 주석 동지! 당신의 이번 중국 방문은 중국인민의 영광이며 우리 양국이 나날이 발전하는 우호관계에 있어 중대한 사건입니다. 저는 중국 인민과 중국정부 그리고 중국공산당을 대표하여 당신과 그리고 당신과 같이 온 소련 동지들에게 열렬한 환영과 형제의 경의를 표시합니다." 그는 다시 강조했다. "소련 인민은 소련공산당의 지도아래 전 세계의 무산계급을 위하여 사회주의혁명의 찬란한 길을 개척하고, 모든 인류를 위하여 사회주의와 공산주의 건설에 위대한 모범을 보였습니다. 중국인민은 지금 소련인민의 격려와 지지아래, 위대한 10월 사회주의 혁명의 길을 따라 열심히 전진하고 있습니다."[18]

마오쩌둥은 축하연설 중에 계속 보로실로프를 '중국인민의 가장 친한

---

18) 『인민일보』, 1957년 4월 16일 보도.

친구'라고 칭하면서, "이 방문이 반드시 중소 양국인민의 위대한 우의를 한층 더 증진시키고 또 세계평화와 인류 진보의 숭고한 사업을 촉진시키는 데 도움을 줄 것이다"라고 했다. 마오쩌둥 등 당과 국가 지도자들은 보로실로프의 이번 방문과 같이 '예의가 있는, 어떤 실질적인 문제에 대한 협의가 없는' 중국 방문에 대하여 매우 중요하게 생각하고 있었으며, 간절한 희망을 가지고 있었음을 어렵지 않게 알 수 있었다.

환영의식이 끝난 후, 마오쩌둥이 친히 보로실로프를 수행하여 퍼레이드카를 타고 중남해로 향하고 그 뒤를 영접 차량들이 따랐다. 남원공항부터 중남해 신화문(新華門)까지 수십만의 군중이 길에 나와 열렬하게 그들을 환영했다. 마오쩌둥과 보로실로프가 탄 퍼레이드카가 천안문 광장에 이르렀을 때 환영인파가 무의식적으로 경계선을 넘어, 차량을 감싸고 아름다운 꽃다발을 휘두르면서 '마오 주석 만세!', '보로실로프 주석 만세!'라고 소리치자 부득이 차량을 잠시 멈추었다. 보로실로프는 이렇게 많은 군중들이 가깝게 다가와서 그들을 향하여 환호하는 것을 보고 기뻐하면서도 긴장하였다. 또 불안해하며 마오쩌둥을 바라보았다. 마오쩌둥이 태연하게 담소하듯이 말했다. "이왕 왔으니 마음을 편하게 가지십시오! 그들은 충분히 보고나면 곧 해산할 것입니다." 얼마간의 시간이 지나자 차량이 비로소 환호하는 군중으로부터 빠져 나왔다. 이후 보로실로프 및 경호 인원, 아들 내외는 중남해 근정전으로 들어가고 대표단 인원은 계획에 따라 동교민항(東郊民巷)호텔에 투숙했다.

4월 16일 저녁, 마오쩌둥은 보로실로프를 저녁만찬에 초청하고 류샤오치, 저우언라이, 주떠 등과 함께 했다. 이 만찬에서 보로실로프는 볼셰비키당의 원로로써 마오쩌둥 등과 대화를 나누는 중에 당시 중국의 정세에 대한 관심과 걱정을 무심코 드러냈다. 그는 솔직하게 소련은 지도자층부터 민중에 이르기까지 모두 중국이 제의한 '백화제방, 백가쟁명(百花齊放,百家爭鳴)'의 방침을 이해하지 못하고 있다고 말했다. "중국이 사회주의국가로써 뜻밖에도 신문과 간행물에 대량으로 발표한 반공반사회주의(反共反社會主義)의 여론과, 심지어 반소(反蘇聯)의 여론을 허용하고 있는 것을 이해할 수 없습니다. 소련 인민은 이(雙百) 방침이 지금 자산계급의 사상을 위한 장소를 제공하고 있다고 생각합니다. 이는 곧 자산계급사상의 범람을 일으킬 것이고, 반드시 사회주의 사상의 진영이 약해질 것이라고 생각합니다."

마오쩌둥이 이에 답했다. "'백화제방, 백가쟁명(百花齊放,百家爭鳴)'은 본래 중국이 2,000여 년 전에 제창한 구호입니다. 우리는 단지 '옛것을 현재에 적용하는 것(高爲今用)' 뿐입니다. 학술문제에 대하여 '백가쟁명'의 제창은 어느 학파가 다른 학파의 관점을 억압하는 것을 방지할 수 있습니다. 온실 속의 화초가 되어서는 안 됩니다. 만약 시련이라는 경험이 없다면 면역력 또한 키울 수 없게 되므로 잘못된 의견에 부딪치면 이길 수 없게 됩니다."

보로실로프는 마오쩌둥의 대답에 그렇지 않다고 생각하고 반박하여 말했다. "사회주의국가가 이런 공산주의의 당을 반대하고 사회주의를 반대하는 여론을 허락해서는 안 됩니다. 적은 약간의 결점을 잡고 여론을 크게 만들어 군중이 불만을 일으키도록 선동합니다. '헝가리 사건'또한 바로 이러한 소란을 불러일으킨 것입니다." 이에 마오쩌둥은 믿음 있게 말했다. "소련 동지는 안심하십시오. 중국은 헝가리가 아니고 중국 공산당의 상황도 헝가리 사회주의 노동당의 정황과 완전히 다릅니다.

그들이 뽑아낸 것들은 우리가 끄집어 낸 것입니다. 그중에는 '향화'도 있고 '독초'도 있습니다. 그 독초를 부정의 교재로 삼을 수 있어 좋은 점도 있습니다. 그들에게 일정기간 뽑아내게 한 후, 우리는 곧 반격을 할 것입니다." 그러나 마오쩌둥의 이 설명은 보로실로프를 완전히 설득하지는 못했다. 우리는 비록 보로실로프를 '작은 새(燕雀)'라고 말할 수는 없었지만, 마오쩌둥은 확실히 '큰새(鴻鵠)의 의지'를 가지고 있었다.

4월 16일 보로실로프는 마오쩌둥 등 중국 지도자들의 인도 아래, 전국 인민대회상무위원회 확대회의에 출석하여 강연을 통해 중국의 사회주의 혁명과 사회주의 건설의 성취에 대하여 매우 높은 평가를 하고 칭찬을 했다. 그날 저녁 저우언라이가 보로실로프를 위하여 환영 연회를 열었다. 저우언라이는 보로실로프에게 웨이리황(衛立煌)을 소개했고, 국공 양당이 과거 이미 두 차례나 연합을 했다고 말했다. 마오쩌둥이 이어서 말했다. "우리는 아직도 3차 연합을 진행할 준비를 하고 있습니다."

4월 17일 마오쩌둥은 중남해 회인당(懷仁堂)에서 성대한 정부주최 연회를 거행하고 보로실로프의 일행을 환영하고 두 번째로 축하인사 연설을 발표했다. 그가 말했다.

오늘 우리는 여기에서 우리의 위대한 맹방의 대표인 소련 최고위 소비에트 주석단 주석 보로실로프동지와 기타 내빈들이 한데 모여 매우 기쁩니다. 보로실로프 동지는 소비에트 국가와 소련공산당의 매우 훌륭한 지도자 중 한 명입니다. 몇 십 년 동안 그는 10월 사회주의혁명의 승리를 위해 소련의 국방력 증강과 공산주의 사업의 발전을 위해 조금도 해이해지지 않고 끝까지 노력을 기울였습니다. 게다가 탁월한 공헌을 하였습니다. 보로실로프 동지는 중국인민이 가장 친하게 여기는 동지이고 친구입니다. 그는 이번에 우리나라에 방문을 하여 우리에게 위대한 소련인민의 형제와 같은 우정을 가지고 와 주었습니다. 저는 중국인민과 중국정부 그리고 중국공산당을 대표하여 우리의 귀빈에게 열렬한 환영을 표시합니다. 중국인민은 과거 혁명투쟁과 현재의 사회주의 건설 사업에 있어 모두 소련으로부터 귀중한 것들을 배웠습니다. 이후 중국인민은 소련의 앞선 경험을 배우는 것을 계속 강화해야 하고 중국의 사회주의 건설을 가속화해야 합니다. 위대한 중소 양국 인민은 가장 친밀한 형제이며 가장 의지할 수 있는 전우입니다. 사회주의 진영의 단결을 강화하고 세계평화를 보호하고 인류의 진보를 촉진하는 숭고한 사업에 우리 중국인민은 소련인민과 결연히 같이 할 것입니다. 제국주의 침략세력은 항상 모든 방법을 동원하여 우리 양국의 단결과 우호관계를 이간질하고 파괴하려 합니다. 그러나 그들의 이런 음모는 어떠한 상황에서도 모두 실현시킬 수 없다는 것을 사실이 증명하고 있습니다. 세계의 어떠한 힘도 우리들을 헤어지게 할 수 없습니다. 중소 8억 명의 우의는 영원하고 견고하여 깨뜨릴 수가 없는 것입니다.[19]

마오쩌둥은 연설이 끝난 후 보로실로프와 건배를 할 때 보로실로프가 말했다. "당신이 이렇게 나를 찬양하는 것은 개인 숭배를 하는 것 아닙

---

19) 『人民日報』, 1957년 4월 18일 보도.

니까?" 마오쩌둥이 매우 재미있게 대답했다. "개인숭배가 없다고 할 수 없지만, 많을 수도 없습니다." "어떤 때는 숭배하지 않을 수 없는데, 예를 들어 마르크스와 레닌에 대해서는 숭배하지 않을 수 없습니다." 보로실로프가 마오쩌둥의 생각에 동의하고 말했다. "맞습니다. 숭배하지 않을 수가 없지요!"

4월 18일 십 몇 만의 군중은 수도북경의 농단(農壇)체육경기장에서 집회를 거행하여, 보로실로프 등 소련의 손님들을 환영했다. 마오쩌둥 등은 중남해에서부터 보로실로프와 동행했고, 당시 북경시장 펑전이 경기장 문 앞에서 영접했다. 보로실로프는 군중들의 열렬한 환영장면을 보고는 매우 감동했다. 그리고 그가 갑자기 자리에 앉아 원고를 쓰고는 수많은 우호의 말을 이야기하자 경기장에 군중들의 박수소리가 가득했다.

이후 보로실로프 일행은 북경을 떠나 다른 지역을 방문하여 참관하였다. 주떠, 허룽, 누오루이칭(羅瑞卿)이 특별히 그를 수행하여 동북을 방문하였다. 류샤오치는 그를 수행하여 상해를 방문하였고 또 전국 인민대회상임위원회 부원장 송칭링(宋慶齡)을 배방하였다. 저우언라이가 특별히 그를 수행하여 항주를 방문했다. 허룽이 그를 수행하여 비행기로 광주와 무한을 방문하였고, 펑전이 특별히 광주에서 그를 영접했다. 그런 후에 그를 수행하여 무한을 방문한 뒤 북경으로 돌아 왔다. 보로실로프가 방문한 지역마다 모두 사람을 감동시키는 장면이 출현되었는데, 이 수십만 군중이 열렬하게 환영하는 장면은 당년 중소우호관계가 사람의 마음에 깊이 파고드는 아름다운 그림과 같은 관계였음을 나타내고 있었다. 중국 측의 매우 수준 높은 열정과 주도면밀한 그리고 세심한 접대에 보로실로프는 여러 번 만족을 표시했다. 그러나 이는 후르시초프의 불만을

야기하였다. 중소 관계가 악화된 후 그는 여러 번 원망을 품었는데, 이는 그가 중국을 방문했을 때에는 이와 같이 열렬한 접대를 받은 적이 없었기 때문이었다. 그리고 그는 심지어 끊임없이 중국의 보로실로프에 대한 그런 수준 높은 접대는 자신을 고의로 깎아내리기 위해서라고 말했다.

후르시초프가 이러한 생각을 하는 것도 당연했다. 중국을 방문하는 외국 수뇌가 근정전에 머무는 경우는 극히 드물었다. 보로실로프가 그 중의 한 명이었다. 게다가 그가 중국을 방문하는 동안 마오쩌둥, 류샤오치, 저우언라이 그리고 주떠 등 중국 당정부의 주요 지도자들이 항상 같이 또는 나누어서 그를 수행했다. 보로실로프에 대한 이런 수준 높은 대우는 신중국외교사에서도 전에 없었던 일이라고 할 수 있었다. 이러한 접대는 확실히 1954년 후르시초프의 중국 방문 때의 접대수준을 초월한 것이었다. 보로실로프가 스탈린과 동시대의 소련지도자라고 여긴 마오쩌둥의 이런 생각은 아마도 진정으로 당년 스탈린과 어깨를 나란히 하고 전투를 벌인 소련의 노병에 대한 존중을 표시하려 한 것이고, 동시에 사실상 후르시초프가 소공 20차 대표회의에서 벌인 행위에 대한 불만의 신호를 전달한 것일 것이다.

관점의 일치, 스탈린은 본질적으로 좋은 사람이다

1957년 4월 30일 보로실로프 일행이 외지 방문을 끝낸 후, 펑전과 함께 북경으로 돌아왔다. 5월 1일 보로실로프 및 그의 수요 수행원들이 천안문의 성루에 올라 마오쩌둥 등과 중국 지도자들이 함께 '오일(五一)

'국제 노동절 경축행사에 참가했다. 5월 3일 주중 소련대사 유진은 보로실로프의 중국 방문을 기념하는 초청회를 거행했다. 마오쩌둥이 초대에 응하여 참석하고 재차 중요한 연설을 하여 다음과 같이 강조했다. "중소 양국 인민의 반석처럼 견고한 단결과 친밀하여 거리가 없는 깊은 우의는 우리 중소 양국의 사회주의와 공산주의 건설 사업에 유리한 조건일 뿐만 아니라, 게다가 사회주의국가 단결에 중요한 요소이고 또 세계평화와 인류 진보의 사업이 의지할 수 있는 보증입니다." 또 다음과 같이 말했다. "보로실로프 주석은 거대한 열정과 지칠 줄 모르는 정력으로 20일에 가까운 시간동안 중국의 수많은 지방을 방문하여, 우리나라의 수많은 노동자, 농민, 학생 그리고 각계 인사와 친밀한 만남을 가졌습니다. 그렇게 하여 소련인민의 형제와 같은 감정을 수백만 중국 인민에게 전달하였습니다. 이 모든 것이 중국 인민에게는 매우 큰 격려이며, 나아가 중국 인민에게 매우 깊고 잊기 어려운 인상을 남겼습니다. 이 시간 동안 전 세계는 다시 한 번 중소 양국 인민의 견고한 반석과 같은 단결과 친밀하고 거리가 없는 두터운 우의를 보았습니다.

이런 단결과 우의는 우리 중소 양국의 사회주의와 공산주의를 건설하는 사업에 유리한 조건일 뿐만 아니라, 게다가 사회주의국가 단결에 중요한 요소이고 또 세계평화와 인류 진보 사업이 의지할 수 있는 보증입니다. 중국 인민과 소련 인민은 같습니다. 곧 계속 모든 힘을 다하여 양국의 단결과 우호 그리고 합작의 관계를 끊임없이 공고히 하고 발전시키기 위해 노력할 것입니다. 보로실로프 주석은 머지않아 그의 우호적인 중국 방문의 일정을 마칠 것입니다. 저는 이번 기회를 빌려 중국 인민을 대표하여 다시 한 번 그에게 깊은 감사를 표시하고, 또 충심으로 그에게 중국인민의 가장 진실한 우정을 가지고 돌아가 소련인민 모두에게 전달해 주시길 요청합니다."[20]

이후 이틀간 보로실로프의 일행은 청년간담회에 참가하고 북경대학을 참관했다. 5월 6일 새벽 4시 보로실로프 및 그의 수행인원은 인도네시아와 월남을 방문하기 위해 떠났다. 떠나기 전에 마오쩌둥은 특별히 풍택원(豊澤園)에서 나와 근정전에서 보로실로프를 배웅했다. 두 사람이 만나 서로 두 손을 꼭 잡았다. 보로실로프는 마오쩌둥에게 휴식시간을 가지라고 권하면서 말했다. "나는 당신이 다음과 같이 생활하기를 희망합니다. 태양이 뜨면 당신이 그를 향해 안부를 묻고, 태양이 지면 그를 향에 작별인사를 하며 휴식을 하십시오." 마오쩌둥이 미소를 지으며 말했다. "맞습니다. 태양의 규율에 따라 일을 해야 합니다." 또 말했다. "그러나 나는 이미 야간에 일하는 것이 습관이 되었습니다…." 이후 이 두 명의 지도자는 간단하게 스탈린의 평가에 대하여 의견을 교환했다. 보로실로프가 말했다. "어떻게 말해도 스탈린은 좋은 사람입니다." 마오쩌둥이 말했다. "맞습니다. 좋은 사람입니다. 우리의 생각도 그렇습니다." 보로실로프가 말했다. "스탈린의 원칙성은 매우 강했습니다. 그는 한 가지 특징을 가지고 있었는데 그가 누구를 믿으면 전부 믿습니다. 그러나 이는 좋은 점이기도 하고 나쁜 점이기도 합니다. 남에게 쉽게 이용을 당합니다. 비리야가 이점을 이용했습니다. 스탈린의 말년에 비리야가 항상 그의 면전에서 바람을 불어 넣었습니다. 한편으로는 여기에 적이 있는 것 같다고 했다가, 또 한편으로는 저기에 적이 있다고

---

20) 『인민일보』, 1957년 5월 4일.

하는 등 스탈린을 혼란스럽게 하여 그가 적들에게 포위당해 있는 것 같다고 생각하게 했습니다. 그 결과 무고한 사람들을 처벌했습니다. 그러나 어쨌든 스탈린은 좋은 사람이고 위대한 마르크스주의자입니다." 마오쩌둥이 말했다. "우리도 그렇게 생각합니다. 비록 스탈린은 결점이 좀 있지만 근본적으로 좋은 사람입니다." 보로실로프가 말했다. "당신들의 생각을 나는 압니다. 당신들이 『인민일보』에 발표한 문장은 매우 훌륭합니다. 나는 정말 당신들에게 감사합니다. 나의 좋은 친구이며, 이는 한 식구처럼 함께 이야기 한 것입니다."

보로실로프가 차에 올라 공항을 떠날 때, 마오쩌둥이 보로실로프에게 말했다. "나는 당신에게 작별을 고하는 것이 아니라, 단지 잠시 후에 또 만나자고 말하는 것입니다. 귀로가 평안하길 기원합니다!"

진실한 교류에 정과 우의가 깊어지다

5월 24일 보로실로프는 월남과 인도네시아 방문을 마친 후, 다시 북경으로 돌아와 단기간 머물렀다. 4월 15일부터 시작된 중국 방문의 20여 일 동안 그는 중국 지도자와 소련의 입장에서 중국 언론이 공개하여 발표한 반공, 반사회주의 언론에 대한 불안과 우려를 여러 차례 이야기 했다. 마오쩌둥은 이에 대하여 매우 중요하게 생각했다. 보로실로프가 인도네시아 방문을 마치고 북경으로 돌아온 그날 마오쩌둥은 또 중남해에서 그를 만나 '쌍백(雙百)' 방침과 정풍운동에 대하여 의견을 교환했다.

보로실로프가 월남과 인도네시아를 방문하는 기간 동안, 중국 국내의 정치 형세에 대한 마오쩌둥의 판단에 변화가 발생했다. 5월 15일 마오쩌둥은 「사정에 지금 변화가 일어났다」란 제목의 글을 쓰고, 당내 고위간부들에게 보내 읽게 했다. 글에서 다음과 같이 밝혔다. 당 외의 지식인 중 우파가 대략 100분의 1에서 100분의 10을 차지하여 당내에도 일부 지식인층의 신당원이 있어, 당 외의 우익 지식인과 서로 호응하고 있으므로 현재 수정주의를 주의하여 비판하기 시작해야 했다. 그리고 민주당파와 고등학교에서 우파가 표현한 가장 강하고 가장 흉포한 "무슨 인민민주독재정치를 지지하고, 인민정부를 지지하고, 사회주의를 지지하고, 공산당의 지도를 지지 했다는 것은 우파의 입장에서 말하는 것으로 모두 거짓이니 절대 믿지 말아야 했다. 민주당파 내의 우파, 교육계의 우파, 문학계의 우파, 언론계의 우파 그리고 과학기술계의 우파 모두 이와 같았다." 5월 16일 마오쩌둥은『중공중앙의 지금의 당 외 인사의 비판에 대응하는 것에 관한 지시』의 초안을 작성하고, 이 『지시』에서 당 외 인사의 우리에 대한 비판은 설령 매우 첨예하더라도 북경대학화학교수 푸잉(傅應)은 기본적으로 진실하고 정확하다고 지적했다. 이런 종류의 비평은 100분의 90이상을 점유하고 우리 당의 정풍에 대하여 결점을 고치게 하는 큰 이익이 있었다. 『지시』는 강조했다. "최근 며칠 동안 사회에 적지 않은 수의 반공 정서를 가진 사람들이 무엇을 해 보고 싶어 안달이 났다. 선동적인 여론을 발표하고 인민 내부의 모순을 정확히 해결하려는 시도와 인민민주독재정치를 공고히 하고 사회주의 건설에 이익이 되는 정확한 방향을 잘못된 방향으로 가게 인도 했다." 『지시』에서는 잠시 비평하지 말 것을 요구하고 우익분자로

하여금 반동적인 면모를 폭로하게 하여 각급의 당 조직이 "충분히 형세를 장악하고 다수인 중간층의 힘을 단결시킬 방법을 강구하여 점점 우파를 고립시켜 승리를 쟁취해야 했다"고 했다.

이런 배경 아래 5월 24일 회견이 시작되었다. 보로실로프가 마오쩌둥 등에게 간단하게 그가 방문한 인도네시아와 월남의 인상을 소개한 후에 마오쩌둥이 곧 보로실로프에게 중국 국내의 정치형세를 설명했다. 마오쩌둥이 말했다. "저우언라이가 이미 5월 21일과 23일 두 번 유진대사에게 약간의 문제를 보고했습니다. 그가 말하길 현재 전국은 폭넓게 정풍(整風)과 인민내부의 모순을 해결하는 운동이 전개되고 있습니다. 운동 중에 중국공산당은 당 외의 지식인, 민족자산계급대표와 민주당파의 대표에게 스스로 폭넓은 비평을 전개할 것을 호소했습니다." 그는 보로실로프에게 이 상황을 소공중앙에 전달해 줄 것을 청했다.

마오쩌둥은 다음과 같이 말했다. "중국공산당이 수많은 지식인들을 사회주의 사업에 종사시키기 위하여 부득이하게 이런 운동을 전개했으며, 중국은 인구가 매우 많지만 대부분이 문맹인 대국으로 전국에 단지 500만 명만이 각종 지식을 가진 정신노동자입니다. 그들이 없으면 사회주의 건설을 이룰 수 없습니다. 여기에는 과학자가 있고, 교육자가 있고, 기술자가 있으며 문화예술가 등등이 있기 때문입니다.

현재 중국은 공농 지식인이 많이 부족합니다. 공농 지식인을 배출하려면 적어도 10년 이상이 필요합니다. 그래서 우리는 이렇게 많은 역량과 노력을 들여 현재 존재하는 지식인을 개조하고 쟁취해야 합니다." 담화가 끝난 후 마오쩌둥은 보르실로프와 수행인원을 5월 25일 집으로 만찬에 초청했다. 마오쩌둥이 식사를 하면서 계속 이야기를 할 수 있는지 묻자,

이에 보로실로프가 동의를 표시했다.

5월 25일 저녁 보로실로프 및 라시도프, 옐우틴, 페도렌코 그리고 유진이 마오쩌둥의 집에서 만찬을 시작하였다. 류샤오치, 저우언라이, 주떠, 천윈(陳雲), 덩샤오핑, 펑전이 함께 자리했다.

저녁식사가 시작되기 전에 보로실로프, 페도렌코 등 기타 소련 대표들은 마오쩌둥과 기타 중국 지도자들에게 인도네시아와 월남의 상황을 자세하게 소개했다. 마오쩌둥은 자신도 인도네시아의 방문요청을 받았으나 중공중앙이 결정하지 못했는데, 그것은 중앙 동지들의 의견 불일치 때문이었다고 말했다. 마오쩌둥이 보로실로프에게 인도네시아 방문이 어떠했는지를 묻자 보로실로프가 매우 유익했다고 말했다.

보로실로프를 대표로 한 소련최고소비에트 주석단, 소공중앙과 소련정부는 마오쩌둥 및 동석한 인원들에게, 10월 혁명 40주년 경축행사 때 소련을 방문해 줄 것을 정식으로 요청했다. 보로실로프의 건의에 대하여 마오쩌둥은 찬성을 표시했다. 5월 26일 새벽 보로실로프가 중국 방문이 끝나 중국을 떠나기 전에 마오쩌둥이 매우 기쁘게 보로실로프의 요청을 받아들이고 구체적인 시간은 나중에 다시 상의하기를 희망했다고 전했다.

저녁식사는 매우 친밀한 동지와 같은 분위기 속에서 진행되었고, 이야기 중에 일반적인 화제 이외에 최근 한동안 사회주의 진영의 국가가 대외정책으로 취득한 성과와 중소 관계 및 대만문제에 대하여 언급했다. 이 때 마오쩌둥은 날카롭게 미국의 침략정책을 비판했다.

그는 "미국은 자본주의 세계를 영원히 통치할 수 없을 것이라고 확신하고 형세는 곧 근본적으로 사회주의 사업에 유리한 변화가 발생할 것"이라고 표시했다.

식사가 끝난 후, 쌍방은 또 중국에 폭넓게 전개되고 있는 정풍운동의 본질과 의의에 대하여 논하였다. 마오쩌둥이 이번 운동의 목적은 먼저 확대된 공산당원, 청년단원 그리고 국가 간부들에게 마르크스레닌주의의 교육을 진행하는 것에 있으며, 그렇게 함으로써 당과 국가기구의 관료주의, 주관주의와 종파주의를 극복하는 것에 있다고 밝혔다.

마오쩌둥은 중공중앙이 정풍운동에 대하여 조치를 하고 명확한 계획을 제정했다고 재차 반복하여 말했다. 그는 이런 조치는 당과 전체인민을 한층 더 단결시키는 것과 인민민주독재정치와 민주 집중제를 공고히 하는 것에 있어 중요한 의의가 있다고 했다.

게다가 그것은 사회주의 국가와 모든 평화를 희망하는 힘의 단결을 촉진했다고 했다. 보로실로프는 중공중앙이 수용한 조치에 대하여 칭찬을 표시하고, 이런 조치들이 마르크스레닌주의의 원칙과 중국의 특수한 조건이 공교롭게 결합하였다고 말했다.

그리고 또 중국공산당이 이 중대한 사업에서 얻을 성과에 대하여 미리 축하를 하였다. 이외에 보로실로프는 중국의 간부가 하급기관에 내려가 노동을 하는 정책에 대하여 의문을 표시했다. 마오쩌둥은 이를 설명하였다. "오랫동안 위에 떠 있으면 좋지 않습니다. 우리의 간부와 지식인은 당연히 아래로 내려가 공업 농업 군(병사)에 대하여 이해하고, 사회를 이해하고, 군중을 이해해야 합니다." 보로실로프가 또 물었다. "간부와 지식인이 아래로 내려가 육체노동을 하는 것이 필요합니까?" 마오쩌둥이 말했다.

"어떤 단순한 육체노동을 하는 것이 아니라, 군중 속으로 들어가 단련을 하는 것입니다." 마오쩌둥은 보로실로프와의 대화 중에 또 언급했다. "주석을 담당하는 것은 매우 복잡합니다. 저는 은퇴하여 대학교수를 하고 싶습니다." 보로실로프가 조급하게 물었다. "그것은 안 됩니다. 누가 당신을 대신할 수 있겠습니까?" 마오쩌둥은 말했다. "우리 당에는 인재가 매우 많습니다. 그들은 이미 성숙했습니다. 경력, 명성 그리고 능력을 막론하고 모두 나와 비교할 수 없을 만큼 차이가 납니다. 그들은 능히 감당할 수 있을 것입니다." 보로실로프가 듣고는 이 문제에 대하여 다시 묻지 않았다. 담화가 끝날 때, 보로실로프는 마오쩌둥과 기타 지도자들에게 친절하고 열정적인 환대와 의미가 있는 담화를 한 것에 대하여 감사의 표시를 했다.

5월 26일 보로실로프는 북경을 떠나 귀국했다. 마오쩌둥, 류샤오치, 저우언라이, 주떠, 펑전 등 중공중앙 지도자들, 각계 대표와 수천 명의 군중이 공항에서 그를 배웅했다. 공항에서 성대한 환송의식을 거행했다. 마오쩌둥은 환송사를 하는데, 이는 보로실로프의 중국 방문기간 중에 한 네 번째 연설이었다. 그는 다음과 같이 말했다. "보로실로프 동지가 중국을 방문한 것은 중소 우호관계의 빛나는 역사에 새롭고 찬란한 한 장을 쓴 것입니다. 그는 소련 인민의 중국인민에 대한 형제와 같은 우정을 가지고 왔으며, 그는 중국의 수많은 인민과 열정적으로 만났으며 다시 한 번 생동감이 있게 중소 양국 인민 간에 오래 존재하고 있었던 두터운 우의를 실현하였습니다.

우리는 보로실로프 동지가 중국 인민의 소련 인민에 대한 가장 진실한 우호의 소망을 소련인민 전체에게 가져가 주시길 희망합니다. 보로실로프 동지! 당신이 곧 우리를 떠날 때, 내가 다시 한 번 중국 인민, 중국정부 그리고 중국공산당을 대표하여 당신에게 그리고 당신을 통하여 소련 인민, 소련정부 그리고 소련공산당에게 최고의 감사 표시를 할 수 있게 허락해 주십시오. 우리는 비록 잠시 이별하지만, 그러나 중소 양국 인민의 마음은 영원히 매우 가깝게 연결되어 있으며 함께 합니다."[21]

---

21) 『인민일보』, 1957년 5월 27일.

5

중미 관계의 새로운 막(一幕)을 열다
- 마오쩌둥과 닉슨

5

중미 관계의 새로운 막(一幕)을 열다
― 마오쩌둥과 닉슨

    닉슨은 1913년 1월 9일 미국 캘리포니아주 요바린다(Yorba Linda)에서 태어났다. 1946년에 미국하원 공화당의원에 당선되고 정계에 진출했다. 1950년에는 미국연방 상원의원에 당선되었다. 1953년부터 1961년까지 미국 부통령을 지냈다. 1968년 닉슨은 민주당의 험프리와 독립당의 월리스를 제치고 미국 제46대 대통령에 당선되었다. 1972년 제47대 대통령을 연임했다. 1974년 '워터게이트사건'으로 인하여 대통령의 자리에서 물러났다. 1994년 4월 22일 뉴욕에서 세상을 떠났다.

    1972년 2월 17일 닉슨은 '전 인류의 평화를 모색하기 위해서'란 목적을 가지고 중국 방문의 여행을 시작했다. 마오쩌둥과 닉슨은 북경에서 만나 마침내 중미 관계의 대문을 열었다. 사람들은 역사의 먼지가 스쳐 지나가는 과정에서 발생한 모든 것을 새롭게 주시하면서, 사람의 마음을 격동시키는 역사적 장면 하나 하나에서 깨달을 그 무엇을 희망했다.

태평양을 넘어선 악수

닉슨은 대통령에 당선된 후, 점점 공개적으로 북경에 우호적인 태도를 표시했다. 1970년 2월 닉슨은 국회에 제출한 외교보고에서 다음과 같이 성명을 발표했다. "중국인민은 위대하고 풍부한 생명력을 가진 인민으로 그들이 계속 국제무대에서 고립되어서는 안 되겠다는 것 외에, 장기적 관점에서 만약 7억 명 이상의 인민을 가진 국가가 힘을 발출할 수 없다면, 안정적으로 오래 지속되는 국제질서를 건립 했다는 것은 상상할 수 없다." 10월 초 그는 『타임』지의 방문요청을 받아들였을 때 분명하게 말했다. "만약 내가 죽기 전에 어떤 것을 할 수 있다면 나는 바로 중국에 갈 것이다. 만약 내가 가지 못한다면, 나는 나의 아이들을 가게 할 것이다." 10월 하순 닉슨은 파키스탄 대통령 야히야 칸을 만나 그에게 '중개인'이 되어 중미 관계 정상화를 위해 도움을 주었으면 하고 청했다. 그 후 그는 루마니아 대통령 차우셰스쿠와 담화에서 첫 번째로 중화인민공화국의 명칭을 사용했다. 그리고 사적인 자리에서 토로는 재차 미중 고위급 접촉을 진행하자는 '신호'를 중국에 전달해주기를 희망했다. 1971년 7월 9일부터 11일까지 키신저가 파키스탄을 경유하여 비밀리에 북경을 방문하며 저우언라이와 예지엔잉(葉劍英)과 여섯 차례 회담을 했다. 이때 닉슨 대통령이 북경방문을 희망하고 있다고 밝혔다.

이 때문에 마오쩌둥은 시기를 고려하여 중국 정부가 닉슨대통령이 1972년 5월 이전에 중국을 방문할 수 있도록 요청하라고 지시했다.

1972년 2월 21일 닉슨이 탄 '76년정신'호 항공기가 북경상공에 도착했고, 11시 27분 비행기는 평온하게 북경공항에 착륙했다.

닉슨은 미소를 띠며 빠른 걸음으로 비행기 문을 나섰다. 영접을 나온 저우언라이는 트랩에 서서 한풍을 맞으며 이 역사적인 시간이 도래하기를 기다리고 있었다.

닉슨이 트랩을 반쯤 걸어 나왔을 때 저우언라이가 박수를 치며 환영했다. 닉슨은 중국의 관습에 따라 박수로 답했다. 아직 서너 계단이 남았을 때 닉슨이 미소를 지으며 먼저 손을 내밀었다. 그 이유는 닉슨은 이 사건이 매우 널리 퍼질 것이라는 것을 확신했기 때문이었다. 즉, 1954년 제네바 회의 때, 덜레스(John Foster Dulles)가 저우언라이와의 악수를 거절하여 세계 여론의 비난을 받았기 때문이었다. 저우언라이도 자신의 손을 내밀고 의미심장하게 닉슨에게 말했다. "대통령 선생, 당신의 손은 세계에서 가장 넓은 해양을 넘어와 저와 악수를 하는 손입니다. 25년 동안 왕래가 없었습니다!" 그날 오후 마오쩌둥은 중남해에서 닉슨과 회견을 가졌다. 중미 양국 최고 수뇌가 마침내 서로의 손을 잡았다. 마오쩌둥, 저우언라이가 닉슨과 한 악수는 역사적인 의의가 있는데, 그것은 중미 관계의 역사가 한 시대를 끝내고 또 다른 시대를 열었다는 것을 의미했다.

마오쩌둥과 닉슨은 한 명은 혁명의 좌파이자 공산당인이고 게다가 저명한 공산당 지도자이며, 다른 한 명은 반공산주의자이자 우파였다. 또 한 명은 세계에서 가장 인구가 많고 거대한 잠재력을 지닌 사회주의 국가의 수뇌였다. 다른 한 명은 세계에서 가장 경제가 발달한 자본주의 국가의 수뇌이고 자본주의 체제의 맹주였다. 그들은 일찍이 매우 날카로운 언어를 사용하여 서로 적대시하고 공격하고 상대방을 굴복시키려 했다. 이 두 개의 사회제도가 다른 국가의 수뇌들은 다른 문화적 배경 및 물과 불처럼 서로 융합되지 않는 정치, 사상, 신앙, 가치 관념과 이데올로기를 가지고 있었다. 중국의 고어에 '원수는 외나무다리에서 만난다'는 것처럼 오늘 이 두 명의 지도자들은 마침내 같이 서게 되었다. 이때부터 역사의 발전과정이 변하였다.

오랫동안 중미 관계는 시종 일촉즉발의 위기상황에 처해 있었다. 신중국 성립 초기에 미국은 대만해협에 군대를 보냈다. 한국전쟁 때에는 양국이 교전 상태에 있었기 때문에 중미 관계의 적대적 상태가 최고조에 이르렀었다. 중미 관계의 이런 상황은 동서양 냉전의 중요 요소였다. 당연히 양국 모두 이를 위하여 막대한 대가를 치렀다고 말할 수 있었다. 이런 상태의 종결은 인류의 이성과 지혜의 선택이었다. 국제정세가 시간이 지나고 크게 변함에 따라 중미 관계는 극히 미묘한 상황에 빠졌고 마오쩌둥과 저우언라이 등 이전 세대의 혁명가들 모두가 중미 관계를 변화시키기 위하여 준비를 하고 있었다.

마오쩌둥의 입장에서 보면 '세계를 바꾸는 일주일'은 결코 갑자기 발생한 터무니없는 일이 아니었으며, 중미 관계가 점점 발전하기 시작했다는 필연적인 결과였다. 몇 년간 그는 미국이 계속 중국을 고립시키고 배척하는 것은 때에 맞지 않다고 인식하고 있다는 것을 느꼈다. 닉슨이 중국과 교류를 하는 것에 대하여 관심을 표시하였을 때, 마오쩌둥은 이미 준비를 마쳤다. 1970년 10월 1일 마오쩌둥의 초청으로 스노우가 천안문 위에서 국경절 행사에 참가했다. 중미 관계를 개선하기 위하여 탐색전 성질의 기구를 띄웠다. 같은 해 12월 18일 마오쩌둥이 스노우에게 말했다. "만약 닉슨이 중국에 오기를 희망했다면, 나는 그와 이야기를 나누길 희망합니다. 이야기가 잘 돼노 좋고, 안 돼도 좋습니다. 싸워도 좋고, 싸우지 않아도 좋습니다. 여행자의 신분으로 와서 이야기해도 좋고,

대통령의 신분으로 와서 이야기해도 좋습니다. 결론적으로 말하면 모두 좋습니다. 저는 그와 싸우지 않을 것이라고 생각합니다. 비판할 것이 있으면 그를 비판해야하는 것이고, 우리도 비판받을 것이 있으면 스스로 비판해야 합니다. 바로 우리의 잘못과 결점을 이야기했다는 것입니다. 예를 들어 우리의 생산수준은 미국보다 낮지만 다른 것에 대해서 우리는 자아비판을 하지 않을 것입니다."[22] 마오쩌둥은 또 한 번 닉슨의 중국 방문을 환영하는 소식을 전했다.

1971년 3월 미국 탁구팀이 일본에서 열린 세계대회에 참가했다. 중국은 몇몇 국가들에게 돌아가는 길에 중국에 들러 북경에서 탁구대회를 해줄 것을 요청했다. 이때 미국 팀원들도 중국에 가고 싶어 했는데, 공교롭게도 그들이 일본으로 떠나기 전 미국정부가 미국인의 중화인민공화국으로의 여행 제한을 풀었다. 미국선수들이 중국선수들에게 중국 방문의 희망을 표시했다.

4월 3일 외교부와 국가체육위원회의 보고를 받은 저우언라이는 미국 탁구팀을 초청하기에 지금은 아직 시기가 적절하지 않다고 생각했다. 다음날 저우언라이는 검토를 한 후 보고서를 마오쩌둥에게 보냈다. 마오쩌둥은 3일 동안 심사숙고를 거친 후, 결국 세계탁구대회 폐막일 저녁에 미국 팀의 중국 방문 요청에 동의를 했다. 요청에 대한 허가문제에서 마오쩌둥은 매우 심사숙고하였다. 그러는 동안 한 번의 번복을 거쳤다. 원래 마오쩌둥은 4월 6일에 저우언라이가 보낸 보고를 받고 이에 동의했다. 그러나 저녁에 잠들기 전 그는 생각이 바뀌어

---

22) 『모택동외교문선』, 중앙문헌출판사, 1994년 12월 제 1판, p539.

사람을 불러 전화로 번복했다. 그 자신도 이 이야기를 한 적이 있었다. "그 보고서를(미국 탁구팀의 중국 방문 요청을 허가하는 것에 관한 지시를 가리킨다) 내가 보고, 허가를 했다. 저녁이 되자 생각해보니 역시 초청해야 해서 전화를 걸었다. 그 결과 그들도 준비가 안 되어 있었기 때문에 동경 대사관에 지시하여 바로 통행증을 발급하여 온 것이다."[23]

비로소 미국인이 초청을 받았는데, 이는 중미 교류가 먼저 민간으로부터 시작되었음을 가리키는 것이다. 이는 바로 세계인이 잘 아는 '핑퐁외 교'이다.

이후 중미 쌍방은 일련의 희극적인 안배와 긴박한 준비과정을 거쳐 결국 역사적인 순간을 맞이했다.

'차갑지도 뜨겁지도 않았고, 비굴하지도 거만하지도 않았다'

중국은 닉슨의 중국 방문에 대하여 적절한 때를 선택하여 대처하였는데, 그것이 매우 시기적절하였다. 먼저 저우언라이에 의해 확정된 의전방식의 총 방침은 '차갑지도 뜨겁지도 않게, 비굴하지도 거만하지도 않게, 예로써 대우했다'였다. 닉슨이 도착한 날에 인민일보의 끝자락에 단지 닉슨 일행이 중국에 도착했다고만 언급했다. 유일하게 미국에 대하여 언급한 것은 일주일 전 세상을 떠난 중국 인민의 오랜 친구인 에드가 스노우에 대한 글뿐이었다.

---

23) 『마오쩌둥전(毛澤東傳)』 제6권, 중앙문헌출판사, 2011년 1월 제 2판, p2600.

닉슨의 방문에 대한 일이 이렇게 처리된 것은 사회적 역사적으로 중요한 원인이 있었기 때문이었다. 첫째는 중국과 미국은 아직 외교관계가 없었기 때문이었다. 두 번째는 중국인민에게 20여 년 동안 미국은 항상 중국인민의 제1주적이었으며, 중국의 땅인 대만을 침략하여 점령했고 중국의 통일대업을 방해하고 있다고 교육받았던 존재이기 때문이었다. 세 번째는 미국이 여전히 인도차이나 반도에서 간섭과 침략활동을 멈추지 않고 있기 때문이었다. 당시 기타 사회주의 국가도 닉슨의 중국 방문 사건에 대하여 이해할 수 없어 했으며, 어떤 경우에는 심지어 미국 대통령이 "한 손에는 백기를 들고 한 손에는 밥그릇을 들고 중국을 방문하는 것"이라고 선전했다. 또 어떤 경우는 침묵을 유지한 채 반대를 표시했다.

이전의 중미 고위급 회담은 기본적으로 비밀리에 진행되었다. 키신저가 1971년 여름 처음으로 중국을 방문한 때부터 시작하여 미국 대통령이 중국에 도착한 전날 밤까지, 키신저의 제2차 방문, 알렉산더 헤이그 장군과 미연합사 사무국장 로날드 지글러의 방문 및 기타 일련의 닉슨대통령의 중국 방문을 촉진시키기 위하여 진행된 활동 등이 있었다. 이 모든 것에 대하여 중국 신문은 단지 1,600여 자를 사용하여 보도했다. 그 몇 개의 소식은 간결하고 세련된 일기예보와 같았으며, 첫 면의 우측 아래에 기재되어 완전히 단순 정황정보와 같았으며, 어떠한 분석과 평론도 더해지지 않았다. 위에서 말하는 이런 방법들은 외교사에서 보기 힘든 것이었다.

마오쩌둥과 닉슨의 회견은 1971년 이전 중국인의 입장에서 본다면, 이 이중창은 굉장히 보기 드문 노래책이었다. 닉슨이 부통령을 담당하고 있을 때, 미국은 일찍이 세 차례 핵무기를 이용하여 중국을 위협했었다.

또 열 몇 차례 중국 정부가 연합국에 들어가는 것을 저지했고, 신중국 성립이후부터 닉슨이 키신저를 중국에 파견할 때까지 22년간 쌍방은 한 명의 정부관원도 상대방의 수도를 방문한 적이 없었다.

닉슨 대통령은 동경과 모스크바를 방문하기 전에 먼저 북경을 방문했다. 중국에서 8일을 머물렀는데, 이는 역대 미국 대통령의 외국방문 체류시간 중에 가장 길었으며, 또 유사 이래 미국 대통령이 첫 번째로 미국과 외교관계가 없는 국가에서 담판을 진행한 것이었다. 이 때문에 닉슨의 방중은 세계를 매우 놀라게 했다고 해도 과언이 아니었다.

미국 정부는 닉슨의 중국 방문을 매우 중요하게 생각했다. 워싱턴을 떠났을 때, 미국 대통령은 그의 중국 방문을 미국인을 달에 보내는 계획에 비교했다. 비록 이는 지나치고 과대 해석된 비유일지도 모르지만 그러나 그것은 중국과 미국이 서로 가까워지는 것이 그만큼 어려웠다는 것을 반영하는 것이며, 이런 선택은 매우 많은 용기가 필요하다는 것을 나타낸 것이었다. 50년대 닉슨은 중국문제를 이용하여 민주당을 이겼다. 그리고 이전의 매우 오랜 시간 동안, 워싱턴의 거동은 마오쩌둥이 장제스와 벌인 투쟁과 그를 이겼을 때 항상 고려되는 가변적인 요소였다.

닉슨은 일단 마오쩌둥을 만나러 가는 것을 결정하자, 그 사명에 대하여 대중의 관심을 불러 일으켜 과장할 필요가 있다고 생각했다. 상해로 가는 중에 괌(關島)공항에서 그는 시간적으로 미국의 일출이 괌으로부터 시작된다는 것이 생각나자 말했다. "나는 당신들 모두가 오늘 이곳에서 나와 함께 기도하기를 희망합니다! 이번 중국여행이 전 세계를 위하여 새로운 날이 시작되는 날이 되기를 기원합니다!"

닉슨 일행은 워싱턴에서 비행기를 타고 북경으로 가는 도중에 젓가락을 준비하여 기내식을 먹었다. 북경에 도착하자 닉슨은 마오쩌둥의 시구(詩句)를 인용하여 그가 마오쩌둥을 잘 알고 있다고 표시하고 그를 존중했다.

마오쩌둥은 자신의 사상을 그렇게 빨리 바꿀 생각이 없었다. 그는 완전히 중국의 방식에 따라 행동했다. 그는 닉슨에게 새로운 도덕이란 꼬리표를 붙여 주지 않았고 또 닉슨처럼 그날의 방문이 '세계를 변화시킨 일주일'이 되었다고 말하지도 않았다. 당연히 마오쩌둥이 칼과 포크를 사용하여 밥을 먹지도 닉슨의 『육차위기』도 인용하지 않았다.

그러나 중국 측은 이번 중미 최고위급 회담에서 매우 진지했으며 무관심하지 않았다. '문화대혁명'의 열정적인 시기에 바뀐 건물과 거리의 이름이 닉슨이 방문하기 한 달 전에 신비스럽게 바뀌었다.

닉슨부인이 수도병원을 방문했는데, 몇 주 전 이 병원의 이름은 '반제국주의병원(反帝醫院)'이었다.

상술한 바와 같이 예의적인 조치를 취했고, 마오쩌둥과 닉슨은 둘 다 '북극곰'을 경계하고 또 약간의 공통된 대화가 있었지만, 마오쩌둥은 결코 닉슨과 도의상의 일치를 얻고자 기대하지 않았다. 그는 매우 분명했다. 중미 간에 몇 십 년 동안 쌓인 원망과 분노의 거리 및 당시 일련의 중대 문제에서의 대립은 그와 닉슨의 접촉과 악수만으로 해소될 수 있는 것이 아니었다. 자신의 중미 관계의 발전 문제에 대한 입장을 표명하기위해 마오쩌둥은 일찍이 각자 '따로' 성명을 발표하는 것을 생각한 적이 있었다.

미국은 쌍방이 성명에서 '미국의 입장'과 '중국의 입장'으로 분명하게 구분을 지어 각자의 의견을 표시하자고 요구할 줄은 미처 생각하지 못했다. 저녁에 저우언라이가 키신저의 처소를 방문하여 그에게 '이렇게 하는 것이 더 솔직하고 성실할 것이다'라고 생각하는 마오쩌둥의 이런 단호한 요구를 전달했다. 결국 마오쩌둥의 요구는 받아들여졌고, 그 결과가 바로 유명한 『상해공보(上海公報)』였다. 이 성명은 현재까지 여전히 중미 관계에 있어 지도적인 원칙이 되었다.

먼 길을 고생스럽게 가던 닉슨이 먼저 80명의 선발대를 파견하고, 또 그가 친히 168명의 기자단을 데리고 왔다.

"역사는 우리를 함께 데려 왔다"

닉슨이 북경을 방문하는 기간에 마오쩌둥은 시종 중남해의 집안에 있었다. 그는 공항으로 가서 그를 영접하지 않았고 연회에 참석하지 않았으며, 또 관련된 어떠한 정책회담에도 참여하지 않았다. 그는 심지어 닉슨과의 회담 후, 닉슨이 머무른 7일간 그에게 전화를 걸지도 편지를 보내지도 않았다. 중국 측의 일은 모두 저우언라이가 모두 처리했다.

닉슨의 일행이 북경에 도착한 첫날, 저우언라이가 그들을 위해 거행한 연회를 마치고 호텔로 돌아와서 휴식을 취하려 할 때, 마오쩌둥이 닉슨과의 회견을 결정했다. 모든 사람들이 마오쩌둥이 그렇게 빨리 닉슨 일행을 접견하려 할 줄은 미처 생각하지 못했다. 이때가 그들이 북경에 도착한지 겨우 4시간이 지난 때였다.

마오쩌둥의 책이 가득한 방에 들어섰을 때, 닉슨은 매우 깊게 감동을 받았고 마오쩌둥도 감동을 받았디. 마오써뚱은 수행원의 부축을 받고 일어섰다. "나는 말이 조리정연하지 못합니다." 그는 중얼중얼 하면서 자신이 기관지염에 걸렸다고 말했다. 이 때 두 사람은 악수를 했다. 닉슨은 회고에서 마오쩌둥이 닉슨의 손을 10여 분은 족히 잡고 있었다고 말했다.

악수를 하면서 마오쩌둥은 농담으로 말했다. "우리 두 사람의 옛 친구인 장위원장(장제스)은 이런 모습에 찬성하지 않을 것입니다." 이 농담은 매우 효과가 있어 이 말로 그들을 책망하지 않는다고 생각하게 하여 미국인들을 매우 낙관적이게 했다.

그곳에 있었던 3명의 미국인(닉슨, 키신저, 윈스턴 로드) 모두 즉시 마오쩌둥의 의지력을 느꼈다. 윈스턴 로드는 평론에서 다음과 같이 말했다. "나는 이러한 사람을 이전에는 본적이 없었으며, 그가 누구인지 몰랐어도 나는 그가 자리한 칵테일 파티장에 들어갔을 때, 나도 틀림없이 그의 역량에 흡수되었을 것이라고 믿었다."

마오쩌둥은 1971년 쥐도 새도 모르게 중국을 방문한 키신저의 총명함을 칭찬했다. 닉슨이 이어서 말했다. "키신저는 이런 방면에 대한 재능이 둘째가라면 서러워할 재능을 가지고 있어 서 아무도 모르게 파리와 북경을 방문할 수 있었는데, 아마도 몇 명의 아름다운 여인들을 제외하고는 아무도 모를 것입니다."

"그럼, 당신은 자주 당신의 여인을 이용합니까?"하고 마오쩌둥이 닉슨에게 말했다.

"그의 여인이지 저의 여인이 아닙니다." 닉슨이 빠르게 다시 설명했다. "만약 내가 여인을 이용하여 엄호를 받았으면 크게 귀찮아 졌을 것입니다."

"특히 대선의 시기에는 더!"라고 저우언라이가 재치 있게 대답하자 자리한 모든 사람들이 크게 웃기 시작했다.

회담은 처음에는 가볍게 시작하여 점점 깊게 들어갔다. 마오쩌둥이 말했다. "어제 당신은 비행기 안에서 우리에게 어려운 문제를 하나 냈습니다. 그것은 우리가 실패한 몇 가지 문제가 철학적인 방면에 불과하다고 말한 것입니다." 닉슨이 말했다. "제가 그렇게 말한 이유는 주석의 시와 발언(연설)을 읽었기 때문인데, 저는 주석이 한 명의 매우 깊은 사상을 가진 철학가라는 것을 알았습니다." 키신저가 이때 말했다. "하버드 대학교에서 가르칠 때 반 학생을 지정하여 마오쩌둥의 저작을 연구하였습니다." 마오쩌둥은 겸손하게 말했다. "내가 쓴 글들은 그렇게 대단한 것도 아니고 가르칠만한 것도 아닙니다." 닉슨이 말했다. "주석의 글은 전국을 감동시켰고, 세계를 변화시켰습니다." 마오쩌둥이 말했다. "세계를 변화시키진 못했습니다. 단지 북경 부근의 몇 곳을 변화 시켰을 뿐입니다. 우리의 옛 친구인 장 위원장, 그는 찬성하지 않을 것입니다. 우리는 그를 '공비(共匪)'라고 말합니다. 피차 도적(匪)이라고 부르고 서로를 욕합니다. 사실 우리가 그와 친구였을 시간이 당신들과 그가 친구로 지낸 시간보다 훨씬 깁니다."

미국 대통령 선거를 이야기 할 때, 마오쩌둥이 말했다. "솔직히 말해, 만약 민주당이 다시 무대에 오른다면 우리도 그들과 왕래하지 않을 수 없을 것입니다. 이는 당신의 당선에 제가 한 표를 던지는 것입니다." 닉슨이 말했다. "주석이 저에게 한 표를 던지면, 이는 두 개의 나쁜 것 중에 조금 더 좋은 것을 선택하는 것입니다." 마오쩌둥이 재미있게 말했다. "저는 우파를 좋아 합니다. 사람들은 모두 당신들은 우파라고 합니다. 당신들 공화당은 우파이고 영국의 히스(에드워드 히스)수상도 우파이고 서독의 기독교민주당도 우파라 합니다. 저는 비교적 이런 우파가 정치를 맡는 것을 좋아합니다." 닉슨이 대답하였다. "저는 가장 중요한 것은 접해보아야 한다고 생각합니다. 미국의 좌파는 터무니없이 과장할 줄만 알 뿐이지만 우파는 오히려 실제로 실행합니다. 적어도 지금과 같이."

이는 바로 마오쩌둥의 권위는 외면적인 위협이 아니라 그의 방문자들을 끌어들이는 매력과 유머감에서 나왔는데, 이는 그를 키신저가 말한 '방 전체를 압도하는 중심'이 되게 하였다.

마오쩌둥은 가볍고 재미있는 이야기로 닉슨과 교류하였다. 중미 관계 정상화 문제에 대하여 이야기를 할 때, 마오쩌둥이 말했다. "미국 측의 침략으로 일어난 혹은 중국 측의 침략으로 일어난 문제는 비교적 작습니다. 또 큰 문제가 아니라고 말할 수 있습니다. 이는 현재 우리 양국 간에 서로 싸움의 문제가 존재하지 않기 때문입니다. 당신들은 일부분의 병력을 철수시키고 싶어 하고 있으며, 우리의 병사들도 출국하지 않았습니다. 우리 두 가정은 과거 22년 동안 항상 의견이 달랐습니다. 탁구 대회부터 지금까지 11개월, 만약 당신들이 바르샤바에서 제의한 건의까지 합하면 2년이 넘습니다. 우리가 일을 처리하는 것에도 관료주의가 있어 당신들의 사람들이 왕래해야 한다는 이 일은 작은 장사를 하는 것이지만, 우리는 죽어도 원하지 않습니다. 몇 십 년 동안 말했습니다. 큰 문제를 해결하지 않으면 작은 문제도 행하지 않는다는 것으로 내 안에 있는 것을 포함하여 말입니다. 후에 당신들이 옳다는 것을 알았고 그래서 탁구대회를 한 것입니다." 닉슨이 말했다. "중국은 결코 미국의 영토를 위협하지 않습니다." 마오쩌둥이 말했다. "또한 일본과 남조선(한국)을 위협하지 않습니다." 이때 저우언라이가 끼어들며 말했다. "어떤 국가도 위협하지 않습니다."

중국이 항상 "전 세계가 단결하여 제국주의, 수정주의와 적국의 반동파를 타파하고 사회주의를 건설하자"고 구호를 외쳤을 때에 대하여 이야기 할 때, 마오쩌둥은 몸을 깊이 앞으로 내밀고 미소를 지으며 말했다. "당신은 개인적인 입장에서 타도당한 예가 없다고 말할 수 있습니다." 이어서 그는 키신저를 가리키며 말했다. "그도 속하지 않습니다. 만약 당신들도 모두 타도되었다면 우리는 친구가 없었을 것입니다."

담화가 끝난 후 마오쩌둥은 닉슨이 쓴 『6차 위기』를 칭찬했다. 닉슨은 마오쩌둥에게 읽은 책이 매우 많은 것 같다고 말했다. 마오쩌둥이 말했다. "매우 적습니다. 미국에 대한 이해가 부족합니다. 미국을 잘 알지 못합니다. 당신들이 사람을 파견해주길 요청합니다. 특히 역사 선생님과 지리 선생님을 파견해주십시오. 나는 며칠 전 세상을 떠난 스노우 기자와 이야기한 적이 있는데, 우리는 이야기의 성과가 있어도 좋고 없어도 좋았습니다. 구태여 그렇게 딱딱할 필요가 있겠습니까? 반드시 성과가 있어야 합니까? 한 번 이야기가 성사되지 않았는데, 그건 단지 방법이 틀렸을 뿐입니다. 그래서 우리는 두 번째에 이야기가 성사되었습니다."

마오쩌둥은 소파에 앉아서 흥미진진하게 이야기를 했다. 그는 항상 이야기의 중심이었고, 그의 주도아래 이 역사적인 첫 번째 회담은 보기에는 마치 전혀 사심이 없는 듯한 분위기 속에서 진행된 것처럼 보였으며, 약간의 엄숙한 원칙적인 주제에 있어서는 마오쩌둥이 재미있게 마음대로 이야기하면서 암시를 했다. 마오쩌둥은 특이한 방식으로 닉슨의 방문에 대한 그의 입장을 표시하여, 중미 관계의 발전을 크게 촉진시키는 효과를 일으켰다. 키신저는 후에 이번 담화를 바그너 오페라의 서곡에 비유하면서 더욱 발전을 해야만 비로소 그늘의 함의가 나타날 수 있다고 했다.

닉슨은 그의 회고록에 생생하게 이 회견에서의 마오쩌둥을 기억했다.

마오쩌둥은 매우 활기가 있었고 담화 중에 모든 문제에 대하여 그 함의를 자세하게 파악하고 있었다. … 그는 일종의 비범한 유머감을 분명하게 가지고 있었다. 그는 계속 헨리(키신저)를 끌어들여 담화에 참가했다. 이번 담화는 본래 단지 10분이나 15분 정도 진행될 것이라고 예상했는데, 오히려 거의 1시간을 연장했다.[24]

윈스턴 로드는 다음과 같이 평가했다. "마오쩌둥은 저우언라이 같이 정면으로 나오는 그런 광채는 없었지만, 일종의 어떤 의미를 함축하고 있는 것 같이 전혀 거리낌 없는 그런 풍격을 보였고, 그리고 매우 미묘한 능숙함이 있었다."

마오쩌둥과 닉슨의 이번 회담은 회담시간을 원래 15분 정도로 정했었는데, 이후 의외로 연장하여 70분 정도 진행되었다. 마오쩌둥과 닉슨은 계속 이야기를 재미있게 나누었지만, 마오쩌둥의 건강을 염려하여 부득이 아쉬움 속에서 회담을 끝냈다. 이는 중미 양국 최고 수뇌의 최초 회담이며, 또 마오쩌둥이 태어난 이래 처음으로 미국의 최고 수뇌와 가장 높은 실권을 가진 정치가를 이긴 것이었다. 이번 회견의 의의는 지극히 중요한 것이었다.

마오쩌둥과 닉슨의 의견이 일치한 사실은 그들 쌍방이 모두 세계정세에

---

24) 『닉슨 회고록』 중권, 상무인수관, 1979년 1월 제 1판, p249, 252.

새로운 변화가 출현했다는 것을 인식한 것이라고 말할 수 있었다. 그들이 볼 때 중요한 것은 하나의 국가내부의 정치철학이 아니라 세계의 기타 국가에 대한 정책이라는 것이었다. 비록 마오쩌둥 자신은 그들과 회담할 주요 내용이 중미 간의 새로운 관계, 소위 '철학'방면이라고 생각하였으며, 기타문제는 저우언라이 총리와 의논해야 한다고 했지만, 그들은 회담 중에 쌍방이 곧 토론할 중대한 실질적인 문제를 꺼냈고, 중미 연합성명의 윤곽을 그렸다.

사실상 닉슨의 방중과정 전체에서 마오쩌둥은 시종 중미 고위회담의 모든 중요한 문제 및 그 진행과정에 관심을 가지고 있었다. 그는 닉슨과 가볍게 철학문제를 토론하는 것을 통해 회담의 원칙이 확정되기를 희망하며 그의 입장을 표시했다. 그들이 무슨 이야기를 했는가를 막론하고, 중미 양국의 최고 지도자들의 이 회담은 거의 모든 세계를 들끓게 하였다. 미국 기자들은 마오쩌둥과 어제 오후에 한 회담이 이번 방문의 성과를 보증했다고 판단했는데, 이 판단은 정확했다. 이 회담의 우호적이고 가벼운 분위기는 닉슨과 저우언라이의 회담을 위해 양호한 조건을 만들어 내었으며, 그들의 회담이 경직되어 '각자 따로 놀지' 않게 되었고, 우호적이며 선의로써 몇몇의 원칙에 대하여 공통의 답안을 모색하게 했다.

닉슨의 첫째 날의 행동에 대하여, 『인민일보』는 다음날 두 장의 지면과 7장의 사진을 사용하여 보도를 했고, 이번 회담은 단순했다고 말했다. 중국의 텔레비전도 7분 동안 관련기사를 방송했다. 그 이후부터 대다수의 중국인들은 미국의 방문자를 만났을 때, 눈과 미소를 사용하여 그들과 용감하게 교류했다. 2월 28일에 『중미연합성명(공보)』이 발표되었다.

고별 연회에서 닉슨은 믿음이 충만한 목소리로 말했다. "오늘 이후 우리가 해야 하는 일은 1.6만 킬로미터와 22년 동안의 적대적인 정서를 넘는 다리를 건설하는 것입니다."

이 방문 기간에 언급할 만한 가치가 있는 것은 닉슨이 마오쩌둥에게 평화를 상징하는 자기로 만든 백조와 크리스탈 꽃병 등을 선물한 것과 답례로 마오쩌둥이 함축적 의미가 담긴 세 폭의 족자를 선물한 것이었다. 그 세 편에는 '늙은이가 의자에 앉아 있다(老頭坐凳)', '항아가 월궁으로 도망가다(嫦娥奔走)', '말을 달리며 꽃을 구경하다(走馬看花)'가 각각 적혀져 있었다.

"나는 계속 당신을 만나야 합니다"

마오쩌둥은 중미 관계의 발전을 매우 중요하게 생각했다. 1972년 닉슨의 방문 이후, 그는 전심전력으로 반패권주의 통일 전선의 구축과 육성을 시작했다. 닉슨이 '워터게이트사건'으로 인하여 해임당한 후, 마오쩌둥은 움직이기도 매우 어려웠고 말하는 것조차도 매우 곤란했지만, 계속 내방한 외국의 주요 정치가를 통해 전언을 전달하고 닉슨의 중국 방문을 요청했다. 1975년 12월 31일 마오쩌둥은 중남해 수영장에 있는 숙소에서 데이비드(아이젠하워 대통령의 아들)와 줄리(닉슨대통령의 딸)부부를 회견했다. 닉슨이 미국에서 매우 많은 사람들의 반대를 받고 있다는 줄리의 말을 듣고는 그가 격동하면서 말했다. "나는 즉시 그가 중국을 방문해 줄 것을 요청합니다." 줄리는 닉슨이 마오쩌둥의 안부를 묻는 말과 그가 친필로 쓴 마오쩌둥에게 보내는 편지를 가져왔다. 닉슨이 편지에서 말했다. "나를 기쁘게 하는 것은 우리가 1972년에 중화인민공화국과 미국 간에 건립된 새로운 관계가 여전히 지속되고 있다는 것입니다. 당신이 이해한 바와 같이 기타 국가, 심지어 미국에서도 어떤 사람들이 내가 북경에 가는 것을 전력으로 반대하고 있습니다. 그들은 심지어 현재 모든 힘을 다하여 우리가 1972년에 얻은 새로운 관계를 파괴하려 하고 있습니다. 그러나 우리가 당신의 집에서 만났을 때, 당신이 말한 바와 같이 역사는 우리들을 함께하게 했습니다. 중미 양국의 인민은 공통으로 양국 사이의 관계 개선과 세계 각국 인민의 평화를 이루기 위해 애써야 할 필요가 있습니다. 이 점은 우리가 철학적으로 그 어떠한 의견대립을 초월하는 것입니다. 만약 세계평화를 이룩하려면 중미우의와 합작은 반드시 필요하며, 비록 우리가 약간의 문제에서 대립할 수도 있습니다. 그러나 우리는 어떠한 상황이든지 모두 어떠한 중요한 것, 기본적으로 지엽적인 문제에서의 충돌 혹은 잠재적인 침략국가의 활동이 우리를 헤어지게 할 수 없습니다." 닉슨의 편지의 내용을 다 들은 후, 마오쩌둥은 편지를 받아 영문편지 말미에의 날짜와 서명을 읽고는 말했다. "매우 좋습니다. 감사합니다. 저 역시 그를 만나고 싶습니다."

1976년 2월 21일부터 29일까지 4년 전과 거의 같은 시간에 닉슨은 두 번째로 중국을 방문했다. 이때에는 마오쩌둥의 건강이 매우 좋지 않았으나 그는 병을 개의치 않고 2월 23일 중남해의 처소에서 그를 만났다. 그들은 집안의 일과 천하의 일을 터놓고 마음껏 이야기했다. 닉슨이 보기에 마오쩌둥이 비록 언어로 자신의 생각을 분명하게 표시할 수는 없었지만 그의 사상은 여전히 민첩했고 심오했다.

마오쩌둥은 이 나이든 친구와 거의 100분 정도 이야기를 나눴다. 국제관계 문제를 이야기 했을 때 그는 말했다. "중국과 미국이 잘 지내야 한다는 것에 나는 동의를 합니다. 우리와 유럽도 잘 지내야 하고 아프리카, 라틴아메리카 그리고 아시아와도 잘 지내야 합니다. 미국은 세계의 이익을 보호해야 합니다. 소련의 확장을 설득할 방법이 없습니다. 계급이 존재하는 시대에서 전쟁은 두 개의 평화 사이에서 일어나는 현상입니다. 전쟁은 정치의 지속이고 또 평화의 지속입니다. 평화는 바로 정치입니다" 닉슨이 말했다. "그러나 러시아는 결코 계급이 없는데 왜 러시아는 오히려 세계평화를 위협하는 것입니까?" 마오쩌둥이 말했다. "아닙니다. 그들은 계급이 있습니다. 중국도 있습니다. 우리의 생각은 일치하지 않습니다. 괜찮습니다." 이에 닉슨도 괜찮다고 말했다.

이어서 닉슨은 마오쩌둥을 향해 그가 이탈리아 공산당이 그들의 연맹을 결성한 사회당의 지지아래 대선에서 승리하는 것을 걱정하고 있다고 말했다. 그리고 이는 북대서양 조약기구가 최후에는 와해되는 것을 의미한다고 말했다. 이에 마오쩌둥이 말했다. "당신들 서양은 프랑스 공산당과 이탈리아 공산당을 매우 두려워합니다. 제가 볼 때는 그렇게 두려워할 필요가 없습니다." 이에 닉슨이 표시했다. "미중 양국은 비록 사회제도가 다르지만 우리 양국이 세계적 범위에서 공통의 노력을 하기만 하면, 나는 이 시기가 곧 평화가 존재할 수 있는 가능성이 가장 큰 시기라고 믿습니다. 그러므로 일정기간 동안 평화의 세계를 건설하고 싶다면 우리의 합작이 반드시 필요합니다." 마오쩌둥이 연신 칭찬했다. "매우 잘 말했습니다."

이는 마오쩌둥의 외국 수뇌와의 마지막 회견이었다. 그는 세계평화의 환경을 조성하기 위해 최선의 노력을 하였다. 이로부터 겨우 반년 뒤 마오쩌둥은 갑자기 세상을 떠났다. 마오쩌둥이 세상을 떠난 그날 닉슨은 성명을 발표하며 말했다. "1972년 북경에서 우리 두 사람은 완전히 다른 철학과 관념을 대표로 하는 지도자로서 알게 되었다. 그것은 중미 우의가 이미 우리 양국의 이익에 있어 반드시 필요한 것이라는 것이었다. 마오쩌둥은 세계정세에 대하여 객관적이고 현실적으로 매우 깊게 이해하고 있었다. 중미 양국은 그때부터 새로운 관계를 건립하기 시작했고 당연히 이러한 그의 선견지명에 공을 돌려야 했다."

닉슨은 계속 성명 중에 마오쩌둥을 찬양하면서 한 명의 '남들보다 매우 특출 난 사람', '용기 있고 비범한 사람, 사상이 굳건한 사람', '완전히 헌신적이고 현실을 중요시하는 공산당인'이라고 했다. 이는 바로 마오쩌둥과 왕래 후 닉슨의 마음속에 있는 그의 형상이었다.

닉슨 도서관 전시실에 열 개의 실제 사람의 크기와 같은 세계적으로 유명한 정치인물의 조각상이 있는데, 이들은 닉슨이 가장 탄복한 인물들로 마오쩌둥과 저우언라이가 가장 앞쪽의 잘 보이는 곳에 위치하고 있다. 이것으로 마오쩌둥과 저우언라이가 닉슨의 마음에 차지하는 비중을 알 수 있다.

6

철학적인 사유로 세계풍운을 자유롭게
논하다.
- 마오쩌둥과 키신저

6

철학적인 사유로 세계풍운을 자유롭게 논하다.
-마오쩌둥과 키신저

헨리 알프레드 키신저는 1923년 5월 27일 독일 바바리아주 푸에루트시 유태인 가정에서 태어났다. 1938년 히틀러의 박해를 피해 뉴욕으로 이주했다. 1943년 6월 미국 국적을 취득하고 1954년 하버드 대학 철학과 박사학위를 취득했다. 1969년부터 1974년까지 닉슨 대통령의 국가안전사무 보좌관을 담당하고, 1973년부터 1977년까지 미국 국무장관을 담당했다. 그는 미국 외교정책의 중심적인 역할을 했다. 키신저는 1971년 7월 처음으로 비밀리에 중국을 방문하기 시작하여 여러 차례 중국을 방문했다. 적극적으로 중미 관계의 정상화를 추진했다. 저우언라이는 키신저를 중미 관계 회복의 '선구자'라 칭했고 '대단한 일'을 해냈다고 했다.

잊을 수 없는 회견

백악관에 들어간 닉슨은 미국의 이익을 고려하여 긴박하게 중국과의 관계개선을 통하여 미국의 소련에 대한 힘을 강화시키려고 했다.

마오쩌둥이 빠르게 미국 측의 중국에 대한 태도 변화를 감지했다. 신중하게 생각한 후 마오쩌둥은 1970년 10월 1일에 사람들이 주목하도록 천안문의 성루에서 그의 오랜 친구인 미국기자 애드가 스노우와 그의 부인을 만나 국제사회를 향하여, 특히 미국정부를 향하여 신호를 보냈다. 동년 12월 18일 마오쩌둥은 재차 스노우를 만나 스노우에게 닉슨의 중국 방문을 환영했다고 신호를 보냈다. 쌍방은 또 '파키스탄'이라는 비밀경로를 통해 서신을 전달하고 피차 점점 상대방의 의도를 분명하게 파악하고는 미국 대통령의 특사 키신저 박사가 비밀리에 중국을 방문, 중국 지도자와 의견을 교환하기로 결정했다.

1971년 7월 키신저가 비밀리에 중국을 방문했다. 키신저는 북경에서 48시간 동안 머물렀으나 그는 연속해서 저우언라이와 20시간을 회담했다. 마오쩌둥은 키신저를 만나지 않았지만 그는 계속 관련 상황에 대하여 예의 주시했다. 회담이 매일 저녁 늦게 끝나더라도 그는 바로 저우언라이 등의 보고를 들었고 구체적인 지시를 했다. 일본문제에 대한 보고를 듣고는 마오쩌둥이 키신저에게 지금의 국제 정세가 대란이 일어나기에 매우 좋은 관계로 구체적인 문제를 오래 이야기하지 말라고 전하게 했다. "우리는 미국, 소련 그리고 일본 세 나라가 같이 중국을 분할하려 하는 것에 대비한다는 전제하에 그들을 요청하는 것이다." 전언을 들은 키신저가 "미국은 중국을 도모할 수 없는데 중국은 미국의 군대에 대응하기 위해 북으로 갈 것이기 때문이다"라고 말하자 마오쩌둥이 말했다. "그들은 우리가 군대를 북으로 보내길 원했다. 과거 우리는 북벌이었지만 이후에는 남벌이었다. 현재는 북에서 북벌을 남에서 남벌을 했다." 회담의 마지막 날 마오쩌둥은 『공고』 원고를 본 후에 매우 만족했다. 그는 말했다.

"'쌍방이 관심을 가진 문제에 대하여 의견을 교환' 이렇게 쓰는 것이 좋겠다. 그렇지 않으면 마치 우리가 단지 우리의 문제에만 관심을 가지는 것처럼 보인다." 키신저는 수정 후의 『공고』 원고를 보고 매우 만족했다. 7월 15일 중미 쌍방이 동시에 『공고』를 발표했다. 공고의 전문은 다음과 같았다. "저우언라이 총리와 닉슨 대통령의 국가안전사무보좌관 키신저 박사가 1971년 7월 9일부터 11일까지 북경에서 회담을 진행하였다. 닉슨 대통령이 이전에 중화인민공화국 방문의 희망을 표시하였는데, 저우언라이 총리가 중화인민공화국 정부를 대표하여 닉슨대통령이 1972년 5월 이전 적당한 시기에 중국을 방문해 줄 것을 요청했다. 닉슨 대통령은 흔쾌히 이 요청을 받아 들였다. 중미 양국 수뇌의 회담은 양국관계의 정상화를 위해서며 쌍방이 관심을 가지고 있는 문제에 대한 의견교환을 위해서이다."

마오쩌둥이 처음 키신저를 만난 것은 1972년 2월 닉슨이 방문했을 때이다. 마오쩌둥은 중남해의 처소에서 닉슨을 만나고 키신저는 대통령의 막료로써 회견에 참가했다. 회담 중에 마오쩌둥은 그를 '철학박사'라고 칭하고, 키신저는 마오쩌둥에게 그가 하버드 대학에서 학생들을 가르치고 있을 때 자신의 반 학생들과 마오쩌둥의 저작을 연구한 적이 있다고 했다. 이는 그들의 교류가 이때부터 시작되었다는 것을 알 수 있는 것이다. 이번 회담으로 키신저는 마오쩌둥에 대하여 깊은 인상을 받았다.

1973년 2월 키신저가 다섯 번째로 중국을 방문했다. 2월 17일 저녁에 중남해의 처소에서 그를 만났다. 회담은 오후 11시 35분부터 시작하여 다음날 새벽 1시 15분까지 총 1시간 40분 동안 계속 진행되었다. 키신저는 이번 회견의 통지가 갑자기 전달되었다고 생각했는데 그것은 정식으로 접견 시간을 예약한 것이 아니기 때문이었다. 그 이유는 마오쩌둥의 당시 건강상태가 좋지 않아 그의 건강상태가 언제 호전되어 손님을 맞이할 수 있을지 예측하기 어려웠기 때문이었다.

회담 중에 키신저가 말했다. "우리는 당신들과 같이 진심을 털어놓고 이야기를 한 다른 국가가 지금까지 없습니다." 마오쩌둥이 말했다. "거짓말 하지 마세요. 수작 부리지 마세요. 당신들의 이야기는 우리를 유쾌하지 않게 하며, 고의로 방관하게 합니다. 우리도 도청기를 설치하지 않았습니다. 그런 작은 행위는 소용이 없으며, 어떤 큰 동작도 도움이 안 됩니다. 당신은 여기저기 다니면서 일을 잘합니다. 월남문제는 기본 적으로 해결했다고 볼 수 있습니다." 키신저가 말했다. "우리는 이렇게 생각합니다. 우리가 현재 평온한 과도기적 시기를 향해 갈 필요가 있다고 생각합니다." 마오쩌둥이 말했다. "우리도 필요로 합니다! 목표가 같기만 하다면 우리도 당신들을 해치지 않을 것이고, 당신들도 우리를 해치지 않을 것입니다. 어떤 때는 우리도 당신들을 비판해야하고 당신들도 우리를 비판해야 합니다."

마오쩌둥과 키신저는 계속 국제정세와 중소 관계의 문제에 대하여 회의를 진행하였다. 마오쩌둥이 말했다. "우리는 당신들이 유럽과 그리고 일본과 협력하기를 희망합니다. 어떤 일은 심하게 싸워도 좋지만 그러나 근본적으로는 협력해야 합니다. 저는 한 명의 외국친구와 이야기를 나눈 적이 있는데 가로선을 그어야 한다고 말했습니다. 즉, 위도상이 미국, 일본, 중국, 파키스탄, 이란, 터키 그리고 유럽입니다." 키신저는 마오쩌둥의 이 생각에 찬성한다고 말했다. "우리의 관념이 매우 비슷합니다."

마오쩌둥이 또 말했다. "당신들 서양에는 역사적으로 내려오는 정책이 있습니다. 두 차례의 세계대전은 모두 독일이 러시아를 공격하도록 조장했기 때문에 시작되었습니다." 키신저가 빠르게 마오쩌둥의 생각을 포착하고는 대답했다. "러시아가 중국을 공격하게 조장한 것은 우리의 정책이 아닙니다." 과연 마오쩌둥이 이 화제를 받아 말했다. "나는 바로 이 말을 이야기한 것입니다. 당신들이 현재 서독과 러시아의 화해를 추진하고 그런 후에 또 러시아를 동쪽으로 진출하게 조장하는 것이 아닙니까? 나는 모든 서양의 이러한 정책을 의심합니다. 그들의 동진, 즉 중요한 것은 우리를 향했다는 겁니다. 게다가 일부분은 일본을 향하는 것이고, 또 일부분은 당신들을 향하는 것입니다. 태평양과 인도양에서 만약 러시아인이 중국을 공격하면 우리의 공격 방법은 유격전이고 지구전입니다. 우리는 그들이 어디를 가든지 그곳에 가서 그들을 돌아가게 할 것입니다." 키신저가 말했다. "만약 중국으로 진격했다면 우리는 스스로의 의지로 반드시 그들에게 반격을 가할 것입니다."

중미 무역에 관하여 이야기를 나눌 때 마오쩌둥이 말했다. "우리 양국 간의 무역은 현재 매우 초라할 정도이고 점점 발전시켜야 합니다."

통역인원에 관하여 이야기를 나눌 때 마오쩌둥이 말했다. "우리는 통역인원이 충분하지 않습니다. 여러 사람을 당신들에게 보내 공부시키는 것도 적다고 할 수 있습니다. 만약 백 명 중 10명이, 즉 10%가 성과를 거둔다면 그 10%는 매우 대단한 것입니다. 만약 그 안의 몇 십 명이 돌아오지 않아도 괜찮습니다. 나는 많은 책을 읽었지만 그중 외국서적은 매우 적습니다. 내가 읽은 것도 몇 권의 외국서적을 빼고는 모두 중국어 책입니다."

중미 쌍방은 또 상대방의 수도에 연락사무소를 건립하는 것을 협의하고 결정하여 또 한 번 중미 관계 개선에 일보를 내딛었다.

마오쩌둥은 키신저와 담화를 하였을 때, 그의 국제 전략인 '일조선(一條線)'의 사상과 이론에 관하여 언급했다. 이후 그는 기타 외빈과 이야기 할 때, '일조선'의 국가는 단결해야 했다는 것과, '일대편(一大片)'의 제3세계가 단결해야 했다는 전략구상을 더욱 분명하게 말했다.

둘째 날 인민일보는 전면에 큰 제목으로 마오쩌둥과 키신저의 회견을 두 장의 사진과 함께 보도하였다. 키신저의 말을 인용하면 "이는 우호의 파란불(綠燈)이다." 그는 그의 회고록에 다음과 같이 기록했다.

이번 회견의 목적은 미중 우호관계가 마오쩌둥이 아직 건재했을 때, 결정되어야 한다는 것을 강조하기 위해서였다. 그는 매우 빠르게 이점을 표시했다. 그는 찬성을 표시하면서 닉슨이 1972년 때 그가 말한 것에 대하여 언급하고, 중미 양국이 서로 접근한 이유는 각자의 필요 때문이었다고 했다.

확실히 그는 일 년 전 닉슨과의 회견 때와 같았다. 그는 재미있게 이야기를 계속하면서 나와 소크라테스식의 대화를 나누었다. 자연스럽고 전혀 마음에 두지 않는 방식으로 중대 문제에 대하여 담론했다.[25]

25) 『키신저의 회의록 : 동란의 연대(基辛格回憶錄:動亂年代)』 제1권, 세계지식출판사, 1983년 6월 제 1판, p84~86.

"나에게 철학을 가르쳐 주십시오."

1973년 11월 12일 오후 5시 마오쩌둥은 중남해의 처소에서 다시 한 번 키신저를 만났다. 이는 키신저의 제6차 중국 방문이었다. 회담 중에 쌍방이 공통으로 관심을 갖고 있는 문제에 대하여 폭넓은 의견 교환을 했다. 키신저는 그것을 '외교철학'의 토론이라고 하였다. 토론의 중심 주제는 세력균형을 유지할 필요성과 국제질서와 세계정치의 장기적인 전망이었다.

마오쩌둥은 키신저와 오랫동안 열렬하게 악수를 하면서 말했다. "환영합니다. 당신의 승진을 축하합니다." 마오쩌둥은 이미 키신저가 2개월 전에 국무장관에 임명된 것을 알고 있었다.

마오쩌둥은 이전에 저우언라이와 키신저의 회담 중에서 '확장주의(擴張主義)'문제를 이야기 했다는 것을 알고는 이 문제에서부터 대화를 시작하면서 말했다. "그 확장주의는 매우 초라합니다. 당신들은 두려워 할 필요가 없습니다."

키신저가 마오쩌둥에게 미국이 가장 큰 관심을 가지고 있는 문제는 소련이 중동을 통제하는 지위를 얻는 것을 어떻게 방지해야 하는가하는 문제라고 말했다.

"중동을 통치할 수는 없습니다." 마오쩌둥은 분명하게 말했다. "그들의 야심은 매우 크지만 능력이 부족합니다. 당신도 알듯이, 당신들은 쿠바에서 그들을 놀라게 하여 도망가게 했습니다."

키신저가 보충하여 말했다. "그리고 두 번째도 있습니다. 최근 그들은 거기에 잠수함 기지를 건립하고 있는데, 그것을 우리가 알고 군함을 보내 단지 지나가기만 했는데도 그들이 도망갔습니다."

마오쩌둥은 강경하고, 사특한 것을 믿지 않으며, 압력을 두려워하지 않는 성격이었다. 특히 소련의 패권주의와 강권정치를 극도로 미워했다. 그는 이번 기회를 빌려 키신저에게 그가 매우 심각하게 기억하고 있는 이전의 일을 이야기했다. "1958년부터 그들은 중국과 연합함대를 건설하여 중국의 해안과 군항을 통제하고 싶어 했습니다. 나는 소련대사와의 담화에서 하마터면 탁자를 내리칠 뻔하고 호되게 야단을 칠 뻔했습니다. 1959년 9월 후르시초프가 미국을 방문했습니다. 그 전에 소련은 일방적으로 중소 쌍방이 1957년 체결한 『국방신기술협정(國防新技術協定)』을 철회하고 중국에 원자탄 샘플과 원자탄 생산관련 기술 자료의 제공을 거절했습니다. 또 중인 변경에서 발생한 인도가 선동한 무장충돌 이후, 타스 통신은 인도의 편을 드는 성명을 발표했습니다. 후르시초프가 미국을 방문한 기간에, 소련과 미국은 수많은 방면에서 전체 국제정세를 결정해서 널리 알리고는 터무니없이 공동으로 세계를 지배하려 계획했습니다."

마오쩌둥은 재미있게 계속 말을 이었다. "그때 후르시초프는 매우 의기양양해 했습니다. 그것은 그가 아이젠하워 대통령을 만나 '데이비드 캠프의 정신'을 손에 넣었기 때문입니다. 그는 북경에서 나에게 그가 알고 있는 영어로 My Friend라고 했습니다. 아이젠하워가 가르쳐주었다고 합니다. 그리고 그는 블라디보스톡으로 돌아가 나를 '싸움닭'이라고 욕을 했습니다. 후에 나는 코시긴과 이런 투쟁은 일만 년 동안 진행되어야 한다고 말한 적이 있습니다."

마오쩌둥이 계속해서 키신저에게 말했다. "우리는 현재 당신들과 약간

다릅니다. 우리는 어떤 문제든지 되돌아가는 것을 막을 것입니다."

키신저가 깨달은 바가 있다는 듯이 말했다. "우리는 당신들처럼 그렇게 용감하지 못하지만, 우리의 전략은 당신들과 같아, 현 세계에 주요 위험이 누구인지에 대하여 우리는 결코 의심하지 않습니다.", "우리와 소련의 교류 중에 당신들이 알지 못하는 어떤 것도 없습니다. 당신들은 장래에도 이와 같을 것이라고 기대해도 좋습니다."

마오쩌둥은 한발 더 나아가 설명했다. "중국식으로 말해, 당신들은 태극권으로 싸우고 우리는 소림권으로 싸웁니다. 당신들은 항상 말하는데 우리들도 그렇게 말합니다. 당신들과 우리의 관점은 거의 같습니다. 바로 소련이 중국을 도모하길 원했다는 것은 가능한 것입니다"

소련이 중국을 공격할 수 있을까 없을까에 대하여 마오쩌둥은 이 오래된 문제를 이러한 방식으로 꺼냈다.

"나는 원래 이것이 이론상으로 가능한 것이라고 생각했습니다. 현재 나는 더 큰 실현 가능성이 있다고 생각하여 이미 공개적으로 당신의 총리와 대사에게 이야기 한 적이 있습니다. 나는 그들이 당신들의 핵능력을 파괴하기를 원한다고 생각합니다.", "내가 여러 차례 이야기한 바와 같이 지난번에도 주석 선생에게 이야기 한 적이 있는 데, 나는 만약 이러한 일이 생긴다면 곧 우리 모두에게 나쁜 결과가 일어나게 될 것이라고 생각하여 더욱 반대를 결심한 것입니다. 우리는 이미 중국의 안전이 파괴되는 경우를 허락하지 않기로 결정했습니다." 키신저의 이 말은 분명하게 탐색하거나 혹은 겁주는 것이었다.

마오쩌둥은 허둥지둥하지 않고 새끼손가락 끝에 비교하면서 말했다. "우리의 핵능력은 단지 파리정도에 불과합니다. 하나의 국가가 부흥하려면 단 시간 내에는 불가능합니다. 소련의 그 야심과 그 능력은 모순입니다. 그것은 많은 곳에 대응해야 하는데, 태평양부터 이야기하자면 미국, 중국, 남아시아가 있고 서쪽에는 중동과 유럽이 있습니다. 단지 통틀어 백만의 병사를 가지고 수비를 해도 충분하지 않는데 어떻게 공격을 하겠습니까? 공격을 하려면 당신들이 중동과 유럽을 그들에게 양보해야만 비로소 안심할 것입니다. 이렇게 해야 병력을 동쪽으로 보낼 수 있습니다."

마오쩌둥이 언급한 이런 가설은 그대로 키신저에게 미소의 서쪽 쟁탈 전략의 중심은 중동, 유럽에 있으며 소련이 동서 양방향과 동시에 다투는 것은 성공할 수 없는 일로 중국을 공격하는 것은 결코 현실적이지 못하다고 말한 것이었다.

키신저는 마오쩌둥이 "중동과 유럽을 그들에게 양보했다"는 이 말에 매우 민감하다는 것을 느끼고 급히 말했다. "아닙니다. 저는 그런 생각에 동의하는데, 만약 유럽, 일본 그리고 미국이 연합 했다면, 우리는 중동 그리고 마오 주석이 말한 지역에서 다 같이 노력할 것이며, 오히려 중국을 공격하는 위험이 크게 감소할 것입니다."

마오쩌둥이 여기까지 듣고는 순풍에 돛이 달리듯이 말했다. "우리도 그들의 일부 병력을 견제할 것이므로 당신들, 유럽 그리고 중동에 유리할 것입니다. 예를 들어 몽고에 그들이 병사를 주둔시킨 것에 관하여 나의 의견은 다음과 같습니다. 소련은 야심이 매우 커서 유럽과 아시아 두 대륙 모두를 점령하고 싶어 하고, 심지어 아프리카 북부도 점령하고 싶어 하지만, 그러나 능력이 부족하기 때문에 매우 어려울 것입니다."

"대만문제를 이야기 해 봅시다." 마오쩌둥은 대략 한 시간 동안 국제정 세에 대하여 기본적인 분석을 한 후, 또 화제를 대만문제로 전환하여 말했다. "미국과 우리와의 관계 문제를 우리와 대만의 문제와 분리시켜 생각해야 합니다. 당신들이 외교관계를 단절하기만하면 우리 양국은 곧 외교관계 문제를 해결할 수 있습니다. 바로 일본과 같은 그런 것을 말합니다. 우리와 대만의 관계로 말하자면 매우 복잡합니다."

마오쩌둥이 계속 말했다. "세상의 일을 그렇게 죽을 것처럼 보아선 안 됩니다. 그렇게 급하게 무엇을 하려해서도 안 됩니다. 대만은 하나의 섬이고 천 몇 백만 명이 살고 있을 뿐입니다. 잠시 대만이 없어도 좋으며 백년 이후에는 다시 올 것입니다. 당신들과 우리의 관계에서 나는 백 년이 필요 없었으면 합니다. 당신들이 만약 원한다면 하고, 만약 그래도 안 되었다면 연기합시다."

키신저는 말했다. "우리의 관점으로 볼 때 우리는 중화인민공화국과 외교관계를 맺는 것을 원합니다. 우리의 어려움은 즉시 대만과의 외교관계를 단절할 수 없다는 것으로 이는 우리 국내정세와 부분적으로 관계가 있습니다. 그러나 나는 이미 총리에게 말했습니다. 우리는 1976년까지 이 과정을 완성하기를 희망합니다."

키신저는 대만문제가 하루 만에 해결될 수 없다는 것과 미국은 곧 수시로 두들겨 맞는 지위에 처할 것임을 알았다. 미국 국무장관으로써 그는 어떻게 자신이 가지고 있는 방위선을 이용하여 자신을 보호할 수 있는지 이해하고 다음과 같이 말했다. "대만문제에서 우리들 사이에 매우 분명한 이해가 있는데, 우리는 이 이해를 믿고 지키고 있으며, 게다가 우리의 연락처에서 지금 유익한 일을 진행하고 있습니다."

대만문제는 줄곧 신중국이 외교 사무를 처리하는 데 있어 피하기 어려운 문제였다. 또한 다년간 발전중인 중미 관계의 주요 장애요소였다. 1972년

2월 중미 양국은 상해에서 연합공보를 발표했다. 미국정부는 "한 개의 중국만이 있어 대만은 중국의 일부분이다"에 대해서도 이의를 제기하지 않았고, 또 대만에 있는 미국 군사력과 군사 설비를 점점 축소시키다가 최후에는 완전히 철수하는 것으로 확정을 지었으나, 이는 대만문제가 결코 온전히 해결된 것이 아니라, 단지 이전보다 진일보 했다는 것을 쉽게 알게 하는 것이다. 이 점은 마오쩌둥이 이미 심중에 헤아리고 있었던 것이어서 키신저의 말에 대하여 그는 다음과 같이 끝맺음했다. "이 문제는 그렇게 중요한 문제가 아니고, 모든 국제문제가 중요한 문제입니다."

마오쩌둥은 또 화제를 현실적인 문제로 인도하여 말했다. "당신들의 대통령은 괌(關島)에서 '닉슨주의'를 발표했는데 당신들은 점점 그 방침을 실현하고 있습니다. 동남아에서 전쟁의 불길을 껐습니다. 그래서 당신들이 가진 주도권은 더 커졌습니다. 당신들은 현재 비교적 자유롭지 않습니까?"

다년간 미국은 침략전쟁으로 인해 피곤해 했고 많은 대가를 치렀다. 200만 명의 병력을 투입했고 36만 명이 사망했다. 전비로 거의 2,000억 달러를 소모했다. 전쟁은 세계인민의 강렬한 비난을 받았을 뿐만 아니라 일본인의 심한 반감을 초래했다. 닉슨이 대통령에 당선된 후 부득이하게 '그럴듯하게 월남전쟁을 종료'하는 방법을 찾았다. 몇 년간의 담판을 통해 1973년 1월에 월남과 『파리정전협정』을 달성했다. 그렇게 해서 닉슨 정부의 가장 시급한 외교문제를 해결했다.

키신저는 마오써둥의 칠학적 이해가 가득한 감상적인 말을 들었다. 그는 유쾌한 감정을 숨기지 못하는 듯이 깊이 고려하지 않고 말했다. "현재 많이 자유로워 졌습니다."

마오쩌둥과 키신저는 매우 긴 시간을 할애하여 즐겁게 철학방면의 문제를 토론했다.

마오쩌둥이 키신저에게 물었다. "당신은 무슨 박사 입니까?"

"철학박사입니다."

"당신이 나에게 철학에 대해 이야기해 주세요!"

"마오 주석은 철학에 대한 이해가 나보다 높고 게다가 깊이가 있는 철학저서를 쓴 적이 있습니다." 그리고 키신저가 만면에 웃음을 지으며 말했다. "저는 과거에 하버드 대학에서 가르칠 때 종종 마오 주석의 선집 등을 나의 수업의 필수 서적으로 삼아 나의 동료들을 놀라게 하였습니다."

사실 마오쩌둥은 면전의 이 철학박사에 대하여 손금을 보듯이 훤하게 알고 있다고 말할 수 있었다. 키신저는 정치에 입문하기 전에 20여 년 동안 하버드 대학에서 공부하고 교편을 잡았다. 그가 이전에 연구한 칸트와 헤겔의 고전유심주의 철학사상을 이용하고, 19세기 오스트리아 외교대신 메테르니히의 강권정치와 '세력균형' 정책을 운용하여, 점점 자신의 '외교철학체계'를 구축했다. 키신저의 재능과 학식의 깊이를 닉슨은 매우 귀하게 생각했다. 이는 왜 닉슨이 당선된 이후에 경선시기 때 자신의 사람들을 백악관으로 들이고 중임을 맡기는 것에 대하여 절대적으로 반대했는지 알 수 있는 중요한 이유이기도 하다. 마오쩌둥은 이 독일 출신의 유태인을 가리키며 말했다. "당신 조국의 철학가 헤겔이 말한 적이 있는데, '자유는 필연에 대한 인식이다'가 맞습니까?"

"맞습니다." 키신저가 만면에 웃음을 지었다.

마오쩌둥은 특별하게 키신저를 일깨웠다. "당신이 주의하고 있는지 모르지만 헤겔 철학의 명제를 '대립의 통일'이라 부릅니다."

"십분 주의하고 있습니다. 헤겔은 철학방면에서 저에게 미친 영향이 매우 큽니다."

마오쩌둥은 헤겔과 포이어바흐를 위대한 사상가라고 하고 마르크스주의가 여기에서 탄생한 것으로 그들의 선배이며, 만약 그들이 없었다면 마르크스주의는 탄생하지 않았을 것이라고 했다.

철학적인 측면에서 마오쩌둥의 큰 공헌은 마르크스주의 변증법의 핵심(대립통일규율)을 분명하게 논하고 발휘했다는 것이었다. 또 그는 철학으로 무산계급과 인민군중이 진정으로 세계를 인식하게 하였고 세계의 날카로운 무기를 개혁시켰다.

두 사람은 철학이란 바다에서 헤엄을 치고 키신저도 물속의 고기와 같이 흥취가 고조되었다. 그는 인도의 불교철학은 일종의 소극적인 철학이라 생각하고 결코 실천을 위한 운용이 아니라고 생각했다. 그는 말했다. "간디가 주장한 비폭력은 결코 철학적 원칙으로 삼을 수 없고, 본질은 일종의 반영국 투쟁의 책략적 수단이므로 인도의 독립은 당연히 그의 공로입니다."

마오쩌둥은 이런 견해에 완전히 동의하지는 않았다. 그는 인도가 진정으로 독립하지는 못했다고 생각했다. 이는 영국이 아닌 소련에게 부속되었고, 경제적으로는 절반 이상 미국에 의지하고 있으며 또 미국에게 100억 달러를 빚졌기 때문이었다. 그는 키신저에게 말했다. "이는 당신이 보고할 때 말한 것입니다! 이것도 당신이 내게 준 지식입니다. 과거에는 나도 몰랐습니다. 그래서 당신이 만약 중국에 다시 온다면, 반드시 나에게 철학을 가르쳐 주십시오."

키신저가 기뻐서 말했다. "저는 그것을 즐거운 마음으로 할 것입니다.

저는 철학연구를 하자마자 사랑에 빠졌기 때문입니다. 현재는 국무장관을 맡고 있어 그렇게 많은 시간이 없습니다."

"그들은 당신에게 잠시도 쉬지 않고 일하라고 합니까?"

"총리가 저를 '회오리바람'이라고 합니다."

"지구를 한 바퀴 돈다고" 마오쩌둥은 공중에 원을 그렸다.

"우리는 시간을 쟁취해야 합니다." 키신저가 말했다. "우리는 다음과 같은 지위에 있기를 원합니다. 만약 소련이 우리가 전에 말한 적이 있는 주요 지역을 공격한다면, 우리는 저항할 수 있습니다. 어떠한 상황에서도 우리는 모두 그 상황에 대응할 준비를 해야 합니다."

"맞습니다. 소련은 약자 앞에 강하고 강자 앞에 약합니다. 당신도 왕아가씨와 당아가씨를 괴롭혀선 안 됩니다. 그녀들은 비교적 연약합니다." 마오쩌둥이 농담을 하자 자리한 모두가 웃었다.

당시 마오쩌둥은 이미 80세의 고령이었다. 여러 종류의 노인성 질환을 앓고 있었고 말이 명쾌하지 않았다. 그러나 그는 여전히 사고가 영활하고, 사상이 예리하고, 말이 재미있었으며, 철학이 깊어서 자리에 있던 사람들이 모두 기쁘게 탄복하였다.

후에 키신저는 자신의 회고록에 다음과 같이 묘사했다.

"마오쩌둥은 결코 단숨에 이러한 의견을 말한 것이 아니다. 거꾸로 말하면 그는 우아하고 정교하고 세밀하게 다듬은 언어를 사용하여 이야기 했는데, 한마디 한마디에 매우 공을 들였다. 아마도 그는 중풍에 걸린 이후, 체력이 허약해졌기 때문에 부득이 그런 대화방식을 사용하여, 그가 여유 있게 생각할 수 있게 된 것 같다. 또 그가 줄곧 상대방을 끌어당겨 같이 이야기 하는 것을 좋아 했을 수도 있다. 원인이 어디에 있든지 그의 말은 매우 짧아서 매 단락의 끝에는 말이 거의 한마디였다. 질문은 답안을 포함하고 있었으며(게다가 그는 기타 변론을 할 수 없게 했다), 동시에 또 나를 부득이하게 그를 모시고 일종의 지능적인 여행을 하게 하여 항상 그가 예상한 목적지에 도착했다."

3시간에 가까운 회담이 끝났다. 마오쩌둥은 애를 쓰며 일어난 후 천천히 걸어서 키신저 등을 밖의 응접실까지 배웅했다. 이는 일종의 매우 큰 영예였다. 그는 이 미국손님과 작별의 인사를 할 때 또 사진을 찍었다. 그는 키신저에게 말했다. "리차드 닉슨 대통령에게 나의 안부를 전달해 주길 희망합니다."[26]

마오쩌둥은 그 다음의 1차 중앙군사위원회 회의에서 키신저와의 회담 상황에 대하여 다음과 같은 결론을 내렸다. "나는 키신저와 거의 3시간을 이야기하였는데, 사실 단지 한마디였다. '그것은 주의해라, 북극곰은 당신들 미국을 정리하길 원한다! 태평양함대(제7함대), 유럽 그리고 중동을 말했다'이다."

저우언라이 또한 키신저와 여러 차례 회담을 하였다. 11월 14일 쌍방은 공보를 발표하고 『상해공보』에서 확정한 각 조항의 원칙을 재차 천명했는데, 이는 평화공존 5항 원칙과 반패권주의의 원칙을 포괄하며, 또 반패권주의 원칙을 세계의 모든 지역에 명확히 적용하는 것이었다. 쌍방은 또 생각이 일치했다. 목전의 정황아래 특히 중요한 것은 권한을 가진 직급에 따라 자주 접촉하는 것을 유지하고 공동으로 관심을 가지는 문제에 내해서 의견을 교환했다는 것이다. 또 쌍방은 마오쩌둥과 키신저의 이번

---

26) 『키신저의 회의록 : 동란의 연대』 제 2권, 세계지식출판사, 1983년 7월 제 1판, p331.

담화가 '범위가 매우 넓은 멀리 내다보는 대화'라고 생각했다는 것이다.
이는 매우 적절한 표현이었다.

"나는 박사의 명령에 따르겠습니다"

1975년 10월 19일~23일 키신저는 여덟 번째로 중국을 방문했다. 이때의
키신저는 포드 대통령의 국무장관이었다. 이번 중국 방문의 목적은 포드
대통령의 중국 방문을 위해서였다.

10월 21일 오후 마오쩌둥은 중남해의 거처에서 키신저를 만났다.
회담은 저녁 6시 25분부터 시작하여 저녁 8시 10분에 끝났다. 그들은
1시간 45분을 이야기했다. 이때 마오쩌둥의 건강상태가 매우 좋지 않아서
말하는 것조차도 곤란했다. 그러나 키신저는 여전히 "마오쩌둥의 사상은
아직 분명해서 풍자적이다"라고 생각했다. 그가 마오쩌둥에게 그의 부인
및 기타 수행원을 만나 주길 요청하자 즉시 허락을 받았다. 마오쩌둥과
키신저의 부인은 악수를 한 후 종이 한 장을 달라고 하여 다음과 같은 말을
적었다. '키신저 부인의 머리가 키신저보다 크다.' 그 태도는 친절하고
천진한 것이었다. 키신저 부인 등이 돌아가자 그들은 정식회담을
시작했다. 당시의 마오쩌둥은 이미 대화하기가 매우 어려운 상태여서
탕원성(唐聞生)과 왕하이룽(王海容)이 열심히 듣고 틀린 것이 없는 것을
확인한 후 다시 영어로 통역했다. 어떤 때는 마오쩌둥이 그가 하는 말을
종이 위에 썼고 다시 그녀들이 통역을 했다. 마오쩌둥은 수시로 손짓을
사용하여 그가 이야기하는 요점을 강조했다.

키신저는 친절하게 마오쩌둥의 건강상태를 물었다. 마오쩌둥은 손을 사용하여 손가락을 가리키며 말했다. "이 부분이 안 좋고 잘 먹고 잘 잡니다." 말을 이어 그는 또 다리를 치면서 말했다. "이 부분의 운전이 잘 안 되는데, 나는 걸을 때 무력함을 느낍니다. 폐도 병이 있어 결국 나는 쓸모가 없음을 느낍니다." 이어서 마오쩌둥은 농담으로 말했다. "나는 내방자가 참관할 전시품입니다. 나는 얼마 지나지 않아 하늘로 돌아갈 것입니다. 나는 이미 상제(上帝)의 초대장을 받았습니다."

키신저가 듣고는 진지하게 말했다. "그렇게 빨리 받아들이지 마십시오!"

마오쩌둥이 웃으면서 말했다. "좋아요, 나는 박사의 명령에 따르겠습니다."

중미 관계에 대하여 이야기 할 때, 마오쩌둥은 중미의 군사력이 새끼손가락과 주먹의 관계라고 비교했다. 마오쩌둥의 저작을 잘 알고 있었던 키신저의 반응이 매우 빨라 즉시 그가 말했다. "중국은 군사력이 모든 것을 결정지을 수 없다고 말합니다. 중미 쌍방은 공동의 적이 있습니다."

마오쩌둥이 동의를 표시하고 종이위에 'Yes'라고 적었다.

키신저가 말했다. "우리는 중화인민공화국과의 관계에 최대한 중요한 의의를 부여하고 있습니다." 마오쩌둥이 말했다. "의의는 조금 있고 크지 않습니다." 키신저가 말했다. "우리는 공동의 적수가 있습니다."

마오쩌둥이 말했다. "맞습니다. 당신들은(키신저와 덩샤오핑을 말했다) 싸웠지요."

키신저가 말했다. "단지 공동의 목표에 도달하기 위해 사용해야 하는 수단으로 싸웠습니다."

마오쩌둥이 말했다. "당신은 어제 미국이 중국에 바라는 것이 없고 중국도 미국에 바라는 것이 없다고 했습니다. 제가 볼 때 부분적으로는 맞고 부분적으로는 틀립니다. 작은 것은 대만이고 큰 것은 세계입니다. 만약 쌍방이 모두 아무런 요구가 없다면 왜 북경에 오기를 희망합니까? 우리는 왜 당신들과 대통령을 맞이하려 하겠습니까?"

키신저가 말했다. "당신들의 세계문제에 대한 관념은 우리가 왕래를 하는 국가 중 가장 분명합니다. 게다가 대부분의 의견에 우리는 모두 동의했습니다. 소련은 우리를 지극히 위험하다고 하지만, 결코 우리가 우선적으로 고려하는 문제 중에 첫 번째를 차지하지는 않습니다."

마오쩌둥은 그렇게 생각하지 않아 말했다. "틀립니다. 초강대국은 단지 두 개입니다. 우리는 마지막입니다. 미국, 소련, 유럽, 일본 그리고 우리는 5위입니다. 당신들은 우리의 어깨를 밟고 모스크바로 달려가려 합니다. 현재 이 어깨는 필요가 없습니다."

키신저가 말했다. "우리는 중국을 이용하여 모스크바로 가고 싶지 않습니다. 이는 그런 방법이 자살하는 것과 같기 때문입니다."

마오쩌둥이 말했다. "이미 뛰었습니다!"

키신저가 미국이 군사문제에 원조를 제공하는 것을 준비하고 있다고 말했을 때, 마오쩌둥이 말했다. "군사방면에 대해서는 우리는 지금 이야기하지 말고 싸움이 일어났을 때 다시 이야기 합시다."

세계정세에 관하여 키신저가 말했다. "2년 전의 주석과 나의 담화를 다시 읽었는데, 우리는 상당이 중요하게 생각합니다."

마오쩌둥이 말했다. "어떤 것은 아마도 다시 생각해 보아야 합니다. 현재 유럽은 매우 약하고, 매우 분산되어 있으며 아직 소련을 두려워합니다! 서독과 동독의 통일이 일어나는 것은 이(주먹을 들고는) 주먹을 드는 것과 같습니다. 우리는 통일에 찬성합니다. 현재 독일통일은 위험이 없습니다. 이 문제에서 우리는 일치합니다. 일본은 패권주의를 하려 합니다."

키신저가 말했다. "일본은 패권을 차지할 잠재력이 있습니다."

마오쩌둥이 말했다. "당신은 너무 바쁩니다. 바쁘지 않아도 안 됩니다. 풍우가 오려고 하면 제비가 바쁩니다. 현재 세계는 태평하지 않습니다. 비바람이 올 것입니다. 그래서 제비가 바쁠 것입니다. 늦추는 것이 가능하지만 이 비바람을 저지해야 합니다."

담화 중에 마오쩌둥은 또 말했다. "첫 번째는 포드 대통령의 안부를 묻고, 두 번째는 닉슨 선생의 안부를 묻습니다."

키신저가 말했다. "이 두 가지 안부를 나는 모두 유쾌하게 가지고 가겠습니다."

마오쩌둥은 또 키신저에게 물었다. "상제가 당신을 보우하고 우리를 보우하지 않는 것은 우리가 호전자(好戰者)이고 또 공산주의자이기 때문입니다. 그는 나를 싫어하고 당신들 세 명을 좋아합니다.(키신저, 로드, 부시를 말했다)"

마오쩌둥은 키신저에게 잊기 어려운 매우 깊은 인상을 남긴다. 그는 회고록에 다음과 같이 썼다.

마오 주석은 거의 독백을 한 적이 없었다. 이는 내가 알고 지내는 모든 정치지도자들과 상반되었다. 그는 또 주변의 사람들이 원고를 준비해 주어야하고 그런 후에 암송하면서 즉석에서 말하는 것처럼 하는 혹은 이해지도 못하고 그대로 읽는 그런 다수의 정치가들과는 달랐다. 그는 가볍고 능숙했으며 마치 편안하게 소크라테스식의 대화를 이끌어 그 안에서 자신의 진의를 표현했다. 그는 농담 중에 중요한 논점을 숨겨두어 대화 상대를 이리저리 끌고 다니면서 기회를 보아 몇 마디 말을 집어넣는데, 때로는 철학이 풍부하고 때로는 차갑게 조소하고 뜨겁게 풍자하는 말이었다. 그의 주요사상이 수많은 다른 주제와 거리가 먼 어구 속에 숨겨져 있어 그 견해가 표현되기에 이르게 하였고 동시에 오히려 책임을 피했다. 그의 말은 어느 한 방면을 확정했으나 오히려 나아갈 길은 규정하지 않았다. 마오쩌둥은 때로는 몇 마디의 짧은 말을 하기도 했는데, 이런 짧은 말을 들은 사람들은 미처 방비하지 못하여 당황했고, 일종의 사람들을 미혹하고 위협을 받은 것 같은 분위기를 조성했다. 이런 상황은 의외로 마치 다른 세계에서 온 신령을 마주한 것 같았고 그는 때로는 덮여있는 미래의 장막의 일부분을 열어 우리의 눈을 뜨게 하였으나, 우리가 그 전체 모양을 보게 한 적이 없었으며 이것의 전모는 유일하게 그 자신만이 본 것이다.[27]

이것은 키신저가 마오쩌둥을 매우 존중하고 경외하고 있는 마음을 진실하게 묘사한 것이었다. 위의 한 마디 한 마디 말은 모두 폐부로부터 자발적으로 나온 것으로 진실하고 따뜻한 것이었다.

키신저는 1971년 7월부터 1975년 12월까지의 4년이 넘는 시간동안 중미

---

27) 『키신저의 회의록 전집 : 백악관의 세월(白宮歲月)』 제 4권, 세계지식출판사, 2003년 1월 제 1판, p1348.

관계 정상화의 실현을 위해 모두 9차례 중국을 방문했다. 마오쩌둥은 그를 5번 만났고 그중 두 번은 키신저가 닉슨과 포드 대통령이 중국을 방문했을 때, 함께 마오쩌둥을 만난 것이었다. 키신저가 중미 관계의 발전에 힘쓴 지혜와 노력은 세상 사람들에게 영원히 깊이 새겨져 있다.

7

"당신은 당연히 빨리 왔어야 했다"
- 마오쩌둥과 부시

7

"당신은 당연히 빨리 왔어야 했다"
— 마오쩌둥과 부시

미국 전 대통령 조지 허버트 워커 부시는 1924년 6월 12일 미국 매사추세츠 밀턴에서 출생했다. 제2차 세계대전 기간 동안 해군 조종사로 복무했다. 퇴역 후 예일대학에서 경제학을 공부했다. 1951년 사람들과 부시-오버비 석유개발회사를 창립했다. 1966년 국회 하원경선에서 승리하고 1970년에는 상원선거에서 낙선하여 닉슨 대통령에 의해 연합국(UN)대표에 임명되었다. 1973년에는 공화당 전국위원회 대표에 선임되고, 1974년에는 주 중국 연락 사무소 주임에 임명되었다. 1976년에는 중앙정보국 국장에 임명되었다. 1981년 미국 제43대 부통령이 되고 1989년에는 미국 제41대 대통령에 당선되었다.

부시와 중국의 인연은 1971년으로 거슬러 올라간다. 이 해는 그가 연합국 미국대사로 일하고 있을 때였다. 마침 그가 연합국 미국대사로 일한 기간에 중국은 연합국의 합법적인 지위를 회복했다. 부시가 이때를 회고하며 말했다. "대만을 축출하는 것에 대한 나의 감정이 어떠했는지를 떠나서 중화인민공화국의 연합국 가입을 받아들이고 북경과 외교적 접촉을 한 것은 선견지명이었고 현명한 것임에 틀림없었다."

1974년 8월 닉슨 대통령이 워터게이트 사건으로 물러나자 부통령인 포드가 대통령에 올랐다. 포드는 자신이 부통령을 부시에게 맡기겠다는 약속을 지키지 못한 보상으로 부시에게 프랑스 혹은 영국대사를 제안했다. 이 제안은 미국정부 내 가장 선호하는 누구나 부러워하는 보직이었지만, 부시는 오히려 대통령의 예상과 다른 '중국으로 가고 싶다'고 하면서 중국을 선택했다. 부시 부부는 1974년 중국을 방문하고 미국 주중 연락사무소의 두 번째 주임을 맡았다. 북경에 있는 동안 부시는 운이 좋게도 마오쩌둥을 두 번이나 만났다.

1976년 10월 미국 국무장관 키신저가 중미 수교를 위해 두 번째로 중국을 방문했다. 당시 미국 측 연락사무소의 주임이며 13년 후 미국 대통령인 부시는 키신저를 수행하여 마오쩌둥을 배방했다. 이때 부시는 처음으로 중국의 최고지도자인 마오쩌둥을 만났다.

『조지부시 자서전: 미래전망』에서 보면, 부시는 다음과 같이 마오쩌둥이 그에게 남긴 깊은 인상을 회고했다.

우리는 몇 개의 홀을 지나 마오쩌둥의 응접실에 들어갔다. 이미 81세인 마오쩌둥은 팔걸이 의자에 앉아 있었다. 수행원 두 명의 부축아래 그는 힘들게 일어났다. 이는 내가 중국에 온 후 처음으로 마오 주석을 본 것이다. 먼 곳에서 바라본 나는 그의 건강상태에 경악했다. 손님을 맞이하는 관례에 따라 키신저가 먼저 인사를 시켰다. 당시 마오 주석이 키신저를 환영한다고 말했다. 그러나 사람들은 그가 무슨 말을 하는지 알아들을 수가 없었다.

나는 두 번째로 소개되었는데 근거리에서 보니 주석은 체격이 좋았고 크고 건강하며 얼굴빛은 검었고 손뼉을 칠 때는 매우 힘이 있어 건강한 사람 같았다. 그는 정성들여 만든 털옷과 갈색의 짧은 바지를 입고 있었으며 한 쌍의 흰 바탕에 검은 색의 천으로 된 가벼운 신발을 신고 있었는데 중국의 대다수 평민들이 신는 신발이었다. [28]

회담이 시작되자 키신저는 마오쩌둥의 좌측에 앉았고 부시는 키신저의 좌측에 앉았다. 키신저가 마오쩌둥의 건강에 대하여 물었다. 마오쩌둥은 자신의 머리를 가리키며 말했다. "이 부분은 매우 정상이고 나는 능히 먹고 자고 할 수 있습니다." 그는 또 다리를 치며 말했다. "이 부분은 좋지 않습니다. 걸을 때 조금 서기 힘들고 폐도 약간 병이 있습니다." 그는 잠시 쉬고는 다시 말했다. "한마디로 말해서 나의 건강상태는 좋지 않습니다." 그런 후에 웃으면서 보충했다. "나는 방문자들에게 준비된 진열품입니다."
마오쩌둥은 태연자약하게 말했다. "나는 조만간 상제를 보러가야 합니다. 나는 이미 상제의 초청을 받았습니다." 세계에서 가장 큰 공산당 국가 지도자의 이러한 말을 들은 우리 모두는 매우 놀랐다.
키신저가 웃으면서 말했다. "그런 초청은 급하게 받아서는 안 됩니다."
마오쩌둥은 그와 연관된 말을 할 수 없어, 그는 종이 위에 힘을 다해 몇 글자를 써서 자신의 생각을 표현했다. 그가 다 쓰고 난 후 곁에 있던 두 명의 여자 통역관을 통해 자신의 생각을 전달했다. "나는 박사(Doctor)의 명령을 받아들입니다." 이는 두 가지 의미가 있었다. 하나는 의사를

---

28) 『조지부시 자서전 : 미래전망(喬治布什自傳 : 展望未來)』, 국제문화출판공사, 1988년 12월 제 1판, p154.

말하고, 다른 하나는 키신저를 말했다. 중국인은 습관적으로 그를 키신저 박사라고 하기 때문이었다.

헨리 키신저는 고개를 끄덕인 후에 화제를 전환했다. 그는 말했다. "저는 우리의 관계를 매우 중요하게 생각합니다." 마오쩌둥이 한 손은 주먹을 들고 또 다른 한손은 새끼손가락을 세우고는 그는 주먹을 가리키며 말했다. "당신들은 이것입니다." 또 세운 새끼손가락을 가리키며 말했다. "우리는 이것입니다." 그는 또 말했다. "당신들은 핵무기가 있습니다. 우리는 없습니다." 사실 당시 중국은 핵무기를 보유한지 이미 10년이나 경과한 때였는데, 마오쩌둥은 미국의 군사력을 가리키며 매우 강력하다고 한 것임이 분명했다.

키신저는 말했다. "중국 측은 군사력이 모든 것을 결정지을 수 없다고 말합니다. 중미 쌍방은 공동의 적이 있습니다."

마오쩌둥은 대답을 종이 위에 썼는데, 종이 위에는 영문으로 "Yes"라고 쓰여 있었다.

마오쩌둥과 키신저 국무장관은 곧 대만문제에 대하여 의견을 교환했다. 마오쩌둥은 이 문제에 대하여 시간이 무르익으면 해결될 것이라고 생각했다. 대략 '백년'이나 '몇 백 년'이 필요하다고 생각했다. 부시는 중국인의 이러한 표현방식은 외국인에게 매우 깊은 인상을 준다고 생각하면서 중국은 몇 천 년의 유구한 역사가 있어, 중국인은 시간과 인내를 성급한 서양인에게 대응하는 무기로 삼는다고 생각했다.

회담은 여전히 계속 되었다. 마오쩌둥은 갈수록 힘이 넘치는 것 같았고, 갈수록 기민한 것 같았다. 담화는 거의 그를 흥분시켰고 그는 머리를 이리저리 흔들고 손동작을 끊임없이 했다. 그는 계속 전능한 신과 상제를 언급하며 말했다. "상제는 당신들을 보호하는데, 우리를 보호하지 않습니다. 우리가 호전광이고 공산주의자이기 때문입니다. 그는 나를 좋아 하지 않고 당신들 세 사람을 좋아합니다." 그는 키신저, 윈스턴 로드 그리고 부시를 가리켰다.

회견이 끝날 때 마오쩌둥은 위스턴과 부시와 대화를 나누기 시작했다. 그는 부시에게 말했다. "연락사무소 주임에 부임하고 왜 나를 보러 오지 않았습니까?"라고 마오쩌둥은 말하면서 손짓을 했다.

부시가 대답했다. "제가 당신을 만날 수 있었다면 매우 영광스러움을 금치 못했을 것입니다. 그러나 나는 단지 당신이 너무 바쁜 것 같아서 두려웠습니다."

마오쩌둥은 말했다. "아닙니다. 나는 하나도 바쁘지 않습니다. 국내의 일은 관여하지 않습니다. 나는 단지 국제신문을 볼 뿐입니다. 당신은 진즉에 왔어야 했습니다."

5주 후 포드 대통령이 공식적으로 북경을 방문했다. 이 때 부시는 또 마오쩌둥을 만났다. 이는 두 번째이자 최후의 만남이었다. 당시 부시는 이미 미국중앙정보국 국장에 임명이 선포된 상태였다.

사실 키신저와 마오쩌둥의 회견 이후, 부시는 미국 연락사무소의 전문가들에게 상황을 설명하고 마오쩌둥이 그를 손님으로 청했다고 말했다. 그러나 미국 측 전문가들이 모두 단지 외교적인 언어일 뿐이라고 조언하여 부시는 마오쩌둥을 만나러 가지 않았다. 그러나 1년 후 부시 부부가 다시 중국을 방문했을 때, 어느 중국 정부관원이 마오쩌둥이 부시를 청한 그때 일을 언급하면서 정중하게 부시에게 말했다. "당신은 당연히 그의 말에 따라 방문했어야 합니다. 나는 마오 주석이 누구를 함부로 초청하지는 않는다고 확신합니다."

그러나 그때는 마오쩌둥이 이미 세상을 떠나서 그를 배방할 수가 없었다. 이는 부시 부부의 마음속에 영원한 아쉬움으로 남게 되었다.

8

얼음을 깨는 여행, 중일국교정상화를 실현하다

- 마오쩌둥과 다나카 가쿠에이(田中角榮)

얼음을 깨는 여행, 중일국교정상화를 실현하다
— 마오쩌둥과 다나카 가쿠에이(田中角榮)

다나카 가쿠에이는 1918년(大正7년) 5월 4일에 출생했고 니가타(新潟)현 사람이었다. 그는 일본의 유명한 정치 활동가였다. 중의원 의원으로 1972년 7월 7일부터 1974년 12월 9일까지 일본 제64, 65대 내각 총리대신을 맡았다. 내각대장(大藏)대신, 자민당 총 간사장을 역임했다. 1972년에 일본 수상이 되었고 1976년에는 금권정치(金權政治)라 지적되어 물러났다. 로키드사 사건 이후 복역했다. 그러나 동시에 높은 득표수로 중의원 의원에 당선되었다. 1989년 정계에서 퇴출되고 집에서 은거 중에 1993년 12월에 병으로 사망했다. 이 일본 정치무대의 스타는 전기적 소설 같은 삶을 살았다고 할만하다.

중일국교정상화의 실현에 적극적인 태도를 취하다.

1972년 2월 닉슨의 중국 방문으로 미국은 오랫동안 추진하던 중국에 반대하고 고립시키는 정책을 포기했다. 중미 관계의 개선과 미국의 대중국 정책에 대한 급속한 전환은 미국을 근본적으로 추종하고 중국을 적대시하는 일본정부를 매우 당황하게 했다. 미국에 뒤처지지 않기 위해 닉슨의 중국 방문 이후 얼마 지나지 않아 일본정부의 사토우 에이사쿠 내각도 저우언라이 총리에게 서신을 보내고 사토우 수상은 '자신의 중국 방문 요청'을 표시하였다. 그러나 저우언라이는 이를 거절하고 중국과 일본의 담판은 사토우를 대상으로 하지 않는다고 선포했다.

1972년 6월 17일 사토우 내각이 물러났다. 7월 7일 '컴퓨터를 탑재한 불도저'란 칭호를 가진 다나카 가쿠에이가 일본의 신임 총리가 되었다. 당시의 일본 여론이 매우 들끓었는데, '다나카 열풍'이 빠르게 전국적으로 일어났다. 그때 일본의 일반 민중은 다나카를 '결단력과 실행력'이 매우 강한 인물로 보고, 그가 일본에 참신한 정치를 가져올 수 있을 것이라고 기대했다. 다나카 본인은 대중국 정책을 '새로운 내각'의 가장 중요한 첫 걸음이라고 보았다. 또 중일 국교정상화를 빨리 달성하는 것을 임기동안의 중요한 목표로 삼았다. 그는 부임연설에서 다음과 같이 말했다. "출렁이는 세계정세에서 중화인민공화국과의 국교정상화를 빠르게 실현해야 하며 강한 힘을 가지고 평화외교를 추진해야 한다." 다나카의 적극적인 대중국 방침은 중국정부의 환영을 받았다. 양국 정부는 각종 정세를 고려하여 서로 대표를 파견하며 협상을 진행하고, '같은 것은 취하고 다른 것은 미뤄둔다'는 정신에 입각하여 매우 빠르게 중대한 원칙적 문제에 대하여 서로의 이해를 얻었다.

7월 3일 저녁, 중일비망록무역사무소(中日備忘錄貿易辦事處)의 신임 주일 수석대표 샤오샹치엔(蕭向前)이 동경에 도착했다. 샤오샹치엔이 일본에 도착한지 일주일 후인 7월 10일은 다나카 내각이 출범한지 3일째 되는 날이었다. 저우언라이는 순핑화(孫平化)를 파견하여 그가 상해발레단을 인솔하고 동경에 가서 다나카를 초청하게 했다. 7월 17일 하오중스(□中士)를 단장으로 하는 중국농업농민대표단이 일본에 도착했다. 외교부 아시아국 일본처 처장 천캉(陳抗)이 임시로 특별 출현하는 대표단의 부단장을 맡았다. 천캉은 순핑화와 샤오샹치엔에게 저우언라이 총리의 중일 국교정상화와 관련된 중요한 지시를 전달했다. "다나카 내각의 중일 국교정상화 실현에 속도를 내야 한다는 것에 환영할 만한 가치가 있다. 마오 주석이 내게 당연히 적극적인 태도를 취해야 했다고 말했다. 일본 측이 중국에 와서 이야기하는 것이 좋겠다. 이야기가 성과가 있어도 좋고 없어도 좋다. 결론은 현재 기회가 왔을 때 잡아야 한다." 저우언라이 총리는 또 순핑화와 샤오샹치엔이 시기를 잘 잡아야 한다고 하고 다나카 카쿠에이 수상과 오오무라 마사요시(大平正芳) 외상(外相)과 회견을 반드시 하여, 다나카의 중국 방문요청에 대하여, 저우언라이 총리 본인이 다나카 수상이 중국을 방문하여 중일 국교정상화에 대한 문제를 상담했으면 한다고 전달하게 했다.

1972년 7월 25일 다나카 카쿠에이가 수상이 된지 18일째 되는 날에 그의 막역한 친구이자 공명당(公明黨) 위원장 카케이리 요시카스(竹入義勝)가 파견되어 중국을 방문했다. 다나카의 중국 방문과 국교회복 문제를 상담하고 저우언라이는 7월 17일부터 29일까지 그와 세 차례 상담을 하여 중일 관계정상화에 있어 중요한 원칙적인 문제에 대한 이야기를 나누었다. 8월 11일 오오무라 외상이 샤오샹치엔을 만나, 중일 국교건립 문제에 대하여 회담을 진행 했고, 쌍방은 이 회담에서 기본적으로 의견 충돌이 없었다. 마지막으로 오오무라가 말했다. "다나카 수상과 나는 모두 현재 일본정부의 수뇌가 중국을 방문하는 것과 국교정상화를 실현하는 시기가 성숙했다고 생각했다." 후에 중일 국교정상화에 대하여 언급할 때, 다나카 카쿠에이는 다음과 같이 묘사하며 말했다. "중일 관계정상화는 양국인민의 소망이다. 중국인은 당시에 늘 인민이 바라는 방향이라고 하고 대세의 흐름이라고 했다. 나는 이때 목판을 두들겨 결정하고 집행했을 뿐이었다." 사실 결코 이렇게 간단하지는 않았다. 중국을 방문하기 전에 수많은 우익세력들이 다나카에게 전화를 하여 중국에 가서는 안 되었다고 위협했고, 만약 그렇지 않으면 아사누마 이네지로(淺沼稻次郎)의 전철을 밟게 될 것이라고 했다. 어떤 사람은 심지어 과장되게 말하여 사람들을 놀라게 했다. "만약 수상 집무실 천장 혹은 경시청에서 헬리콥터를 타고 가지 않는 한 다나카 카쿠에이는 천보도 가기 어려울 것이다." 그러나 우익세력의 위협은 결코 다나카의 중국 방문의 행보를 막을 수 없었다.

"임무를 반드시 이번 방문에 성공시켜야 했다"

1972년 9월 25일 다나카 카쿠에이는 대표단을 이끌고 북경에 도착했다. 공항에서 저우언라이 총리 등의 열렬한 환영을 받았다. 다나카 카쿠에이 일행은 국빈관 조어대(釣魚臺)에 투숙한 후, 쌍방의 지도자들은 관례에 따라 간단하게 소개와 인사를 하였다. 이때 다나카 카쿠에이는 매우 자랑스럽게 말했다. "나는 54세에 일본의 수상이 되었습니다." 나이가 다나카보다 20살이나 많은 저우언라이는 미소를 지으며 태연스럽게 말했다. "나는 51세 때 중국의 총리가 되었고 지금까지 이미 23년이 지났습니다." 이 후 다나카 카쿠에이는 중국에서 다시는 이런 말을 하지 않았다. 일본으로 돌아간 후 다나카 카쿠에이는 자신의 비서에게 이러한 말을 한 적이 있다. "진정한 정치가는 바로 저우언라이이며 세계에 저우언라이와 필적할 수 있는 사람은 없다. 탁월하며 그야말로 걸물이다. 온갖 풍우를 겪어 강철처럼 제련된 정치가이다. 설사 행정관이 되었어도 뛰어났을 것이며, 이 행정관도 단지 사무실의 자리에 앉아만 있는 그런 행정관원이 아니다. 그는 혁명운동과 수많은 전쟁을 지휘했고 국민당과의 매우 힘든 투쟁의 길을 걸어 왔으며 수차례 장개석의 사형 선고를 받았고 또 수차례 적수에게 사형 선고를 받았다. 그는 진정한 대장부이다." 이는 다나카의 저우언라이 총리의 탁월한 외교적 능력과 정치를 뛰어넘는 매력에 대하여 자발적으로 폐부에서 우러나오는 칭찬이었다.

그날 오후 인민대회당에서 쌍방은 제1차 회담을 진행하였다. 회담 중에 다나카 카쿠에이는 말했다. "중일 국교정상화의 실현시기가 이미 성숙하여 중요한 임무는 반드시 이번 중국 방문을 성공시켜야 합니다. 국교 정상화가 실현되기를 희망하고 이것을 위하여 대만과의 외교관계 단절을 스스로 언급하는 것이 필요하다고 생각하며, 이와 동시에 자민당(自民黨)내부에 생겨난 문제도 충분히 피할 수 있기를 희망합니다. 만약 문제를 타당하게 처리할 수 없다면 국내에 각종 사단이 일어날 수 있습니다. 그렇기 때문에 국교정상화는 먼저 공동성명으로 시작하고, 국회에서 통과하는 문제는 연기하길 희망합니다." 다나카 카쿠에이는 먼저 내각이 공동성명을 발표하여 기정사실로 만든다면, 일본 내 반대세력의 방해를 많이 감소시킬 수 있다고 생각했다. 저우언라이 총리는 이 의견에 찬성을 표시하고 '조약의 방식이 필요 없이 국교 후 평화우호조약을 체결'할 수 있다고 생각했다. 오오무라 외상이 말했다.

"중일 국교정상화는 일미관계에 해가 없습니다." 중국의 이해를 요청했다. 저우언라이 총리의 회답은 일본 측을 매우 놀라게 했다. 그가 말했다. "일미관계를 언급하지 않습니다. 이는 일본의 문제입니다." 첫날의 회담은 매우 순조롭게 진전되었다.

저녁 6시 저우언라이 총리는 인민대회당 연회실에서 환영연회를 열었다. 먼저 저우 총리의 환영사를 발표했고, 다음에 다나카 카쿠에이의 발언이 있었다. "이번 방문에 나는 비행기를 타고 동경에서 북경으로 왔습니다. 중일 간에 강 하나를 사이에 둔 관계라는 감정을 더욱 느꼈습니다. 이는 양국이 지리적으로 매우 가까울 뿐만 아니라 동시에 2천 년이 넘는 풍부하고 다채로운 문화교류의 역사를 가지고 있다는 사실입니다." 그가 여기까지 말하자 연회장에는 열렬한 박수소리가 울리기 시작했다. 다나카가 계속 이어서 말했다. "그러나 과거 10년의 중일관계는 사람들을 안타깝게 하는 불행한 과정을 거쳤습니다. 여기에서 우리 일본은 중국인민에게 폐를 많이 끼치게 된 일에 대하여 나는 이번에 매우 깊은 반성을 표시합니다." 다나카의 말소리가 아직 멈추지 않았는데 자리에서 즉시 속삭이는 소리가 들렸다. 26일에 두 번째 회담 중에 저우언라이 총리는 다나카가 연회에서 말한 "폐를 많이 끼쳤다"는 발언에 대하여 교정과 비판을 했다. "다나카 수상이 어제 저녁 연회에서 한 연설 중에 '폐를 많이 끼쳤다'라는 말은 중국인민의 반감을 일으켰습니다. '폐를 끼쳤다'란 말은 중국에서 매우 신중하지 못한 표현입니다. 그러나 당신들은 오히려 중일 양국의 불행한 과거를 언급할 때 사용했습니다. 마오 주석은 소수의 군국주의자와 보통의 일본 인민을 구분해야 한다고 강조했습니다. 우리는 수많은 일을 했습니다. 침략전쟁은 결코 '폐를 끼치다'란 말을 사용할 수 없습니다. '폐를 끼치다'는 단지 작은 사정에만 사용할 수 있습니다." 저우언라이의 교정과 비평에 초점을 맞추어 다나카가 만감이 교차했다는 듯이 미안한 마음을 표시하고 말했다. "'폐를 끼쳤다' 이 말은 일본말입니다. 스스로 마음속에서 우러나오는 사과를 했다는 의미입니다. 게다가 이후 이런 잘못을 다시는 하지 않겠습니다. 또 용서해 달라는 희망의 의미를 포함하고 있습니다. 이런 표현이 중문에 적당한 어휘가 있는지 없는지 저는 모릅니다. 매우 많은 일어가 중국에 기원하는데, 만약 적당한 어휘가 있다면 귀국의 관례에 따라 수정을 할 수 있습니다." 두 번째 회담에서 쌍방은 전쟁 배상의 문제에 부딪치게 되었다. 일본 측 대표단은 조약국장 다카시마 마스로(高島益郎)가 말했다. "장제스가 이미 『일화평화조약(日華和平條約)』에서 배상의 권리를 포기했다고 선포했기 때문에 중일공동성명에 다시 새롭게 이 문제를 언급할 필요가 없다." 일본 측의 이런 법률적인 제안에 초점을 맞추어, 저우언라이 총리는 담판의 원칙론으로 깊이 들어가 일본 측의 입장에 대하여 단호한 반박을 펼치고 엄숙하게 지적했다. "우리는 다나카 수상과 오오무라 외상의 말을 매우 좋아 했습니다. '중일 국교회복은 당연히 정치적으로 해결해야 하며 법률 조문으로 해결해서는 안 됩니다.' '장제스는 이미 대만으로 도망갔습니다. 그는 중국 전체를 대표할 자격이 없습니다.' '우리가 전쟁배상의 권리를 포기하는 것은 일본인민들에게 배상의 고통을 경험하지 못하게 하는 것입니다.' '마오 주석은 일본인민에게 배상부담을 지우게 하는 것을 원하지 않는다'고 했습니다. 나는 일본의 친구들에게 말합니다. 당신들의 조약국장 다카시마 마스로 선생은 왜 오히려 감사하게 여기지 않는 것입니까?

이는 우리에 대한 모욕이기 때문에 우리는 절대 받아들일 수 없습니다."
저우언라이의 말은 단호하였고 사실을 열거하여 도리를 따진 것이었다.
어휘의 사용이 점잖았고 매우 감동시키는 힘이 있었다. 다카시마 국장은
연합 성명의 초안을 작성하는 토론에서 즉시 이에 대하여 해명했다.
그는 중국 측이 전쟁배상을 포기하겠다는 것에 대하여 오해를 일으키지
않기를 희망한다고 설명하면서 일본국민은 중국이 전쟁배상의 요구를
포기했다는 것에 대하여 감동을 받았다고 말했다.

27일 오후 쌍방은 제3차 수뇌회담을 진행했다. 회담의 초점은 일본과
대만의 관계문제였다. 이날 중일 쌍방은 구동존이(求同存異) 원칙에
입각하여 기본적인 협의를 달성했고, 비교적 순조롭게 진전되었다.
다나카 수상은 저우언라이의 외교적 능력을 높이 평가했는데, 그를 '몸은
버드나무와 같이 여리지만, 마음이 거대한 바위와 같았다'라고 표현했다.

마오쩌둥은 대국을 한 번에 결정하고, 중일관계 정상화를 서둘러 성사시키다.

그날 저녁 8시 30분 저우언라이는 마오쩌둥을 수행하여 중남해
풍택원에서 다나카 수상, 오오무라 외상 그리고 니카이도(二階堂) 관방장
관(官房長官) 이렇게 3인을 접견했다. 1972년 초부터 마오쩌둥과 5명의
수뇌가 회남을 신행했다. 닉슨과 회견할 때 자리했던 키신저의 보좌관이
동의하에 참석했다. 그리고 이번 오오무라 외상과 니카이도 관방장관이
같이 참석하는 것에 동의했다. 마오쩌둥은 일본 측이 중일 국교정상화

실현에 표시한 성의에 대하여 긍정적이었다라고 했다.

마오쩌둥은 다나카 수상 일행이 들어오는 것을 보고 마중을 나가면서 모두와 악수를 하고는 안부를 물었다. "당신을 환영합니다. 나는 대(大) 관료주의자입니다. 당신들을 만나는 것이 너무 늦었습니다." 이어서 마오쩌둥이 물었다. "저우언라이와 싸웠습니까?" 다나카 수상은 마오쩌둥의 이런 질문에 약간 의외임을 느꼈다. 마오쩌둥은 매우 재미있게 말했다. "늘 싸워야 합니다. 천하에 싸우지 않는 것은 없습니다. 싸우지 않으면 관계를 맺을 수 없습니다."

다나카 수상이 대답했다. "비록 싸웠지만, 문제는 기본적으로 모두 해결되었습니다."

"싸운 뒤에 결과가 있으면 싸움이 없지 않겠습니까?" 마오쩌둥은 말을 마치고 웃었다. 상쾌한 웃음소리가 소원함을 사라지게 했고 회견의 분위기를 더욱 가볍게 했다.

마오쩌둥은 계속 물었다. "다나카 선생, 당신들이 그 '폐를 끼쳤다'의 문제를 어떻게 해결했습니까?"

"우리는 중국의 관습에 따라 수정을 준비하고 있습니다." 다나카 수상이 매우 간절하게 말했다.

마오쩌둥은 한층 더 나아가 훈계하듯이 말했다. "단지 '폐를 끼쳤다'고 말하면 젊은 사람들은 받아들일 수 없을 것입니다. 중국에서 이것은 물이 여인의 치마에 튈 때, 말하는 말입니다." 다나카 수상이 해명을 했다. 이 문제를 지적한 후, 마오 주석은 화제를 다나카 수상의 중국 방문으로 전환하며 말했다. "당신들은 이번에 북경에서 어떤 결과가 있을 것 같습니까? 세계는 지금 걱정하고 있습니다. 특히 소련과 미국이 매우 관심을 가지고 있습니다. 그들의 내심은 불안정합니다. 반드시 우리의 배후에서 무슨 비밀 모의를 하고 있을 것입니다. 미국의 속내는 더욱 좋지 않습니다. 왜 그런가 하면, 비록 올해 2월 중국에 왔지만 현재 아직도 국교를 맺지 못하고 있습니다. 만약 진심으로 해결할 생각을 가지고 있다면, 곧 며칠 내에 해결을 할 수 있을 것입니다." 마오쩌둥의 말은 중일 국교정상화의 시간이 이미 도래했다는 것을 느끼게 하여, 며칠 동안 긴장상태에 있었던 다나카 카쿠에이의 정신을 편안하게 했다.

이어서 마오쩌둥은 역사적인 시각에서 중일관계의 우호가 대대로 이어져야 한다고 터놓고 이야기했다. 그는 말했다. "중일 양국은 2천 년이 넘게 왕래를 하였습니다. 역사 기록 중에는 중국의 후한시대에 첫 번째로 등장합니다." 다나카 수상이 이어서 말했다. "그래서 우리는 줄곧 중일 교류의 역사는 2천 년이 넘는다고 말합니다."

저우언라이가 말했다. "주석은 매일 매우 많은 글과 책을 읽습니다. 이렇게 많은 책이 있는 것을 보세요." 책에 대하여 말하자 마오쩌둥이 특히 흥이 나서 말했다. "저는 책에 중독이 되었는데 책을 떠날 수가 없습니다. 모두 편하게 보세요." 다나카 수상 등 3인은 일어나 책장에 있는 책을 자세하게 펼쳐보았다.

접견이 끝난 후, 마오쩌둥은 여섯 권으로 된 『초사집주(楚辭集注)』 완정판을 다나카 수상에게 선물하며 말했다. "다나카 선생, 시간이 없어 선물을 준비 못했는데, 이는 제가 당신에게 주는 선물입니다." 이에 다나카 수상은 매우 감격해 했다. 마오찌둥 주서이 왜 다나카 카쿠에이에게 『초사집주』를 선물했는지에 대해서는 여러 가지 의견이 있었다. 아마도 『초사집주』 안에 「구변」 중에 나오는 '폐(麻煩)'란 단어를 통해 일본

손님에게 중국인이 생각하는 그 단어의 의미를 알려 주고 싶었기 때문일 것이다. 요컨대 이는 진일보한 주장이었다.

호텔로 돌아온 후 다나카 카쿠에이는 오오무라 외상에게 말했다. "당신은 20년이 지나면 아마도 마오쩌둥과 같은 사람이 될 수 있겠으나, 나는 설사 30년이 지난 뒤에도 불가능합니다." 후에 다나카 카쿠에이는 마오쩌둥의 인상에 대하여 다음과 같이 말했다. "마오쩌둥은 철학가이자 시인이다. 독특한 풍격이 있어 나는 보통사람이 아니라고 생각했다." 비록 그들의 평가는 단지 빙산의 일각이었지만 그러나 마오쩌둥 주석의 위대한 풍모가 표현되었다고 할 수 있다.

마오쩌둥의 접견은 중일 국교정성화 회담의 성공을 더욱 촉진시켰다. 28일 오후 쌍방은 제4차 수뇌회담을 진행했고, 『중일연합성명(中日聯合聲明)』 발표 전에 모든 문제를 원만하게 해결하였다. 29일 오전 인민대회당에서 중국정부의 수뇌 저우언라이 총리와 지펑페이(姬鵬飛) 외무장관과 일본 정부의 수뇌 다나카 카쿠에이 수상과 오오무라 외상이 『중일연합성명』에 서명하고 성명서를 교환 했다.

중일수교(中日建交)는 마오쩌둥, 저우언라이 등의 지도자들이 주장한 평화외교정책의 대승리이자 또 일본 통치계급을 압박하여 반(反)중국 적대정책을 변화시킨 것이었다. 그리고 중일 인민의 우호에 대한 소망을 실현했다. 중일수교도 국제정세에 깊은 영향을 미쳤는데, 세계상에서 중요한 영향력을 가진 이 두 국가가 관계정상화를 실현하여 수많은 국가와 중국의 관계 발전에 대하여 상당한 영향을 미쳤고, 극동평화와 세계평화를 보호하고 유지하는 데 있어 상당한 도움을 주었다는 것이다.

중일수교는 국제적으로 중국에 적대하고 '하나의 중국과 하나의 대만(一中一臺)'을 주장하는 정치 세력에 큰 타격을 가한 것이었다. 중일수교는 일본과 대만간의 관계가 민간관계임을 분명히 했고 중국의 입장을 나타낸 것이며, 또 다른 어떤 국가와 비슷한 문제를 해결하는 데 있어서 본보기를 제공한 것이었다.

　중일 국교정상화를 위하여 공헌한 사람들은 역사가 영원히 그들을 기억할 것이다. 마오쩌둥, 저우언라이, 다나카 카쿠에이, 오오무라 마사요시….

9

아사누마 선생은 일본과 미국관계의 본질을 파악하고 있었다
-마오쩌둥과 아사누마 이네지로

9

아사누마 선생은 일본과 미국관계의
본질을 파악하고 있었다
— 마오쩌둥과 아사누마 이네지로

　아사누마 이네지로(淺沼稻次郎)는 1898년에 출생한 일본 동경사람이다.
1923년 일본 동경 와세다 대학 정치학과를 졸업했다.

　그는 학교에서 노동운동에 참가했고 또 초기 사회주의 연구단체인
'건설자동맹(建設者同盟)'과 '효민회(曉民會)'에 참가했다. 졸업
후 그는 광공공회(礦工工會)에 가입했고, 또 당시 일본의 유명한
족미동산(足尾銅山) 파업투쟁에 참가했다. 이로 인해 체포되어 5개월 동안
감옥에 있었다. 1925년 그는 일본 농민당(農民黨)의 서기장을 맡았다.
후에 또 일본 노농당(勞動黨) 창립위원, 전국 노농대중당(勞動大衆黨)의
상임중앙위원과 사회대중당(社會大衆黨)의 조직부장 등의 직책을
역임했다. 1946년 그는 또 일본 사회당(社會黨) 상임중앙집행위원 겸
조직부장을 맡았다. 다음 해에 서기장을 맡았다. 1955년 10월 사회당이
합병했을 때 그는 또 사회당 서기장을 맡았다. 1936년 이래 아사누마
이네지로는 여러 차례 일본의 중의원 의원에 당선되었고 두 차례 동경
시의회 의원에 당선되었다. 그리고 동경도 의회 부의장을 맡은 적이
있었던 그는 일본의 유명한 정치 활동가였다.

아사누마 이네지로는 '두 개의 중국(兩個中國)'을 인정하지 않았다. 대만은 중국의 일부분이기 때문에 대만문제는 중국의 내부문제라 생각했다. 그는 또 일본 정부가 외교방침에서 취한 중국을 적대하는 태도는 중일 분쟁의 원인을 조성했다고 여겼다. 이 때문에 일본 정부는 빨리 중화인민공화국을 인정해야 하며 중국과 우호관계를 건립해야 한다고 했다. 그는 또 일본은 미국의 외교를 쫓아가는 정책을 수정하고 독립자주적인 외교를 실행하여 중국, 아시아 그리고 아프리카와 합작을 강화하여 평화지역을 확장해야 한다고 강조했다.

아사누마는 일본의 독립, 민주, 평화중립의 쟁취와 일중우호를 촉진하고, 양국국교 정상화의 쟁취 등의 방면에서 모두 중요한 공헌을 했으며, 중국 인민이 존경하는 친구였다. 그는 이전에 두 차례 중국을 방문하여 마오쩌둥의 친절한 접견을 받은 적이 있었다.

'친구의 목소리'

1949년 신중국이 막 성립했을 때, 중국은 미국을 수장으로 하는 서방국가에 의하여 정치적인 고립과 경제적인 봉쇄 그리고 군사적인 포위에 처하게 되었다. 중일관계의 신국면을 열기 위해 마오쩌둥의 정책결정 부서에서는 중국정부는 '민간부터 시작하여 민으로 관을 움직이는(民間先行, 以民促官)' 외교 방침을 실행했다. 1952년부터 1955년까지 중일은 연이어 세 개의 민간무역협정을 체결했다. 비록 풍파가 적지 않았지만, 결국은 중일 경제교류의 경로를 열었다. 1956년 마오쩌둥은 일본이 북경에서 개최한 상품 전람회를 참관했다. 그해 12월 일본 중의원 대중국 운송금지의 완화와 상호 통상대표를 설치했다는 결의가 통과되어 대중국 무역의 확대를 촉진했다. 마오쩌둥의 깊은 관심아래 중일 간의 경제적 왕래가 나날이 증가했고 그 통로 또한 나날이 넓어졌다.

그러나 중소와 미일 간의 내전관계 및 대만문제 때문에 중일 관계정상화에는 구조적으로 장애가 있었다. 특히 중미 관계가 여전히 첨예하게 대립하고 있는 정세에서, 중국의 일본에 대한 '민으로 관을 움직이는' 외교정책이 제약을 받았다. 1957년 적극적으로 미국의 반공외교(反共外交)를 추종하는 키시 노부스케(岸信介)가 조직한 내각이 출범했다. 키시 노부스케 내각은 대만 당국과 평화조약을 체결하고 중국을 승인하지 않았다. 공개적으로 장제스의 '수복대륙(收復大陸)'을 지지하고 내각출범 후, 바로 일련의 반중국의 의견을 발표하여 미국의 대중국 정책을 위배하지 않는다는 전제아래 중국과 제한적인 경제관계를 발전시켰다.

키시 노부스케 내각이 전력으로 추진한 반중국 정책과 다르게 이 기간 동안 중일 양국의 인민들 간의 왕래와 접촉이 나날이 빈번해졌고 양국 인민의 우의도 나날이 강화되었다. 일본사회당을 포함하여 일본의 수많은 사람들이 모두 중일우호관계의 추진을 희망하며 한층 더 관계가 발전하였다. 일본사회당은 일본 최대의 야당으로 당시 일본 정치에 확실하게 영향력이 있었다. 아사누마 이네지로는 이 당의 서기장이 되었다. 사회당은 생활의 안정, 민주의 수호 그리고 평화와 독립을 위한 투쟁의 방침을 제시하였다. 그리고 헌법수정을 반대하고 군사집단에 참가하는 것과 군대를 확대하여 전쟁을 준비하는 것에 반대했다. 또한 핵무기와 수소폭탄의 금지를 주장하고 『미일안전조약』의 수정과 폐지를 요구하고 중일 국교 회복을 주장했다. 중일관계에서 이 당은 '두 개의 중국을 승인하지 않고', 일본은 신속하게 중화인민공화국과 국교를 회복해야 한다고 주장했다.

이러한 큰 배경아래 중국인민외교학회(中國人民外交學會)의 요청에 응하여, 일본사회당 서기장 아사누마 이네지로가 이끄는 일본사회당의 친선사절단이 중국을 방문하여, 1957년 4월 11일부터 23일까지 십여 일을 기한으로 하는 우호방문을 진행했고, 또 중국 측과 중일 양국의 우호관계를 강화하는 문제에 대하여 의견을 교환했다.

아사누마 이네지로는 일본을 떠나기 전에 성명을 발표하여 이번 중국 방문의 목적을 다음과 같이 이야기했다. 그는 "전쟁이 끝난 지 12년이 지났다. 일중 양국은 여전히 전쟁이 끝나지 않은 상태이다. 이는 '전쟁에 대한 책임을 깊이 느끼고 평화와 아시아 번영의 환경에서 스스로 번영을 찾으려는 결심을 한 일본인으로서 참을 수 없는 것이다.' 그렇기 때문에 일본사회당의 중국 방문단은 '일본인의 마음에서 우러나오는 우의를 마오쩌둥 주석을 수장으로 하는 중국 지도자들과 중국의 6억 인민에게 전달해야 하고 게다가 양국의 우호친선과 국교정상화를 촉진하는 방법을 강구해야 한다'"고 했다

아사누마 이네지로가 인솔하는 일본사회당 방중 친선사절단은 중국 정부와 중국 인민의 우호적인 접대를 받았다. 4월 12일 일행은 홍콩, 심천, 광주를 거쳐 북경에 도착한 아사누마 이네지로 일행은 성명을 발표하고 기자회견을 열었다. 그는 양국 간에 존재하는 중요한 문제를 중국의

지도자들과 의견을 허심탄회하게 교환하고, 양국 상호 간의 이해를 더 깊게 하여 우호 친선관계를 한층 더 발전시키길 희망했다. 18일 아사누마 이네지로는 또 연설 발표 요청에 응하여 어떻게 중일 우호친선관계를 촉진해야 하는지 터놓고 이야기했다. 그는 중국은 단지 하나만 존재하고 대만은 중국의 일부분이며, 대만문제는 중국 내부의 문제이므로 외국은 간섭해서는 안 된다고 지적했다. 또 "현재 일본의 외교적, 정치적으로 매우 중요한 문제는 일중 국교정상화의 문제이다. 일본인민은 이 문제에 대한 희망이 매우 간절하다"고 했다

아사누마의 이 일련의 성명과 연설은 중국인민의 폭넓은 환영을 받았다. 20일 『인민일보』는 '친구의 목소리'란 제목으로 평론 문장을 발표하는데, 아사누마의 중일 우호촉진을 위한 노력을 충분히 인정하고, "중국인민은 일본에서 온 친구의 목소리를 들었다"고 기사화 했다. 2일 전에 저우언라이가 아사누마의 일행을 접견하여 일본인민에게 대만이 중국의 일부분이라는 것을 이해시키기 위해 많은 노력을 해주길 바란다고 표시하고, 또 이는 "중일 국교회복의 곤란한 상황을 타파하는 당연히 수용해야 할 순서"라고 강조했다. 이외에 중국 측은 계속 6명의 전범에 대한 석방을 선포했다. 이 6명의 전범 중 한 명은 복역기간이 만료되었고 나머지 5명은 병이나 혹은 복역기간 중에 생활이 모범적이었기 때문에 미리 석방된 것이었다. 일본 적십자사, 일중우협(日中友協), 일본평화연락회(日本和平聯絡會)에 통보함과 동시에 중국 적십자는 명령을 받아 석방된 전범 명단을 마침 중국을 방문 중인 아사누마 이네지로에게 알렸다.

이러한 조화로운 분위기 아래 4월 21일 마오쩌둥은 아사누마 이네지로를

수뇌로 하는 일본사회당 방중 친선사절단을 접견했다.

회담 중에 마오쩌둥은 아시아와 아프리카 국가의 단결이 매우 중요하다고 표시했다. 그는 국교를 회복하길 원했다면, 반드시 중국은 단지 하나의 국가만 있고 두 개는 없다는 것을 승인해야 한다고 말했다. 아사누마는 국교문제에 있어 양국 모두 곤란한 점이 있다고 표시하면서 말했다. "중국은 아직 대만문제를 해결할 수 없습니다. 일본은 미국에 복속되어 있는 지위에 처해있습니다. 양국의 국교는 회복할 수 없는 것이 아닙니다. 단지 이 길이 길어질 수 있을 뿐입니다." 그는 예를 들어 말했다. "예를 들어, 제가 오늘 팔달령(八達嶺)에 가는데 올라가는 길이 매우 힘들었어도 나는 신발을 벗고 온힘을 다하여 마침내 올라갔습니다. 이는 단지 하기만 하면 반드시 성공할 수 있다는 것을 말합니다."

마오쩌둥이 재미있게 말했다. "당신의 의견에 찬성합니다. 신발을 신고 올라가지 못하는 곳은 신발을 벗으면 올라갈 수 있습니다." 그는 또 아사누마가 이야기한 중일국교 정상화 과정 중 나타나는 곤란에 대하여 자신의 생각을 말했다. "대만문제는 하나의 곤란입니다. 아마 시간이 길어질 수 있습니다. 이는 양국 간의 장애입니다. 그러나 늦게 해결해도 상관없습니다. 될수록 노력해야 하지만 약간 준비를 늦추어도 됩니다. 일본의 문제도 미국의 문제입니다.

중국의 대만도 미국의 문제입니다. 미국의 이 문제는 세계적인 범위에서 해결하는 것이 필요합니다."

아사누마가 경제적 독립이 없이는 민족의 독립도 없다고 언급하면서, 현재 일본의 경제는 미국에 의존하고 있고 무역은 일방적이라고 했다. 중국은 풍부한 쌀, 콩, 석탄, 소금을 가지고 있으나 일본은 오히려 미국에서 이 물건들을 사야한다고 말했다. 마오쩌둥이 다음과 같이 표시했다. "일본은 앞선 농공업기술이 있고 중국은 풍부한 자원이 있습니다. 만약 합작과 교류를 할 수 있다면 반드시 양국을 번영시킬 수 있습니다. 이런 날이 빨리 오길 희망합니다. 중국은 성장할 것입니다. 현재는 아직 안 됩니다. 그러나 희망이 있습니다." 그는 특히 "중국의 성장이 당신들에게 유리하다"고 강조했다.

이외에 마오쩌둥은 또 핵실험 중지, 아시아, 아프리카지역의 평화와 우호의 유지와 보호, 미국의 전 세계 전략적 배치 및 국제정치를 결정하는 힘 등의 문제에 대하여 아사누마와 폭넓고 심각한 대화를 진행했다.

이외에 그는 또 "인민의 힘은 반드시 인민에 반하는 힘을 능가해야 합니다." 이에 근거하여 일본사회당은 인민에게 의지해야 한다고 격려했다. 그는 말했다. "예를 들어 사회당이 무슨 힘이 있습니까? 당신들은 핵무기도 없고, 정권을 가지고 있지도 않고, 돈으로 말하자면 당신들도 큰 은행이 없습니다. 바로 인민에게 의지해야 합니다. 미국은 강철이 많고 핵무기와 수소폭탄도 있지만 세계인민이 단결하기만 하면 곧 미국을 이길 수 있습니다."

마오쩌둥은 중일관계, 국제정세 등의 문제를 발표한 이 유익한 담화는 아사누마 일행에게 깊은 인상을 남겼다. 23일 북경에서 거행된 중국내외 기자회견에서 아사누마는 결론적으로 다음과 같이 말했다. "사절단의 중국 방문은 커다란 성공을 거두었다. 이미 분명하게 양국 문제와 관련된 중요한 원칙을 결정지었다. 그것은 중일국교의 정상화와 세계평화 촉진에 도움이 되었다. 이 때문에 일본사회당은 중일 관계의 회복을 전력으로 촉진시킬 것이다."

26일 아사누마 일행이 일본으로 돌아간 후에 그들은 일본 국민의 열렬한 환영과 여론의 폭넓은 지지를 받았다. 아사누마는 여행의 피로를 고려하지 않고 귀국한 다음날 사회당 지도부에 보고를 했고 일본 정부 수뇌와 자민당 대표 등과 회담을 했다. 그의 적극적인 노력으로 일본수상 키시 노부스케와의 회견에서 키시 노부스케가 다음과 같이 표시했다. "전력을 다하여 노력하여 대공산권수출통제위원회(COCOM)에 대중국 무역금지 제한의 완화를 요청하여 무역량이 증가하길 희망했다." 아사누마는 '일중 국교회복을 위한 폭넓은 군중운동을 일으킬' 결심을 하고 5월 8일부터 그는 일본 전역에서 방중 보고회를 진행했다. 그의 감화와 선도아래 일본 국내는 점점 한차례 전국적인 중일 국교정상화운동이 일어나기 시작했다. 그러나 키시 노부스케 내각은 오히려 이 사건이 일본 내 각 계층에 매우 큰 영향을 일으킬 것을 두려워하여 아사누마의 이번 방중에 대한 의의를 전력으로 축소시켰다. 일본 정부는 일중 국교회복을 희망하나, 여전히 일본과 장개석이 맺은 조약이 존재하고 연합국이 아직 중국을 인정하지 않기 때문에 빠르게 일중이 국교를 회복하기에는 어려움이 있다고 표시했다.

키시 노부스케 내각은 한편으로는 적극적으로 미국의 중국에 대한 적대정책을 따르면서, 다른 한편으로는 전면적으로 중국무역을 중지하고 『중일어업협정(中日漁業協定)』을 중단했다. 그리하여 중국과 일본이 지금까지 어렵게 열고 발전시킨 우호적인 왕래와 무역관계가 심각한 타격을 받았다. 그러나 이렇게 일본국내 환경이 어려운 상황 속에서도 아사누마는 여전히 실제 행동으로 중일우호를 추진하고, 중일 양국의 국교회복을 추진하기 위하여 성실하게 노력했다.

"사회당의 방법이 매우 정확하여 왕래의 길을 열었다"

중일 간 교류는 무역관계를 포함하여 전면적으로 정지한 상황에 처해 있었는데, 일본인은 분분히 키시 노부스케의 반중행동을 질책했다. 아사누마가 "키시 노부스케 정부가 외교방침 방면에서 중국을 적대하는 태도를 취하여 중일관계가 지금의 상태에 빠지게 만들었다"고 주장했다. 이런 국면에서 아사누마를 포함한 일본 국내의 우호적인 인사들이 중국과의 국교회복을 빨리 실현하고 양국 인민의 우의를 공고히 하고 발전시키기 위하여 적극적으로 중일관계의 긴장관계를 완화시킬 방법을 찾기 시작했고, 중일 간 교류와 중일 무역의 길을 다시 열기 시작했다.

1959년 3월 5일 아사누마는 일본사회당의 방중대표단을 이끌고 다시 중국을 방문했다. 그는 대표단의 중국 방문의 목적이 중국은 6억 5천만 인민의 지지를 받은 대국이라는 것과 대만은 중국 영토의 일부분이라는 것을 승인하는 전제 아래, 중국과 일본 양국 간의 관계문제를 상담하기 위한 것이라고 했다. 아사누마는 이번 두 번째 방문에서 중국인민의 열렬한 환영을 받았다. 『인민일보』는 특별히 아사누마의 경력 및 그의 정치적 입장을 소개했을 뿐만 아니라 이번 방문의 의의를 다음과 같이 높게 평가했다. "이번 방문에서의 '중일 양국 인민의 상호 이해와 우의의 증진은 양국 인민이 극동과 세계정세 완화를 쟁취하는 공동사업에 유리하고 양호한 기회를 제공하였다."

12일 아사누마는 중국인민외교학회(中國人民外交學會)의 초청으로 정협예당(政協禮堂)에서 개최한 연설회에서 장문의 연설을 발표했다. 그는 "미국은 중일 양국인민의 공적이다"라고 하고 일본사회당은 중일 국교회복을 위한 투쟁을 원했다고 표시했다. 아사누마의 이 발언은 일본과 전 세계에 큰 반향을 일으켰고, 후에 널리 알려지는 '아사누마 정신(淺沼精神)'이 되었다. 이 일에 대하여, 방문을 마치고 일본으로 돌아간 후에 어떤 기자가 이 문제를 물었는데, 그는 자신이 주장한 것에 대하여 전혀 틀림이 없다고 했다.

17일 아사누마는 중국 인민외교학회 회장 장시루오(張奚若)와 『공동성명』을 발표했다. 성명 중에 중국은 중일관계의 정치적 3원칙을 분명하게 표시했다. 하나, 중국을 적대시하는 정책의 집행을 중지했다. 둘, '두 개의 중국'을 조장하는 음모에 참가하지 않는다. 셋, 중일 양국의 정상적인 관계회복을 저지하지 않는다. 성명은 또 "키시 노부스케 정부가 진행한 중국 적대정책 때문에 양국의 관계가 크게 악화되었고 교착 국면에 빠졌는데, 이는 완전히 양국 국민의 소망을 위반했다"고 지적하였다.

18일 마오쩌둥은 무한(武漢) 동호(東湖)에서 아사누마를 수장으로 하는 일본사회당 방중 대표단을 접견했다. 옛 사람을 재회한 마오쩌둥은 매우 기쁘게 대화를 나누었다. 보자마자 그는 기쁘게 아사누마에게 말했다. "이번에 북경에서 당신과 장시루오가 발표한 공동성명의 글을 나는 모두 보았습니다. 멀리 내다 볼 수 있는 사람이라면 우리의 방침이 옳다는 것을 알 수 있을 것입니다."

이어서 마오쩌둥은 아사누마 일행과 서태평양 지역의 형세, 미국의 전략 그리고 중일관계 등 일련의 중대한 문제에 대하여 이야기를 나누었다.

서태평양 지역의 형세에 대하여 이야기를 나눌 때 마오쩌둥이 지적했다. "미국의 어떤 사람들, 특히 미국 당국자들의 관점은 우리가 볼 때, 단지 먼 곳을 보는 것입니다. 예를 들어 말하자면, 그들은 서태평양을 관리하길 원합니다. 저는 서태평양은 서태평양의 국가 스스로 관리해야 한다고 생각합니다. 그들의 군대는 서태평양에서 철수해야 하고, 철군해야 할 지역도 매우 많습니다. 일본, 필리핀, 조선 그리고 대만과 같이 말입니다", "그들은 결국 떠날 것입니다. 그들의 점유는 잠시 동안입니다. 현재 일본 정부와 미국은 한편인데, 우리는 기분이 좋지 않습니다. 그러나 우리는 이것도 잠시라고 생각합니다. 언젠가는 변화가 일어날 것입니다", "나는 믿습니다. 시간과 역사가 우리의 생각이 맞았음을 증명할 것입니다."

미국에 대하여 이야기를 나눌 때, 마오쩌둥이 지적했다. "미국은 쫓아낼 수 있고 쫓아내야 합니다. 그들은 어떤 도리로 우리의 영토와 당신들의 영토를 점령하고 있는 것입니까? 그것이 그렇게 방자한 이유는 그것이 다른 사람들보다 몇 톤의 강철을 더 많이 가지고 있기 때문입니다. 미국인도 손이 두 개지 세 개가 아닙니다. 미국은 몇 톤의 강철이 많은 것 뿐이며 이는 누구도 할 수 있는 것입니다. 다른 사람은 그것을 두려워하고 그것이 진짜 호랑이라고 생각합니다. 그것이 진짜 호랑이라고 나는 인정하지만, 그것은 변질되어 진짜 종이로 변할 것입니다."

중일 무역에 대하여 이야기를 나눌 때 마오쩌둥은 다음과 같이 지적했다. "우리 양국의 관계는 잘 진행되고 있습니다. 우리는 장사를 할 수 있고 양국 모두에게 좋은 방침이라고 생각합니다.", "무역은 언젠가는 다시 시작할 것으로 만 년 동안 장사를 하지 않을 수 없습니다. 그러나 일본 정부가 현재 그런 방법을 취하여 우리는 부득이 그와 같이 처리합니다. 이는 우리가 유일하게 갈 수 있는 길입니다.", "키시 노부스케는 반드시 정치와 경제를 분리시키길 원하고 있으며, 반드시 장제스와 교류하길 원합니다. 좋습니다. 그럼 그의 방법에 따라 처리하고 그에게 장제스와 교류하게 하지요. 우리는 그를 얼마든지 기다릴 수 있습니다. 그가 원하는 만큼 기다리겠습니다."

중일관계에 대하여 이야기를 나눌 때, 마오쩌둥이 또 다음과 같이 지적했다. "아마도 귀국한 후에 당신들 정부의 사람들이 찬성하지 않고 당신들의 말이 빈말이라고 하고는 중국인과 함께 미국을 쫓아낼 것이라고 말할 것입니다. 그러나 우리는 당신들이 옳다고 말할 것입니다. 당신들 일본의 역사도 이렇습니다", "일본은 반드시 완전히 독립할 것이고 평화적인 국가가 될 것입니다", "중일관계는 일시적으로 중단하는 것은 좋지는 않지만 이는 잠시인 것입니다. 현재 우리는 왕래하지 않았습니까?" 그는 또 강조했다. "사회당의 방법은 정확합니다. 이미 교류의 길을 열었습니다."[29]

마오쩌둥의 접견과 그가 발표한 일련의 중요한 견해는 아사누마를 극도로 고무시켰다. 홍콩 반환 과정 중에 그는 재차 "제국주의는 중일 양국 인민의 공적이다"라고 강조하면서 키시 노부스케는 반드시 중국이 제시한 3항 원칙을 실행해야 하며, 그렇지 않으면 중일 무역은 회복될 수 없다고 했다. 귀국 후 그는 또 글을 발표하고 방중 보고회를 여는 등의 형식을 통해 중일 국교회복을 위한 강한 국민운동을 전개하고 키시 노부스케 내각이 집행한 위험한 외교정책을 바꾸도록 촉구했다.

24일 아사누마는 일본 수상 키시 노부스케 등 정부와 자민당 수뇌들과 회담을 열었다. 아사누마는 키시 노부스케 정부가 중국을 적대하는 정책

---

29) 『모택동 외교문선(毛澤東外交文選)』, 중앙문헌출판사, 세계지식출판사, 1004년, p371~373.

을 바꾸고, 일중관계에서 채택한 '정치와 경제의 분리' 정책을 바꾸고, 중국이 제시한 '3항 원칙'을 존중하고, 중일관계의 교착상태를 풀기 위한 미래 지향적 정책을 채택하길 요구했다. 키시 노부스케 등은 중일관계는 복잡하고 미묘해서 정부는 '신중한 태도'로 중일관계 문제에 대응해야 했다고 답했다.

"아사누마 선생이 일미관계의 본질을 파악하다."

아사누마는 중일 국교회복이 빨리 이루어지도록 힘썼다. 중일 양국의 우호의 촉진과 중일 관계정상화의 빠른 실현을 위하여 적극적인 역할을 하였고, 또 중일 양국 모두에게서 마음에서 우러나오는 지지를 얻었다. 마오쩌둥은 그를 매우 중요하게 생각했다. 아사누마가 두 번 중국을 방문했는데 마오쩌둥이 모두 친히 접견을 하고, 그와 국제정세, 지역안전 및 중일 관계 등 중요한 전략 문제에 대하여 매우 심각하고 자세하게 담화를 진행했다.

그러나 아사누마는 반미 투쟁의 선두에 서 있었기 때문에, 특히 그의 "미국은 중일 양국 인민의 공적이다", "미국은 아시아 인민의 공적이다" 등의 공개적인 주장은 미국과 일본 정부의 강한 불만을 일으켰다. 주일본 미국대사 맥아더는 극단적이고 무지막지하게 아사누마가 미국에 한 비난을 번복하라고 요구했다. 그러나 아사누마는 단호하게 자신의 입장을 관철하였다. 그리고 그는 계속 일본인민의 『미일군사동맹조약』 반대와 아이젠하워의 일본방문 반대 등 반미 애국투쟁에 참가하고 이끌었다. 이 때문에 아사누마는 공격과 협박을 계속 받았으며 일본우익세력은 그를 뼈에 사무치도록 미워했다.

1960년은 일본 정국이 다사다난했던 시기였다. 상반기에는 『미일안전보장조약』 서명에 반대하기 위해 일본 국내에 대규모 항의시위가 일어났다. 7월에는 키시 노부스케가 강요로 사직당하고 하반기에 일본은 계속 극우 분자의 폭력행위가 수차례 발생했다. 이런 분위기 속에 10월 12일 동경 히비야(日比谷)공회당에서 자민(自民), 사회(社會), 민사(民社) 3당 당수의 '1960년 안보' 대표연설회가 열렸다. 공회당 안에는 우익분자의 괴성과 노성이 가득했다. 비록 분위기가 이렇다 할지라도 아사누마는 열정적으로 『미일안전조약』과 『경찰관직무집행법(警察官職務執行法)』을 수정하라는 국민의 의견을 구하지 않는 집권당인 자민당을 규탄하였다. 그가 발언할 당시, "중공과 소련의 개는 나가라"하는 우익단체의 욕설이 몇 차례 그의 연설을 중단시키고, 회의를 주제하는 인원이 자제시키고 나서야 아사누마가 다시 연설을 시작하였다.

바로 이때 극우세력 '대일본애국당(大日本愛國黨)'의 당원과 '아시아반공청년연맹(亞洲反共靑年聯盟)'의 회원 야마구치 오토야(山口 二矢)가 갑자기 연단으로 올라와 단도로 아사누마의 좌측 겨드랑이 부분을 찔렀다. 아사누마 이네지로는 현장에서 의식을 잃은 상태로 병원으로 이송된 후 서둘러 응급치료를 했으나 결국 상세가 과중하여 살아나지 못했다.

그 때가 향년 61세였다. 아사누마가 죽은 그날 저녁 동경에 5만여 명의 군중집회가 열려, 일본 독립의 쟁취와 일중 양국 인민우의의 촉진을 위해 용감하게 헌신한 이 한 명의 전사를 깊이 추모했다. 이후 일본 각지에서 추모활동이 1개월간 계속되었다.

아사누마의 부고가 전해지자 중국 각계는 분분히 침통하게 애도를 표시했다. 그가 세상을 떠난 후, 4주년과 10주년에 중국에서는 성대한 기념활동을 거행했고, 이 기념활동은 중일 국교 정상화를 위하여 꾸준히 노력을 한 '중국 인민이 존경하는 친구'를 위한 것이었다. 아사누마에 대한 깊고 두터운 감정을 품고 있던 마오쩌둥은 후에 여러 차례 그를 언급하고, '아사누마 정신'이라고 했다.

1961년 1월 24일 일본사회당 고문 쿠로다 히사오(黑田壽男)와 접견했을 때, 마오쩌둥이 말했다. "아사누마 선생의 사고에 대하여 우리는 애도를 표시합니다." 쿠로다 히사오가 아사누마가 말한 미국은 중일 양국 인민의 공적이라는 아사누마 정신을 우리는 계승하고 더욱 발전시켜야 한다고 언급하자 마오쩌둥은 말했다. "재작년 아사누마가 중국을 방문했을 때 말했는데, 미국은 중일 양국 인민의 공적입니다. 아사누마 선생은 일본과 미국관계의 본질을 잘 파악하고 있었습니다. 또 중국 및 아시아, 아프리카, 라틴 아메리카, 심지어 유럽과 북미의 캐나다 등 각 민족문제의 본질을 잘 알고 있었습니다. 당시 나는 아사누마 선생에게 이런 말을 한 적이 있습니다. 이런 관점에 찬성하는 사람은 어떤 때는 적고 어떤 때는 많습니다. 그러나 어느 정도 시간이 지난 후에는 결국 다수 인원의 찬성을 얻을 것입니다.

이는 설령 일시적으로 다수의 동의를 얻지 못하더라도 사람들이 이해하는 시기를 기다리면 결국 다수인의 찬성을 얻을 것입니다. 이러한 믿음이 있어야 합니다." 중일 관계에 대하여 이야기 할 때 그가 또 말했다. "우리는 서로 지지해야 하고 국제투쟁도 역시 서로 지지해야 합니다. 나는 아사누마 선생이 인솔하는 대표단과 무한동호(武漢東湖)에서 회견을 했을 때, 중일관계의 중단은 일시적인 현상이라고 말한 적이 있습니다. 시간이 지나면 변화가 발생할 것입니다.

무역 방면에서 현재 이미 변화가 시작되고 있고 정치 방면에서는 아직 확정적이지는 않습니다. 정치는 두 가지 측면이 있습니다. 중국 인민은 일본 대다수의 인민과 줄곧 우호적이었고 전쟁 후의 우호관계도 아직 발전하고 있습니다. 그러나 자유민주당의 정부와 그리고 독점자본과의 관계는 아직 이루어지지 않았습니다. 아직 기다려야 합니다. 당신들은 이 말이 옳다고 생각하십니까?"[30]

1970년 10월 마오쩌둥이 수정하여 일본사회당 위원장 나리타 도모미(成田知己)에게 준 회신 원고에 재차 '아사누마 정신'을 언급했다. 그는 서신의 원고에서 다음과 같이 말했다. "사회당 친구는 아사누마 정신을 더욱 계승하고 더욱 발전시켜야 합니다. 중일 양국인민의 공적인 미국 및 그 지지세력, 주구 그리고 방수에 반대하기 위하여 투쟁을 해야 합니다."

중일 양국은 강을 사이에 두고 있는 것처럼 가깝다. 그러나 아사누마의 입장에서 말하자면 두 차례의 중국 방문은 동경에서 북경에 도착하는 노선이었기에 오히려 이리저리 옮겨 다니는 여정이라 쉽지 않았다.

그는 감개무량해 하면서 말했다. "동경 하네다 공항에서 출발하여 홍콩을 거쳐 북경에 도착했는데, 항상 길 위에서 이틀을 보내야 했습니다. 그러나 하네다에서 북경까지 직접 오면 단지 3시간이면 충분합니다.

언젠가는 이것이 실현되긴 희망합니다" 아사누마가 세상을 떠난 지

---

30) 『모택동 외교문선』, 중앙문헌출판사, 세계지식출판사, 1994, p455~457.

12년이 지난 후 마오쩌둥의 지도와 중일 양국 인민의 꾸준한 노력 하에
1972년 9월 중일 양국은 마침내 국교정상화를 실현했다.

10

동고동락하고 상호 의존한
밀접한 관계이다
- 마오쩌둥과 김일성

10

동고동락하고 상호 의존한 밀접한 관계
— 마오쩌둥과 김일성

김일성, 그는 1912년 4월 15일 조선 평안남도 만경대(萬景臺)의 가난한 농가에서 출생했다. 1925년 일본이 조선을 침략하자 김일성은 부친을 따라 중국 동북 길림(吉林)으로 가서 육문(毓文)중학에 들어갔다. 1926년에는 공산청년동맹(共産靑年同盟)에 가입했다.

1929년 중학교를 졸업하고 공산청년동맹 동만(東滿)특별구 서기를 맡았다. 1931년에는 중국공산당에 가입했다. 항일전쟁 시기에 그는 중국의 동북항일연합군(抗聯)에 참가하고 중국 인민과 함께 일본침략자들과 싸웠다. 1945년 일본의 항복 후 김일성은 소련에 의탁하여 소련군을 따라 조선반도(한반도) 북부로 들어가 1928년에 이미 공산국제(共産國際:제3인터내셔널)에 의해 해산된 조선공산당(朝鮮共産黨)을 재건했다. 1945년 10월 조선공산당 북조선 조직위원회를 조직한 후 그는 당서기에 선출되었다. 후에 또 1946년 2월 성립한 북조선 임시인민위원회 위원장에 당선되었다. 1948년 9월 9일 소련의 지지아래 조선민주주의 인민공화국을 건립하고 내각수상에 임명되었다. 1949년 7월 남북조선 노동당과 합병하고 그는 조선노동당 중앙위원회 위원장에 당선되었다. 김일성은 조선민주주의 인민공화국을 개국시킨 영수(領袖)이자 조선인민군 최고사령관이었다. 1992년 대원수라는 계급을 수여 받고 1994년 7월 8일 금수산(錦繡山) 의사당(議事堂) 관저에서 세상을 떠났다.

중조(中朝) 양국 인민이 공동으로 파시즘에 대항했던 투쟁은 민족의 독립과 해방을 가져왔을 뿐만 아니라, 투쟁 중에 전우의 우의를 맺었다. 이런 우의의 씨앗은 처음에는 마오쩌둥과 김일성이 직접 뿌린 것이었다. 1949년 10월 1일 마오쩌둥은 전 세계를 향하여 장엄하게 선포했다. "중화인민공화국과 중앙인민정부가 성립했다." 그로부터 6일이 지난 10월 6일 김일성을 수뇌로 하는 조선민주주의 인민공화국이 선포되고 중국과 정식으로 국교를 맺었다. 중조 건교 후 김일성은 연이어 내각수상과 국가주석 등의 신분으로 정식 혹은 비밀리에 중국을 40여 차례 방문했는데, 이는 외국지도자들 중에서 흔히 볼 수 있는 것은 아니었다. 마오쩌둥은 여러 차례 김일성과 만나고 김일성을 '전우'라 칭하면서 한집안 식구처럼 대해주었다.

미국에 대항하여 조선을 지원하고, 피로써 우의를 다지다

1950년 3월 김일성은 비밀리에 소련을 방문했다. 스탈린은 1차로 김일성의 통일계획에 대해 분명하게 긍정적인 태도를 표하고 김일성에게 조언을 했다. 북조선이 이 계획은 반드시 마오쩌둥 동지에게 통보해야 하며, 만약에 마오쩌둥도 동의하면 자신은 반대하지 않겠다고 했다. 5월 13일 김일성은 이 통일계획을 가지고 중국을 방문했다. 스탈린이 이미 동의했기 때문에 마오쩌둥은 자연히 지지한다는 태도를 취했다.

1950년 6월 25일 한국전쟁이 발발했다. 6월 27일 미국 대통령 투르먼이 성명을 발표하고 미국 해군, 공군이 직접 한국전쟁에 참여한다고 선포했다. 동시에 제7함대에 명령하여 대만해협으로 진군했다. 이에 중국은 미국이 공공연하게 중국과 조선의 내정을 간섭했다고 했다. 6월 8일 마오쩌둥은 중요한 연설을 발표하여 미국의 침략행위를 엄하게 규탄하고 그는 "전국과 전 세계인민이 단결하고 충분히 준비하여 미제국주의의 어떠한 도발에도 싸워서 이기자"라고 호소했다.

마오쩌둥은 계속해서 한국전쟁의 상황을 주시하면서 진지하게 8월 한국전쟁의 형세와 미국을 수장으로 하는 '연합국(유엔)군'의 동향을 분석했다. 연합국군이 인천에 상륙할 가능성이 매우 높아 이미 진공한 인천 이남의 조선인민군의 허리를 겨냥하여 이를 가르면서 들어오면 인민군이 앞뒤에서 공격당하게 되어 머리와 꼬리가 서로 도와 줄 수 없게 될 것이라고 생각했다. 마오쩌둥은 즉시 이 분석을 김일성에게 통지하여 미리 방비할 것을 건의했다. 마오쩌둥이 예상한대로 9월 15일 맥아더가 지휘하는 미군 제7사단과 해군육전대(해병대)가 인천에 상륙하여 '3 8'선을 넘었다. 이에 조선인민군은 장비가 우수한 미군에 어렵게 저항하는데, 그 처한 상황이 매우 어려웠다. 전화(戰禍)는 매우 빠르게 압록강까지 번져 신중국의 안전을 직접적으로 위협했다. 중국은 한국전쟁에 대한 강한 입장을 표명하기 위해 10월 1일 저우언라이가 『인민일보』에 「인민의 승리를 공고히 하고 발전시키기 위한 분투(爲鞏固和發展人民的勝利而奮鬪)」라는 제목으로 글을 발표하고 재차 미국이 중국 대만과 조선을 침략했다는 죄악행위를 규탄했다. 그러나 막

승리를 쟁취한 맥아더는 중국의 경고를 근본적으로 무시하고 말했다. "저우언라이의 성명은 정치적 위협일 뿐이고 중국은 전쟁을 일으킬 능력이 없다." 이렇게 생각한 그들은 매우 신속하게 전쟁에서 승리할 것이라고 생각했다.

저우언라이가 성명을 발표한 날 김일성은 마오쩌둥에게 지원을 요청하는 긴급 전보를 보냈다. "현재 적은 우리를 쫓아오고 있으며 심각한 위기를 맞은 우리에게 시간을 주지 않습니다. 만약 계속 3·8선 이북지역으로 진공하면 우리의 능력만으로는 이 위기를 극복하기 어려울 것 같습니다. 따라서 우리는 특별한 지원을 해줄 것을 어쩔 수 없이 부탁드리는 바입니다. 그리고 적이 3·8선 이북지역으로 진공하는 상황에서 중국인민해방군이 직접 출동하여 우리의 군을 지원해 주길 간절히 바랍니다."

이런 상황에서 마오쩌둥은 중앙정치국 확대회의를 직접 열어 진지하게 한 사람 한 사람의 의견을 듣고 진지하게 연구 분석한 후 최종적으로 중국인민지원군의 이름으로 한국전쟁에 참전하기로 결정했다. 10월 8일 펑더화이(彭德懷)가 중국인민지원군 사령관 겸 정치위원으로 임명되었다. 마오쩌둥은 그의 장자 마오안잉(毛岸英)을 보통 병사로써 함께 한국전쟁에 참여하게 했다.

중국인민지원군이 모든 분비를 마치고 출발을 기다릴 때, 본래 공군을 지원하기로 한 소련이 오히려 '아직 준비가 덜 되었다는 이유로 출동을 연기했디.' 공군을 잃은 중국인민지원군이 제공권을 장악한 미군에 대응하기에는 그 전투력이 분명히 열세였다. 마오쩌둥은 즉시 저우언라이를 모스크바로 파견해 스탈린에게 통보했다. "중국은 출병을 잠시 연기합니다. 그러나 만약 중국이 진짜로 출병을 잠시 연기한다면 미국을 수장으로 하는 '연합군'이 매우 빠르게 압록강으로 접근할 것이고, 그 때는 형세가 더욱더 엄중해질 것입니다." 마오쩌둥과 당 중앙은 여러 번 생각한 끝에 의연히 결정했다. 저우언라이에게 "소련이 공군을 출동시키든 안 시키든 중국은 출병할 것이다" 라고 전달하라고 통지했다.

1950년 10월 18일 펑더화이는 중국인민지원군을 이끌고 압록강을 넘어 한국전쟁의 전선으로 출동하여 조선인민군과 함께 작전을 펼쳐 미국을 포함한 침략군에 공동으로 대항했다. 한 달간의 고통스러운 전투를 통하여 두 개의 전역에서 승리를 거두고 압록강까지 진출한 연합군을 청천강(淸川江) 이남으로 후퇴시켰다. 그리고 그 승세를 타고 전진하여 38선 이북의 땅을 수복하여 위세가 등등했던 미군에 심각한 타격을 입혔다.

두 번째 전역에서 승리할 때인 1950년 12월 3일 저녁 마오쩌둥, 저우언라이 등은 북경 중남해 풍택원 국향서실에서 북경을 방문한 김일성과 회견했다. 김일성이 북경에 오기 전 마오쩌둥은 이미 저우언라이와 한국전쟁 전황에 대하여 의견을 나누었고 그는 이 전쟁에서 승리할 것이라는 믿음을 갖고 있었다.

회담기간에 마오쩌둥은 매우 자신 있게 김일성에게 말했다. "원래 나는 항상 두 가지 문제를 걱정했습니다. 하나는 '지원군이 강을 건넌 후 조선에 교두보를 마련할 수 있는가'였습니다. 제1전역을 통해 이 문제는 해결되었고, 다른 하나는 '현재의 장비에 의지하여 장비가 현대화된 미군과 교전을 할 수 있는가와 교전 후 승리할 수 있는가'였습니다. 현재 이 문제도 해결되었습니다. 사실을 증명하듯이 우리는 미군과 교전할 수 있을 뿐만 아니라 전쟁에서 승리할 수도 있습니다. 보아하니 원래 했던 걱정이 불필요한 것이었습니다."

김일성은 중국공산당과 중국 인민의 사심이 없는 원조에 매우 감격하여 말했다. "당신들이 중국인민의 가장 우수한 자식들을 보내주어서 감사하고, 특히 당신들의 공적이 탁월하고 우수한 펑더후이 장군을 파견해 우리를 도와 미국을 포함한 침략자에 타격을 주게 되어서 감사합니다. 조선인민은 우리가 가장 곤란했을 때 가장 필요한 원조를 해준 중국인민의 깊은 정과 두터운 우의를 대대손손 기억할 것입니다."

"우리는 한 식구라 생각합니다." 김일성이 말했다. "며칠 전 11월 30일 미국의 투르먼 대통령이 기자회견에서 밝히길 한국전쟁에서 원자탄의 사용 가능성을 배제하지 않겠다고 했습니다. 이 소식은 전 세계에 공황을 일으켰고 엄중한 저항을 일으켰습니다. 마오 주석은 이에 대하여 어떻게 생각합니까?"

마오쩌둥은 그것이 투르먼의 허풍이라는 것을 환히 알고 있었다. 그는 분명하게 밝혔다. "이는 일종의 위협으로 분명한 핵위협입니다", "소련이 이미 핵무기를 보유하고 있다는 것은 말할 필요도 없기 때문에, 투르먼은 감히 핵무기를 사용하지 못할 것입니다. 이는 바로 일본의 경우와 같이 조선에 원자탄을 떨어뜨린다는 것인데 투르먼이 사전에 상대방에게 통지할 의무가 없는데, 상대방이 준비할 수 있도록 하겠습니까? 반복하여 말하자면 투르먼의 이런 방법은 위협과 협박입니다", "중국인민은 어떠한 외세의 압력에도 굴복하지 않습니다."

"조선 선생의 진망에 대한 문제에서 저는 마오 주석의 의견을 듣고 싶습니다." 중국 최고지도자의 생각과 계획을 아는 것이 김일성이 절박하게 관심을 가지는 문제였으며 그가 이번에 북경을 방문한 주요 목적이었다.

"제가 볼 때 전쟁은 빠르게 해결될 것이지만 의외의 상황이 출현할 가능성도 있어 시간이 걸릴 수 있습니다." 마오쩌둥이 김일성에게 말했다. "우리는 적어도 1년을 싸울 준비를 했고, 조선도 장기적인 계획을 세워야 하며, 항상 자력갱생 할 것을 각오해야 하고 외부의 원조는 보조 정도로 삼아야 합니다." 김일성은 마오쩌둥의 고견에 동의했다. 쌍방은 또 지원군과 조선인민군 연합지휘부 설립문제, 지휘통일문제, 군수보급문제 등에 의견의 일치를 보았다. 마지막으로 김일성이 매우 감격해 하며 말했다. "마오쩌둥 주석! 중국이 우리에게 준 도움은 매우 거대합니다. 조선인민은 영원히 잊지 못할 것입니다!"

이에 마오쩌둥은 유머스럽게 말했다. "우리는 전우입니다. 오히려 투르먼에게 감사해야 합니다. 그는 우리로 하여금 미군의 본질을 발견하게 도와주었습니다. 바로 그들이 종이 호랑이라는 것을 말이지요!"

마오쩌둥의 재치가 있는 이 말은 현장에 있던 사람들을 크게 웃게 했다. 그러나 이때 그는 받아들이기 어려운 일이 이미 발생했음을 알지 못했다. 그것은 바로 1950년 11월 25일 중국지원군 주둔지에 미국의 폭격이 있었는데 마오안잉이 불행하게도 죽음을 당했다는 것이었다. 후에 마오쩌둥이 이 일을 알고 슬픔을 참으며 말했다. "전쟁에서 죽지 않는 사람이 어디 있겠는가? 지원군 전사자가 수천수만이 넘었다. 마오안잉이 나의 아이이기 때문에 그의 죽음을 매우 큰일로 삼아서는 안 된다." 이는 한 명의 위대한 아버지의 말이자 더 나아가 국가 최고 지도자의 숭고한 풍모를 잘 보여주는 말이었다. 조선의 회창군(檜倉郡) 지원군총부 능원(陵園)에 는 천하에 이름을 알린 열사 마오안잉이 잠들어 있다. 몇 십 년 동안 무수한 중국인이 조선을 방문하면 항상 애틋한 감정을 품고 그곳에 가서 추모하고 있다. 왜냐하면 그는 중국인민지원군이기 때문이고 중조우의를 실천한 사람이기 때문이다.

진심으로 사람을 대하여 공동으로 선린우호를 건설하다.

중화인민공화국 정부와 마오쩌둥 주석의 요청에 응하여 1953년 11월 12일 김일성이 이끄는 조선민주주의 인민공화국 정부 대표단이 중국에서 정식 우호방문을 시행했다. 이때는 한국전쟁이 끝난 지 4개월이 안 되었을 때이다. 막 어깨를 나란히 하고 피를 흘리며 전쟁을 치른 중조 인민이 미국에 대항한 조선의 위대한 승리였다. 전우의 정, 동지의 정은 양국 인민을 두 배로 가깝게 했다. 오후 3시 김일성이 전용열차를 타고 북경에 도착하는데, 저우언라이, 펑더후이, 둥비우(董必武), 덩샤오핑 등 당과 국가지도자들이 미리 북경역에서 영접하고 북경의 각계 군중이 꽃과 깃발을 들고 도로에서 김일성 일행을 환영했다.

11월 13일 저우언라이와 외교부가 상정한 외빈의 예에 따라 마오쩌둥은 또 한 번 중남해 풍택원 국향서실에서 김일성을 회견했고 중조우의, 전쟁 후 중건, 양국 경제와 문화관계 등의 문제에 대하여 우호적이고 깊이 있게 회담을 진행했다. 마오쩌둥은 조선민족은 용감하고 강인한 민족이라고 칭찬하면서, 한국전쟁 승리의 의의를 높게 평가했다. 그는 다음과 같이 말했다. "국가의 명운을 스스로의 손으로 장악한 민족에게는 어떠한 힘이라도 승리할 수 없다. 조선인민의 식민지, 반식민지 국가인민의 반제국주의 투쟁의 승리는 매우 고무적이다." 김일성은 3년 동안 중국인민이 한국전쟁 중에 보내준 무수한 원조에 진정으로 감사를 표시했다. 양국 지도자들은 이번 회담에서 상정한 원칙에 따라 11월 23일 김일성이 이끄는 조선 정부의 대표단과 저우언라이를 대표로 하는 중국정부 대표단이 매우 빠르게 협상하여 중대한 의의를 가진 『중조담판공보(中朝談判公報)』와 『중조경제 및 문화합작협정(中朝經濟及文化合作協定)』을 체결했다. 『중조담판공보』와 『중조경제 및 문화합작협정』은 마오쩌둥과 중국 정부의 중조우의 강화를 통하여 극동지역과 세계 평화의 보호 유지에 대한 의의를 충분히 나타내는 것이었다. 또 한국전쟁 후 재건 문제에 대하여 높은 지지를 나타내는 것으로 무상으로 1950년 초부터 1953년 말까지 조선정부에 원조한 모든 물자를 무상으로 증여했고, 1954년부터 1957년까지 무상으로 인민폐 8억 원을 지원하여 조선의 전후 중건에 사용할 수 있도록 결정했다. 그리고 또 기술자들을 조선에 파견하여 협조하게 하고 조선의 기술자들을 중국에 초청하여 교육을 받도록 하였다.

1958년 11월 22일 김일성은 초청에 응하여 다시 중국을 방문했다. 11월 25일 김일성 일행은 비행기를 타고 무한에 도착하여 무한의 20만 시민의 열렬한 환영을 받았다. 그날 마오쩌둥은 무한에서 김일성 일행을 접견했다. 마오쩌둥을 만난 후 김일성은 격동하며 말했다. "환영인사가 너무 열렬합니다. 우리는 감당하기 힘듭니다!" 마오쩌둥이 말했다. "당신들은 귀빈입니다. 우리는 당신들은 환영합니다.", "당과 민족에 대하여 상호간에 이해를 하려면 과정이 있어야 합니다. 개인 간에도 한 번에 분명하게 알 수 없습니다. 우리는 당신들을 인식하는 과정에 있습니다. 또 당신들이 우리들을 인식하는 과정에 있는 것과 같습니다."
마오쩌둥은 또 중국이 조선에 대하여 존중하는 세 가지를 이야기했다.
"조선인민, 조선공산당 그리고 조선의 지도자들을 존중합니다." 김일성은
마오쩌둥 및 중국정부가 국제관계에서 평등의 원칙에 따라 처리하는
것에 매우 감사해 했다. 이번 회담에서 마오쩌둥은 또 사회주의 진영의
노선 문제에 대하여 언급하며 말했다. "마르크스주의는 우리에게 문제를
바라볼 때 본질을 보아야하고 노선을 보아야한다고 알려줍니다. 이는
국내가 사회주의인지 아닌지, 국제적으로 제국주의를 반대하는지
반대하지 않는지와 사회주의 진영이 국제주의인지 아닌지 이 세 가지는
하나의 노선을 구성합니다." 김일성은 마오쩌둥의 관점에 매우 동의하고
중조양국 정부가 이 문제에서 의견이 완전히 일치했다고 생각했다. 이런
상호 신뢰와 높은 의견의 일치는 양국 인민의 견고하고 깰 수 없는 우의의
기초 위에 건립된 것이었다.

1961년 7월 10일 김일성이 이끄는 조선당과 정부 대표단이 소련방문을
끝낸 후, 전용기를 타고 남하하여 중국을 방문했다.

7월 10일 오전 저우언라이가 수도공항에 나와 김일성을 열렬하게
환영하고 열정적으로 환영사를 발표했다. 중조 양국의 관계에
이야기가 이르렀을 때 그는 강조하여 말했다. "중조 양국은 입술과
이빨이 서로 의지하는 동고동락하는 친밀한 이웃 국가입니다. 우리
양국의 인민은 역사적으로 유구한 전통적인 우의가 있으며, 가까운
몇 십 년 동안에는 스스로의 해방을 쟁취하기 위하여, 또 공동의
적인 미국의 침략에 반대하기 위하여 항상 어깨를 나란히 하고 싸운
혈연의 관계입니다." 7월 11일 저우언라이와 김일성은 각각 양국

정부를 대표하여『중조우호합작호조조약(中朝友好合作互助條約)』을 체결했다. 7월 12일 주중 조선대사관 대사 마동산(馬東山)이 김일성을 위하여 방중 축하연회를 거행했다. 저우언라이가 출석하여「어떠한 힘도 조선인민의 조국 평화 통일을 저지할 수 없다(沒有任 何力量能 夠阻止朝鮮人民和平統一祖國)」라는 제목의 연설을 발표했다. 그는『중조우호합작호조조약』을 높이 평가했는데, "이 조약은 법률의 형식으로 우리 양국 인민의 피로 결성된 전투 우의를 더욱 분명히 한 것이다. 이 조약은 양국의 우호합작관계를 전면적 발전, 양국의 안전 보장 그리고 아시아와 세계평화 보호에 모두 극히 중요한 작용을 발휘할 것이라고 말할 수 있다"고 했다. 김일성은 귀국길에 마오쩌둥에게 전보를 보내어 그가 이번 중국 방문에서 얻은 수확을 높이 평가했으며, "우호동맹의 견고한 유대로 결합한 중조우의는 영원하고 견고하여 깨질 수 없다"고 생각했다.

이때 마오쩌둥은 마침 항주(杭州)에 있었다. 김일성이 마오쩌둥 주석을 만나길 원하자 저우언라이가 매우 빠르게 자리를 마련했다. 7월 13일 저우언라이와 천이(陳毅)가 김일성과 함께 비행기를 타고 항주로 갔다. 마오쩌둥은 항주에서 김일성을 만났다. 회담 중에 마오쩌둥은 국제정세를 재미있게 김일성에게 말했다. "대체 누가 누구를 두려워하겠습니까? 하나도 두렵지 않다고 말하는 것은 틀립니다. 문제는 누가 누구를 더 두려워하는지 입니다. 나는 우리가 무서워 하지만 그러나 그렇게 많이 무서워하지는 않는다고 생각합니다. 제국주의는 우리를 더 두려워합니다." 중국이 연합국에 진입하는 문제에 대하여 이야기를 나눌 때, 마오쩌둥은 그의 위대한 인내심과 넓은 도량을 표명했다. "우리에게 다시 40년을 기다리게 한 후에 다시 초청을 하면 다시 연합국에 들어갈 것입니다. 40년 후에 나는 마르크스를 만날 것이지만 저우 총리는 남아 있을 것입니다." 마오쩌둥은 고개를 돌려 자신보다 5살 어린 저우언라이를 보았다. 사실 그때에는 저우언라이도 100살이 넘었을 때이고 가장 젊은 김일성도 90세의 고령이 될 것이었다. 저우언라이도 재치 있게 말했다. "나도 마르크스를 만날 것입니다." 이렇게 중대한 정치적인 문제를 수뇌들은 가볍고 유쾌한 방식으로 이야기를 진행했다. 7월 15일 김일성은 조선으로 돌아가고 저우언라이가 공항에서 배웅했다.

서로 마음이 통하여 전우의 감정이 깊어 졌다.

1974년 12월 26일 마오쩌둥은 장사(長沙)에서 81세의 생일을 보냈다. 마오쩌둥은 무한에서 열차를 타고 1974년 10월 13일 장사에 도착하여 휴식을 취했다. 호남성(湖南省) 위빈관 9소(委賓館九所)에 머물렀다. 정원은 별로 크지 않았고 방 앞의 계수나무에 잎이 무성했다. 화단의 납매(臘梅)와 동백꽃 향기가 사방에 풍기는 매우 정감 있는 장소였다. 그러나 마오쩌둥은 전적으로 병세를 돌볼 수가 없었다. 그는 장사에서 수많은 외빈을 접견했을 뿐만 아니라 중국의 4차 인민대회의를 열심히 준비하고 '사인방'의 음모활동 등을 통제할 방법을 강구했다. 그의 마음은 걸고 기법지 않았다. 26일 새벽에 호텔과 마오쩌둥 주변의 인원들이 꽃다발을 마오쩌둥의 응접실 안에 놓고 또 몇 가지 호남 풍미의 간식을 바구니에 담아 조용히 소파 앞 다기 위에 놓았다. 마오쩌둥이 응접실에 나왔을 때, 그는 이곳에 새로운 변화가 있음을 발견하고 수행원들을 이해했다는 듯이 고개를 끄덕이며 웃었다. 과거 마오쩌둥은 항상 다른 사람이 그를 위해 생일을 축하하는 것에 반대를 했다. 그러나 이번에는 그가 고향에 있었고 보내진 선물이 모두 고향의 특산품이어서 그는 특별히 모두의 정성을 받아들였다.

점심에 주방에서 특별히 마오쩌둥을 위하여 장수면을 만들었고 짙은 홍색의 부용주(芙蓉酒) 한 병을 준비했다. 그날 저녁에는 호텔 직원들이 정원에서 폭죽을 터뜨리고는 마오쩌둥에게 고향 사람들이 그에게 보내는 81세 생일축하 기원을 전달했다.

이번 생일에는 김일성이 특별히 조선 사과를 생일 선물로 보내왔다. 마오쩌둥은 김일성도 눈병을 앓고 있다는 소식을 듣고 즉시 주변의 가장 유능한 안과의사 탕요우즈(唐由之)를 파견하여 김일성의 치료를 돕게 하고, 또 친히 치료와 관련된 책을 읽고 전보를 보냈다. 비록 '문화혁명' 중에 중조관계가 약간의 영향을 받았지만, 이러한 영향은 마오쩌둥과 김일성의 노력 아래 매우 빠르게 그들이 경험한 높은 이해와 신임에 의해 구름과 같이 스치고 지나갔다. 그들의 목표는 일치했으며, 그들의 우의는 견고하여 깰 수 없는 것이었다.

1975년 4월 18일 김일성은 마오쩌둥의 요청에 의하여 다시 중국을 방문했다. 둘째 날 82세 고령의 마오쩌둥은 중남해에서 이 늙은 친구를 접견했다. 김일성이 조선에 세 가지 중심이 되는 사업이 있다고 언급했을 때 마오쩌둥이 말했다. "우리도 사회주의, 대만, 제3세계가 있습니다. 남조선과 대만의 문제에서 미국의 패권은 멈추지 않을 것이며, 돌아가고 싶어 하지 않습니다." 자신의 건강에 대하여 이야기를 나눌 때 마오쩌둥이 말했다. "(눈을 가리키며) 여기가 안 좋고, (입을 가리키며) 여기가 안 좋고, (다리를 가리키며) 여기도 안 좋습니다. (귀를 가리키며) 여기는 좋습니다. 나는 생각할 수 있고 밥을 먹을 수도 있으며 잠도 잘 수 있습니다. 이 세 가지는 좋습니다. 나는 담배를 핀지 몇 십 년이 되었는데 필 수가 없습니다. 나는 이번에 호북, 호남, 강서, 절강 등의 지방을 다녀왔습니다. 거의 1년 정도 머물렀습니다. 당신이 오기 때문에 나는 또 돌아와 당신을 만난 것입니다." 김일성이 감동하며 말했다. "당신의 존재는 중국 인민, 조선 인민, 아시아 인민, 그리고 제3세계 인민과 세계 인민에게 매우 큰 격려입니다. 그래서 당신의 장수는 우리들에게 매우 소중한 것입니다." 마오쩌둥은 해학적으로 말했다. "나는 올해 82세입니다. 곧 죽을 것입니다. 상제가 나를 청하여 고량주를 마시러 가야합니다." 김일성이 말했다. "너무 빠릅니다!", "나는 당신이 가는 것을 희망하지 않습니다!" 그런 후에 마오쩌둥은 옆에 앉아 있는 덩샤오핑을 가리키며 말했다. "나는 정치를 하지 않습니다. 그와 당신이 이야기하세요. 이 사람은 덩샤오핑이라고 합니다. 그는 싸울 줄도 알고 반(反)수정주의도 할 수 있습니다. 호위병이 그를 정리하려 했으나 지금은 아무 일도 없습니다. 그때 몇 년을 타도했는데 또 일어나려 합니다. 우리는 그가 필요합니다." 김일성이 말했다. "우리도 그를 환영합니다." 이는 마오쩌둥과 김일성 이 두 명의 오랜 전우가 가진 마지막 회견이었다.

1975년 12월 26일 마오쩌둥의 82세 생일에 김일성은 또 조선의 사과를 보내고 축하를 표시했다. 이 사과는 대나무로 만든 원형 바구니 안에 담겨 있었다. 바구니의 손잡이에 홍색의 리본이 감겨 달려 있었는데 윗면에는 김일성이 친필로 쓴 "마오쩌둥 주석의 장수를 기원합니다"라는 조선말이 쓰여 있었다. 마오쩌둥은 이 오랜 친구의 선물을 보고는 기뻐했다. 그는 빨갛고 큰 사과를 들고는 잠시 자세히 보고는 주변 사람에게 말했다. "이 사과 두 개를 남기고 나머지는 당신들이 나누어 드세요!" 그는 항상 다른 사람들을 생각했다.

1976년 9월 9일 마오쩌둥은 그의 영광스럽고 위대한 일생을 마쳤다.

마오쩌둥이 세상을 떠났다는 소식이 평양에 전해진 후 조선 인민은 중국 인민과 똑같이 비통을 금치 못했다. 김일성은 조전(弔電)을 보내 다음과 같이 말했다. "마오쩌둥은 줄곧 우리나라의 혁명과 투쟁을 중국인민의 투쟁과 똑같이 생각했으며, 곤란할 때 일수록 성심성의를 다하여 우리를 도왔으며, 우리들과 생사와 환난을 같이 한 조선인민의 가장 친밀한 전우이다." "그의 영원히 사라지지 않을 업적은 영원히 조선인민의 마음속에 새겨져 있다."[31] 말 한마디 한마디에 한 명의 국제주의 전우를 상실한 김일성의 비통이 담겨 있었다.

---

31) 『인민일보』, 1976년 9월 11일.

11

"월남과 중국의 우의가 깊어지고, 동지는 형제가 되다"
- 마오쩌둥과 호치민

11

"월남과 중국의 우의가 깊어지고,
동지는 형제가 되다"
— 마오쩌둥과 호치민

    호치민(胡志明)의 본명은 응우엔 신 쿵(院必成)이다. 1890년 월남 중부 응에안 남단현에서 출생했다. 1969년 하노이에서 병으로 세상을 떠났다. 호치민은 청소년기에 프랑스 식민지인 월남에서 노역과 압박을 겪었다. 외세침략에 대항하기 위하여 그는 어려서부터 프랑스 식민주의자들을 축출하는 것과 동포를 해방시키고자하는 포부를 가지고 있었다. 월남 순화국립학교에서 공부할 때 호치민은 애국지사를 위해 연락을 하는 일을 하면서 비밀리에 반 프랑스 활동에 참가하였다. 구국의 진리를 찾기 위해 1911년 그는 또 머나먼 길을 떠나 유럽, 아프리카, 미주 등 수많은 나라를 다니며 요리사 보조, 구내식당 관리원, 잡일보조, 보일러공, 여관종업원 및 사진 현상공 등의 일을 하였다. 생활의 고난과 시련은 그를 더욱 자본주의 사회의 불평등과 제국주의 국가의 식민지 인민에 대한 잔혹한 착취를 알게 되었다. 또 그의 혁명의 길을 향한 결심을 더욱 견고하게 했다. 민족의 독립을 얻기 위해 그는 동분서주하고 먹을 것을 아껴 절약한 돈으로 전단을 배포하여 월남 인민의 자력 해방을 호소함으로써 진정한 독립과 자유를 얻었다.

공동의 이상과 신념, 공동의 목표와 추구는 마오쩌둥과 호치민 이 두 명의 역사적인 거인을 함께 하게 했다.

"은혜가 깊고, 의가 무거우며, 정이 길다(恩深, 義重, 情長)."

걸출한 무산계급 혁명가로써 호지민은 마르크스레닌주의의 보편적 진리를 성공적으로 월남 혁명의 구체적인 실천에 응용하고 월남공산당을 조직했다. 80여 년 동안 월남을 노역시키던 프랑스의 식민통치를 전복시켰고, 월남민주공화국을 건립했다. 그리고 월남의 인민을 이끌고 자유 독립과 사회주의의 길로 나아갔다. 월남을 위해 역사의 신기원을 열었다. 월남 민주공화국 성립 이후 호치민은 또 월남의 인민을 이끌고 용맹하게 프랑스와 미국이 발동한 두 번의 침략전쟁에 저항했다. 호치민은 그의 비범한 혁명의 담력과 식견 그리고 의지로 월남의 민족해방과 사회주의건설 사업을 위하여 다시없을 공로를 세웠고, 월남 인민과 세계인민의 추대와 존경을 얻었다.

오랜 기간 혁명과 건설의 생애 중 마오쩌둥과 호치민은 서로를 지지하고 어깨를 나란히 하고 싸워 깊고 두터운 우의를 맺었다. "월중의 정이 깊어져 동지는 형제가 되었다"는 호치민이 말한 중월관계에 관한 유명한 명언이다. 이 명언은 그가 중월 양당과 양국의 관계에 대하여 일종의 생동감이 있게 개괄한 것이며, 또 7와 마오쩌둥 등 중국의 1세대 혁명가들과 깊고 두터운 우의를 진실하게 묘사한 것이다.

1924년 12월 리루이(李瑞)란 가명으로 호치민은 여러 곳을 거쳐 소련에서 중국으로 건너 왔다. 이때 그의 어깨에 제3인 터내서 널(共産國際)의 사명이 걸려 있었다. 중국 및 주변 식민지 국가의 민족 해방운동의 상황을 이해하고 중국과 월남이 지역적으로 가까운 점을 이용하여 중국을 의지처로 삼아 월남의 반 식민주의침략 운동을 추진하고 민족해방운동의 발전을 얻는다는 것이었다. 광주(廣州)에서 호치민은 중국공산당의 조직생활에 참가했을 뿐만 아니라 당 하부 조직의 간부를 맡았다.

이외에 그는 또 월남혁명자연맹(越南革命者聯盟)을 조직하고 월남청년정치훈련반(越南青年政治訓練班)을 열어 월남의 혁명을 위해 그 역량을 축적했다.

매우 공교롭게도 이때 마오쩌둥이 마침 광주에서 중국농 민운동강습소(中國農民運動 講習所)를 열었다. 비록 이 시기에 마오쩌둥과 호치민이 서로 알지는 못했지만 월남청년정치훈련반과 중국농민운동강습소는 서로 왕래했다. 전해지는 말에 따르면 월남학원에서 때때로 '강습소'에 와서 식사를 한다고 했다.

당시 대혁명이 상당히 추진되고 있는 상황에서 중국의 공농운동(工農運動)이 크게 발전했다. 이러한 배경아래서 공농의 일을 잘 완성하는 것은 중국공산당의 중요한 임무가 되었다. 이러한 중요한 임무를 둘러싸고 비록 서로 알지는 못했지만 같은 광주에서 마오쩌둥과 호치민이 모두 각자 중요한 임무를 맡고 있었다. 몇 년이 지나, 마오쩌둥과 관련된 이 '광주세월(廣州歲月)'의 시기를 회고하면서 호치민은 이때를 여전히 마음에 두고 잊지 않았다. 그가 말하길 "1924~1927년 나는 광주에 도착하여 한편으로는 우리나라의 혁명운동을 주시하고 한편으로는 중국공산당이 맡긴 일에 참가했다." "당시 중국 공농운동이 마침 매우 크게 일어나고 있었다. 농민 운동을 일으키기 위해 마오쩌둥 동지는 '농민운동강습소'를 열었고 국내 19개 성을 위해 농민운동 간부를 양성했다. 나는 내부 자료와 '대외선전(對外宣傳)'을 번역하는 일에 참가하였고 영자신문에 공농운동에 관한 글을 썼다."

혁명의 거센 물줄기는 앞으로 나아가고 있었다. 국공 제1차 합작의 1926년 1월 중국국민당은 제2차 전국대표대회를 광주에서 개최했다. 이번 대회에서 재주가 출중한 마오쩌둥이 국민당 호남성의 대표 신분으로 국민당 선전부에서 보고를 했다. 이와 같이 이번 대회에서 마오쩌둥 보다 3년 연상인 월남 청년혁명가 호치민도 크게 두각을 나타내기 시작했다.

그는 대회에서 연설을 발표할 수 있도록 허가를 받았다. 연설 중에 프랑스의 식민주의자가 월남에서 행한 죄를 모두 비난했다. 호치민은 또 월남인민이 일어나 투쟁할 것을 호소하고 월남혁명에 중국인민의 지원을 요청하였다.

1937년 일본이 침략전쟁을 전면적으로 시작한 후 전략적 요충지를 빼앗기 위해, 그 군대의 기수를 점점 인도차이나 반도 및 동남아 등 기타 지방으로 돌렸다. 중국 및 동남아 국가의 앞날이 생사존망의 위급한 상황에 처해졌다. 그 위기에서 벗어나기 위해 마오쩌둥은 마르크스레닌주의를 이용하여 깊게 중국사회주의 형태와 각 계급의 경제적 지위 및 그 정치적 태도를 분석하여 중국혁명의 성질, 대상, 임무 그리고 동력을 분명히 하고, 무산계급이 이끄는 인민대중에 의한 제국주의, 봉건주의 그리고 관료주의를 반대하는 신민주주의 혁명의 노선을 제정했다. 그리고 농촌근거지를 건립, 농촌이 도시를 포위하고 무장을 통한 정권을 쟁취하는 등의 혁명의 길을 개척했고 신형의 인민군대를 창건하여 인민민주주의 통일전선을 건립하고 발전시켰다. 이런 중요한 사상과 방법은 호치민과 1930년의 월남공산당 성립사상과 이론에 중요한 본보기와 교훈이 되었다.

1938년 12월 호치민은 신강(新疆), 서안(西安)을 경유하여 연안(延安)에 도착했다. 그의 계획은 중국공산당의 도움으로 중국을 기지로 삼아 월남에 공작을 시작하는 것이었다. 호치민의 방문은 마오쩌둥을 매우 즐겁게 하였다. 그를 접견함과 동시에 마오쩌둥은 또 친히 호치민을 자신과 중공중앙 지도자기관(領導機關)이 위치한 조원(棗園)에 머물게 했다.

그는 연안에서 2주일 정도 머물다가 월남의 혁명을 추진하기 위해 먼 길에 올랐다. 중공중앙과 마오쩌둥은 또 그의 희망과 요구에 따라 그가 중공당원과 팔로군(八路軍)일원의 신분으로 형양(衡陽)으로 남하하게 하고 또 월남과 인접한 중국 남방의 성에서 활동을 하게 했다. 호치민이 후에 말했다. "나의 두 번째 중국 방문은 항일전쟁시기(1938년 말)였다. '팔로군'의 이등병이 된 나는 계림(桂林)주재 어떤 단위의 모임 주임을 맡았다. 그 후 나는 형양에 있는 모 단위의 지부 서기(라디오를 청취하는 일을 겸임)에 당선되었다." 중국인민이 전개한 항일전쟁의 험난한 세월 속에서 호치민은 중국 인민과 동고동락하고 어깨를 나란히 하고 싸워 깊고 두터운 우의를 다졌다. 그는 프랑스어를 사용하여 마오쩌둥의 『론지구전(論持久戰)』을 번역했고 마오쩌둥과 중국 공산당의 기본적인 주장을 상세히 해석하고 선전했을 뿐만 아니라, 마오쩌둥과 중국 공산당이 세계에 미치는 영향을 확대하고 증가시켰다.

이후 월남혁명을 지지하고 추진하기 위해 호치민의 희망에 따라 중국은 또 그가 월남 국내와 관계를 맺도록 전력을 다하여 도와주고 다방면적인 노력을 통하여, 그를 안전하게 귀국시켜 활동하게 했다.

1942년 여름 중월 양당이 항일에 대한 의견과 시국에 대한 의견을 교환하기 위해 월남에 있는 호치민이 중국 중경(重慶)으로 저우언라이를 만나러 올 준비를 했다. 불행한 것은 중국 서안(西安) 경내에 진입했을 때, 그는 국민당 반동파에 의해 체포되어 감옥에 투옥되었다. 중공 중앙과 마오쩌둥이 이 소식을 듣고는 즉시 저우언라이에게 전보를 보내 그에게 중경에서 호치민을 구할 방법을 강구하게 했다. 저우언라이와 각방의 노력으로 1943년 여름 국민당에 의해 1년 12일 동안 잡혀있던 호치민은 겨우 광서유주(廣西柳州)에서 자유를 얻었다.

일본이 전쟁에서 패하고 투항한 후, 1945년 8월 19일 호치민은 월남 공산당을 인솔하여 하노이에서 의거를 일으켜 월남혁명에 성공하고, 9월 2일 월남민주공화국 성립을 선포했다. 1946년 3월 호치민은 월남의 인민을 위한 숭고한 인망과 걸출한 공헌으로 월남민주공화국 주석에 당선되었다.

월남혁명의 성공은 식민지와 반식민지 국가의 외세침략에 대한 저항, 민족해방과 독립의 실현에 대하여 중대한 역사적 의의가 있었다. 결론적으로 말하자면 월남 혁명이 성공한 원인에 대하여 호치민은 특별히 중국혁명과 마오쩌둥이 중요한 역할을 했다고 언급하며 다음과 같이 말했다. "공동의 숭고한 목표가 있었고, 동시에 한집안의 형제와 같은 친밀한 감정을 가지고 있었다." 1951년 2월 거행한 월남 공산당 제2차 대표 대회의에서 호치민은 특별히 이 점을 언급했다. 그는 말했다. "중국 항전의 승리는 월남 8월 혁명의 성공을 위하여 양호한 조건을 제공했다", "중국혁명의 경험과 마오쩌둥의 사상에 의지하여…, 결국 우리는 수많은 승리를 했다." 그는 또 마오쩌둥을 "영명하고 대접받기에 부끄럽거나 부족한 점이 없는 형제이고 친구이다"라고 칭송했다.

장기적인 관찰과 사고를 통하여 1961년 중국공산당 성립 40주년에 그는 여섯 글자를 사용하여 중국혁명과 월남혁명의 긴밀한 관계를 형용하고 개괄했다. 이는 바로 '은혜가 깊고, 의가 무거우며, 정이 길다(恩深, 義重, 情長)'이다.

'은혜가 깊고, 의가 무거우며, 정이 길다'는 중국혁명과 월남혁명에 대한 생동감 있는 개괄이며 또 중월 관계를 기대하는 간절한 희망이었다. 더 나아가 마오쩌둥과 호치민의 두터운 우의를 진실하게 묘사한 것이다.

"우리 사이에 협의를 달성하는 것은 매우 쉬운 일이다."

22년간의 매우 고생스러운 전투를 경험한 후, 1949년 10월 1일 신중국이 마침내 탄생했다. 중국 혁명의 승리는 월남 인민과 중국의 명운에 대하여 계속 관심을 가지고 있던 호치민을 극도로 고무시켰다. 12월 5일 호치민이 월남민주공화국 정부를 대표하여 마오쩌둥 주석에게 전보를 보내 축하를 표시했다. 1950년 1월 18일 중국과 월남은 정식으로 외교관계를 맺었다.

식민지 또는 반식민지 국가가 민족독립의 길을 찾는다는 것은 결코 순탄치 않았다. 1949년 신중국이 성립할 때 독립한지 이미 4년이 넘은 월남은 엄중한 상황에 직면하고 있었다. 일본의 투항 이후 프랑스 식민주의자들이 권토중래하였다. 월남인이 프랑스에 항쟁하여 일으킨 투쟁은 이미 3년째에 접어들고 있었다. 그러나 월남 전체의 주요 도시와 교통 요지는 여전히 프랑스 식민주의자의 수중에 있었고 더욱 상황이 나빠지고 있었다. 이런 어려운 국면에서 호치민은 눈을 중국과 마오쩌둥으로 돌렸다.

1950년 초 60세가 된 호치민은 비밀리에 월남을 떠나 17일을 걸어서 마침내 중국 경내에 도착했다. 북경에 도착한 후 그는 정식으로 중국을 향해 도움을 요청하고, 중국이 월남에 경제적, 군사적인 원조를 해줄 것을 희망했다. 오랜 전쟁을 치르고 막 신중국을 건립한 중국은 오랫동안 방치된 각종 일들이 처리되기를 기다리고 있었다. 그러나 마오쩌둥을 대표로 하는 중공중앙은 국면을 전면적으로 관찰하고 심사숙고하여 의연히 호치민과 월남의 요청을 받아들일 것을 결정하고, 인력과 물자 그리고 군사적으로 월남 인민에게 무상으로 원조해 주기로 결정했다.

이런 전략적 배치에 따라 1950년 7월 중공중앙은 천경(陳賡)을 월남에 파견하여 월남 변경 전역의 조직에 협조하게 하고 중국이 월남에 대규모 원조를 제공하기 위해 월남 변경에서 중국까지의 교통로를 확보하게 했다. 이와 동시에 중공중앙은 또 웨이궈칭(韋國淸)을 단장으로 하는 군사고문단을 파견하여 월남 군대의 건설과 작전에 협조하고 프랑스에 대항하는 투쟁을 전개했다. 어려울 때의 친구가 진정한 친구이다. 역사 사료에 의하면 월남을 원조하여 프랑스에 대항한 1950년부터 1954년 월남의 승리에 이르기까지 중국은 월남에 매우 중요한 군사원조를 제공하였고 월남 군대에 무기와 군수물품 전체를 중국이 제공했다고 했다. 중앙연락대표와 군사고문단의 월남 파견은 중국공산당 역사상 최초였다. 그것은 월남인민이 프랑스에 대항한 투쟁과 직접적인 관계가 있고, 중월 양당과 양국 관계의 발전과 관계가 있었다. 마오쩌둥과 중공중앙은 이것을 매우 중요하게 생각했으며, 또 고문단의 임무와 사상을 지도하고 일을 진행하는 방법을 연구하여 정했다. 고문단이 출발하기 전에 마오쩌둥은 또 친히 북경에 도착한 고문단 구성원들을 접견하여 확실하게 일을 할 것을 언급했다. 그는 말했다. "월남 민족은 좋은 민족입니다. 몇 년 동안 혁명의 상황 변화가 매우 빠릅니다. 사람들을 돕는 것은 주관적인 희망에 의지하여 해서는 안 되고 실제 상황에 근거해서 돕는 것이 타당합니다. 사람들과 잘 상의해야 하고 성실하고 근면한 태도를 가져야 합니다. 그들에게 경험과 교훈을 많이 소개해야 하고, '전진하면 많은 난관을 극복하고 성공한다'고 말하지 말고 자주 자신의 언행을 반성해야 합니다."

마오쩌둥은 호치민의 독립자주적인 당과 국가 지도자로써의 지위를 매우 존중했다. 그는 고문단의 파견은 호치민 주석이 요청한 것으로 국제주의 정신을 발휘하여 월남 인민의 해방사업을 자신의 사업으로 삼아야 하고 월남의 동지들과 단결해야 하며, 특히 월남 지도자들과 단결해야 한다고 말했다. 1953년 5월 27일 주월남 중국 고문단을 위하여 제정한 『고문단수칙』의 제1조에서, 그는 친필로 "월남 민족의 독립 및 월남 인민의 풍속과 습관을 존중하고 월남 노동당 및 월남당과 인민의 지도자 호치민을 지지했다"라는 글을 첨가했다. 호치민과 월공 중앙이 월남의 혁명과 건설에 관한 의견을 언급할 때, 그는 항상 "월남의 상황은 당신들이 우리보다 더 잘 알 것이니 당신들 스스로 결정하고 우리의 의견은 단지 참고만 하십시오"라고 말했다.

중국과 마오쩌둥이 보낸 거대한 지지와 사심 없는 지원에 대하여 호치민은 다시 한 번 "명심하고 감사한다"고 강조했다. 그는 중국공산당과 마오쩌둥의 진지한 감정에 대하여 매우 신임하고 여러 차례 다음과 같이 강조했다. "우리는 마오쩌둥 동지를 대표로 하는 중국 공산당에 대하여 절대적으로 신임하고 중국공산당을 파견하여 우리의 일을 도와주는 고문단에 대해서도 절대적으로 신임합니다." 그는 자주 월남 간부들에게 중국 고문과 성실하고 진실하게 협력해야 한다고 당부하고 중국 고문들의 생활에 관심을 가졌다. 중국 고문의 의견에 대하여 그는 늘 진지하게 고려하였다. 호치민은 또 자주 중국 고문단의 거주지에 방문하여 그들을 살펴 지극정성으로 보살펴 주었다. 그는 몇 번의 전역에서는 친히 전선 지휘부를 방문하여 그들을 살피고 고문단의 전역에 대한 의견을 들었으며, 업무 중에 생기는 고충을 해결하였다. 그의 건의 하에 월남은 또 매년 1월 8일을 '월남외교의 승리일'로 정했다. 이는 1950년 처음으로 중국이 월남민주공화국의 승인을 선포한 날이기 때문이었다.

앞의 호랑이를 쫓아내자 늑대가 들어오는 것처럼 1954년 7월에 프랑스와 월남이 인도차이나의 평화회복에 관한 『제네바협의』를 체결하자, 미국이 곧 프랑스를 대신하여 월남의 일에 직접적으로 끼어들고 게다가 월남 남북에서 응오딘지엠의 괴뢰 집단을 육성했다. 더 심각한 것은 1964년 8월 미국의 소위 '북부만사건'으로 인해 전쟁의 불길은 월남 북방으로 번졌다. 1965년 3월에 미국은 또 직접적으로 육상부대를 파견하여 대규모의 군사행동을 실시할 준비를 했다. 침략자 미국을 월남에서 축출하기 위해 호치민은 또 월남 인민을 이끌고 미국에 대항하는 투쟁을 전개했다.

미국과 월남의 실력은 비교할 수 없는 서대힌 차이가 있었는데, 호치민은 다시 한 번 원조를 요청하기 위해 눈을 중국과 마오쩌둥으로 돌렸다.

1956년 5월 16일 마오쩌둥은 장사에서 중국을 방문한 호치민을 만났다.

현장에 있었던 사람이 다음과 같이 회고했다. "당시 마오쩌둥은 병환으로 목소리가 완전히 쉬어 있었으나 여전히 원조문제에 대하여 호치민과 장시간의 회담을 진행했다. 이 노인들의 회견은 정해진 의사일정이 없이 대부분 고금을 논하였는데, 중국과 월남에서부터 시작하여 세계까지, 철학과 문예에서 시작하여 각종 구체적인 사정까지 마음을 터놓고 이야기를 하였다. 마오 주석은 열정적으로 월남 인민의 해방전쟁을 지지하고 곧 최대한 노력하여 월남을 지원할 것을 표시했다.

호치민이 말했다. "월남과 중국의 관계는 진정으로 입술과 이빨과 같이 서로 의지하는 관계입니다. 양당과 양국의 인민 사이에 진정한 형제의 우정이 존재합니다." 그는 월남의 당과 월남의 인민을 대표하여 중국이 보내는 각종 원조에 감사를 표시했다.

마오쩌둥이 말했다. "당신이 말한 감사를 나는 받아들이지 않겠습니다. 전 세계가 모두 당신들에게 감사해야 하고 월남이 감사해야 하는 것으로 당신들이 우리들에게 감사하지 않아도 됩니다."

호치민이 말했다. "우리는 다시 5년, 10년 그리고 20년의 싸움을 준비합니다."

마오쩌둥이 말했다. "미국은 20년을 싸울 수 없습니다. 미국은 당신들을 이길 수 없습니다. 미국은 당신들을 두려워합니다. 당신들은 곧 미국에 이길 것입니다."[32]

이번 담화 이후 진지하게 고려한 중국은 '무조건적으로 월남의 요구에

---

32) 샤웬셩(夏遠生), 「마오쩌둥 호남에서 벌인 외교활동(毛澤東去湖南的外事活動)」, 『湘湖』 1기, 2004.

만족한다'라는 결정을 했다. 마오쩌둥은 과거 월남을 지지하여 진행한 대 프랑스 전쟁 때와 같은 결정을 하고 정의를 위해 용감하게 나가듯이 더 큰 힘을 투입하여 월남의 대 미국 투쟁을 지지했다. 그는 산과 강 같은 기개로 호치민에게 다음과 같이 표시했다. "7억 중국 인민은 월남인의 든든한 지원자이며, 광활한 중국영토는 월남 인민이 의지할 수 있는 후방이다." 마오쩌둥의 결정은 호치민을 매우 기쁘게 하였고 그는 마오쩌둥에 대하여 감탄했다. "우리 사이에는 협의를 달성하는 것은 매우 쉬운 일이다."

1965년 10월부터 거의 30만에 달하는 중국의 자녀들이 월남으로 달려가 그들의 선혈과 행동으로 사람을 가슴 깊은 곳에서부터 감동시키는 중월우의의 노래를 만들었다.

"당신들이 평화의 사자가 되는 것에 찬성했다."

1950년대 후기 이래, 이데올로기와 국가이익 충돌은 끊임없이 가중 되었다. 중소 양당과 양국의 관계에 균열이 나타나기 시작하고 사회주의 진영은 해체의 위기에 직면하게 되었다.

1959년 소련이 단독으로 중소가 체결한 관련 계약을 철회했고, 중국에서 일하던 전문가 전부를 철수시켰고 도면을 가져가서 중국에 진행되던 40여 부문의 250개 항목의 사업이 어쩔 수 없이 중단되었다. 그 결과로 중국경제는 막대한 손실을 입었다. 1960년 6월 북경에서 열린 세계공회연합회(世界工會聯合會) 제11차 회의에서 중소 쌍방은 회의의 총 보고를 둘러싸고 쟁론을 전개하였고, 처음으로 국제사회에 중소 양당은 중요한 이론과 방침에 있어 다른 의견이 존재함을 표명했다. 같은 해 6월 루마니아 부카레스트에서 열린 사회주의 국가 공산당과 노동당 대표회의에서 소련공산당은 또 갑자기 공격하는 방식으로 중국공산당의 내외 정책을 포괄하는 일련의 관점에 대하여 전면적인 비판을 진행하여 중소 출동이 공개화 되고 점점 확대되었다.

중소 충돌의 공개화는 각 형제당, 특히 양국과 직접적인 이해관계에 있는 월남 노동당을 불안하게 했다. 중소 간의 대립이 점점 더 크게 일어나 호치민을 근심걱정에 시달리게 하고 초조하게 했다. 그는 중소 양당이 대화를 하여 소원함을 해소하고 단결을 회복하길 희망했다. 이를 위하여 그는 중국과 소련의 특수 관계를 이용하여 양쪽으로 중재를 진행했다.

그는 일찍이 오랜 기간 중국에서 혁명 활동에 종사하였기 때문에 마오쩌둥과는 서로 친숙했다. 그래서 그는 오랜 친구의 신분으로 먼저 중국 공산당과 상의를 하여 중소 관계 화해의 길을 모색했다. 1960년 8월 상순 중공중앙 북대하(北戴河)공작회의가 끝나기 전날 호치민이 북대하에 도착했다. 그는 "손님으로 말하러 온 것이고 화해를 권하기 위해 온 것이다"라고 밝혔다. 호치민이 북대하로 온 목적을 알고 있던 마오쩌둥은 저우언라이와 덩샤오핑으로 하여금 그를 만나 대화를 하도록 했다. 저우언라이와 덩샤오핑은 호치민에게 솔직하게 소련공산당 20회 인민대회 이래, 중소 쌍방의 스탈린에 대한 평가와 국제형세 및 공동함대, 장파 라디오 방송국 등의 문제에서 벌어지는 논쟁에 관하여 말했다. 설명을 듣고는 비록 중소 간에 첨예한 대립이 존하고 있지만, 호치민은 역시 중소 양당의 단결을 희망하고 대국을 중요시하여 공동으로 적에 대적하길 희망했다.

8월 10일 북대하 회의가 끝난 후 마오쩌둥은 류샤오치, 저우언라이 그리고 덩샤오핑을 불러 호치민과 같이 이야기를 나누었다. 호치민은 마오쩌둥에게 솔직하게 중소 대립은 그의 마음을 매우 조급하게 하므로 북대하에서 중국과 상의를 한 후 다시 정확하게 초점을 잡고 후르시초프와 상의를 하고 싶다고 말했다. 회담 중에 마오쩌둥은 기탄없이 후르시초프의 생각에 대하여 말했고 중소 관계의 주요 문제점을 말했다. 그는 다음과 같이 밝혔다. "어떠한 것은 다른 사람을 의지할 수 있지만, 어떠한 것은 의지할 수 없습니다. 한 가족인 형제도 어떤 때는 의지할 수 없습니다. 기개가 있어야 의욕이 있습니다." 그는 또 부카레스트회의에서의 소련의 행동을 예로 들며 그런 방법은 부자관계라고 비판했다. 동시에 오랜 친구인 호치민이 중소 관계를 열정적으로 해결하려 하는 것을 보고 마오쩌둥도 찬성을 표시했다. 그는 말했다. "현재 공개적으로 후르시초프의 행동을 비판하지는 않을 것이며 당신이 나서서 후르시초프에게 우리를 이해시키려는 의견과 태도도 나쁘지 않습니다.

이 때문에 당신의 화해 권고에 찬성하고 당신이 평화의 사자가 되는 것에 찬성합니다. 당신이 제 삼자의 신분으로 가서 말하는 것도 좋습니다."

호치민이 이번 북대하에서 진행한 담화의 내용을 후르시초프에게 알려도 되는지를 묻자 마오쩌둥은 동의를 표시했다. 호치민은 양당이 먼저 대표회담을 진행한 후에 다시 마오쩌둥과 후르시초프가 만나 회담을 진행하자고 제의했다. 마오쩌둥은 이에 동의하고 유머스럽게 말했다. "저는 나서기에 적당하지 않습니다. 후르시초프는 저에게 매우 심한 욕을 퍼부었습니다. 그리고 스탈린의 시체를 중국으로 옮기길 원한다고 했습니다. 그러나 샤오치 동지, 샤오핑 동지 그리고 평전 동지와는 이야기를 나눌 수 있습니다." 호치민이 설득하며 말했다. "이는 중국인이 서양인의 성격에 대하여 잘 이해하지 못하고 있기 때문으로 어떤 때는 그 방법이 좋지 않아 초래한 결과입니다." 이에 마오쩌둥이 즉시 엄하게 지적했다. "이는 방식과 방법의 문제가 아니고 원칙의 대립입니다."

　북대하 회담이후 호치민은 또 바쁘게 모스크바에 도착했다. 그러나 오랜 시간 동안 누적되어 얼어붙은 중소 간의 심각한 대립은 한두 번의 중재로 화해시키기는 매우 어려웠다. 8월 19일 마오쩌둥은 중남해 근정전에서 객지를 돌며 고생하는 호치민을 만났고 그와 후르시초프 등 소련공산당 지도자들과 나눈 회담상황에 대한 설명을 들었다. 호치민이 말했다. "후르시초프는 확실히 표면적인 일면이 있고 실제적인 일면도 있습니다. 그는 하는 말마다 중국과 중요한 문제에서 생각이 일치한다고 하지만 깊이 이야기를 나누면 분명한 의견충돌이 있음을 느낍니다." 그가 후르시초프가 중국에 가진 불만이 중국의 전쟁과 평화, 평화공존, 평화과도기 등에 대한 생각과, 또 중국이 1958년부터 수많은 일에서 소련과 다르게 처리한 것에 대해 중점적으로 집중되어 있다고 설명하였을 때 마오쩌둥이 즉시 밝혔다. "이데올로기의 문제는 얼굴이 빨개지도록 논쟁할 수 있습니다. 그러나 대국 쇼비니즘적인 압력과 타국을 좌지우지하고 싶어 하는 것에는 저항하지 않을 수 없습니다. 이것은 절대 타협의 여지가 없는 것입니다."

　이번 회담에서 호치민은 또 조속히 중소 회담을 개최할 것을 건의하고 마오쩌둥이 이에 동의를 표시했다. 9월 중소 양당은 수차례 회담을 거행했다. 그러나 아쉬운 것은 호치민이 소망한 중소 사이가 화목해지는 희망은 사라지고, 중소 회담은 날카롭고 격렬한 논쟁의 전쟁터가 되었다.

중소 간의 오랜 원한은 해결되지 않았고 또 새로운 원한이 쌓였다.

11월 중소 관계에 파란이 다시 일어났다. 모스크바에서 거행한 81국 공산당과 노동당 회의에서 후르시초프가 예리한 칼끝으로 중공을 지적하고 모스크바회의를 반 중국회의로 만들려고 시도했다. 전쟁과 평화, 평화과도기 등에 대한 관점을 둘러싸고 중소 양당은 공전의 격렬한 논쟁을 전개했다. 81국 공산당과 노동당 회의는 상호 지적과 비판의 소리가 충만했고 회의가 파행할 것만 같았다. 중소 관계를 완화시키기 위해 쌍방의 동태를 밀접하게 주시하던 호치민은 끊임없이 중소 대표단 사이에서 '왕복외교'를 진행했다. 중공의 엄격한 입장과 단호한 태도를 알게 된 그는 중공 대표단을 향하여 그가 앞장서서 청원단을 조직하여 양당에 청원을 준비하고 양당이 최종적으로 타협을 추진하여 회의가 원만하게 성공하도록 할 것임을 넌지시 암시했다.

11월 26일 호치민이 앞장서서 회의에 참가한 아시아, 라틴아메리카 그리고 북유럽의 몇몇 국가의 대표와 청원단을 구성했다. 청원단은 먼저 후르시초프를 만났고 소련공산당의 적당한 양보를 호소했다. 성과를 얻지 못하고 돌아온 후 호치민은 또 청원단을 이끌고 중공대표단을 찾아가 중공의 양보를 간절히 청했다. 회의의 원활한 진행을 위해 중공 대표단은 더욱 적극적이고 주동적인 태도를 취했다. 결국 논쟁이 벌어 진지 3주 후, 각 방면의 공동 노력으로 중소 쌍방이 마침내 협의를 달성했다. 12월 1일 대회에서 마침내 『각국 공산당과 노동당 대표회의 성명』과 『세계인민에게 고하는 책』이 통과하고, 모스크바 회의는 폐막했다.

81개국 공산당과 노동당회의 후, 마오쩌둥은 북경을 경유하는 호치민에 대하여 높은 평가를 했다. 그가 중소 관계 화해를 위하여 발휘한 역할이 매우 중요하였음을 충분히 인정했다고 했으나 동시에 호치민을 일깨워주었다. 너무 크게 희망을 가져서는 안 되며 중소타협은 단지 일시적인 것으로 소련 공산당이 '병의 근원을 제거하지 않았기 때문에' 또 다시 반복될 것이라고 했다.

마침 마오쩌둥이 예상한대로 1960년 후 중소 간의 충돌이 더욱 심해졌다. 전면적인 논쟁이 계속 심해지고 쟁론은 점점 기승을 부렸다. 최후에는 국제 공산주의 운동사상 전에 없던 규모의 대 논쟁을 초래했다. 호치민이 최선을 다한 노력은 결코 중소 양당과 양국관계의 결렬을 저지할 수 없었다.

월남과 중국의 정의가 깊어지다

중월 양국의 불가분의 관계는 수천 년의 왕래 중 양국 인민의 우애로 인해 쌓인 관계였다. 그러나 양국관계에도 풍파가 출현한 적이 있었다. 어떻게 전면적으로 중월관계를 다루어야하는지는 줄곧 양국의 지식인들이 매우 관심을 가지는 문제였다. 마오쩌둥과 호치민은 이방면에서 매우 큰 공헌을 한 적이 있는데 그들은 일회성으로 중월관계를 바라보지 않았고, 역사의 전체 과정에 대한 분석과 스스로의 실천을 통하여 전략적인 안목으로 중월관계를 바라본 것이었다.

호치민은 유교를 숭상하는 월남 가정에서 출생했다. 유년기에 그는 한어를 공부하기 시작하여 한어에 매우 깊은 조예가 있었다. 성장 후 제국주의의 월남 및 월남과 인접한 중국에 대한 잔혹한 압박과 야만적인 침략을 목격하였고 "월남의 민족독립과 국가의 부강을 실현하길 원했다면 반드시 긴밀하게 그들과 같은 명운을 가진 중국인민과 관계를 맺어야 했다"고 그는 더욱 깊이 깨닫게 되었다. 이 사상은 호치민의 일생을 관통하는 것이었다.

1945년 9월 2일 월남의 독립을 선언하는 그날 호치민은『화교 형제들에게 보내는 글(致華僑兄弟書)』이라는 제목의 중요한 글을 발표했다. 그는 다음과 같이 밝혔다. "나는 중월 두 민족이 수천 년 동안 혈통이 서로 통하고 문화가 같으며 게다가 국토가 인접하여 입술과 이빨과 같이 서로 의지하고 가까우며, 백 년 동안 제국주의자의 극동침략에 똑같이 압박과 침략의 고통을 받았다. 이로 인하여 '형제의 나라', '입술과 이빨이 서로 의지하고 서로 막아줄 수 있는' 중월 양국은 더욱 더 친밀하게 손을 잡아야 했다." 1949년 12월 마오쩌둥 주석에게 보낸 신중국 성립을 축하하는 전보에 호치민은 이를 한층 더 강조했다. "월남과 중국 양국의 민족은 수천 년 동안 역사적으로 형제관계를 맺고 있습니다. 지금 이후 이 관계는 우리 두 민족의 행복과 자유와 세계의 민주를 보호하고 평화를 유지하기 위해 더욱 더 친밀해져야 합니다."

1950년 1월 월남과 중국의 건교 이후 호치민은 항상 이런 종류의 분명한 역사관으로 중월관계를 이끌었다.

호치민과 같이 열심히 공부하고 많은 책을 읽은 마오쩌둥은 중월의 역사적 관계에 대해서도 매우 익숙했다. 비록 중월이 가진 역사적인 문제의 원인은 매우 복잡한 것이지만 중국은 대국이라는 기초 위에서 중월은 불가분의 관계에 있는 인접한 국가였다. 게다가 같은 사회주의 형제국가라는 이런 요소는 중국 주변의 평화와 안정을 보호하고, 사회주의 진영 내부의 단결을 보호하는 등의 현실적인 고려에서 출발하여, 마오쩌둥은 매우 조심스럽게 실제 행동으로 중월 간 역사적 관계에 드리워진 음영을 해소하여 이것으로부터 중월관계의 신 역사를 개척했다.

1950년 마오쩌둥은 중국 군사 고문단이 월남으로 떠나기 전날 그들을 접견했다. 담화에서 그는 중월관계를 개척하는 신 역사를 맞이하며 진지하게 중국 군사고문단을 훈시했다. "월남의 풀하나, 나무하나 소중히 해야 하며 월남의 풍속과 관습을 존중해야 하며 그들의 수장 호치민을 지지해야 합니다."

1953년 중월 우호관계를 고려하게 되는데, 마오쩌둥은 또 중월 변경의 이름을 '진남관(鎭南關)'에서 '목남관(睦南關)'으로 개명했다. 비록 단지 한 글자를 고쳤지만 이는 오히려 마오쩌둥의 중월의 화목과 우의를 보호하고자 하는 결심을 반영한 것이었다. 마오쩌둥의 이 개명은 호치민을 흥분시켰다. 같은 해 9월 26일 그는 C. B.라는 필명으로 월남 『인민보』에 「단지 한 글자를 바꿨다」라는 제목의 유명한 시를 발표했다. 그리고 마오쩌둥의 영명함과 위대함 그리고 중월관계의 신 역사를 열정적으로 칭송했다. 그는 시에서 다음과 같이 말했다.

마오공(毛公)이 말했다 : 월남이란 나라는 항상 형제이며 우리는
단결해야 한다고.
그가 친히 붓을 들어 '진'남관을 '목'남관으로 고치는데 목은 바로
화목이다.
마오공의 도덕에, 나는 매우 탄복하고.
국제정신은, 산과 같이 높고 바다와 같이 깊다.

월중형제는, 중월을 단결시키고.

동고동락하여, 세계평화를 보위하네.

………

마오쩌둥과 호치민이 정성을 다한 노력으로 중월관계는 크게 발전했다. 1955년 6월 호치민은 월남 정부대표단을 인솔하여 처음으로 중국을 방문했다. 마오쩌둥은 이를 매우 중요하게 생각하면서 열정적으로 환영하고 융숭하게 대접했다. 23일 회담 중에 이 두 명의 위대한 마오쩌둥과 호치민은 중월관계를 이야기하고 또 역사문제에 대하여 공통된 인식을 얻었다. 마오쩌둥은 용감한 월남인민이 지금 진행하고 있는 반외세침략과 독립국가 건설의 투쟁을 칭찬했다. 호치민은 바로 마오쩌둥과 중국인민이 보내준 사심 없는 원조에 대하여 마음에서 우러나오는 감사를 표시했다. 호치민은 또 갑자기 월중 양국인민이 자고이래 쌓아온 우의를 강조했다. 그는 말했다. "월중양국인민은 고대에는 같이 압박을 받았던 친구이고, 지금은 같이 혁명을 하는 전우이다."

서로 뜻이 같고 생각이 일치하는 혁명전사와 환난을 같이 겪은 친밀한 친구로서 마오쩌둥은 호치민과 월남 인민을 매우 존중했다. 월남의 항프(抗法), 항미(抗美) 투쟁에 지원을 하고 또 월남의 사회주의 건설에 지원을 하였으며, 매번 호치민이 마오쩌둥의 의견을 물었을 때 마오쩌둥은 늘 월남의 상황은 당신들이 우리보다 더 잘 이해하고 있으니 당신들 스스로 결정을 하고 우리의 의견은 단지 참고만 하라고 말했다.

이와 같이 서로 뜻이 같고 생각이 일치하는 혁명전사와 환난을 같이 겪은 친밀한 친구로서 호치민은 마오쩌둥과 중국인에 대하여 마음에서 우러나오는 감정으로 매우 신임했다. 그는 늘 말했다. "월중 양당은 서로 매우 잘 알고 있으며 친밀하여 거리가 없는 전통적인 관계가 있는데 입술과 이빨과 같이 서로 의지하며 수족과 같이 매우 가깝다." 월남 인민에게 중국을 이해시키기 위해 그는 매우 큰 심혈을 기울였고 폭넓은 자료를 수집하여 중국 공산당과 중국 정부의 각 정책을 선전하고 자세히 설명했다. 공농 군중과 하급 간부가 생산과 기타 업무에서의 활약과 가장이 되어 집안을 이끄는 정신의 확대를 찬양하고 중월 우의와 중국 각 방면의 성과를 찬양했다. 통계에 근거하면 1951년부터 그가 세상을 떠난 1969년까지 19년간 호치민은 필명을 사용하여 월남 『인민보』에 140편의 중국과 관련된 글을 발표했다. 자수로 20여 만자에 달했다. 그 당시 한 명의 외국당과 국가 최고지도자가 지속적으로 이렇게 많은 중국 관련의 글을 썼다는 것은 극히 드문 일이었다.

호치민은 만년에 병이 많았는데 마오쩌둥이 매우 관심을 보여 여러 차례 그를 중국광동과 북경 등에서 맞이하도록 지시하여 그를 살피고 요양하게 했다. 또 가장 우수한 의사를 파견하여 그의 병세를 돌보게 했다. 통계에 근거하면, 1960년부터 1962년까지 호치민은 3차례 중국에 와서 생일을 보내고 1965년부터 1973년까지 그는 매년 중국에서 휴가를 보내고 요양을 했는데, 중국의 당, 정부 그리고 인민의 열렬한 환대를 받았다. 또 1967년, 1968년에는 그는 장기간 중국에서 요양을 하고 중국정부는 가장 우수한 의사를 뽑아 그를 전문적으로 치료하게 했다. 1969년 그의 병이 위중하여 그 본인의 희망과 월남 중앙의 요청에 따라 중국은 또 순차적으로 의료진 넷을 월남에 보내 그의 병세를 치료하게 했다.

오랫동안 일을 열심히 했기 때문인지, 1969년 9월 2일 중국의 네 번째

의료진이 전용기를 타고 월남을 향하는 도중에 이 월남 인민을 위해 일생을 바친 위대한 무산계급의 걸출한 전사이며 월남인민의 위대한 지도자인 호치민의 심장이 멈췄다. 부고가 북경에 전달되고 마오쩌둥이 매우 비통해 했다. 9월 4일 마오쩌둥의 위탁을 받은 저우언라이가 직접 중국공산당 대표단을 이끌고 월남으로 가서 조문을 했다. 중국공산당 대표단이 공손하게 바친 화환에는 다음과 같이 쓰여 있었다. "월남 인민의 위대한 지도자, 중국 인민의 친밀한 전우 호치민 주석은 천추에 길이 빛날 것이다!" 이는 중국당과 정부 그리고 마오쩌둥이 이 외국의 당과 국가 최고지도자에 대하여 해줄 수 있는 최고의 예우였다.

호치민이 말한 "월중의 정과 우의가 깊고, 동지는 형제가 되다"와 같이 중월 양국은 산과 물이 만나듯 매우 가까운 우호적인 인접 국가이며, 양국 인민은 매우 깊고 두터운 전통적인 우의가 있었다. 이 우의는 마오쩌둥과 호치민 등 나이든 지도자들이 직접 건립하고 열심히 키운 것으로 중월 양국과 양국 인민의 매우 귀중한 정신적인 재산이었다. 역사가 증명하듯이 마오쩌둥과 호치민은 공동으로 직접 우의를 세웠으며 시간적인 검증을 거쳤을 뿐만 아니라 오랜 시간이 경과했어도 새롭게 채워졌다.

12

평등하게 대하여, 떠나지도 않고
포기하지도 않는다
- 마오쩌둥과 노로돔 시아누크

12

평등하게 대하여, 떠나지도 않고 포기하지도 않는다
— 마오쩌둥과 노로돔 시아누크

노로돔 시아누크는 1922년 10월 31일 캄보디아 프놈펜에서 출생했다. 그는 노로돔과 시소와 양대 왕족의 후손이었다. 노로돔 수라마트리 국왕과 코사마크 네아리라트 왕비의 아들이었다. 그는 일찍이 월남과 프랑스에서 유학을 했다. 1941년 20세가 아직 안된 노로돔 시아누크는 왕위를 계승받았다. 1952년부터 1953년까지 그는 캄보디아 국왕의 신분으로 프랑스에 독립을 요구하고 캄보디아를 이끌고 독립에 성공하여 프랑스의 캄보디아에 대한 90여 년 간의 식민통치를 종식시켰다. 1955년 3월 부친에게 양위하고 같은 해 9월 수상을 맡았다. 1960년 부친이 세상을 떠난 후 시아누크는 다시 국가 원수를 맡고, 1970년 3월 론논이 정변을 일으키자 장기간 중국에 거주했다. 1975년 4월 17일 프놈펜 해방 후 귀국하여 민주 캄보디아 국가의 원수를 맡았다. 1981년 시아누크는 캄보디아 독립, 중립, 평화와 합작을 쟁취하는 민족단결 전선을 수립하여 주석을 맡고 이듬해에 민주캄보디아 주석에 취임했다. 1990년 2월 캄보디아 주석을 맡고 같은 해 7월 캄보디아 전국 최고위원회 주석을 맡았다. 1993년 9월부터 2004년 10월까지 캄보디아 국왕을 맡았고 후에 태황이 되었다. 2012년 10월 15일 북경에서 세상을 떠나는데 향년 90세였다.

존중이 더해지니 "평등의 기초 위에 친구가 되었다"

마오쩌둥과 시아누크는 한 명은 성격이 자유분방하고 한 명은 태도가 온화하고 교양이 있었다. 그리고 한 명은 농민출신이고 한 명은 정통 왕족 출신이었다. 그러나 이 연합과 분열이 난무하는 시대에 그들은 "가식적인 동정이 필요 없었으며, 상호 반감을 가질만한 점이 없는" 사이였다. 그들을 연결하는 것은 "일종의 자연스럽게 흘러나오는 상호존중과 우의였다." 시아누크는 그렇게 그와 마오쩌둥 사이의 관계를 평가했다.

시아누크와 중국 지도자의 왕래는 1955년 4월의 반둥회의에서 저우언라이와의 회견으로부터 시작했다. 당시 냉전의 분위기가 농후했고, 미국이 적극적으로 중국의 주변 국가를 끌어들여 중국을 봉쇄하는데 참여시키는 큰 정세 아래, 시아누크는 회의에서 중립의 구호를 외치는데 이는 미국에 대한 도전이며 사실상 중국에 대하여 지지를 하는 것이었다. 비록 그의 중립정책은 영구적인 독립에 목적이 있었지만 중국이 주장한 '평화공존 5항 원칙'과 결코 다르지 않았다.

1956년 2월 15일 시아누크는 초청을 받아 중국을 방문했다. 마오쩌둥은 중남해의 거처 문 앞에서 영접하여 그에게 깊은 영광을 느끼게 했다. 마오쩌둥은 용감하게 이익을 미끼로 유혹한 미국에 저항한 이 작은 국가의 원수에 대하여 매우 칭찬했다. 각각 매력적인 인격을 가진 양국의 지도자들은 첫 대면에서부터 친해졌다. 이 최초의 만남에서 아무런 조건 없이 긴 대화를 나누었다. 마오쩌둥은 전면적으로 중국의 외교정책을 분명하게 설명하고 특별히 국가의 대소를 떠나서 일률적으로 평등의 원칙에서 평화공존을 지켜야 했다고 했다. 그는 매우 작은 캄보디아가 매우 큰 중국과 평등의 기초 위에 완전하게 친구가 될 수 있고 양국의 관계를 발전시킬 수 있다고 했다. 마오쩌둥은 캄보디아가 중립을 취한 것에 대하여 지지하고 이는 가장 좋은 방침이라고 생각했다. 그는 다음과 같이 밝혔다. "중국은 지난날과 다름없이 이 방침을 지지합니다." 그때부터 중국은 항상 이 약속을 실천했는데, 이번에 마오쩌둥은 또 의미심장하게 시아누크에게 말했다. "진정으로 독립한 국가는 다른 국가의 통제가 필요 없는 것으로 독립은 어떤 모든 것보다 중요합니다." 시아누크가 전혀 생각하지 못한 점은 기세가 대단한 대국의 수뇌가 작은 국가의 원수인 자신을 이와 같이 열정적이고 평등하게 대했다는 것이다.

1958년 8월 시아누크는 다시 중국을 방문했다. 마오쩌둥은 자신의 거처에서 시아누크를 접대했고 회담을 진행했다. 다음날은 매우 더웠기 때문에 담화를 마오쩌둥의 수영장 옆에 세운 차광막 아래에서 진행했다. 후에 또 북대하의 피서지로 옮겼다. 마오쩌둥 곁의 직원이 시아누크에게 말했는데, 후르시초프를 제외하고 한 번의 방문 기간에 마오쩌둥과 이렇게 여러 차례 만난 정치가는 그가 유일하다고 했다. 두 사람의 세 차례 회담이 끝나고 8월 24일에 시아누크는 저우언라이와 『중캄우호연합성명(中柬友好聯合聲明)』에 사인을 하고 중캄 양국은 정식으로 외교관계를 수립했다. 『중캄우호연합성명』은 캄보디아의 중립적 지위를 재차 천명하고 양국의 관계 발전을 강조했다. 이번 방문에서 시아누크는 매우 깊은 격려를 받았고 또 마오쩌둥의 평등과 존중에 대하여 감격했다.

시아누크의 두 차례 방중이후 중국 정부는 캄보디아를 위해 6개의 대형 공장을 건설하는데, 즉 두 개의 방직공장, 합판공장, 제지공장, 시멘트 공장 그리고 생활용 유리공장이었다. 시아누크는 이에 대하여 매우 감격했다. 그는 회고록에서 다음과 같이 말했다. "마오 주석의 이런 방법은 나의 환심을 사려고 하거나, 혹은 나를 세뇌하기 위해서라고 말하는 사람들의 추측을 나는 이해한다." "사실 우리의 관계가 시작되자마자 그는 나를 매우 중요시하여 평등하게 나를 대하였다. 내가 볼 때 드골 장군을 제외하고 서양지도자들이 나를 대하는 것을 넘어섰다." 시아누크는 일찍이 여러 차례 이렇게 말한 적이 있었다. 그는 필생 가장 탄복한 지도자는 단지 세 명인데, 바로 드골, 마오쩌둥 그리고 저우언라이였다.

진심으로 서로 대하여, "반드시 시아누크 이 친구와 친교를 맺어야 했다."

1958년 중캄 양국의 국교 수립 후, 중국은 첫 번째 캄보디아 주재 중국대사로 임명된 왕요우핑(王幼平)에게 마오쩌둥이 특별하게 내린 지시는 "반드시 시아누크 이 친구와 친교를 맺어야 겠다"였다. 마오쩌둥도 이 원직을 시키고 자신은 행동으로 이 약속을 실천했다. 예를 들어 1975년에 마지막으로 시아누크를 접견한 마오쩌둥의 건강이 불편했을 때를 제외하고 매번 시아누크를 만나고 그 모두 친히 움직여 접대하고 심지어 문 밖 멀리까지 나가 응대했다. 이는 마오쩌둥의 태도이기도 하고 일종의 약속에 대한 준수이기도 했다. 이 약속은 마오쩌둥과 시아누크 이 두 명의 지도자들의 국제적 우의를 증명했다.

마오쩌둥의 지시에 따라 중국은 캄보디아에 대한 원조에서 정치적 외교적 원조를 물질적인 원조와 똑같이 지켰고 성심성의를 다했으며 조건 또한 달지 않았다. 마오쩌둥은 시아누크에게 말했다. "우리는 무기판매업자가 아닙니다. 당신은 약간의 노동에 대한 차관이라고 생각할 수 있습니다. 몇몇 장부에 기록은 하나 무기(軍火)는 기록할 수 없습니다." 대국 최고 지도자의 소국 지도자에 대한 이런 진실함과 존중은 시아누크를 배로 감동하게 했고 마음속으로부터 마오쩌둥에 대하여 감탄하게 했다.

마오쩌둥은 시아누크의 의견과 관점을 충분히 존중했다. 시아누크는 회고록에 다음과 같이 썼다. "마오 주석과 저우언라이 총리는 나에게 훈시, 훈계, 경고 혹은 '우호의 말' 등등을 전혀 하지 않았다."

1960년대에 시아누크가 진행한 두 차례의 외교는 그의 일생 중 마음속에 지울 수 없는 상처가 되었다. 1960년 시아누크는 초청을 받고 영국을 방문했다. 영국 수상 맥밀런이 여왕폐하가 "매우 기쁘게 당신을 접견할 것"이라고 말했으나, 다음날 시아누크는 한 통의 '비공식(非正式)'이라고 적힌 서면 초대장을 받았는데 이는 그를 매우 분노하게 했다. 이에 시아누크는 나는 여행자가 아니며, 조국의 시간과 비용을 황궁화원의 연회에 낭비할 수 없다고 생각하게 되었다. 화가 난 시아누크는 방문계획을 취소했고 이후 그가 쫓겨 날 때까지도 영국에 공식 비공식의 방문을 진행한 적이 없었다. 이외 1965년 시아누크는 원래 정한대로 방문계획에 따라 중국과 조선을 방문했다. 소련, 폴란드,

체코슬로바키아와 불가리아 방문을 준비하였는데, 평양(平壤) 주재 소련 대사가 소련지도자가 '매우 바쁘다'는 이유로 갑자기 그의 방문시간을 '연기'했다. 이는 시아누크를 진퇴양난에 빠지게 했고 매우 참기 힘들게 했다. 그리하여 남은 방문을 취소하고 바로 비행기를 타고 프놈펜으로 돌아왔다. 영국과 소련에서의 외교는 시아누크로 하여금 마오쩌둥을 더욱 존중하게 하고 진실함이 귀중하다는 것을 느끼게 했다.

환난은 진실을 보게 하고, "당신은 우리에게 많은 부담을 가지게 했다"

세찬 바람이 불어야 억센 풀을 알 수 있고 열화로 단련해야 진짜 금을 알 수 있다. 1970년 3월 18일 캄보디아 내각 총리 론논이 미국의 책동 아래 시아누크가 병을 치료하러 프랑스에 가고 소련을 방문하는 기회를 틈타 군사정변을 일으키고, 국가 원수인 시아누크 친왕의 폐위를 선포했다. 정변 발생 후, 마오쩌둥은 우의의 손을 내밀어 분명하게 시아누크를 지지한다고 표시했다. 3월 18일 중국 정부는 솔선수범하여 시아누크의 투쟁을 끝까지 지지하는 입장을 공개적으로 표시했다. 3월 19일 오전 시아느크와 부인 모니카 공주 일행이 정한 계획에 따라 모스크바로부터 비행기를 타고 중국에 도착했다. 저우언라이는 마오쩌둥의 지시에 따라 북경공항에서 국가 원수의 예에 맞추어 융숭하게 시아누크 친왕을 환영했다. 이는 시아누크에 대한 두말 할 것도 없는 매우 큰 격려였다.

마오쩌둥과 저우언라이 등 중국 지도자들의 큰 지지 아래 시아누크는 북경에서 매우 빠르게 캄보디아 민족단결 정부와 캄보디아 민족통일전선을 수립했다. 시아누크는 국가 주석이 되었다. 곧바로 중국 정부는 시아누크 정부를 제일 먼저 승인하고, 또 정식으로 론논-시릭마탁 집단과 모든 외교관계의 단절을 정식으로 선포했다. 시아누크의 업무와 생활을 편리하게 하기위해 마오쩌둥은 지시를 내려, 특별히 북경 동교민항(東交民巷)에 거처를 마련해 주었다. 이때 시아누크는 5년 동안 북경에 머물렀다. 중국과 우호적인 외국의 원수는 부지기수지만 북경에 집을 가지고 있는 외국 원수는 오직 시아누크뿐이었다. 이것도 시아누크와 중국의 관계가 일반적이지 않았음을 설명해 주었다.

1970년 마오쩌둥은 연속으로 세 차례 천안문의 성루에서 캄보디아 시아누크 친왕을 회견했다. 5·1 국제 노동절에 마오쩌둥은 천안문 성루에서 시아누크 친왕과 부인을 만나 두 시간 가까이 담화를 진행했는데, 예정된 폭죽행사가 이것 때문에 연기되었다. 어떤 기자들과 외교관들은 심지어 마오쩌둥의 건강 때문이라고 의심하기도 했다. 시아누크는 다시 중국의 지지와 원조에 감사하면서 마오쩌둥에게 말했다. "주석 선생, 중국의 부담이 매우 무겁습니다. 이는 제3세계에 수많은 지원을 해주는 것입니다. 그리고 나와 나의 수행원들, 친구 그리고 직원들이 지금 또 그 밖의 부담이 되었습니다." 마오쩌둥이 오히려 말했다. "나는 당신이 우리에게 더 많은 부담을 주기를 청합니다. 당신이 갈수록 나를 더 많이 기쁘게 할 것임을 믿습니다…, 많은 사람들이 와서 당신을 지지하게 할 것입니다. 만약 그들이 전장에 나가 싸울 수 없다면 그들을 여기로 오게 할 것입니다. 육백, 천, 이천 혹은 더 많이! 중국은 수시로 그들을 지지할 준비가 되어 있습니다. 그들에게 모든 편의를 제공할 것입니다."

5월 20일 마오쩌둥은 「전 세계인민이 단결하여, 침략자 미국 및 그 모든 주구와 싸워 이기자(全世界人民團結起來,打敗美國侵 略者 及其一切走狗)」라는 유명한 글을 발표했다.

즉, 유명한 『5·20성명』이다. 성명에서 그는 다음과 같이 말했다. "나는 열렬하게 캄보디아 국가원수 노로돔 시아누크 친왕의 반미주의 및 그 주구와의 투쟁정신을 지지했다…. 열렬하게 캄보디아 민족 통일 전선의 지도 아래에 있는 왕국민족단결정부의 성립을 지지했다." 이 성명은 시아누크로 하여금 감동을 금치 못하게 했고 그의 정신과 투지를 크게 격려했다.

5월 21일 마오쩌둥 등은 인민대회당에서 또 시아누크 친왕과 회견을 했다. 회견이 끝난 후 마오쩌둥 등 중국 지도자들은 시아누크 친왕과 천안문 성루에서 수도 각계에서 온 군중 50만 인민의 '세계인민은 미국을 반대한다'는 투쟁을 지지하는 대회에 참가했다. 마오쩌둥은 천안문의 성루에서 재차 시아누크 친왕과 부인을 만났다. 어려울 때의 친구가 진정한 친구이듯, 이 천안문 성루에서 계속 이어지는 그의 거동은 중국 인민이 약소국가의 제국주의침략에 대한 저항에 지지를 나타낸 것이며, 민족독립과 단결을 보호하는 대국의 풍모를 나타낸 것이었다.

서류가방과 찬가(讚歌)는 이 기이한 우정의 인연을 증명했다

1970년대 시아누크는 프랑스에서 검정색의 소가죽의 서류가방을 구하여 마오쩌둥에게 선물했다. 마오쩌둥은 줄곧 외국 손님이 선물한 예물을 사용한 적이 없었는데, 시아누크가 선물한 이 서류가방만 유일하게 사용했다. 마오쩌둥은 이 가방을 사용하여 서류와 일상용품을 넣어 사용하였는데, 연필, 돋보기, 담배, 찻잎, 이쑤시개 심지어 식용소금도 있었다. 이 서류가방은 마오쩌둥과 시아누크 간의 기이한 인연을 증명했다고 볼 수 있었다. 마오쩌둥의 이런 우호에 대한 진실한 태도와 정책은 기타 국가 지도자들 및 인민의 인정을 얻었고 그리하여 더 많은 사람이 중국을 이해하고 알게 되었다.

다재다능한 시아누크는 한 명의 정치가였고 한 명의 예술가이기도 했다. 캄보디아 항미구국(抗美求國)투쟁을 지지한 마오쩌둥과 중국 인민에 대한 감격의 정을 표시하기위해, 시아누크는 『만세, 인민중국! 만세, 주석 마오쩌둥!』 이라는 가곡을 창작했다. 가사에는 다음과 같이 쓰여 있었다. "크메르 인민은 민족 존망의 시각에 위대한 친구의 전폭적인 지지를 얻었다. 만세, 인민 중국! 만세 주석 마오쩌둥! 당신은 일관되게 당신의 전우인 크메르 인민의 정의로운 사업을 수호했다. 중캄 인민은 단호하게 전투를 했다. 제국주의가 철저히 멸망할 때까지. 우리 아시아의 고난이 이것으로 끝날 것이다." 이외에 1972년 12월 9일 시아누크 부부는 천진에서 주말을 보냈다. 이때는 그가 중국에서 생활한지 이미 3년 가까이 되었다. 중국은 그의 제2의 고향이 되었다. 풍경을 보고 감정이 일어 그 느낌을 발표하는데, 그는 중국을 위하여 『아! 중국, 나는 사랑스러운 제2의 고향』 이라는 세 번째 곡을 창작했다. 글자 한자 한자 매우 진실했다.

매우 부끄러워, 후에 중국인에게 할 말이 없음을 느꼈다

1976년 9월 9일 마오쩌둥이 세상을 떠났다. 시아누크는 라디오를 통하여 마오 주석이 세상을 떠났다는 소식을 들었지만 연금을 당한 상태여서 외부와 연락을 취할 방법이 없었다. 이때의 시아누크는 이미 사심 없는 원조와 보호를 준 사람에게 조전을 보내는 것에 대하여, 심지어 한 통의 개인 서신을 보내는 권리조차도 박탈당한 상태였다. 이는 그를 매우 부끄럽게 생각하였고, 이후 중국인에게 할 말이 없음을 느꼈다. 중국에 가는 것은 이때의 시아누크에게는 사치스러운 희망이었다. 그러나 역사는 이 불행한 친왕에게 큰 호의를 보낸다. 1978년 12월 프놈펜 함락 전 그는 연금에서 풀려났다. 두 번째로 북경을 떠돌게 된 후, 진정으로 부끄러움을 느꼈는데, 중국인에게 그의 어쩔 수 없었던, '망은 부의'를 설명할 수 없었던 그는 매우 큰 상처를 받았다.

6시간의 기자회견에서 시아누크는 눈물을 흘리며 그가 마오 주석이 세상을 떠났다는 부고를 들었을 때의 심정을 이야기했다. 그는 말했다. "우리는 중국 라디오의 방송을 듣고 마오쩌둥 주석의 부고를 알게 되었다. 나와 아내는 울었다. 나는 우리나라 정부에 다섯 통의 편지를 썼고, 내가 이미 세상을 떠난 마오 주석에게 하찮아서 말할 가치도 없는 경의를 표시할 수 있게 허락해달라고 요청했다. 그러나 나에게 서신을 보내지 못하게 했다. 밤중에 중국대사관에 가서 추모하는 것도 할 수 없었다. 나는 개인적으로 또 한 통의 편지를 썼다. 겨우 한 통의 개인적인 우편물이었는데 나는 답신을 얻지 못했다.

이는 나의 일생 중 가장 비참한 시간이었다." 말 한마디 한마디에 어쩔 수 없었던 감정과 막역한 친구를 잃은 상심이 흘러 나왔다.

마오쩌둥과 시아누크는 한 명은 국가 영수이고 한 명은 작은 나라의 위인이었다. 이 두 명의 지도자들은 역사서에 영원히 전해질 국제적인 우의의 기연을 만들었다. 평등하게 대하여, 떠나지도 않고 버리지도 않는, 좋고 나쁨이 변하지 않아 오랫동안 계속되어 서로를 존중하는 마음은 그들이 철저히 지킨 신조였다.

13

"우리는 합작 과정 중에 이해를 증진해야
한다"
　- 마오쩌둥과 우누

13

"우리는 합작 과정 중에 이해를 증진해야 했다"
― 마오쩌둥과 우누

우누는 1907년 5월 25일 미얀마(버마) 에야와디 지방(渺咯)에서 출생했다. 그는 1948년 1월 4일 미얀마가 독립한 후 초대 내각 총리에 임명되었다. 그리고 집정당인 미얀마 반 파시즘인민동맹의 주석을 겸임했다. 미얀마 총리를 1956년 6월까지 연임했다. 1956년 7월부터 1957년 2월까지 자유동맹의 주석을 맡았다. 1957년 3월부터 1958년 9월 다시 총리에 임명되었다. 1958년 5월 자유동맹이 두 파로 분열되어 9월에 총리를 그만두고 자유동맹의 '렴결파(廉潔派)' 영수가 되었다. 1960년 3월 '렴결파'는 미얀마 연방당으로 고치고 그는 당 주석이 되었다. 동시에 제3차 전국 대선에서 승리한 후, 세 번째로 총리를 맡았다. 1962년 3월 네윈이 정변을 일으켜 체포되었다. 1966년 10월에 석방되었다. 1969년부터 외국에서 생활을 했다. 1980년 7월 네윈의 요청으로 귀국하여 9월 미얀마 삼장경(三藏經) 번역출판위원회 주석을 맡고 불교연구를 했다. 1995년 2월 14일 양곤에서 세상을 떠났다.

"우리는 평화적인 환경이 필요하고 친구가 필요하다."

제네바 협의 전후에 중국은 서방국가와 관계를 개선함과 동시에 마오쩌둥은 더 많은 힘을 아시아 주변국의 관계 개선에 쏟아 부어, 새로운 형태의 평등관계 위에서 주변국가와 화목을 다지고 우호를 실현했다. 이런 신형의 평등관계는 바로 영토주권의 상호 존중, 상호 불침범, 상호 내정불간섭, 지위 평등으로 서로 간에 이익이 되는 일에 종사하는 서로 다른 사회·정치·경제제도를 가진 국가의 평화공존 5항 원칙이었다. 평화공존 5항 원칙은 마오쩌둥과 중공 중앙이 확정한 불안한 국제정세를 완화하고자 하는 전반적인 방침 아래, 신중국이 독립자주적인 평화외교정책의 성공으로 경험한 산물이며, 마오쩌둥이 신중국 성립 전후에 제시한 건교 원칙의 발전을 총괄했다.

제2차 세계대전이 끝난 후, 중국은 인접한 다수의 아시아 국가와 민족독립을 이룩했다. 민족경제의 발전, 국가주권의 수호, 세계평화 실현은 공동의 주장이 되었다. 이 국가들과 중국은 근대에 비슷한 경험을 하였고 비슷한 처지에 있었기 때문에, 중국이 그들과 화목하고 우호적인 관계를 수립하는 데 비교적 깊고 두터운 기초가 있었다. 그러나 서로 약간의 역사가 남긴 문제가 존재했다. 동시에 어떤 국가는 제국주의의 선전과 서방 여론의 영향을 받아 사회주의에 대하여 오해를 했고 신중국에 대하여 마음속에 염려와 두려움을 가지고 있었다. 평화공존 5항 원칙에 의거할 수 있는가가 우호적인 협상을 통해 합리적으로 이런 역사가 남긴 문제를 해결하고 중국이 이 국가들과 화목하고 우호적인 관계를 건립하는 관건이 되었다. 마오쩌둥은 전면적으로 형세를 분석하여 평화수호,

화목우호의 두 방향의 깃발을 높이 들 것을 결심했다. 먼저 아시아 국가에 영향을 미치는 인도, 미얀마 이 두 국가와 우호관계건립에 성공하고 이것으로 전체 주변국가와 우호관계를 맺었다.

이 때문에 1954년 6월 저우언라이는 제네바 회의가 끝난 후 미얀마 방문을 추진했다. 이는 우누 총리가 중국 지도자와 처음으로 한 접촉이었다. 방문기간에 저우언라이와 우누는 양국이 공동으로 관계가 있는 사항에 대하여 성실하게 토론을 진행했고 동시에 『중미(中 緬)양국총리연합성명』을 발표했다. 쌍방은 전 세계적, 특히 동남아 평화를 전력으로 촉진시킬 것이라고 표시했다. 평화공존 5항 원칙이 '중국과 미얀마 간의 관계를 이끌어야 했다는 원칙'을 강조했다. 저우언라이는 겸허하고 너그럽게 일을 처리하는 자세와 기품에 미얀마 측의 중국에 대한 응어리를 해소했다고 말했다. 후에 우누가 마오쩌둥과 회담할 때 이에 대하여 매우 솔직하게 말했다. "우리는 대국에 대하여 두려움이 있습니다. 그러나 저우언라이 총리가 미얀마를 방문한 이후 미얀마인의 이런 두려움이 많이 사라졌습니다."

중국의 인접 국가로써 미얀마는 신중국에 대하여 줄곧 우호적인 관계를 유지했다. 그러나 양국에게는 더 나은 관계발전에 장애가 있었는데, 이는 변경문제 이외에 화교문제, 미얀마 내의 국민당 군대문제 및 중국 공산당과 미얀마 공산당의 관계문제였다.

중미 관계 중 존재하는 이런 문제에 대하여 평화적 해결을 의논하고 양국의 평화적인 발전을 창조하는 양호한 환경을 만들어 주기위해, 중국 정부의 요청에 응하여 미얀마 총리 우누는 1954년 11월 30일부터 12월 16일까지 정식으로 중국을 방문했다. 이는 우누가 아시아 최대의 사회주의 국가를 처음으로 방문하는 것이었다. 우누는 중국 정부와 중국 인민의 성대하고 열렬한 수준의 높은 환영을 받았다.

12월 1일 마오쩌둥은 중남해 근정전에서 처음으로 우누 일행을 회견했다. 마오쩌둥은 이 이웃 국가의 총리를 존중하여 친절하게 말했다. "우리는 우누 총리, 부인 기타 몇몇 친구를 만나게 되어 매우 기쁩니다. 중국 인민도 당신들을 만나게 되어 기뻐합니다. 이는 우리 양국의 관계가 밀접한 인접 국가이고 다년간 우호관계에 있는 국가이기 때문입니다." 간단한 인사말은 회담의 분위기를 매우 좋게 하였다. 마오쩌둥은 양국 관계의 역사를 이야기하기 시작했다. 마오쩌둥은 우누에게 물었다. "역사적으로 중국은 미얀마와 싸운 적이 있습니까? 아마도 그 수가 매우 적지요?"

우누가 말했다. "두 번 싸웠습니다. 한 번은 원나라 쿠빌라이칸 때이고, 다른 한 번은 청나라 때입니다. 그러나 우리는 한족과는 싸운 적이 없습니다."

마오쩌둥은 이 두 차례 전쟁의 침략성에 대하여 우누에게 미안한 마음을 표시했다. 그는 "이 두 번의 전쟁은 모두 중국인이 잘못한 것이고 중국이 당신들을 침략한 것이다. 그리고 역사적으로 조선과 월남이 중국의 기운(화)을 가장 많이 받았고 미얀마는 비교적 적습니다. 이후 우리 양국은 평화 공존해야 합니다"라고 단언했다.

이번 회담 중에 마오쩌둥은 중미 양국의 공통점을 특히 강조했다. 그는 말했다. "우리는 교류를 많이 하고 너 익숙해서 더 좋게 같이 지낼 수 있습니다. 양국은 단기간 내에 서로에 대하여 이해할 수 없는데 이는 매우 자연스러운 것입니다. 우리는 합작 중에 이해를 증진해야 합니다.

우리는 평화적인 환경이 매우 필요합니다. 우리는 아직 수많은 일을 처리하지 못했습니다." "우리 양국의 경제 수준은 비슷합니다. 특히 모두 농업국입니다. 중국, 미얀마, 인도 그리고 인도네시아 같은 국가는 대체로 모두 같은 경제수준을 가지고 있습니다. 우리는 우리의 국가를 공업국가로 변화시키길 희망합니다." "이는 오랜 시간이 걸리는 사업으로 단기간에 완성할 수 없습니다. 우리는 평화적인 환경이 필요하고 친구가 필요합니다."

우누는 마오쩌둥의 관점에 매우 찬성했다. "나는 주석이 방금 한 말에 완전히 찬성합니다", "우리도 그와 같이 희망합니다."

이어서 쌍방은 미얀마 경내 국민당군대 문제, 중미변경문제, 화교문제 등 중미 관계의 중요하고 민감한 문제를 언급하면서 우호적이고 진실하게 의견을 교환하고 상호간의 이해와 우의를 증진시켰다.

미얀마 경내에 계속 존재하는 국민당 군대에 대하여 이야기 할 때, 마오쩌둥은 매우 관용적으로 말했다. "당신들의 고충을 우리는 이해합니다. 우리는 국민당 군대가 계속 미얀마에 있는 것은 당신들에게 고충이 있기 때문이지 당신들이 고의로 그들을 미얀마에 머무르도록 허락한 것이 아님을 알고 있습니다. 우리는 국민당 군대를 핑계로 우리 양국 간의 평화관계를 결코 깨지 않을 것입니다." "미얀마에 있는 국민당 군대는 그 수가 적어 우리는 결코 두려워하지 않습니다. 그들이 할 수 있는 소란은 매우 한계가 있습니다."

변경문제에 대해서도 이번 회담의 주요 의제였다. 마오쩌둥은 마치 우누의 마음을 알아 차렸다는 듯이 말했다. "당신들이 생각하는 것을 우리는 알고 있습니다. 당신들은 우리의 운남성(雲南省)이 당신들에게 불리할 것이라고 두려워합니다." "당신들은 곤명에 영사관 설립을 희망한다고 했습니다. 나는 당신들의 목적이 운남을 살피고 관찰하고 싶어 하는 것임을 알고 있습니다."

우누는 숨길 수 없어 인정하고 확실히 마오쩌둥과 같은 말을 했다. "맞습니다. 매우 두렵습니다. 나는 일찍이 저우 총리에게 나와 함께 운남을 둘러보자고 건의하였으나 매우 유감스럽게 우리의 비행기는 그때 운남의 산맥을 넘을 수 없었습니다."

마오쩌둥은 우누에게 운남에 가서 한번 둘러보고 실제 상황을 더 많이 이해하여 그런 우려를 해소하라고 권유했다. 마오쩌둥은 양국이 쌍방 간에 존재하는 문제에 대하여 방법을 생각하여 해결해야 상호간의 신뢰를 증진시킬 수 있다고 강조했다. 변경문제를 해결하는 것에 대하여, 마오쩌둥은 만약 현재 해결할 수 없다면 장래에는 해결해야 한다고 했다. 그러나 쌍방의 이익에 손해를 입혀서는 안 된다고 거듭 표명했다. 우누는 마오쩌둥의 이 의견에 매우 찬성했다.

화교문제에 관하여 마오쩌둥이 말했다. "우리는 항상 화교가 거류국의 법률을 준수하도록 교육하여 거류국 내의 불법 활동에 참가하지 못하게 하고, 거류국의 정부와 인민과 잘 지내게 합니다." 그는 또 특별하게 밝혔다. "국적문제도 분명히 해야 합니다. 도대체 중국 국적인지 아니면 외국 국적인지 이중 국적이 있어서는 안 됩니다." 미얀마에서 온 손님들은 마오쩌둥의 뜻밖의 약속에 기뻐서 어쩔 줄 몰라 했다. 우누가 말했다. "저우 총리가 양곤을 방문했을 때 저는 항상 그에게 이 문제를 이야기했습니다. 그는 이 문제는 자신의 권한을 넘는 것이라고 하고, 반드시 귀국하여 그의 동료들과 상의 하겠다고 했습니다. 오늘 주석의 이중국적에 관한 말씀을 들어서 매우 기쁩니다."

마오쩌둥은 우누에게 중국사회의 인사, 민주당파 인사, 정부 책임자들과 만나볼 것을 권유했다.

우누는 마오쩌둥에게 시간을 내어 미얀마를 방문해 주길 간절히 요청했다. 마오쩌둥은 유머스럽게 말했다. "저도 세계 각국을 가보고 싶습니다. 나는 중국의 촌사람입니다. 외국에 나가본 적이 매우 적습니다. 만약 기회가 있어 미얀마에 가면 나는 반드시 매우 즐거울 것입니다." 그들은 최초의 회견에서 긴 시간 동안 이야기를 나누었다.

"국가의 크고 작음을 막론하고 완전히 평등해야 했다."

12월 11일 저녁 미얀마에서 온 손님들이 외지를 참관한 그날 저녁, 마오쩌둥은 중남해 이년당(頤年堂)에서 다시 한 번 우누를 만났다.

마오쩌둥은 한발 더 나아가 평화공존 5항 원칙을 천명했다. 그가 말했다. "5항 원칙은 하나의 큰 발전입니다. 또 5항 원칙에 근거하여 일을 처리해야 합니다. 우리는 절차에 따라 5항 원칙을 취하여 구체적으로 실현시켜야 합니다. 5항 원칙을 추상적인 원칙이 되게 해서는 안 됩니다. 말로만 끝나는 것은 필요 없습니다", "우리는 5항 원칙이 장기적인 방침이지 임시적으로 대처하기 위한 것이 아니라고 생각합니다. 이 5항 원칙은 우리나라에 적합한 것으로 우리 중국은 장기적인 평화 환경이 필요합니다. 5항 원칙은 당신들의 국가 상황에 적합한 것으로 아시아, 아프리카의 절대 다수 국가의 상황에도 적합한 것입니다. 우리의 입장에서 말하자면 안정이 비교적 좋습니다. 국제적으로도 안정이 필요할 뿐만 아니라 국내에도 안정이 필요합니다." 그는 특별히 우리는 미얀마 국내의 평화를 희망했다고 강조했다. 그러나 중국은 다른 나라의 내정에 간섭할 수 없다고 말했다. 구체적으로 어떻게 국내의 평화를 얻을 수 있는지에 관해서는 당신들 스스로 처리해야 하는 것이지, 만약 우리가 이 구체적인 문제에 대하여 어떤 태도를 표시하면 그것은 타당하지 않은 것이라고 밝혔다.

우누는 마오쩌둥이 국제관계를 처리하는 이런 태도에 대하여 인정하며 말했다. "어떠한 다른 태도 모두 정확한 것이 아닙니다. 나는 완전히 주석의 의견에 동의합니다."

대국과 소국의 문제에 대하여 이야기를 나눌 때, 마오쩌둥이 다음과 같이 밝혔다. "국가를 크고 작음으로 구분해서는 안 됩니다. 우리는 대국이 특별한 권리를 갖는 것에 반대하는데 이런 것은 대국과 소국을 불평등한 지위에 놓았기 때문입니다. 대국은 급이 높고 소국은 급이 낮다는 것은 제국주의 이론입니다. 하나의 국가가 얼마나 작은지를 막론하고 설령 그것의 인구가 단지 몇 십 만 혹은 심지어 몇 만이라 할지라도 그것은 다른 수천만 인구의 국가와 같으며, 또 완전히 평등한 것이어야 합니다." "이는 기본원칙이며 빈말이 아닙니다."

마오쩌둥은 중미 관계발전에 대한 5년의 성취에 긍정적인 평가를 내렸다. 그는 매우 진실하고 인내심을 가지고 중미 양국이 합작하여 실제적이 효과를 얻기를 기대했다. 피차간에 서로 흉금을 터놓고 이야기하길 희망하면서 그가 우누에게 말했다. "당신들은 할 말이 있거나 의심이나 불만족스러운 점이 있으면 바로 이야기를 해야 합니다. 이후 우리 양국의 사이에는 아직 약간의 문제가 발생할 수 있습니다. 상호간에 아직 어떤 의심이나 불만족스러운 점이 있을 수 있는데, 우리는 상호간 모두 이야기를 하길 희망합니다. 이는 조취를 취해서 문제를 해결하기 위함입니다. 이렇게 하면 우리의 관계는 더욱 좋아질 수 있으며, 우리의 우호 합작은 더욱 발전할 것입니다.

우누가 솔직하게 말했다. "과거 우리는 어떤 할 말이 있어도 감히 꺼낼 수 없었습니다. 두려운 것은 우리가 영국과 미국의 주구라고 오해 받는 것입니다", "그러나 지금 우리가 서로 만나 서로 토론을 진행하고 이해하게 된 이후, 우리는 할 말이 있으면 바로 말하는 것을 두려워하지 않게 되었습니다. 이는 제가 이번 방문에서 얻은 가장 큰 성과 중의 하나입니다."

우누가 중국 공산당이 공정한 사람들을 미얀마에 파견하여 정황을 조사해 줄 것을 요청했을 때, 마오쩌둥은 "우리가 관찰단을 미얀마에 파견하는 것은 타당하지 않은 것으로 외부에 좋지 않은 인상을 줄 것"이라고 생각하면서 모든 방면에서 자신의 견해를 밝혔다.

우누가 말했다. "저는 주석과 류 위원장이 저에게 제시한 건의를 큰형들이 작은 동생에게 제시한 건의로 삼을 것입니다. 큰형은 작은 동생보다 더 경험이 많습니다. 저는 저에게 의견을 제시한 사람들이 성실하고 진실하며 게다가 그들의 인민을 위해 헌신하는 사람이라고 믿습니다. 저는 작은 동생이 큰형을 대하는 것과 같이 공손하게 당신들의 건의를 듣겠습니다."

마오쩌둥이 겸손하게 말했다. "우리는 큰형과 작은 동생의 관계가 아니고, 동년 동월 동일 동시에 태어난 형제입니다. 게다가 미얀마가 독립한 해는 1948년으로 우리보다 1년이 앞섭니다."

마오쩌둥 등 중국 지도자들의 진실한 태도는 우누를 감동시켰다. 회담이 끝나기 전에 그는 마오쩌둥에게 말했다. "이전에 저는 중국에서 어떠한 사람들을 만나게 될지 알지를 못해서 히틀러와 같은 사람을 만날까봐서 두려워 한 적이 있습니다. 대화할 때 책상을 치고 고함을 치는 그런 사람입니다. 그러나 저는 지금 알았습니다. 저의 공포는 모두 근거가 전혀 없는 것이었습니다. 이 몇 차례 간곡한 담화에 나는 매우 즐거움을 느꼈습니다." 이번 회담에서 양국은 양국 간의 변경 등의 실제적인 문제에 대하여 담판을 통하여 해결하기 위하여 그리고 양국의 금후 수십 년에 달하는 화목하고 우호적인 관계를 위하여 견고한 기초를 다졌다.

"쌍방이 우호관계를 유지하기만 하면 변경문제는 바로 해결되었다."

우누는 1956년 10월과 1957년 3월 두 차례 운남을 방문하고 중국 정부와 인민의 열렬한 환영을 받았으며 마음속의 의심을 지웠다. 진술한 바와 같이 말했다. "내가 곤명(昆明)에 도착할 때마다 점점 다른 것을 발견했다. 오늘 여기에서 나는 우리 사이의 우의가 또 가까워졌음을 느꼈다."

서로 방문을 통하여 중국과 미얀마는 일련의 호혜조약과 협정을 체결했고, 양국의 우호 관계는 한층 더 강화되었다. 1960년에 이르러 쌍방은 변경문제를 해결할 시기와 조건이 기본적으로 성숙되었다. 9월 28일 중국정부의 요청에 응하여, 우누는 중국 운남을 경유하여 다시 북경을 방문했다. 우누의 이번 방문의 주요 목적은 『중미변경협정』의 체결이었다. 29일 마오쩌둥은 저우언라이 등을 대동하고 우누 일행과 회견을 하여, 중미변경과 양국 우호 등의 문제에 대하여 의견을 교환했다.

회담을 시작하자 마오쩌둥이 바로 주제로 들어가면서 말했다. "나는 당신을 처음 만났을 때, 곤명에 총영사를 설치하자는 당신들의 건의를 기억합니다. 그때는 당신들이 볼 때 곤명은 어두운 지방이었습니다. 현재 당신들은 총영사를 설치했고, 곤명이 매우 밝은 곳이며 당신들에게 매우 우호적인 지방임을 알았습니다."

우누는 약간 미안하다는 듯이 말했다. "친구가 되기 위해 처음 만났을 때는 생소하며, 만나기 전에는 서로 신임하지 않습니다. 그러나 만난 후에는 서로 의심하고 두려워하는 마음이 자연스럽게 사라집니다."

마오쩌둥은 이전에 미얀마의 어느 한 부대가 국경을 넘어 중국으로 진입했을 때 미얀마는 중국이 무력을 동원하여 그들을 미얀마로 돌아가게 하길 요청했으나 중국이 분명하게 거절했던 일을 언급했다. 마오쩌둥이 말했다. "우리는 그들에게 그들을 수용할 수 있다고 했지만 그들은 무장을 할 수 없었습니다. 중미 관계는 반드시 우호관계에 있어야 하기 때문입니다" 마오쩌둥은 강조했다. "쌍방이 우호관계를 유지하기만 하면 변경문제는 바로 해결될 것입니다." 우누는 마오쩌둥의 일을 처리하는 풍경과 거리낌 없는 흉금에 매우 탄복했다.

『중미변경조약(中緬邊境條約)』 체결에 관하여 우누는 자신의 마음속에 있는 말을 꺼내면서 말했다. "『중미변경조약』은 매우 빨리 완성될 수 있습니다. 이는 양국의 우호관계 때문으로 그렇지 않으면 완성할 수 없는 것입니다. 이런 종류의 우호관계는 일반적인 것이 아닙니다. 단지 편하기만 한 일반적인 우호는 장기적으로 유지할 수 없습니다. 오직 5항 원칙의 기초위에 있는 우호만이 비로소 영원히 존재할 수 있습니다."

"당신의 말은 매우 옳습니다. 서로 손해가 없는 저는 당신에게 손해를 입히지 않았고 당신은 저에게 손해를 입히지 않았습니다. 이는 소극적인 일면이고 또 적극적인 일면이 있습니다. 그것은 서로 이익이 되는 것입니다." 마오쩌둥은 우누의 의견에 매우 찬성했다.

변경 주둔(駐軍)문제를 이야기 할 때, 마오쩌둥은 쌍방이 변경의 군대를 각자 후퇴시켜 서로 좀 더 멀리 떨어지자고 건의했다. 우누는 "중국은 이미 이 방면에 대하여 일을 잘 처리했습니다." "쌍방의 군대는 멀리 떨어져 있습니다. 게다가 변경에 있는 인민에게 우호에 대한 교육을 하고 있습니다." "변경충돌은 방지할 수 있습니다."

마오쩌둥이 이어서 우누에게 물었다. "당신들이 우리나라 백만 변경민에게 쌀과 소금을 보내주었다고 들었습니다!"

저우언라이가 즉시 말했다. "2천 톤의 쌀과 1천 톤의 소금을 보내주었습니다. 이미 준비가 되었습니다. 모레 변경민에게 나눠줄 것입니다."

마오쩌둥이 저우언라이에게 물었다. "우리는 답례로 무엇을 보낼 것입니까?"

저우언라이가 말했다. "우리는 내년 1월 4일 양곤에서 쌍방이 문서를 교환할 때, 미얀마의 1백 20만 변경민에게 꽃무늬 천과 자기접시를 보낼 것입니다." 마오쩌둥이 말했다. "이게 바로 우호적인 표현이지!" 이는 외교관계이지만 친구가 모인 것 같이 회담의 분위기는 매우 좋았다.

이 해 10월 1일, 마침 중화인민공화국 성립 1주년을 맞이하여 마오쩌둥은 우누 등 미얀마의 귀빈을 초청하여 같이 천안문 성루에서 국경절을 경축하는 퍼레이드와 공연을 관람했다. 우누는 재차 중국 인민의 열정을 느꼈다. 그날 오후 저우언라이와 우누는 양국을 대표하여 『중화인민공화국과 미얀마연방의 변경조약』을 체결했다. 이로써 중미변경과 관련된 문제는 공평하고 합리적인 해결을 보았다. 3일 우누는 수도 각계 인민의 『중미변병조약』 체결을 축하하는 대회에서 연설을 했다. 그는 다음과 같이 말했다. "우리 양국의 지도자는 『중미변병조약』을 체결했습니다. 이는 양국이 자유롭게 스스로 원하여 달성한 협의입니다. 쌍방은 모두 만족과 일치를 느꼈습니다. 나는 확신합니다. 이렇게 이 조약을 성공적으로 체결할 수 있었던 원인 중 그 하나는 바로 중미 우의가 역사적으로 다져온 단호하고 견고한 토대가 존재하고 있기 때문입니다. 우리가 체결한 변경조약은 바로 이런 견고한 토대 위에 위대하고 웅장하며 아름다운 공통우의의 큰 건축물을 세웠습니다." 다음해 우누는 두 차례 중국을 방문했다. 그는 고별연회에서 『중미우의 빌딩의 견고함과 광휘를 영원히 간직하다』라는 제목의 연설을 발표했다. 우누는 마오쩌둥 등 중국 지도자들의 멀리 내다보는 탁월한 식견과 정치가로서의 품격에 대하여 탄복을 금치 못했다. 그는 말했다. "우리 양국인민의 우의가 더욱 밀접해 진 것과 점점 광범위한 신시대가 올 것이라고 미리 예측할 수 있습니다."

확실히 중미 양국은 산을 의지하고 물을 가까이 하듯이 인민들 사이에 형제의 감정이 생기게 되었으며, 중국 인민과 미얀마 인민의 진실하고 거리낌 없는 서로에 대한 공경과 이해가 있기 때문에 언젠가는 청산처럼 늙지 않는 우정이 만들어질 것이다. 마오쩌둥과 우누는 중미교류의 역사에 굵고 농후한 색체로 한 획을 그었다.

14

"중국인민과 인도네시아 인민은 역사 이래
매우 좋은 친구이다"
- 마오쩌둥과 수카르노

"중국인민과 인도네시아 인민은 역사 이래 매우 좋은 친구이다" — 마오쩌둥과 수카르노

수카르노는 1901년 인도네시아 수라바야에서 출생했고 1970년 자카르타에서 병으로 세상을 떠났다. 그는 생전에 인도네시아의 민족독립과 통일국가건립을 위해 매우 큰 공헌을 했다. 이로 인해 인도네시아에서는 그를 존경하여 '독립의 아버지'라 불렀다.

수카르노는 학생시절에 수많은 책을 읽어 각양각색의 정치사상을 두루 섭렵하고 또 적극적으로 정치활동에 투신했다. 1927년 수카르노는 네덜란드에 대하여 '불합작(不合作)'을 주장하고 실행하는 인도네시아민족연맹을 창립하고 주석을 맡았다. 다음해 네덜란드 식민국(植民局)은 '반란을 했다'는 죄명으로 수카르노를 체포했다.

1932년 출옥 후 그는 또 '인도네시아당'에 참가하고 주석에 당선되었다. 1933년에 수카르노는 두 번째로 체포되었다. 일본이 투항한 후, 1945년 8월 17일에 수카르노는 인도네시아 인민을 대표하여 인도네시아 공화국의 탄생을 선포했다. 그리고 다음날 공화국 대통령에 당선되었다. 1945년 9월 하순 영국 군대가 동맹군을 대표하여 인도네시아에 들어오고, 네덜란드 식민군대에 이어서 권토중래했다. 인도네시아인민의 단호한 투쟁과 국제여론의 엄정한 질책 하에 1949년 8월 네덜란드는 인도네시아 정부의 압박을 받아 '원탁회의' 담판을 시행하고 인도네시아 독립을 승인했다. 수카르노는 방가에서 욕야카르타로 돌아왔다. 1949년 12월 수카르노는 인도네시아 연방공화국 초대 총통을 맡았다. 1955년 4월 수카르노는 반둥아시아아프리카국가 회의에서 『신아시아와 신아프리카를 탄생시키자!』 라는 유명한 연설을 했다. 1965년 '9 · 30 사건'이후 그의 권력은 군부정권에 의해 관리되었다. 1967년 3월 수카르노는 총통의 직위를 잃고 연금을 당했다.

수카르노의 일생은 불굴의 투쟁이었다. 그 투쟁으로 350년 동안의 식민통치를 당한 인도네시아의 독립과 자유를 얻었다. 마오쩌둥은 그를 매우 존중했다. 수카르노도 마오쩌둥의 위대한 공적과 특출한 재능에 대해 매우 깊게 탄복하고 마오쩌둥 등 중국 지도자들과 깊고 두터운 우의를 맺었다. 마오쩌둥과 수카르노 두 사람은 서로를 공경하고 솔직하게 대하여 같이 중국과 인도네시아 간 우의의 다리를 건립했다.

"주석의 말은 매우 도리가 있고 매우 현실적이며 또 이해하기 매우 쉽습니다."

1950년 중국과 인도네시아는 외교관계를 수립하고 양국은 우호적인 인접국이 되었다.

1956년 9월 30일은 때마침 중화 인민공화국 성립 7주년의 경축일이었다. 인도네시아 대통령 수카르노는 마오쩌둥의 초청에 응하여 인도네시아

인민의 중국 인민에 대한 우호의 감정을 가지고 중화인민공화국에서 공식적인 방문을 진행했다.

마오쩌둥과 중국 정부는 수카르노의 이번 방문을 매우 중요하게 생각했다. 수카르노에 대한 경의를 표시하기 위해 중국은 성대한 환영의식을 준비했다. 수카르노를 환영하기 위해 마오쩌둥과 주떠(朱德), 류샤오치, 저우언라이, 송칭링(宋慶齡)등 당과 국가 지도자들 및 만여 명의 환영 인파가 공항에서 그를 영접했다. 북경의 주요 거리에서 중화인민공화국의 오성홍기와 인도네시아 독립의 상징인 홍백기가 높이 휘날렸고, 도로 양쪽에 고층 건축물에는 중국어와 인니어로 환영의 문구를 써서 걸어 놓았으며 영화관에서 조차도 컬러 기록영화인 인도네시아를 상영하고 이 아름답고 온화한 풍경을 가진 적도상에 횡으로 누워있는 천섬의 나라를 소개했다.

오후 14시 수카르노 대통령의 전용기는 군중의 환호성 속에 안전하게 착륙했다. 수카르노는 비행기에서 나와 환영인파를 향해 손을 흔들며 내려오면서 환영하기 위해 나온 마오쩌둥에게 걸어갔다. 마오쩌둥이 마주 걸어가 그와 열렬하게 악수를 하고 서로의 안부를 물었다. 수카르노는 마오쩌둥의 인도아래 삼군 의장대를 사열한 후 공항에서 열정이 충만하게 연설을 했다. 그는 말했다. "나는 모두의 환영에 매우 감사합니다. 이는 나 한 사람의 명의일 뿐만 아니라 8,200만 인도네시아 인민의 명의이기도 합니다." "여러분의 나에 대한 존경은 사실상 인도네시아 인민에 대한 존경입니다. 인민이 없으면 나는 단지 보통사람에 지나지 않습니다. 나는 인도네시아 인민의 아버지가 아니고 인도네시아 인민의 자식입니다. 여러분의 나에 대한 존경을 나는 인도네시아 인민에게 전부 전달하겠습니다."

이후 마오쩌둥과 수카르노는 같이 퍼레이드 차에 올라 편안하게 공항을 나섰다. 수카르노는 20킬로미터에 달하는 도로 양쪽에서 수십 만 명의 가두 환영을 받았다. 사람들의 환호성과 꽃이 가득한 분위기 속에 수카르노는 마오쩌둥의 인도로 중남해 근정전으로 들어갔다. 오후 18시 마오쩌둥은 근정전에서 휴식을 약간 취한 수카르노 일행과 회견을 했다. 손님이 자리에 앉은 후 마오쩌둥은 바로 화제를 꺼내 말했다. "반둥회의는 매우 좋은 회의입니다. 일 년 동안 전 세계에 매우 큰 변화가 있었습니다. 당신은 이점을 느꼈습니까?"

수카르노는 마오쩌둥의 관점에 동의를 표시하고 긍정적으로 대답했다. "맞습니다, 확실히 그렇습니다. 나는 어디를 가든지 모든 사람들에게 반둥회의를 이야기합니다."

마오쩌둥은 수카르노의 기백과 식견에 칭찬을 표시했다. 그는 말했다. "당신이 미국에서 한 연설을 읽었습니다. 우리는 모두 매우 기뻐했습니다. 그런 국가에서 그런 연설을 하는 것은 매우 좋습니다. 당신은 모든 아시아를 대표합니다."

수카르노가 대답했다. "나도 내가 아시아를 대표해서 연설한 것이라고 생각합니다."

마오쩌둥이 이어서 말했다. "미국의 대접은 좋았습니까?"

수카르노가 대답하였다. "일반적으로 말하면 미국인의 환영은 매우 열렬했습니다. 그러나 미국 정부外 지도자들은 대부분 기뻐하지 않았습니다. 그것은 내가 한 말이 그들이 듣기에 좋은 말이 아니기 때문입니다. 미국에서 어디를 가든지, 기자들이 모두 '인도네시아는 중국이 연합국에 가입하는 것에 대하여 어떤 태도를 취하고 있습니까?'라고 물었는데 우리의 대답은 단호했습니다. '중국은 반드시 연합국에 가입해야 하고, 연합국에 만약 6억 인민을 대표하는 중국의 참여가 없다면, 곧 웃음을 자아내는 공연을 하는 장소로 변할 것'이라고 하였습니다."

중국의 연합국 가입문제는 당시 국제사회가 보편적으로 관심을 가지고 있던 특별한 화제였다. 마오쩌둥과 중국 정부는 이 문제에 대해서도 이미 고려하고 있었다. 마오쩌둥은 이에 대한 수카르노의 생각을 듣고 싶어 물었다. "당신은 중국의 연합국 가입이 빨라야 했다고 생각합니까? 아니면 좀 늦춰야 한다고 생각합니까?" 수카르노는 생각할 필요도 없다는 듯이 즉시 대답했다. "빠르면 빠를수록 연합국에 유리합니다." 마오쩌둥은 오히려 생각에 잠긴 듯 서두르지도 여유를 부리지도 않고 말했다. "일찍 참가하는 것과 늦게 참가하는 것 이 두 가지 모두를 우리는 준비해야 합니다."

양국 지도자들은 이 문제에 대하여 계속 성실하고 진실하게 의견을 교환했다. 수카르노는 연합국에 중국이 참여하지 않으면 제국주의가 더욱 창궐할 것이라고 생각했다. 또 중국이 가입하면 그들이 연합국을 통제하려는 시도를 저지할 수 있다고 생각했다. 마오쩌둥이 중국이 늦게 연합국에 가입하려는 이유는 바로 대만 때문이라고 했다. 그는 "6억 인민의 대표가 참가하지 못했는데 대만이 참가한 것은 불공평한 것이다. 연합국에는 하나의 중국만 있을 수 있다. 그것은 바로 중화인민공화국이고 두 개는 있을 수 없다. 만약 연합국에 대만의 대표가 있다면 우리는 만 년이 지나도 가입하지 않을 것"이라고 했다.

마오쩌둥은 계속 말했다. "현재 우리는 대국이지만 강국은 아닙니다. 사람들은 우리를 무시하는데 구태여 급할 것이 있겠는가? 우리는 일을 하고 친구를 사귐에 있어 초점을 아시아, 아프리카 그리고 라틴아메리카에 두고 있고, 그밖에 유럽의 반에 초점을 두고 있습니다. 미국을 대함에 있어 두 가지 조건이 있어야 합니다. 그것은 단호한 투쟁과 조급해 하지 않는 것입니다." 마오쩌둥은 또 운송금지 해제 문제도 이와 같다고 생각했다. "우리는 현재 사과, 땅콩, 돼지 강모와 콩 밖에 없습니다. 11년 후 그때의 우리는 제3차 5년 계획이 완성되고, 운송금지가 해제되고, 연합국에 진입할 것이므로 미국인은 중국에 와서 후회를 할 것이다. 주도권은 우리의 손에 있습니다."

대만문제에 대하여 이야기를 나눌 때 마오쩌둥이 밝혔다. "출구는 두 개가 있는데, 하나는 워싱턴을 통하는 것이고 다른 하나는 북경을 통하는 것입니다. 전반적인 국제정세에 근거하면 제1통로로는 지나갈 수 없습니다. 언젠가는 미국이 대만을 배신할 것입니다. 그들은 곧 가장 친한 친구의 버림을 받을 것입니다." 또 그는 말했다 "우리는 그들과 우호협력관계의 회복을 원하고 있는데 과거 우리는 두 번 협력한 적이 있습니다. 왜 세 번째로 합력하지 못하겠습니까?'

마오쩌둥과 수카르노는 솔직하고 성실하게 서로를 대하고 속마음을 터놓고 이야기하였고, 이야기를 할수록 친절해졌고 이야기를 할수록 가까워졌다. 이번의 얼굴을 맞댄 깊은 교류를 통하여 양국의 지도자들은 서로에 대하여 좀 더 이해를 히게 되었고 우의를 증진시켰다. 게다가 이번 회담을 통하여 수카르노는 마오쩌둥의 심오한 전략적 안목, 영활한 투쟁 전략 그리고 심오한 내용을 알기 쉽게 표현하는 통찰력 있는 분석 및 해학적인 언사에 대하여 매우 깊은 인상을 받았다. 그는 마음속으로부터 우러나와서 말했다. "주석의 말씀은 매우 도리가 있고, 현실적이며 또한 이해하기가 매우 쉽습니다."

10월 1일 신중국 성립 7주년 경축일 날에 마오쩌둥은 또 수카르노와 천안문 성루에 올라 국경절 열병식에 참가하고 50만 명의 퍼레이드를 참관했다. 수카르노는 마오쩌둥의 옆에 서서 비를 무릅쓰고 사열하는 각 군대 및 행진대오가 호탕하게 지나가고 있는 광장을 보면서, 그리고 중국 사회주의가 이룬 성과를 나타내는 거대한 도표와 모형이 천안문 앞을 지나가는 것을 보면서, 또 광장에서 하늘 높이 솟아오르는 여러 가지 색깔의 기구에 적혀 있는 '세계평화만세'라는 큰 표어 및 광장에서 각계 군중이 마오쩌둥에 대하여 자발적으로 우러나오는 환호성을 보면서, 그의 마음은 매우 격동하였고 갈수록 마오쩌둥에 대한 존경이 깊어졌다.

"중국인민은 단호하게 당신들을 지지합니다."

같은 운명과 미래에 근거하여, 마오쩌둥은 제2차 세계대전 후 아시아, 아프리카 그리고 라틴 아메리카에서 독립한 국가에 대하여 항상 깊고 확실한 기대를 하고 있었다. 게다가 그는 이 국가들과의 단결과 호조(互助)를 강화하는 것을 신중국 외교의 중요사항으로 삼았다. 1950년대 중기 이후에 들어서서 마오쩌둥은 아시아·아프리카·라틴아메리카의 일부 민족주의국가가 독자적으로 파벌을 형성하고 끊임없이 발전하여 새로운 힘으로 국제무대에 등장하는 것을 보고, 장기적인 관찰과 치밀한 사고를 통하여 마오쩌둥은 친구를 만드는 초점을 이들 국가에 두어야 한다고 언급했다.

이를 위해 마오쩌둥은 일찍이 여러 차례 성명과 연설을 발표하고 아시아·아프리카·라틴아메리카 각국 인민의 민족독립의 수호와 국가주권의 보호를 위해 진행한 정의로운 투쟁에 지지를 결연하게 표시했다. 그가 볼 때 수카르노의 지휘하의 인도네시아가 바로 이런 국가였다.

식민통치의 종식과 외세침략에 대한 반대, 국가주권에 대한 수호 그리고 민족단결의 실현을 위해 수카르노는 인도네시아 인민을 이끌고 장기적이고 고통스러운 투쟁을 하였다. 또 이 때문에 수카르노는 당시에 인도네시아 국내뿐만 아니라, 세계적으로 매우 높은 명성을 누리고 있었던 동남아의 저명한 정치가가 되었다. 1955년 그는 또 반둥회의에서 '새로운 아시아와 아프리카를 탄생시켜야 했다'는 유명한 구호를 외쳐서, 아시아 아프리카의 신생 독립국가에 강렬한 반향을 크게 일으켰다. 뒤이어 미국방문 기간에 그는 또 미국 국회에 엄중하게 현대식민주의의 죄를 규탄하는 연설을 발표하여 서방세계를 경악하게 했다. 수카르노의 역사적인 공헌과 그것을 단호하게 지킨 정치적 주장은 마오쩌둥의 높은 관심을 불러 일으켰다. 그가 볼 때 수카르노는 용감하게 제국주의와 식민주의에 맞선 정치가이며 또한 존경할만한 가치가 있는 역사적인 인물이었다.

이 때문에 10월 2일 저녁에 마오쩌둥은 성대하게 연회를 거행하여 인도네시아 대통령 수기르노를 초대했다.

연회에서 마오쩌둥은 열정이 충만하게 연설을 발표하는데 수카르노가 반둥회의 및 국제 활동 중에 일으킨 중요한 역할을 높게 평가했다. 또 수카르노 대통령이 우리에게 '8,200만 인도네시아 인민의 형제 같은 우의'를 가져다주었다고 감사했다. 마오쩌둥이 말했다. "인도네시아 인민은 위대한 인민이며 중국인민은 인도네시아 인민과 수카르노 대통령에 대하여 가장 큰 경의를 품고 있습니다. 일찍이 식민통치를 350년 동안 당한 인도네시아는 오랜 고통스러운 투쟁을 거친 후 마침내 민족의 독립을 이루었습니다. 현재 인도네시아 인민은 민족을 보호하기 위해 단결하여 점차 식민주의 잔여세력을 제거하고 세계평화를 보호하기 위해 용감한 투쟁을 하고 있습니다." 그는 또 다음과 같이 강조했다. "수카르노 대통령이 이런 투쟁 중 일으킨 탁월한 효과와 최근 유럽과 미국을 방문하여 얻은 거대한 성과에 중국인민과 전 세계의 평화와 정의를 사랑하는 인민이 한 목소리로 찬양합니다. 인도네시아의 원탁회의를 폐지하고 서부 이리안의 수복을 요구하는 투쟁은 정의로운 것으로 중국인민은 결연하게 당신들을 지지합니다."

마오쩌둥은 또 중국과 인도네시아가 반드시 단결하여 식민주의의 음모를 철저하게 무너뜨려야 한다고 호소했다. 그는 말했다. "인도네시아는 적극적으로 독립자주의 외교정책을 집행하여 인도네시아 인민과 세계평화를 막론하고 모두에게 좋은 점이 매우 많습니다. 반둥회의는 이미 폭넓고 깊은 영향을 일으켰습니다. 인도네시아는 이번 회의의 개최에 대하여 중대한 공헌을 하였습니다. 인도네시아는 국제무대에서 점점 중요한 역할을 할 것입니다." 그는 또 다음과 같이 강조하였다. "우리 아시아, 아프리카 그리고 라틴아메리카는 자유와 독립을 사랑하는 인민이고 모두 식민주의를 반대합니다." "식민주의자는 우리가 단결하지 않고, 합작하지 않고 우호적이지 않기를 희망합니다. 우리는 반드시 단결을 강화하여 우호합작을 이룩하여 그들에게 답해야 합니다. 우리는 반드시 식민주의자의 음모를 철저히 무너뜨려야 합니다."

마오쩌둥은 또 중국과 인도네시아 간의 우호관계 발전에 대하여 간절하게 기대를 했다. 그는 말했다. "중국 인민과 인도네시아 인민은 역사 이래 좋은 친구였습니다. 최근 우리 양국의 인민은 식민주의에 반대하고 세계평화를 보호하는 공동사업을 진행하는 중에 우의가 더욱 강화되었습니다." 그는 다음과 같이 단호하게 표시했다. "나는 굳게 믿습니다. 중국과 인도네시아 양국이 호혜평등과 평화공존의 원칙아래 우호합작의 관계를 건립하고, 이후 반드시 이를 더욱 공고히 하고 나날이 발전시킬 것을 굳게 믿습니다."

마오쩌둥의 연설은 수카르노를 크게 감동시켰다. 이어서 그가 답사를 통하여 마오쩌둥 등 중국 지도자들과 중국 인민을 매우 높게 찬양했고, 또 양국 관계발전의 미래에 대하여 두터운 기대를 했다고 그는 말했다. "중국과 인도네시아 양국의 인민은 새로 사귄 친구가 아니며 이미 몇 백 년을 알아 왔습니다. 같은 경력과 고난을 겪은 적이 있어 일찍이 상호간에 지지와 동정을 하였으며, 양국은 각자 국내와 국제무대에서 수많은 공통점을 가지고 있습니다." 그는 또 강조했다. "오늘과 내일은 우리를 위해 서로를 연결하는 조건을 제공할 것"이라고 하면서 이번 방문을 "양국우호관계를 확실하게 증진시키는 임무를 어렵지 않게 완성한 방문"이라 불렀다.[33]

이어서 마오쩌둥은 그와 자주 건배를 하며 양국 인민의 변하지 않는

---

33) 『인민일보』, 1956년 10월 3일.

우의를 축하했다.

"인도네시아 인민은 당신을 기다리고 있다."

10월 6일 수카르노는 북경에서의 일정을 마치고 외지방문을 준비했다. 마오쩌둥이 또 직접 비행장에 나와 수카르노를 배웅했다.

비행장에서 마오쩌둥과 수카르노는 악수를 하면서 인사를 나누었다. 수카르노가 마오쩌둥에게 말했다. "저는 조만간 인도네시아에서 당신을 만나길 희망합니다. 인도네시아 인민은 지금 당신을 기다리고 있습니다." 그는 대단히 기뻐하며 이 소식을 대중 앞에서 선포했다. 그는 말했다. "나는 이미 친애하는 친구이자 형제인 마오쩌둥 주석에게 인도네시아 방문을 요청했습니다." 마오쩌둥은 유쾌하게 이 요청을 받아들였다. 그러나 종종 역사적인 이유 때문에 마오쩌둥은 시종 천섬의 나라인 그 아름답고 풍요로운 땅을 밟을 수가 없었다.[34]

후에 수카르노 대통령은 또 1961년 6월과 9월 연이어 두 차례 중국을 방문했다. 6월의 방문에서 중국 국가 주석 류샤오치와 국무원 총리 저우언라이와 회담을 한 후, 수카르노는 특별히 중공 중앙 주석 마오쩌둥을 만났다. 마오쩌둥과의 이번 회담에서 그들 두 사람은 또 쌍방의 공동이익에 관한 약간의 문제와 중요한 약간의 국제 문제에 대하여 깊은 의견을 교환했다. 회담은 시종 친절하고 우호적이며, 서로 이해하고

---

34) 『인민일보』, 1956년 10월 7일.

존중하는 분위기 속에서 진행되었다. 수카르노의 이번 방문은 중인 관계가 새로운 발전단계에 진입하기 시작했음을 의미했다. 1964년 4월에 류샤오치 주석은 인도네시아를 방문했다. 그리하여 양국의 우호관계를 새로운 단계로 진입시켰다. 이후 양국은 경제영역에서 폭넓은 협력을 시작했다. 인도네시아와 중국의 관계를 당시 서방국가들은 '자카르타-북경 축'이라고 불렀다.

이 시기는 마오쩌둥 등 중국 지도자들과 수카르노의 노력과 지도아래, 중국과 인도네시아의 관계는 끊임없이 전진하고 발전하였다. 양국은 국제 활동 중에서도 서로 지지하고 서로 도움을 주었다.

15

"네루는 친구이지 적이 아니다"
- 마오쩌둥과 네루

15

"네루는 친구이지 적이 아니다"
― 마오쩌둥과 네루

네루는 1889년 인도북부 알라하바드의 브라만의 귀족 가정에서 태어 났다. 국대당(國民大會黨)의 원로이자 인도 명 변호사 모틸랄 네루의 아들이다. 그는 16세에 영국에서 유학을 했는데, 해로 스쿨과 캠브리지 대학에서 공부했다. 1912년 귀국 후 정계에 입문했다. 1918년 국대당 전국위원회 위원이 되고 간디가 이끄는 영국식민통치에 반대하는 비폭력과 비협조(불복종) 운동에 투신했다. 1947년 8월 인도 독립 후 총리 겸 외무장관, 원자능 부장 등을 겸임했다. 1964년 세상을 떠날 때까지 총리의 직무를 맡았다.

네루는 중국에 매혹되어 자주 다음과 같이 말했다. "중국은 단순히 하나의 국가가 아니고 하나의 '문명'이다." 이런 까닭에 1939년, 1954년 그는 두 차례 중국을 방문했다. 1949년 말에 그가 이끄는 인도는 먼저 솔선하여 신중국을 승인했다. 게다가 그와 저우언라이 총리는 함께 국제관계의 준칙인 평화공존 5항 원칙을 제시했다. 인도 독립 이후 초대 총리와 성웅(聖雄) 간디의 충실한 신도로써 비동맹(不結盟)운동과 반둥회의를 제창한 사람 중 한 명으로, 마오쩌둥과 같이 네루는 본국 내에 숭고한 역사적인 지위와 거대한 명망을 얻고 있었다. 세계의 지붕 히말라야산 양측의 두 대국의 영수로써, 마오쩌둥과 네루의 사이에는 사람들에게 잘 알려져 있지 않는 오히려 변화가 풍부한 교류사가 있었다.

"중국이 없으면 연합국은 완전한 것이 아니다."

제2차 세계대전 후 인도의 독립운동이 고조되었다. 끊임없는 용감한 투쟁으로 결국 영국을 압박하여 1947년 인도의 독립을 선포했다. 인도는 독립 후 대국당의 네루가 인도공화국의 초대 총리를 맡았다. 거의 이와 동시에 히말라야 산맥의 다른 한쪽에서는 중국공산당이 중국 인민을 이끌고 28년간의 피투성이의 싸움을 거쳐 결국 1949년 혁명을 이루고 신중국을 건립했다.

막 독립한 중국과 인도는 많은 공통점이 있었다. 양국 모두 세계적으로 유명한 고대 국가이고 고대 세계에 빛나는 찬란한 문화를 가지고 있었다. 양국은 모두 서방 제국주의의 침략을 받았고 제국주의와 식민주의에 의한 고난을 당할 만큼 당했다. 민족 독립의 쟁취와 인민 해방의 투쟁 중에 양국은 또 서로를 동정하고 지지하여, 결국 1940년대 말 연이어 독립을 이루었다. 또 양국 모두 새로운 국가를 세운 후, 민족독립수호, 민족경제발전, 제국주의 침략에 대한 저항 등 어렵고 힘든 역사적인 임무에 직면하고 있었다.

이와 같은 많은 공통점은 중인(中印) 양국 간 화목하고 우호적인 관계 건립의 기초를 결정지었다. 중국에 대하여 말하면, 새로 생긴 인민 정권을 공고히 하기 위해 중국은 동방에 불어오는 주요위협에 대응할 수 있는 역량을 집중시키는 것이 필요했고 이를 해내야 했다. 당시의 특수한 국제 환경아래, 중국은 양호한 중인 관계를 발전시켜야 했는데, 이는 중국의 서남 변경을 안정시키고자 함이었다. 인도에 대하여 말하면 그들도 중국과 우호관계를 발전시켜야하는 현실적인 이유가 있었다. 먼저 독립 초기에 인도는 경제가 낙후되어 있었기 때문에 평화적인 발전환경을 절박하게 원했다. 두 번째는 신중국은 아시아에서 궐기하여 이 지역의 국제적인 구조를 변화시켰다는 것이다. 이 사실을 인도는 매우 분명히 알고 있었다. 1949년 12월 중국의 형세를 분석할 때 네루가 밝혔다. "우리가 좋아하거나 싫어하거나를 떠나서 중국은 매우 안정적이고 충분히 강하며 또 인민의 보호를 받는 정부이다. 우리는 반드시 이 정부를 승인해야 했다." 또 네루가 제창한 비동맹 정책과 중국의 대외정책은 수많은 부분에서 일치하는 점이 존재했다. 이 몇 가지 원인에 기초하여 네루는 신중국과 우호관계를 발전시켜야 했다고 적극 주장했다. 결국 그의 강력한 추진 아래, 1950년 4월 1일 인도와 중국은 정식으로 외교관계를 수립했다. 인도도 이 때문에 처음으로 신중국과 수교한 다른 사회제도의 국가가 되었다.

신중국이 성립하자 미국을 수장으로 하는 서방국가의 정치고립, 경제봉쇄와 군사 포위정책 때문에 신중국은 외교적으로 매우 곤란한 상황이었다. 이런 상황에서 마오쩌둥은 네루가 중국과의 관계발전에 표시한 열정적인 태도와 전략적 안목을 매우 중요시했다.

1950년대 초기에 마오쩌둥은 여러 차례 이 방면에서 네루의 멀리 바라볼 줄 아는 식견에 대하여 높이 평가했다. 1950년 5월 20일 마오쩌둥은 주중 인도대사 파니카가 제출한 국서에 답하여 말했다. "중인 양국은 국경이 인접하여 역사와 문화가 유구하고 밀접한 관계가 있어왔다. 근세에 들어와서 또 모두 자신의 민족이 빠진 재난에서 있는 힘을 다해 벗어나기 위해 장기적이고 용감하게 투쟁을 진행한 적이 있었다. 우리 양국의 인민사이의 이해와 동정 그리고 관심은 깊고 확실하다. 현재 중인 양국의 정식 외교관계의 건립은 이미 존재하는 양국 인민 간의 우의가 나날이 발전하고, 공고히 되고 있을 뿐만 아니라, 이것으로 인해 따라오는 아시아의 양대 국가 인민의 진실한 협력은 반드시 아시아와 세계의 오랜 평화에 도움을 줄 것이다."[35] 1951년 1월 26일, 그는 또 직접 인도대사관이 개최한 인도 국경절 초청회에 참석하여 열정이 충만한 연설을 발표했고 중인 관계를 높이 평가했다. 그는 말했다. "중국과 인도 양국의 민족과 인민간의 우의는 몇 천년동안 매우 좋았습니다. 오늘 인도의 국경일을 경축하면서 우리는 중국과 인도 양국의 민족이 단결하여 평화를 위해 노력하길 희망합니다."[36] 이 우호적인 분위기에서 1950~1951년 인도에서 기근이 발생했을 때, 인도정부의 원조 요청에 응하여 중국정부는 신속하게 66.65만 톤의 식량을 제공했다. 이 기간 동안 네루도 마오쩌둥과 중국인민에 대하여 좋은 감정을 표시했다. 1950년 각 지역 수석 부장(중국의 성장에 해당한다)에게 편지를 보낼 때 다음과 같이 썼다. "중국은 내가 가장 탄복하는 국가이다. 거기에 거대한 변화가 발생했다. 우리는 당연히 그들에게 배워야 한다."

1950년대 중기에 들어서서 마오쩌둥과 네루 두 명의 공동의 노력과 추진 아래, 중인우호관계는 계속 전진 발전하였다. 서장(西藏)문제를

---

35) 『모택동외교문선』, 중앙문헌출판사, 세계지식출판사, 1994, p133.
36) 『모택동외교문선』, 중앙문헌출판사, 세계지식출판사, 1994, p148.

해결하기 위해 중인은 1953년 12월 북경에서 담판을 거행했다. 이때 중국총리 저우언라이는 후에 세계적으로 유명한 평화공존 5항 원칙을 제시했다. 그는 말했다. "신중국 성립 후, 중인 관계를 진행하는 원칙을 확립했는데, 즉 영토주권의 상호존중, 상호 불침범, 상호 내정 불간섭, 평등호혜와 평화공존의 원칙이다. 이 원칙에 근거하기만 하면(중인 간), 이미 미해결로 남아있는 그 어떠한 문제도 모두 꺼내서 이야기 할 수 있다." 인도 측은 저우언라이가 제시한 평화공존 5항 원칙을 담판을 이끄는 원칙으로 삼는 것에 동의했다. 평화적인 담판과 우호적인 협상을 통하여 양국은 최종적으로 1954년 4월 『중국서장지방과 인도간의 통상과 교통에 관한 협정』에 서명을 했다. 이 협정에 근거하여 인도는 영국이 서장에 가진 특권의 계승을 포기하고, 또 중국 서장지방에서 경영하던 체신(遞信)사업 및 그 설비와 12개 역(驛站) 모두를 저가로 중국에게 넘겼다. 특히 중요한 것은 이 협정은 유명한 평화공존 5항 원칙이 들어가 중인 양국관계의 준칙이 되었다는 것이다.

평화공존 5항 원칙의 기초 위에 중인 양국은 국제무대에서 서로 협력하고 서로 지지했다. 중국은 시작하자마자 인도 포르투갈식민지 고아(Goa)지방 수복 투쟁에 지지를 보냈고, 인도는 두 개의 중국을 반대했고 중국의 연합국에서의 합법적인 지위회복을 주장했다. 이를 위해 1950년 한국전쟁이 발발한 후, 네루는 또 특별히 스탈린과 에치슨에게 편지를 보내 중국의 연합국 진입의 수용을 건의하고, 그리고 이렇게 해야 미소(美蘇)와 같이 조선 문제에 대하여 영구적인 해결방법을 얻을 수 있을 것이라고 생각했다. 한국전쟁 기간 중국은 인도를 통하여 미국에 경고를 했다. 1951년 2월 인도는 또 제6차 연대투표에서 중국을 모욕하는

'침략자'라는 제안에 반대했다. 인도의 신임에 기초하여 중국 측은 인도가 조선이 중립국이 되게 하는 위원회의 주석을 맡아줄 것을 건의했다. 제네바 회의 기간에는 중국과 인도는 빈번하게 서로의 입장에 대하여 상의와 협조를 했다. 게다가 네루의 요청에 응하여 제네바 회의의 막간을 이용하여 1954년 6월 저우언라이는 인도를 3일 동안 정식으로 방문했다. 이는 신중국 총리가 처음으로 다른 사회제도 체제에 있는 국가에서 진행한 정식방문이어서 그 의미가 매우 컸다. 같은 해 12월 네루는 또 미얀마, 인도네시아 등 총리의 의견을 지지하고 분명하게 제1회 아시아 아프리카 회의에 중국이 참석하는 것에 동의를 표시했다. 이런 배경아래 개최된 반둥회의는 중인 양국의 상호 호응과 협력으로 이 시기 국제무대에서의 협력이라는 방면에서 모범이 되었다.

중인 관계가 양호하게 발전하는 추세에 대하여 마오쩌둥과 네루는 모두 매우 긍정적으로 평가했다. 양국의 우호관계에 기초하여 이 시기에 네루는 계속 특별하게 중국이 당연히 얻어야 하는 국제적 지위에 대하여 매우 관심을 가지고 있었다. 그는 일찍이 말했다. "중국이 없으면 연합국은 완전한 것이 아니며, 만약 중국이 없다면 그것은 바로 세계의 4분의 1에 근접하는 인구가 없는 것과 같다."

"새로이 좋게 서로를 아는 것만큼 즐거운 것은 없다"

중인 간의 우호관계에 비추어 보아 중국 정부의 요청 아래, 1954년 10월 18일부터 30일 까지 인도 총리 네루가 정식으로 중국을 방문했다.

마오쩌둥은 이번 네루의 방중을 매우 중요하게 생각했다. 기록에 의하면 당시 북경의 기관과 학교가 전부 쉬었고 100만 시민이 비행장에서부터 호텔까지 도로에서 네루를 환영하여 전례 없는 성황을 이루었다. 열렬한 환영과 네루의 방문에 대하여 주도면밀하게 계획함과 동시에 마오쩌둥은 그와 네 차례 진실하고 성실하게 우호적인 깊은 회담을 거행했다. 이런 주도면밀하고 세밀하며 진실하게 서로를 대한 조치는 네루에게 깊은 인상을 주었다.

1954년 10월 18일 네루는 딸이자 후에 인도 총리가 되는 인디라 간디와 광주(廣州)에 도착했다. 그리고 19일 네루 일행은 북경에 도착했다. 북경에 도착한 당일 마오쩌둥은 즉시 근정전에서 네루와 만났다.

때는 마침 가을이라 가을 하늘은 높고 날씨는 상쾌했다. 네루가 근정전으로 들어섰을 때, 마오쩌둥이 열정적으로 앞으로 나와 맞이하고 네루의 손을 잡고 말했다. "우리는 당신을 환영합니다. 매우 환영합니다." 회견에 대동한 주떠 부주석, 류샤오치 위원장, 저우언라이 총리, 송칭링 부위원장 그리고 천윈(陳雲) 부총리가 모두 일어나서 맞이했다. 네루는 얼굴가득 웃음을 머금고 말했다. "나는 매우 기쁘게 중국에 왔습니다. 이는 나를 매우 유쾌하게 합니다. 나는 이날을 갈망한지 매우 오래되었습니다. 나는 북경에 도착한 후 성대한 환영을 받아서 매우 감동했습니다." 이어서 바로 마오쩌둥과 네루는 역사적 의의가 풍부한 회담을 진행했다.

회담 중에 마오쩌둥이 먼저 중인 양국의 역사를 회고하며 그는 말했다. "우리는 모두 동방 사람입니다. 역사상 모두 서방 제국주의국가의 능욕을 당한 적이 있습니다.", "중국은 서방제국주의국가의 능욕을 백 년 넘게 받았습니다. 당신들의 국가가 받은 치욕의 시간은 더 깁니다. 3백 년이 넘습니다.", "이로 인해 우리 동방사람들은 단결하려 일어나려는 의지가 있고 스스로를 보호하려는 감정이 있습니다. 비록 우리는 사상적으로 사회제도적으로 다르지만 우리는 매우 큰 공통점이 있습니다. 그것은 바로 우리는 항상 제국주의를 반대했다는 것입니다." 이어서 마오쩌둥은 또 수많은 자료를 인용하여 중인 양국의 기본적인 국가정세를 분석했다. 그는 말했다. "우리나라는 공업국이 아니며 농업국입니다. 우리의 공업 수준은 인도보다 낮습니다.", "제국주의국가는 현재 우리를 무시합니다. 우리 양국은 그 처한 상황이 비슷합니다. 이는 또한 동방의 국가가 공통으로 처한 상황입니다." 담화 중 마오쩌둥은 특별히 "우리 양국 인민이 서로 상대방의 국지도자들에게 표시한 환영은 그들이 중요하게 생각하는 것이 서로 다른 사상과 사회제도가 아니라 우리의 공통점이라는 것을 설명했다"고 했다.[37]

마오쩌둥의 이 말에 네루는 매우 감동을 받아 즉시 호응하며 말했다. "맞습니다. 우리가 중요하게 생각하는 것은 공통점입니다.", "과거 2백 년 이래, 우리 양국과 기타 아시아 국가는 모두 외부로부터 들어온 식민주의 국가의 압박과 통치를 받았습니다. 이는 우리 양국이 공통으로 가진 경험이고 또 기타 아시아 국가가 공통으로 가진 경험입니다. 우리는 수많은 공통점이 있습니다. 이는 과거와 연결될 뿐만 아니라 근대에 식민주의의 통치를 받았기 때문입니다.", "자고이래 우리는 수많은 공통적인 부분이 있었으며, 현재의 문제도 공통적인 것입니다. 주석의 말씀이 맞습니다. 우리 양국은 공업이 낙후되어 있는데, 이는

---

37) 『모택동외교문선』, 중앙문헌출판사, 세계지식출판사, 1994, p163~167.

공통점입니다. 우리는 모두 각자의 국가를 빠르게 발전시키고 싶어 합니다."

이어서 그들은 또 중인 양국 총리가 제창한 평화공존 5항 원칙에 대하여 언급했다. 네루가 말했다. "인도에서는 5항 원칙이 우리 양국 간의 관계에 적용될 수 있다고 생각하고 있을 뿐만 아니라, 기타 국가 간의 관계에도 적용될 수 있다고 생각합니다." 마오쩌둥이 대답하였다. "당연히 5항 원칙을 모든 국가 관계에 널리 일반화시켜야 합니다. 네루 총리는 지난 달 29일에 한 연설에서 이렇게 말한 적이 있습니다. 당연히 5항 원칙에 따라 약속을 받고 임무를 책임져야 했다. 만약 어떤 국가가 하지 않겠다고 말했다면, 그럼 바로 이유를 들고 그것을 지적하여 그것이 인간의 눈에 이치가 맞지 않는다고 해야 합니다. 문제는 일부 대국이 약속을 원하지 않고 우리 양국과 같이 5항 원칙에 근거하여 협정을 체결하는 것을 원하지 않는다는 것입니다."[38]

이때는 미국이 마침 장제스가 중국 대륙에 진행하는 교란적 성격을 가진 전쟁에 대하여 원조와 지지를 강화하고 있었고 있는 힘을 다하여 중국을 배척했을 때이다. 이런 정황에 초점을 맞추어 네루는 미국은 그들의 이익에 손실을 입는 것을 두려워하여, 모든 기득권자들과 같이 공포를 가지고 신경을 곤두세워 모든 곳에 손을 뻗는다고 말했다. 마오쩌둥이 동의를 표시하며 말했다. "미국의 공포는 사실 매우 지나친 것입니다. 그들의 방위선은 남조선, 대만, 인도차이나에 놓여 있습니다. 이 지방은 미국은 멀고 우리와 오히려 더 가깝습니다. 이는 우리에게 잠을 못 이루게

---

38) 『모택동전』 4권, 중앙문헌출판사, 2011, p1535~1536.

합니다."

10월 21일 저녁 인도 주중대사 라가반이 북경 신교(新僑) 호텔에서 네루를 위하여 초청회를 성대하게 개최하였다. 마오쩌둥 등 중국 지도자들이 초청회에 참석하였다. 이번 초청회에서 마오쩌둥은 또 네루를 회견했다. 이 기회를 빌려 그들은 또 국가관계의 기본원칙 등에 대한 문제의 처리에 대하여 한층 더 나아가 토론했다.

담화 중에 마오쩌둥이 말했다. "우리는 협력적인 측면에서 경험을 얻었습니다. 사람과 사람 간, 정당과 정당 간 그리고 국가와 국가 간의 협력을 막론하고 모두 서로 이익이 있어야 하고 어느 한쪽도 손해를 입어서는 안 되었다는 것입니다. 만약 어느 한쪽이 손해를 입는다면 협력은 유지할 수가 없습니다. 이는 우리의 5항 원칙 중 하나가 평등호혜이기 때문입니다." 이외 마오쩌둥은 고대 성현의 말을 인용하여 세계의 다양성 및 다양한 사물은 서로 화목하게 지내야 한다고 설명했다. 그는 말했다. "중국고대 성인 중 한 명인 맹자는 '사물은 천차만별인데 이는 객관적이고 자연스러운 것이다(夫物之不齊, 物之情也)' 이는 사물의 다양성은 세계의 실제적인 상황입니다. 마르크스주의도 사물의 다양성을 인정하는데, 이는 형이상학과 다른 것입니다." "국가와 국가 간에는 특히 우호적인 국가 간에는 서로 경계를 해서는 안 됩니다. 우리와 미국과 같이 이렇게 서로가 경계를 하는 것은 좋지 않은 것입니다."[39] 이런 관점에 대하여 네루는 고개를 끄덕이며 동감을 표시했다.

10월 23일 오후 마오쩌둥은 중남해 이년당에서 또 네루를 회견했다. 두

---

39) 『모택동외교문선』, 중앙문헌출판사, 세계지식출판사, 1994, p167.

명의 영수가 얼굴을 맞대고 앉았을 때, 마오쩌둥이 웃으면서 네루에게 저우언라이와의 회담이 어떠하였는지 충돌이 발생하지는 않았는지 물었다. 네루가 웃으면서 대답했다. "회담은 매우 좋았습니다. 어떻게 충돌이 있었겠습니까?" 마오쩌둥이 말했다. "우리와 인도는 마치 싸울 일이 없는 것 같습니다." 뒤이어 그들은 화제를 사전에 약정한 '전쟁' 문제로 전환했다. 네루는 마오쩌둥이 제시한 전쟁문제에 대한 담론에 매우 흥미가 있음을 표시했다. 그는 매우 예의 있게 마오쩌둥은 이 방면에 대한 전문가이므로 그의 의견은 존중받아야 한다고 말했다.

이어진 대화에서 마오쩌둥은 전면적으로 중국공산당과 중국 정부의 전쟁에 대한 생각과 태도를 분명하게 표시했으며 네루에게 다음과 같이 분명하게 표명했다. "중국 인민은 평화를 사랑하지만 절대로 전쟁을 두려워하지는 않습니다. 만약 세계대전을 다시 했다면 미국의 통치범위를 축소시킬 뿐입니다. 핵무기를 사용하여 중국을 전부 회멸시키기에는 곤란할 것이며 중국 인민은 영원히 존재할 것입니다. 우리는 공동으로 노력해서 전쟁을 방지해 오래 지속되는 평화를 쟁취해야 합니다."

전쟁에 좋은 점이 있는가 하는 문제를 이야기 할 때, 마오쩌둥이 말했다. "사람은 각자 자신의 생각이 있습니다. 그러나 제가 볼 때는 다시 세계대전을 하는 것은 미국의 입장에서 볼 때 가치가 없는 것입니다. 세계 전체 혹은 세계의 절대 다수가 혁명 상태에 처하게 됩니다. 제가 이렇게 말하는 것은 일부러 두렵게 하려고 하는 것이 아니라, 두 번의 세계대전에 근거한 사실입니다. 만약 다시 전쟁을 했다면 제가 볼 때, 미국에게는 어떠한 좋은 점도 없으며 단지 그들의 통치범위만 줄어들 것입니다." 전쟁의 역사적인 경험에 대하여 이야기를 나눌 때, 마오쩌둥은 또 다음과 같이 밝혔다. "이외 또 한 번의 경험이 있습니다. 두 번의 세계대전은 모두 방어하는 자가 승리하고 공격한 자는 실패했습니다. 제1차 세계대전 때에는 독일군대가 서쪽에서 파리를 공격했고 동쪽에서는 거의 상트페테부르크를 공격했으나 결과는 공격한 측이 역시 실패했습니다. 제2차 세계대전 때에는 공격자인 독일, 이탈리아, 일본이 모두 패배했고 방어를 취한 측이 승리를 했습니다. 비록 방어한 측의 국가들이 전쟁으로 쇠약해 졌지만, 예를 들어 영국과 프랑스가 그렇습니다." 이외 이번 담화 중에 마오쩌둥은 또 중국은 평화를 갈망했다고 재차 천명했다. 그는 말했다. "우리는 현재 몇 십 년의 평화가 필요합니다. 적어도 몇 십 년의 평화가 있어야 국내의 생산력을 성장시키고 인민의 생활을 개선할 수 있습니다. 우리는 싸움을 원하지 않습니다. 만약 이런 환경을 창조할 수 있다면 매우 좋을 것입니다. 대체로 이 목표에 찬성한다면 우리는 그들과 협력할 수 있습니다."[40]

10월 26일 오후 네루의 일행은 중남해 근정전에 도착하여 마오쩌둥 및 기타 중국 지도자들에게 작별인사를 했다. 이곳은 그와 마오쩌둥이 처음 만난 장소이기도 하지만 지금은 또 그들이 작별하는 장소가 되었다. 네루는 매우 감개무량하게 말했다. "여기에서 나는 많은 친구를 사귀었고, 또 큰 우정을 얻었습니다." 그는 깊은 정으로 "비록 돌아가야 하지만 그러나 이미 자신의 일부분을 중국에 남겼다"고 말했다. 학식이 풍부한 마오쩌둥은 즉시 고대의 시인 굴원(屈原)의 시구를 인용하며 네루를 배웅했다. 바로 "대략 2전 넌 진에 중국의 시인 굴원이 말한 두 구의 시가

---

40) 『모택동 외교문선』, 중앙문헌출판사, 세계지식출판사, 1994, p168~171.

있는데 '까닭 없이 이별하는 것만큼 슬픈 것은 없고, 새로이 좋게 서로를 아는 것만큼 즐거운 것은 없다(悲莫悲兮生別離, 樂莫樂兮新相知)"이다. 이 두 구의 유명한 시구를 네루는 매우 마음에 들어 했다. 그가 말했다. "주석이 방금 인용한 두 마디의 시구는 개인에게 적용될 뿐만 아니라, 국가와 국간 간에도 적용됩니다. 우리 양국은 매우 긴 시간을 경험한 이후 또 만났습니다. 이로 인해 특히 두 번째 시구는 적절합니다."

네루와의 담화는 마오쩌둥의 흥취를 촉발시켰다. 이어서 그는 중인 관계의 현실과 전경, 네루 총리의 방중 의의 및 중국의 내정과 외교 등 문제에 대하여 한층 더 상세하고 명확하게 발전시켰다. 중인 관계의 전망에 대하여 이야기를 나눌 때 그는 말했다. "우리 양국의 외교는 매우 쉽게 처리 될 수 있어 싸울 필요가 없습니다. 친구 간에도 어떤 때는 대립이 있고 어떤 때에는 싸울 수도 있습니다. 심지어 싸워서 귀와 얼굴이 빨게 질 수도 있습니다. 그러나 이런 다툼은 우리와 덜레스(당시 미국국무장관)간의 싸움과는 본질적으로 다른 것입니다.", "네루 총리는 이번 방중에서 중국은 친구가 매우 필요하다는 것을 반드시 알았을 것입니다. 우리는 새로운 중국입니다. 비록 대국이라 하지만 그 힘이 아직 약합니다.", "이 때문에 우리는 친구가 필요합니다. 나는 인도도 친구가 필요할 것이라고 생각합니다. 이점은 몇 번의 회담, 과거 몇 년간의 협력과 저우언라이 총리가 인도를 방문했을 때 받은 환영과 진행한 회담으로 알 수 있습니다." 그는 "인도는 희망이 있는 민족이고 위대한 민족이다. 인도가 좋아지면 세계에 유익할 것"이라고 강조했다.[41]

---

41) 『모택동 외교문선』, 중앙문헌출판사, 세계지식출판사, 1994, p174~176.

중인 관계 발전의 전경에 대하여 이야기를 나눌 때 그는 또 말했다. "네루 총리는 평화지대의 건립과 확대를 주장하고 게다가 평화적인 국가가 나날이 늘어나는 것에 찬성하기를 희망합니다. 평화지역의 건립과 확대는 매우 좋은 구호이므로 우리는 찬성합니다. 이를 위한 목적은 협력에 충분히 의심과 방해가 될 만한 요소를 제거해야 합니다. 중인은 서장에 관한 협정을 체결했고 이는 협력에 의심과 방해를 일으키는 요소의 제거에 유리합니다. 우리는 5항 원칙을 공동으로 선포했습니다. 이도 매우 좋은 것입니다. 화교문제도 당연히 적당하게 해결해야 하는데, 이는 어떤 국가가 우리가 화교를 이용하여 소란을 피운다고 말하는 것을 피하기 위해서입니다." 그는 또 강조했다. "대체로 협력에 의심과 방해를 일으키는 문제를 우리는 모두 해결해야 하는데, 이는 5항 원칙 중 평등호혜를 달성하는 것입니다."

네루는 마오쩌둥의 두터운 정과 중국 인민의 우의를 간직하고 중국 방문을 끝내고 인도로 돌아갔다. 그는 이미 여러 번 표시했다. "중국에서 보인 우의와 환대 그리고 열정에 매료되었습니다.", "저는 매우 감동했습니다.", "저는 여러분들에게 내가 받은 매우 깊은 감동을 알려줄 방법이 없습니다. 저는 다른 국가에서 온 방문자에 대한 이런 종류의 열정적인 환영의 표현은 상징적인 의의를 가지고 있다고 생각합니다." 이를 이해하기는 어렵지 않다. 네루가 이야기한 상징적인 의의는 바로 중인 양국의 평화와 우호이다. 네루의 중국 방문의 성공은 중인 양국의 인민 간의 이해와 신뢰의 증진과 양국 우호관계의 강화에 유익한 공헌을 했다. 그러나 네루의 중국 방문은 미국 등의 나라의 경각심을 일으켰다. 네루와 마오쩌둥의 회담성공에 대하여 미국의 언론매체나 평론은

"이는 사람을 안심시키기 매우 어려운 사건"이었고 "서방국가에게 매우 중대하고 게다가 매우 유해한 안 좋은 결과를 초래한 것"이라고 말했다.

"중인양국의 싸움은 사실 매우 불행한 사건이다"

네루는 인도 브라만 계층 출신으로 인도의 명문귀족이었다. 그는 어렸을 때부터 브라만 문화와 서방 문화의 영향을 받았기 때문에 인도 대자산계급과 밀접한 연관이 있었다. 이 때문에 그는 한 편으로는 반제국주의 사상을 가지고 있었으며, 다른 한편으로는 영토 확장의 야심도 있었다. 이 점은 1930년대 그의 자서전에 나타난다. 이 자서전에서 네루는 소위 '대인도 연방'의 구상을 제시했다. 또 그는 "나의 미래와 희망에 대한 생각은 이러하다. 나는 장래 하나의 연방을 건립하는데, 그중에는 중국, 인도, 미얀마, 스리랑카, 아프카니스탄과 기타 국가를 포함 했다"라고 했다. 이 '구상'의 취지 아래 인도는 독립 후, 곧 영국의 남아시아와 서장의 의발을 계승하고 싶어 했다.

1954년 네루는 중국 방문을 성공하고 중인 관계는 곧바로 가장 좋은 시기에 진입했다. 그러나 좋은 상황은 오래가지 않았다. 1959년 서장 지방 정부와 반동집단이 서장 평화해방에 관한 '17조협의'를 철회하고 무장반란을 일으켜 중인 관계의 대립은 점점 심해지고 확대되었다. 이런 상황에서 인도는 중국의 서장반란 진압에 대하여 질책을 하고, 인도 외교부는 또 소위 '달라이 성명'이라는 것의 배포를 비준하고 중국정부를 공격했다. 네루도 중국 내정을 간섭하는 언론을 발표했다. 또 중국의 서장반란 진압에 대하여 '비극'이라고 하고 소위 '서장 인민은 자치를 희망했다'라고 표시하면서 동정했다.

이런 상황 아래 국가의 영토주권의 수호를 위해 마오쩌둥은 반격을 결정하고 다음과 같이 표시했다. "과거 우리는 줄곧 대 외국, 특히 인도 측의 공격에 대하여 억제하는 태도를 취했다. 현재 평론을 이용하여 소위 달라이라마 성명을 구실로 삼는 인도의 확장주의를 중점으로 비판할 수 있다. 단, 잠시 네루를 지명하지 않는다." 1959년 4월 25일 그는 후차오무(胡喬木), 우렁시(吳冷西) 그리고 펑쩐에게 지시의 글을 써서 밝혔다. '제국주의와 비적 장제스 무리 및 외국 반동파가 책동하는 서장반란은 중국의 내정을 간섭하는 것이다.' 이 견해는 이야기 한지 오래이지만 전부 적당하지 않아, 즉시 거두어 들여야 했다. 그리고 '영국 제국주의자들과 인도 확장주의자들이 결탁하여 못된 짓을 저지르고 공개적으로 중국의 내정을 간섭하여 터무니없는 획책으로 서장을 얻으려는 것이다'라고 고쳤다. 영국과 인도를 비판하고 피해선 안 되었다.

중인 변경문제에 관하여 마오쩌둥은 한편으로는 중인변경은 지금까지 확정된 적이 없으며 맥마흔 라인(McMahon line)은 불법적인 것으로 중국 정부는 승인할 수 없다고 생각했다. 다른 한편으로는 또 중국의 전략 중심이 '동방'에 있지 서쪽에 있지 않다고 생각했다. 서남변경(西南邊境)의 안녕을 위해, 그는 평화적인 담판을 통해 중인 변경문제를 해결할 수 있다고 주장했다. 아쉬운 것은 인도 측이 중국 측의 합리적인 건의를 이해하지 못했을 뿐만 아니리, 중구의 경고를 무시하고 계속 끝없는 욕심을 부려 끊임없이 잠식했다. 네루는 심지어 공개적으로 "중국인을 동북변경의 특구로 쫓아내야 했다"고 말했다. 1962년 10월 17일 인도

군대가 중인 변경의 동단과 서단에서 동시에 중국을 향하여 맹렬하게 포격했다. 그날 저녁 마오쩌둥은 회의를 열어 의논했다. 마오쩌둥이 회의에서 말했다. "우리와 인도 간 변경분규는 여러 해 동안 시끄러웠다. 우리는 싸움을 원하지 않았다. 본래 담판을 통해 해결하려 했으나 네루는 담판을 원하지 않는다. 현재 상황을 보니 싸우지 않을 수 없다.", "중인 양국이 싸우는 것은 사실 매우 불행한 사건이다. 오늘 우리의 싸움은 두 가지 조건이 있다. 하나는 싸워 이겨서 네루를 담판 장에 끌고 나오는 것이고, 다른 하나는 '이유가 있어야 하고 이익이 있어야 하며 절제가 있어야 한다'이다."

1962년 10월과 11월 중국 군대는 자위적인 반격을 진행했다. 작전 중에 인도 군대는 일패도지했다. 중국 군대는 잃은 것을 전부 회복한 상황에서 곧 군대를 1959년 실제 통제선의 후방 20킬로미터까지 전부 철수한 후, 중국 정부는 여러 차례 평화적인 담판을 통해 중인 변경문제를 해결하자는 건의를 제시했다. 그러나 모두 네루에 의해 거절당했다. 인도 군이 패배한 후 맞이한 경제위기, 사회동요는 네루의 지위를 흔들리게 했다. '안하무인이며 성격이 조급하며 거만하고 자부심이 큰' 네루의 신체도 거대한 압력에 의해 갈수록 안 좋아져 결국 1964년 5월 27일 세상을 떠났다.

중인 양국 사이의 유구한 전통적인 우의와 근대 이래로 매우 비슷한 민족의 운명에 근거하여, 마오쩌둥은 네루에 대하여 시종 깊고 두터운 감정을 가지고 있었다. 설령 인도 내에서 중국을 반대하는 소리가 점점 높아질지라도 마오쩌둥은 여전히 "네루는 친구이고 적이 아니다"라고 강조했다. 네루의 사망 후 저우언라이 총리가 조전을 보내 말했다. "비록 현재 우리 양국 간에 상당한 대립이 존재하지만 이런 불행한 상황은 결국 한시적인 것이다. 나는 굳게 믿는다. 중인 양국 인민의 우호관계가 반드시 곧 평화공존 5항 원칙의 기초 위에 회복과 발전을 얻을 것으로 믿는다."[42] 저우언라이 총리와 천이 부총리는 직접 인도 주중대사관에 가서 네루의 사망에 조의를 표하고 네루의 영전에 헌화했다.

또 중인 간에 변경전쟁의 발생으로 네루는 '매우 낙심했다.' 그러나 그는 마오쩌둥과 중국인민에 대하여 매우 깊은 감정이 있었다. 중국이 정전을 선포한지 대략 보름 후, 어느 날 네루는 어느 대학에 가서 졸업식을 주관했었다. 당시 사람들은 네루가 격렬한 말을 골라 반 중국연설을 발표할 것이라고 생각했다. 그러나 거의 모든 사람들의 예상 밖이었던 것은 이번 연설 중에 그는 오히려 다음과 같은 감정을 표시했다. "당신들은 중국학교와 유명한 중국학자(탄윈산(譚雲山)을 말했다)가 있음을 당신들은 항상 기억해야 합니다. 당신들의 현재와 미래 모두 위대한 중국과 전쟁을 해서는 안 됩니다. 당신들은 중국 인민에 대하여 나쁜 감정을 가져선 안 되며…, 만약 당신들이 중국을 일개 국가로 여기거나 그 수억 인민이 당신들의 적이라고 생각했다면 그것은 옳지 않습니다…." 이 말은 당년 청중의 자리에 앉아 있던 탄윈산으로 하여금 눈물을 흘리게 하였다.

어떤 종류의 의의에서 보면 마오쩌둥과 네루의 교류사는 중인 관계사의 축소판이었다. 중인 관계는 비록 곡절이 있고 복잡하지만 그러나 역사는 결국 앞을 향해 발전하는 것이다.

42) 『인민일보』, 1964년 월 28일.

16

"결코 일시적인 우호가 아니다"
-마오쩌둥과 알리 부토

16

"결코 일시적인 우호가 아니다"
― 마오쩌둥과 알리 부토

줄피카르 알리 부토는 파키스탄 정치가이며 총리였다. 1928년 1월 5일 파키스탄 신드지역 귀족가정에서 출생했다. 미국 캘리포니아주에서 법률을 공부하고 후에 영국에서 변호사를 개업하고 교편을 잡았다. 1953년 귀국하여 카라치에서 변호사를 했다. 1957년 연합국주재 파키스탄 대사에 임명되었다. 1958년 파키스탄 상무(商務)장관을 맡았다. 1962년에 파키스탄 무슬림 연맹회의의 영수가 되었다. 1963년부터 1966년까지 파키스탄 외교장관을 맡아 파키스탄의 서방 강국에 대한 의존과 밀접한 관계에서 벗어나기 위해 중국과의 관계에 상당한 노력을 했다. 1967년 12월 파키스탄 인민당을 창립했다. 1968년 11월 체포되어 다음해 초에 석방되었다.

1969년 부토는 민주운동을 이끌어 아유브 칸 정권을 전복시켰다. 1970년 인민당 주석에 당선되고 1971년 재차 외교장관에 임명되어 파키스탄 대표단을 인솔하여 중국을 방문했다. 같은 해 12월 20일 총통 겸 군사관제수석 집행관에 임명되었다.

1973년 8월 신헌법을 실시한 후 총리를 맡고, 외교, 국방 그리고 내정장관을 겸임했다. 1977년 3월 재차 총리를 맡았다. 같은 해 7월 지아울 하크 장군이 일으킨 정변에 의해 체포되고 얼마 지나지 않아 석방되었다. 후에 또 체포되어 1974년 정적 살해의 죄명으로 재판을 받아 1979년 4월 4일 교수형을 당했다.

서로 양해하여, 순리적으로 중파 변경문제를 해결하다.

부토는 중국 인민의 오랜 친구였다. 중국에 대하여 일관되게 우호적이었으며, 여러 차례 중국을 방문했다. 1963년, 1972년, 1974년과 1976년 이렇게 네 차례 마오쩌둥의 친절한 접견을 받았으며 마오쩌둥 등 중국 지도자들과 깊고 두터운 우정을 맺었다. 중파 양국의 화목과 우호를 위해 매우 큰 공헌을 했다.

1950년대 중소, 중인 관계는 중파 관계보다 더욱 밀접해야 했다. 카슈미르 문제에서 소련은 인도를 지지하는 태도를 취했다. 그러나 마오쩌둥 등 중국 지도자들과 중국 정부는 카슈미르 문제에서 항상 공정한 입장을 유지하여, 결코 중소, 중인과의 밀접한 관계 때문에 인도를 편들지 않았다. 파키스탄의 주동적인 요청에 의해 중국 정부는 카슈미르 문제에 대하여 중재를 진행하는 상황에서 마오쩌둥 등 중국 지도자들은 의연히 중국 정부가 제창한 평화공존 5항 원칙을 지키고 집행하여, 절대 카슈미르 문제에 끼어들지 않았다. 서방국가 같은 그런 인도, 파키스탄 간의 카슈미르 문제를 고의로 이용하는 모순과 논쟁을 중국은 인파 사이에 만들지 않았다. 마오쩌둥 등 중국 지도자들의 이 방법은 파키스탄의 찬양을 받았다.

1962년 11월 27일 부토는 파키스탄 국민회의에서 장편의 발언을 하면서 파중 관계에 대하여 말했다. "우리는 중화인민공화국이 카슈미르문제에 대하여 적대적 입장을 취하지 않은 사실에 대하여 찬양과 경의를 표시합니다. 비록 과거 우리는 이 위대한 인접국과의 관계가 오늘날과 같이 이렇게 융화되지는 않았지만." 부토와 파키스탄 정부의 중국에 대한 신임과 칭찬은 중파 관계의 수많은 장애를 근본적으로 개선하고 제거하였다.

　　1962년 12월 중파 양국정부는 중국 신강(新疆)과 파키스탄이 실질적으로 통제하여 방위하는 각 지역이 서로 인접하는 변경에 대한 원칙적인 협의를 달성했다. 중국 정부는 정식으로 변경협정을 체결하기 위해 파키스탄 임시 외교부장 마호메드 알리 선생에게 중국 방문 요청을 했다. 마호메드 알리가 불행하게도 세상을 떠나 방문이 실현되지 못했다. 뒤이어 중국정부는 또 파키스탄 외교장관 줄피카르 알리 부토를 초청했다. 1963년 3월 부토가 중국을 방문하여 중국 정부와 인민의 열렬한 환영을 받았다. 환영연회에서 부토가 말했다. "파키스탄은 중국과 신속하게 변경협정을 체결하는 것을 환영합니다. 이는 양국 우호관계의 확실한 상징입니다. 우리의 우의는 반드시 이 동란 세계의 시련을 견딜 수 있어야 합니다. 반드시 평등, 성실, 진실 그리고 서로 양보하는 기초 위에서 이런 우의를 발전시켜야 합니다. 우리는 이것도 영광스러운 평화가 원하는 것이라고 믿습니다." 파키스탄은 중파 관계에서 적극적인 태도를 보였다. 비록 당시 중파 양국은 변경확정문제에 있어 약간의 곤란한 점이 존재하였지만 부토는 이미 달성한 협정에 대하여 매우 만족했고, 그는 이는 "국제적인 협력과 양해의 모범적인 사례"라고 생각했다.

변경협정의 중요성을 표시하기 위해 중국 정부는 국가주석 류샤오치, 국무원총리 저우언라이가 인민대회당에서 열린 협정체결 의식에 참가했다. 3월 2일 오후 중파 양국 외교부장인 천이와 부토는 자신의 나라를 대표하여 『중화인민공화국정부와 파키스탄정부의 중국 신강(新疆)과 파키스탄이 실질적으로 통제하여 방위하는 각 지역이 서로 인접하는 변경에 관한 협정』에 서명을 했다. 이로써 원만하게 역사적으로 남겨진 변경문제를 해결했다. 이 협정의 서명은 상호 존중과 선의의 기초 위에 진행한 우호협정이며 변경분쟁과 기타 국제 논쟁에 유효한 방법임을 충분히 나타냈다. 그것은 중파 양국의 우호와 화목관계의 공고와 발전은 중요한 의의가 있을 뿐만 아니라 아시아와 세계평화를 공고히 하는 데 공헌을 했다.

부토는 변경협정이 순리적으로 체결되어 매우 기뻐했고, 그날 저녁 연회에서 답사를 했다.

그는 격동적으로 말했다. "오늘 오후 중화인민공화국과 파키스탄공화국의 관계에 깊은 역사적 의의를 가지는 발전이 있었습니다. 그것은 바로 우리의 300여 마일에 이르는 공동변경 토지에 대한 협의를 달성한 것입니다. 우리의 공동변경을 확정한 것은 우리 양국인민이 이와 같이 우호와 화목한 협력의 정신을 중요시했다는 것을 상징하고 있습니다."

1963년 3월 3일 오후, 마오쩌둥은 풍택원 이년당에서 파키스탄 임시 외교장관인 부토 일행을 회견했다. 한 나라의 외교장관으로써 마오쩌둥의 이례적인 접견을 받은 것은 마오쩌둥이 부토의 이번 방문을 중요하게 생각하고 있음을 충분히 알 수 있었다. 부토는 마오쩌둥을 앙모한지 오래되었는데, 이번에 마오쩌둥의 접견을 받을 수 있어서 매우 기뻐했다.

그는 감정이 격앙되어 마오쩌둥에게 말했다. "당신이 우리 대표단을 만나주셔서 감사합니다. 나는 즐겁게 중국에 도착했습니다. 도처에서 매우 열렬한 환영을 받았습니다. 이는 당신들의 파키스탄인민에 대한 우의를 상징합니다." 마오쩌둥은 이번 변경담판의 상황 및 파키스탄과 인도의 관계에 대하여 물었다. 그는 부토에게 말했다. "중파 변경문제는 이렇게 단시간 내에 이야기를 끝냈습니다" "우리는 이에 매우 기쁩니다. 우리 양국 인민은 모두 기쁩니다." "현재 변경문제는 해결되었으니, 당신들은 안심을 하고 우리의 관계는 변경문제로 인해서 논쟁이 일어나지 않을 것입니다." "나는 남부 인접국과 미얀마와 네팔의 변경과 같이 이미 해결했습니다." 부토가 말했다. "쌍방이 모두 서로 이해하고 양보하는 정신이 있기만 하면 문제는 곧 신속하게 해결될 것입니다." 중파 변경문제의 해결에 대하여, "파키스탄 인민이 이에 대하여 매우 기뻐합니다." "우리 양국 사이의 우의가 끊임없이 증진하고 우호합작이 더욱 강화되길 희망합니다."

마오쩌둥과 부토는 계속 상호 관심을 가지는 문제에 친절하고 우호적인 담화를 진행했다. 마오쩌둥의 진솔하고 성실한 그리고 심오한 사상과 날카로운 시국을 통찰하는 관찰력은 부토에게 심각한 영향을 미쳤다.

정의를 신장하고 중파 우의는 끊임없이 깊어진다.

1965년 9월 카슈미르 논쟁으로 인해 인도는 다시 사단을 일으켜 인도와 파키스탄 간에 전쟁이 발발했다. 인파 충돌에 대하여 마오쩌둥과 중국 정부는 불개입의 입장을 고수했다. 그러나 도의상 파키스탄을 분명하게 지지하고 인도군대의 확장행보를 규탄했다. 중국 외교부는 연속으로 세 차례 주중 인도대사관에 공문을 보내 인도 군대가 중국 영토를 침범한 사건에 대하여 강렬한 항의를 표시하자, 중국의 공문을 받은 인도는 중국이 인파 충돌에 개입하는 것을 걱정하여 매우 빠르게 중국의 공식 요구에 따라 중국변경을 침입한 군대를 철수 시켰고 군 시설을 철거했다. 1971년 11월 인도는 동 파키스탄 인민의 민족자치를 실현시킨다는 명목으로 파키스탄에 또 한차례 거침없이 공격을 시작하여, 제3차 인파 전쟁이 발발했다. 중국은 단호하게 파키스탄을 지지하고 인도의 이유 없는 하나의 주권국가를 침략하는 행위에 대하여 반대했다. 그리고 "동파키스탄 문제는 순전히 파키스탄의 내정에 속하는 것으로 어떠한 사람도 간섭할 권리가 없다. 인도는 동파키스탄 문제를 핑계로 파키스탄을 무력 침공한 것으로 이는 용인할 수 없는 것이다"라고 분명하게 밝혔다. 인파 전쟁이 끝난 후 파키스탄은 마오쩌둥과 중국 정부의 사심이 없는 원조와 지지에 대하여 각종 방식으로 진지하게 감사를 표시했다.

1972년 1월 31일부터 2월 2일까지 중국 정부의 요청에 의하여 파키스탄 공화국 임시 총통인 부토의 일행이 중국에 공식적으로 방문 했다. 부토의 일행은 열렬한 접대를 받았으며 중국 인민이 파키스탄 인민에게 표현한 열렬한 정과 우의를 직접 경험했다. 2월 1일 마오쩌둥은 부토일행을 접견했다. 이미 두 번째로 마오쩌둥의 접견을 받은 부토는 매우 영광스럽게 생각했다. 그는 마오쩌둥과 중국 정부에 파키스탄에 보여준 지지에 감사와 마오 주석의 영명한 지도아래 중국이 얻은 현저한 진보에 대한 파키스탄 인민의 진심을 전달했다. 마오쩌둥과 부토는 곧 남아시아 대륙의 형세, 양국의 관계강화 그리고 공통으로 관심을 가지는 문제에 대하여 의견을 교환했다.

부토는 말했다. "중동국가의 사람들은 중국의 정책을 매우 좋아 합니다. 심지어 소련 측의 친구들도 소련을 비판하고 중국을 칭찬합니다." 마오쩌둥이 성실하게 말했다. "소위 중국의 정책은 바로 당신들 중진국과 전 세계 인민의 의견을 모아 형성한 정책입니다." 부토는 또 말했다. "최근 중국은, 예를 들어 프랑스와 같은 유럽의 많은 국가와 관계를 맺었습니다. 그러나 이전에 이미 중국의 사상과 신념을 전파했습니다."

이때 저우언라이가 끼어들며 말했다. "그는 계속 마오주의(毛澤東主義)를 언급했습니다. 사실 우리와 전혀 무관합니다." 마오쩌둥이 긍정적으로 말했다. "그것과 우리는 상관이 없습니다."

부토는 저우언라이 총리가 거행한 연회에서 말했다. "우리가 북경을 떠날 때 우리는 위대한 중국 인민을 느꼈습니다. 마오쩌둥 주석과 중국의 기타 지도자들의 지도 아래 파키스탄 인민의 편에 서서 무조건 우리를 지지하고 우리의 정의로운 사업과 정의로운 투쟁을 지지한 것입니다." 2월 2일 부토 일행은 북경을 떠났다. 부토 총통은 저우언라이 총리 배웅아래 인민대회당 앞에서 페레이드차를 타고 시의 동쪽을 경유하여 수도공항으로 떠났다. 수도 각계 군중 몇 십만 명이 대로 양쪽에 모여 노래와 춤을 추고 큰 소리로 구호를 외치며 열렬하게 부토 총통 등 파키스탄 귀빈들을 환송하였으며, 중국 인민은 재차 파키스탄이 대외간섭과 침략에 반대하는 것을 지지하고, 국가 주권과 영토의 안전을 수호하는 정의로운 투쟁의 결심에 지지를 보냈다.

1974년 5월 11일 부토는 재차 중국을 방문했다. 덩샤오핑은 마오쩌둥과 중국 정부를 대표하여 환영연회에서 축사를 했다. 덩샤오핑이 말했다,

"중파 양국은 친밀한 인접국으로 양국 인민은 깊고 두터운 전통적 우의가 있어 왔습니다." "우리의 우의는 매우 큰 풍랑과 같은 시련을 견뎠습니다. 중파 우호는 결코 일시적인 계획에 의한 것이 아닌 우리 양국이 이미 정한 정책입니다." 11일 저녁 마오쩌둥은 부토 일행을 회견했다. 소련과 일부 아시아, 아프리카 국가가 맺은 조약에 대하여 이야기를 나눌 때 마오쩌둥이 말했다. "그렇게 말하지만 나는 이른바 군사조약을 믿지 않으며 실행하기도 어렵습니다.

그들은 이집트와도 조약을 맺었습니다. 현재 쓸모가 없습니다. 이라크, 인도와 한 것도 쓸모가 없습니다. 그리고 우리와 한 것은 한 장의 폐지와 같습니다." 부토가 방글라데시 방문을 준비하고 있다고 말하면서 중국도 방글라데시와 수교를 맺기를 희망한다고 말하자, 마오쩌둥이 말했다. "우리도 그것에 찬성합니다. 그러나 우리는 문제가 있습니다. 방글라데시가 요구를 하지 않아서 우리는 수교를 하기에 좋지 않습니다. 그러나 우리도 그들과 관계가 생길 때를 위해 준비할 것입니다." 부토는 이후 중국이 인도에 대하여 무슨 계획을 가지고 있는지 관계를 더 발전시킬 의사가 있는지 물었을 때 마오쩌둥이 말했다. "장기적인 측면에서 말하면 당연히 정상적인 관계를 회복해야 합니다." 마오쩌둥은 끝으로 자신의 관점을 진일보하게 천명했다. 양대 패권은 이루기 어렵다. 그들 자신의 문제가 적지 않은데, 유럽에서 싸움이 치열하고 중동에서도 싸움이 치열하다는 것이다.

부토는 이번 중국 방문에 내하여 매우 영광스럽게 생각했다. 그가 말했다. "나는 파키스탄 전체 인민의 명령을 받아 중국을 방문하여 직접 위대한 국가의 지도자들과 인민을 향하여 감사를 표시합니다.

파키스탄 역사상 가장 어두운 시기에 보낸 단호하고 흔들림 없는 지지를 보낸 그들에게 감사합니다. 우리가 북경에 도착한지 얼마 지나지 않아, 나는 중국 인민의 위대하고 존경받는 지도자 마오쩌둥 주석과 만나는 기회를 얻었습니다. 이는 우리에게 엄청난 영광이고 중파 관계의 역사를 증명합니다. 우리 양국 사이의 우의는 원칙의 기초 위에 세워진 것이지 일시적인 대책 혹은 기회주의적인 기반에서 건립한 것이 아닙니다."
우환과 재난을 통해 쌓인 우의와 감사의 정이 말이나 표정에서 드러났다.

마오쩌둥이 마지막으로 회견한 외국의 지도자이다.

1976년 5월은 부토의 정치 생애 중 마지막 중국 방문이었다. 부토가 북경에 도착한 후, 계속 마오쩌둥과의 회견을 기다렸다. 그러나 마오쩌 둥의 건강상태로 인하여 허락되지 않았다. 그래서 계속 회견계획이 없었다. 부토는 막 중국을 떠나려 할 때, 그는 또 마오쩌둥을 만나고 싶다고 요청하였다. 마오쩌둥의 수행원이 부득이하게 이 요청을 마오쩌둥에게 보고했다. 마오쩌둥은 전혀 주저함이 없이 이에 동의했다. 당시 마오쩌둥은 막 수면제를 먹었고 심장 또한 좋지 않았지만 여전히 회견에 동의했다.

1976년 5월 7일 마오쩌둥은 병을 안고 중국을 방문한 파키스탄 총리 부토를 만났다. 부토는 마오쩌둥이 생전에 만난 최후의 외빈이 되었다. 화궈펑(華國鋒)이 손님을 모시고 회견장에 들어 왔을 때, 마오쩌둥은 이미 일어 설 수가 없었다. 단지 쇼파에 앉아서 환영을 표시하고 우호적인 인접국인 파키스탄에서 온 귀빈에게 열렬하게 환영을 표시했다.

마오쩌둥이 부토에게 물었다. "안녕하십니까?"

부토가 대답했다. "매우 좋습니다. 감사합니다."

마오쩌둥이 솔직하게 말했다. "나는 좋지 않습니다. 다리도 안 좋고 말하는 것도 힘듭니다."

부토가 말했다. "주석은 위대한 역사를 창조했습니다. 당신은 인민혁명을 위한 투쟁의 깃발을 높이 들었습니다."

마오쩌둥이 겸손하게 말했다. "많은 성과를 거두지는 못했습니다."

부토가 강조하면서 말했다. "우리의 관점은 기본적으로 일치합니다."

이번 회견은 단지 몇 십분 동안만 진행되었는데, 이는 마오쩌둥이 외빈과 진행한 회담 중 가장 짧은 회견일 것이다. 같은 해 6월 중공중앙은 마오쩌둥 주석이 이후 외빈을 만나지 않을 것임을 선언했다. 어쩌면 우연이거나 아니면 정해진 것이었는지 13년 전 마오쩌둥이 관례를 깨고 한 국가의 외무장관을 접견했던 것이 시간이 흘러 지금 부토는 마오쩌둥이 회견한 최후의 외국 지도자가 되었다.

1976년 9월 9일 위대한 지도자 마오쩌둥이 세상과 이별을 했다. 부토는 마오쩌둥이 세상을 떠났다는 소식을 듣고 한 명의 존경하는 막역한 친구를 상실한 것에 대하여 안타까움을 깊이 느꼈다. 그는 조전 중에 말했다. "마오쩌둥의 '귀신을 두려워하지 않는' 매우 큰 형상은 제3세계에 폭넓게 영향을 미쳤습니다. 그는 세계의 핍박받는 민족의 해방과 인류의 진보에 중대한 공헌을 했습니다", "마오쩌둥은 시대에 획을 긋는 세계적인 혁명운동을 일으켰으며, 이 혁명운동은 세계 각국의 핍박받는 인민의 마음속에 저주스러운 착취와 고통에서 벗어나 찬란한 미래를 실현하는 희망을 새롭게 불러 일으켰습니다", "그의 불후의 모범이 되는 지도는 세계 인민을 불러들여 새로운 희망과 열정으로 압박과 통제로부터 최후의 해방을 얻기 위해 한 투쟁입니다", "마오쩌둥과 같은 인물은 한 세기에, 아니 천 년에 단지 한 명만이 태어납니다. 그들은 무대를 장악하고 천재적인 영감으로 역사를 써내려 갑니다. 의심할 여지없이 마오쩌둥은 거인 중의 거인입니다. 그는 역사를 매우 미미하게 보이게 합니다. 그의 강력한 영향은 전 세계의 셀 수 없이 많은 남녀의 마음속에 흔적을 남겼습니다. 마오쩌둥은 혁명의 아들이고 혁명의 정화입니다. 확실한 것은 혁명의 선율이며 전설이자 세계를 진동시키는 훌륭한 새로운 질서의 최고 창조자입니다", "마오쩌둥은 죽지 않았습니다. 그는 천추에 길이 빛날 것입니다. 그의 사상은 계속 각국 인민과 각 민족의 운명을 이끕니다. 태양이 영원히 떠오르지 않을 때까지…, 마오쩌둥은 한 명의 숭고한 세계적인 지도자입니다. 그의 정세 발전에 대한 공헌을 비교할 수 있는 사람이 당대에는 없습니다", "마오쩌둥의 이름은 가난한 사람과 핍박받는 자의 위대하고 정의로운 사업과 영원히 같이 할 것입니다." 부토는 이렇게 그의 존경하는 지도자를 평가했다. 알리 부토의 딸인 베나지르 부토는 자신의 자서전 『동방지녀(東方之女)』에서 회고했다. "나의 부친은 항상 중국혁명 및 그 지도자 마오쩌둥을 칭찬했다. 그는 홍군을 이끌고 설산을 오르고 초원을 넘어 구 사회를 전복시켰다. 개인적인 선물로 마오쩌둥이 나의 부친에게 준 모자는 그의 탈의실에 걸려있다." 이는 해방모자였다. 파키스탄 당안관(檔案館)에는 국가 지도자의 유품이 모여 있는데 부토 총리가 각종 장소에서 이 모자를 쓰고 있는 귀한 사진이 보존되어 있다. 이 모자는 중파 우의를 증명했다.

17

평화의 사자, 진실한 친구
-마오쩌둥과 반다라나이케 부인

평화의 사자, 진실한 친구
— 마오쩌둥과 반다라나이케 부인

반다라나이케 부인의 이름은 시리마보 라트와테 디아스이다. 1916년 4월 17일 스리랑카 고산지역의 싱할라족의 귀족가문에서 태어났다. 그녀의 조부와 부친은 고급관원이었다. 그는 콜롬보의 여학교를 졸업했다. 가정환경의 영향으로 그녀는 어렸을 때부터 정치와 사회에 대하여 흥미를 가져 자주 당시 상류사회를 왕래했다. 1940년 24세의 이 귀족영애는 임시 스리랑카 위생과 지방행정부장관을 맡은 솔로몬 반다라나이케와 결혼을 하고, 얼마 지나지 않아 부인은 사회복리사무에 종사하면서 정치 활동을 개시했다. 그리고 점점 그 걸출한 정치적 재능이 드러났다.

1959년 그의 남편인 솔로몬 반다라나이케 총리가 암살된 후 그녀는 비통을 참고 일어나 자유당 주석의 중임을 맡았다. 1960년 7월 20일 스리랑카 대선에서 자유당은 집정당인 국민당을 이기고 반다라나이케 부인은 총리에 임명되었다. 부인은 20세기 국제정치 무대에서 풍운과 같은 인물이었다. 그녀는 1960년 7월 여성으로 국가의 군과 정권을 장악한 선례를 열었고 인류역사상 첫 번째 여성 총리가 되어 전 세계의 주목을 받았다. 이후 23년간 반다라나이케 부인은 몇 번의 고통을 겪는데, 1965년 3월 대선에 실패하고 하야하여 국회반대당(國會反對黨)의 영수를 맡았다.

1970년 5월 대선에서 승리하여 그녀는 두 번째 내각을 조직했다. 1972년 5월 22일 국명을 실론에서 스리랑카로 바꾸고 반다라나이케 부인은 총리가 되었다. 1980년 부인은 직권남용죄로 고발당하여 회의를 통해 7년간 공민권을 박탈당했다. 1986년 공민권을 회복한 후, 그녀는 전력으로 정계에 복귀하려 했다. 1988년 반다라나이케 부인은 대통령 경선에서 불행하게도 피격을 당하여 다리에 중상을 입고 경선에서 패배했다. 1989년 다시 나와 자유당을 이끌고 의회 대선에 참가하여 또 패배했다. 그녀는 이미 연로하여 힘이 받쳐주지 못함을 느끼고는 자신의 딸을 키워 승계시키는 작업에 착수했다. 1994년 그녀는 의회 대선과 대통령 대선에서 승리하여 내각의 결의에 근거하여 반다라나이케 부인이 총리에 임명되었다. 1994년 11월 16일 78세 고령의 시리마보 반다라나이케 부인은 스리랑카 신임총리로 선서를 했다. 이는 그녀에게는 세 번째 일이었다. 그녀는 이 때문에 세계에서 유일하게 세 번 총리의 보좌에 앉는 강한 여성이 되었다. 2000년 10월 10일 반다라나이케 부인은 1회 의회 선거투표에 참가를 마치고 돌아오는 도중 돌연 심장병으로 불행하게도 세상을 떠났다. 이 눈부신 유명한 정치가는 모진 풍파와 눈부신 84년간의 여정을 마쳤다.

"우호의 사자이며 평화의 사자이다"

1961년부터 1962년까지 인도 군대는 끊임없이 중국의 영토를 침범하여 도발하고 잠식하는데, 중국 정부는 최대한 자제와 인내의 태도를 취했다.

그러나 욕심이 끝이 없었던 인도 정부와 군대가 제멋대로 점령한 곳에 기지를 설치하여 중국 변방부대의 안정을 위협했을 때 마오쩌둥이 지시를 내렸다. "인도 군대의 침입에 대하여 유혈사태를 피하기 위하여 결코 물러서서는 안 되었다. 인도 정부는 여전히 제멋대로 중국에 반대하고 광망하게 도발하여 평화적인 담판의 길을 완전히 가로막았다." 1962년 10월 중공중앙은 다음과 같이 결정했다. 인도 반동파의 버릇없는 기세를 타격하고 조국 변경의 안전을 수호하고 중인 변경문제를 담판으로 해결하는 조건을 만들기 위해 인도군의 침입에 반격을 결정했다.

인도가 일으킨 중인 변경의 대규모 무장충돌은 세계의 평화를 애호하는 사람들의 마음을 움직였다. 반다라나이케 부인이 11월 21일 저우언라이 총리에게 보낸 전보에서, 중인 양국 모두와 우호적인 인도네시아, 미얀마, 아랍에미레트, 캄보디아, 가나 등 몇몇의 아시아, 아프리카 국가 지도자 회의의 거행을 제안하고 중인 간의 화해 협상을 촉진시켰다. 저우언라이 총리는 23일 회답 전보를 반다라나이케 부인에게 보내고 그가 제시한 건설적인 제의에 지지를 표시했다. 그리고 부인에게 중인 변경문제의 평화적 해결을 위하여 행한 여러 차례의 노력에 마음에서 우러나오는 탄복과 감사를 표시했다.

반다라나이케 부인의 적극적인 제의 아래 12월 10일 아시아, 아프리카 6국 대표는 콜롬보에서 3일 간의 회의를 열었다. 여기서 그녀는 중인 간 변경문제의 해결을 위한 담판의 재개를 호소했다. 반다라나이케 부인이 회의에서 말했다. "우리는 인도와 중화인민공화국 사이의 변경분쟁을 해결하는 것에 직접적으로 관여할 수 없다는 것을 확실하게 알고 있습니다. 이는 기본적으로 양 대국 스스로 감당해야 하는 임무입니다.

우리의 노력은 당연히 우리의 두 친구를 만나게 하여, 그들을 도와 담판을 회복하는 것이라고 생각합니다. 우리의 중재는 그들을 담판의 자리로 돌아오게 하는 것입니다." 그녀는 계속 밝혔다. "우리가 제의한 건의는 결코 최후의 해결방안이 되어야 했다는 의미는 아닙니다. 그러나 우리는 진정으로 희망합니다. 그것은 인도와 중국이 모두 받아들여 나아가 결국 해결하게 되는 공로가 되는 것입니다. 우리의 목적은 사실상 정전을 공고히 하는 것으로 이는 쌍방이 이미 받아들인 것으로, 조건은 양국의 이익과 존엄에 손해가 있어서는 안 된다는 것입니다. 이런 건의에 대한 증명은 받아들이는 것입니다. 우리는 인도와 중화인민공화국이 평화를 회복하여 그들의 변경분쟁을 해결할 담판에 필요한 기후가 곧 형성될 것이라고 굳게 믿습니다." 회의는 반다라나이케 부인에게 위탁하여 이번 회의에서 고려된 의견을 직접 중국과 인도의 지도자에게 전달했다.

1962년 12월 31일 반다라나이케 부인은 저우언라이 총리의 초청에 응하여 중국에서 우호방문을 진행하고, 동시에 아시아 아프리카 6국 회의가 추진하는 변경문제의 평화적인 해결을 이끌어 내기 위한 중인 간 직접담판에 대하여 중국 지도자와 의견을 교환했다. 저우언라이 총리는 직접 비행장에 나와 반다라나이케 부인의 일행을 영접했고, 성대한 환영의식을 거행했다. 부인은 매우 감동했다.

저우언라이 총리는 반다라나이케 부인을 우호의 사자이며 평화의 사자라고 하며 칭찬했다. 그는 얼마 전 그녀가 아시아, 아프리카 6국에 제안하여 개최한 아시아, 아프리카 6국 회의에서 중인이 직접 담판하여 중인변경의 문제해결을 평화적으로 모색하자고 하는 훌륭한 희망 및 그녀가 이를 위해 행한 진정성 있는 노력에 관하여 마음에서 우러나오는 탄복을 표시했다. 중인 변경문제에 대한 이야기를 나눌 때, 저우언라이 총리는 말했다. "중국은 사회주의 형제국가와 다른 사회제도를 가진 우호국가 모두와 평등우호와 상호양해의 정신에 근거하여 역사적으로 전해지는 복잡한 문제를 충분히 평화적으로 해결할 수 있습니다. 중인 간의 변경에서의 다툼이 순리적으로 해결될 수 없어서, 양국 인민의 소망을 배반한 무장충돌이 초래되었겠습니까? 우리는 이러한 문제에 대하여 모든 사실을 존중하고 시비를 명백히 가리는 사람들이라면 합당하고 공정한 결론을 어렵지 않게 내릴 것이라고 믿습니다."

저우언라이 총리는 반복하여 중국 정부와 중국 인민은 일관되게 우호적이고 화목한 관계를 공고히 하고 발전하도록 노력을 하고 있으며 평화적인 담판을 통해 우호적으로 모든 인접국과 변경문제를 해결할 것이라고 주장했다.

반다라나이케 부인은 저우언라이 총리에게 6국 회의의 의견을 전달하고 말했다. "나는 지난해가 가고 새로운 해가 시작할 때 와서 나의 사명을 집행하는 것입니다. 나는 이점을 좋은 징조로 보아 나의 마음속에 분명하게 자리 잡고 있는 이 문제가 평화적으로 해결될 것을 암시했다고 생각합니다." 저우언라이 총리는 말했다. "우리는 진정으로 아시아, 아프리카의 우호국가가 중인 간 화해를 위해서 힘쓴 노력을 지지하고 게다가 진심으로 이런 노력이 충분히 성공을 거둘 것이라고 희망합니다."

1963년 1월 5일 저우언라이는 반다라나이케 부인을 수행하여 항주 등 지역을 참관하고 시찰했다. 1월 7일 마오쩌둥은 서호변(西湖邊)의 유장(劉庄)별장에서 그녀의 일행을 접견했다. 반다라나이케 부인은 처음으로 마오쩌둥과 만나게 되어 표현이 약간 부자연스러웠다.

마오쩌둥의 재치와 겸허함은 담화의 분위기를 매우 온화하게 만들었다. 손님과 주인이 자리한 후 마오쩌둥이 말했다. "중국과 실론(스리랑카)은 우호적인 국가입니다. 당신들은 우호의 사자입니다." "총리 각하와 기타 친구들이 중인 평화회담 촉진에 행한 노력을 환영하며 중인 양국이 잘 해결할 수 있기를 원합니다."

반다라나이케 부인이 말했다. "이는 우리의 희망입니다."

"또한 아시아와 아프리카 인민의 희망입니다." 중인 변경문제의 해결은 "일보는 쌍방이 타협하고 교전을 피하는 것이고, 이보는 쌍방이 담판을 하는 것입니다. 교전에서 벗어나지 못했다면 충돌발생을 피하기 어렵습니다." 마오쩌둥은 진지하게 중국의 입장을 표명했다.

마오쩌둥은 반다라나이케 부인이 제창한 아시아, 아프리카의 우호국가가 중인 변경 충돌문제를 중재하려 하는 것에 감사를 표시하고는 말했다. "중인변경문제가 만약 빨리 해결되었다면 친구의 고생을 덜어줄 수 있을 것입니다. 현재 상황을 보면 친구의 고생을 덜기 힘듭니다." "중인변경문제는 담판을 통해 해결하길 희망합니다."

반다라나이케 부인은 매우 자신 있게 말했다. "나는 그들의 담판을 전력을 다해 설득할 것입니다."

마오쩌둥과 반다라나이케 부인은 계속 중국과 실론 양국의 우호관계의 역사와 경제무역의 교류에서 취득한 성과에 대하여 얘기를 하고 당시 국제정세에 대하여 분석했다. 마오쩌둥의 앞을 내다보는 식견과 심오한 사상 그리고 재미있는 이야기는 반디리나이케 부인에게 깊은 영향을 미쳤다. 몇 년 후 그녀는 그때의 회견에 대하여 회고하면서 말했다. "1963년 그 때 나에게는 중인 변경충돌을 평화적으로 해결해야 하는 사명이 있었다. 내가 깜짝 놀란 것은 마오쩌둥이 국제 상황에 대하여 매우 깊이 이해를 하고 있었으며, 자신의 국가에 대하여는 말하지 않았다는 것이다. 그의 겸손은 나를 감동시켰다."

반다라나이케 부인이 중인변경충돌을 해결하기 위해 동분서주 할 때, 인도와 스리랑카에서는 오히려 그녀를 비난하는 사람들이 있었는데, 반다라나이케 부인에 대하여 "큰 물고기 사이를 돌아다니는 작은 물고기가 할 수 있는 것이 있을까?"라고 말했다. 반다라나이케 부인은 실론 및 6국회의의 평화 제창이 반드시 지역평화를 위해 큰 공헌을 할 것이라고 굳게 믿었다. 1963년 1월 10일 그녀는 중국을 출발하여 뉴델리로 떠났다.

손님과 같이 서로 공경하여 재차 회견하다.

1972년 6월 24일 중국 정부의 요청에 의하여 스리랑카 총리 반다라나이케 부인 일행은 중국에서 국빈방문을 진행했다. 이번 반다라나이케 부인의 내방은 1963년 방문할 때와는 의미가 조금 달랐다. 이때의 그녀는 6국회의의 사명을 어깨에 짊어지고 평화를 위해 동분서주했다. 이번에 그녀는 새로 성립한 스리랑카 총리의 신분으로 중국에서 공식 방문을 진행한 것이다. 반다라나이케 부인은 중국 정부와 지도자들 및 인민의 융숭하고 열렬한 환영을 받았다.

이번 방문에서 반다라나이케 부인은 스리랑카 어린이를 대표하여 중국 어린이들에게 새끼 코끼리를 선물했다. 코끼리 증정의식은 6월 28일 저녁 수도체육관에서 성대하게 열렸다. 증정식에서 반다라나이케 부인이 말했다. "스리랑카의 어린이들이 내가 그들을 대표하여 이 새끼 코끼리를 중화인민공화국의 어린이들에게 전해주길 원했습니다. 우리는 이 새끼코끼리에게 '미투라' 라고 이름을 지어 주었는데 싱할라어로 친구라는 의미입니다. 스리랑카와 중국의 전통에 비추어 일반적으로 코끼리는 상서로움을 상징하는 동물입니다. 이 때문에 코끼리를 스리랑카 어린이들이 보내는 선물로 선택한 것은 매우 특별한 의미가 있는 것입니다. 그것은 어린이들의 칭찬과 감사의 의미를 상징하고 있습니다." 그는 계속 말했다. "미투라는 우리 양국 어린이들 간의 우의를 표현하는 살아있는 상징이 될 것입니다. 미투라의 제2의 고향은 중국입니다. 중화인민공화국의 아동들과 같이 성장할 것이며, 매우 크고 강하게 성장할 것입니다." 연설 이후 반다라나이케 부인은 연설무대를 내려와 새끼 코끼리 '미투라'를 저우언라이 총리와 6명의 중국 어린이 대표에게 전달했다.

저우언라이 총리는 연설에서 다음과 같이 말했다. "총리 각하가 스리랑카 어린이들을 대표하여 매우 귀한 선물인 새끼 코끼리 '미투라'를 중국의 어린이들에게 보내 줌으로써 스리랑카 어린이들의 중국어린이들에 대한 우호의 정의를 전달했습니다. 우리는 매우 친밀함을 느낍니다. 우리는 '미투라'가 반드시 중국 어린이들의 사랑을 받을 것이며, 중스 양국 인민의 우의의 상징으로써 건강하게 성장하리라 믿습니다." 스리랑카 어린이들의 우정에 감사하기 위해 중국아동들은 곧 흰색 사슴 한 쌍을 스리랑카의 어린이들에게 선물했다.

반다라나이케 부인은 이번 방문에서 직접 중국의 사심 없는 원조에 대한 감사표시와 저우언라이 총리와 새롭게 다지는 우의 외에, 하나의 목적이 더 있었는데 그것은 마오쩌둥 주석을 만나는 것이었다. 저우언라이 총리의 준비에 따라 1972년 6월 8일 마오쩌둥은 중남해의 거처에서 이 정치계의 강한 여성을 접견했다. 서로 공경하여 마오쩌둥은 반다라나이케 부인의 중국 방문에 환영을 표시하고 인사말을 몇마다 나눈 후, 마오쩌둥과 반다라나이케부인은 1971년 4월 스리랑카에서 발생한 반란 문제에 대하여 이야기를 나눴다. 반다라나이케 부인이 말했다. "우리가 가장 곤란할 때, 마오쩌둥 주석이 우리에게 보낸 모든 지지와 동정에 감사합니다. 우리에 대한 호의를 저는 영원히 잊지 못할 것입니다."

마오쩌둥은 겸손하게 말했다. "충분하게 지지하지 못했습니다. 너무 적습니다."

이어서 마오쩌둥은 '중국문화대혁명'과 '좌파'를 지지한 문제에 대하여 이야기를 했다. 그는 말했다. "우리는 어떤 나라에 우리를 욕하는 사람들이 있는데 '좌'파를 정리했다고 말합니다. 우리의 좌파는 어떤 사람들입니까? 바로 영국의 대리사무소에 불을 질러 없애는 그런 사람입니다. 오늘은 총리를 타도해야 하고, 내일은 천이를 타도해야 하고, 모레는 예지엔잉(葉劍英)을 타도해야 합니다. 이런 이른바 좌파는 현재 모두 감옥에 있고, 어떤 젊은 사람들은 기만당한 것입니다. 우리는 몇 년 동안 천하가 매우 혼란했고 전국 각지에서 모두 싸움이 일어나 전면적으로 내전이 일어났습니다. 양쪽 모두 총을 쏘았고 100만 자루의 총이 사용되었습니다. 이 일파의 군대는 이 일파를 지지했고, 저 일파의 군대는 저 일파를 지지했습니다. 그런 좌파에게 권력을 빼앗겼습니다. 외교부는 1개월 반 동안 우리의 수중에 없었습니다. 이른바 '좌파'의 수중에 있었습니다. 그 좌파는 사실 반혁명입니다…. 그렇게 큰 문제는

없었습니다. 몇 개월이 지나고 몇 년이 지나자 결국 배후 조종자는 현재
이미 과거가 되었습니다. 그를 임표라고 부릅니다. 그는 비행기를 타고
소련으로 갔는데 그 목적은 상제(上帝)를 만나고 싶어서 입니다. 비행기가
떨어져서 상제를 만나러 갔습니다."

"상제를 만나다니요?" 반다라나이케 부인이 기이해서 물었다.

마오쩌둥이 말했다. "그렇습니다. 떨어져서 상제를 만나러 갔습니다."

"오! 알겠습니다." 반다라나이케 부인이 이해했다.

본래 20분간의 회견이었는데, 시간이 되자 반다라나이케 부인이
겸손하게 회견을 마칠 의사를 표시했다. 그러나 이 때 이어진 스리랑카,
아시아, 아프리카 및 국가 건설의 문제에 관한 이야기는 마오쩌둥의
흥미를 일으켰다. 그리하여 그들은 계속 이야기를 나누었다. 한 시간
반이 지나고 회담이 끝날 때, 마오쩌둥의 활기차고 심오한 사상은 이미
광활하고 오색찬란한 천지를 질주했다. 마오쩌둥은 인민과 정치를
언급했고 생활과 역사의 창조를 언급했으며, 게다가 마지막에는 갑자기 몇
마디의 해학적인 말을 더했다. 마오쩌둥의 연이은 재담과 해학적 재치는
매우 친화력이 있었다.

반다라나이케 부인은 작별의 시간이 다가왔을 때, 마오쩌둥에게 스리
랑카의 유명한 납염화(蠟染畵) 한 폭을 선물했다. 저우언라이가 선물을
받아 개봉했다. 마오쩌둥이 감상을 하고 매우 기쁘게 반다라나이케 부인과
스리랑카 인민의 성의를 받았다.

마지막으로 반다라나이케 부인은 자신의 세 자녀의 사진을 꺼내면서
마오쩌둥에게 서명을 부탁했다. 마오쩌둥이 그녀의 아이들을 위해
서명을 하자, 그녀는 또 서명첩을 꺼내어 마오쩌둥에게 다시 그녀를 위해

서명해 줄 것을 요청했다. 마오쩌둥은 서명첩을 펼쳐 다음과 같이 썼다. '마오쩌둥, 반부인에게 1972년 6월 28일' 반다라나이케 부인은 감격해하며 서명첩을 받고 다시 감사를 표시했다.

아시아, 아프리카 국가의 수많은 지도자들과 인민이 모두 마오쩌둥을 만나길 희망했는데, 모두 마오쩌둥을 만나는 것을 큰 영광으로 생각했다. 마오쩌둥도 매우 많은 시간을 들여 중국을 방문한 아시아, 아프리카의 친구들을 만났다. 마오쩌둥은 어떤 때에는 일이 매우 바빠서 접견해야 할 외국손님을 기다리게 해야만 했는데, 마오쩌둥은 그런 외국의 손님들에게 미안한 마음을 표시하자 오히려 외국의 친구들은 다음과 같이 말했다. "당신을 만난다는 것은 매우 영광스러운 일이며 얼마를 기다려도 상관없습니다." "기다림이 더 길어지더라도 우리는 당신의 접견을 감사하게 생각합니다." 이는 바로 마오쩌둥의 매력이었다.

진심으로 탄복하여 유난히 흠모하다.

반다라나이케 부인은 마오쩌둥을 특히 존경하고 흠모하였는데, 그녀가 『매일신문』 편집장의 제2차 중국 방문에서 취득한 성과와 영향에 대한 인터뷰 요청을 받아들였을 때, 다음과 같이 자신의 심정을 묘사했다. "모두가 다 알듯이 마오쩌둥 주석은 사전에 미리 약속을 하고 만날 수 있는 사람이 아니다. 매우 중요하거나 혹은 매우 운이 좋은 인류 중 4분의 1의 사람만이 하느님만 가질 수 있는 그런 경의와 존경을 품고 있는 그를 만날 수 있다. 그리고 사상이 이미 각 대륙에 퍼진 인물만이 그와 담화를 나눌 수 있었다."

1976년 마오쩌둥이 세상을 떠난 후 반다라나이케 부인은 추도대회에서 다음과 같이 말했다. "마오 주석의 서거는 중국 인민의 거대한 손실일 뿐만 아니라, 특히 제3세계의 각국 인민의 거대한 손실입니다. 나는 그가 비록 세상을 떠났으나 그의 이름은 인류역사상 영원히 빛날 것이라고 믿습니다."

1991년 11월 반다라나이케 부인은 제3차 중국 방문에서 마오쩌둥이 출생한 지방을 가보고 싶다고 했다. 중국의 준비 하에 그녀는 희망대로 소산(韶山, 호남성)의 마오쩌둥의 생가에 도착했다. 참관 중에 그녀는 갑자기 직원들에게 마오쩌둥의 청년시기의 성장 과정과 이후 혁명의 길에 오르게 되는 과정을 물었다. 이번 마오쩌둥의 생가 방문은 반다라나이케 부인을 이 세기적으로 위대한 마오쩌둥에 대하여 더욱 탄복하게 하였다.

마오쩌둥의 제3세계 국가와 인민에 대한 공헌은 거대했다. 그의 영향은 매우 심원했다. 마오쩌둥은 중국에 속하기도 하고 세계에 속하기도 했다. 현재 마오쩌둥과 반다라나이케 부인은 비록 이미 우리를 떠났지만, 그들이 문을 연 중스 양국 인민의 깊고 두터운 우의는 영원히 양국 인민의 마음속에 뿌리내려 영원히 성하고 쇠하지 않을 것이다.

18

평등의 기초 위에 형제당의 합작을
공동으로 추진하다
- 마오쩌둥과 브와디스와프 고무우카

18

평등의 기초 위에 형제당의 합작을
공동으로 추진하다
― 마오쩌둥과 브와디스와프 고무우카

　브와디스와프 고무우카는 폴란드의 노동운동가였다. 폴란드 노동당(후에 폴란드 통일노동당으로 개명했다) 총 서기와 제1서기를 역임했다. 1905년 2월 6일 제슈프 크로스노 부근의 비야워브즈기 마을의 석유노동자 가정에서 태어났다. 그는 1922년에 크로스노 등지의 정유공장에서 일하기 시작했다. 1926년에 폴란드 공산당에 가입했다. 1931년에 전국 총 노조(工會)위원회 서기를 맡고 폴란드 중앙노조부에서 일했다. 1932년에는 방직노동자 파업을 주도하고 로지에서 체포되어 4년을 판결 받았으나 병 때문에 일찍 출소한 후, 모스크바레닌 국제학교에서 공부를 했다. 1935년 귀국하여 폴란드 실롱스크 지역위원회 서기를 맡았다. 1936년에는 카토비체에서 또 체포되어 7년을 선고 받았다. 1938년 9월 탈옥하여 리비우(우크라이나 서부)로 도망갔다.

　1942년 1월 폴란드 노동당이 성립하자, 고무우카는 고향에서 당 조직과 반 파시즘 전투부대를 건립했다. 8월 폴란드 노동당 바르샤바 시위원회 서기를 맡았다. 그해 9월에 중앙위원에 추가로 선출된 그는 당 강령의 성격을 띤 『우리는 왜 투쟁을 해야 하는가?』의 초안을 만든 사람 중한 명이었다. 1943년 11월 중앙 서기에 당선되었다. 1945년 당의 제1차 대표대회에서 총서기에 선임되고 동시에 정부 제1 부총리를 겸임했다. 1948년 소련과 남슬라브(유고슬라비아)의 충돌이 발생하였을 때, 고무우카는 폴란드의 독립과 자주를 강조하면서, "사회주의로 향해 가는 폴란드의 길"을 명확하게 표시했다. 1948년 8월 열린 중앙전회(中央全會) 확대회의에서 '우경민족주의'의 죄명으로 비판을 받게 되어 총서기의 직무에서 물러나게 되었다. 1949년 1월 정부 직위가 해제되고 같은 해 11월 중앙위원회에서도 쫓겨나게 되었다. 1951년 7월부터 1954년 말까지 투옥되었다.

1956년 8월 4일에 폴란드 통일노동당이 1949년 11월에 고무우카 등에게 한 비판을 취소하는 결의를 결정했다. 같은 해 10월 19일 고무우카는 중앙위원에 당선되었다. 소련과 폴란드 양당이 회담을 하는 중에 고무우카는 소련의 폴란드에 대한 내정 간섭과 압력에 반대하고, '폴란드 스스로의 길'을 단호하게 갔다. 10월 21일 당 중앙 제1서기에 당선되었다. 국민경제의 불균형과 심각한 사회문제를 해결하기 위해 그는 투자속도를 늦추는 것과 취업을 안정시킬 것, 시장의 평형을 유지할 것, 80%의 농업 생산합작사를 해산시킬 것을 요구하면서 농민 개개인의 잠재력을 충분히 자극할 것을 강조했다.

1956년부터 1960년까지의 5개년 계획기간 동안 고무우카는 인민의 생활수준(水準) 향상을 당의 주요 임무로 삼았다. 1970년 12월에는 폴란드 정부가 물가의 대폭 인상을 선포하자 군중의 항의를 불러일으키고 심지어 유혈 충돌사태까지 발생했다. 그 달에 거행한 폴란드 통일 노동당 5기 7중 전회에서 고무우카는 '건강문제'로 제1서기의 직위에서 물러나 은퇴했다.

1982년 9월 1일 병으로 바르샤바에서 세상을 떠났다.

진리를 단호하게 지켜 정의를 신장시키다.

1956년은 마오쩌둥이 '다사다난한 가을(多事之秋)'이라고 불렀다. 이 일
년 동안 몇몇 사회주의 국가가 약간의 심각한 모순과 문제를 폭로했다.
그중 가장 주목할 만한 것은 상반기의 소공 20차 대회의 개최와 하반기의
폴란드와 헝가리 사건의 발생이었다.

폴란드 사건은 포즈난 사건(포즈난 6월)후, 소련이 폴란드에 행한
내정간섭에 기인했다. 1956년 6월 발생한 포즈난 사건은 노동자
파업문제를 처리하는 하는데 있어 나타난 폴란드 정부의 엄중한
관료주의를 폭로했고, 동시에 인민 내부의 모순을 만약 부적절하게
처리했다면 그와 같이 대항성 모순이 격화되었다는 것을 나타냈다.
폴란드 통일노동당은 7월 7차 중전회(중앙위원회전체회의)에서 포즈난
사건의 교훈을 총괄하여 당과 국가 정치생활의 민주화와 사회주의법제
등의 개혁조치를 한층 더 강화시킬 것을 제시했다. 그리고 '우경민족주의'
잘못을 범했다고 해서 연이어 철직, 제명, 투옥된 전임 총서기 고무우카의
명예를 회복시켰다. 뒤이어 또 10월 개최한 8차 중전회에서 정치국에
대한 개혁준비와 고무우카를 제1서기로 선출하기로 결정했다. 폴란드의
이런 정세 변화는 소공 중앙 제1서기 후르시초프 등 사람들을 매우
긴장하게 했다. 10월 17일부터 시작하여 후르시초프는 폴란드 및 그
부근에 주둔하고 있는 소련군에게 바르샤바 및 폴란드의 기타 지역으로

이동할 것을 명령했다. 10월 19일 오전 폴란드 통일노동당은 8차 중전회를 개최할 쯤에 초청하지도 않았는데 후르시초프가 어머어마한 대표단을 인솔하여 갑자기 바르샤바의 상공에 접근하고, 바르샤바 공항에 착륙하는 것을 허가할 것을 요구했으나 폴란드 측이 이를 거절했다. 후르시초프는 절대 돌아갈 의사가 없었기에 비행기는 바르샤바 상공을 한 시간 이상 선회하는데 결국 연료부족 상태가 발생하자 폴란드 측이 비로소 착륙을 허락했다. 이때 폴란드 통일노동당 중전회는 의사일정을 임시로 연장하여 고무우카 등의 사람들을 중앙위원에 추가로 선출한 다음, 정치국과 고무우카에게 소련 공산당과의 회담에 관한 권한을 부여한 후 회의의 중단을 결정했다. 폴란드 통일노동당 정치국 위원과 고무우카 등은 황급히 공항으로 가서 이 불청객을 영접했다. 후르시초프는 매우 격분한 듯이 비행기 트랩을 걸어 내려왔는데, 노기가 가득했고 불손한 언사로 폴란드의 지도자를 훈계하면서 8차 중전회의 참가를 요구했으나 폴란드는 후르시초프의 이 무리한 요구를 거절했다. 그래서 소련과 폴란드의 관계는 갑자기 긴장상태에 빠졌다.

10월 19일 주중 소련대사 유진은 류샤오치에게 소공 중앙의 폴란드 문제에 관하여 중공중앙에 보내는 통지를 전달했다. 유진이 말했다. "폴란드 당 중앙 내부는 약간의 근본적인 정책문제에 대하여 심각한 충돌이 발생했습니다. 그리고 이 정책은 소련과 동유럽의 수많은 국가의 이익과 관계가 있습니다. 그들은 또 정치국 개혁을 준비하고 있습니다. 이에 소공은 폴란드가 사회주의 진영에서 이탈하는 것과 서방집단이 침투할 위험이 존재했다고 생각합니다. 그들은 이런 폴란드의 정세를 저지하기 위해 대표단을 폴란드로 파견했습니다."

10월 21일 소공 중앙은 또 중공 중앙에 통지를 보내 폴란드의 상황이 매우 심각하다고 설명하면서 중공 중앙이 대표단을 모스크바로 파견해 이를 상의하자고 요청했다.

그날 저녁, 마오쩌둥은 중남해 이년당에서 중앙정치국상임위원회 확대회의를 소집하고, 폴란드 문제를 자세히 연구했다. 토론이 끝났을 때는 이미 0시 45분이었다. 상황이 매우 긴급하여 마오쩌둥은 즉시 유진을 만났다. 마오쩌둥은 유진에게 답하기를 대표단의 모스크바 파견을 동의하면서 중공 중앙의 폴란드 문제에 대한 의견을 표시했다.

유진이 돌아간 후에 정치국상임확대회의는 계속 회의를 진행하여, 류샤오치, 덩샤오핑, 왕자샹(王稼祥), 후챠오무(胡喬木)로 구성된 중공 대표단을 23일 모스크바로 출발시키기로 결정했다.

10월 22일 저녁 마오쩌둥의 주관으로 중남해 이년당에서 정치국 회의를 개최하여 재차 폴란드 문제를 의논했다. 회의가 끝난 후, 마오쩌둥은 또 유진을 만나 그에게 말했다. "보아하니 폴란드는 아직 사회주의 진영에서 이탈하려 했다거나 서방집단에 가입하려하는 것 같지 않습니다. 그들은 정치국을 개혁하고자하는 마음이 단호한 것 같습니다. 이런 상황에 대하여 소련은 도대체 어떤 방침을 취하려하는 것입니까? 부드러운 방법이 아니라 강경한 방법인 것 같습니다. 소위 강경한 방법은 바로 군대를 파견하여 그를 압박하는, 예를 들면 무장간섭이고, 부드러운 방법은 그에게 권고를 하는 것입니다. 그에게 권고하고 만약 그가 듣지 않는다면 또 한 가지 양보가 남아 있습니다. 그는 정치국을 개혁하려하는데 그에게 개혁하라고 하고 고무우카를 수장으로 하는 중앙을 인정하고 그와 교류를 하여 평등의 기초 위에서 그와 합작을 해야 합니다. 그는 독립과 평등을 원하지 않겠습니까? 그에게 독립을 하게하고 그와 평등을 이야기해야 합니다. 이렇게 해야 곧 폴란드를 사회주의 진영 안에 머물게 하는 것이고, 바르샤바조약 안에 머물게 하는 것입니다." 이에 유진은 즉시 마오쩌둥의 의견을 전화로 후르시초프에게 전했다.

이때의 마오쩌둥의 어조는 완곡했고 태도가 명확했으며, 소공 지도자의 대국 쇼비니즘적 실수에 대한 비판을 내포하고 있었다. 그러나 직접적으로 말하지는 않았다. 이런 방법을 사용하여 중공 중앙의 의견을 전달하자 소공 지도자가 아마도 더욱 쉽게 받아들였을 것이다. 이는 또한 당시 중소 양당관계의 실제상황에 부합되는 것이었다.

10월 23일 저녁 류샤오치, 덩샤오핑 일행은 비행기를 타고 모스크바에 도착했다. 그날 저녁 중공 대표단의 숙소에서 후르시초프와 회담을 진행했다. 이때 소공 중앙의 폴란드 문제에 대한 방침이 이미 변화하여 군대를 철수시켰고, 고무우카를 수장으로 하는 폴란드 당 중앙을 인정하여 형세는 이미 완화되기 시작하였기 때문에 문제는 기본적으로 해결되었다. 후르시초프는 중공 대표단에게 말했다. "그들의 폴란드에 대한 의심은 근거가 없는 것이며, 게다가 또한 중국 측의 의견을 이해하고 있어서 방침을 바꿨으며 폴란드 당의 새로운 지도자를 인정할 준비를 했다." 뒤이어 소공중앙과 소련정부 대표단은 폴란드 당·정대표단과 평등한 분위기 속에서 회담을 개최하고 연합성명을 발표했다. 여기까지 폴란드 문제는 중공중앙의 적극적인 노력과 행동아래 비교적 적절하게 해결되었다.

고무우카의 정치무대 복귀를 지지하기위해 비판과 도움을 통해 소련의 대국 쇼비니즘적 잘못을 교정하고 세계 사회주의 국가의 단결을 수호한 마오쩌둥은 진리를 단호하게 지켜 정의를 신장시키는데 큰 공을 세웠다.

몇 차례 방문을 연기하여 성사되지 못하다.

소공 20대 전국대표회의 후에 술렁이는 분위기가 동유럽의 몇몇 사회주의 국가에 충만했다. 1956년 폴란드의 포즈난 사건 이후, 폴란드 통일노동당 제1서기 고무우카가 활동을 재개한지 얼마 지나지 않았는데 바로 마오쩌둥의 폴란드 방문을 요청했다. 1956년 12월 3일 주중 폴란드 대사 치리루크는 마오쩌둥을 만나 그에게 폴란드 지도자 고무우카가 마오쩌둥이 폴란드를 방문해 줄 것을 요청하는 내용을 포함한 서신을 전달했다. 마오쩌둥은 유쾌하게 그 요청을 받아들였으나, 언제 방문할지에 대하여는 명확하게 이야기하지 않았다. 후에 마오쩌둥은 외교부의 정식 답변에서 다음과 같이 말했다. "나는 근래 줄곧 매우 바쁘기 때문에 현재는 귀국을 방문하는 것에 대하여 정확한 날짜를 결정할 수 없습니다. 이점을 당신들이 이해해 주시기를 희망합니다. 내가 귀국을 방문하는 날짜를 정할 수 있을 때, 나는 당신들에게 알려 드릴 것이며 또한 당신들의 의견을 수렴하겠습니다." 1957년 4월 폴란드 장관회의 주석 치란키에비치가 이끄는 폴란드 정부 대표단이 중국을 방문했을 때, 재차 마오쩌둥이 폴란드를 방문해 줄 것을 요청하였다. 이에 마오쩌둥이 이후 적당한 때에 폴란드를 방문 하겠다고 표시했다.

중국이 폴란드 당을 지지했기 때문에 폴란드의 위로는 지도자들부터 아래로는 백성들에게 이르기까지 중국에 대하여 호감을 가지고 있었다.

비록 날짜는 정하지 않았지만 마오쩌둥이 곧 폴란드를 방문하겠다는 소식이 폴란드 전국에 이미 떠들썩하게 전해져 사람들이 모두 알게 되었다.

고무우카가 활동을 다시 재개하였을 때, 마오쩌둥이 단호한 지지를 표시하자 이는 폴란드 공산당 및 지도자들의 믿음을 극도로 고무시켰다. 마오쩌둥은 중국을 방문한 폴란드 지도자 치란키에비치에게 말했다. "1934년에 나는 바로 중국의 고무우카였습니다." 류샤오치도 회견에서 치란키에비치에게 말했다. "우리는 교조주의(敎條主義) 때문에 피해를 입었는데…, 후에 우리는 10년의 시간을 들여 철저하게 그런 교조주의를 없애버리고 정풍을 진행했습니다." 저우언라이도 같은 말을 한 적이 있었다. 이때의 중국 지도자들은 보편적으로 고무우카를 지지했고 소련의 대국 쇼비니즘에 반대했다.

이후에 마오쩌둥의 고무우카에 대한 생각에 아마도 변화가 있었던 것 같다. 1957년 1월 18일 마오쩌둥은 성시(省市) 자치구 당위 서기회의에서 다음과 같이 말했다. "당내와 내외에 약간의 폴란드 헝가리 사건을 띄워 주는 사람들이 그 정도가 심하군요! 포즈난에 대해서는 말하고 헝가리에 대해서는 함구합니다. 이는 갑자기 머리를 내민 것으로 개미가 구멍에서 나온 것입니다…. 그들은 고무우카의 막대기가 돌아가는 것에 따라 고무우카가 대민주(大民主)를 말하면 그들도 대민주를 말합니다." 같은 시기에 마오쩌둥은 더욱 고무우카에 대하여 라오수스(饒漱石)와 함께 논했다. 그는 말했다. "예를 늘어 우리에게 저런 사람이 있다면 잘못을 범할 것이다. 결과적으로 투쟁에서 이길 수 없고 다른 사람에 의해서 밀려나게 되었다. 고무우카를 올린 것은 라오수스가 출현한 것과 같다."

물론 마오쩌둥은 폴란드의 독립과 자주를 지지하지만, 고무우카의 정권과 그 정치이념에 대해서는 자신의 생각을 보류한 것이다. 이때 국내에도 불안정한 요소가 출현하는 등등 이런 모든 것은 마오쩌둥을 안심하게 하지 못하게 했다. 결론적으로 이런 여러 요소들로 인하여 마오쩌둥의 폴란드 방문이 성사되지 못하게 되었다.

진심으로 사람을 대하여 공통된 인식을 모색했다.

1957년 11월 세계 5대륙 68개 공산당 지도자가 모스크바에 모여, 10월 사회주의혁명의 승리 40주년을 경축했다. 동시에 이 기회를 빌려 각국 공산당과 노동당대표회의를 열고, 국제 정세와 세계 공산당 운동의 중대한 문제에 대하여 토론을 하고 공동강령을 제정하여 공동선언을 발표했다. 모스크바에 체류하는 동안, 마오쩌둥은 고무우카를 세 차례 만났고 폴란드 당과 소공간의 분쟁을 조율했다.

11월 6일 레닌산체육관에서 열린 10월 혁명 40주년 경축행사 전후로 마오쩌둥은 고무우카와 처음으로 만났다. 회견 도중에 쌍방은 선언 초안의 수정의견에 대해 의논을 했고 사회주의 혁명과 건설의 경험에 대하여 교류를 나누면서 공산당 간의 관계문제에 대하여 토론했다.

고무우카는 선언 초안 중 여러 곳에 미국을 규탄하는 곳을 가리키며 이런 어휘의 사용은 매우 날카롭다고 표시했다. 그는 폴란드의 상황은 중국과 다르기 때문에 이런 어휘의 사용에 대해 중국은 받아들일 수 있고 이야기할 수 있으며, 소련도 받아들일 수 있고 소련 인민들도 이야기할 수 있으나, 폴란드와 폴란드 인민은 받아들일 수 없는데, 이는 미국에는 매우 많은 폴란드 사람들이 있기 때문이라고 했다. 적게는 폴란드 교민, 많게는 미국 국적을 가진 폴란드 사람들의 후손들 때문이었다. 그런 어휘의 사용은 그들이 우리의 합리적인 의견을 받아들이는 것에 어려운 요소를 증가시킬 것이며 또 다른 문제는 소련을 수장으로 하는 사회주의 진영이라는 것이 적당하지 않다고 했다.

마오쩌둥은 조금도 서두르지 않고 선언초안 중의 어휘사용의 문제에 대하여 의논했다. 그는 고무우카에게 말했다. "소련을 수장으로 하자는 것은 우리 중국의 당이 제의한 것으로 소련 사람들이 제시한 것이 아닙니다." 마오쩌둥은 또 말했다. "제1 사회주의 국가는 소련이고 현재 가장 강한 공산당도 소련이며 가장 강한 사회주의 국가 또한 소련입니다. 우리는 사회주의 진영을 총칭하는 머리가 있습니다."

고무우카는 말했다. "나는 동의합니다. 그러나 폴란드 인민의 면전에서 그렇게 말했다면 그들은 받아들이기가 매우 어려울 것입니다." 고무우카의 본뜻은 소련에 대한 폴란드 인민이 가지고 있는 일종의 민족적 반감이었다. 그가 말했다. "제3국제(코민테른)는 폴란드 당의 행사에 좋지 않은 영향을 줄 것이며, 그들은 소련을 수장으로 하는 사회주의 진영을 언급하는 것에 찬성하지 않으며, 또 국제기구와 공동으로 출판하는 간행물을 만드는 것에 더욱 찬성하지 않습니다." 고무우카가 말했다. "우리는 이런 쓴맛을 본적이 아주 많습니다."

마오쩌둥이 말했다. "우리도 제3국제의 쓴맛을 본적이 있습니다. 그러나 우리도 제3국제가 우리를 도와준 것을 잊지 않고 있습니다." 마오쩌둥이 강조했다. "먼저 우리는 국제기구를 만드는 것에 찬성하지 않습니다.

역사가 증명하듯이 국제기구는 좋은 점이 없습니다. 두 번째로 우리는 소련을 수장으로 하는 것에 찬성하지만 결코 소련이 말했다고 해서 되는 것이 아니며, 형제당 간의 협상에서 모든 의견이 일치한 후에 비로소 결의할 수 있는 것으로 소수에 다수가 복종하는 방법을 사용할 수는 없습니다. 그리고 비록 공동선언을 했지만 어떻게 선언을 실현하는가에 대하여 원칙을 확정하는 것은 각국 당의 완전한 자주독립적인 것으로 자기 민족의 특징과 서로 다른 정황에 근거하여 각각 다른 정책을 취할 수 있습니다."

이번 회견에서 쌍방의 대화는 매우 솔직해서 고우쿠카의 말에는 소련에 대한 계략과 경계가 담겨 있었다. 마오쩌둥은 성실하고 솔직하게 상대하여, 비록 고무우카의 기본관점에 대하여 동의하지 않았으나 그의 의견을 고려했고 선언초안에 대하여 적당한 비원칙성의 수정 의견을 표시했다.

11월 15일 마오쩌둥은 특별히 모스크바시 별장지역에 있는 고무우카와 폴란드 대표단이 머무르는 곳을 방문했다. 그들은 선언초안의 수정에 대하여 깊게 의견을 교환했다.

고무우카는 선언초안을 수정한 후의 "미국침략집단은 힘의 논리에 의거하여 세계패권을 시도 했다"라는 논조가 그래도 매우 강하다고 생각했다. 그는 미국은 비록 강대국이지만 미국은 기타 제국주의의의 지지가 없다. 즉, 감히 독자적으로 행동하지 못했다고 말했다. 마오쩌둥은 그래서 '침략집단' 앞에는 '모(어떤)' 그리고 '세계패권' 앞에 '기도'를 첨가할 수 있으며 또 '대부분 세계의 패권'이라고 고칠 수 있다고 제의했다. 고무우카는 기본적으로 이 의견에 동의했다.

이외 고무우카는 선언초안 중에 나오는 "사회주의 국가 안에서 자본주의의 부활을 시도했다", "미국이 채택한 침략정책은 세계 반혁명의 중심이 되었다", "미국은 무덤을 만들었고 스스로를 매장하고 있다"등의 어휘와 논조에 대하여 다른 의견을 보였다. 마오쩌둥은 인내심을 가지고 일일이 그것에 대하여 협상을 진행했다. 그래서 마지막에 고무우카는 마오쩌둥의 수정의견에 동의했다.

고무우카가 말하기를, 자신은 이번 회의에서 모두가 폴란드를 공격했다고 생각했다고 했다. 이에 마오쩌둥은 그것은 폴란드가 모두를 반대한 것이라고 말할 수도 있다고 농담을 했다. 그는 계속해서 말했다. "현재 우리는 소공과 문제를 의논할 수 있으며 스탈린 시기와 비교하여 더 좋아졌습니다. 이번 회의에서는 모두가 서로 의견을 제시할 수 있습니다. 우리는 소련의 동지들과 5일 동안 논쟁을 해서 겨우 공동선언의 초안을 만들었으나 공동선언의 초안에 아직 일치하지 않은 부분이 있어 현재까지 완전일치를 보지 못하고 있습니다. 협상을 할 수 있을 것 같으며 분위기가 비교적 좋고 비교적 민주적입니다." 회담 중에 마오쩌둥은 선언초안에 대한 약간의 수정의견이 단지 자신의 개인적인 의견으로 역시 후르시초프와 상의를 해야 했다고 했다. 고무우카는 이를 이해했다고 말했다.

마오쩌둥의 말을 고무우카는 귀담아 들었다. 이점에 관하여 고무우카는 폴란드 대표단 구성원의 입장에서 "마오쩌둥 주석의 이야기는 역시 매우 유쾌하다"라고 말했다. 문세를 충분히 설명했다는 의미였다.

11월 20일 고무우카는 폴란드 대표단 전체를 이끌고 정식으로 크레믈린 궁에 머물고 있는 중국 대표단을 방문하여 마오쩌둥에게 고별인사를 했다. 마오쩌둥은 고우쿠카와 3차 회담을 장시간 진행했다. 이번 담화에서는 공산당회의, 간행물, 당의 건설, 중소 관계 등 다방면의 문제가 언급되었다.

마오쩌둥은 최후에 고무우카에게 충고하듯이 말했다. "우리당의 현재 이 핵심지도사상은 몇 년이 지나서야 형성된 것으로 1935년 준의(遵義)회의부터 시작하여 1957년까지 모두 23년 동안입니다. 당신들은 단지 1년인데 전국 인민과 전 당의 면전에서 당신들의 지도노선이 정확하다는 것을 실제로 증명해야 합니다. 이는 적어도 10년이 필요한 것으로…, 당신들의 기초가 비로소 견고해질 것입니다. 나는 당신이 이 점을 자각할 것을 권고하며 절대 이미 견고해졌다고 생각서는 안 됩니다" 마오쩌둥이 계속 말했다. "미코얀이 중국에 와서 스탈린 문제를 설명할 때 나는 그에게 네 글자를 말했는데, 바로 '근신소심(謹愼小心:매우 조심스럽고 신중하다)'해야 한다는 것입니다. 모든 것이 다 잘 되었다고 여기지 말 것이며, 매우 많은 일들이 예상하지 못하고 의식하지 못하는 사이에 자신을 회멸시키는 것입니다. 나는 이 말도 맞지 않을 수도 예의가 없는 것일 수도 있는 것으로 중국의 경험을 옮긴 것입니다. 제가 이렇게 권고함으로써 당신들에게 마오쩌둥이 어떻게 이럴 수가 있는가 하고 생각하게 할 수도 있습니다."

고무우카가 말했다. "당신들의 경험은 매우 풍부합니다. 이외에 우리가 현재 채택한 정책은 상당히 당신들과 같은 것입니다…. 우리는 당신의 모든 호의를 받아들입니다."

마오쩌둥은 또 1949년에 소련을 방문했을 때를 회고했다. 고무우카는 마오쩌둥의 이 이야기를 마음에 들어 했다. 마오쩌둥은 말했다. "우리의 마음이 서로 통합니다. 우리는 서로 지지를 합니다. 후르시초프에 대해서도 지지를 보내야 합니다." 고무우카가 말했다. "우리 폴란드는 특히 당신들의 지지를 필요로 합니다."

마오쩌둥이 말했다. "자력갱생을 주로하고 외국의 지지를 보조로 삼아야 합니다. 비록 보조지만 역시 지지해야 하며 결코 이에 의존해서는 안 됩니다. 의존과 의지를 구별해야 합니다. 우리는 상호간에 의지해야지, 절대 의존해서는 안 됩니다."

마오쩌둥의 넓은 도량의 가슴, 예리한 사고, 심오한 사상과 진심으로 사람을 대하는 이야기는 고무우카 및 폴란드 대표단의 동지들을 감동시켰다. 작별을 할 때, 쌍방은 모두 격동했고, 양국 대표단 동지들이 열렬하게 서로를 껴안는 장면은 사람들을 감동시켰다.

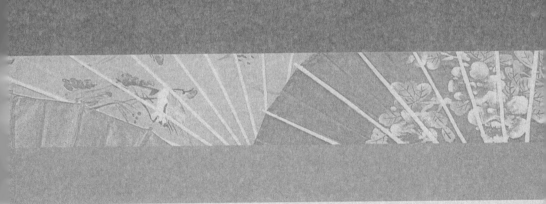

19

"환난(患難) 속에서 친구를 만나다"
- 마오쩌둥과 카다르

19

"환난(患難) 속에서 친구를 만나다"
― 마오쩌둥과 카다르

카다르 야노시는 헝가리 사회주의 노동당 지도자였다. 1912년 5월 26일 피우메(현재 유고슬라비아 리예카)에서 출생했으며 본명은 모나카 야노시이다. 1931년 헝가리 공산주의 청년노동자 연맹에 가입했다. 1931년 호르티 미클로시 경찰당국에 의해 체포되었다. 1942년 5월 헝가리 공산당 중앙위원에 당선되고 다음 해에 중앙 서기에 당선됨과 동시에 1942년 반(反)파시스 독립운동의 책임자가 되었다. 1945년에 헝가리가 해방되자, 연이어 헝가리 공산당 중앙정치국 위원, 서기처 서기 그리고 부 총서기를 맡았다. 1948년부터 연이어 정부내무장관, 당중앙 당군조직부 부장을 담당했다. 1951년 5월 모함을 받아 체포되어 감옥에 들어갔다. 1954년 가을 석방되어 명예를 회복했다. 1956년 10월 노동인민당 중앙 제1서기를 맡고 11월에는 노농(工農)혁명정부의 주석이 되었다. 동시에 노동인민당을 기반으로 한 당을 조직하기 시작하고 헝가리 사회주의 노동당으로 개명하여 1957년부터 제1서기를 담당했다. 1961년 11월부터 1965년 6월까지 장관회의(部長會議) 주석을 맡았다. 1964년부터 애국인민전선 전국이사회 이사가 되었다. 1965년부터는 헝가리 인민공화국 주석단 위원이 되었다. 1966년에는 법제정을 주도하여 당의 9차 대표대회 토론을 거쳐 경제체제개혁의 기본원칙을 통과시켰다. 1968년 1월 1일부터 헝가리 전국에 경제체제개혁이 시행되었다. 1959년 헝가리 사회주의 노동당 제7차 대표대회의부터 1985년 제13차 대표대회까지 카다르는 당 중앙 제1서기에 당선되는데, 13대에는 총서기로 바꿔 칭했다. 1988년 5월 당 중앙 주석으로 자리를 옮겼고, 1989년 5월에 건강을 이유로 당 중앙 주석의 자리에서 물러났으며, 같은 해 7월 6일 세상을 떠났다.

환난의 시기에 본색을 드러내다.

1956년에는 풍파가 꼬리에 꼬리를 물고 일어났다. 중공 대표단이 소련에서 소공과 폴란드 문제를 협력하여 해결할 때, 헝가리 사건이 발생했다. 10월 21일 폴란드 통일노동당 중앙 개혁의 소식이 헝가리에 전해지자 헝가리는 노동인민당 내외에 폴란드를 본받자는 요구가 분분하여 독립 발전적인 사회주의의 길을 가고자 했다. 인민 군중은 라코시 시대의 잘못된 정책에 대하여 매우 심각한 불만이 있었다. 우익단체도 이 기회를 빌려 활동하면서 '사회주의 및 그 정책에 대한 불만을 선동했다. 10월 23일 헝가리 수도 부다페스트에서 20만 명이 참가한 시위가 폭발하고 각종 반동인사, 친 파시즘 인사가 대오에 합류했다. 시위의 행렬은 우익세력의 선농 아래, 반정부의 구호를 외쳤고 방송국과 약간의 군사시설을 점거했으며, 노동인민당과 정부기구를 공격했다. 후에 또 노동인민당 당원 및 정부 관원을 잔인하게 살해하여 이 시위행렬은 반정부 폭동으로 변했다.

그날 저녁 헝가리 노동인민당 중앙은 긴급회의를 개최하여 중앙지도기구를 개혁하고, 너지가 중앙정치국에 들어가서 부장회의 주석을 맡았다. 10월 25일 정치국 회의에서 또 카다르는 중앙 제1서기에 당선되었다. 23일 저녁에 마침 소공지도자와 회담중인 중공 대표단은 헝가리에서 폭동이 발생했다는 소식을 듣고 류샤오치가 즉시 전화로 마오쩌둥에게 보고했다. 24일부터 31일까지 마오쩌둥은 계속해서 정치국 상임위원회 회의와 정치국 회의와 정치국 확대회의를 열고 헝가리 사건에 대하여 토론을 하면서 류샤오치와 직접적으로 전화 연락을 유지했다.

이 시기에 마오쩌둥은 소련에 기타 사회주의 국가에 대하여 정치적, 경제적으로 손을 떼고 풀어줄 수 있는지와 그 국가들을 독립시킬 것을 건의했다. 류샤오치가 소련 측에 상술한 의견을 전달했을 때 또 말했다. "나는 마오쩌둥 동지의 말을 들은 적이 있었는데, 사회주의 국가 간에도 평화공존 5항 원칙을 실행할 수 있다." 쌍방은 장시간의 토론 끝에 이 의견을 받아들였다. 그리고 또 10월 20일에 『소련정부의 소련과 기타 사회주의 국가의 우의와 합작을 발전시키고 한층 더 강화시킬 것에 관한 기초적인 선언』을 발표했다. 이 선언은 중공의 사회주의 국가 간에도 마땅히 평화공존 5항 원칙을 준수해야 했다는 의견이 받아들여졌음을 나타내고, 소련의 기타 사회주의국가 간과의 관계에서 행한 잘못에 대하여 자아비판을 한 것이다. 중국 정부는 즉시 11월 1일 성명을 발표하여 소련정부의 이 선언을 지지했다.

10월 30일 중공 대표단은 미코얀이 소련에 올린 보고에서 헝가리의 형세가 계속 악화되고 있었으며, 인민민주전정의 체제가 이미 해체되어,

폭동세력이 극도로 창궐하고 보안대 인원과 공산당 당원을 태워 죽이고 목
메달아 죽이고 산채로 매장하는 등등 전국이 무정부 상태에 빠졌다는 것을
알았다.

　이런 상황에서 마오쩌둥은 진지하게 헝가리의 상황을 분석했다.
그는 헝가리 문제와 폴란드 문제의 성질이 다르다고 생각하여 소련에
헝가리는 "아직 구제할 수 있는 시기"이기 때문에 "최후의 역량을 다하여
그를 구제하자"고 건의를 했다. 마오쩌둥은 소련에 머무르고 있는 중공
대표단과 헝가리 문제에 대응하는 두 가지 방침을 의논했다. 하나는
소련이 출병을 하여 반혁명 세력을 진압하는 것이고, 다른 하나는
소련이 헝가리에서 철군하여 뒤로 물러나는 것이었다. 이를 류샤오치가
소련 지도자에게 전달했다. 31일 저녁 후르시초프 등이 공항에서 중공
대표단을 배웅할 때에는 소공 주석단이 이미 결정을 내려 헝가리를
공격하는 방침을 채택했다고 밝혔다.

　11월 4일 카다르가 총리로 있는 헝가리 공농혁명정부가 그 성립을
선포했다. 같은 날 카다르의 요청에 의해 소련군이 부다페스트에 다시
돌아왔다. 헝가리 전국 각지의 폭동은 매우 바르게 안정되기 시작하고
카다르 정부는 국내 상황을 안정시켰다.

　헝가리 사건은 비록 안정되었지만 국제 공산당 운동 중 이와 같은 큰
풍파의 출현은 마오쩌둥을 깊은 사색에 잠기게 하지 않을 수 없었다.
이에 대하여 그는 다음과 같이 여겼다. "동유럽의 몇몇 국가의 기본적인
문제는 바로 계급투쟁이 잘 이루어지시 않있고, 수많은 반혁명을 제거하지
못했으며, 계급투쟁 중에 무산계급을 교육하지 않아서 분명하게 적을
구분하고 분명하게 시비를 구분하고 분명하게 유심론과 유물론을

구분하지 못했다는 것이다. 현재에 이르러서는 자업자득으로 화가 자신의 머리까지 미쳐 군중이 이탈하고, 공업정책이 잘못되어 노동자의 수입이 감소하여 자본가가 이를 간단하게 무너뜨릴 수 있게 하고, 지식인들이 개조되지 않아 반혁명 세력을 진압하지 못한 것이다."

폴란드와 헝가리 사건 후, 마오쩌둥은 국제공산당 운동과 사회주의의 문제 및 중국 국내 문제에 대해 깊은 사색에 잠기게 되었다. 그가 주관하여 쓴 『무산계급 독재의 역사적 경험을 다시 논하다』로 중앙이 집체토론을 하고 수차례 수정을 거친 후, 12월 28일 『인민일보』에 그 전문을 싣고 다시 한 번 이론적으로 국제공산당운동 중에 출현한 풍파와 폭로된 심각한 문제로 인해 발생한 의혹과 곤혹에 대하여 사람들에게 답하였다. 이는 그가 이 문제에 대하여 사고를 진행한 이론적 성과이며, 또 그가 이 문제에 대하여 진일보한 연구를 하게 된 이론적 준비이기도 했다. 또한 동시에 강력하게 카다르의 공농혁명정부를 지지한 것이었다.

평화로운 시기에 우의를 말하다

1957년 9월 북경의 가을 하늘은 높고 공기는 상쾌했다. 27일 헝가리 총리 카다르는 요청에 응해 중국에서 우호방문을 진행했다. 저우언라이 총리 등은 공항에서 헝가리의 귀빈들을 영접했다. 저우언라이 총리는 연회를 열어 카다르 일행을 환영하자 카다르는 격동적으로 말했다. "1년 만에 중헝 인민의 우의가 한층 더 발전했고 더욱 더 친밀하고 진실하게 변했습니다. 헝가리에는 '환난 속에서 친구를 만나다'라는 속담이 있습니다. 우리가 위급한 상황에 처해 있을 때 소련을 제외하고 중국 인민이 우리에게 대규모의 원조를 해주었는데 헝가리의 모든 사람들이 깊이 감사하고 있습니다."

카다르는 이번 중국 방문에 대하여 기대와 믿음이 가득하여 그는 "우리의 이번 북경방문, 이 기회를 이용하여 중국 동지들이 사회주의 건설의 과정 중에서 획득한 사상과 사업을 진행하는 과정에서 얻은 경험을 흡수하고 싶다"고 말했다. 그리고 동시에 헝가리 인민의 형제 같은 위대한 중국 인민에 대한 감사와 경애를 전달하길 원했다. "우리는 곧 풍부한 체험과 양호한 경험을 얻어 돌아갈 것입니다. 이런 경험은 우리의 중대한 임무에 긍정적인 작용을 일으킬 것입니다."

그날 저녁 마오쩌둥은 중남해 근정전에서 카다르를 회견했다. 1956년 9월 카다르는 헝가리 노동인민당 중앙정치국 위원과 중앙 서기로 대표단을 인솔하여 중공 제8차 전국대표대회에 참가하여 처음으로 마오쩌둥을 만났고, 또 대회에서 중국인과 중국의 사회주의 건설에 대하여 열정적으로 축하를 했다. 그 일이 있은 지 1년이 지난, 헝가리 사건이 안정된 지 얼마 지나지 않았을 때, 카다르는 재차 대표단을 이끌고 중국을 방문하여 헝중 양국인민의 깊은 정과 두터운 우의를 충분히 표시한 것이다.

회견 중에 마오쩌둥은 카다르와 헝가리 사건과 관련된 문제에 대하여 이야기를 마음껏 했다. 마오쩌둥이 카다르에게 말했다. "우리가 진행한 것은 하나의 투쟁입니다", "반혁명의 공격은 우리에게 매우 유익하여 인민을 교육시켰습니다", "당신들의 경험은 국제적인 의의가 매우 큽니다."

카다르는 헝가리 사건의 폭발이 그들에게 약간의 경험을 얻게 했다고 생각했다. 그 하나는 각종 모순을 분명하게 알 수 있었다는 것이고, 다른 하나는 약간의 사람들에 대하여 분명하게 알 수 있었다는 것이다.

카다르는 계속 헝가리 사건에서 노동인민(노동자들)이 발휘한 것에 대하여 언급했다. 그가 말했다. "'10월 사건의 과정 중에 노동인민의 행동이 매우 좋았습니다.' 인민민주제도 아래 농민은 토지를 얻었고 기초생활과 생존권에 대하여 보장을 받았으며 인민민주제도의 우월성을 드러냈습니다."

마오쩌둥이 말했다. "이는 좋은 일입니다. 당신들은 농민 예비군이 있어 동맹군으로 삼았습니다. 중국의 농민도 우리의 매우 큰 동맹군입니다."

카다르는 계속 1956년 여름에 라코시가 파면당한 것과 헝가리 당 내부가 당시에 분화하는 정황 및 당과 인민 군중에 대한 연결과 지도 등의 문제에 대하여 언급했다. 카다르는 헝가리사건에 얻은 경험은 반드시 국제주의를 강화하고, 당의 단결과 무산계급의 전정(독재정치)을 수호해야 한다는 것이라고 생각했다.

군중과 연결하는 문제와 관련하여 마오쩌둥이 "군중과 일을 할 때에는 깊게 들어가야 하고 군중을 연결해야 합니다. 절대 다수의 군중을 쟁취하는 것은 시간이 필요하고 민족주의와 자유주의 등 자산계급의 사상을 깨끗이 없애야 하며, 그 방법이 많아야 합니다. 하나만 해서는 안 되고 하나를 다시 사용해야 한다"고 제시했다

헝가리 당원의 현 상황에 대하여 이야기를 할 때, 카다르는 "우리는 현재 30만 1천 명의 당원이 있어 이보다 더 이상 많을 수는 없습니다"라고 말했다.

마오쩌둥은 카다르의 의견에 대하여 매우 찬성하며 말했다. "현재의

30만 1천 명의 당원은 과거의 80만보다 강해야 합니다. 이 30만 명은 단련을 거쳤고 광풍폭우를 거쳤기 때문입니다." 그들은 최초 헝가리 당의 지도자들에 대하여 각자의 생각을 이야기했다.

마오쩌둥은 헝가리 당이 행한 과거의 방법에 대하여 자신의 관점을 다음과 같이 이야기 했다. "과거 당신들의 중앙은 자각을 하지 못했고 자신의 처한 위치에 대하여 분명하지 못했습니다. 그들은 심각하게 군중에게서 이탈했고 또 군중이 그들을 옹호할 것이라고 생각했습니다. 그들은 자산계급 지식인들을 개조하지 못했으며, 또 대부분의 반혁명 세력을 숙청하지 못했습니다. 당시의 80만 당원은 계급투쟁의 단련을 거치지 못했기 때문에 정권의 기초를 공고히 하지 못했습니다." 카다르는 마오쩌둥의 이런 관점을 인정했다.

카다르는 마오쩌둥의 접견에 대해 감격하여 말했다. "나는 동지들에게 매우 감사하고, 특히 마오쩌둥 동지가 그렇게 많은 시간을 할애하여 우리들과 이야기를 나눈 것에 대하여 감사합니다." 그리고 또 마오쩌둥이 제시한 관점에 대하여 진지하게 연구를 진행하겠다고 했다.

마오쩌둥은 카다르의 방문에 대하여도 매우 환영다고 하면서 그들이 과도기에 처한 중국에 대하여 연구를 진행하기를 희망하고, 또 카다르가 헝가리 노동인민을 이끌고 더 큰 성취를 이루기를 희망했다. 카다르 일행이 중남해 근정전을 떠났을 때는 이미 한밤중이었다.

10월 1일 저녁 마오쩌둥은 카다르 및 각국의 주 중국 사절을 천안문으로 초청해시 국경절 경축 폭주행사를 관람했다. 5일 오전 카다르 일행은 방문을 끝내고 귀국길에 올랐다.

1949년 10월 6일 중국과 헝가리가 수교를 맺은 이래 양국 인민은 수백

년에 달하는 교류 중에 새로운 한 페이지를 열었다. 역사적으로 20세기 중엽, 중헝 양국관계의 우호발전에 마오쩌둥과 카다르 이 두 명의 지도자가 큰 공헌을 했다.

20

"마오쩌둥은 이미 중국의 심장이고
엔진이다"
- 마오쩌둥과 슈트라우스

"마오쩌둥은 이미 중국의 심장이고 엔진이다"
― 마오쩌둥과 슈트라우스

프란츠 요제프 슈트라우스, 그는 1915년 9월 6일 뮌헨에서 출생했다.

중학교를 졸업하고 뮌헨대학에 들어가 역사, 언어와 경제학 등을 전공했다. 1939년 징집에 응해 군대에 들어가서 소련과 덴마크 전쟁에 참전했다. 1956년~1962년 연방독일국방 부장을 맡았고, 1966년~1969년에는 재정부 부장을 맡았다. 그리고 그는 1961년부터 장기간 기독교 사회연맹(Christian Social Union)의 주석을 맡았다.

1978년부터는 장기간 바이에른 주의 주지사를 맡았다. 그는 2차 세계대전 후, 연방독일 국내에 중대한 영향을 미쳤던 유명한 정치가였다. 1988년 10월 3일 세상을 떠났다.

슈트라우스는 중국과 연방독일의 우호관계를 개척한 사람 중 한 명이었다. 그는 비록 외교부장을 맡은 적은 없었지만, 오히려 풍부한 외교적 사상을 가지고 있어 독일의 외교정책에 대하여 어느 정도 영향을 미쳤다. 연방독일의 저명한 야당 우익 정치가로써 그는 일찍이 중국을 여러 차례 방문했고, 1975년 1월 16일 마오쩌둥과 한차례 중요한 회담을 진행했다. 슈트라우스는 마오쩌둥을 매우 존경했고 게다가 마오쩌둥의 역사적인 공적을 높게 평가했다. 그는 "마오쩌둥은 이미 중국의 심장이자 엔진"으로 "그는 역사상 매우 깊은 존경을 우리들에게서 받았다"고 했다.

슈트라우스가 중국을 방문하기 전의 양국관계

제2차 세계대전이 끝난 후, 독일은 양국으로 분열되었다. 즉, 도이치(독일)민주공화국과 도이치연방공화국이었다. 약칭으로 동독과 서독 또는 민주독일과 연방독일이었다. 이 두 독일은 각각 소련과 미국을 수장으로 하는 양대 정치 군사집단에 속하는데, 즉 바르샤바조약 집단과 북대서양조약 집단이었다.

신중국과 동 서독은 모두 1949년 성립했다. 중국 정부도 시작하자마자 독일 인민이 요구한 평화통일의 희망을 지지하였고, 이 입장이 변화된 적이 없었다. 같은 사회주의국가인 원인에 의해서 1950년 중국은 민주독일과 외교관계를 수립했다. 그러나 서독은 대 중국 정책에서 미국을 따르고 있었기 때문에, 신중국에 대한 무역금지 시행에 참여하게 되고 이로 인해서 장기간 신중국과 연방독일의 관계는 일종의 단절상태에 처했다. 이후 1963년 전까지 중 서 간에는 단지 약간의 민간무역 정도의 왕래가 있었을 뿐이며, 결코 실질적인 관방(官方)접촉은 없었다. 그런데 당시 서독의 집권당인 아데나와 정부는 오히려 대만과 관방관계를 수립하지 않았기 때문에, 이후 중 서독 양국의 국교수립과 발전에 장애를 만들지 않는 어느 정도 정치적인 통찰력을 보였디.

중국의 입장에서 말하면, 서독과 발전적인 외교관계를 수립해야 할 필요가 있었기 때문에 일반적인 건교 원칙을 지키는 것 외에 두 가지 특수한 문제를 반드시 해결해야 했다. 하나는 중국이 1941년 12월 9일 대독일 관계를 개선하는데 있어 먼저 법률적으로 독일과의 전쟁상태를 벗어나야 했다는 것이고, 다른 하나는 사회주의 진영의 일원으로써 독일 문제에서 중국은 소련, 민주독일과 함께하는 것을 유지한다는 것이었다. 게다가 중국과 서독 간에는 직접적인 관방교류가 없었기 때문에 양국 간의 상호이해가 부족하고, 중국은 서독의 생각에 대하여 상당히 소련과 동독의 영향을 여전히 받고 있으며, 혹은 소련을 특히 동독의 상황을 고려해야 한다고 주장했다.

국제형세의 발전상황에 따라 신중국은 점차 상술한 문제의 해결에 착수했다. 1955년 4월 7일 마오쩌둥은 중독 간의 전쟁상태를 종식시키는 것에 관한 명령을 발표했고, 또한 중독 양국 간의 평화관계는 당연히 건립해야 한다고 제시했다. 게다가 같은 해 소련과 서독의 건교 수립이후, 『인민일보』에 또 「국제정세를 완화하는 새로운 성과」라는 제목으로 사설을 발표했다. 이 사설에서 중국과 서독 간에 관계 정상화를 수립하는 시기가 이미 도래했다고 분명하게 밝혔다. 1956년 1월 30일 저우언라이 총리는 또 전국정협(중국인민정치협상회의전국위원) 제1회 2차 회의에서 재차 표명하기를 중국은 "도이치연방공화국과의 관계정상화를 환영한다"고 했다.

그러나 각 방면의 원인 때문에 서독 당국은 중국이 발표한 일련의 적극적인 신호에 대하여 시종 확실한 회답을 하지 않았다.

1957년 9월에 독일경제동방위원회 주석 폰 아메론겐이 대표단을 이끌고 중국을 방문해서야 중국국제무역촉진위원회와 1년간의 민간 무역협정을 체결하고 양국의 무역은 발전하게 되었다. 1년 후

덕신사(德新社:도이치신문사)는 또 신화사(新華社)와 서로 상주기자를 파견하는 것에 대한 협의를 달성했다. 독일 소재 신화사 지사도 독일에 상주하는 중국의 첫 번째 기구가 되었다.

1950년대 말 60년대 초 중소 대립의 공개화는 서방국가의 주의를 일으켰다. 서독은 소련을 안전에 대한 주요 위협으로 생각하고 또 독일의 통일 실현에 주요 장애로 생각했다. 이로 인해 중소가 대립이 일어나는 상황에서 서독 국내에서는 어떻게 이 중소 간의 모순을 이용해야 하는가에 대하여 적극적으로 고려하기 시작했다. 그리고 이와 동시에 경제적인 면에서 자부할 만한 성적을 거둔 상황 하에서, 서독의 공상계와 정계지도층도 서독이 빠르게 발전하는 추세를 계속 유지해야 하고, 한발 더 나아가 국외 시장을 개척하고 독일의 국제적인 지위를 개선시켜야 한다고 생각했다. 상술한 두 방면 요소의 작용아래 서독 국내에는 대중국 관계를 적극적으로 발전시켜야 한다는 요구가 출현했다.

1963년 하반기부터 서독 측은 각종 통로를 통하여 중국과의 관계발전 가능성을 탐색하기 시작했다. 1964년 5월 중국은 서독과 스위스에서 첫 번째 공식접촉을 시작했다. 쌍방의 접촉에서 서독 측은 중국이 서독과 공식 무역협정을 체결할 의사가 있는지와 서독 측이 특별히 관심을 가지는 소위 '서베를린 조항'을 끼워 넣는 것에 동의하는지 및 중국이 중소 대립의 공개화라는 배경에서 동독에 대한 태도에 변화가 있는지 등의 문제에 유달리 관심을 가졌다. 본래 쌍방은 이런 접촉을 대외에 비밀로 하자고 결정했으나, 서독 측이 오히려 언론에 이 중대한 소식을 발표했다. 양측이 여러 방면에서 조건이 아직 성숙하지 않았기 때문에 같은 해 6월 13일 서독 총리가 미국 방문기간에 또 공개적으로 표명했다. 아직 중국과 외교관계를 수립하고 무역협의를 체결할 예정이 없었고 또한 중국에게 상업 차관을 주는 것 혹은 기타 주동적인 행동을 취할 의사가 없었다. 서독 여론 계통은 보편적으로 서독 정부가 미국 정부의 강한 압력을 받아, 막 펼친 대중국 관계발전의 움직임을 움츠러들게 했다고 생각했다. 이렇게 중국과 서독 양국 간의 첫 번째 공식접촉은 실패했다.

1969년 10월 서독연방의원선거 후에 사회민주당과 자유민주당이 연합하여 브란트-셸 정부를 구성했고, 소련과의 화해, 민주독일에의 접근, 동유럽 국가와 관계개선을 하는 '신동방정책(新東方政策)'을 집행했다. 이 정부가 성립되기 전, 즉 1968년 12월 연방정부 임시 외무장관인 브란트는 이미 담화를 발표하여 말하길, 서독과 중국의 무역 관계가 계속 '비정상화' 상태에 처해 있어서는 안 되었다고 말했다. 1969년 3월 브란트는 재차 텔레비전에서 연설을 발표하여 서독은 중국과 관계정상화를 희망한다고 말했다. 그러나 브란트가 연방 총리에 임한 뒤 중소가 대립상태에 빠지는 것을 보고, 그는 만약 서독이 먼저 동방조약에 앞서 중국과 국교를 맺는다면 소련에 죄를 짓게 되는 것으로 생각하고, 신동방정책에 해를 끼칠 것이라고 생각했다. 이 때문에 브란트 정부는 또 선소후화(先蘇後華)라는 외교정책의 순서를 확정했다. 즉, 먼저 소련, 폴란드, 체코 및 동독과 담판하여 조약을 체결하고 서독과 동독의 관계정상화를 실현시키고 중국과의 건교는, 즉 동방조약의 완성 이후에 놓아야 한다고 생각한 것이다. 이는 쉽게 알 수 있었다. 당년 서독이 중국과의 1차 공식접촉을 중단한 것은 미국의 압력에 굴복한 것이고, 브란트의 이때는 소련의 압력에 제약을 받았다.

1970년대에 들어와서 상황이 변화했다. 중미 관계의 개선과 중국의 연합국 합법지위의 회복 및 서독과 소련, 동유럽 국가들과의 관계가 점차 정상화하고 서독 내부에 일종의 연화제소(聯華制蘇)의 목소리가 출현했다. 서독의 유명한 대(對)소련 강경파이며, 기독교사회연맹의 주석 슈트라우스는 바로 이 방면에서 가장 두드러지는 대표자였다. 슈트라우스가 양국체제의 시대는 이미 지나갔고, 세계의 모든 일은 단지 한두 개의 초강대국에 의하여 처리할 수 없다고 제창하고, 또 장기적인 관점에서 연방 독일과 중국의 관계가 발전해야 하며 서유럽과 중국 간의 협력을 강화해야 국제 문제에서 더 큰 역할을 발휘할 것이라고 분명하게 주장했다.

이와 동시에 중소 관계가 끊임없이 악화됨에 따라, 소련으로부터 오는 위협에 대응하는 역량을 집중시키고 중국의 국가 안전을 보호하기 위해, 마오쩌둥은 중국이 미국 및 기타 서방국가와의 관계를 개선할 수도 있다고 생각했다. 이런 전략 구상에 따라 중국은 적극적으로 서독과의 관계개선을 추진하기 시작했다. 닉슨 대통령의 중국 방문과 중미『상해공보』체결에 따라, 서독의 각계에서 중국과 국교를 맺자는 목소리가 더욱 높아졌다. 서독의 각계 인사들이 앞 다투어 중국과의 관계를 발전시켜야 한다는 주장을 발표했다. 1972년 초에 서독 국내에 상당한 힘을 가진 야당이자, 슈트라우스가 이끄는 기독교사회연맹 주석단이 정식으로 결의하여 브란트 정부의 '신동방정책'은 '한발로 길을 가는 것'이라고 격렬하게 비난하고 '신동방정책'에 극동부분을 보충하고 중국과의 관계발전을 포함시켜야 한다고 강조했다. 이런 상황은 중국과 국교를 수립하는 것에 대하여 서독 내에서 이미 대중들이 원하고 있었음을 나타냈다.

결국 중국과 서독은 각 방면에서 공동으로 추진하여 1972년 10월 11일 중국외교부장 지펑페이(姬鵬飛)와 서독 부총리 겸 외무장관 발터 셸이 자신의 정부를 대표하여 북경에서 『중독건교공보(中獨建交公報)』에 서명하고 정식으로 중국과 서독의 외교관계 수립을 선포했다.

중국과 서독의 국교수립은 중국의 대외관계 발전에 있어서 중대한 사건이었다. 양국의 국교수립 이후, 쌍방 고위층의 상호방문이 빈번해지고 정치적인 상호 신뢰도 끊임없이 강화되었다. 이중에 기독교사회연맹 주석 슈트라우스의 두 차례의 중국 방문 및 마오쩌둥과 그의 한차례 중요한 회담은 서방세계에 거대한 반향을 불러 일으켰다.

"마오쩌둥이 내게 한 말을 나는 영원히 잊지 않을 것이다"

중국과 서독이 국교를 수립하기 전날 밤에 당대 연방의회 외교위원회 주석이자 기독교사회연맹의 지도자 중의 한 명인 슈뢰더가 먼저 중국을 방문했다. 중국 측은 슈뢰더의 방중을 매우 중요하게 생각하여 높은 수준으로 응대를 했다.

이 사건은 서독내부 및 국제사회에 강렬한 반향을 일으켰다. 슈트라우스를 포함하여 적지 않은 서독 정치가들 모두 중국 방문을 희망한다고 표시했다. 1972년 7월 24일 저우언라이는 바로 이런 상황을 마오쩌둥에게 보고했다. 저우언라이는 기독교사회연맹의 주석 슈트라우스를 포함한 약간의 우익인사들이 중국을 방문하고 싶어 한다고 말했다. 마오쩌둥은 바로 "나는 우파를 좋아했다, 그들을 모두 초청할 수 있으며 나도 그들과 이야기를 나눌 수 있다", "닉슨이 와서 나는 그와

여기서 이야기 했고, 나눈 이야기가 나쁘지 않았다"라고 표시했다.[43]

이런 사상에 따라 중국인민외교학회의 요청에 응하여 1975년 1월 12일 슈트라우스 일행이 중국을 방문했다. 병중이던 저우언라이는 북경병원에서 먼저 슈트라우스를 접견했다. 그 후 국무원 부총리 덩샤오핑의 수행 아래 슈트라우스 일행은 장사에서 마오쩌둥을 만났다.

그때의 마오쩌둥은 이미 고령으로 건강이 좋지 않아 마침 호남 장사에서 휴양 중이었다. 마오쩌둥의 숭고한 명망 때문에 당시에 중국을 방문하는 외국 지도자들 모두 마오쩌둥을 만나고 대화를 나누는 시간의 길이로 서로를 비교했다. 이 때문에 마오쩌둥이 서독의 야당 영수인 슈트라우스를 만나는 지의 여부도 독일 정치계의 주요관심의 대상이 되었다.

슈트라우스를 매우 기쁘게 한 것은 1975년 1월 16일 마오쩌둥이 고령으로 좋지 않은 건강상태에도 불구하고 장사 구소(九所)에서 친히 그를 만났다. 또 그와 한차례 한 시간이 넘게 역사적인 중요한 회담을 나누었다.

파킨슨병의 고통 때문에 마오쩌둥은 언어 표현이 매우 곤란한 상태였고 어떤 때에는 부득이하게 필담에 의지했다. 그러나 그의 사상은 여전히 민첩하고 활달했다. 회담이 시작되자 마오쩌둥이 덩샤오핑에게 물었다. "당신들의 이야기는 어떠했습니까?" 덩샤오핑이 대답했다. "매우 좋았습니다. 매우 많은 관점에서 우리는 의견이 일치했습니다."

슈트라우스가 말했다. "우리 쌍방은 이번 세기 남은 25년이 매우 불안정할 것이라는 것에 모두 동의했습니다." 마오쩌둥이 웃으면서

---

43) 왕주(王珠), 「만년의 마오쩌둥을 주번보다(兩見晚年毛澤東)」, 『湘潮』 3기, 2008.

말했다. "우리도 그렇게 생각합니다."

슈트라우스는 그의 요동치는 불안한 정세에 대한 우려를 표시하고 그가 감개무량하다는 듯이 말했다. "우리들은 소련이 확장을 고집할 것을 걱정하고 있는데, 이는 유럽패권을 노린다는 것을 의미하며, 또 우리들 독일인이 곧 그들의 첫 번째 목표가 될 것입니다."

마오쩌둥이 매우 동감하며 말했다. "아시아도 똑같습니다."

슈트라우스는 마오쩌둥에게 유럽의 정세에 대하여 소개하며 그는 다음과 표시했다. "유럽의 입장에서 말하자면 유일하게 의지할 수 있는 방법은 단결입니다. 현재 존재하는 어떠한 유럽국가도 단독적인 역량은 매우 작아 대항하기에 충분하지 않습니다. 우리는 반드시 단결해야 합니다. 우리는 얼마 지나지 않아 미래에 새로운 위기가 발생할 것이라고 예측하고 있습니다. 첫 번째 지역은 근동, 중동입니다. 두 번째 지역은 남슬라브, 즉 발칸 지역입니다. 이는 지중해의 권력관계가 완전히 바뀌는 것을 의미합니다. 현재 제네바에서 유럽안전합작 회의가 열립니다. 명칭은 매우 매력적이고 매우 오해를 사기 쉽지만, 사실상 이는 함정입니다. 만약 유럽과 북미가 이 협정에 서명을 했다면 소련인은 그들을 위하여 파란불을 켰다고 여길 것이며 또 그들의 조력자가 발칸에 대응하는데 동의하는 것입니다."

마오쩌둥이 곧바로 말했다. "이는 핀란드 화를 초래하는 것입니다."

슈트라우스는 다음과 같이 말했다. "만약 어떤 사람이 있어 패권을 쟁취하고 싶어 했다면, 그는 평화를 가장하면서 사실상 통제를 확대할 것입니다." 마오쩌둥이 정곡을 찌르며 말했다. "맞습니다. 소련은 매일 평화를 이야기하고 매일 전쟁을 준비하고 있습니다. 중국인은 일은 일이라고 이는 이라고 말합니다. 우리는 어떤 거짓된 '평화', '완화', '우의'를 찬성하지 않습니다." 슈트라우스가 말했다. "그러나 당신들의 실제행동은 평화라는 것입니다." 마오쩌둥이 고개를 끄덕이며 동의했다.

슈트라우스가 소련이 그가 중국 방문의 요청을 받아들이는 것에 반대하는 선전을 벌인 것에 대하여 이야기 하자, 마오쩌둥이 "그들이 우리도 반대한다"라고 대답했다.

슈트라우스가 이어서 말했다. "독일은 중국과 공업과 경제에서 합작을 강화하는 것에 공헌하기를 원합니다. 우리는 경제와 공업에서 강대한 중국이 평화를 보장하는 데 유리할 것이라고 생각합니다." 마오쩌둥이 슈트라우스의 양국관계에 대한 생각과 평가에 찬성을 표시하고 칭찬했다.

슈트라우스가 말했다. "소련인은 나에게 중국이 유럽에 미치는 위협에 대하여 이야기합니다. 나는 이에 대하여 반박합니다. 중국의 군대는 우리의 변경에 있지 않으며 베를린에 없으며 동독에도 없습니다. 그러나 우리는 오히려 소련의 군대가 베를린과 동독에 있는 것을 압니다. 우리가 두려워하는 것은 이것이지 홍색의 중국이 아닙니다." 마오쩌둥이 이에 답했다. "좋군요! 당신들은 우리를 두려워 할 필요가 없습니다!" 슈트라우스가 분명하게 대답했다. "두렵지 않습니다. 두렵지 않습니다!"

회담이 끝나갈 때, 슈트라우스가 관심을 가지며 마오쩌둥의 건강을 물었다. 마오쩌둥이 이에 답했다. "제 몸의 병은 다리도 좋지 않고 폐에도 병이 있고 눈에도 병이 있으며 말도 분명하지 않습니다." 슈트라우스가 진실하게 말했다. "당신의 일생은 고뢴 인생으로 위대한 업적과 위대한 탐구 및 성공이 충만합니다. 저는 당신의 말씀 중에서 당신의 두뇌는 백퍼센트 건강하다는 것을 알 수 있습니다."

마오쩌둥이 재미있게 이야기 했다. "건강이 괜찮습니다. 먹을 수도 잠을 잘 수도 있습니다."

후에 마오쩌둥과의 이번 회담에 대한 분위기를 언급할 때, 슈트라우스는 다음과 같이 회고했다. "당시 내가 비밀스러운 장소에서 마오쩌둥을 만났을 때, 나는 병이 마오쩌둥의 체력을 소모시키고 있는 것을 보았다. 그의 생활은 매우 소박하여 그가 제창한 그것과 같이 태양을 볼 수 없는 방안에서 마오쩌둥은 일어서서 나를 맞이했다. 그 방은 소파가 매우 실용적으로 배치되어 있었으며 소파의 사이에는 작은 탁자가 놓여 있었다." "우리들이 담화를 진행하는 중에 그는 정신을 집중하는 능력이 있었으며 표현이 기민하여 매우 분명했다. 그의 머리 속에는 당대 세계의 변화가 충만했다." "마오쩌둥이 나에게 이야기한 '당신들은 유럽의 핀란드화가 나날이 가까워지는 위험을 계속 경계해야 한다'는 말을 나는 영원히 잊지 못할 것이다."[44] 마오쩌둥과의 이번 회담은 슈트라우스에게 깊은 인상을 남겼다. 마오쩌둥의 정확한 인식과 투철한 견해, 심오한 사상, 폭넓은 흉금 및 전략적 안목 모두 슈트라우스를 매우 탄복시켰다. 후에 그는 다른 장소에서도 마오쩌둥의 역사적 업적을 높이 평가했다.

그는 다음과 같이 표시했다. "만약 사람들이 그를 단지 신중국이라는 지구상에서 인구가 가장 많은 국가의 창건자로 본다면, 그런 종류의 평가는 그렇게 높지 않은 것이다. 마오쩌둥은 몇 십 년 동안 줄곧 소란스럽고 불안한, 잔혹한 전쟁을 실컷 경험한, 재난이 매우 많은 중국을

---

44) 쉐칭차오(薛慶超), 「모택동의 남방정책(毛澤東的南方決策)」
　　연재 3, 『黨史縱橫』 1기, 2007.

신시대로 이끈 것이다. 마오쩌둥은 한 명의 혁명가이자 행정가이며 철학가 그리고 시인이라고 생각한다. 그의 저작은 이미 수많은 군중들이 실천하고 있다. 이런 위인을 매우 적절하게 평가하기 위해서는 반드시 세 가지 공적을 강조해야 한다. 먼저 마오쩌둥은 사분오열되고 외국열강에 의해 좌지우지되던 중국, 그의 국가를 정치적으로 통일시켰을 뿐만 아니라, 기아로부터 벗어나게 했다. 나는 1975년 1월 중국을 방문했을 때, 이 점을 판단할 수 있었다. 사람들은 모두 집이 있었고 의식이 풍족했다. 만약 사람들이 이런 상황을 과거 상황과 비교해 본다면 이는 확실히 매우 큰 성과였다. 비록 중국공산주의와 우리의 자유서방국가 간에 각양각색의 사상적인 면에서의 차이가 존재하지만 반드시 이런 성과를 인정해야 했다. 마오쩌둥의 두 번째 공적은 그의 구상에 따라 중국의 정책을 변화시키는 것을 통하여 온역과 유행병을 소멸시켰다는 것이다. 만약 사람들이 몇 십 년 전의 고통스러운 상황을 회상해 보면 이 또한 거대한 성과였다.

그리고 가장 큰 업적은 의심할 여지없이 그가 그 자신을 상징하는 정책과 학설을 통해 8억 인민으로 하여금 독립자주적인 사상적 기초 위에 대내외 정치적으로 자신감을 얻도록 했다는 것이다." 그는 또 강조했다. "마오쩌둥은 이미 중국의 심장이자 엔진이다." "이는 우리가 그를 역사적으로 매우 존경하게 하였다. 비록 이데올로기적인 면에서 원칙의 대립이 존재하지만…."[45]

1976년 9월 9일 마오쩌둥 주석이 별세한 후, 슈트라우스는 또 특별히

---

45) 「외국의 주요 정치가, 학자 및 매체가 마오쩌둥과 마오쩌둥의 사상을 논하다(外國政要 學者及媒體論毛澤東和毛澤東思想)」, 『중화혼』 12기, 2001.

조전을 보내 재차 이 위인을 향한 숭배의 정을 표현했다. 그는 말했다. "마오쩌둥 주석은 정치가와 행정가 그리고 철학가로서 본 세기 위인 중의 한 명이다. 그가 없었다면 현대 중국의 발전, 중국의 통일과 외국으로부터 벗어나는 것 및 그의 오늘날 소련제국주의의 대항력으로써 특출한 역할은 상상할 수 없었을 것이다."[46]

후에 슈트라우스는 또 수차례 중국을 방문하여 덩샤오핑 등 중국 지도자들과 여러 차례 중요한 회담을 하고, 중요한 국제문제에 대하여 깊이 있게 의견을 교환했다. 슈트라우스는 이런 회담 중에서 그는 '국제문제에 있어서 중국 지도자들과 매우 많은 의견이 일치했다'고 단언했다. 중국과 연방독일의 우호관계를 개척한 개척자의 한 명으로 덩샤오핑 등 중국 지도자들도 슈트라우스가 양국관계의 발전을 위하여 노력한 공헌에 대하여 높이 평가했다.

덩샤오핑이 말했다. "슈트라우스 선생은 중국과 연방독일의 우호 합작관계의 발전을 위하여 매우 많은 일을 했다."

---

46) 『인민일보』, 1976년 9월 24일.

21

"중국에서 마오쩌둥의 득표율은 거의
백분의 백이다"

- 마오쩌둥과 몽고메리

21

"중국에서 마오쩌둥의 득표율은 거의
백분의 백이다"
— 마오쩌둥과 몽고메리

몽고메리는 1887년 11월 17일 런던에서 태어나 1976년 3월 25일 영국 햄프셔에서 세상을 떠난 영국 육군 원수였다. 몽고메리는 노련함과 강건함으로 유명하며, "웰링턴 이래 영국의 가장 우수한 장군"으로 평가되고 있다.

2차 세계대전 시기에 몽고메리는 북아프리카 전역에서 독일군대와 전쟁을 하고 아르메니아 전역에서 사막의 여우라 불리는 독일군 원수 롬멜을 격파했다. 1944년 그가 이끄는 동맹군 부대가 프랑스로 진입하자 부대를 지휘하여 노르망디 상륙작전을 개시하고, 승리를 거두었다. 후에 영국 육군 원수로 승진하고 자작의 작위를 받았다. 1946~1948년까지 영국군 총 참모장을 맡았다. 1948~1951년까지 서유럽연맹 주석을 맡았다. 1951~1958년에는 북대서양 조약기구 최고 사령부 부사령관을 맡았다. 1958년 71세의 몽고메리는 퇴역한 후에도 여전히 국제정세에 대하여 매우 관심을 가졌다. 서방세계에 중요한 영향을 미치는 베테랑 전략가로서 그는 특히 어떻게 세계의 긴장 국면을 완화하고 세계평화를 수호해야 할지에 관심을 가졌다. 이를 위해 1959년부터 그는 '동방집단을 방문, 즉 공산주의 국가의 수뇌들과 교류하는 방법을 구상하고 더불어 그들은 어떠한 사람들인가, 그리고 그들이 세계문제를 바라보는 시각을 연구할 것'을 결정하고 실행에 옮겼다.

이런 목적을 품고 1959년 5월 몽고메리는 소련을 방문했다.

후르시초프와 말리놉스키 등 소련의 지도자들과 깊이 있게 회담을 거친 후, 그는 "세계평화의 관건은 중국에 있다", "중국이 발전하여 대국이 되는 것은 피할 수 없는 것이다", "이 일은 인류의 복이 될 가능성이 있고 각국의 보통사람들이 갈망하는 평화로운 세계를 건설할 가능성이 있다"고 생각했으며, 또 그는 "만약 이것이 곧 발생할 일이라면 서방세계는 반드시 지금 신중국과 우호관계를 맺어야 하고 평등하게 대우해야 한다"고 강조했다.

"당신의 맞은편에 '침략자' 가 앉아 있는데 두렵지 않습니까?"

상술한 내용 때문에 모스크바를 염두에 두고 몽고메리는 중국 방문을 결심했다. 당시 그는 마오쩌둥에게 우호방문의 의사를 제의한 후 얻은 대답은 '그의 북경방문을 매우 환영한다'였다.

이번 마오쩌둥과의 중요한 회견을 위하여 몽고메리는 충분히 공부를 했고 그는 서방세계의 마오쩌둥과 관련된 대량의 자료를 연구했다. 그러나 이런 자료는 왕왕 마오쩌둥 및 홍색 중국에 대하여 편견과 비방이 많았다. 그 자신의 말을 인용하면 "중국 이외의 지방에서 마오쩌둥은 통상적으로 도리에 어긋나는 무서운 인물이고, 욕심이 끝이 없는 야심을 품고 있으며, 천백만 중국 인민을 살해했으며, 인민 대중의 복리를 무시하는 냉혹한 폭군으로 묘사되어 있다"이다. 그럼 마오쩌둥은 대관절 어떤 사람일까? 이 문제를 가지고 그는 특별히 마오쩌둥과 안면이 있는 인도 지도자 네루에게 가르침을 청했다. 네루가 그에게 말하길, "마오쩌둥의 모습은 한 명의 상냥한 노인과 같으며, 그 자신이 수많은 고통을 받았으며, 현재 그는 주위 사람들과 행복한 생활을 보내고 있다"고 전했다. 이런 세심한 준비를 거친 후, 몽고메리는 북경에 가고 싶어 했다. 그는 중국은 6억 인구의 세계에서 가장 큰 국가이며, 소위 중국의 진정한 정부는 대만에 있다는 말은 완전히 논리에 부합되지 않으며 진정한 중국정부는 북경에 있다고 말했다. "나는 만약 연합국에 중국이 없다면 진정으로 국제문제를 해결할 수 없다고 생각했다." 그는 또 세계문제와 세계평화에 대하여 토론할 때에 중국이 무시당해선 안 된다고 말했다.

이런 세심한 준비를 거친 후 1960년 5월 23~28일 몽고메리는 중국에서 한차례 단기방문을 진행했다. 그가 후에 말하기를 그때의 방문 목적은 "수뇌접촉으로 그들의 신임을 얻기 위해서"라고 했다.

저우언라이 총리 천이 외교부장과 수차례의 회담을 한 후에 27일 마오쩌둥은 상해에서 접견과 동시에 저녁연회를 진행했다. 그를 만나 마오쩌둥은 유머스럽게 말했다. "사실상 우리는 침략을 당한 사람이고 미국은 여전히 우리의 대만을 점령하고 있습니다. 연합국은 오히려 우리에게 하나의 칭호를 부여했습니다. 그것은 바로 우리가 '침략자'라는 것 입니다. 당신은 침략자와 이야기하고 있는 것을 아십니까? 당신의 맞은편에 '침략자'가 앉아 있는데 두렵지 않습니까?"

몽고메리가 인정하며 말했다. "혁명전에, 당신들은 우리의 침략을 받았었습니다."

인사를 나눈 후에 몽고메리는 단도직입적으로 마오쩌둥에게 "어떻게 당금의 세계정세를 바라봐야 하겠습니까?"하고 물었다.

마오쩌둥이 다음과 같이 밝혔다. "국제정세는 매우 좋습니다.

어떤 나쁜 것도 없습니다. 전 세계가 '반소련, 반중국(反蘇反華)'일 따름입니다. 이는 미국이 조성한 것으로 나쁘지 않습니다. 현재의 정세는 열전결렬(熱戰破裂)도 평화공존(和平共處)도 아니며, 제3의 냉전공존(冷戰共處)의 형세입니다. 우리는 두 가지 방면에서 준비를 해야 합니다. 하나는 냉전의 지속이고 다른 하나는 냉전을 평화공존으로 전환시키는 것입니다. 그래서 당신이 방향을 전환하는 것에 대하여 우리는 환영합니다."

몽고메리가 우리가 해결방법을 반드시 찾아 이런 상황을 평화공존으로 전환시켜야 한다고 언급했을 때에 마오쩌둥은 변증적으로 표현했다. "이는 분석이 필요합니다. 냉전은 좋은 점도 있고 나쁜 점도 있습니다. 나쁜 점은 그것이 열전으로 바뀔 수 있다는 것이고, 좋은 점은 평화공전으로 바뀔 수 있다는 것입니다." 그는 또 다음과 같이 강조했다. "우리는 좋은 점이 있다고 생각합니다. 미국이 긴장국면을 조성했기 때문에, 그것에 대하여 반대하는 사람을 더 많이 만들 것입니다. 예를 들어 남조선, 일본, 터키 및 라틴아메리카 등 수많은 국가들이 모두 미국에 의한 통제를 반대할 것입니다. 이는 미국인 스스로 조성한 것입니다."

몽고메리가 다음과 같이 말했다. "서방세계의 영수는 미국입니다. 하지만 현재 서방국가는 오히려 미국이 자신들을 전쟁에 끌어들이는 것을 두려워합니다. 서방집단의 영수는 동방집단의 두 대국과 근본적으로 의견이 일치되지 않습니다. 이런 원인 때문에 미국이 서방국가를 이끄는 것에 의심을 받았습니다."

이야기가 여기까지 이르자, 마오쩌둥은 십분 대담한 구상을 제시하는데, 그는 몽고메리에게 물었다. "당신은 영국인으로 프랑스에 갔었고, 또 두 차례 소련에 다녀왔고, 지금은 중국에 왔습니다. 영 프 소 중이 어떤 중대한 국제문제에서 의견일치를 얻을 수 있겠습니까, 없겠습니까?"

몽고메리가 이에 답했다. "예, 그렇습니다. 저는 가능하다고 생각합니다. 그러나 미국 때문에 영국과 프랑스는 그렇게 하는 것을 두려워 할 것입니다."

마오쩌둥이 제시했다. "천천히 합시다. 우리는 당신들의 국가가 좀 더 강해지길 희망하고 프랑스가 좀 더 강해지길 희망합니다. 또 우리의 발언권이 좀 더 커지길 희망합니다. 그러면 그런 사정들은 곧 잘 처리될 것입니다. 미국, 서독, 일본을 좀 더 구속할 수 있을 것입니다. 우리는 영국이 우리에게 위협이라고 느끼지 않으며, 프랑스도 우리에게 위협이 된다고 생각하지 않습니다. 우리에게 위협은 주로 미국과 일본으로부터 나옵니다."

이어서 몽고메리는 그의 국제정세를 완화하는 것에 대한 기본적인 생각을 언급했다. 그는 먼저 당연히 다른 나라의 영토에 있는 모든 외국 군대가 철수해서 모두가 본국으로 돌아가야 한다고 생각했다. 이 중에는 만약 유럽에 대한 군사적 점령을 중지하고 대만문제를 해결할 수 있다면, 바로 긴장국면을 완화시킬 수 있다고 했다. 그는 마오쩌둥이 두 가지에 동의하는지 여부를 묻고 만약 동의했다면 영국에 돌아간 후 그가 세계여론을 설득하기를 희망했다.

마오쩌둥이 이에 시원스럽게 동의했다. "좋습니다. 저는 찬성합니다." 그는 다음과 같이 제시했다. "여기에도 두 가지 조건이 있습니다. 하나는 바로 당신이 이렇게 하는 것이고, 다른 하나는 바로 미국인들이 매우 거만하여 그들은 한 치의 양보도 하지 않는 다는 것입니다. 미국은 현재 매우 피동적입니다. 수백 개의 밧줄로 미국을 묶고 있는데, 그것은 국외에 250개의 군사기지가 있는 것입니다. 미국은 군대의 반을 그 기지에 가두어 놓고 있습니다. 그 3백 만의 군대 중에 1백 50만이 해외에 있는데, 당신들의 영국과 중국의 대만도 포함합니다. 우리는 국외에 군사기지가 하나도 없으며 한 명의 병사도 없습니다."

몽고메리가 계속 자문을 구했다. "주석은 저와 저우언라이가 이야기한 미국은 당연히 다음 몇 개의 원칙을 준수해야 한다는 것에 관하여 동의하시는지요? 첫째, 미국은 당연히 대만은 중국의 일부분임을 승인해야 한다. 둘째, 미국은 당연히 대만에서 철수해야 한다. 셋째, 대만문제는 당연히 중국과 장제스가 담판을 해야 한다."

마오쩌둥이 대답했다. "저는 알고 있습니다. 저도 동의합니다. 우리는 미국과 전쟁으로 문제를 해결하는 것을 원하지 않습니다. 장제스와는 다릅니다. 그러나 만약 그가 무력을 사용하지 않는다면 우리도 무력을 사용하지 않습니다. 미국은 평화적 담판을 통하여 국제문제를 해결하기를 원하며 무력을 사용하지 않고 무력으로 위협하지 않는다고 선언했습니다. 이 말의 신뢰여부는 역시 아식 시켜봐야 합니다. 그러나 장제스는 아직 이러한 성명을 발표하지 않았고 그는 중국공산당과의 담판에 반대합니다. 그러나 우리는 일찍이 장제스와 담판을 통해 문제를 해결하기를 원한다고 표시했습니다."

몽고메리가 제시한 "일본은 중국에 어떤 나쁜 의도가 있는지 없는지"에 대하여 대답할 때, 마오쩌둥이 표시했다. "저는 있다고 봅니다." 그는 얼마 전에 일본국회에서 막 통과된 『미일안전조약』에 대하여 매우 경계했다. 그는 다음과 같이 말했다. "일본은 철이 없고 석유가 없으며 석탄도 매우 적습니다. 이 세 가지 자원은 모두 미국이 끊임없이 일본에게 보내준 것입니다. 동방에서 미국의 주요기지는 일본입니다. 미국은 일본의 군국주의를 키우고 있습니다. 이번 달 19일 일본은 국회에서 미국과의 군사동맹조약을 강행 통과시켰습니다. 일미조약은 중국연해지역과 일본이 밝히는 원동(극동)범위를 포함합니다."

마오쩌둥의 국제정세에 대한 분석을 다 듣고 몽고메리는 매우 유명한 문제를 언급했다. 후에 이 문제는 중국인들에 의해 '몽고메리의 문제'라고 불려졌다.

몽고메리가 마오쩌둥에게 물었다. "나는 흥미로운 문제가 하나있어 주석에게 묻고 싶습니다. 중국은 대략 50년 정도면 모든 일을 거의 다 처리할 것입니다. 인민의 생활은 대대적으로 개선될 것으로 주택문제, 교육문제와 건설문제 모두 해결할 것입니다. 그때에 이르면 당신은 중국의 전망이 어떠할 것이라고 생각합니까?"

마오쩌둥은 매우 기지가 넘치게 즉시 그에게 반문했다. "당신의 생각은 그때의 우리는 침략을 할 것이라는 것 아닙니까?"

몽고메리는 말했다. "아닙니다, 적어도 나는 당신들이 그러지 않을 것이라고 희망합니다." "나는 하나의 국가가 강대해진 이후에 당연히 매우 조심스러워져서 침략을 행하지 않을 것이라고 생각합니다. 미국을 보면 알 수 있습니다." "역사의 교훈은 하나의 국가가 매우 강대해 질 때 바로 침략에 치우치게 된다는 것입니다." 몽고메리의 분석을 들은 후에 마오쩌둥이 말했다. "외부를 향해 침략을 하면 곧 되돌아 올 것입니다. 외국은 외국인이 사는 곳으로 다른 사람들은 갈 수 없으며 억지로 밀고 들어갈 권리도 이유도 없습니다. 만약 들어간다 해도 바로 쫓겨나게 되는데 이는 역사의 교훈입니다."

몽고메리가 계속 물었다. "50년 이후 중국의 운명은 어떻겠습니까? 그때의 중국은 세계에서 가장 강한 국가가 되겠습니까?"

마오쩌둥은 이에 대하여 집중적으로 설명을 해주었다. 그는 다음과 같이 표시했다. "50년 이후 중국의 운명은 여전히 9백 60만 제곱킬로미터입니다. 중국은 상제(上帝)가 없고 옥황상제가 있습니다. 50년 이후 옥황상제가 관리하는 범위는 여전히 9백 60만 제곱킬로미터입니다. 만약 우리가 다른 사람들의 토지를 한 치라도 점유했다면 우리는 바로 침략자입니다."[47] 역사가 모택동의 말을 증명했다. 이 회담이 있은 지 50년 후인 2010년 중국의 경제총량은 세계 2위를 차지했고 종합국력이 대폭도로 상승했으며 사회와 인민의 면모에 모두 역사적인 변화가 발생했다. 그러나 중국은 결코 서방열강의 침략, 수탈, 전쟁, 확장, 패권이라는 옛길을 따라가지 않았으며 여전히 평화발전이라는 대로 위를 달리고 있다.

몽고메리는 세계적으로 공로가 탁월한 군사 전략가이며 세계적인 일류 전략가이다. 견문이 넓고, 기억력이 좋으며 지식을 폭넓게 섭렵한

---

47) 『모택동외교문선』, 중앙문헌출판사, 세계지식출판사, 1994, p421~435.

마오쩌둥이 그와 회담을 할 때 이야기의 흥취가 매우 고조되었다. 마오쩌둥은 또 몽고메리와 중영관계, 프미관계, 북아프리카문제, 서장문제 및 대만문제 등 내정과 외교방면의 중요한 문제에 대하여 이야기를 나눴다. 이외에 그는 또 드골, 크롬웰, 예수, 워싱턴 및 간디 등 역사적 위인에 대하여 이야기를 나눴다. 그는 다음과 같이 밝혔다. "영수란 당연히 절대다수의 사람을 대변하는 사람이어야 하며 당연히 인민이 원하는 것을 대변해야 하며, 반드시 인민의 이익을 위해야 하는 것이다. 이는 곧 원칙이다. 인민이 사정을 이해하는 것이다. 결국 인민이 문제를 결정했다."

"당연히 그가 왜 이런 말을 했는가를 연구해야 했다"

이번 회담에서 몽고메리는 매우 심각한 인상을 받았다. 후에 이번 회담의 정경에 대하여 언급할 때, 그는 다음과 같이 회고했다. "내가 1960년에 처음으로 마오를 만났을 당시에 나는 태도가 상냥하고 용모가 단정한 나이가 지긋한 사람의 환영을 받았으며, 그가 사람들에게 주는 인상은 그가 어렸을 때부터 온갖 투쟁을 경험한 유머감이 넘치는 사람이라는 것이다." 귀국 후, 얼마 지나지 않아 그는 오히려 영국에서 발행량이 가장 많은 『선데이 타임즈』에 「나와 마오의 회담」이라는 제목의 방중소감을 발표했고 마오쩌둥은 "매우 흡인력이 있는 사람으로 재지가 넘쳐 문제를 처리함에 있어 매우 현실적이며 서방세계의 정황에 대한 이해가 사람들을 놀라게 하며, 약간의 정치계 지도자에 대한 평론이 매우 정확"하다고 칭찬했다. 이와 더불어 다음과 같이 밝혔다. "마오쩌둥은 하나의 통일적이고 사람들 모두가 헌신하는 목적의식이 있는 국가를 건설했다. 중국은 평화가 필요한데 이는 장기적이고 막중한 건설을 해야 하기 때문이다. 이 때문에 대외 침략을 진행할 수 없으며 또한 기타 국가에 그들의 공산주의 사상을 받아들이도록 강요하는 것을 시도하지 않는다." 중국군대는 그에게 '매우 깊은' 인상을 주었는데, '충분하고 수준이 높은 인원을 제공'할 수 있으며, 민병조직이 전국에 고루 퍼져있기 때문에 만약 중국을 침입했다면 '큰 대가를 치러야 했다'는 것이다. 또 마오쩌둥의 기본 철학은 매우 간단한데 바로 인민이 결정하여 작용했다는 것이다. 즉 중국 인민은 아마도 세계에서 가장 근면 성실한 인민일 것이며, 모두가 단결하여 함께하며 중국의 번영을 위해 노력한다는 것이다. 이 때문에 50년 후에 중국은 강대한 국가가 될 것이며 "서방세계는 이 신중국과 친구가 되는 것이 가장 좋다"는 것이다.

마오쩌둥은 몽고메리가 중국을 방문한 후의 국제동태를 매우 중요하게 생각했다. 6월 20일 그가 몽고메리의 이 글을 본 후에 바로 이 글에 대한 평가를 썼는데 다음과 같이 밝혔다. "이글은 볼만하고 매우 재미가 있다. 몽고메리는 나와 총리에게 중국 인민의 열정과 평화와 불침략에 대한 염원, 그리고 50년 내에 전도가 매우 유망하다고 칭찬했다. 또 그는 중국혁명은 옳은 것이고 피할 수 없었던 것이라고 말했다."[48]

24일 외교부가 발행한 한 마디의 몽고메리와 관련된 자료는 마오쩌둥의 관심을 일으켰다. 이 자료는 다음과 같이 말했다. "6월 9일 몽고메리가

---

48) 『건국이래모택동문고』 9, 중앙문헌출판사, 1996, p219.

연회에서 중국을 언급하는 연설을 발표했다. 그 연설에서 그는 중국에 머무는 동안 몇 천 년을 이어 내려온 중국문명이 중국공산당의 지도 아래 오직 앞을 향해 전진하였으며 결코 손해를 보지 않았다. 혁명은 중국에 유익한 것으로 탐오, 부패, 깡패, 건달, 그리고 양코배기 모두를 쫓아냈다. 그가 만난 중국의 지도자 모두는 지식인이며 게다가 지혜가 매우 뛰어났다. 서방이 말하는 중국의 지도자는 세계에 대하여 이해가 부족하다는 것은 정확한 것이 아니다." 이외에 그 연설은 계속 연회에 출석한 모든 사람들이 마오쩌둥의 전쟁과 관련된 저작을 공부해야 한다고 강조했다. 몽고메리에 대한 존중과 중시로 마오쩌둥은 다음과 같이 분명하게 표시했다. "반드시 그가 왜 그런 말을 해야 했는지를 연구해야 했다."

"How are you!"

제1차 중국 방문 후 몽고메리는 중국에 머물렀던 시간이 너무 짧았다고 생각했다. 그래서 그는 중국 측에 1961년 9월쯤에 두 번째로 중국을 방문하고 싶다는 의사를 표시하고, 중국 지도자들과의 회견 외에, 당시 아직 주요 서방정치가에게 개방한 적이 없는 몇 개의 도시에 대한 참관을 요청했다. 당시 중미 관계가 아직 개선되지 않았고 중소 관계가 결렬에 가까워졌고, 게다가 마침 자연재해가 3년이나 지속되었기 때문에 중국은 내외적으로 매우 어려운 형세에 직면해 있었다.

몽고메리는 그가 이번 방문의 목적은 "각 지역을 방문하고 여행하여 모든 관련 요소를 조사하여 1960년대에 들어서 내가 들었던 것이 사실인지를 알기 위함이다"라고 말했다.

중국정부는 이에 대해 매우 중요하게 생각했다. 저우언라이 총리는 원칙적으로 동의를 표시한 후, 외교부는 다음과 같이 주도면밀하게 계획을 세웠다. 9월 6일 몽고메리가 북경에 도착하면 먼저 천이 부총리의 접견을 받고, 9월 9일부터 20일까지 시찰과 방문을 진행하고 북경으로 돌아온 후 저우 총리가 그와 계속 이야기를 나누면서 시기가 되면 정황을 고려하여 마오쩌둥과 회견을 진행했다는 계획이다. 몽고메리로 하여금 진실한 중국을 깊게 이해하게 하기 위하여 저우 총리는 분명하게 지시를 했다. 그는 몽고메리의 조사에 도움을 주어, 구중국이 남긴 빈곤과 낙후와 신중국이 이룬 성과는 모두 객관적으로 존재하는 것으로 그로 하여금 스스로 보게 한 후 결론을 내리게 해서 본질적으로 중국을 이해하게 해야 한다고 했다

중국 측의 주도면밀한 준비아래 9월 6일 몽고메리가 북경에 도착했다. 7일 천이 부총리는 인민대회당에서 재차 방문한 몽고메리를 위하여 환영연회를 거행했다. 몽고메리는 이 연회에서 한차례 중요한 연설을 발표했고, 긴장 국면의 국제정세를 완화하는 '3대 기본원칙'을 제의했다. 즉, 첫째, 반드시 오직 하나의 중국만 있으며, 모든 사람이 그것을 인정해야 했다. 둘째, 반드시 두 개의 독일이 있어 모든 사람이 그들을 인정해야 했다. 셋째, 모든 지방의 모든 무장부대는 반드시 그들 자신의 국토로 철수해야 했다. 그는 술곧 내만은 중회인민공화국의 일부분이라고 생각한다고 강조했다. 몽고메리의 이 발언에 대하여 중국 측이 높게 평가했다. 저우언라이는 몽고메리의 연설이 매우 훌륭하고 그는 매우

좋은 정치적 사고를 가지고 있어 그가 제시한 '3대 기본원칙'은 국제정세의 핵심을 장악한 것이라고 했다. 다음날 인민일보는 몽고메리의 이 연설문 전문을 기재했다.

9월 9일부터 20일까지 몽고메리의 요구와 중국 측의 계획에 따라 그는 포두(包頭), 태원(太原), 연안(延安), 서안(西安), 삼문협(三門峽), 낙양(洛陽), 정주(鄭州), 무한(武漢) 등의 지역을 방문했다. 저우언라이는 관련이 있는 수행인원이 현장을 함께 참관 방문할 것을 지시하고, 또한 몽고메리가 하는 일에 대하여 그를 도와 본질적으로 중국의 내외정책을 인식하게 하고 나아가 영국 상류층 인사의 국제정세에 대한 관점과 중국에 대한 생각을 이해하게 했다.

10여일에 걸친 참관 방문기간에 몽고메리는 점차 본래 가진 특별한 의문에 대하여 답안을 찾았다. 그는 다음과 같이 말했다. "어떤 사람은 중국은 지금 언덕길을 내려가고 있는데, 일(사업)과 건설에서 그 발걸음이 매우 빨라서 인민이 권태를 느끼고 실망하고 있다고 말했다. 나는 서방세계의 이런 평론을 알고 있었는데, 그래서 나는 자연히 이 방면의 흔적을 찾아야 했다. 그러나 나는 어떠한 지방에서도 모두 이런 생각을 뒷받침하는 증거를 찾을 수 없었다. 도시와 공장은 눈코 뜰 새가 없었으며 모두에게서 공산당에 대한 믿음이 흘러 나왔으며, 마오쩌둥에 대한 신뢰도 과거처럼 견고 했다." 각 지역의 공장 노동자, 학생, 해방군 전사, 호텔 종업원 및 회사원 등과의 담화를 통해서 몽고메리는 또 다음과 같은 인상을 받았다. 그것은 "중국에서 명망이 가장 높으며, 모든 사람을 지휘할 수 있는 사람은 오직 한 명으로 그가 바로 마오쩌둥이다"라는 것이다. 이외 각 지방의 정치, 경제, 문화 및 풍속을 실제로 시찰하면서 그는 또 하나의 중요한 결론을 얻었다. 장기적인 관점에서 보면 세계평화의 관건은 중국에 있다는 것이다. 중국이 일어나 대국이 되는 것은 피할 수 없는 것이며 이 일은 인류에 이로울 것이며 어떤 국가의 보통 인민이 갈망하는 평화적인 세계를 만들 가능성이 있다는 것이다.

이러한 결론을 얻은 후 9월 20일 저녁에 몽고메리는 전용비행기를 타고 북경으로 돌아왔다. 21일 저우언라이는 몽고메리 참관시찰 상황에 대하여 수행원의 보고를 받았다. 같은 날 저우언라이는 또 몽고메리를 접견했으며 그는 긴장상태의 국제정세를 완화하는 3항 원칙에 관해 완전히 동의하고 지지한다고 표시했다.

무한에 머무르고 있던 마오쩌둥은 몽고메리의 이번 방문을 매우 중요시하고 있었다. 모든 보고 자료를 열심히 검토한 후, 23일 또 특별히 수행원의 정황보고를 들었다. 수행인원은 다음과 같이 보고했다. 몽고메리는 마오 주석에 대하여 매우 탄복하고 있으며 중국에 대해서도 매우 우호적이었다. 그리고 중국이 진행한 전략에 대하여 관찰하고 우리 현재의 지도자와 장래의 지도자에 대하여 매우 관심을 가지고 있다. 마오쩌둥이 말했다. "무슨 전략의 관찰이 필요한가? 여기에는 철의 장막도 대나무 장막도 없으며 단지 사이에 한 층의 종이만이 가로막혀 있을 뿐이며, 마분지도 아니고 셀로판지도 아닌 시골의 창문에 붙인 찌르면 바로 뚫어지는 그런 얇은 종이이다. 우리는 표본조사를 준비하지 않았다. 영국 원수가 꾸민 것으로 꾸미자마자 바로 문제를 발견했다. 중국의 어떤 군중도 이 종이 층을 찔러 뚫지 않는다. 이 원수님은 3항 원칙을 말했고, 또 우리에게 우호적이므로 그로 하여금 뚫게 하자. 뚫게 되면 좋은 점이 있는데 국내외 위아래 모두가 분명하게 볼 수 있는 것이다. 무슨 장생불로

약이 있겠는가! 진시황조차도 찾지 못했고 그런 일은 없을 것이며 근본적으로 불가능하다. 이 원수님은 호의적이므로 나는 그에게 수시로 마르크스를 만날 준비를 하고 있으며 내가 없어도 중국은 변함없이 그대로 전진할 것이며 지구도 변함없이 그대로 돌 것이라고 알려 주어야 한다."[49]

23일 정오에 몽고메리는 북경에서 전용기를 타고 무한에 도착했다. 그날 저녁 6시 반에 마오쩌둥은 무한 동호호텔(東湖賓館)에서 그를 회견하고 그와 함께 저녁식사를 했다. 만나자마자 마오쩌둥은 매우 유머스럽게 영어로 말했다. "How are you!" 이에 몽고메리가 친밀함을 더욱 느껴 회담의 분위기는 더욱 화기애애했다. 중국의 현장을 시찰한 것에 기초하여 몽고메리는 많은 중대하고 날카로운 문제를 제기했고 마오쩌둥은 이에 대하여 일일이 대답을 했다.

회담이 시작되자 몽고메리가 말했다. "다년간 저는 앞줄에 앉아서 국제정치를 관찰했다고 말할 수 있습니다. 저는 서방이 스스로를 진흙구덩이에 빠뜨렸고 서방의 정치 지도자들은 또 이 진흙구덩이에서 벗어나는 방법을 찾지 못했다고 생각합니다. 나의 결론은 독일과 중국의 문제에서 서방은 완전히 상식이 결핍되어 있다는 것입니다." 마오쩌둥이 끼어들며 말했다. "서방전체가 아니라 상식이 결핍되어 있는 것은 오직 미국뿐입니다." "다른 사람들은 미국을 따라가고 있습니다."

몽고메리가 물었다. "당신은 제가 일괄적으로 제의한 3항 원칙에 대하여 어떤 생각을 가지고 있습니까?" 마오쩌둥이 답했다. "제의 전체가

---

49) 스푸커(斯夫刻), 「마오쩌둥과 몽고메리의 두 차례
   회담(毛澤東與蒙哥馬利的兩次談話)」, 『黨史文匯』 4기, 2003.

더 힘이 있고, 다른 것과 비교하여 더 좋으며 각국의 인민이 더 좋게 이해할 수 있을 것입니다. 반대하는 사람들이 적지 않겠지만 환영하는 사람이 더 많을 것입니다. 여러 차례 제의하면, 1차, 2차, 3차, 10차, 20차 결국은 효과를 볼 수 있을 것입니다. 당신은 100살까지 살고 싶다고 하지 않았습니까? 그럼 아직 20년이 남았습니다. 당신이 상제를 만나기 전에 해결한다는 것은 희망적입니다. 3항 원칙의 제의는 옳고 좋습니다."

몽고메리는 세계 여론을 동원해야 했다고 표시했다. 그는 중국을 떠나 그 다음 주에 바로 캐나다를 방문하여 10월 6일에 토론토에서 한차례 텔레비전 연설을 하고, 그 후에 런던으로 돌아가 10월 16일 저녁에 다시 한차례 텔레비전 연설을 하겠다고 말했다. 그러자 마오쩌둥이 "그러면 좋지요. 무릇 기회가 있으면 바로 말해야 합니다."

몽고메리가 또 말했다. "저는 다음과 같은 생각이 있습니다. 당신은 어떤 일을 발생하게 할 필요가 있을 때, 절대 잘못을 범하지 않아야 합니다. 그것은 한순간에 수많은 사람들에게 죄를 짓는 것입니다. 저는 이번에 중국에 3개의 원칙을 제의했고 이미 사람들에게 죄를 지었습니다."

"나는 이 사건을 서방에 추진시킬 수 있습니다. 그러나 저는 동방에 다시 큰 영향을 일으키고 싶지 않습니다. 나는 본국에서 매우 큰 지위를 가지고 있어, 만약 내가 동방 공산당 여행에 대해 말을 많이 했다면, 영국 인민들은 저사람 무슨 꿍꿍이가 있을 것이라고 할 것이고, 이는 모두 나의 지위에 나쁜 영향을 줄 것입니다. 만약 제가 이 일을 추진하려 했다면, 나는 나의 지위를 반드시 유지해야 힙니다." 마오쩌둥이 긍정적으로 표시했다. "당신의 지위는 흔들리지 않을 것입니다. 당신의 기본 사상은 평화를 원했다는 것입니다."

몽고메리가 또 말했다. "나의 주장은 피차 내정간섭을 하지 않는 것입니다. 서방국가는 문제를 만나게 되면 그들의 방법은 바로 하나의 국가를 분열시켜 둘로 만드는 것입니다. 조선이 바로 이와 같고 또 라오스, 인도차이나도 그렇습니다. 그들은 하나의 국가를 두 개로 나누는 것이 어떤 문제를 모두 해결하는 것이라고 생각했습니다. 저는 그렇지 않다고 생각합니다. 저는 여러분 모두가 군대를 철수시키고, 조선인들로 하여금 스스로 결정하게 하는 것입니다." 마오쩌둥이 말했다. "맞습니다."

마오쩌둥이 몽고메리에게 물었다. "원수님은 올해 연세가 어떻게 되십니까?" 몽고메리가 답했다. "70세입니다." "오! 저는 73세입니다." 마오쩌둥이 말했다. 이 화제에서, 몽고메리는 이어서 물었다. "주석 선생, 당신의 공화국이 성립한지 12년이 지났는데, 전쟁의 폐허로부터 새로운 국가를 건립했으며, 당신은 여전히 분명하게 매우 많은 일을 하려 합니다. 당신의 인민은 당신을 필요로 하고 있으니, 당신은 반드시 건강한 신체와 충만한 정력을 가지고 이 나라를 이끌어야 합니다." 마오쩌둥이 답하였다. "중국에 이런 속담이 있습니다. '73세와 84세에는 염라대왕이 부르지 않아도 간다'인데, 만약 이 두 나이를 지나게 되었다면 100세까지 살 수 있다는 것입니다." 그는 계속 재미있게 말했다.

"우리가 말하는 염왕은 바로 당신들의 하나님으로, 나는 단지 5년의 계획만 있어 그때가 되면 나는 곧 나의 하나님을 만나러 가야 하는데 나의 하나님은 마르크스입니다." 몽고메리가 말했다. "이번 방문을 거쳐 저는 중국 인민이 당신을 필요로 하고 있으며, 당신은 그들을 떠나갈 수 없다는 것을 느꼈습니다. 당신은 적어도 84세까지는 살아 계셔야 합니다." 마오쩌둥이 답했다. "안 됩니다, 나는 매우 많은 것을 마르크스와 토론을 해야 합니다. 여기에서 다시 4년을 기다리는 것으로 충분합니다." 몽고메리가 말했다. "만약 내가 마르크스가 어디에 있는지 안다면, 나는 그에게 말할 것입니다. 중국 인민이 당신을 필요로 하고 있으니 당신은 그가 있는 곳에 갈 수 없다고 나는 그와 이 문제를 이야기하겠습니다."[50]

이것 외에 두 사람은 계속 '무력으로 정권을 얻는 것'을 아직 적용할 수 있는지, 사회주의와 공산주의를 구별하는 것 그리고 신중국 성립 후 12년이 지난 중국이 중대한 문제를 어떻게 바라보고 있는가에 대하여 심도 있는 대화를 나누었다.

회담은 저녁 9시 30분까지 계속 이어졌는데, 몽고메리는 영국 555상표의 담배 한 갑을 꺼내 매우 공손하게 말했다. "주석 선생, 당신에게 영국담배를 드립니다." 마오쩌둥이 감사를 표시하며, 바로 종업원을 불러 중국명차를 답례로 몽고메리에게 선물했다. 몽고메리가 여운이 남는 듯이 말했다. "오늘의 담화는 저에게 수많은 것을 가르쳐 주었습니다", "주석이 매우 바쁘고 다른 일을 해야 한다는 것도 알지만 내일 저녁 다시 이야기할 수 있겠습니까?" 마오쩌둥이 말했다. "내일 저녁에는 제가 다른 곳으로 갑니다." 두 사람의 중요한 이번 회담은 이것으로 끝났고, 서로 고별인사를 했다.

---

50) 스푸커, 「마오쩌둥과 몽고메리의 두 차례 담화」, 『黨史文匯』 4기, 2003.

"그가 친히 쓴 한 수의 사를 누군가에게 준다는 것은 드문 것이다"

몽고메리는 한구승리(漢□勝利)호텔로 돌아온 후에 다음날 광주와 홍콩을 경유하여 귀국할 준비를 했다. 그러나 누구도 예상하지 못했던 것은 다음날 새벽 5시 전후로 몽고메리를 수행하는 사람으로부터 전화가 걸려와 마오쩌둥이 계획을 변경하여 그날 오후 다시 몽고메리와 회담하기로 결정했다고 전했다. 오전 8시 아침식사 때, 몽고메리가 이 소식을 듣고 매우 기뻐했다.

오후 2시가 지나서 몽고메리는 재차 마오쩌둥의 숙소로 갔다. 두 사람은 또 약간의 중대한 문제에 대하여 회담을 진행했다.

몽고메리가 물었다. "현재 사람들은 모두 핵무기 문제에 대하여 담론하고 있는데, 그 논쟁이 매우 많습니다. 저는 북경에서도 류샤오치 주석과 중국의 핵무기에 대하여 이야기를 나누었습니다. 주석은 이 문제에 대하여 어떻게 생각하십니까?" 마오쩌둥이 말했다. "저는 핵무기에 대하여 관심이 없습니다. 이 물건은 사용할 수 없는 것이며 많이 만들수록 핵전쟁이 일어나지 않을 것입니다. 만약 싸운다고 해도 역시 일반적인 무기를 사용하여 싸울 것입니다.

일반적인 무기의 사용은 어떤 전략과 전술에 대하여 논할 수 있으며, 지휘관은 임시로 상황에 따라 변화를 줄 수 있습니다. 핵무기를 사용하는 전쟁은 전원 스위치 하나로 순식간에 공격이 끝납니다." 몽고메리가 또 물었다. "류 주석이 나에게 미국, 영국, 프랑스, 소련이 모두 보유하고 있기 때문에 당신들도 만들려고 한다고 했습니다." 마오쩌둥이 말했다. "맞습니다. 만들 준비를 하고 있습니다. 언제 완성될지는 저는 모릅니다. 미국은 그렇게나 많은 10기나 보유하고 있습니다. 우리는 설령 만들어내더라도 단지 1기입니다. 이것은 사람에게 끔찍한 물건이고 비용이 많이 드는 가치가 없는 것입니다." 몽고메리가 꼬치꼬치 따지듯이 말했다. "나도 당신들의 여러 계획 중에 핵무기 개발은 아마도 후순위에 놓아두고 있을 것이라고 생각합니다." 마오쩌둥이 매우 긍정적으로 말했다. "즉, 우리는 매우 적은 돈을 들여 실험을 하고 있습니다. 우리는 견실한 경제적 기초가 없으며 공업도 이제 교류를 시작하고 있습니다. 미국, 영국, 프랑스, 소련은 견실한 공업기반을 가지고 있습니다. 우리는 가난해서 거지라 부르는데 아름다운 옷을 입고 밖을 뛰어다닙니다." "나는 원자탄이 종이 호랑이라고 말한 적이 있습니다."

담화 중에 마오쩌둥이 몽고메리에 대하여 말했다. "원수님은 특별한 인물입니다. 100세 이상을 살 것이라고 믿습니다." 몽고메리가 이 기회를 빌려 제의했다. "저는 수많은 국가의 지도자들을 알고 있습니다. 저는 그들이 그의 계승자가 누구인지에 대하여 설명하기를 원하지 않는다는 것을 알게 되었습니다. 예를 들어 맥밀란, 드골 등등입니다. 주석은 현재 당신을 계승하는 사람이 누구인지가 분명합니까?" 마오쩌둥이 말했다. "매우 분명합니다. 류샤오치입니다. 그는 우리 당의 제1부주석입니다. 내가 죽은 후, 다음이 그입니다." 몽고메리가 또 물었다. "류샤오치의 다음은 저우언라이 입니까?" 마오쩌둥이 말했다. "류샤오치 뒤의 일은 내가 관여하지 않습니다." 몽고메리가 답하며 말했다. "중국은 현재 아직 수많은 일을 해야 하기 때문에 주석이 매우 필요합니다. 당신은 현재 배 위에서 내릴 수 없으며 방관할 수 없습니다." 마오쩌둥은 또 다섯 가지의 죽는 방법을 이야기 했다. 적에게 총을 맞아 죽은 것, 비행기가 떨어져

죽는 것, 기차가 뒤집혀 압사당하는 것, 수영 중에 익사하는 것, 병이나 세균에 의해 죽는 것이다. 그는 말했다. "이 다섯 가지에 대하여 나는 준비가 되어 있습니다.", "또 사람이 죽은 후 가장 좋은 것은 화장하여 뼈를 '바다에 뿌려 물고기 밥이 되게 하는 것'입니다."[51]

오후 5시 두 사람은 담화를 끝냈다. 이후 마오쩌둥이 몽고메리에게 배를 타고 장강에서 수영하고 있는 그를 보기를 청했다. 마오쩌둥이 거의 한 시간을 수영한 후에 배에 올라, 몽고메리에게 다음에 중국을 방문할 때에는 같이 장강을 건너는 시합을 하자고 했다. 몽고메리는 마오쩌둥의 요청을 받아들였다. 이어서 마오쩌둥은 또 친히 몽고메리를 한구승리 호텔까지 배웅했다. 두 사람은 응접실에서 또 한동안 이야기를 나누었다. 마오쩌둥은 몽고메리에게 매우 진귀한 그가 사전에 친필로 쓴 자신의 사(詞) 『(수조가두 · 유영(水調歌頭 遊泳)』을 선물로 주었다. 이 선물을 받은 몽고메리는 매우 감격해 했다. 그는 후에 마오쩌둥이 "지금까지 방문한 외국손님, 심지어는 국가 원수도 예외 없이", "그가 친히 쓴 한 수의 사를 누군가에게 준다는 것은 매우 드문 일"이라고 밝혔다.

몽고메리의 이 두 번의 방문은 비록 짧았지만, 그와 마오쩌둥 간의 몇 차례 중요한 회담 및 상호 건립한 양호한 우호관계는 오히려 소홀히 할 수 없는 중요한 의의가 있었다. 냉전의 상황이 매우 엄중한 세월 속에서 서방세계의 마오쩌둥에 대한, 중국공산당 및 신중국에 대한 편견과 사실과 다른 것들이 충만했을 때, 서방세계의 존경을 받고 있었던 몽고메리는 그의 연설과 문장과 그리고 선전을 통하여, 최대한 세계에 비교적 진실한

---

51) 스푸커, 「마오쩌둥과 몽고메리의 두 차례 담화」, 『黨史文匯』 4기, 2003.

마오쩌둥과 비교적 진실한 중국 공산당과 신중국을 알렸다. 천이(陳毅) 원수가 후에 다음과 같이 평가했다. "몽고메리 원수는 중국을 방문한 기간이 비록 짧았지만, 우리가 서로에 대하여 이해를 촉진시키는 데 매우 좋은 작용을 했다. 몽고메리는 그가 본 신중국의 상황과 중국 인민이 국내에서 평화건설을 위하는 거대한 세력이라는 것을 영국과 서방국가의 인민들에게 객관적인 소개를 했고, 서방국가 인민의 중국에 대한 이해증진에, 특히 중영 양국인민 간의 이해와 우호증진에 대해여 매우 큰 공헌을 했다."

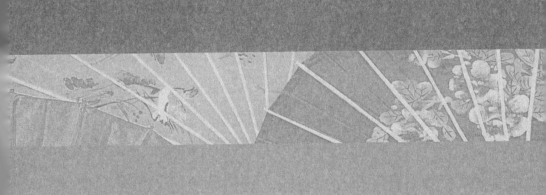

22

"나는 당신에게 투표하는 것이다"
-마오쩌둥과 히스

"나는 당신에게 투표하는 것이다"
-마오쩌둥과 히스

　에드워드 리차드 조지 히스는 1916년 7월 9일 영국 켄트 브로드스테어스에서 출생했으며, 영국 보수당의 영수로 1970년에 영국의 수상이 되었다. 1974년 3월 4일 총선에서 공당(工黨,노동당)이 의석수에서 보수당을 초과했기 때문에 히스는 사임했다고 선포했다. 수상에서 사임한 후, 히스는 여전히 활발하게 국제정치무대에서 활동했다. 2005년 7월 17일 병으로 사망했다.

　히스가 수상으로 재임한 기간에 그는 중영관계의 발전을 위해 매우 많은 큰일을 했다. 1972년 그는 중국과의 관계 개선을 주장하고 외교 관계를 대사급으로 승급시켰다. 그는 하야한 후 여전히 중영 관계를 한층 더 개선하는 것에 더욱 노력을 기울였다. 특히 중영의 홍콩문제를 해결하는 담판과정에서 수많은 일을 했으며 홍콩문제의 해결을 위하여 공헌을 했다.

　히스는 여러 차례 중국을 방문하여 마오쩌둥, 저우언라이, 덩샤오핑 등의 중국 지도자들과 접촉을 하였고 이 과정 중에 마오쩌둥과 우의를 맺었다. 히스는 그의 회고록에서 다음과 같이 말했다. "당시 내가 처음으로 마오쩌둥을 만났을 때, 나는 순식간에 그와 친구가 되었다."

　1974년 5월 히스는 처음으로 중국의 땅을 밟았다. 25일 그는 북경 중남해야외수영장에 있는 마오쩌둥의 거처에서 처음으로 이 세기적인 위인을 만났다. 마오쩌둥은 열정적으로 히스의 방문을 환영하였는데, 이는 히스로 하여금 더는 어색하지 않게 하였고, 마오쩌둥에 대해서 매우 사람들을 유쾌하게 하는 사람이며, 상냥하고 친절하고 사귀기 쉬운 사람이라는 것을 느꼈다.

회담이 시작되자 쌍방은 서로의 안부를 물은 후, 히스는 흥분한 듯이 공항에서의 분위기에 대하여 이야기하면서 말했다. "공항에서의 환영은 사람의 마음을 움직이고 산뜻하고 아름다우며 정서가 활기찼습니다." 마오쩌둥이 저우언라이에게 물었다. "왜 의장대가 없었습니까?"

저우언라이가 대답했다. "그가 현임 수상이 아니기 때문에 오해를 사 현임 수상의 기분을 상하게 할 것을 고려했기 때문입니다."

마오쩌둥은 말했다. "내가 생각하기에는 역시 필요했던 것 같습니다."

저우언라이가 말했다. "떠날 때 그렇게 하겠습니다."

이때, 회견에 참가하여 기록을 담당하던 왕하이롱(王海容)이 말했다. "윌슨에게 죄를 짓는 것이 두렵지 않습니까?"

마오쩌둥이 대답했다. "두렵지 않다!"고 하면서 히스에게 재미있게 말했다. "나는 당신에게 투표한 것입니다!"

히스가 기뻐하며 웃었고 계속 고개를 끄덕였다.

마오쩌둥이 히스와 워터게이트 사건에 대하여 이야기 할 때 말했다. "그 워터세이트 사건에 대하여 우리는 왜 그렇게 크게 시끄러워졌는지 이해할 수 없습니다." 자신의 새로운 의견을 피력했다. 히스는 닉슨의 중국 방문 후 중미 관계가 정체되었다고 언급했다. 마오쩌둥은 표면적인 의미와 숨어있는 의미를 가지고 말했다. "그것은 문제가 없으며 여전히 비교적 좋은 상태입니다. 당신이 닉슨에게 충고하여 그를 도와 그가 워터게이트의 난관을 넘을 수 있게 할 수 있습니까?" 마오쩌둥이 또 말했다. "미국은 손을 펼친 정도가 너무 큽니다. 당신은 그 손이 일본, 한국, 필리핀, 대만, 동남아, 남아시아, 이란, 터어키, 중동, 지중해 그리고 유럽에 닿아 있는 것을 알 수 있습니다. 미국인은 우리의 20여 년을 욕했습니다." 히스는 농담으로 말했다. "중국은 미국을 조심해야 합니다." 마오쩌둥이 말했다. "그러나 우리는 미국인에 대하여 비교적 안심하고 있습니다."

소련은 강대한 조직으로 그 실력이 상승했다고 언급했을 때, 히스가 말했다. "저는 소련이 매우 많이 곤란하다고 생각하는데, 그것은 경제곤란, 농업곤란, 지도층 내부의 충돌입니다. 그러나 그들 지도층 내부의 충돌은 책략과 시기의 문제이지 장기적인 전략의 문제가 아닙니다." 마오쩌둥도 간단하고 분명하게 그의 관점을 밝혔다. "그럼 소련은 곤란이 없다는 것입니까? 제가 볼 때 그는 자신을 돌볼 겨를이 없을 것입니다. 그들은 유럽, 중동, 남아시아, 중국, 태평양에 대처할 수 없습니다. 나는 그가 패할 것이라고 봅니다." 히스는 이에 대하여 자신의 생각을 말했다. "그러나 그들의 군사력은 오히려 끊임없이 성장하고 있습니다. 비록 소련은 세계에 수많은 곳에서 문제가 있지만, 그 실력은 현재 끊임없이 상승하고 있습니다. 소련이 중국에 위협이 되지 않는다고 생각하십니까?"

마오쩌둥이 대답했다. "우리는 그들이 오는 것에 대해 준비가 되어 있습니다. 그들이 오면 그들은 곧 와해될 것입니다! 그들은 단지 몇 명의 병사가 있을 뿐인데, 당신들 유럽 사람들은 그것을 그렇게 무서워합니다! 서방에는 어떤 여론이 있어 매일 소련이라는 이 재앙을 중국으로 인도하고 있습니다", "제 말의 요지는 미국의 여론입니다. 당신들 영국 여론은 소련이 어떻게 중국을 공격해야하는 지를 말하고 있는데 제가 본 것은 많지는 않고 매우 적습니다."

히스는 말했다. "아데나워 총통은 소련이 유럽에 대한 패권을 시도할 것이라고 생각했습니다." 마오쩌둥은 말했다. "그들은 유럽, 아시아, 아프리카에 마음이 있으나 능력이 따르지 않습니다. 이집트는 잃었습니다. 우리에 대한 영향력도 더 적습니다."

히스는 강대한 유럽을 건립하는 것이 매우 중요하다고 강조하면서 말했다. "만약 유럽이 허약하다면 소련은 곧 중국에 대한 기도를 행할 가능성이 있습니다. 그러므로 강대한 유럽은 매우 중요한 것으로 소련으로 하여금 근심하게 할 수 있습니다." 마오쩌둥은 바로 표시했다. "당신들이 강해지면 우리는 기쁩니다. 우리는 유럽, 아시아, 일본을 포함하여 모두 싸울 필요가 없다고 봅니다. 만약 싸우게 되더라도 크게 싸울 필요가 없습니다."

회담은 솔직담백하게 우호의 분위기 속에서 진행되었고, 그들은 중미 관계에서부터 시작하여 중소 관계에 대하여 언급하고 중국의 문제에 대하여 다시 이야기를 나눴다.

중국 국내의 문제에 대하여 마오쩌둥이 관심을 가진 것은 8억 명의 밥을 먹는 문제를 확실히 확보하는 것으로 기아를 걱정하지 않고 동시에 그들의 주택, 의료와 교육 조건을 개선하는 것이었다. 이 문제에 있어서 마오쩌둥은 실사구시적인 태도를 가졌다. 마오쩌둥은 히스에게 말했다. "8억 인구가 밥을 먹어야 하고 공업도 빌달하지 않았는데, 중국이 어떻다고 허풍을 칠 수가 없습니다. 당신들 영국은 여전히 큰소리를 칠 수 있습니다. 당신들은 발달한 국가이고 우리는 발달하지 못한 국가입니다.

젊은 세대들이 어떻게 할지를 봐야 합니다. 나는 이미 상제의 초대장을 받았고 상제를 방문하러 가야 합니다."

"나는 주석이 매우 장시간 동안 그 초청을 받아들이지 않기를 희망합니다"라고 히스가 말했다.

마오쩌둥이 재미있게 말했다. "아직 답장을 안했습니다!"

"나는 주석이 방금 말씀하신 것에 대하여 매우 흥미가 있습니다. 중국은 농업생산이 발전했습니다. 당신들은 식량을 거의 자급자족합니다. 공업은 지금 발전하기 시작하여 우리 영국이 기술과 기능 방면에서 당신들이 필요한 것에 도움을 줄 수 있습니다. 그러나 주석은 어떻게 7억 인민이 일치단결하여 일하도록 격려할 것입니까?"

"말씀이 참 깁니다. 그러나 당신들이 우리들을 도와준다면 우리는 기쁠 것입니다."

"좋습니다. 우리는 항상 기쁜 마음으로 당신들을 도울 것입니다."

마지막으로 마오쩌둥과 히스는 홍콩문제에 대하여 이야기를 나누었다. 그가 말했다. "남은 것은 홍콩문제입니다. 우리는 지금도 언급하지 않고 있습니다. 홍콩은 할양한 것이고 구룡(九龍)은 빌려준 것입니다."

마오쩌둥이 고개를 돌려 옆에 앉아있던 저우언라이에게 말했다. "아직 얼마의 시간이 남았습니까?"

홍콩문제에 관한 조약에 보면 "1898년 그들에게 빌려준 것으로 그 기간이 99년이며 1997년이 만기입니다. 현재 아직 24년이 남았습니다." 저우언라이가 신속하게 답하였다.

마오쩌둥이 말했다. "그때가 되면 어떻게 할지에 다시 상의해 보세요." 그는 손으로 멀지않은 곳에 앉아 있던 덩샤오핑들에게 물었다. "이것은 젊은 세대의 일입니다."

마지막으로 히스가 마오쩌둥에게 다윈의 사진과 다윈의 『인간의 유래와 성선택(人類原始及類擇)』 1판을 선물했다. 다윈의 사진에는 다윈의 친필 서명이 있었다.

회담이 끝난 후에 히스는 북경을 떠나 중국 정부의 요청에 응해서 중국의 수많은 지방을 참관하는데, 연달아 서안, 곤명, 상해, 광주 등의 대도시를 둘러보고 중국의 공농업발전 상황을 이해했다.

마오쩌둥은 히스에게 깊고 아름다운 인상을 남겼다. 이에 대하여 히스는 일찍이 다음과 같이 회고했다. 마오쩌둥은 매우 사람들을 유쾌하게 하는 사람이며, 그는 상냥하고 친절하여 사귀기 쉬운 사람이다. 북경에서 처음으로 그를 만났을 때에 나는 순식간에 그와 친구가 되었다. 그의 열정적인 환영은 나를 매우 편하게 해 주었으며, 게다가 그는 나의 취미인 항해와 음악을 이해했을 뿐만 아니라, 내가 그에게 소개한 나의 일행 모두에 대하여 이해하고 있었다. 회담 중에 쌍방은 서로 많은 농담을 했다. 여하튼 그와의 담화는 사람을 유쾌하게 했고 사람을 흥분시켰다.

1975년 9월 히스는 두 번째로 중국을 방문했다. 9월 21일 중남해에 있는 마오쩌둥의 서재에서 마오쩌둥은 히스를 두 번째로 접견하고, 동시에 그와 친절하고 우호적인 담화를 진행했다. 히스가 마오쩌둥의 책으로 가득한 소박하게 진열되어 있는 서재에 들어서자 한줄기 친절한 마음이 저절로 생겼으며, 그는 마오쩌둥을 다시 만나게 된 것을 매우 기뻐했다. 그들은 만나자마자 자연스럽고 친밀하게 이야기를 나누기 시작했다. 그들은 먼저 유럽 문제와 미소 관계 문제 등에 대하여 이야기를 나누었다. 세계 형세에 관하여 마오쩌둥이 말했다. "싸워야 합니다. 러시아 사람을 건드리지 않는다면, 누가 그를 건드리겠습니까? 그것은 좋지 않습니다. 러시아 사람들이 당신들을 위협하고 우리를 위협하고 있습니다. 현재 전 세계가 소련을 두려워합니다. 미국은 도대체 어떠합니까? 유럽을 보호할 수 있겠습니까? 나는 의심스럽습니다. 정말로 싸우면 그들은 도망가야하고 돌아간 후에 간섭하지 않고 그런 후에 다시 올 것입니다. 러시아가 만약 유럽을 점령했다면, 그들의 힘은 곧 분산될 것입니다. 그들은 곧 실패할 것입니다. 미국, 유럽, 일본, 중국은 모두 수세이기 때문에 소련이 공세를 취합니다. 그들이 공세를 취하면 모두 실패할 것입니다. 그들은 단지 헝가리, 체코에서 잠시 성공할 것입니다."

히스가 마오쩌둥에게 그가 중국을 방문한 상황에 대하여 언급했다. 그가 말했다. "나는 매우 큰 흥미를 가지고 당신들의 농업과 공업이 발전하는 것을 보았는데 나에게 매우 깊은 인상을 남겼습니다. 당신들은 현재 생산과 생산율을 향상시키는 운동을 전개하여 농업에서 또 좋은 성과를 거두었다고 들었는데, 마오 주석은 이에 중국이 양호한 진전을 했다고 느끼십니까?"

마오쩌둥이 말했다. "약간, 그렇게 크지는 않습니다! 적어도 아직 30년, 40년, 50년은 필요합니다. 중국은 현재 아직 가난합니다. 이러한 진보는 너무 느린데, 아무튼 우리는 방법을 생각하여 이런 진보를 더욱 빠르게 할 것입니다." 히스가 말했다. "제가 교외의 공동체 한 곳을 갔을 때, 그들은 그곳의 상황이 좋다고 말했으며, 학교와 의료에 대하여 사람들이 만족해했습니다."

마오쩌둥이 웃으며 말했다. "그러나 당신은 동북지방의 공업지역을 보지 못했습니다. 다음에 당신은 반드시 그곳에 가서 보세요. 당신은 절대로 사람들이 당신에게 알려주는 사정을 전부 믿어서는 안 되며 그들은 외국인에게 속일 수 있는 것은 속이려 합니다."

회담은 곧 이렇게 끝났고 이는 히스가 마오쩌둥을 마지막으로 만난 것이다.

1976년 9월 마오쩌둥이 세상을 떠났다는 놀라운 소식을 들은 히스는 매우 괴로워했으며 특별히 글로 그가 마오쩌둥과 회견한 상황과 마오쩌둥에 대한 깊은 인상을 묘사했다. 히스는 다음과 같이 회고했다.

우리는 1974년 5월과 1975년 9월 21일의 회견 모두 그의 서재에서 만났다. 그곳은 소박하게 진열된 서재였고 주위에는 책과 그가 책상에서 수정한 서류가 가득했다.

담화는 끊임없이 이어졌다. 나와 그가 진행한 두 차례의 긴 회담 중에서 나는 그가 중국의 내부 문제와 세계 정세에 대하여 현실적인 태도를 유지하고 있는 것을 느꼈다. 나와 토론이나 담판을 진행한 수많은 세계적인 인물들과는 달랐으며, 그의 생각은 지극히 명확했고, 생각을 표현하는 것도 단도직입적입니다. 그는 전혀 어색함 없이 내가 말한 문제에 대답했고, 또 어떠한 문제도 회피하지 않았다. 만약 내가 그에게 그가 말하고 싶지 않은 문제를 물으면 그는 바로 예의가 바르게 나에게 말하고 싶지 않다고 말했다. 우리는 어떤 문제에 대하여 충돌이 발생했을 때에는 그는 현재 이 문제는 다시 생각해 볼 필요가 있다고 말했으며 그와 다른 생각을 고려하려 했다.

우리가 토론한 모든 문제에 관하여 - 우리는 국제 사무의 각 방면 및 우리 양국 중 하나의 국가와 관련된 문제를 토론했다 - 나는 그 모두가 일종의 심사숙고를 거치고 동료들과 상의한 후에 생긴 견해를 표현한 것이라고 여겼다. 중국 국내 문제에 대하여 마오쩌둥이 관심을 가진 것은 8억 인구의 - 이번 세기말 10억 명에 도달할 가능성이 있다 - 먹을 것을 확보하는 것으로 기아를 걱정하지 않고 그들의 주택과 의료 그리고 교육 환경을 개선시키는 것이다. 이는 모두 기본 생활에 필요한 것이다. 그러나 그는 성공을 할 수 있는 지의 여부는 - 사실상 정권이 계속 유지될 수 있는지- 그가 없앤 봉건주의제도와 비교하여 이 수요를 더욱 만족시킬 수 있는지의 여부에 달려 있음을 매우 분명하게 알고 있었다. 그러나 그는 이런 점에 있어서도 현실적인 태도를 취하고 있었다.

마오쩌둥의 홍서(洪書)안의 사상은 전국인민의 마음이 더욱 큰 노력을 하게 하여, 생산율이 향상되고 공농업 생산이 증가하는 것이다. 이는 중국의 미래가 이것에 달려 있기 때문이다. 마오쩌둥은 늘 세계 전략적 측면에서 나와 이야기를 나누었다. 어떠한 문제라도 모두 단지 자신의 입장만을 고려하지 않았으며, 매 문제마다 모두 전반적으로 고려하였다.

중화인민공화국이 1949년에 성립한 이래, 마오쩌둥은 줄곧 모든 일의 중심에 있었다. 억만 중국인중 지금까지 어떤 사람이 있어 이러한 지위에 처해있었겠는가.[52]

---

52) 『내가 본 마오쩌둥(我眼中的毛澤東)』, 하북인민출판사, 1990년 1월 1판, p288~301.

마오쩌둥과 히스는 두 차례 회견을 했는데, 이도 그들의 일생 중 단지 두 차례의 만남이었지만 그들은 옛 친구를 만난 것처럼 의기투합했고, 만난 적은 없지만 서로 흠모한 지 이미 오래된 것 같이 아무 거리낌이 없이 토론했고 서로에 대한 인상이 매우 좋았다.

23

"양국관계 정상화를 건립해야 합니다"
-마오쩌둥과 포르

23

"양국관계 정상화를 건립해야 합니다"
― 마오쩌둥과 포르

　에드가 포르는 1908년 8월 프랑스 남부 랑그도크루시용주의 베지에에서
태어났으며 1988년 3월 세상을 떠났다. 그는 파리 대학 법률학사
학위를 취득했다. 대학을 졸업한 후에 파리항소법원의 변호사와 프랑스
심판위원회 부주석을 역임했다. 1945년 12월 그는 프랑스 임시정부를
대표하여 뉘른베르크 국제 법정에 출석하여 독일 나치 전범에 대한
소송을 제기했다. 1946년 11월 그는 급진사회당(激進社會黨)의원에
당선되었다. 1948년에는 고등법원부원장에 임명되었으며, 후에 또
국민의회재경위원회(國民議會財經委員會) 비서장, 재정부장과 예산부장
등의 직위에 임명되었다. 또 1952년과 1955년 두 차례 프랑스 총리를
맡았다. 그는 2차 세계대전 이후의 프랑스의 유명한 정치가로 프랑스
정계에 그 명성이 매우 높았다.

　프랑스 정계의 수많은 안목이 있는 정치가와 같이 포르는 중국에 대한
우호를 주장하고 빨리 중화인민공화국을 인정해야 한다고 했다. 그러나
2차 세계대전 후의 복잡한 국제환경에 근거하여 중프 관계는 오히려 결코
평탄하지 않은 길을 걷고 있었다. 중프 건교의 과정 중에서 프랑스 전 총리

포르는 이미 중요한 역할을 발휘한 적이 있었다. 그가 말했다. "6억 명의 국가를 인정하지 않고 또 그들과 정상적인 관계를 건립하지 않는다는 것은 역시 매우 엄중한 잘못이다." 그는 다시 한 번 프랑스 정부가 대중국 정책을 변화시켜야한다고 촉구했을 뿐만 아니라, 대중국 무역제한을 없애 조속히 중화인민공화국을 인정해야 한다고 했다. 또 특수한 정치적 사명을 가졌는데, 중국 정부와 결코 가볍지 않은 수교담판을 진행했으며, 중프 건교의 조속한 실현을 추진하기위해 지극한 공헌을 했다. 포르는 대중국 우호를 주장하고 이미 여러 번 중국을 방문하여 마오쩌둥과 두 차례의 회담을 거행한 적이 있었다. 마오쩌둥은 포르가 프랑스, 나아가 서유럽과 세계에 미치는 정치적 영향력을 매우 중요하게 생각했다. 이 두 차례 회담에서 그는 이미 포르와 국제형세, 중프 관계, 대만문제 등 일련의 중대한 문제에 대하여 깊이 있는 교류를 진행했다.

포르가 중국을 처음으로 방문하다

1949년 초에 프랑스 정부는 다음과 같이 생각했다. 중국 공산당이 정권을 쟁취하자 프랑스는 중국의 신정부를 승인할 준비를 했다. 그러나 프랑스 정부에는 선결 조건이 하나 있었는데, 그것은 중국 공산당과의 관계 건립을 통하여, 중국이 호치민의 항 프랑스 월남 민족해방 투쟁을 지지하는 것을 서시하고, 한층 더 나아가 인도차이나에서 프랑스의 식민통치를 공고히 하기를 희망한 것이다. 그러나 신중국 성립 후, 국가 안전의 현실적인 필요에 근거하여 중국 정부는 '일변도'라는 외교방침을 취했고, 소련을 수장으로 하는 사회주의 진영과 결맹을 했다. 이 외교 방침으로 인하여 중국 정부는 민족해방운동의 국제주의 의무를 지지하기 시작했다. 그래서 월남 민주공화국을 신속하게 승인했을 뿐만 아니라, 정치와 군사고문을 파견하여 호치민의 항프(抗法) 투쟁에 협조했다. 이후 프랑스 정부는 바로 한편으로는 대만의 국민당 정권과 외교관계를 계속 유지하고, 다른 한편으로는 또 적극적으로 미국 정부를 추종하여 중국에 무역금지 등의 봉쇄조치를 실행했다. 냉전이라는 배경과 미소 양대 진영의 격렬한 대치라는 객관적 환경 아래, 중프 양국은 각자의 정치적 현실이라는 기본 관점에 근거하면 건교의 길은 여전히 난관이 중첩되어 있었음을 알 수 있었다.

1954년 『제네바협의』의 체결은 프랑스의 인도차이나 식민통치의 종결을 의미했다. 인도차이나 문제의 해결은 중프 건교에 다시금 유리한 계기를 만들게 했다. 『제네바협의』의 체결 이후, 프랑스 국내에 중국과 수교를 요구하는 목소리가 다시 크게 일어났다.

국내 여론의 압력에 부딪친 1955년 2차 포르 내각 정부는 공개적으로 중국과의 관계 개선을 원하고 또 "양국 관계가 장래에 어느 정도 증진할 수 있기를 희망했다", "중국을 인정하지 않고, 중국이 연합국에 속하지 않는다고 배척하는 것은 비현실적이다"라고 표시했다. 그러나 미국의 압력 때문에 프랑스는 여전히 "우리와 감히 정식으로 수교를 할 수 없었다."

1956년 2월 프랑스 사회당 영수 몰레가 총리를 맡게 되었다. 몰레 내각은 중프 관계를 촉진시키는 방면에서 이전의 내각들과 비교하여 더 적극적이었다. 몰레 내각 시기에 프랑스 정부는 각종 통로를 통해, "중국을 승인하는 것과 중국이 연합국에 가입하는 것에 찬성했다", "지금 중국에 취한 무역금지에 대한 변화의 가능성을 연구하고 있다"고 표시하고, 게다가 중프 양국이 서로 비공식 대표를 파견하는 것과 건교 문제에 대하여 주영국 중국 대리사무소와 주스위스 대사관에 탐문을 진행했다.

마침 중프 관계에 이러한 유리한 환경이 출현하자, 중국인민외교학회(中國人民外交學會)의 초청에 응하여 1957년 5월 프랑스 전 총리이자 급진사회당의 포르가 비행기를 타고 카라치(파키스탄 남부 도시)와 홍콩을 경유하여 중국을 방문했다.

포르는 16일 홍콩에 도착했다. 홍콩에서 그는 중프 건교 등의 문제에 대하여 기자와 인터뷰를 했다. 그는 다음과 같이 표시했다. "프랑스는 중국을 승인하는 것에 찬성했다", "국가적인 일을 관리하는 정치가는 반드시 스스로 국제적인 일에 대하여 흥미를 가져야 하며 게다가 여러 다른 국가에서 한동안 생활해야 했다." 이번에 중국을 방문하는 목적을 언급할 때, 그는 "나는 경제학자이기 때문에 특히 중국이 경험한 경제방면에 대하여 흥미를 가지고 있다." 이는 "사적인 방문"으로 "그 어떤 인사와 사적인 회담을 진행"해야 한다고 생각했다.

광주 등에 이르러서 그는 계속 수차례 중프 관계의 전경에 대하여 언급했다. 그는 프랑스 정계는 "현재 이미 무역금지를 해제하자는 분위기가 어느 정도 있으며", "개인적인 입장에서 이야기하면 그는 크게 완화하자는 측면에 있다"고 말했다. 그는 이번 방문에 중국에서 1개월 동안 머물 것을 계획하였는데, 이는 중국의 정치, 경제, 뮤화의 발전 상황과 인민 생활 및 중국 지도자들의 중요한 세계문제에 대한 견해를 이해하기 위해서라고 강조했다.

중국 정부는 포르의 이번 방문을 매우 중요하게 생각했다. 총리 저우언라이, 전국인민대표대회 상임위원회 부위원장, 북경시 시장인 펑전(彭眞)등 지도자들이 모두 연달아 접견했고 그를 위해 매우 융숭한 환영의식을 거행했다.

5월 30일 저녁 밤에 마오쩌둥이 또 친히 그를 접견했고, 직접적으로 그와 중프 건교 등의 문제에 대하여 깊이 있는 회담을 진행했다.

마오쩌둥은 매우 재미있는 언어로 포르와의 대화를 시작했다. "당신들의 대표단은 매우 적습니다. 단지 두 사람뿐입니다. 그래서 의견이 비교적 쉽게 일치하겠습니다."

포르가 마오쩌둥에게 이번 방문에 대한 감상을 소개했고, 중국이 이룩한 진보를 칭찬했다. 마오쩌둥은 매우 분명하게 중국의 현실을 담백하고 진실하게 말했다. "당신들은 친히 우리나라의 상황을 보았습니다. 우리가 매우 낙후되어 있음을 보았을 것입니다. 우리의 임무는 막중합니다." 마오쩌둥은 계속 목전의 중국은 아직 과도적 시기에 있는데 우리의 목표는 완전한 사회주의라고 강조했다.

포르의 회고에 의하면, 마오쩌둥이 계속 중국의 우화 『도요새와 조개가 서로 싸우다(鷸蚌相爭)』를 이야기했는데, 포르가 마오쩌둥에게 물었다. 그 어부는 러시아 어부입니까? 혹은 미국어부 입니까? 마오쩌둥이 의미심장하게 말했다. "제가 볼 때, 그는 반 이상 미국 어부일 가능성이 있습니다." 바로 이어서 불공평한 것에 화가 나듯이 말했다. "그들은 왜 우리 영토에 접근하여 기지를 건설하려 합니까? 우리는 미주(美洲) 부근에 중국기지를 결코 건설하지 않았습니다."

포르가 말했다. "미국은 결코 전쟁을 일으키지 않을 것입니다."

중소 관계 문제를 언급할 때, 마오쩌둥은 다음과 같이 강조했다. "중국은 하나의 독립 국가이며 절대 소련에 의지하지 않습니다. 우리가 예전에 소련에게 전문가와 기계를 요구했었는데, 그때 우리는 그런 것들이 필요했기 때문에 우리는 의지하지 않을 수 없었습니다. 그러나 전문가들은 일을 마친 후 여전히 돌아가길 원했습니다. 게다가 우리가 취득한 것 전부 모두 대가를 지불한 것이었습니다."

마오쩌둥이 계속 말했다. "우리는 나세르와 합의에 도달할 수 없으며, 그는 사회주의자도 결코 아닌데 당신들은 무엇을 걱정하는 것입니까? 단지 4분의 1이 사회주의에 속할 뿐이며, 기타의 인도와 같은 국가를 포함한 4분의 3에 당신들의 경제제도를 실행할 수 있습니다. 우리는 평화적으로 경쟁과 비교를 할 수 있습니다."

마오쩌둥은 프랑스가 서방의 긴장 국면을 조절하고, 군축문제를 포함한 방면에서 어느 정도 많은 역할을 담당하기를 희망했다. 이는 사실상 중프 건교 문제에서 암시하는 것은 프랑스가 당연히 주동적 권리를 장악하는 것이었다.

이번 마오쩌둥과의 중요한 회담은 포르로 하여금 계속 중프 건교를 신속하게 추진하고자 하는 믿음을 확고히 하게 했다. 마오쩌둥과의 회담 중에 포르는 명확하게 두 개의 중국이라는 생각에 반대를 표시했다. 귀국 전날 저녁의 기자회견에서 그는 또 다시 표시했다. "프랑스와 중국은 당연히 외교관계를 정상적으로 회복해야 하며 서방의 중국에 대한 정책은 비현실적이다. 그는 계속 중국은 대국이며 군축문제를 해결하는 담판에 당연히 중국이 참가해야 했다"고 강조했다. 귀국 후, 나날이 강대해지고 있는 생기발랄한 중국을 목격한 그는 프랑스 정부는 중국에 대하여 새로운 정책을 취해야 하며 중국과 수교를 맺어야 했다고 제의했다. 이를 위해서 그는 계속 『귀산여사산(龜山與蛇山)』이라는 제목의 책을 쓰고 중프 양국은 당연히 마치 무한의 귀산과 사산이 같아야 한고 했다. 그리고 천연의 요새를 돌파하여 우의의 교량을 건설해야 했다고 했다. 중국과의 관계에 관심을 불러일으키기 위해 포르는 또 그 책을 당시 콜롱베에 은거 중이던 드골 장군에게 선물로 보냈다. 드골은 답장에서 포르의 관점에 완전히 찬성했다고 표시했다.

포르가 두 번째로 중국을 방문하다.

포르의 첫 번째 방문에서 마오쩌둥과 의미 있는 회담을 진행했다. 그러나 당시에는 중프 건교의 도로 위에는 여전히 두 가지 중요한 장애가 가로 놓여 있었다. 그 하나는 알제리 전쟁이고 다른 하나는 대만문제였다. 알제리 전쟁 중에서 중국은 확고부동하게 알제리 인민의 독립 쟁취의 투쟁을 지지하고 프랑스의 식민주의 정책에 반대했다. 대만문제에서는 중국은 어떠한 '두 개의 중국' 혹은 '1중 1대'의 방법을 단호히 저지했다.

1960년대 초 알제리 문제가 해결됨에 따라 정세에 새로운 변화가 출현했다. 한 방면으로는 마오쩌둥이 '제2중간지대'이론을 제의하여 중국은 유럽전략에 대하여 조정을 시작하고 서유럽의 지위를 국제 반미, 반수정주의 투쟁의 중간지대로 지위를 향상시켰다. 그리고 프랑스 인민으로부터 제2중간지대의 돌파구를 여는 것을 시도해 본다. 이것을 위해 중국은 공개적으로 중프 양국에 광범위한 국제문제에 존재하는 공통된 인식을 강조했다. 1961년 마오쩌둥은 미테랑과 회견할 때 "우리는 프랑스와 충돌이 없으며, 중국은 1954년 제네바 협의가 부여한 프랑스의 권리에 대하여 이의를 표시하지 않는다"라고 말했다. 1962년 제네바 회의는 라오스 문제에 관한 국제회의가 거행된 기간에 중국은 또 프랑스를 향해서 중화인민공화국의 승인을 희망했다고 표시했다. 1963년 9월 프랑스 대표단이 중국 북경을 방문했을 때 중국은 재차 이 문제를 언급했다.

다른 한 방면으로는 1958년 드골이 다시 정권을 잡은 후 독립자주의 외교정책을 추구하고 프랑스의 대국적 지위를 다시 세우는 노력을 하는데, 이 때문에 프랑스는 중국에 대한 태도에 적극적인 변화가 발생했다. 드골은 중프가 직접적인 대화를 통하여 중국이 미국을 견제하는 데에 도움을 주길 희망했다. 그는 중국이 아시아에서, 특히 동남아에서 가장 중요한 영향력을 가지고 있는데 만약 중국의 동의 혹은 참여가 없다면 아시아에서 어떠한 중요한 협의도 달성할 수 없다고 생각했다. 그래서 드골 정부는 중국과의 관계발전을 중요하게 생각했다. 이를 위해서 엘리제 궁전에 들어간 후 얼마 지나지 않아 드골은 들로네 의원을 스위스주재 중국대사에게 보내, 만약 프랑스가 대만을 포기했다면 알제리문제에서 약간의 도움을 받을 수 있는지와 중프 관계의 대문을 열 수 있는지를 탐문했다. 1960년 그는 또 포르를 만나고 신중국과 관계정상화를 실현하는 문제에 대하여 자문을 구했다.

1963년 프랑스가 알제리 문제를 해결함에 따라, 중프 양국을 가로막고 있는 장애 하나가 사라짐으로써 중프 건교의 시기가 무르익게 되었다. 이후에 드골이 정식으로 신중국과 관계정상화의 실현에 착수했다. 미국에 발각당하지 않기 위하여 드골은 사람들이 쉽게 알 수 있는 외교 통로를 피해 한 명의 특사를 비밀리에 중국에 파견하여 건교 문제를 논의할 것을 결정했다. 파견할 사람을 물색할 때, 드골은 그가 매우 신뢰하며 오랜 친구인 포르를 선택했다. 포르는 변호사 출신으로 국제법에 능숙하고 외교경험이 풍부하며, 언변 능력이 좋고 식견이 탁월했다. 그리고 드골과 관계가 매우 밀접한 사람이었다. 게다가 포르는 중국에 대한 우호를 주장하여 중국 지도층이 그를 신임하고 있었다. 1957년 그는 전 총리의 신분으로 처음 중국을 방문하였을 때, 이미 마오쩌둥과 저우언라이의 접견을 받았으며 비공식으로 중국과 수교문제를 논의한 적이 있었다.

이 때문에 드골이 볼 때, 포르는 이 비밀스럽고 미묘한 정치 사명을 담당하기에 적합한 사람이었다.

1963년 8월 20일 드골의 위탁을 받은 포르는 스위스 주재 프랑스 대사관을 통해 주동적으로 스위스 주재 중국 대사 리칭췐(李淸泉)과 만날 약속을 하고 리칭췐을 향해 재차 중국을 방문하고 싶다고 요청하는데, 그 목적을 중국 지도자들과의 회견과 목전의 형세에 대한 의견 교환이라고 밝혔다. 중국 정부는 신속하게 이 요청을 비준했다. 중국외교협회회장 장시루오(張奚若)가 정식으로 포르에게 동년 10월 하순 중국을 방문해 줄 것을 요청했다.

8월 30일 드골이 재차 포르를 만나 그에게 중국과 관계정상화를 실현하는 비밀 사명을 부여했다. 공교롭게도 이때 포르는 마침 스위스 주재 중국대사관이 전한 방중 요청을 받았다. 외부의 주의를 피하기 위해 포르는 대외에 여전히 이번 방중의 목적이 아시아 국가에서 진행하는 개인적인 방문이라고 선포했다. 9월 26일 포르가 일정에 오르기 전에 드골이 그를 다시 만났다. 신중국과 수교를 맺는 문제에 대하여 이야기할 때, 외교문제 상에서 변함없이 강경한 드골은 다음과 같이 강조했다. "엄격하게 말하면, 우리는 바라는 것이 없는 사람이다!" 지극히 중요한 대만문제에 대하여 이야기를 할 때, 드골이 말했다. "우리가 관계를 유지하는(대만과) 것은 우리의 소망에 부합했다고 여긴다." 드골의 이 이야기는 무형 중에 이번 포르의 중국행에서 진행할 담판의 난이도가 높아 졌음을 의미했다.

마오쩌둥 등 중국 지도자들은 포르의 방문을 매우 중요하게 생각했다. 그들은 당시의 국제 형세와 프랑스의 정치입장을 전면적으로 분석한 후에, 현재 이미 존재하는 프랑스와 미국의 모순을 이용하여 적극적으로 대 프랑스 공작을 전개하고, 프랑스와 수교를 맺으면 미국을 고립시킬 수 있을 뿐만 아니라, 서유럽에 돌파구를 마련할 수 있을 것이라고 생각했다. 그리고 또 한발 더 나아가 중국이 서유럽 국가와 정치, 경제 관계를 확대하고 미국의 봉쇄를 타파하고 중국의 국제적 지위를 향상시킬 수 있다고 생각하였다. 중프 건교 중에 문제가 발생할 가능성에 대하여 분석할 때, 그들은 프랑스 정부가 안류의 원인과 어떤 곤란 때문에 일시적으로 중프 양국이 정상적인 외교관계를 건립하는 데에 최종협의를 달성하기가 어려울지라도, 중프 양국의 관계는 건강한 통로 위에서 발전하게 인도할 수 있으며, 양국의 정상적인 외교관계를 빨리 건립하기 위해 비교적 양호한 기초를 마련해야 했다고 생각했다. 상술한 바에 근거하여 포르의 방중 기간에 중국 정부는 그에게 가장 격식이 있는 예우를 다했다. 마오쩌둥, 류샤오치가 각각 그를 접견했고, 저우언라이 총리와 천이 부총리가 계속 단독 혹은 공동으로 그와 연달아 북경과 상해에서 6차례 회담을 했다.

1963년 10월 포르는 프랑스 전 총리의 신분으로 중국을 방문하는데, 22일 북경에 도착했다. 포르는 드골의 친필 위임장를 지닌 대표로 그는 중국과 양국 관계문제를 상담했다. 10월 23일부터 25일까지 저우언라이와 천이는 수차례 포르를 만나고 중프 건교문제에 대하여 담판을 진행했다.

담판이 시작되자 포르는 단도직입적으로 말했다. "프랑스 원수는 중국 지도자들과 양국 관계 회담을 진행하기를 희망하고 있습니다. 드골 장군은 우리가 이렇게 두 대국의 지도자가 현재 아직도 회담을 진행하지 못하는 것이 정상적이지 않다고 생각합니다. 이 때문에 그는 저를 이렇게 중국에 보내 그를 대표하여 중국 지도자들과 회담하기를 원했습니다." 담판 중에 그는 또 반복하여 드골 총리는 두 개의 중국을 지지하지 않고 있으며, 프랑스는 북경정부를 승인하는 것과 같이 중화인민공화국을 승인했다고 강조했다. 포르는 거듭 드골 총리는 프랑스와 중국이 정상적인 외교 관계를 건립하기를 희망하고 있으며, 절대 영국인처럼 깔끔하지 못한 반쪽짜리 외교 방식을 모방하지 않는다고 했다.

그러나 담판은 오히려 쉽게 진행되지 않았다. 중국 정부의 일관된 정책이, 건교 전에 쌍방이 반드시 대만문제와 중국이 연합국에서의 대표권을 획득하는 문제에 협의를 달성해야 했다는 것이었기 때문이다. 그러나 프랑스 측은 중국 측의 이 조건을 계속 받아들이지 않았고, 포르는 프랑스는 중화인민공화국과 오직 하나인 중국을 승인할 준비를 하고 있는데, 단지 중국이 프랑스가 먼저 주동적으로 대만과 단교하기를 요구하지 않기를 희망했다고 표시했다. 그는 또 반복하여 프랑스 정부는 절대로 이와 같은 방법으로 '두 개의 중국' 만들려고 하는 것이 아니라,

양국이 상호 승인한 문제에서 어떠한 선결조건을 제의하지 않아야 한다고 생각하는 것이라고 설명했다. 중프 양국의 무조건적인 건교는 프랑스 정부가 대만과 외교관계를 단절했다는 것을 의미했다. 포르의 판단에 따르면, 중프 건교는 강압적으로 대만 당국으로 하여금 주동적으로 프랑스와의 단교를 선포하게 하는 것이었다. 이 정책은 북경 정부를 승인함으로 자동적으로 외교관계가 단절되는 것이기 때문이었다. 간단히 말하면 프랑스 측은 이미 중국과 수교하여 정상적인 외교관계를 수립하고 싶어 하면서 또 공개적으로는 대만과의 단교를 선포하는 것을 피하고 싶어 했다.

쌍방의 의견 대립이 비교적 커서 담판은 일시적으로 교착상태에 빠졌다. 이후 쌍방은 또 북경과 상해에서 연달아 5차례 담판을 진행했는데 초점은 여전히 대만문제였다. 쌍방은 모두 상당한 성의를 보였기 때문에 담판은 끊임없이 새로운 진전을 얻었다. 당시에 중프 건교가 중국과 서방국가의 관계에 있어 중요한 의의를 가지는 것 및 프랑스 정부의 처지를 고려하여 중국은 "두 개의 중국"을 반대하는 원칙을 고수하는 동시에 수교의 구체적인 절차에 있어 영활한 처리 방침을 채택했다. 이 정신은 본래 당시 프대(法臺) 관계의 실제 정황과 드골의 '두 개의 중국'을 지지하지 않는다는 약속에 근거했다. 중국이 '직접건교'의 방안을 제의하고, 바로 중프 쌍방은 프랑스가 중화인민공화국은 중국의 유일한 합법적인 정부이며, 상당한 의무를 부담했다는 밀약을 승인한 상황 아래에서 중프는 건교를 먼저 선포하고 그런 후에 프랑스는 중국과 건교 후 '국제법의 객관적 정황'에 따라 대만과의 관계를 '자연적'으로 끝내는 방안을 채택하는 것이었다. 프랑스는 이 방안을 받아들였다. 이 건교 방안은 중국 정책의 확고성과 책략의 영활성을 충분하게 서로 결합시킨 외교적 예술이었다.

이런 배경아래 10월 31일, 저우언라이는 상해에 체류 중인 마오쩌둥과 통화를 하여 포르와의 담판상황을 보고했다. 마오쩌둥은 류샤오치, 저우언라이, 덩샤오핑, 천이 등은 상하이에서 직접 만나서 의논할 것을 약속했다. 11월 1일 저우언라이 총리와 천이 외무부장이 포르와 함께 상해에 도착했다. 그날 저녁 저우언라이는 곧 건교 방안을 마오쩌둥, 류샤오치, 덩샤오핑에게 보냈다. 마오쩌둥은 다음날 새벽에 "매우 좋습니다. 이에 따라 처리하세요"라고 하면서 승인했다. 이는 마오쩌둥이 이 방안에 대하여 매우 만족했음을 알 수 있었다.

11월 2일 마오쩌둥은 포르를 접견했고, 그와 중프 관계, 대만문제 및 일련의 국제 정세에 중대한 문제에 대한 심도 있는 회담을 진행했다.

중프 관계에 대하여 이야기 할 때, 마오쩌둥은 중프 양국의 건교는 우리에게 문제가 존재하지 않는 것으로 우리는 찬성했다고 표시했다. "어떠한 국가와도 평화공존 5항 원칙에 근거하여 우리는 모두 건교를 맺기를 원하지만 우리의 확고부동한 입장은 바로 '두 개의 중국'을 반대하는 것"이라고 밝혔다. 그는 재미있게 다음과 같이 말했다. "두 분이 오셨을 때, 양국 관계의 정상화를 건립해야 합니다." 포르가 바로 기뻐하며 말했다. "현재 이미 성공했다고 말할 수 있으며, 저는 그 결과를 드골 대통령에게 보고할 것입니다."

대만문제에 대하여 이야기를 할 때, 마오쩌둥은 중국 정부가 '두 개의 중국' 혹은 '하나 반의 중국'을 승인해서는 안 된다고 강조했다. 그는 "우리가 파견을 원하면 대사가 파견되는 영국과 같은 그런 것을 배우고 싶지 않습니다. 십 몇 년을 추진했는데도 아직도 대리사무소입니다. 미국의 계략이 파고들어서도 안 됩니다. 이 점은 분명하지는 않지만, 우리는 당신들의 대사를 받아들이지 않을 것이며, 우리도 대사를 당신들이 있는 곳으로 파견하지 않을 것이라는 것을 사전에 분명하게 말하겠습니다."

국제 형세에 대하여 말할 때, 마오쩌둥은 또 프랑스가 "유럽의 일을 잘 하고", "모든 유럽을 단결시킬" 수 있기를 희망한다고 말했다.

그는 당신들이 유럽에서 일을 잘 하기를 희망하는데, 예를 들어 영국, 서독, 벨기에, 이탈리아 등등 국가로 하여금 미국과 거리를 두게 하고 당신들과의 사이를 좁히는 것이라고 말했다. "당신들이 제3세계를 건립해야 한다고 하지 않았습니까? '제 3세계'는 오직 프랑스 하나만 있어서는 안 되며, 매우 적으므로 전체 유럽을 단결시켜야 합니다. 영국은 내가 볼 때, 언젠가는 변화해야 한다고 생각합니다. 미국인은 영국인에게도 그렇게 예의바르지 않습니다. 동방에서 우리는 일본에 추진할 수도 있습니다. 만약 영국을 끌어들인다면 유럽의 런던, 파리에서부터 중국 일본에 이르기까지 '제3세계'를 확대시킬 수 있습니다."

마오쩌둥과의 이번 회담은 포르에게 심각한 인상을 남겼다. 후에 그는 일찍이 다음과 같이 마오쩌둥을 평가했다. "그는 한 명의 매우 품위가 있는 사람이며 그의 언변은 매력이 충만했다", "마오쩌둥이 나에게 준 가장 깊은 인상은 그가 지극히 점잖고 예절이 바르다는 것이다. 그는 매우 품위가 있는 사람이디. 그가 사람들에게 주는 인상은 매우 차분하고 침착하며, 신중하고 낙관적이라는 것이다."

마지막으로 마오쩌둥의 높은 관심 아래, 탁월한 성과를 거둔 포르의 외교적 노력 및 중프 각계 인사들의 공동의 노력 아래, 1964년 1월 27일 중화인민공화국 정부와 프랑스공화국 정부는 동시에 『중프 양국이 외교관계를 건립하는 것에 관한 연합 공보(關于中法兩 國建立外交 關係的聯合公報)』를 발표하고, 정식으로 건교를 선포했다. 프랑스는 서방의 대국 중에 첫 번째로 중국과 수교를 맺는 국가가 되었다. 중프 건교는 중국이 서방국가와의 관계에 중대한 돌파를 실현하게 했고, 미국의 중국에 대한 견고하고 단호한 억제와 고립 정책을 강하게 타격했으며, 중국의 국제적 지위가 크게 향상되었다. 이후 얼마 지나지 않아 중국은 신중국 성립 이래 세계 각국과 제2차 수교의 물결을 맞이하게 되었다.

24

"인민은 결국 벽을 허물어 버릴 것입니다"
-마오쩌둥과 미테랑

24

"인민은 결국 벽을 허물어 버릴 것입니다"
― 마오쩌둥과 미테랑

　미테랑은 1916년 프랑스 자르나크 시에서 태어났으며 1996년 병으로
세상을 떠났다. 부친은 기차역 역장으로 일했고 식초공업 조합연합회
주석으로 일했다. 1934년 젊은 미테랑은 유명한 작가인 프랑수아
모리아크의 추천으로 파리에 도착하여, 정치, 법률, 문학을 공부했다.
1935년 유럽에 전운이 감돌 때, 미테랑은 또 의연히 징집에 응했다. 2차
세계대전 후에 미테랑은 프랑스 정계에 발을 들여놓기 시작했다. 1946년
그는 프랑스 중부에 있는 시의 시의원에 당선되었다. 1947년에 그는 또
퇴역군인부 부장에 임명되었다. 이후 1947년부터 1958년까지의 12년 간
연이어 제4공화국 각 내각에서 11개 부의 부장의 직무를 담당했다.
　1958년 미테랑은 또 드골 대통령 취임 반대에 투표하고 드골과
공개적으로 대립하여 반대파가 되었다.
　이로 인해 그는 이름을 크게 날리게 되었고, 또 이 때문에 프랑스
비공산당의 반대파 수장이 되었다. 다년간의 투쟁을 거쳐 1981년 5월 10일
미테랑은 결국 프랑스 신임 대통령에 당선되었다. 프랑스 제5공화국의
초대 사회당 대통령이 되었다. 또 프랑스의 역사 이래 보통선거로 탄생한
첫 번째 사회당 대통령이었다.

1988년 미테랑은 프랑스 대통령으로는 유일하게 연속으로 두 번의 임기를 지낸 제5공화국 대통령이 되었다.

미테랑

14년 간의 대통령 임기 중에 미테랑은 근면, 성실하게 서방 연맹국과 밀접하게 합작하여 유럽 일체화 건설을 추진하였으며, 또 전심전력으로 프랑스를 대국의 지위로 유지하려 했다. 그는 적극적으로 서유럽이 정치, 외교, 경제, 국방과 과학기술의 방면에서 연합할 것을 주장하고 추진하면서 "유럽방어체계"의 건립을 제의하고 유럽군단의 조직을 제창하고, 유럽국가가 6대 첨단과학기술영역에서 합작하자고 건의했다. 즉, '유레카 계획'으로 1992년 9월 프랑스에서 공민투표를 통하여 유럽연맹건설의 『마스트리흐트 조약』이 통과했다. 이로 인해 그는 『마스트리흐트 조약』의 "설계사"라 불리게 되었으며 유럽 정계에서 매우 높은 명성을 누렸다. 북대서양 조약기국 비서장 솔라나는 일찍이 다음과 같이 이야기했다. "미테랑이 없었으면 유럽은 지금 현재의 모습이 될 수 없었을 것이다."

미테랑은 역사학, 문학 그리고 체육활동을 취미로 삼았다. 그는 일찍이 역사학자에 대하여 다음과 같이 말했다. "나는 항상 역사와의 관계를 유지했다." 미테랑은 어려서부터 역사 성적이 우수했는데, 정치사, 문화사 그리고 종교사에 매우 깊은 흥미를 가지고 있었으며, 일찍이 열광적으로 역사 저작과 인물 전기를 탐독하였고, 또 비잔틴의 역사에 대하여 깊이 심취해 있었다. 그는 14, 15세기의 역사에 심취해 있었는데, 특히 이탈리아 역사였다. 그는 심지어 보통의 역사학자가 되는 것을 상상하며 자신의 방식으로 역사를 이야기했다. 그는 특히 프랑스 대혁명 같은 그런 사람의 마음을 격동시키는 역사사건을 끌어들여 군중을 움직이고 인민을 이끌고 전투를 하는 인물을 선망했으며 또 실패한 사람을 위해 괴로워했다.

1967년 프랑스의 민의(民意) 조사에서 일단 드골이 대통령을 사임하면 미테랑이 곧 퐁피두를 쉽게 이기고 다음 대통령에 당선될 것이라고 예측했다. 미테랑은 그의 탁월한 정치 능력과 프랑스 정계에 미치는 영향력 때문에 당시 좌익 반대파의 영수라고 공인되었다. 대외정책에 있어서 그는 동서방 역량의 "균등한 세력(均勢)"을 주장했다. 소련과의 관례를 다룰 때에 그는 경계와 대화를 주장했다. 이외에 그는 제3세계 국가와의 관계를 중요하게 생각하여, 제3세계의 인권과 자결권을 보호하고 남북합작의 강화를 호소하고 부국은 가난한 국가를 원조할 것을 주장했다. 중국관계에 있어서 그는 프랑스와 중국의 관계를 매우 중요하게 생각했다. 그는 적극적으로 프중 건교를 지지하고 양국 인민의 우의를 촉진시키기 위해 수많은 유익한 일을 했다. 그리고 1962년, 1981년, 1983년, 이렇게 3차례 중국을 방문했다.

미테랑의 방중 및 마오쩌둥과의 중요한 회담

신중국이 막 성립하고 미국을 수장으로 하는 서방국가는 정치고립, 경제봉쇄 그리고 군사 포위의 정책을 취하여, 신생의 인민 정권을 요람에서부터 목을 졸라 죽이려고 시도했다. 그러나 중국 역사상 폐관쇄국(閉關鎖國)의 침통한 교훈에 비추어, 마오쩌둥은 시종 대외 개방을 해야 한다고 제창하고, 또 적극적으로 대외 관계와 경제적 교류를 전개해야 한다고 주장했다. 이을 위하여 그는 일찍이 재차 "우리는 반드시 가능한 한 먼저 사회주의 국가와 인민민주국가와 교류를 해야 하고 동시에 자본주의 국가와도 교류를 해야 한다"고 밝혔다. 어떻게 서방 국가와의 관계를 처리해야 하는지에 대하여 이야기 할 때에는 그는 계속 "첫째는 평화", "둘째는 통상"을 제의하고 적극적으로 그들과 외교와 경제관계의 건립을 모색해야 한다고 주장했다.

신중국과 서방 국가의 관계 발전에 있어 가장 앞서나간 나라는 의심할 여지없이 프랑스였다. 그리고 프랑스 정치가 중에 그 나라의 전 대통령 미테랑은 또 중프 건교의 추진에 있어 중요한 역할을 했다. 역사는 다음과 같이 기록했다. 중프 건교의 조기 실현을 위해 1962년 2월 미테랑이 이미 한차례 매우 중요한 중국 방문을 진행한 적이 있었다. 그 기간에 마오쩌둥은 그와 한차례 회담을 진행한 적이 있었다. 이 회담 및 이 방문은 중프 건교의 조기실현에 매우 중요한 작용을 했다.

1960년대 초 국제 정세의 변화에 따라, 특히 중소 관계의 관계 악화에 따라 중국은 대외관계 방면에서 중대한 조정을 했다. 유럽 국가들의 총제적인 형세 판단을 통하여, 마오쩌둥은 "두 개의 중간지대"가 있다고 판단했다. 이를 근거로 중국 정부는 서유럽 국가에 대한 외교를 중요한 지위에 올려놓기 시작하고 적극적으로 유럽과의 관게 개선을 모색했다. 그러나 대다수의 서유럽 국가들은 여전히 미국의 통제를 벗어나 중국과 관계를 발전시킬 수 없었다. 그러므로 중국과 유럽의 관계는 여전히 발전이 완만했다.

1955년 드골이 다시 정권을 잡았다. 드골은 미국의 외교 정책에서 독립할 것을 결심했다. 그는 중국과 프랑스가 직접적인 대화를 통하여 중국이 미국을 견제해 주기를 희망했다. 그는 중국이 아시아, 특히 동남아에서 가장 중요한 영향력을 가지고 있기 때문에, 만약 중국의 동의와 참여가 없으면 아시아에서 어떠한 중요한 협의도 달성할 수 없다고 생각하게 되었다. 이런 생각에 의하여 중국에 대한 프랑스의 태도에 긍정적인 변화가 발생했다.

마오쩌둥은 프랑스로부터 전해진 이런 중요한 소식을 즉시 포착했다. 그가 볼 때에는 드골의 지도 아래, 프랑스는 미국의 통제에서 벗어나는 것을 모색하고 있으며, 이는 중프 관계의 발전을 위해 사실상 매우 큰 가능성을 나타낸 것이다. 게다가 프랑스는 유럽경제공동체 내에서 중요한 지위를 차지하고 있어 오직 그만이 비로소 서유럽 국가의 조직을 세울 수 있다고 생각했다. 그래서 미소 양대 초강대국의 중간적 역량을 통해 평형을 형성할 것이라고 보았다. 이로 인해 중국은 프랑스와의 교류를 매우 중요시하여 양국이 폭넓은 국제문제에서 공통된 인식을 가지고 있다고 공개적으로 표시하고, 적극적으로 프랑스와의 외교 방면에서 돌파구를 마련하려 했다.

이런 배경 아래, 1961년 1월 27일에 당시 프랑스 참의원이자 민주사회저항연맹의 주석인 미테랑이 중국을 방문했다. 2월 7일 국무원 부총리 겸 외교부장 천이가 미테랑을 접견하고, 그와 친절하고 우호적인 담화를 진행했다. 미테랑은 중프 건교는 반드시 알제리 문제를 해결한 후에 논의해야 한다고 표시했다. 이에 천이가 바로 분명하게 다음과 같이 표시했다. "우리는 중프 건교를 기다릴 수 있습니다. 그러나 알제리 인민에 대한 정치, 경제 그리고 군사 방면에 대한 우리의 지지는 그들의 독립투쟁이 승리를 거둘 때까지 계속 유지할 것입니다."

다음날 오후 마오쩌둥은 항주에서 친히 미테랑을 접견하고 그와 중프 관계에 대하여 한차례 매우 중요한 회담을 진행했다. 이번 회담은 한 시간 반 동안 진행되었는데, 이 때 논의한 문제는 알제리 전쟁, 서방과 사회주의 등등 내용이 광범위했다.

회담 중에 마오쩌둥이 미테랑에게 다음과 같이 말했다. "우리는 프랑스와 분쟁이 없으며, 중국은 1954년 제네바협의가 부여한 프랑스의 권리에 대하여 이의를 표시하지 않습니다." 미테랑이 말했다. "하나의 벽이 있어 중프 양국을 가로막았습니다." 마오쩌둥이 바로 대답했다. "벽은 여러 종류의 벽이 있는데 이데올로기의 벽, 사회주의 제도의 벽, 외교관계의 벽 그리고 경제관계의 벽이 있습니다. 이는 일시적인 현상입니다. 인민은 결국 그 벽을 없애버릴 것입니다." "이데올로기의 벽과 사회주의의 벽은 오직 서로 내정 간섭을 하지 않는 원칙 아래에서만 없어질 수 있는 것입니다." 그는 계속 한발 더 나아가 설명했다. "외교관계의 벽에 관해서도 여러 상황이 있는데, 어떤 벽은 없앴고 어떤 것은 아직 벽이 반 정도 남았습니다. 우리는 영국과 반 정도 외교관계를 건립했으며, 반 정도의 벽을 없앴다고 말합니다. 이는 영국이 한편으로는 중화인민공화국을 승인하면서 다른 한편으로는 연합국에서 오히려 장제스의 소위 '공화국'을 승인했기 때문입니다. 그래서 우리는 영국과 반(半) 외교관계 상태에 있습니다. 장래에 이 반벽을 없애기만 하면, 우리는 서로 대사를 파견할 것입니다." 마오쩌둥은 또 이 손님에게 말했다.

"중국과 프랑스는 비록 외교 관계가 없지만 민간 왕래와 무역 관계가 여전히 진행되고 있습니다."[53]

미테랑은 그의 이번 방문의 주요 목적을 잊지 않았는데, 그것은 어느 정도 장래의 중프 건교를 위한 길을 탐색하는 것이므로 그래서 그는 이어서 양국의 외교 관계에 있는 벽을 제거하는 것에 쌍방의 노력이 필요하다고 표시했다.

알제리 문제를 논의 할 때, 마오쩌둥은 단호하게 중국의 태도와 입장을 표명했다. "식민주의는 나쁜 것으로 식민주의는 소멸되어야 합니다. 프랑스는 알제리에 있는 몇 십 년 된 군대를 당연히 철수시켜야 합니다. 침략 국가는 최후에 실패하기 때문입니다. 일본이 그러하며 기타 국가도 그와 같습니다."

사실 미테랑은 알제리 문제에서 드골의 정책을 완전히 찬성하지는 않았다. 그가 말했다. "프랑스는 당연히 이 문제에서 동방혁명을 공부해야 하고 동방의 지도자를 공부해야 합니다. 당연히 담판 중에 적에게 지위를 부여해서 적이 이익을 얻도록 보장해야 합니다."

이 중요한 회담은 짧았으나 미테랑에게 매우 심각한 인상을 남겼다. 특히 중국혁명의 적극적인 방면 및 신중국의 양호한 운행구조가 그에게 깊은 인상을 남겼다. 귀국한 후에 그는 적극적으로 프랑스 정부와 중국의 건교를 촉진시키고, 특히 그는 책을 써서 중국이 "이미 성공적으로 중국인을 빈곤과 기아에서 탈출시켰다"고 칭찬했다. 후에 미테랑의 이번

---

53) 양루이광(楊瑞廣) , 「마오쩌둥의 대외경제교류사상의
관찰(縱觀毛澤東的對外經濟交流思想)」, 『黨的文獻』 2기, 1991.

중국 방문 및 마오쩌둥과 거행한 회담의 역사적 의의에 대하여 언급할 때, 덩샤오핑이 다음과 같이 높게 평가했다. "미테랑은 1961년 중국을 방문한 적이 있었는데, 마오쩌둥 주석, 천이 부총리와 이야기를 나누었다." "이후 20년이 지났지만 그는 또 우리나라를 방문했다. 우리는 매우 환영했다. 이번 방문은 중국 공산당과 프랑스 사회당 간의 이해와 우의 증진에 유익할 것이다."

미테랑은 천이와 회담을 진행할 때에 제기한 알제리 문제는 1962년 3월 알제리 전쟁의 종결로 매우 빠르게 해결되었다. 이것도 중프 양국의 관계발전을 위한 큰 장애요인을 제거한 것이다. 이후 마오쩌둥, 저우언라이 그리고 드골의 높은 관심과 미테랑 등 각계 인사들의 노력아래, 1964년 1월 27일 중프 양국은 간단한 『연합공보』를 발표했다. 『연합공보』에서 "중화인민공화국 정부와 프랑스 공화국 정부는 함께 외교관계 건립을 결정했다. 양국정부는 이를 위하여 3개월 이내에 대사를 임명했다"고 선포했다.

중프 건교는 중국과 선진 자본주의 국가와의 관계에서 중대한 진전을 실현한 것이며, 양국관계의 역사상 새로운 장을 연 것이다. 또한 국제적으로 중요하고 적극적인 영향이 발생했다. 건교를 통하여 중프 쌍방의 관계를 체계화시켰고, 나아가 양국을 위하여 직접적으로 정치적 대화를 전개했으며, 경제 합작과 과학기술 문화교류를 전개하는 데 필요한 조건을 창조했다. 중국의 입장에서 보면 프랑스와의 건교는 외교적으로 고립된 상황에서 벗어나는데 도움을 주었으며, 이 뿐만 아니라 프랑스와의 건교 행동에 따라 콩고, 중앙아프리카 공화국, 잠비아와 베닝 등 아프리카의 프랑스어권 국가도 1964년 중국을 승인했다. 따라서 연합국에서 중국의 지위 회복을 지지하는 국가가 많아지게 되었다. 게다가 중프 건교는 기타 서유럽 국가를 자극하여 그들로 하여금 중국 시장에서 제외되지 않기 위하여 대중국 정책을 새롭게 고려하게 하였다. 이외에 중프 건교는 중요한 국제적 의의를 가지고 있는데, 그것은 국제 정세의 긴장국면의 완화와 세계 평화의 수호 및 세계 다극화의 촉진에 적극적인 역할을 했다.

마오쩌둥이 세상을 떠난 후, 미테랑은 추억을 회고하는 심정으로 말했다. "나는 마오쩌둥이 그의 항주의 처소에서 처음으로 만난 프랑스 정치가이다. 그때가 15년 전인데 당시에 프랑스 정부는 인민 중국의 존재를 거부했다. 그때부터 나는 매우 면밀하게 중국의 정치제도가 국면의 사태로 발전되는 것을 주시하였으며, 마오쩌둥이 일찍이 나에게 예견한 것을 결코 잊지 못했다." "나는 장황하게 설명할 필요가 없다고 여긴다. 마오쩌둥은 과거 25년 동안 세계에서 지배적인 지위를 차지한 인물이다."

이는 프랑스 사회당 제1서기이자 당시 반대당의 영수로써의 미테랑이 마오쩌둥에 대하여 진심으로 적절한 평가를 내린 것이다.

25

"당신은 사상이 있는 사람입니다"
-마오쩌둥과 톨리아티

25

"당신은 사상이 있는 사람입니다"
― 마오쩌둥과 톨리아티

　팔미로 톨리아티는 1893년 3월 26일 이탈리아 제노바에서 태어났다.
그는 1914년 이탈리아사회당에 가입하고 1921년에는 이탈리아 공산당
창건에 참여했다. 1926년 11월 이탈리아 공산당(이하 '이공'이라함)
총서기 안토니오 그람시가 체포된 후에 그가 이공 총서기를 맡았고,
1944년~1946년에는 이탈리아 부총리, 사법부장 등을 역임했다. 1945년
이공 5대 대표회의에서 이공 총서기에 당선되었다. 1948년 중의원에
당선되어 이공 의회당단(議會黨團) 주석을 맡았다. 1964년 8월 21일
소련 얄타에서 병으로 세상을 떠났다. 톨리아티는 이탈리아 노동운동과
국제공산주의 운동가이며, 이탈리아주의의 제창자였다. 그가 생존한
시기의 이탈리아 공산당은 줄곧 자본주의 국가 중에서 가장 강한
공산당이었다.

　1921년 1월 21일에 이탈리아 공산당이 성립하고 같은 해 7월 23일 중국
공산당이 성립했다. 양당은 모두 공산국제(인터내셔널)의 지부이며,
형제당(兄弟黨)이 되었다. 중공이 이끈 대혁명, 토지혁명, 항일전쟁,
해방전쟁에 이공은 강한 정신과 여론의 지지를 보냈으며, 이공의
투쟁사에 대하여 중공도 긍정과 존중을 해주었다. 이공 성립 30주년에

마오쩌둥은 축전을 보내어 다음과 같이 표시했다. "이탈리아 공산당의 과거 파시스주의에 대한 투쟁과 현재 미국의 침략과 전쟁 계획에 반대하고 인민민주주의를 쟁취하려는 이탈리아의 투쟁은 이미 거대한 성과를 거두었습니다. 그러므로 이공은 스스로 전 이탈리아의 노동자 계급과 전 이탈리아의 애국 인민의 핵심이 되었습니다. 우리는 당신들의 정의 사업이 톨리아티 동지와 이공 중앙의 정확한 지휘 하에 반드시 최후의 승리를 얻을 것이라고 굳게 믿습니다."[54]

1953년 3월 25일 마오쩌둥은 톨리아티에게 전보를 보내어 그의 60세 생일을 축하했다. 전보에는 톨리아티에 대하여 높게 평가하였다. "당신은 젊었을 때부터 당신의 생명 전부를 이탈리아 노동 인민의 해방 사업에 바쳤습니다. 당신의 매우 용감한 분투와 탁월한 지휘에 의지하여 이탈리아 공산당은 이미 이탈리아 노동자 계층의 빛나는 깃발이 되었고, 이탈리아의 강대한 정치 세력이 되었으며, 전 세계 마르크스레닌주의의 위대한 요새의 하나가 되었습니다. 당신의 이탈리아 혁명사업, 국제노동운동 그리고 세계평화운동에 대한 빛나는 공헌은 당신으로 하여금 이탈리아 인민뿐만 아니라 중국과 세계 각국 인민의 존경과 사랑을 받게 하였습니다."[55]

마오쩌둥과 톨리아티는 같은 해에 출생한 마르크스주의 정당의 수장으로 소공 20대 대표회의 전에는 비록 안면은 없었지만 피차 존중하고 지지했다고 말할 수 있다. 소공 20대 이후 그들은 약간의 문제에서 대립이 갈수록 커졌는데, 1960년대까지 중이 양당의 관계가 한동안 중단되었다.

후르시초프는 소공 20대의 비밀보고 회이에서 다수가 통과시킨 사회주의

---

54) 『인민일보』, 1951년 1월 23.
55) 『인민일보』, 1953년 3월 26.

실현에 관한 문제를 제의했다. 톨리아티는 축사에서 이 관점에 찬성했다.
중공과 이공의 관점은 좋고 나쁨의 구분이 아주 분명했다. 소공 20대에서
사람들이 주목한 또 따른 한 내용은 스탈린의 공적과 역사적 지위를 깎아
내리는 것이었다. 1956년 4월 5일 마오쩌둥은 친히 「무산계급독재정치의
역사경험에 관하여(關于無産階級專政的歷史經驗)」라는 글을 수정하여
『인민일보』에 공개적으로 발표했다. 이 글은 스탈린의 업적을
긍정하였고 또 스탈린의 잘못을 지적하고 비판하여 스탈린이 잘못을 범한
원인을 분석했다. 문장에서 다음과 같이 생각했다. "우리는 당연히 역사적
관점을 이용하여 스탈린을 바라보고 그의 옳은 점과 틀린 점에 대하여
전면적이고 적합한 분석을 해야 유익한 교훈을 얻을 수 있다." 이 글에서
또 스탈린에 대하여 객관적이고 공정한 평가를 했다. 그는 다음과 같이
생각했다. "스탈린은 잘못은 3할이고 업적은 7할으로 결론적으로 역시
위대한 마르크스주의자이다." 이 문장의 발표로 마오쩌둥과 후르시초프,
톨리아티의 사이가 벌어졌다. 동년 11월 15일 열린 중공 8기 2차 전회에서
마오쩌둥은 또 톨리아티를 거론했다. "소공 20차 대표회의에 관하여 나는
한마디하고 싶다. 나는 두 자루의 칼이 있다고 생각한다. 한 자루는 레닌,
다른 한 자루는 스탈린이다. 현재 스탈린이라는 이 칼을 러시아 사람들은
잃어버렸다. 고무우카, 약간의 헝가리 사람이 이 칼을 들어 소련을 죽이고
소위 스탈린주의에 반대했다. 유럽 수많은 국가의 공산당도 소련을
비판하고 있는데, 바로 그 주체가 톨리아티이다. 제국주의도 이 칼을
들어 사람을 죽이고 덜레스도 들어서 한차례 사용했다. 이 칼은 빌려준
것이 아니고 잃어버린 것이다. 우리 중국은 잃어버리지 않았다. 그래서
우리의 첫 번째는 스탈린을 보호하는 것이고, 두 번째는 스탈린의 잘못을

비판하기 위해 이 「무산계급전독재정치의 역사경험에 관하여」라는 글을 썼다. 우리는 어떤 사람들의 그런 스탈린을 부정적으로 묘사하고 스탈린을 소멸시키는 것과는 다르게 실제 상황에 따라 일을 처리했다."[56]

마오쩌둥과 톨리아티의 관계에 대립의 씨앗이 심어지기 시작했다.

1957년 10월 중공 중앙은 마오쩌둥이 중국 대표단을 이끌고 소련을 방문하여 10월 혁명 40주년 경축행사와 세계 각국의 공산당 모스크바 회의에 참가하는 것을 결정했다. 대표단 구성원에는 송칭링(宋慶齡), 등소평, 펑더후이(彭德懷)와 귀모뤄(郭沫若) 등 수많은 지도자들이 있었다. 11월 2일 마오쩌둥의 전용기가 모스크바에 도착했다. 후르시초프 등 수많은 소련 당·정·군의 주요 지도자가 공항에 나와 환영하고 있었는데, 그들은 만면에 미소를 지은 채 열렬하게 박수를 쳤다. 환영의식이 끝난 후, 후르시초프는 마오쩌둥과 함께 퍼레이드카에 올랐다. 마오쩌둥이 물었다. "회의에 참가하는 사람들이 모두 도착했습니까?" 후르시초프가 손가락을 움직이며 이미 모스크바에 도착한 공산당 지도자들을 소개했다. 그가 톨리아티와 토레즈를 소개할 때, 마오쩌둥이 매우 흥미롭게 물었다. "그들은 어디에 머무르고 있습니까?" "시 교외의 별장에 머무르고 있습니다." 후르시초프가 대답하고 보충하였다. 우리는 오직 당신을 크레물린 궁에 머물도록 했으며, 숙소가 회의장과 매우 가깝고 복도와 조지 대회장이 상통하여 매우 편리합니다." 그러나 마오쩌둥은 이 특별한 호의에 대하여 결코 개의치 않아 했다.

이번 소련 방문기간에 마오쩌둥은 사회주의 국가의 수호와 국제

---

56) 『모택동선집』 제5권, 인민출판사, 1991년 6월 판, p321~322.

공산주의 운동 내부의 단결을 위하여 몇몇 국가의 형제당의 지도자, 특히 의견이 다른 지도자와 여러 방식을 통하여 의견을 교환했다. 프공과 이공의 대표는 회의에서 적극적으로 발언을 하여 마오쩌둥에게 매우 깊은 인상을 주었다. 마오쩌둥은 이런 공산당의 지도자들과 직접적인 접촉을 해야 하고 더욱 밀접하게 관계를 맺어야 할 필요가 있다고 생각했다. 이를 위해 그는 11월 7일 크레물린 궁에서 첫 번째로 이탈리아 공산당의 지도자 톨리아티와 회견을 하고 공통으로 관심을 갖고 있는 문제에 대하여 생각을 나누었다.

마오쩌둥이 회견장에 도착하고 톨리아티가 도착하기 전에 그는 소파에 앉아 담배를 피면서 기다렸는데, 그의 머릿속은 끊임없이 톨리아티의 형상이 떠올랐다. 마침내 톨리아티가 나타났는데, 이 몸집이 작은 이탈리아 공산당 영수는 이마 위에 칼자국 같은 주름이 많았고 긴 백발을 머리 뒤로 빗어 넘긴 철학자의 사고와 정신을 가진 사람 같았다.

톨리아티는 행동이 점잖고 마오쩌둥을 매우 존중했고 길을 먼저 가게 하고 앉는 것도 먼저 앉게 했으며 담화도 마오쩌둥이 먼저 시작하기를 청했다. 그는 마오쩌둥을 철학가이며 위대한 전사라고 했다. 그러나 그는 또 서방과 동방은 실제 상황이 다르다고 했다.

마오쩌둥은 실제에 입각한 태도를 칭찬하고 성실하고 간절하게 말했다. "저는 아시아의 공산당에 대하여 비교적 익숙하지만 서유럽의 당의 상황에 대해서는 익숙하지 않습니다."

톨리아티가 고개를 끄덕이며 말했다. "중국의 당은 서유럽의 당과 상황을 서로 교환해야 합니다. 중국의 당은 큰 당으로 당신은 서유럽 각 당의 구체적인 상황을 많이 이해하고 있어야 합니다." 이어서 곧 간략하게 서유럽의 정치, 경제의 특징 및 서유럽의 각 당을 개괄적으로 소개했다.

평화적 과도에 대하여 마오쩌둥은 자주의 국가 속에서 혁명을 진행하는 문제에 관한 이 원래의 계획은 비교적 평화적 과도를 강조했다. 그는 "우리는 소련과 의견을 교환했는데 두 가지의 가장 좋은 가능성을 제의했습니다. 그 하나는 평화적 과도의 가능성이고 다른 하나는 전쟁을 이용하는 방법입니다"라고 말했다. 톨리아티는 마오쩌둥이 강조한 과도의 다양성에 대하여 기본적으로 찬성을 표시했다.

국제 정세에 대한 기본 추측에서, 마오쩌둥은 동풍이 서풍을 압도하고 자본주의가 사회주의를 더 두려워한다고 생각했다. 톨리아티는 마오쩌둥의 국제 형세가 현재 전환점에 처해있다는 판단에 찬성하였지만, 제국주의 국가가 스스로 일부 실패를 극복한 노력을 낮게 평가할 수는 없다고 생각했다.

11월 18일 저녁, 마오쩌둥과 톨리아티는 두 번째 회담을 진행했다. 마오쩌둥은 이탈리아의 사회, 정치, 경제 상황과 이탈리아의 각 계급, 각 정당 및 그 역량을 비교한 상황을 중점적으로 물었다. 톨리아티는 이탈리아의 사회 정황을 소개한 후에 말했다. "자산계급통치가 아직 비교적 견고한 이탈리아는 각종 사회 모순이 아직 첨예화 되지 않았으며, 인민 군중도 이 사회제도를 변화시키려고 절박하게 요구하지 않는 정황 아래, 우리 공산당은 반드시 집정당과 협력을 매우 잘해야 합니다. 조건이 갖추어지지 않으면 무산계급 독재를 계속 주장할 수 없으며, 인민 군중이 이탈할 수 있습니다."

마오쩌둥이 생각해보더니 말했다. "실사구시를 고수하면 그것이 맞습니다. 우리는 과거에 국민당과 협력한 적이 있으며 통일전선을 구축했습니다."

"공산당은 당연히 자신의 목표를 잊지 말아야 합니다. 그러나 투쟁방법은 매우 다양합니다." 톨리아티가 침착하게 말했다. "현재 우리의 주요 임무는 노동자 계층의 단결과 확대로 사회 각 계층에게 우리의 당이 각 계층의 인민에게 이익을 줄 수 있을 것이라고 이해시켜야 합니다. 이탈리아 정치는 다원화되어 있어 정당이 매우 많습니다. 우리는 하나의 큰 당으로 정부 안에도 일정한 발언권이 있습니다. 우리는 노동자들을 행동하게 하여 공동의 이익을 창조합니다."

이탈리아 공산당이 한편으로 로마 교황청의 정치 간섭을 반대하여 정교 분리를 주장하고, 다른 한편으로는 종교를 타도하자는 구호를 외치지 않는다는 것에 관하여 언급할 때, 마오쩌둥이 이탈리아 공산당의 '영활함'을 칭찬했다.

마오쩌둥은 톨리아티와의 담화에서 톨리아티의 관점에 대한 평가를 하지 않고, 단지 의미심장하게 톨리아티 본인에 대하여 한마디 말을 했다. "당신은 사상이 있는 사람입니다."

모스크바 회의 기간에 마오쩌둥은 각 공산당 영수들과 접촉을 한 후에, 즉시 소공 20대의 노선은 국제 공산당 운동에 큰 시장이 있고 큰 지지자가 있음을 알았다. 마오쩌둥은 소공 20대에서 나타난 영향을 소홀히 하지 않았다. 후르시초프는 소공 20대에서 두 개의 중요한 신이론을 제의했다. 회의의 다수가 '사회주의를 향한 평화적 과도' 및 제국주의 국가와 평화 공존할 수 있을 뿐만 아니라 협력도 가능하다는 결론을 내렸다. 마오쩌둥은 이 두 가지 이론에 대하여 반대했고, 톨리아티는 이 두 가지 이론을 지지했다. 이공 등은 '다중심(多中心)'론을 주장하였는데, 중국은 이에 대하여 전체적인 국면을 살피지 않는 것으로 사회주의 진영을 화해시킬 것이라고 생각했다. 마오쩌둥의 눈에는 톨리아티를 대표로 하는 이공 등의 당은 모두 마르크스레닌주의 혁명의 학설을 위반하는 것으로 '수정주의'를 범하는 것이었다. 그리고 톨리아티의 눈에는 마오쩌둥과 중공 측이 시대의 발전과 변화를 무시하고 완전히 이론에서 출발하는 "교조주의"를 범하는 것이었다.

마오쩌둥은 어디까지나 실사구시적인 사람이다. 그는 이런 사람들은 아직 사회주의적인 사상을 부정하지 않고 아직 사회주의 실현을 위한 노력을 해야 했다고 표시하였기 때문에 그들도 역시 동지라고 의식했다. 그러나 그들의 사상에 문제가 생기는데, 그것은 '두려움'에서 나타났다. 사회주의 국가에 소란이 일어나는 것을 두려워하여 중국의 "백화제방, 백가쟁명"에 반대했다. 미국 제국주의를 두려워하고 핵무기를 두려워하여 그의 '종이 호랑이'이론에 반대했다. "반드시 전체적인 국면을 살펴야 했다!" 마오쩌둥은 이렇게 생각했다. 그럼 무엇이 현대의 대국(大局)인가? 그는 국제공산주의 운동의 단결을 수호하는 것이 대국이라고 생각했다. "소련의 후르시초프는 국제공산운동 중에 자신의 권위를 세우는 것에 급급하였기 때문에, 당연히 자신의 노선과 관점을 버릴 수 없는 것이다. 하물며 그들은 다수의 지지를 받고 있다. 단결을 수호하고, 분열이 안 되려면 오직 적당한 타협이 있어야 했다."

소련에 머무는 동안 마오쩌둥은 10월 혁명의 40주년 경축행사에 참가한 외에 12개 사회주의 국가 공산당과 노동당 대표회의와 68개국 공산당과 노동당 대표회의에 참석했다. 이 두 회의 중간에 마오쩌둥은 전력으로 각국 공산당 영수와 접촉하고 회담을 하고 관점을 설명하고 설득작업을 했다. 각국 당의 대표단과 공동의 노력을 거쳐 두 회의는 모두 원만한 성공을 거두었다. 마오쩌둥은 중국 공산당을 대표하여 『모스크바선언』 과 『평화선언』 에 서명을 했다. 사실상 『모스크바선언』 에는 중국, 소련, 이탈리아 등 당의 상호 모순적인 각종 주장이 포함되어 있었다.

이후 사실이 증명하듯이, 마오쩌둥은 톨리아티의 사상이 전형적인 수정주의 사상이라고 생각했다. 중소 관계가 아직 깨지기 전, 중국 공산당의 현대 수정주의를 반대하는 데 있어 중요한 표적은 톨리아티였다.

1958년 4월 중순 소공은 잡지 『공산당인』 에 유명한 비판의 글을 발표하고, 남공연맹(남슬라브공산주의자연맹)을 전면적으로 비판하는 서막을 열었는데, 이에 중공은 매우 빠르게 싸움에 끼어들어 남공연맹의 성질을 '현대수정주의'라고 규정했다. 남공연맹에 대한 비판은 1958년 말까지 줄곧 유지했다. 남공연맹을 비판하는 문제에서 이공의 방법과 관점은 마오쩌둥의 불만을 일으켰다. 이에 대하여 소공, 이공이 모두 다 알고 있어 피차 불만이 쌓였다.

1962년 10월 중국은 인도로 인해 어쩔 수 없이 변경 보호를 위한 반격작전을 진행했다.

톨리아티는 소련에 부화뇌동하여 후르시초프와 "서로 마음이 통하여", 중국의 중인변경 충돌과 쿠바 미사일 위기에 원칙적 입장을 지적하며 공격했다. 12월 초 이탈리아 공산당은 제4차 대표회의를 거행하는데 중국 공산당이 대표단을 파견하여 참가했다. 12월 2일 톨리아티는 총 보고에서 중국 공산당을 지명하여 공격했다. 중공은 더 이상 참을 수 없어 다음과 같이 말했다. "우리는 톨리아티 동지와 이공 지도자들의 중국 공산당에 대한 공격과 중상모략에 동의하지 않는다." 마오쩌둥은 소공과 이공 등의 당에 '공개적인 변론'을 진행했다.

1964년 12월 29일 덩샤오핑은 『인민일보』에 올릴 「톨리아티동지와 우리의 대립(陶里亞薺同志同我們的分岐)」이라는 원고 초안을 마오쩌둥에게 보내 검토하게 했다. 마오쩌둥은 이를 매우 중요시하여 밤새도록 검토하여 30일 새벽 2시에 평가문를 써서 덩샤오핑에게 넘겼다. "문장을 읽어 보았는데 매우 잘 썼고 제목도 적당합니다. 오늘 오후에 방송하고 내일 신문을 볼 수 있게 하세요"[57] 31일, 『인민일보』에 「톨리아티동지와 우리의 대립」이란 제목으로 사설을 발표하고 동시에 「톨리아티 이공 제10차 대표회의에서의 총 보고(개요) 陶里亞薺在意共第十次代表大會上的總報告)」를 실었다. 이 사설은 톨리아티의 중대한 문제에 대한 관점을 반박하는 것에 치중하였는데, 전쟁과 평화, 핵무기와 핵전쟁에 대한 태도, '종이 호랑이'에 대한 판단, 평화공존과 톨리아티가 주장한 '구조개혁론' 등을 포함했다. 이 문장은 매우 큰 여지를 남겨두었는데 그것은 바로 소공과 기타 지도자들의 이름을 거론하지 않았다는 것이다.

1963년 1월 6일 오후 마오쩌둥은 항주에서 일공 중앙정치국 위원이며 서기처 서기인 하카마다 사토미 일행을 회견했다. 목전의 논쟁에 대하여 이야기를 나눌 때, 그는 "부득이하게 할 수밖에 없었던 것"이라는 감정을 토로했다. "이 방법은 이탈리아로부터 나온 것이다. 우리는 현재 일종의 기회를 얻었는데, 공개적으로 이탈리아 공산당의 '구조개혁론'을 비판할

---

57) 『모택동전』 제 5권, 중앙문헌출판사, 2011년 1월, p2232.

수 있다. 이공은 구조개혁론을 공산주의의 일반적인 방향이라고 말했다. 우리는 결코 내정간섭을 하지 않는다. 단, 이공이 말한 것은 일반적인 방향이고 동시에 또 공개적으로 중국공산당을 공격한 것이다. 만약 그가 비공개적으로 공격했다면, 우리는 공개적으로 회답하지 않았을 것이다. 현재 비공개적으로 회답하는 것은 불가능하다." 이어서 말했다. "톨리아티도 약간의 좋은 일을 하였다."[58]

1963년 1월 15일부터 21일까지 열린 독일 통일사회당 제6차 대표회의에서 후르시초프는 처음 공개적으로 중국 공산당을 지명하여 비판하고 동시에 공개적 논쟁의 중지를 제의하고 사실상 중공의 지속적인 반박을 저지했다. 이런 상황아래 1963년 3월 1일부터 4일까지 『인민일보』는 『홍기』의 편집부 문장 「톨리아티 동지와 우리의 대립을 다시 논하다(再論陶里亞薺同志同我們的分岐)」를 기재하고 제6편의 답변 문장으로 삼았다.

마오쩌둥은 이 문장을 매우 중요하게 생각했는데, 그는 자신의 날카로운 필력으로 크게 수정을 했다. 예를 들어, 그는 수정 중에 다음과 같은 글을 첨가했다. "현재 이 문장은 톨리아티 등의 동지가 다년 간 발표한 잘못된 발언에 대하여 더 상세하게 분석과 비판을 진행하여 그들의 재차 공격에 대한 우리의 답변으로 삼는 준비이다…. 높은 분은 입을 열 수 있고 작은 소리는 내지 못하게 하는 것은 안 되며, 관리는 방화도 할 수 있지만, 백성에게는 등불을 켜는 것조차 허락되지 않는 것처럼 해서도 안 되었다. 예부터 지금까지 이런 길은 대중의 인정을 받은 적이 없는 불공평한

---

58) 『모택동전』 제5권, 중앙문헌출판사, 2011년 1월, p2233.

법률이다. 하물며 우리 공산당 간의 대립은 오직 사실로써 도리를 말하는 태도를 취할 수 있을 뿐이며, 결코 노예주가 노예를 대하는 태도를 취할 수 없다. 전 세계 무산계급과 공산당 사람들은 반드시 단결해야 하는데, 오직 모스크바 선언과 모스크바 성명의 기초 위에서, 사실을 들어 도리를 말하는 기초 위에서, 평등한 협상이 오고가는 기초 위에서 그리고 마르크스레닌주의의 기초 위에서 비로소 단결을 할 수 있다. 만약 노예주에게 노예들을 지휘할 지휘봉을 허락하면 입에서 중얼거리는 말로 즉, '단결, 단결'이라고 했다. 하지만 그것은 사실상 '분열, 분열'이라고 말하는 것이다. 천하의 노예들은 이런 종류의 분열주의를 받아들일 수 없다. 우리가 원하는 것은 단결이며 결코 소수인이 말하는 분열을 허락하지 않는다."

마오쩌둥은 계속 예리하게 썼다. "일종의 매우 재미있는 현상이 국제 공산주의 운동 중에 보편적으로 출현했습니다. 무슨 현상일까요? 바로 자칭 마르크스레닌주의의 진리를 손에 넣었다는 영웅 호한들이 오히려 그들이 힘껏 질책한 '교조주의자', '종파주의자', '분열주의자', '민족주의자', '트로츠기주의자'들이 그들의 공격에 답변하기 위해 쓴 문장을 매우 두려워했습니다. 그들은 감히 그들의 신문, 간행물에 이 문장을 발표하지 못했습니다. … 당신들은 왜 이렇게 하지 못합니까? 왜 철통과 같이 봉쇄하려 합니까? 당신들은 귀신을 무서워합니다. 교조주의, 다시 말하면 진정한 마르크스레닌주의라는 거대한 유령이 전 세계를 배회하고 있는데, 이 유령이 당신들을 위협하고 있습니다. 당신들은 인민을 믿지 않으며 인민 또한 당신들을 믿지 않습니다. 당신들이 군중을 이탈하였기 때문에 당신들은 진리를 두려워하고 있으며 그 두려운 상황이 그렇게 우스운 정도에 까지 도달한 것입니다. 선생님들, 친구들, 동지들, 용기 있게 일어나서 전국, 전 세계 인민의 면전에서 변론을 공개하고 쌍방이 상호간에 상대방을 비판한 문장을 기재합시다. 우리는 당신들이 우리의 방법을 배우기를 희망하기에 우리는 이렇게 한 것입니다. 우리는 감히 당신들의 문장 전체를 기재할 수 있습니다. 당신들이 슬프게 우리의 위대한 작품을 욕한 전체를 기재한 후, 조목조목 혹은 핵심을 찌르듯이 당신들을 반박하여 우리의 답변으로 삼을 것입니다. 어떤 때는 우리는 당신들의 잘못된 문장을 올리기만 하고 우리는 한 자도 회답하지는 않았는데, 독자로 하여금 스스로 생각하게 한 것입니다. 이것이 설마 공평하고 합리적이지 않다고 하는 것입니까? 현대 수정주의의 어르신들! 당신들은 감히 이렇게 할 수 있습니까? 없습니까? 용기가 있으면 하십시오. 심지가 부족하여 소심하고 겉으로는 강인해 보이지만 실제로는 겁이 많아 나약하며, 표면상 기세가 소와 같지만 사실상 담량이 생쥐와 같은 그런 당신들은 감히 할 수 없습니다. 우리는 당신들이 못 할 것이라고 단정합니다. 어떻습니까? 회답을 희망합니다."

이 문장은 마오쩌둥의 건의에 근거하여 4일에 나누어 연속으로 기재되었는데, 모두가 시간이 있을 때 자세하게 탐독할 수 있게 하기 위해서였다. 톨리아티는 중공에 의해 '현대 수정주의'라는 모자를 쓰게 되었기 때문에 60년대 중기부터 시작하여 중이 양당의 관계가 중단되었다. 설사 이와 같더라도 중공과 이공은 서로에 대하여 주시를 하고 있었는데, 톨리아티가 세상을 떠날 때 중공 중앙은 특별히 조전을 보냈다.

1968년 8월 소련군이 체코슬로바키아를 침입하여 중공은 강력하게 이를 비난하고 이공, 서공, 영공 등과 17개 당이 연합 성명을 발표하여 소련군의 비열한 행위를 규탄했다. 이는 중공과 이공의 1차 '정신합작'이며, 또 소공이 고립무원의 길을 걸어가고 있는 것을 상징했다. 이것으로 중소 쌍방이 어떠한 여지를 다시 남기지 않았으며 정면충돌을 시작하고 공개적으로 지명하여 서로를 비판했다. '빗대어 욕하는 것'에서부터 '직접적으로 욕하는 것'에 이르기까지 중공의 '구평(九評)'이 이에 따라 출현하게 되었다.

마오쩌둥과 톨리아티는 마르크스주의 정당의 영수들이며, 사회주의에 대한 탐색과 이론 그리고 현실 모두에 매우 큰 영향을 미친 정치가이자 사상가로서 그들 사이의 공통 인식과 대립을 막론하고 그들을 연구하고 생각해 볼 가치가 있다.

26

"나는 이 세계가 불안정하다고 생각합니다"
-마오쩌둥과 하틀링

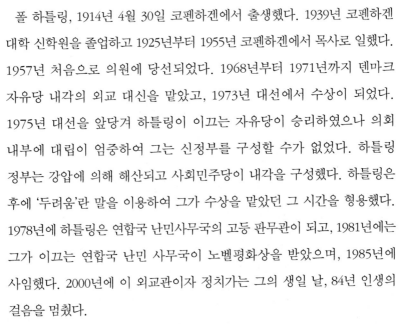

26

"나는 이 세계가 불안정하다고 생각합니다"
— 마오쩌둥과 하틀링

　폴 하틀링, 1914년 4월 30일 코펜하겐에서 출생했다. 1939년 코펜하겐 대학 신학원을 졸업하고 1925년부터 1955년 코펜하겐에서 목사로 일했다. 1957년 처음으로 의원에 당선되었다. 1968년부터 1971년까지 덴마크 자유당 내각의 외교 대신을 맡았고, 1973년 대선에서 수상이 되었다. 1975년 대선을 앞당겨 하틀링이 이끄는 자유당이 승리하였으나 의회 내부에 대립이 엄중하여 그는 신정부를 구성할 수가 없었다. 하틀링 정부는 강압에 의해 해산되고 사회민주당이 내각을 구성했다. 하틀링은 후에 '두려움'란 말을 이용하여 그가 수상을 맡았던 그 시간을 형용했다. 1978년에 하틀링은 연합국 난민사무국의 고등 판무관이 되고, 1981년에는 그가 이끄는 연합국 난민 사무국이 노벨평화상을 받았으며, 1985년에 사임했다. 2000년에 이 외교관이자 정치가는 그의 생일 날, 84년 인생의 걸음을 멈췄다.

　1950년 1월 9일 덴마크 국왕이 중화인민공화국의 승인을 선포하고 동년 5월 11일 양국은 정식으로 수교를 맺었다. 덴마크는 스웨덴이에 이어 두 번째로 중국과 수교를 맺은 서방국가였다. 1956년 2월 15일 양국은 곧 공사관을 대사관으로 승격시키고 서로 대사를 파견했다. 중덴 건교 이래 양국은 각 영역에서 교류와 합작이 점점 발전했다. 1950년대 덴마크는 중화인민공화국의 연합국에서의 합법적인 지위의 회복을 지지했다. 1957년 양국은 『정부무역협정』을 체결했다.

1960, 70년대에는 중덴 양국의 교류가 매우 증가하였고 무역관계의 발전도 비교적 빨랐다. 1974년부터 시작하여 중덴 양국은 서로 유학생을 파견하기 시작했다. 이 해 10월에 중국 정부의 요청에 응하여 덴마크 수상 하틀링이 중국을 방문했다. 이는 덴마크 정부 수상이 처음으로 중국을 정식으로 방문한 것이었다. 10월 18일 국무원 부총리 덩샤오핑, 인민상임위원회 부위원장 쉬샹치엔(徐向前)등 지도자들은 공항에서 하틀링 수상 일행을 맞이했다. 덩샤오핑 부총리는 저우언라이 총리를 대신하여 하틀링 수상 일행에게 열렬한 환영을 표시했다.

중덴 양국은 1950년 수교한 이래 양국의 우호관계는 끊임없이 발전하여 깊어졌다. 덴마크 귀빈의 도착에 양국 인민은 가장 소박한 방식으로 그들에 대한 환영을 표현했다. 몇 천 명이 가두에서 환영을 하고, 북경시 주요 도로변에는 다채로운 깃발이 펄럭였고, 수많은 고층 건축물에는 거대한 플랜카드가 걸려 있었는데, 그 위에 "하틀링 수상과 부인을 열렬하게 환영합니다!", "유럽 각국 인민의 패권주의 반대 투쟁을 단호하게 지지합니다", "중덴 양국 인민의 우의 만세!", "전 세계 인민의 대단결 만세!" 등이 쓰여 있었다. … 하틀링 수상은 이런 진실하고 열정적인 환대에 감동을 받았다.

그날 저녁 덩샤오핑 부총리, 저우언라이 총리의 이름으로 성대한 연회를 거행하고 덴마크왕국 수상 폴 하틀링과 부인 및 덴마크 귀빈을 열렬하게 환영했다. 환영연회에서 덩샤오핑 부총리는 중국 정부와 저우언라이 총리를 대표하여 연설을 하였다. "중덴 양국은 사회제도가 다르지만 우리 쌍방은 지금까지 상대방의 주권을 침범 혹은 간섭을 시도한 적이 없습니다. 우리는 모두 평화공존 5항 원칙의 기초 위에 관계를 발전시키길 원합니다. 우리는 무슨 안전조약도 필요 없으며 안심하고 친구가 되고 교류를 할 수 있으며 상호 경계할 필요가 없습니다. 이로 인해 우리의 관계는 광활하게 발전할 전망이 있습니다." 덩샤오핑이 "중국 정부는 국가의 대소를 막론하고 당연히 일률적으로 평등해야 하며, 서로 존중해야 했다는 것을 일관되게 주장하고 있으며, 각국 인민의 일은 각국 인민이 스스로 처리해야 하며 다른 나라는 간섭할 권리가 없습니다"라고 밝혔다. 덩샤오핑 부총리는 덴마크의 건설적 발전과 제3세계 국가와의 관계에 대하여 칭찬을 하면서 말했다. "제3세계 국가와 관계를 발전시키는 당신들을 우리는 칭찬합니다. 우리는 유럽 각국 인민의 단결과 반 패권 사업을 지지하고, 유럽과 전 세계 인민의 정의투쟁 일체를 지지합니다!"

히틀링은 매우 열렬한 환영에 대하여 감사하여 다음과 같이 말했다. "중화인민공화국과 덴마크 간의 관계는 1950년 1월부터 시작했으며 항상 우호적이고 양호했습니다." 히틀링은 덴마크의 유럽공동체 참가에 대한 중요성을 이야기하면서 말했다. "공동체의 각 성원국은 상호합작의 기초위에 국제관계의 발전을 위해 더 좋은 공헌을 할 수 있을 것입니다." 아울러 중국 정부와 지도자들의 유럽공동체 합작에 대한 적극적 지지에 대하여 감사한다고 하면서 말했다. "우리는 중국의 대표와 지도자들이 수많은 장소에서 유럽합작의 사상에 대한 동정을 표시한 것을 알게 되었고 이에 우리는 매우 감사하게 생각합니다."

19일 오후 저우언라이 총리는 병원에서 히틀링을 만났다. 20일 덩샤오핑 부총리가 히틀링 일행을 수행하여 장사에서 마오쩌둥을 만났다. 그날 오후 마오쩌둥은 장사 9소 6호 동에서 히틀링을 만났다. 손님과 객이 앉아 한담을 몇 마디 나누는데, 히틀링이 말했다. "나는 중국에 도착하여 매우 짧은 시간 동안 머물렀지만, 우리가 보고 들은 것은 이미 우리에게 매우 깊은 인상을 남겼습니다."

마오쩌둥이 매우 겸허하게 말했다. "중국은 현재 아직 아닙니다. 충분하지 않습니다."

이어서 마오쩌둥이 중국의 사회주의 제도의 문제를 언급했다.

그는 다음과 같이 말했다. "결론적으로 말하자면, 중국은 사회주의 국가에 속합니다. 해방 전의 자본주의와 비슷합니다. 현재 아직 8급 임금제(八級工資制)를 시행하고 있으며, 노동에 따라 분배하고 화폐를 교환하는데 이는 구 사회와 크게 다르지 않습니다. 다른 것은 소유제가 변경된 것입니다. 중국은 발전 중에 있는 국가이며 당신들과 다릅니다." 마오쩌둥은 또 현재 실행하고 있는 상품제도와 임금제도도 불평등하다는 등등의 이야기를 했다. 이는 단지 무산계급 독재정치 하에서 제약을 더할 뿐이라고 했다.

히틀링이 매우 진지하게 듣고는 수시로 고개를 끄덕여 찬성했다.

히틀링은 유럽안보협력회의의 일이 매우 원만하다고 언급했을 때, 마오쩌둥이 매우 분명하게 표시했다. "저는 중국 내부를 포함한 어떤 곳을 막론하고, 이 세계가 매우 불안정하고 과거에 비교하여 더 매우 불안정하고 생각합니다."

히틀링이 물었다. "중국은 농업 국가인데, 현재 중국에 발생한 것 모두가 농촌에 거주하는 농업인구와 큰 관계가 있습니까?"

"맞습니다. 중국의 농민은 100분의 80을 차지하고 있습니다. 우리는 현재 도시 인구의 증가를 제한하고 있습니다. 도시 인구는 2억 명을 차지하고 있습니다. 도시 인구가 너무 많으면 곤란하고 성장하기 어렵습니다. 현재 도시의 인구는 적지 않은데 거의 미국의 인구와 같습니다. 중국의 도시와 농촌의 구조는 매우 특별한데, 도시 인구는 적고 농촌 인구는 많습니다. 이는 유럽과 다릅니다. 만약 싸움이 일어나면 도시 인구가 많아져도 불리합니다." 마오쩌둥이 참을성 있게 대답하였다.

마오쩌둥이 싸움의 문제에 대하여 언급하였을 때, 히틀링이 이야기했다. "세계의 장래는 전쟁의 발생 유무에 있습니까?"

마오쩌둥이 단언하였다. "이 문제는 이야기할 필요가 있는 문제가 아닙니다. 현재 도처에서 평화를 말하고 전쟁을 두려워합니다. 그래서 전쟁과 평화는 공존하는 것입니다. 만약 전쟁을 두려워하지 않는다면 무슨 평화를 이야기하겠습니까? 나는 소위 영원한 평화를 찬성하지 않습니다. 유럽의 친구에 대하여 나는 항상 그들에게 싸움(전쟁)을 준비하라고 권합니다. 만약 준비하지 않는다면 장래에 손해를 볼 것입니다. 현재 평화를 이야기하는 데 있어 저는 어떤 사람의 시간을 쟁취해야 했다는 말을 들었습니다. 미국인도 나와 이야기하면서 시간을 쟁취해야 한다고 했습니다. 저도 이 엄숙한 문제는 현재 전 세계 인민이 고려하는 문제라고 생각합니다. 재난은 올 것입니다 그러나 그렇게 두렵지 않을 것입니다."

마오쩌둥의 너그러운 기백, 심오한 사상은 히틀링으로 하여금 탄복을 금치 못하게 했다. 부지불식간에 회담은 이미 한 시간이 넘었다. 그래서 히틀링은 몸을 일으켜 마오쩌둥에 작별 인사를 하면서, 기회가 있으면 다시 마오쩌둥을 만날 수 있기를 희망했다. 이에 마오쩌둥은 히틀링에게 기회가 있으면 다시 중국을 방문해 주기를 희망했다.

이번 회견은 히틀링에게는 그 의의가 매우 심원하고 평생 잊지 못할 회견이었다. 그는 이후 깊은 감명을 받은 듯이 말했다. "나, 나의 부인과 일행들은 매우 영광스럽게 마오쩌둥 주석을 만났으며 우리는 매우 우호적인 회견과 담화를 진행했다. 우리는 양국이 공동으로 관심을 갖고 있는 중대한 국제 문제와 양국 관계에 대하여 매우 폭넓게 생각을 교환했다. 모든 것이 서로 간의 이해를 증진하는 데 매우 유익했고 중덴 양국의 우호 관계를 강화하는데 반드시 도움을 줄 것이다. 이는 우리 모두에 대한 한차례 위대한 경력이며 우리는 그것을 우의의 주요 상징으로 삼아 깊이 새겨 잊지 않을 것이다."

27

회견의 마지막에 온 한 명의 유럽 손님
- 마오쩌둥과 슈미트

27

회견의 마지막에 온 한 명의 유럽 손님
― 마오쩌둥과 슈미트

헬무트 슈미트는 1918년 12월 23일 독일 함부르크에서 태어났다. 그는
국제 정치계에 있어 적지 않은 영향력을 가진 사람이었다. 그는 1946년
3월 독일 사회민주당에 가입하고, 1969년부터 1984년까지 부주석을
맡았다. 1966년부터 1969년까지의 기간 동안 연방독일 처음으로
연합내각 정부를 구성한 기간에 의회의 사회민주당대표 주석을 담당했다.
연방독일의 정치가와 경제학자로 일찍이 국방부장, 재정부장 등의 직무를
담당했다. 1974년부터 1982년까지 그는 연방독일 총리를 맡는다. 그리고
수차례 중국을 방문했다.

슈미트는 중국과 밀접한 합작관계를 건립할 것을 강력히 주장했다.
1971년 빌리 브란트는 본과 북경 간의 외교관계를 건립할 것을 촉구했다.
1972년 가을 이 외교관계가 건립되었다. 1974년 5월 슈미트는 연방독일
총리가 된 후, 자신의 중국 방문을 중국 총리 저우언라이에게 요청했다.
그래서 1975년 10월 슈미트는 중화인민공화국에 처음으로 공식 방문을
진행했다. 당시 저우언라이는 중병으로 몸을 움직이기 힘들어 슈미트를
접견할 수가 없어서 부총리 덩샤오핑이 그를 대신하여 슈미트를 초대한
주최자로써 공항에서 성대한 의식으로 슈미트 일행을 환영했다.

북경은 먼저 슈미트에게 뜻밖의 '중국이 아니다'라는 인상을 주게 되었다. 동에서 서로 길고 넓은 장안대가(長安大街)는 분명하게 전후 시대에 북경을 관통하던 고성이 정비되어 있었고 그것은 도시를 남북으로 나누고 있었다. 이전의 "자금성"은 시의 중심이 되었다. 화원, 대전 궁전으로 만들어진 이 건축물은 장안가 북측에 자리하고 있으며, 맞은편에는 천문광장이, 광장의 동서 양쪽에는 박물관과 인민대회당이 연이어 대칭을 이룬 구조로 이루어져 있었다.

많은 정부 각 부서와 기타 행정기관의 건축물이 스탈린 식의 건축 풍을 띠고 있었으며, 은은하게 중국전통 풍격의 요소를 표현하고 있지만, 마치 기타 공산주의 국가의 수도의 수많은 건축물과 같이 흉하고 단조로웠다. 그러나 대로에 상상하기 힘든 거대한 인파, 출퇴근 시간과 저녁에 등을 켜지 않은 수많은 자전거, 거리에 늘어선 백양과 오동나무, 거주지의 테라스에 있는 헤아릴 수 없는 화분 등 이 모든 것이 다 사람들에게 한줄기 생기발랄함과 친절하고 편안한 정경을 느끼게 했다. 비록 이런 정경이 슈미트 일행에게는 낯선 것이라도.

만년의 마오쩌둥은 항상 국제 반패권 통일전선의 건립에 힘썼다. 그는 아시아, 아프리카의 제3세계 국가와의 관계를 크게 발전시키는 것과 동시에, 적극적으로 제2세계 국가와 관계를 맺었으며, 결코 자신의 만년과 건강과 병을 돌보지 않고 중국을 방문한 두 세계의 각국 지도자, 지식인들과의 만남을 가졌다. 슈미트 총리가 도착한 후 10월 30일 오후 마오쩌둥은 중남해의 시재에서 그를 만났다. 회의에 참가한 중국 측은 중앙공작회의 주최자 덩샤오핑, 독일 측은 교통통신부장 커트 크셀들러, 외교국무부장 칼 멀스, 총리부 의회 국무비서 마리 슬라이 부인 등이 참가했다.

　마오쩌둥의 서재는 간소하고 청결했고, 벽에는 사진이나 족자가 걸려 있지 않았으며 실내에는 공부에 필요한 가구와 사무용품이 놓여 있었다. 몇 개의 편안한 반원형 소파의 손잡이와 방석에는 꽃무늬 천이 깔려 있었다. 마오쩌둥은 이곳에 서서 슈미트 일행을 맞이했다. 슈미트는 『위인과 대국』이라는 책에 마오쩌둥에게 받은 깊은 인상을 다음과 같이 상세하게 기술했다.

　　마오쩌둥이 나에게 남긴 가장 큰 인상은 두려움이다. 그는 턱이 처져 있었으며, 입이 벌어져 있는 노쇠한 모습이었다. 마오쩌둥은 걸어와서 우리를 환영할 수 없었으며, 그가 심한 중풍에 걸린 사람이라는 것을 나는 느꼈다. 우리는 함께 '가족사진'을 찍었는데, 여기에는 나의 부인, 나의 동료 커트 크셀들러, 크리스 베를린, 마리 슬라이 부인, 덩샤오핑 및 마오쩌둥과 나의 수행인원 등이 있었다. 그중에 우리의 대사 롤프 폴스가 있었다.

　　이어서 대다수의 수행인원이 신속하게 빠져나갔다. 이번 회견이 시작할 때, 마치 순전히 한차례 예의를 보인 것 같이 마오쩌둥은 근본적으로 이번 담화를 진행할 수 없었다. 그는 숨이 차서 이미 정확한 목소리를 내기 힘들었다. 그의 주위에 있는 세 명의 여자 중 한 명이 그의 환영사를 대신 작성한 것 같았는데 그러나 그녀는 그것을 번역하는 척했다.

　　그러나 이 실망스런 인상은 잘못된 것이었다. 당시 우리가 앉은 후, -마오쩌둥이 앉을 때에는 사람의 도움이 필요했다- 바로 활발한 변론을 시작했다. 체력적인 면에서 그는 의심할 여지없이 장애인이었으나, 그의 정신은 집중이 되어있어 사고가 활발하였다. 그가 앉아서 말하는 동안 그의 다리는 다루기 힘들어 보였으며 말하기도 매우 힘들어 했다. 그는 특히 짧은 말로 이야기를 했다. 그의 말은 화려한 문체를 사용하지 않았으나 재미가 있었다.

마오쩌둥과 슈미트의 회담은 상호 공경으로 시작되었다. 마오쩌둥이 먼저 말했다. "독일 사람이 좋습니다." 이어서 또 더욱 분명하게 말했다. "서독 사람이 좋습니다."

슈미트가 과거 25년 동안 중국 인민이 그의 지도하에 얻은 성과와 마리 슬라이가 특히 마오쩌둥의 시를 좋아했다고 말했을 때에 마오쩌둥이 말했다. "성과가 매우 낮습니다. 저도 시를 잘 짓지 못합니다. 그러나 나는 싸움을 이해하고 어떻게 해야 승리하는지를 알고 있습니다."

이어서 마오쩌둥과 슈미트는 곧 소련의 전략과 모스크바에 대하여 정확한 전략을 채택하는 문제에 대하여 의견을 교환했다. 슈미트가 말했다. "제가 느끼는 바에 의하면 소련 지도자가 말한 것과 실제로 하는 것은 반드시 구별을 해야 합니다. 후르시초프 시대가 끝난 후부터, 특히 쿠바 미사일 위기가 끝난 이래, 소련은 대외 정책의 실제행동이 그 선전성 여론 보다 더 신중합니다. 그러나 일단 어떤 사람이 강력한 권력을 남용하는 형세가 출현하면 소련 사람들은 곧 그것을 이용할 것입니다. 우리가 소련에 충분한 힘의 균형을 유지하기만 했다면 우리는 곧 그들의 모험을 두려워 할 필요가 없습니다. 이 때문에 서유럽 국가와 미국이 전력으로 크레물린 궁에 간섭을 할 어떠한 가능성도 없습니다. 우리는 중국 지도자의 경고를 중요하게 생각하지만, 우리는 소련이 공격을 할 가능성에 두려워하지 않습니다. 서유럽과 북미 공동의 방위를 노력하여, 우리를 향하여 어떠한 공격을 하거나 압력을 가하거나 혹은 침략정책을 실행하는 사람에게 그렇게 하는 것은 큰 모험이라는 것을 느끼게 할 것입니다."

마오쩌둥이 듣고는 다음과 같이 말했다. "좋습니다. 그러나 10년, 20년 후에는 변화가 발생할 것입니다. 만약 당신들이 10년을 연합하지 않는다면, 즉 군사, 정치, 경제에서 연합하여 공동체를 만들지 않는다면 손해를 볼 것입니다. 유럽은 스스로 의지하는 것을 위주로 해야 합니다. 당신들의(서방) 위협전략은 가설의 기초 위에 세워진 것입니다."

슈미트가 반박 비슷하게 말했다. "우리의 방위능력은 가정이 아닙니다. 우리의 반격은 매우 현실적이고 매우 효과적인 것입니다. 우리는 이런 종류의 안전에서 소련에 대하여 행동의 자유를 얻습니다. 우리의 전략의 나머지 절반은 이런 기초 위에 세워진 것으로, 즉 모스크바 및 그 동맹국과 우호관계를 건립하고 심지어 협력관계를 쟁취한 것입니다."

회담 중에 마오쩌둥이 슈미트에게 말했다. "그럼에도 불구하고 아직 전쟁이 발발할 수 있습니다. 보아하니 당신은 칸트파입니다. 그러나 유심주의는 결코 좋은 것이 아닙니다! 나는 마르크스의 학생으로 나는 그에게 매우 많은 것을 배웠습니다. 나는 이상주의를 싫어하며, 나는 헤겔, 포이어바흐와 헤켈에 관심이 있습니다. 우리는 이 주제에 관하여 '클라우제비츠의 말은 옳다'는 입장입니다."

마오쩌둥과 슈미트는 10분 정도 철학문제에 대하여 토론을 했다. 슈미트는 그는 결코 에른스트 헤켈의 『세계의 미스터리』에 대하여 더 토론하고 싶지 않다고 표시하고, 그는 헤겔이 당연히 국가개념의 신비화에 대한 책임을 져야했다고 생각했으며, 그는 칸트의 학설을 찬성했다고 했다. 그런 후에 슈미트는 화제를 클라우제비츠로 전환했다. "클라우제비츠는 독일의 몇 명 되지 않는 천부적 정치 재능을 가진 군관 중 한 명입니다. 마르크스, 엥겔스 그리고 레닌은 그의 명언을 마치 전쟁은 어떤 일반적이지 않은 곳이 없는 것이라고 해석했습니다. 그것은 단지 정치의 다른 수단입니다. 그러나 저는 도리어 더욱 클라우제비츠의 이 말을 군인에 대한 수업으로 삼아 공부하는 경향이 있었습니다. 즉, 전쟁 중에는 정치가 이끄는 것이 우선이 아니라 군사가 이끄는 것이 우선입니다. 전쟁은 선택을 이끄는 매우 많은 가능성 중에 하나입니다. 인간은 절대 전쟁이 유일한 가능성이라는 관점을 고수할 수 없습니다."

마오쩌둥은 슈미트의 전략적 주제에 관하여 제시한 방어가 항상 진공전(進攻戰)보다 좋다고 받아들였다. 일반적으로 공격하는 자가 실패를 하게 되었다는 것이다. "미국이 50만 명의 군대를 월남에 파병하고 그중 5만 명이 죽고 10만 명이 부상을 당했습니다. 그들은 현재 이에 대하여 시끄럽게 떠들고 있습니다. 미국은 너무 죽은 사람을 두려워합니다." 마오쩌둥은 또 예를 들어 독일 황제 빌헬름 2세가 프랑스를 공격한 것, 히틀러가 유럽을 공격한 것, 장제스가 해방군을 공격한 것 모두 공격하는 쪽이 실패했다고 언급했다. 마오쩌둥이 계속 이야기했다. "영원한 평화공존은 상상할 수 없습니다. 특히 유럽은 매우 약합니다. 만약 유럽이 금후 10년 내에 정치, 경제, 군사적으로 연합하지 않는다면 그것을 위해 대가를 치러야 할 것입니다. 유럽 사람들은 반드시 자력갱생을 배워야 하며 미국에 의지해서는 안 됩니다."

마오쩌둥의 이런 생각에 대하여 슈미트는 의심과 염려가 있음을 표시했다. 그는 말했다. "수적으로 많은 유럽 국가와 민족 중에 부분적으로 이미 1,000년의 역사를 가진 곳이 있는데, 그들은 모두 자신의 독특한 역사, 자신의 문화와 언어를 가지고 있습니다. 항상 상호 대립하는 수백 년이 지나 오늘날의 서유럽 12국을 하나의 지붕 아래 통일하는 것은 일종의 매우 고통스러운 임무입니다. 이는 몇 세대의 노력을 필요로 합니다. 그러나 만약 유럽의 통일이 내가 오늘 믿고 있는 것보다 더 빠르게 온다면 그럼 유럽은 곧 매우 강해질 것입니다."

마오쩌둥과 슈미트의 주제는 또 아시아로 돌아왔다. 슈미트가 일본이 아시아에서 어떤 역할을 하고 있는지와 일본의 안전과 미국은 관계가 있는지를 마오쩌둥에게 물었다. 이에 마오쩌둥이 전혀 망설임이 없이 대답했다. "일본은 큰 역할을 하기가 어렵습니다. 그들은 석유도 없고 석탄도 없습니다. 철광석도 없고 식량도 충분하지가 않습니다. 인구 역시 충분한 요소가 아닙니다. 동경은 미국의 결맹이 필요하여 어쩔 수 없이 미국에 의지하는 것입니다." 마오쩌둥이 계속 보충하여 말했다. "미국은 자신을 보호하는 의무적인 전선의 범위가 너무 깁니다. 일본을 제외하고 그것은 조선, 대만, 필리핀, 인도, 오스트레일리아, 뉴질랜드 그리고 간접적으로 태국에 여론 지원을 하고 이외 또 근동과 유럽도 있습니다. 이런 역할은 할 수 없습니다. 미국인은 10개의 손가락으로 10개의 튀는 알을 붙잡아 놓으려 하지만, 이는 누구도 할 수 없는 일입니다. 당신들 유럽 사람들은 당연히 자신의 역량에 의지해야 합니다. 다른 사람에게 의지하는 것은 하책입니다."

장장 한 시간이 넘는 담화가 끝날 때, 두 정치가는 악수를 하며 작별을 했다. 슈미트는 마오쩌둥에게 감사를 표시하고 그의 사상은 그 자신이 세계 정세를 관찰할 때, 보배와 같은 시금석이 될 것이라고 하면서 감사를 전했다. 슈미트는 마오쩌둥의 손을 잡고 말했다. "당신의 말은 제가 국제정세를 관찰하는 데 매우 중요합니다. 저 이전에 이미 수많은 서방국가의 정치가들이 당신을 만났을 것이며, 이후 또 수많은 사람들이 와서 당신의 세계 형세에 대한 예측을 자문할 것인데 이는 당신의 책임이 되었습니다. 당신의 말은 중요한 의의가 있습니다."

마오쩌둥이 웃으면서 대답했다. "당신은 알 것입니다. 프랑스인과 미국인을 막론하고 모두 나의 말을 듣지 않습니다." 슈미트가 '낙수 물이 돌을 뚫는다'는 성어를 빌려 많은 일을 하기만 하면 효과를 얻을 수 있다고 말하자 마오쩌둥이 재미있게 말했다. "저는 이 물은 안 됩니다. 당신들에게 의지하겠습니다." 마오쩌둥이 이렇게 말하자 슈미트가 크게 웃었다. 이런 슈미트는 그가 마오쩌둥과 회견한 마지막 유럽 손님이었다는 것을 미처 생각지 못했을 것이다.

이 짧은 회견은 마오쩌둥과 슈미트에게 서로 깊은 인상을 남겼다. 슈미트가 말하기를 "마오쩌둥은 나에게 깊은 인상을 남겼다. 당시 내가 그의 맞은편에 앉아 있을 때, 나는 저절로 생각이 났다. 그는 혁명의 영수로써 중국의 미래에 대하여 레닌과 같이 소련이 가진 것과 같은 역사적 의의가 있다." "확실히 마오는 찬양받을 만하고 또 사람들에게 자주 모욕을 당한 인물이다. 현재와 미래에 그는 세계 역사에 있어 위인임에는 틀림이 없다."

28

"그는 영원히 아프리카 인민의 마음속에 살아 있다."
-마오쩌둥과 니에레레

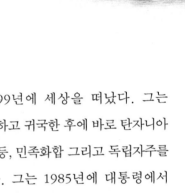

28

"그는 영원히 아프리카 인민의 마음속에 살아 있다." ― 마오쩌둥과 니에레레

니에레레는 1922년에 출생하여 1999년에 세상을 떠났다. 그는 1949년부터 1952년까지 영국에서 공부를 하고 귀국한 후에 바로 탄자니아 민족독립운동에 뛰어들었다. 그는 사회평등, 민족화합 그리고 독립자주를 주장한 탄자니아의 유명한 정치가였다. 그는 1985년에 대통령에서 물러난 후, 여전히 탄자니아 혁명당의 주석을 맡았으며, 아프리카 연맹의 발기인의 신분으로 동아프리카의 각종 내전에 중재와 도움을 주고, 아프리카 문화를 추진하고, 범 아프리카주의를 지킨 사람으로 아프리카 통일기구의 주요 지도자 중의 한 사람이었다.

"세계적인 지도자"

마오쩌둥은 일찍이 모든 아시아, 아프리카, 라틴아메리카 국가 공통의 역사적 임무는 바로 민족독립의 쟁취와 민족경제의 발전과 민족문화의 발전이라고 말했다. 이런 인식에 기인하여 그는 항상 아프리카 대륙의 민족해방과 경제발전에 일종의 특수한 감정을 가지고 있었다. 그는 여러 차례 아프리카의 친구들을 향해 우리는 아프리카의 국가가 독립을 하는 것에 도움을 주고 싶을 뿐만 아니라, 국가건설에도 도움을 주고 싶다고 표시했다. 이를 위하여 그는 이전에 다음과 같이 말했다. "전체 중국 인민 모두가 당신들을 지지했다." 이와 동시에 아프리카 인민도 줄곧 마오쩌둥에게 일종의 깊은 특수한 정감을 품고 있었다. 그래서 지금까지 마오쩌둥의 이름은 여전히 아프리카 대륙에 칭송되어 내려오고 있다.

아프리카 친구들과의 교류 중에, 마오쩌둥과 니에레레의 교류는 미담이라고 할 수 있다.

1960년대, 아프리카 국가에 민족해방운동의 높은 물결이 일어났다. 이 독립의 고조 속에서 탄자니아와 잠비아는 결국 1961년과 1964년에 각각 독립을 했다. 니에레레는 탄자니아 독립 후 초대 대통령이 되고 게다가 연임하여 25년간 집권했다. 탄자니아가 독립한 후, 니에레레는 민족경제의 발전, 민족독립의 공고라는 역사적 중임에 직면하게 되었을 뿐만 아니라, 계속 식민주의 잔존 세력의 도전을 타파해야 하는 상황에 직면했다.

탄자니아 남부는 비록 대량의 석탄과 철광석이 매장되어 있었지만, 과거 영국 식민주의자들에 의해 대마초 하나의 작물만 발전했으며, 이 때문에 오랜 기간 동안 탄자니아의 풍부한 광물자원은 효과적인 개발의 기회를 얻지 못했다. 게다가 탄자니아 국내의 교통도 매우 낙후되어 있었다. 당시에는 오직 다르에스살람부터 탕가니카 호수변의 키고마까지의 초라한 철로가 있었을 뿐이다. 이런 상황에서 니에레레는 탄자니아의 교통을 개선하지 않으면 민족경제가 발전할 수 없고, 민족경제가 발전하지 않으면 민족독립이 공고해질 수 없으며, 또 남부 아프리카 민족해방운동을 효과적으로 지지하기가 어렵다는 것을 알게 되었다. 이 때문에 니에레레는 신속하게 탄자니아 서남부 지역의 철로 개발을 추진했다.

이 철로 건설은 이웃 국가인 잠비아도 절박하게 필요한 것이었다. 잠비아는 풍부한 구리 자원을 가진 내륙 국가로 구리 매장량이 당시 자본주의 세계 구리 매장량의 25%를 차지하고 있었다. 잠비아는 원래 3개 노선의 철로를 보유하고 있었는데, 그것은 각각 앙골라, 짐바브웨, 모잠비크를 지나 항구로 통하는 것이었다. 그러나 이 세 개의 바다로 나갈 수 있는 길은 모두 식민세력의 통제를 받았으며, 항상 그들의 편취와 위협을 받았다. 장기적으로 타인의 제약을 받고 있는 잠비아의 경제 상황을 타파하기 위해 더욱 적극적으로 남부 아프리카의 민족해방 운동을 지지했다. 그리고 1964년에 잠비아가 독립한 후, 이 나라의 대통령인 케네스 카운다 역시 절박하게 탄자니아를 경유하여 항구로 나가는 철로가 건설될 수 있기를 희망했다.

그러나 탄잠 철도 건설의 구상은 꺼내자마자 곧 큰 곤란에 부딪친다. 1964년 자금부족 문제를 해결하기 위해 양국 정부는 세계은행에 탄잠 철도 건설에 대한 원조요청을 하였으나 매우 완곡하게 거절당했다. 철도 건설의 꿈을 실현하기 위해 탄자니아 부통령 카와와가 소련을 방문했을 때, 또 소련에게 이 철도건설에 도움을 줄 것을 요청했다. 그러나 이 대형 프로젝트에 대하여 소련정부도 바로 거절했다. 거대한 시련 앞에 이 철도건설의 결심을 표시하기 위해 니에레레는 계속 맹세하면서 말했다. "나는 나 자신을 희생해서라도 이 철도를 건설하겠다."

이렇게 서방세계의 거절과 소련의 거절 등 여러 차례 거절을 당한 후, 니에레레는 마지막으로 희망의 눈길을 당시 미소 '양패'의 압력을 무겁게 받고 있던 중국으로 돌렸다.

이런 배경 아래 1965년 2월 니에레레 대통령은 중국을 공식 방문했다. 마오쩌둥은 니에레레의 이번 방문을 매우 중요하게 생각하고 친절하게 그를 맞이했으며, 탄잠 철도에 대한 원조, 중국과 아프리카 간의 관계발전 등 일련의 중대한 문제에 대하여 중요한 담화를 발표했다.

니에레레의 전기적 경력에 근거하면 그와 회담을 했을 때, 마오쩌둥이 매우 기뻐했다고 했다. 그가 말하길 "중국 인민은 아프리카의 친구가 매우 기뻐하는 것을 보았습니다. 우리도 매우 기뻤는데 상호 협력을 하는 것은 누가 누구를 착취하는 것이 아닌 모두가 자신의 사람인 것입니다. 우리는 당신들의 어떤 주의를 공격하고 싶지 않으며 당신들도 우리의 어떤 주의를 공격하고 싶지 않을 것입니다. 우리는 모두 제국주의 국가가 아니며 제국주의 국가는 호의를 품지 않고 있습니다."

이어서 저우언라이, 류샤오치가 니에레레와 회담에서 또 무슨 문제가 있어 필요한 것이 있는지 물었을 때, 니에레레는 탄잠 철도 건설의 계획과 직면한 문제를 설명했다. 그가 말했다. "탄잠 철도의 건설은 제국주의가 탄자니아와 잠비아 양국을 그들의 식민지로 만들려는 목적을 타파할 수 있을 뿐만 아니라, 탄자니아 남부지역을 개발할 수 있기 때문에 경제의 악순환적인 문제를 변화시킬 수 있습니다. 당신들은 이 철도의 건설이 얼마나 중요한지 상상할 수 없을 것입니다. 그것은 한 발의 원자탄이 터지는 것과 같습니다. 제가 진술하게 제시하여 당신들에게 이 점을 이해시키려 합니다. 그리고 어떻게 해야 할지를 당신들이 조언해 주시기를 청합니다. 만약 당신들이 긍정적이라면, 우리는 매우 기쁠 것입니다.

만약 당신들에게 무슨 곤란한 점이 있다면, 그래도 우리는 완전히 이해할 것입니다."

니에레레의 예상 밖이었던 것은 저우언라이가 다른 나라와 같이 확실하게 거절하지 않았을 뿐만 아니라, 반대로 고무된 말투로 다음과 같이 표시했다. "동아프리카 철도는 아프리카 인민에게 매우 중요한 것입니다. 우리는 그것의 전략적 의의를 알고 있습니다. 그것에 대하여 우리는 고려해볼 수 있습니다", "탄잠 양국의 제국주의의 위협과 유혹에 상관없이 적극적으로 남부 아프리카 민족해방운동을 지지하는 이런 정신은 매우 귀중한 것입니다. 니에레레 대통령이 친히 찾아와 원조를 요청하니 당연히 그 요구에 만족할 것입니다." 이어서 저우 총리는 외교부의 지시사항 보고에 다음과 같이 밝혔다. "새로 독립한 아프리카 국가에 대한 원조와 아프리카 인민의 민족해방투쟁에 대한 지지를 위해, 만약 니에레레 대통령이 중국 방문에서 탄잠 철도 건설에 대한 원조문제를 제의했다면 나는 당연히 동의합니다."

이 보고를 마오쩌둥, 류사오치가 검토하고 동의를 표시했다. 니에레레에 대한 존중을 표시하기 위해 마오쩌둥은 특별히 저우언라이에게 다음과 같이 지시했다. "언라이! 원조는 상호적인 것입니다. 우리의 간부에게 대국 행세를 해서는 안 되었다고 교육해야 합니다. 이전 모스크바에서 스탈린과 회담에서 당신과 내가 느낀 것을 잊지 않았지요? 우리는 원조를 청하는 국가의 처지를 배려해야 합니다."

니에레레는 근본적으로 중국 지도자들의 대답이 이와 같이 명료하고 이와 같이 확실할 줄은 생각하지 못했다. 중국 정부의 원조에 대한 동의 소식을 들었을 때, 그는 매우 감격해 하며 말했다. "이는 매우 좋은 소식이며, 내가 이 문제를 제의했을 때, 나의 심장이 매우 심하게 뛰었습니다. 당신들이 나에게 답변을 주기 전까지 나는 호흡조차도 감히 할 수 없었습니다!" 저우언라이가 이에 대답하여 말했다. "제국주의가 할 수 없는 일을 우리는 합니다. 우리가 당신들을 도와 드리겠습니다." 니에레레가 기뻐하며 말했다. "나는 흥분되어 숨을 쉴 수가 없습니다."

이렇게 니에레레의 이번 중국 방문은 중국 정부와 탄잠철도 원조에 대한 총체적인 원칙을 달성했다. 후에 탄잠 양국과 아프리카 인민해방 사업에 대한 지지를 표시하기위해 마오쩌둥은 또 니에레레에게 분명하게 표시했다. "우리는 모두 한집안 사람입니다. 우리는 당신들의 주의를 공격하고 싶지 않으며, 당신들도 우리의 주의를 공격하고 싶지 않아 합니다. 우리는 누가 누구를 착취하는 것이 아니라 서로 도움을 주는 것입니다", "당신들에게 곤란한 점이 있고 우리에게도 곤란한 점이 있습니다. 그러나 당신들의 곤란과 우리의 곤란은 다릅니다. 우리가 설령 우리의 철로를 수리하지 못하더라도 당신들의 철로 건설에 도움을 드리겠습니다." 이에 대하여 니에레레가 매우 감동하여 마오쩌둥은 '세계적인 지도자'라고 찬양했다.

탄잠철로는 총길이가 1,860킬로미터(탄자니아 977킬로미터, 잠비아 882킬로미터)로 동아프리카와 남아프리카를 잇는 중요한 간선이며, 건설 후 탄잠 양국의 국민경제발전의 촉진과 중남아프리카 민족해방운동에 대한 지원에 모두 중요한 의의가 있었다. 기록에 외하면 이 프로젝트는 중국이 아프리카에 원조한 것 중에 가장 큰 항목이었다. 이 프로젝트의 시행은 매우 어려웠는데, 교량이 320곳이나 되었으며 완성된 토목공사가 총 8,800세제곱미터에 이르는데, 이는 높이와 넓이가 1미터인 제방이 지구를 두 바퀴 넘게 돌 수 있는 것과 같았다. 중국은 연이어 각 분야의 기술자들 5만 명(그 중 65명은 이 프로젝트로 인해 생명을 잃었다)을 파견했고, 탄잠 양국의 기술 인원 10만 명이 참여했다. 탄잠 철도는 중, 탄, 잠 3국 인민의 두터운 정과 우의가 응집된 것으로, 사람들이 열정적으로 그것을 '우의의 길', '해방의 길', '남남합작의 길'이라 찬양했다.

탄잠 철도 건설에 대한 원조를 했다는 중요한 정책을 결정하자 의심할 여지없이 극도로 중국과 아프리카 간의 우호관계가 추진되고 발전했다. 탄잠 철도의 건설 후, 얼마 지나지 않아 수많은 제3세계 국가의 큰 지지 아래, 중국도 연합국에서의 합법적인 지위를 다시 얻게 되었다. 들리는 바에 의하면 당시 투표에 참가한 탄자니아 대표가 착용한 것은 붉은 중국을 대표하는 인민복(中山裝)이었다. 이에 대하여 마오쩌둥은 일찍이 다음과 같은 평가를 한 적이 있었다. "이는 아프리카 흑인 형제들이 우리를 업고 들어간 것이다!"

"일종의 평등한 동반자 간의 우의"

1965년, 1968년 두 차례의 중국 방문 후, 1974년 니에레레는 세 번째로 중국을 방문했다. 이전의 두 번의 방문 모두 마오쩌둥이 친히 그를 만나 그와 중국, 아프리카 관계 등의 문제에 대해 친밀하고 우호적인 담화를 나누었다. 이번에도 전과 같이 마오쩌둥이 친히 그를 만나 그와 세계평화, 아프리카의 미래와 운명 등 중대한 문제에 대하여 깊은 교류를 나누었다.

이번 담화에서는 마오쩌둥의 국제 전략사상이 집중적으로 표현되었으며, 또 그의 제3세계를 일관적으로 지지한 열정적인 태도가 생동감이 있게 나타났다.

1974년 3월 25일 마오쩌둥은 니에레레를 회견했다. 옛 벗을 만나니 서로의 이야기가 자연스럽게 융화되었다. 두 사람이 만나자 마오쩌둥이 그에게 열렬한 환영의 표시를 하고 친절하게 우리가 오랫동안 만나지 못했다고 말했다. 니에레레 대통령이 마오쩌둥의 건강을 묻고 마오쩌둥과 악수를 하면서 친절하게 포옹했다. 이어서 바로 두 사람은 일련의 중대한 문제에 대하여 회담을 전개하였다.

세계 평화의 미래에 대하여 이야기를 나눌 때, 니에레레가 미소는 평화를 위해 노력하지 않을 것이라고 하자, 마오쩌둥이 이에 대답하였다. "평화는 일시적인 것으로 미래를 말하기는 어렵습니다." 그는 전쟁을 경계해야 했다고 강조하면서 다음과 같이 말했다. "결론적으로 말하면 소위 군축은 제1차 세계대전 이후 역시 군축해야 했다고 했지만, 결국은 제2차 세계대전이 일어났습니다. 제2차 세계대전 후에 또 군축을 해야 한다고 말했지만 역시 몇 년이 지나도록 군축을 하지 않고 있습니다. 한 세대는 대략 반세기 정도 되는데, 50년을 어찌 두 세대라고 할 수 있겠습니까? 이점 때문에 그들의 무기에는 시장이 없습니다. 대국은 모두 무기를 팔아 돈을 벌고 있습니다. 그러므로 우리는 '평화를 오래 유지하자'라는 이 구호에 대하여 잘 생각해 봐야 합니다. 대략 단기간은 가능하지만 장기적으로는 힘듭니다. 이 사회제도는 변하지 않기 때문입니다. 결론적으로 말해서 전 세계는 불안정합니다. 그들이 평화를 이야기해야 할 필요가 있는 이유는 바로 그렇게 이야기해야 그들에게 비교적 유리하기 때문입니다. 그들은 또 각국 인민이 핵전쟁을 두려워하는 심리상태를 이용하였기 때문에 수많은 사람들이 평화의 구호를 받아들인 것입니다. 특히 제1차 세계대전 이후 모든 사람들이 다 평화를 이야기하였지만 결과는 제2차 세계대전이 일어났으며, 지금 또 평화를 이야기합니다. 이야기를 꺼내면 또 전쟁이 일어날 가능성도 있습니다."

국제관계, 특히 제3세계에 대하여 이야기를 나눌 때, 마오쩌둥이 "그들(미국, 소련 양대 초강대국)은 현재 제3세계를 약간 두려워하고 있습니다"라고 이야기하자, 니에레레가 "만약 제3세계에 중국이 없다면 그들은 두려워하지 않을 것입니다"라고 대답했다. 이에 마오쩌둥이 "없어도 두려워합니다"라고 말하자, 니에레레가 "제3세계는 중국이 없으면, 곧 종이 호랑이가 될 것입니다"라고 대답했다. 마오쩌둥이 바로 대답하기를 "그것은 그렇게 말할 수 없습니다. 제3세계의 단결은 공업국가, 예를 들어 일본, 유럽 그리고 두 초강대국 모두를 주의하게 만들고 있습니다."

아프리카의 형세에 대하여 이야기를 나눌 때, 니에레레가 그들이 남부아프리카에서 노력하여 독립을 이루었다고 말하자 마오쩌둥이 매우 기뻐하였다. 그리고 그는 매우 단호하게 "저는 당신들과 의견이 일치하는데, 바로 남아프리카 백인정권이 아프리카의 인민을 통제하는 것을 싫어하고, 또 (남부아프리카) 장래에 결국은 변화가 일어나야하며 아프리카의 변화는 이미 충분히 빠릅니다"라고 밝혔다.

담화 중에, 니에레레가 중국이 현재 아프리카에 많은 도움을 주고 있다고 표시하자 마오쩌둥이 바로 "도움이 아직 매우 적다"고 표시했다. 니에레레가 중국의 의료팀을 칭찬할 때, 마오쩌둥이 또 "도움을 주는 것에 있어 주요 부분은 당연히 당신들의 의사들을 교육하는 것입니다. 또 철도건설에서도 당신들에게 탐사, 각종 건설, 도로 수리, 교량에 대하여 교육하는 것도 당연한 것입니다. 각종 기술인원들이 모두 그러해야 합니다. 우리가 장래에 돌아갔을 때, 당신들은 완전히 스스로 관리할 수 있어야 합니다. 만약 전수하지 않는다면 그것은 나쁜 일입니다."[59]

마오쩌둥과 속마음을 털어놓고 평등하고 솔직하게 나눈 이번의 중요한 담화는 니에레레에게 깊은 인상을 남겼다. 이를 위해 니에레레는 후에 수차례 중탄 양국의 관계는 "일종의 평등한 동반자적인 우의"의 관계라고 찬양했다. 게다가 중국 지도자와 중국 인민에 대한 우호의 감정을 언급할 때, 그는 이전에 깊은 감정으로 다음과 같이 표시했다. "탄자니아는 아프리카대륙의 소국입니다. 우리나라는 부유하지도 않고 강하지도 않습니다. 탄자니아 1,400만 인민은 그 수에서 세계 인구와 비교하면 아주 미미할 뿐입니다. 이 때문에 우리는 이 위대한 국가로부터 성대하고 두터운 접대를 받았을 때 우리는 중화인민공화국의 이런 행위는 중요한 의의가 있는 것이라고 생각합니다. 우리는 또 한 번 분명하게 표시하건데, 중국은 설사 힘의 대소를 막론하고 모든 사람의 인격과 모든 국가의 권리를 인정합니다."

---

59) 『건국이래모택동문고』(13), 중앙문헌출판사, 1998, p383.

"마오쩌둥은 중국뿐만 아니라, 모든 제3세계 국가의 소유이다"

　니에레레는 아프리카에서 저명한 이전 세대의 정치가로 그는 일찍이 여러 차례 중국을 방문하여 중국 지도자들, 특히 마오쩌둥과 매우 두터운 우의를 맺었다. 중국 인민의 오랜 친구로서 그는 항상 마오쩌둥을 공경하였으며, 또 마오쩌둥에 대하여 두터운 감정을 품고 있었다.

　1966년 12월 그가 친히 주관한 중국 정부의 원조 하에 건설한 탄자니아 단파 송신대 개국 행사에서, 그는 중국 인민의 위대한 지도자 마오쩌둥에 대한 깊은 우정을 표현하였다. 이 개국 행사에서 송신탑 안에 걸려있는 마오쩌둥의 사진을 보았을 때, 그는 매우 기뻐하며 말했다. "마오 주석이 여기에 있어 매우 좋다!" 마오쩌둥과 중국 인민에 대한 감정을 나타내기 위해 그는 또 중국 기술자가 송신탑건설 기간 동안 보여준 고통과 어려움을 잘 참고 견딘 사실 그리고 근검하고 소박한 정신을 크게 칭찬하였다.

　중국이 탄잠 철도 건설에 원조를 결정하자, 탄자니아에서 마오쩌둥의 이름은 이 철도와 따로 놓고 이야기할 수 없게 되었다. 후에 이 일을 회고하면서 니에레레가 말했다, "중국이 탄자니아와 잠비아를 도와 이 철도를 건설한 것은 마오쩌둥, 저우언라이, 류샤오치 등의 중국 지도자들이 공동으로 결정한 것이다." "마오쩌둥은 처음 나를 만날 때, 만약 이 철도가 탄잠 양국에 모두 중요하다면 중국은 바로 건설을 도와줄 것이라고 밝혔다. 그리고 예상치 못했던 것은 반년이 채 지나지 않아 중국의 기술자들이 탄자니아에 들어 왔다는 것이다." 마오쩌둥에게 깊은 우정을 표현하기 위해 니에레레는 다음과 같이 말했다. "우리는 중국 기술자들을 마오쩌둥이 파견한 기술자라고 부르고 중국 의사를 마오쩌둥이 파견한 의사라고 불렀다. 중국인의 피땀은 탄자니아와 잠비아의 대지에 뿌려졌는데, 우리는 탄자니아의 중국열사 묘지에 묻힌 60여 명의 중국열사를 영원히 잊지 않을 것이다." 그는 계속 "중국은 우리의 진실한 친구이고, 마오쩌둥은 위대한 국제주의자로 아프리카 인민의 마음속에 영원히 살아 있을 것"이라고 강조하였다.[60]

마오쩌둥에 대한 각별한 정을 표현하기 위해 중국이 탄자니아에 지원하여 건설한 방직공장이 완공된 후, 니에레레는 그 이름을 마오쩌둥 방직공장으로 할 것을 건의했다. 그러나 중국 측이 중국에는 지도자의 이름을 붙이는 습관이 없다고 표시하자, 후에 중국의 관습을 존중하여 그 이름을 '우의방직공장'이라고 하였다. 후에 경제에 사유화의 바람이 탄자니아에 불어 어떤 사람이 '우의방직공장'을 사기업에 팔자고 건의를 하자 니에레레가 이 소식을 듣고 대노하여, "우의를 파는 것은 친구를 파는 것으로 탄중 양국의 우의는 절대 팔 수 없는 것"이라고 엄하게 지적했다. 탄중 양국 간의 합작의 성과에 대하여 니에레레는 매우 중요하게 생각하였다. 그는 탄자니아 대통령 및 탄자니아 혁명당 주석에서 내려오기 직전까지 계속 중국이 탄자니아에 지원하는 항목에 대하여 일일이 시찰했다.

1976년 마오쩌둥이 세상을 떠난 후, 니에레레는 즉시 정부 요인을 대동하고 탄자니아 주재 중국 대사관에 조문을 했다. 조문현장에서 그의 얼굴에는 수정과 같은 눈물이 걸려 있었으며 그의 인솔 하에 긴 조문

---

60) 『인민일보』, 1993년 12월 23일.

행렬이 연일 끊임없이 중국대사관 문 앞에 출현했다. 탄자니아 국가 라디오 방송국은 특별히 중국국제방송국의 스와힐리어 방송 부고를 녹음하여 진혼곡과 함께 계속 방송하였다.

니에레레는 생전에 13차례 중국을 방문하였는데, 이는 그의 마오쩌둥 및 중국 인민에 대한 깊은 우정을 나타냈다. 그는 다음과 같이 말했다. "마오쩌둥은 중국뿐만 아니라 모든 제3세계 국가의 소유이다. 우리는 영원히 깊게 그를 기억할 것이다."

29

"나는 비통과 숭배의 마음을 품고
그를 기억한다"
-마오쩌둥과 모부투

29

"나는 비통과 숭배의 마음을 품고
그를 기억했다"
— 마오쩌둥과 모부투

　　모부투 세세 세코, 1930년 리살라에서 태어났으며, 일찍이 벨기에 군대에서 복무했다. 1958년에 콩고민족운동당에 가입했다. 1960년에는 육군참모장을 맡고 승진을 했다. 같은 해 미국의 지지 아래 군사정변을 일으켜 루뭄바 정권을 인수받아 국민군 총사령관에 임명되었다. 1965년 재차 정변을 일으켜 카사부부를 내쫓고 스스로 대통령과 원수에 취임했다. 이후 그는 콩고의 경제회복에 전력을 다하고 경제적으로 '자이르화'의 실현을 제시하고 강력하게 자국의 인명과 지명의 아프리카화를 제창하여 '민족의 진실성'을 회복하자고 주장했다. 그의 지도하에 1960년대 중기 이후부터 자이르(콩고민주공화국의 옛 명칭) 국내 정국이 안정되고 경제가 성장하였으나, 70년대 후기에는 자이르가 과격한 민족화와 국유화 정책을 채택함으로써 국내 부패 등의 여러 문제가 동시에 발생하게 되고 국민경제가 곤경에 처하게 되었다. 1997년 국내의 반대파가 무력으로 정권을 재취하자 모부투는 국외로 망명하고 결국 모로코에서 세상을 떠났다.

　　자이르 대통령 모부투는 중국 인민에게 매우 익숙한 외국 친구로 그는 일찍이 수차례 중국을 우호 방문했으며, 그 본인은 마오쩌둥을 숭배했다. 마오쩌둥은 1973년, 1974년 두 차례 모부투를 회견하였고 그와 깊은 대화를 나눴다.

모부투

1960년 6월 30일 콩고 대통령 카사부부와 총리 루뭄바가 연합 정부를 구성하고 모부투는 국민군 참모장에 임명되었다. 이후 모부투는 점차 이 나라의 군대를 통제할 수 있는 소수의 군관 중 한 명이 되었고, 국내정치 투쟁 중 국가를 좌지우지하는 결정적인 역할을 맡았다. 1960년 9월 루뭄바가 그의 세력을 모아 카사부부를 전복시킬 준비를 할 때, 모부투는 미국중앙정보국의 책략 아래 그의 친구 루뭄바를 배반하고 창끝을 돌려 그를 공격하여 정부의 통제권을 쟁취했다. 1961년 2월 모부투는 정부를 카사부부 대통령에게 돌려주었다. 카사부부는 즉시 그를 총사령관으로 임명했다. 4년 후, 카사부부 대통령과 모이스 카펜다 촘베 총리가 재차 권력충돌을 했을 때, 모부투는 즉시 정변을 일으켜 결국 카사부부 정권을 전복시키고 스스로 대통령이 되었다.

대통령이 된 후, 자신과 구정권과의 결렬을 표시하기 위해 모부투는 이미 전 정권의 부장 네 명을 체포하고 5만 명의 관중 앞에서 그들을 목매달아 죽였다. 그는 공무원을 임명하여 정무의 주요 직무를 담당하게 함으로써 군인 일색의 정부를 희석시켰다. 1967년 5월 그는 또 인민혁명운동을 창건했고 당을 통하여 인민의 지지를 얻으려 노력했다. 1971년 그는 또 콩고국명을 자이르공화국으로 바꾸었다. 5년의 노력을 거쳐 모부투는 기본적으로 콩고의 절대다수 지역을 완전히 통제했다.

자이르는 풍부한 구리광산, 코발트 광산, 공업용 다이아몬드 및 기타 광산을 보유하고 있었다. 그래서 광업은 자이르 경제발전의 기초였다. 이 때문에 정치가 안정된 후의 자이르는 바로 외국 투자자의 눈에 뜨거운 지역이 되었다. 이를 위해 모부투 대통령을 수장으로 한 자이르 정부는 민족독립정신을 발양하여 민족경제와 민족분화 발전을 위하여 일련의 노력을 했다. 먼저 그는 카탕가 구리광산을 국유화했다. 구리광산업의 국유화는 정부의 거대한 수입원이 되었다. 다음은 외국투자를 끌어들였다. 그리고 그가 이끄는 자이르 정부는 계속 매우 흡인력이 있는 투자정책을 추진하고, 적극적으로 외국투자를 격려했다. 이 일련의 조치아래, 1970년대 초까지 자이르의 통화팽창은 기본적으로 통제되었고 화폐가 안정되었고 경제가 성장하였고 정부의 부담도 매우 낮았다. 자원이 풍요로운 자이르는 빠르게 발전의 활력을 새롭게 회복했다.

"저는 당신이 일처리를 하는 것이 시원시원하다고 생각합니다."

1965년 정변 때문에 모부투는 줄곧 친미외교정책을 펼쳐야 했다. 이 때문에 냉전의 어두운 구름이 자욱한 국제정세에서 매우 긴 시간동안 모부투도 시종 중국을 성토해야 했다.

그러나 1970년대에 들어선 이후 국제 형세가 새롭게 발전하고 중, 미, 소 삼각관계가 격렬하게 변화하자, 중국은 서방 국가와의 관계를

점진적으로 개선하기 시작했다. 이런 배경 아래, 중국과 자이르와의
관계에서도 개선의 계기가 출현했다. 마침 이때 모부투가 이끄는 자이르
정부가 분명하게 다음과 같이 선포했다. 대내적으로는 식민지의 잔재를
없애고 민족 전통을 발양하고 민족 경제와 민족 문화를 발전시켜야 하며,
대외적으로는 평화중립과 비동맹정책을 펼치고, 국제 활동에서 자이르는
'적극적인 중립'정책을 펼쳐야 한다고 밝혔다. 또 아프리카국가의 통일과
단결 그리고 아프리카는 아프리카인의 아프리카임을 반복적으로
호소했다. 그리고 아프리카 민족의 독립운동을 지지하고, 백인 종족주의
정권이 추진한 종족 차별과 종족분열의 정책을 규탄하며, 남아프리카와의
대화를 반대한다고 선포했다. 그리고 모부투는 계속 적극적으로 제3세계
국가와의 발전을 특히 기타 아프리카 국가 간의 우호합작의 관계를
발전시켜야 한다고 했다.

이런 배경아래, 1972년 11월 24일 중화인민공화국 정부와 자이르공화국
정부는 평등한 주권존중과 영토완정, 상호 내정 불간섭, 평등호혜와
평화공존의 원칙에 근거하여 관계정상화를 실현했다. 중자 관계 정상화의
실현은 양국 관계의 진일보한 발전을 위한 길을 열었다. 마오쩌둥의 지도
아래, 중국 당과 정부는 대외교류 중에 강국, 약국 그리고 대국, 소국을
막론하고, 항상 누구나 차별이 없이 대하는 것과 일률적으로 평등한
우호의 태도를 고수했다. 이 우호의 태도는 중국 당과 정부로 하여금
제3세계 국가와 인민에게 보편적인 존경을 얻게 하였다. 또 이 때문에
마오쩌둥은 이 몇몇 국가에서 숭고한 밍싱을 기지게 되었다. 1971년
1월 모부투 대통령은 요청을 받아 중국을 정식으로 방문했다. 중국에
도착한 후 이 강력한 통치자는 저우언라이에게 다음과 같이 말했다.

"과거의 사정은 이미 지나갔습니다. 저는 자이르 인민의 우호와 정을 가져왔습니다." 온화하고 교양이 있는 저우언라이가 바로 교묘하게 대답했다. "하일레셀라시에 황제와 니에레레 대통령 모두 중국은 아프리카의 진정한 친구라고 말했습니다."

1월 13일 밤 중남해에 겨울의 짙은 황혼이 은밀하게 스며든 이후, 마오쩌둥은 수영장 서재에서 이 위세가 등등하고 강력한 장군을 회견했고 그와 우호적이고 진솔한 담화를 진행했다.

"우리 당의 결정에 의하여 국가 지도자는 이런 표범 모자를 써야합니다." 처음 만난 모부투는 분주하게 자신의 옷차림을 해석했다. "제가 쓴 모자는 진짜 표범가죽입니다. 저들이 쓰고 있는 것은 가짜입니다." 그러면서 그가 자신의 옆에 있는 외교국무위원 엔구자를 가리켰다. "표범가죽이라니, 놀랍습니다!" 마오쩌둥은 고개를 들어 모부투의 모자를 가리키면서 회심의 미소를 보냈다.

손님과 주인이 자리한 후 재미있고 솔직한 대화가 곧 시작되었다. 마오쩌둥이 솔직하게 물었다. "각국의 혁명은 각각의 방식이 있습니다. 당신들은 당신들의 방식으로 하고 우리는 우리들의 방식으로 합니다. 자신의 관점을 속이지 않고 거짓말을 하지 않아야 합니다. 예를 들어 우리는 닉슨과 공보(성명)를 이루어 냈는데, 이것이 바로 각각의 생각이 있다는 것입니다. 몇몇 부분이 일치해 합작할 수 있었습니다." 모부투가 말했다. "우리는 대만과 관계를 단절할 때, 이것은 중국의 새로운 통일을 위해서라고 분명하게 말했습니다." 마오쩌둥이 모부투를 칭찬하며 말했다. "저는 당신의 일처리가 매우 시원하고 대만문제를 처리하는 속도도 매우 빠르다고 생각합니다", "당신이 중국에 오는 것도 무엇보다도 빠릅니다. 단지 한 달 반이 걸렸습니다", "온다고 하자마자 왔으니, 우리는 환영합니다." 마오쩌둥이 또 말했다. "루뭄바도 온 적이 없습니다." 모부투가 말했다. "맞습니다. 그는 그럴 겨를이 없었습니다." 마오쩌둥은 전혀 감추는 것 없이 말했다. "우리는 그를 지지합니다. 우리는 아직 기쩡가, 사뮤엘을 지지하지 당신을 지지하지 않습니다. 우리가 그들에게 돈과 무기를 주어도 그들은 싸우지 못하고 이기지 못했습니다! 그러니 제가 무슨 방법이 있겠습니까?" 모부투가 말했다. "과거가 우리들을 분열하게 하는 일은 전부 없애야 합니다!" 마오쩌둥이 말했다. "역사는 역사입니다. 현재 우리 양국은 합작을 했습니다. 당신이 평화공존을 이야기하면 우리도 반대할 방법이 없습니다."[61]

마오쩌둥은 몇 마디 짧은 말로 양국에 10여 년 간 존재하였던 문제를 한순간에 깨끗하게 만들었다. 이것은 모부투를 크게 감동시켰다. 중남해에서 나온 후 그는 격동하며 저우언라이에게 말했다. "우리에게 당신의 정책을 집행할 수 있는 대사를 파견해 주십시오." "좋습니다!" 저우언라이가 매우 통쾌하게 대답했다. "우리는 반드시 대만보다 더욱 잘할 수 있습니다."

사실 중병에 걸린 저우언라이가 이미 외교부에 지시하기를 "자이르로 궁다페이(宮達非)를 가게 했다!"고 그날 저녁에 저우언라이의 지시에 따라 외교부 유관부문 중국 주이라크 대사관에 긴급 전보를 보냈다. 궁다페이 대사가 즉시 임기를 끝내고 관례에 따라 이임 방문을 한 후에 킨샤사로 떠난다. 궁다페이는 생각한대토 기대를 저버리진 않았는데,

---

61)종다오이(宗道一) , 「솔직한 모택동(坦率的毛澤東)」, 『黨史縱橫』 12기, 1994.

그의 탁월한 성과는 국민당 '외교부' 차관 양시쿤(楊西昆)을 매우 골치 아프게 했다. 후에 심지어 대만 매체와 농업부의 수많은 사람들이 모두 궁다페이의 이름을 알게 되었다. 궁다페이는 모부투의 '귀빈'이 되었다. 마오쩌둥과 모부투의 이번 회담은 양국의 합작관계를 위해 양호한 기초를 마련했다. 이 방문기간에 중자 양국의 정부는 『경제기술합작협정』과 『무역협정』을 체결했고, 또 쌍방은 과학, 기술과 문화 방면에 대한 합작과 교류의 강화에 동의했다. 이번 방문기간 쌍방이 달성한 원칙과 협의에 근거하여, 1974년 4월 『중자해운협정』이 자이르 수도 킨샤사에서 체결되었다. 또 5월에는 『중자민용항공협정』이 북경에서 체결되었다. 이 협정의 체결은 양국의 해공 교통의 직접적인 연계를 위한 조건을 마련했다. 이후 쌍방 공동의 노력 하에 중자 양국의 우호합작은 한층 더 발전하고 강화되었다. 중국 정부도 모부투 대통령의 중자 우호의 촉진을 위해 행한 적극적인 노력에 대하여 칭찬을 표시했다.

모부투는 제1차 중국 방문에서 원만한 성과를 거두었고, 또 중자 우의와 제3세계와의 단결 및 반 패권에 대하여 긍정적인 공헌을 했다. 이후 중자 양국 간의 우호교류와 문화교류, 무역 등이 나날이 증가했다. 자이르 정부 대표단, 청년대표단, 교통운수대표단, 언론대표단과 국민교육대표단 등이 연이어 중국을 방문했다. 중국의 농업 조사단, 축구단과 탁구단 및 언론대표단 등도 계속 자이르를 방문했다. 쌍방의 상호 방문은 양국 인민에 대한 이해를 깊게 했으며, 한발 더 나아가 양국 인민의 우의와 양국의 우호 합작관계가 더 강화되었다.

"마오 주석은 이미 중국에만 속하는 사람이 아닙니다"

1년 후, 중국 정부의 요청에 의하여 모부투가 두 번째로 중국을 방문하는데, 다시 한 번 몸소 마오쩌둥의 위대한 풍모를 느꼈다.

1974년 12월 16일 저녁 국무원 부총리 덩샤오핑이 저우언라이의 이름으로 성대한 연회를 주관하여, 모부투 대통령의 재방문을 열렬하게 환영했다. 덩샤오핑은 마오쩌둥을 대표하여 모부투 대통령과 그의 부인 및 기타 자이르 귀빈에 열렬한 환영의사를 표시했다. 그는 계속 근 몇 년간 자이르 인민과 정부가 모부투 대통령의 영도 아래, 각 방면에서 얻은 성취에 대하여 칭찬했다. 그는 다음과 같이 말했다. "국제사무 중에 자이르 정부는 비동맹 정책을 신봉하고, 아프리카의 단결을 주장하고, 반식민주의, 반제국주의, 반패권주의를 고수하고, 아프리카 인민의 정의로운 투쟁을 지지하고, 남부아프리카의 민족해방운동을 지지하고, 제3세계의 단결과 반패권 사업을 위해 끊임없이 공헌을 했으며, 또 자이르 정부는 초강대국의 패도 행위에 용감하게 대항하여 제3세계 국가와 인민의 보편적 찬양과 지지를 얻었습니다."

이어서 모부투 대통령은 이야기 중에 열정적으로 중국 인민에게 자이르 전체 인민의 형제와 같은 우호와 우정을 전달했다. 그는 이년 전 중화인민공화국과 자이르공화국 간의 관계정상화를 실현했고, 우리는 기쁘게 그것을 봤으며, 우리의 관계는 2년 동안 경제, 무역, 기술과 농업, 특히 의료방면에서의 합작은 이미 이전에 잃이비린 몇 년을 따라 잡았다고 말했다. 그는 또 "1년 사이에 세계는 매우 큰 변화가 발생했습니다. 억압받고 통치를 당하던 국가가 점점 일어났습니다. 아프리카는 지금

해방의 속도가 가속화하고 있습니다."

마오쩌둥에 대한 존경에서 출발하여 모부투는 계속 크게 마오쩌둥의 역사적 공적과 국제적 영향을 찬양했고, 또 그에 대한 숭상의 정을 표현했다. 그가 이야기 했다. "제가 매번 귀국의 국토를 밟을 때마다, 저는 중국 인민에게 늘 같은 감정을 가지고 있는데, 즉 존엄, 용감함과 위대함입니다." "중국 인민은 위대하고 존경받을 가치가 있는데, 그것은 영토가 매우 광활한 국가이기 때문입니다.

중국 인민은 위대하고 존경할 만한 가치가 있는데, 중국의 인구가 세계에서 가장 많기 때문입니다. 중국 인민은 위대하고 존경할 만한 가치가 있는데, 중국 인민은 성실하여 기율도 있고 당대에 가장 위대한 인물 중에 한 명인 마오쩌둥 주석의 영도가 있었기 때문입니다." 그는 또 "마오 주석은 이미 중국에만 속하는 사람이 아닙니다.

그의 혁명투쟁과 그의 깊은 사상으로 인해 그는 이미 세계적이고 역사적인 위인이 되었습니다. 그의 이름은 제국주의자, 식민주의자를 떨게 합니다. 그들은 그 어떤 자유전사, 그 어떤 착취를 당하는 사람, 그 어떤 식민통치를 받은 사람 모두가 마오쩌둥 주석으로부터 진행된 투쟁과 장정에서 계시를 받았다는 것을 알기 때문입니다"라고 밝혔다. 그는 또 "저의 중국 방문은 저로 하여금 매우 기쁘다는 감정을 느끼게 했습니다. 방문에서 나는 간접적이 아닌 직접적으로 마오쩌둥 주석의 지혜의 원천으로부터 지혜를 흡수하였습니다. 세계에서 어떠한 사람도 그와 같이 그렇게 풍부한 생활의 경험, 집정의 경험 그리고 승리의 경험을 가지고 있지 않기 때문입니다."[62]

12월 17일 모부투는 장사에서 두 번째로 마오쩌둥을 만났다. 마오쩌둥은 모부투에게 이번 재방문에 대하여 열렬한 환영을 표시하고, 그와 친절하게 악수를 하고 상호 안부를 물었다.

"귀국이 우리에게 대사를 파견해 주어서 감사합니다!…" 여행의 여독을 푼 모부투는 마오쩌둥을 만나자 곧 쉴 틈 없이 이야기보따리를 풀었다. 나이가 지긋한 81세의 마오쩌둥은 모부투의 문제를 듣고 난후, 사방을 둘러본 후 물었다. "대사가 누구입니까?" 옆에 있던 사람이 대답했다. "궁다페이입니다."

이어서 모부투는 중국이 자이르에게 해준 농업과 의료위생 방면의 원조에 대하여 감사를 표시하고 연거푸 자이르에 있는 중국인 전문가들을 칭찬했다. 모부투는 중국과 자이르가 국제 문제에 있어 생각이 다르지 않고, 양국이 연합국에서 밝힌 관점이 서로 일치했다고 생각했다. 이에 대하여 마오쩌둥은 연신 고개를 끄덕이고, 이 문제에 대하여 그와 깊은 대화를 나눴다. 마오쩌둥이 말했다. "우리는 제3세계이며, 저는 제3세계의 국가가 서로 도와야 했다는 것에 찬성합니다. 이 세계는 불안정합니다. 도처에서 완화를 말하고 있지만 실제로는 싸움을 준비하고 있습니다. 연합국은 쓸모가 있기는 하지만 그 역할이 크지는 않습니다."

두 차례 마오쩌둥을 만난 모부투는 마오쩌둥의 심오한 사상, 영명한 말투 및 단호한 혁명의지에 의해 마음이 깊게 움직였다. 후에 그는 다시 한 번 마오쩌둥의 역사적인 공석을 칭찬했다. 그는 말했다. "마오쩌둥은

62) 『인민일보』, 1974년 12월 17일.

자력갱생이라는 이 간단명료하고 풍부한 성과가 있는 격언을 제시했다. 이는 바로 자력갱생의 방법에 의지하여 마오쩌둥 주석이 중국을 해방시키고 통일했으며, 8억 중국 인민으로 하여금 밥을 먹을 수 있게 했다." 그는 또 "인간은 상상하기 어려운 가장 곤란한 조건 아래에서 진행할 수 없다고 여겨지는 사업을 시작할 때 성공을 거두었다." "우리와 같은 발전중인 국가에서 보면, 마오 주석의 경험은 매우 중요한 모범적 가치를 가지고 있다. 우리는 발전된 세력 중에서 중국의 경험을 공부해야 하는데, 이는 이 경험이 서방으로부터 들여온 가장 현대화된 수단을 채용하지 않았다는 조건하에 이미 구체적인 성과를 거둔 것이기 때문이다."[63]

1976년 9월 9일 마오쩌둥이 세상을 떠났다. 부음을 들은 모부투는 매우 비통해했다. 같은 날 그는 즉시 조전을 보냈다. 이 조전에서 모부투는 마오쩌둥의 사망에 대한 비통한 마음과 마오쩌둥으로 인해 세워진 공로에 대하여 마음속에서 우러나오는 탄복의 정을 표시했다. 조전에서 다음과 같이 말했다. "마오쩌둥 주석의 별세는 우리들을 매우 비통하게 합니다. 그것은 우호적인 중국 인민과 전 세계의 입장에서 보면 모두 측량할 수 없는 손실이기 때문입니다." "확실히 25년 동안 이 비범한 역사적 위인은 세계 역사를 변화시키는 데에 거대한 공헌을 했습니다.

위대하고 우호적인 중국 인민의 입장에서 보면, 마오쩌둥 주석은 비교할 수 없는 역사성을 가진 혁명의 개척자이며 영도자입니다. 그리고 위대하고 지칠 줄 모르는 조타수이며, 오늘날의 중국을 있게 한 사람입니다.

---

63) 『인민일보』, 1976년 10월 9일.

마오 주석은 중국 인민의 소망을 매우 잘 이해했으며 잘 이끄는 것에 능숙했습니다. 그는 세계적으로 매우 광활한 국토를 가진 곳을 개혁하고 개발하는데 성공했습니다." 조전에서 계속 "자이르 인민은 거대한 불행을 겪은 위대하고 우호적인 중국 인민과 같이 비통함을 느낍니다. 자이르 인민에게 있어서, 세계를 향하여 개방한 마오쩌둥 주석은 영원히 우리 인민의 진실하고 우호적인 위대한 창조자입니다."[64]

같은 날 자이르 국가 통신사는 또 특별히 모부투 대통령의 마오쩌둥을 위한 추도 연설을 방송했다. 이 연설 중에 모부투는 "나는 비통함과 숭상의 마음을 품고 그를 생각하는 것"이라고 강조했다. 또 다음과 같이 말했다. "1973년 1월과 1974년 12월에 나는 두 차례 기회가 있어 마오 주석을 만났는데, 비록 그가 고령이었지만 나는 그가 경이롭고 영민한 사상과 위대한 지혜를 가지고 있음을 느꼈습니다." "나는 위대한 사상가 마오쩌둥의 사상은 계속 대대손손 역사에 영향을 미칠 것이라고 믿습니다."[65] 다음날, 모부투는 또 특별히 자이르 주재 중국대사 궁다페이를 접견했고, 그에게 중국 인민과 중국 정부에 자이르 인민과 자이르 공화국 집행위원회의 마오 주석의 별세에 대한 깊은 애도를 전달해 줄 것을 부탁했다. 그는 "중국 인민이 위대한 영도자 마오쩌둥의 별세에 비통함을 느낄 때, 자이르 인민은 큰 불행을 겪은 우호적인 형제인 중국 인민을 향하여 깊은 우의를 표시합니다.

자중 양국 간의 합작은 본보기라고 할 수 있으며, 자이르 인민은 형제인

---

64) 『인민일보』, 1976년 9월 11일.
65) 『인민일보』, 1976년 9월 15일.

중국 인민과 같이 비통함을 느낍니다."⁶⁶⁾

　게다가 마오쩌둥 별세의 비통한 감정을 표현하기 위해 모부투는 9월 10일 정오부터 9월 13일 정오까지를 애도일로 정하고 전국 각 공공 건축물 모두 조기를 걸고 마오쩌둥의 별세를 애도했다.

---

66) 『인민일보』, 1976년 9월 15일.

30

"고난을 같이한 친구가
진정한 친구이다"
-마오쩌둥과 카운다

30

"고난을 같이한 친구가 진정한 친구이다"
― 마오쩌둥과 카운다

카운다는 1924년에 출생하여 1991년에 세상을 떠났다. 그는 잠비아의 전기적 색채를 가진 지도자였다. 그는 일찍부터 잠비아 민족독립쟁취의 투쟁을 이끌었다. 1964년 잠비아가 독립한 후, 그는 또 대통령을 맡고 27년간 연임하면서 잠비아 '독립의 대부'라는 칭호를 누렸다. 카운다는 1970년부터 1973년까지 비동맹운동의 주석 직무를 맡았으며, 비교적 높은 국제적 명성과 지명도를 얻었다. 중국과 잠비아, 중국 아프리카의 관계 발전에 있어 많은 중요한 결정적 시기를 친히 겪은 인물로 그는 중국이 민족독립, 인민해방의 혁명 사업에서 얻은 것에 대하여 매우 공경했고, 또 이 때문에 좋은 감정을 가지고 있었다.

마오쩌둥은 세계가 인정한 위대한 전략가였다. 그는 줄곧 무장투쟁의 전개와 민족해방을 쟁취한 아프리카 국가에 매우 큰 관심을 가지고 있었으며, 항상 아프리카 민족의 해방 사업을 중요하게 생각했다. 그는 일찍이 다시 한 번 매우 분명한 태도로 아프리카 친구들에게 "우리는 친구입니다. 우리는 동일 선상에 서서 제국주의와 식민주의를 반대합니다." "당신들 아프리카는 2억이 넘는 인구를 가지고 있으며, 당신들은 단결하고, 깨닫고, 협력해서 일어나야 합니다. 제국주의는

당신들을 두려워합니다"라고 표시했다. 게다가 이론과 정치적인 면에서
열정적으로 아프리카 인민의 투쟁을 지지하는 것 외에, 마오쩌둥은 또
실제적으로 구체적으로 아프리카 민족해방 사업에 능력이 미치는 한
여러 가지로 지지를 보내고 도움을 주었다. 중국과 잠비아의 관계, 중국과
아프리카의 관계는 바로 마오쩌둥의 국제 전략 사상이 생동감 있게 체현된
것이다. 이에 아프리카의 자유전사들은 마오쩌둥을 매우 공경했는데,
카운다는 더욱 더 그를 "유격전쟁의 위대한 영수"와 "압박받는 자들의
기수"라고 칭찬했다.

"결심을 하면 실행했다"

전에 언급한 바와 같이 근대 이래, 중국과 아프리카는 서로 비슷한
굴욕의 역사 때문에 카운다는 중국의 혁명 사업을 매우 존중하고 중국에
대한 깊고 두터운 감정을 가지고 있었다. 이 방면에서 가장 전형적인 예가
바로 카운다가 1964년 10월 25일, 잠비아가 독립한 다음날 즉시 중국과
수교해야 했다고 선포한 것이다. 4일이 지난 후 중잠 양국은 정식으로
외교 관계를 수립하고 상호간 대사를 파견했다.

중잠 수교 이후, 양국이 공동으로 주시하는 문제가 바로 탄잠 철도
건설에 대한 중국의 원조였다. 그러나 처음에는 이 문제에서 탄자니아에
비교하여, 카운다의 지노하에 있는 잠비아는 중국의 원조에 대하여 태두가
비교적 소극적이었고, 중국과의 접촉도 더 신중했다. 그 원인은 바다로
나가는 길을 서방이 통제하는 것 외에, 장기적인 식민통치로 인해 형성된

기형적인 경제구조에 그 원인이 있었다. 예를 들어, 잠비아는 독립한 후에도 국내에 수많은 부문이 여전히 외국인의 수중에 장악되어 있었다. 이런 정황을 언급하며 당시 부통령인 카만가는 우려를 표시했다. "만약 그들이 전부 떠나면 우리의 일은 정지 상태에 빠질 것이다."

그러나 독립한지 얼마 지나지 않아, 카운다가 점점 서방정책의 본질을 확실하게 알게 됨에 따라, 잠비아는 점점 서방 국가의 조작과 통제에서 벗어나기 시작했다. 탄잠 철도 건설에 있어 중국 정부의 원조에 대한 염려도 점점 사라지기 시작했다. 특히 탄자니아 대통령 니에레레가 이미 수차례 카운다에게 권유하고, 중국이 원조에 있어 매우 타당한 계획을 진행할 것이라고 표시했다. 이런 배경 아래 중국 측의 태도를 탐색하기 위해 잠비아 부통령 카만가가 1966년 8월 하순에 중국을 방문했다. 중국 측과의 회담 중에 저우언라이는 중국 정부를 대표하여 잠비아에게 분명하게 중국의 건설지원에 대한 진실한 희망을 전달했다. 최종적으로 이런 요소가 공동을 작용하여 카운다로 하여금 탄잠 철도의 건설원조에 대한 생각이 중국으로 바뀌게 했다.

이 중대한 항목이 되도록 빨리 이루어지게 하기 위해, 1967년 6월 카운다는 중국을 방문했다. 이는 그의 첫 번째 중국 방문이었다. 이 기간 동안 국내외 각종 원인 때문에, 중국은 수많은 국가와 외교적인 대립이 발생하였으며, 어떤 것은 심지어 외교단절을 해야 하는 위기에까지 이르렀다. 신중국 외교는 매우 차가운 겨울에 처하게 되었다. 이런 배경아래 중잠 양국 및 아프리카 대륙 위에 있는 막 독립한지 얼마 안 되는 국가 모두 카운다의 이번 방문을 주시했다.

중국에 도착한 카운다는 곧 저우언라이와 중국의 탄잠 철도 원조에 대하여 기초적인 의견을 나누었다. 카운다를 매우 기쁘게 한 것은 담화 중에 저우언라이가 재차 분명하게 중국 정부가 이 중대 항목에 대하여 사심이 없는 지지를 표시한 것이다. 그는 말했다. "우리와 니에레레 대통령은 수차례 이야기를 나눈 적이 있는데, 도움을 주기로 했습니다. … 게다가 잠비아에도 상응하는 도움을 주기로 했습니다. 이는 아프리카 민족의 독립과 반제반식(反帝反植)의 투쟁을 지지하기 때문이고, 또 당신들의 민족독립을 공고히 하기 위해서입니다." 저우언라이가 중국 정부를 대표하여 보인 태도는 카운다를 매우 감동시켰다. 그는 격동하며 말했다. "우리는 더 많은 것을 요구할 수 없습니다. 목전의 단계에서 당신들이 우리에게 도움을 주기를 희망했다는 것은 완전히 우리가 가진 현재의 문제를 만족시키는 것입니다."

6월 24일 마오쩌둥은 또 정식으로 카운다를 회견했다. 마오쩌둥과 중국 인민에 대한 두터운 우정을 표시하기 위해 이번 회견에서 카운다는 특별히 마오 주석의 초상휘장을 달았다.

마오 주석은 카운다의 중국 방문에 대하여 열렬한 환영을 표시하고, 그와 잠비아의 경제건설, 탄잠 철도, 중국과 아프리카관계 및 국제정세 등의 문제에 대하여 우호적이고 깊은 회담을 진행했다.

잠비아 국내의 건설에 대하여 이야기를 할 때, 마오쩌둥이 말했다. "잠비아는 70만여 세제곱킬로미터의 땅을 가지고 있습니다. 거의 몇 개의 절강성(浙江省)과 같습니다." "잠비아는 열대지대로 각종 축산업과 농업을 할 수 있습니다." 카운다가 대답하였다. "잠비아의 잠재력은 매우 큽니다 과거 제국주의의 통제를 받았던 때에는 많은 일을 할 수가 없었습니다. 현재는 각 지역 모두에 소목장이 발전하고 있습니다." 이와 함께 잠비아에 존재하는 주요 곤란은 교통문제이기 때문에 우리는 탄자니아를 지나는 철도를 건설해야 한다고 단언했다. 이에 마오쩌둥이 "결심을 내렸으면 해야 합니다"라고 그를 격려했다. 마오쩌둥이 말했다. "이 철도는 단지 1천 7백 킬로미터이며 투자도 단지 1억 파운드 정도이니 어려울 것이 있겠습니까?" "먼저 독립한 국가는 후에 독립할 국가를 도와줄 의무가 있습니다." "결심을 하였으면 해야 하며, 시작하기만 하면 곧 잘될 것입니다."

마오쩌둥의 이번 의사 표시는 카운다의 염려를 해소시켰고, 또 그를 감동시켰다. 그는 바로 "아프리카의 수많은 민족은 모두 사람에 의해 분열되었습니다", "우리는 기타 지역의 자유전사를 통하여 그들을 독립시켜야만, 비로소 당신들의 도움에 보답하는 것입니다"라고 표시했다. 마오쩌둥이 "이것은 무슨 보답 그러한 것이 아닙니다. 먼저 독립한 국가는 독립할 국가를 도와주어야 할 의무가 있습니다"라고 대답하였다. 카운다는 또 "맞습니다. 나는 마오 주석의 말에 완전히 동의합니다. 나의 견해는 약간 영성한데, 그런 나의 의견은 오직 그렇게 해야만 당신들의 원조에 대하여 진정으로 좋아하는 우리의 마음을 표현할 수 있다고 생각했기 때문입니다." 마오쩌둥이 대답하였다. "당신들은 독립한지 2년 반 정도 되었는데, 아직 많은 어려움이 있지만 당신들도 아직 독립하지 못한 국가를 도와주었습니다." "우리는 독립한지 이미 18년이나 지났으니 당연히 더욱 그들을 도와주어야 합니다." 그는 또 장래에는 아프리카 국가가 모두 독립하고, 제국주의를 몰아내면 곧 철로가 발전할 것이라고 강조했다.

이어서 마오쩌둥은 또 국제 형세와 잠비아의 발전 전망에 대한 자신의 견해를 밝혔다. 그는 "언젠가는 제국주의가 우리가 있는 여기에 나타나면 우리는 경험이 있기 때문에 제국주의도 국내 반동파도 모두 몰아낼 수 있습니다." "만약 당신들의 국가가 우리나라와 같아 독립한지 18년이 지나면 당신들의 국가 건설, 문화, 교육은 곧 매우 큰 진보가 있을 것입니다. 당신들이 우리의 시기에 도달하려면 아직 15년이나 남았습니다. 그때에 이르면 당신들의 철도는 이미 개통되었을 것입니다. 당신들이 건설한 이 철도는 단지 1천 7백 킬로미터이며, 투자도 단지 1억 파운드 정도인데 무엇이 대단하겠습니까?"[67]

마오쩌둥과 카운다의 이번 회담은 중국, 탄자니아, 잠비아 삼국의 전체적인 접촉이 일단락되었음을 의미했다. 같은 해 9월 중, 탄, 잠 삼국은 북경에서 『중화인민공화국 정부와 탄자니아연합국 정부, 잠비아공화국 정부의 탄자니아-잠비아 철로 건설에 관한 협정』을 체결했다. 이렇게 2년 7개월을 거쳐, 중국의 탄잠 철도 건설원조 사업이 마침내 확정되고, 탄잠 철도 건설은 시행의 단계에 들어섰다.

1970년 10월 26일 잠비아 대통령 카운다와 탄자니아 대통령 니에레레의 주최 하에 탄잠 철도는 성대한 착공의식을 거행했다. 단상 위에는 "경축! 탄잠 철도정식착공의식"이란 현수막이 걸려 있었다. 단상의 중앙에는 마오쩌둥, 카운다와 니에레레의 거대한 초상이 걸려 있었다.

카운다는 이 행사에서 연설을 발표하면서 그는 탄잠 철도의 건설에서 우리는 제국주의와 식민주의의 소위 '충고'를 거절했고, 또한 그들의

---

67) 「중국정부의 아프리카 탄잠철도 건설원조에 관한 문헌 발췌(關于中國政府援助修建非洲坦贊鐵路的文獻選載)」, 『黨的文獻』 3기, 2012.

소위 '경고'와 이 사업에 가한 압력에 아랑곳하지 않았다고 했다. "우리는 중요한 공부를 했습니다. 즉, 다른 사람과 다른 나라가 우리에 대하여 어떻게 이야기하는지 상관이 없었는데 이는 결코 중요한 것이 아니었기 때문입니다. 우리의 국가건설은 미래지향적인 성취를 얻어야 했다는 것으로, 가장 중요한 것은 우리의 결정은 인민에 가장 이익이 되어야 했다는 것입니다." "우리는 철도건설에 대한 방해 공작이 여전히 존재할 것임을 알고 있지만 우리는 위협과 비난을 두려워하지 않을 것입니다." 그는 어떤 국가가 억지로 내륙에 위치한 잠비아가 더욱 더 소수 백인통치의 정권에 의존하도록 시도하고 있는 것을 지적했다. 그는 이런 상황에서 "우리는 진정한 친구인 중국 친구의 철도건설이라는 아낌없는 원조를 받아들였습니다"라고 말하면서, "이 철도의 완성은 잠비아가 강대하고 번영한 진정한 독립국가가 되는 것이며, 탄자니아와 잠비아 경제, 동아프리카의 형제관계의 발전과, 우리 이 지역의 인민과 중국 인민 사이의 우호관계에 대하여 모두 거대한 의의를 가지고 있습니다"라고 강조했다.

이 기회를 빌려 그는 또 중국 정부와 마오쩌둥에 대한 감격의 마음을 표현했다. 그는 다음과 같이 말했다. "중국 정부, 중국 인민과 탄잠 양국 정부와의 합작은 상호존중과 기타 독립국간의 내정 불간섭의 기초 위에 엄격하게 건립된 것입니다." "중국 인민과 중국 정부는 우리의 발전 중인 경제와 사회제도를 존중합니다. 이 존중은 상호적인 것입니다. 그들은 우리나라의 목표를 존중합니다. 우리도 그들의 목표를 존중합니다. 이것 때문에 우리는 불안을 느낄 이유가 없습니다." 그는 또 "지리적 위치는 우리가 스스로 이웃국가를 선택하지 못하게 합니다. 그러나 우리는 적어도 자신의 친구와 적을 선택할 수 있습니다. 중국 인민은 우리의 친구입니다. 우리 양국의 인민에게 유익하기만 하면, 중국 인민은 영원히 우리의 친구입니다." "이 건설 계획은 평화, 독립, 발전의 쟁취와 독립국가 간의 합작을 위하여 진행한 국제 합작의 상징입니다." "이로 인해 우리는 재차 마오쩌둥 주석과 그의 동료들을 향하여 경의를 표하고 중화인민공화국을 향하여 역사적인 의의를 가지는 이번 철도 건설 프로젝트에 거대한 공헌을 한 훌륭한 모범적인 태도에 대하여 경의와 지극히 기뻐하는 마음을 표시했다."[68]

카운다의 이번 연설은 잠비아 민중의 진실한 마음의 소리를 반영했고, 잠비아 국내의 열렬한 환영을 받았다. 이후 탄잠 철도의 건설은 카운다와 마오쩌둥, 잠비아와 중국 인민의 사이 및 아프리카 인민과 중국 인민 사이의 우의가 한층 더 발전하였다.

"세 개의 세계" 이론을 제창

마오쩌둥 및 중국 인민에 대하여 깊은 감정을 품은 카운다는 연합국에서의 신중국의 합법적 지위회복을 위해 동분서주하며 호소했다. 그는 큰 소리로 외쳤다. 그는 중화인민공화국이 연합국에서 합법적 지위를 회복하는 것은 중국 인민이 국제적으로 승인받는 정의로운 투쟁의 최대 승리를 쟁취하는 것이고, 이런 종류의 승인은 중국이 이전에 당연히

---

68) 『인민일보』, 1970년 10월 28일

얻었어야 하는 것이며 연합국 중에 신중국의 대표가 없는 것은 잘못된 것이라고 했다. 카운다 및 제3세계 국가의 강력한 지지 하에, 1971년 10월 25일 제26회 연합국 대회에서 압도적인 수로 2758호 결의가 통과되었다. 최종적으로 중화인민공화국의 연합국에서의 합법적 지위회복을 결정하고 중국의 대외 관계의 새로운 장을 열었다.

이와 동시에 국제정세가 급하게 돌변했다. 1970년대에 들어서자 대동요, 대분화, 대개혁의 국제구조가 조용히 출현하기 시작했다. 이런 형세 아래, 자본주의 국가와 사회주의국가 그리고 막 독립한 국가를 막론하고 모두 변동하는 국제환경에서 자신의 국가에게 적합한 전략적 위치를 열심히 찾았다. 이 모든 것에 대하여 마오쩌둥은 항상 고도로 주시하고 있었다.

1974년 2월 탄잠 철도가 바쁘게 시공되고 있을 때, 카운다 대통령이 재차 중국을 방문했다. 마오쩌둥이 또 그를 만나, 상술한 국제 형세에 집중하여 그와 매우 중요한 화담을 진행했다. 이번 회담에서 마오쩌둥은 '세 개의 세계'라는 유명한 이론을 제창했다. 마오쩌둥이 말했다. "나는 미국, 소련은 제1세계이고, 중간의 일본, 유럽, 오스트레일리아와 캐나다는 제2세계이며, 우리는 제3세계라고 생각했다." "미국, 소련은 원자탄이 많고 비교적 부유하다.

제2세계인 유럽, 일본, 오스트레일리아 캐나다는 원자탄이 그렇게 많지 않고 그렇게 부유하지도 않다. 그러나 제3세계와 비교하여 부유하다." "제3세계의 인구는 매우 많다." "아시아는 일본을 제외하고 모두 제3세계이다. 아프리카는 모두 제3세계이고, 라틴 아메리카도 제3세계이다." 그는 "제3세계가 단결하여 일어나길 희망하고, 제3세계의 인구가 가장 많다"고 강조했다.[69] '세 개의 세계' 이론은 마오쩌둥 외교 사상의 주요 내용이다. 그 목적은 제3세계 국가의 단결, 확대, 연합 그리고 제2세계 국가와의 연합으로 가장 광범위한 국제 반패권 통일 전선을 결성하는 것이었다. 이 제창은 1970년대의 국제관계 및 이후의 중국 외교에 깊은 영향을 미쳤다.

담화 중에 마오쩌둥은 계속 카운다와 중국의 아프리카에 대한 원조와 어떻게 인민군중과의 관계를 처리해야 하는지 등의 문제에 대하여 이야기를 했다.

카운다가 중국의 잠비아에 기술자들을 지원한 것에 대하여 찬양할 때, 마오쩌둥은 다음과 같이 표시했다. "우리 공산당 사람들은 당연히 일을 잘해야 합니다. 우리들도 잘못을 범하기 때문에 교육을 해야 합니다. 공산당 내에도 대국쇼비니즘이 있습니다. 어떤 사람은 제3세계 국가의 인민을 무시하는데 그래서 교육을 해야 합니다. 나는 당신이 중국의 기술자들을 교육하기를 부탁하고 니에레레 대통령도 당연히 그렇게 해야 합니다. 당신들이 있는 곳에서 사람들이 나쁜 일을 저질렀는데, 모든 국가가 교육을 하여 그들을 처리하거나 혹은 쫓아내야 합니다. 그렇지 않으면 그 사람들은 꼬리를 하늘에까지 곧추세울 것입니다. 당신들을 도와 길을 수리하는 것은 정말 대단한 것입니다."

카운다가 잠비아는 세계의 반제반식 투쟁과 국내 착취계급에 반대하는 투쟁을 지지했다고 언급하였을 때, 마오쩌둥은 인민을 도와야 하고, 인민에게 잘해야 하고, 인민 군중과의 관계를 잘 처리해야 한다고

---

69) 『모택동외교문선』, 중앙문헌출판사, 세계지식출판사, 1994, p600~601.

카운다를 격려하였다. 그는 말했다. "우리는 공산당이고 인민을 도와야 합니다. 나는 당신에게 인민에게 잘하라고 권유합니다. 인민이 없으면 붕괴될 것입니다." "당신은 현재 공산당이 될 수 없습니다. 당신이 공산당이 되려하면 사람들이 모두 당신을 반대할 것입니다. 그러나 당신은 마르크스의 책을 볼 수는 있습니다."[70]

마오쩌둥과 카운다의 이번 중요 회담은 중잠 양국의 관계를 크게 강화했다. 이후 중잠관계 및 마오쩌둥 등 중국 지도자에 대한 인상을 언급할 때마다, 카운다는 "우리는 세계에 많은 친구가 있는데, 중국인은 우리의 가장 좋은 친구이다"라고 표시하고, 또 여러 번 중국은 아프리카의 '전천후 같은 친구'라고 칭찬했다.

카운다는 마오쩌둥을 매우 공경했다. 1976년 9월 9일 마오쩌둥이 세상을 떠났다. 다음날 카운다는 즉시 감정이 충만한 장문의 조전을 보냈다.

조전에는 먼저 그 본인의 마오쩌둥에 대한 숭배의 감정을 표현했다. 조전에서 다음과 같이 언급했다. "중화인민공화국은 탁월하고 사람을 놀라게 하는 성과를 거두었고, 또 인류 활동의 수많은 영역 중에서 전 세계에 공헌을 했는데, 마오쩌둥이 바로 그 상징이며 앞으로 계속 이런 성과와 공헌에 대한 우수한 모범적인 상징이 될 것이다." "마오쩌둥 주석은 위대한 혁명지도자이다. 그는 생전에 이미 전기적인 인물이 되었다. 그는 사심 없이 중국 인민과 전 인류를 위해 일생을 헌신했고 빛나는 모범이 되었다." "마오쩌둥은 노동자, 교사로 일했고, 그는 유격전쟁의 위대한 지도자이고 철학자이자 위대한 정치가이다. 그런 일을 할 때의 그는 억압

---

70) 『건국이래모택동문고』(13), 중앙문헌출판사 ,1998, p380~382.

받은 것에 대하여 타협하지 않는 선구자였다."

　조전에서 그는 또 자신의 마오쩌둥에 대한 깊은 감정과 침통한 슬픔을 표시했다. 조전에서 다음과 같이 말했다. "고난을 같이한 친구가 진정한 친구이다", "잠비아가 탄생한 이래 수많은 문제에 직면하는데, 이러한 문제는 주로 우리의 해방투쟁을 단호히 지지했기 때문이다. 마오쩌둥 주석과 그의 위대한 혁명국가와 인민은 줄곧 잠비아의 의지할 만한 지지자일 뿐만 아니라, 남부아프리카의 억압받는 형제자매의 의지할 만한 지지자이다. 마오쩌둥 주석과 중국공산당의 영명한 지도 아래 우호적인 중국 인민과 우리는 진정으로 인류의 정의사업에 힘쓴다는 바탕 위에 두터운 우호합작의 관계를 건립했다. 이 때문에 잠비아 인민은 침통한 심정을 품고 중국 인민과 전 세계 인민이 함께 마오쩌둥 주석의 별세를 애도했다. 그렇지만 우리는 그가 전심전력으로 세계에 인민민중을 확대하는 사업에 힘쓴 헌신의 정신이 전 세계의 정의사업을 위하여 투쟁하는 사람들을 계속 격려할 것이라고 믿는다."[71]

　카운다는 생애 네 차례 중국을 방문하고 세 차례 마오쩌둥을 만났다. 그의 마음속에 마오쩌둥은 숭고한 지위를 차지하고 있었으며, 영원히 그와 아프리카의 친구들의 마음속에 살아있었다.

---

71) 『인민일보』, 1976년 9월 14일.

31

"그의 지혜와 역사 감각은
심오하고 명석하다"
- 마오쩌둥과 휘틀럼

31

"그의 지혜와 역사 감각은 심오하고 명석하다"
― 마오쩌둥과 휘틀럼

휘틀럼은 1916년 오스트레일리아 빅토리아주 멜버른에서 태어났다. 오스트레일리아 노동당의 정치가이며, 제21대 오스트레일리아 대통령이었다. 그의 부친은 중산층의 변호사였는데 주로 인권관련의 변호를 맡았다. 휘틀럼은 고등학교를 졸업한 후 시드니 대학에서 법률을 공부했다. 2차 세계대전 중에 그는 조종사로 참전하고 공군 상위(上尉)에 까지 올랐다. 1945년 그는 오스트레일리아 노동당에 가입하고 정식으로 오스트레일리아 정계에 발을 들여 놓았다. 이 때 오스트레일리아 노동당은 마침 편협한 조합 영수에 의해 관리를 당하고 있었다. 이런 국면을 타파하기 위해 대담하고 책임감이 있는 휘틀럼이 한차례 개혁을 실시했다. 이후 1952년부터 1978년까지 6년간 그는 오스트레일리아 중의원 의원을 연임했다. 1960년 그는 노동당 부당수가 되었다. 1967년 그는 또 오스트레일리아 하의원의 야당 영수가 되었다. 당시의 집정 연맹이 23년간 연속으로 집정한 상황에서 1972년에 휘틀럼은 또 노동당을 이끌고 마침내 내각을 조직할 권리를 얻었다.

1972년부터 1975년까지 휘틀럼은 오스트레일리아 총리를 맡았다. 이 3년의 집정기간에 휘틀럼은 환경보호, 교육, 위생, 사회복지와 부의 재분배 등의 방면에서 개혁을 진행했다. 그는 베트남으로부터 군대를 철수시키고, 파병을 끝냈으며, 백호(White Australia)주의의 흔적을 없애고 대학 학비를 없앴으며, 자금난에 빠진 학교에 자금 지원을 증가시켰으며, 전국에 의료보험계획을 실현하였다. 그러나 경제가 장기적으로 불황에 빠지자, 특히 1975년 전후 국내 통화팽창과 실업률의 상승 등의 원인으로 오스트레일리아 총독 J. R. 커가 국회에서 중대한 분쟁이 있었을 때의 관례를 따르지 않고 먼저 총리에 대한 의견을 묻고 휘틀럼의 총리 직위를 박탈했다. 휘틀럼은 이 때문에 역사 이래 처음으로 총독에 의해 총리의 직위를 박탈당한 사람이 되었다. 이후 양원(兩院)은 새롭게 선거를 하여 비록 노동당이 권토중래하였지만, 최종적으로 여전히 경선에서 패배했다. 퇴출당한 휘틀럼은 계속 노동당 대표를 맡았다.

"세계에는 오직 하나의 중국만이 있다."

서방 국가의 주요 정치가 중에 마오쩌둥을 숭배하는 사람은 매우 많았다. 오스트레일리아 총리 휘틀럼도 그중 한 명이었다. 중국 인민의 오랜 친구로서 휘틀럼은 오스트레일리아와 신중국의 외교관계 건립에 결정적인 역할을 한 인물로, 일찍이 중오 건교 및 중오 양국 인민의 우호를 위하여 뚜렷한 공헌을 하였다. 휘틀럼은 일찍이 마오쩌둥을 다음과 같이 평가 했다. "마오쩌둥의 존재와 인격은 영원히 그의 인민의 생활과 정신 속에 새겨져있다. 그가 중국 역사에 미친 영향은 영원히 남을 것이다."

오스트레일리아 내의 베테랑 정치가로서 휘틀럼에 대하여 비록 정권을 잡은 시간이 길지는 않았지만, 사람들은 그가 총리로 있었던 기간에 세운 공적이 상당히 많다고 생각했다. 그중에 휘틀럼을 자랑스럽게 하는 것은 그의 집정기간에 정식으로 오스트레일리아와 신중국의 외교관계의 건립을 추진하고, 중오 양국관계의 초석을 마련한 것이다. 휘틀럼도 이 때문에 사람들에게 '중오 수교의 아버지'라고 불려졌다.

휘틀럼은 중국에 비교적 우호적이었다. 일찍부터 신중국이 성립한지 얼마 지나지 않은 1950년대에 그는 오중 관계정상화를 위해 노력을 아끼지 않았다. 1954년 그가 젊은 의원이었을 때, 그는 이미 오스트레일리아 의회에서 사람들을 놀라게 하는 말을 했다. "세계에는 오직 하나의 중국만 있는데, 북경이 전체 중국의 수도이다." 안타까운 것은 휘틀럼의 주장이 당시에는 의원 다수의 호응을 얻을 수 없었다는 것이다. 1964년 프랑스와 중국이 수교를 맺고 70년대에 들어서자 캐나다도 중국과 국교정상화를 실현했다. 오스트레일리아 노동당도 점점 당연히 빨리 중국과 수교를 해야 했다고 의식하게 되었다. 휘틀럼 때의 노동당 서기 미얀(米楊)이 국제형세를 분석했는데, 노동당의 중국에 대한 우호적인 인상과 반(反)베트남 전쟁의 태도를 이용하면 중국과의 관계가 열릴 가능성이 있다고 생각했다. 게다가 만약 노동당이 중국 문제에 있어서 어느 정도 성과를 거둔다면 1972년 전국 재선에서 승리할 가능성이 매우 높다고 생각하게 되었다. 이 때문에 노동당은 중국과 적극적으로 접촉하자는 결정을 내리고 적극적으로 실행에 옮겼다.

1971년 7월 2일 중국인민외교학회의 요청에 응한 휘틀럼 일행 5명은 홍콩에서 광주를 경유하여 북경에 도착하여 중국을 방문했다. 주의할 가치가 있는 것은 휘틀럼이 처음으로 중국을 방문하는 오스트레일리아 정치 지도자라는 것이었다. 게다가 그의 이번 공개 방문은 키신저 박사의 비밀 북경 방문보다 일주일 빠른 것이었다. 키신저의 떠들썩한 방문과 같이 그의 이번 방문도 어느 정도 서방 세계와 전 세계를 진동시켰다.

7월 4일 외교부 부장대리 지펑페이(姬鵬飛)와 그는 쌍방이 관심을 가지는 문제에 대하여 깊은 회담을 나누었다. 휘틀럼은 매우 솔직하게 오스트레일리아의 국제관계와 대만문제에 대한 기본 입장을 밝혔다. 그는 노동당이 1955년부터 줄곧 중화인민공화국은 중국의 유일한 합법 정부라는 것을 인정했고, 중국의 연합국에서의 합법적 지위의 회복을 지지하고 대만문제는 중국의 내정임을 승인했으며, 노동당은 외국과 오스트레일리아의 군대는 즉시 월남에서 철수해야 한다고 주장하면서 또 어떠한 국가라도 국외에 건설한 기지와 군대를 철수시킬 것을 요구했다고 주장했다.

7월 5일 저우언라이 총리와 관련 부문의 책임자는 휘틀럼 및 노동당 대표단 일행을 회견하고, 그와 우호적인 회담을 진행했다. 회담 중에 저우언라이는 국제적인 대국적 전략의 시각에서 휘틀럼에게 중오 양국의 공동이익에 대하여 설명했다. 저우언라이의 진실함은 휘틀럼의 마음을 움직였다. 그는 격동하면서, 만약 그가 장래에 총리가 되었다면 중국과 수교를 하고 취임한 첫 해에 중국을 방문할 것이라고 표시하였다.

휘틀럼의 이번 중국 방문은 중오 수교의 발걸음을 내딛은 것으로 중오 양국관계의 정상화를 촉진시키는 데 공헌을 하였다. 방문이 끝난 후, 오스트레일리아로 돌아간 후에 노동당은 경신에서 분명하게 다음과 같이 선포했다. '중화인민공화국과 외교관계를 건립해야 했다.' 1972년 12월 2일 오스트레일리아 노동당은 경선에서 승리하고 휘틀럼은 연방 총리에 임명되었다. 대중국 관계에서 휘틀럼은 식언을 하지 않았다. 당선 후 그는 저우언라이 총리에게 편지를 보내 빨리 중오 관계를 정상화시켜야 했다고 표시했다. 12월 6일 취임선서 당일 휘틀럼은 바로 기자회견에서 분명하게 표시했다. 오스트레일리아 주재 프랑스대사 알랜 레노프에게 프랑스 주재 중국대사 황쩐(黃鎭)과 양국의 외교관계 건립에 대한 문제를 상의하라고 이미 지시하였다. 그는 오중 양국이 1973년 초에 서로 대사를 파견할 수 있기를 희망하고, 또 내년 중화인민공화국을 방문할 수 있기를 희망했다고 했다.

우호 담판을 거쳐 같은 해 12월 22일 중오 양국은 정식으로 외교 관계를 건립했다. 중오 양국관계의 이 중대한 발전은 양국 인민의 이익과 공동의 염원에 부합하며, 동시에 중국과 오세아니아주 관계의 발전을 촉진시켰다. 후에 이 중대한 사건의 역사적 의의를 언급할 때, 휘틀럼은 일찍이 다음과 같이 밝혔다. "오중 수교는 대사건이다. 오스트레일리아는 이에 대하여 매우 기뻐했다. 중국도 오스트레일리아가 독립 자주적으로 한 이 결정에 대하여 기쁨을 느꼈다."

"그의 지혜와 역사 감각은 심오하고 명석하다"

휘틀럼은 총리에 임명된 후 일련의 사람들의 주목을 끄는 외교정책을 채택했다. 월남에서 오스트레일리아 군대를 철수시키고, 미국의 월남 전쟁에 반대하고, 인도차이나의 각국 인민으로 하여금 외래 간섭이 없는 상황에서 자신의 문제는 스스로 해결하게 해야 한다고 주장하였다.

또 제3세계 국가와의 관계를 적극적으로 발전시켜야 하며, 아프리카 국가의 민족독립과 종족차별을 반대하는 정의로운 투쟁을 지지하였다. 오스트레일리아 정부의 이런 정책과 주장은 중국 정부의 높은 지지를 받았다. 이 때문에 중오 수교 후에 양국의 우호관계는 뚜렷하게 발전했다. 쌍방은 수차례 대표단을 파견하여 상호 방문을 진행하고 경제, 문화 교류도 끊임없이 증가했다. 민간의 우호 교류도 나날이 빈번해 졌다.

이런 배경 아래 중국 정부의 요청에 응하여 휘틀럼은 1973년 10월 중국을 정식으로 방문했다. 저우언라이가 중국 정부를 대표하여 공항에서 상대한 환영의식을 거행했다. 휘틀럼도 열정이 충만하게 연설을 했다. 그는 다음과 같이 말했다. "중국은 우리의 이웃입니다. 우리 양국 인민 간의 친밀한 합작과 결합은 자연스럽고 유익한 것입니다. 우리는 이번 주에 북경에서의 회담에서 곧 이런 합작과 결합을 더욱 강화시킬 것입니다." 그는 자신이 취임한 첫 해에 이번 방문을 진행한 것은 오스트레일리아 인민이 중국과의 관계발전을 중요하게 생각했다는 것을 표시하기 위해서라고 강조했다. 동시에 그는 현재 당연히 양국 인민의 행복과 안전이라는 공동의 이익을 위하여 한마음으로 협력해야 한다고 생각하기 때문이라고 강조했다.[72]

11월 2일 마오쩌둥은 중남해에서 휘틀럼을 회견하고, 그와 한 시간이 넘는 우호적인 회담을 진행했다. 이번 회담에서 쌍방은 광범위한 문제에 대하여 깊은 의견을 교환했다.

휘틀럼은 먼저 닉슨의 중국 방문에 대한 그의 생각을 언급했다. 그가

---

72) 『인민일보』, 1973년 11월 1일.

말하길 "닉슨의 중국 방문 이후로 서방세계의 어떠한 사람에게도 중국을 방문하는 것이 평안무사하게 되었습니다. 나는 지난번 북경에 있을 때, 키신저가 중국을 방문한 일주일을 행운이라고 생각했습니다."

휘틀럼은 계속 중국 공산당이 얼마 전에 개최한 10대(10차 전국대표대회)에 대하여 흥미를 보였다. 그는 마오쩌둥을 향하여 10대 이후의 인사 정황에 대하여 물었다. 마오쩌둥이 대답했다. "10대는 린뱌오(林彪)의 문제를 해결했습니다. 그는 정변을 준비했습니다. 왕홍원(王洪文)은 당의 대표대회에서 선출되었고, 총리는 1927년 상해폭동과 남창봉기 시에 29세였습니다. 그리고 중앙위원회에 부녀자의 비율이 너무 낮습니다."

휘틀럼은 중국이 대만성을 다시 통일하는 문제에 있어 무슨 일이 발생할 것 같은지 물었을 때, 마오쩌둥은 말했다. "우리는 계속 생각을 해봐야 합니다. 우리는 급하지 않습니다. 그 사람들은 상당한 어려움을 해결해야 한다고 합니다. 내가 말하고자 하는 것은 대륙에서 넘어간 2백만 명입니다. 그 군대의 병사는 모두 대만사람입니다. 현재 하급간부는 아마도 대만 사람보다 많습니다. 결론적으로 말하면 모두 중국 사람입니다."

마오쩌둥은 오스트레일리아가 기타 남태평양 국가와 같이 핵무기 및 핵실험에 대하여 단호하게 반대하는 입장이라는 것을 잘 알고 있었다. 마오쩌둥은 그들이 매우 많은 일을 해야 하고, 그들에게 중국은 핵무기 문제에서 미국, 소련과 다르다는 것을 알게 해야 한다고 생각했다. 그래서 마오쩌둥은 적극적으로 휘틀럼에게 물었다. "당신들, 뉴질랜드, 일본 삼국은 함께 중국과 프랑스가 진행하는 핵실험에 반대합니다."

휘틀럼도 숨기지 않고 대답했다. "맞습니다." 마오쩌둥이 말했다. "이는 관례적인 공무입니다. 우리도 개의치 않습니다."

휘틀럼은 마오쩌둥에게 그들이 핵실험을 반대하는 것은 프랑스가 핵실험을 그들이 있는 곳의 대기 중에서 진행했다는 것 때문이고, 중국의 핵실험은 일본 등의 국가가 오스트레일리아에 비해 직접적으로 관계가 있기 때문이라고 설명했다. 또 그는 그들은 소련과 미국의 핵 역량이 중국에 위협을 주는 것에 대하여 이해하지만 결코 같은 위협이 프랑스에도 있다고 생각하는 사람은 없다고 설명했다.

마오쩌둥이 그렇지 않다고 생각하여 말했다. "반드시 그런 것은 아닙니다. 위협이 있습니다. 그렇지 않으면 그들이 왜 그렇게 하겠습니까? 영국, 미국, 소련은 강압적으로 일부 실험금지조약을 통과시켰고 강압적으로 각국에게 서명하도록 했습니다. 프랑스와 중국이 서명하지 않았는데 계속 서명하지 않을 것입니다. 핵무기 같은 것은 쓸모가 없는 것으로 진정한 전쟁은 역시 상용 무기전입니다."

휘틀럼은 마오쩌둥과의 담화 중에, 여러 차례 신중국이 거둔 성과에 대하여 높게 평가했다. 이에 대하여 마오쩌둥은 겸손하게 말했다. "제가 한 일은 매우 작습니다. 중국은 현재까지 여전히 빈곤한 국가입니다. 미국 대통령의 말을 인용하면 '잠재적 역량'을 가진 발전 중인 국가입니다. 나는 아직 안 되었다는 것을 알고 있습니다."

후에 이번 담화의 배경을 회고하였을 때, 휘틀럼이 다음과 같이 말했다. "우리가 나눈 대화의 범위는 역사, 당면한 문제, 아시아 지역, 문학 그리고 당대 인물이었다. 그는 정황에 매우 익숙했는데, 서방 세계에 현재 발생한 일에 대하여 알고 있었고, 즐겁게 약간의 인물과 문제에 대하여 의견을 표시했다. 의견을 교환하자 확실히 그를 기쁘게 했다. 다른 사회에서 온 모르는 사람의 의견을 듣고 나의 생각이 많이 틀렸다 하더라도 그는 그 가운데서 어떤 자극을 얻을 수 있었다. 그의 지혜와 역사 감각은 심오하며 명석했다."

마오쩌둥의 인격 방면에서의 매력은 휘틀럼을 깊게 감동시켰다. 회견이 끝났을 때, 휘틀럼은 격동하며 말했다. "우리나라의 인민은 우리의 이번 회견에 대하여 매우 기뻐하고 있습니다." 마오쩌둥이 즉시 그에게 말했다. "감사합니다!" 게다가 그에게 그의 부인과 기타 오스트레일리아 귀빈들에게 안부를 물어 달라고 청했다.

다음날 휘틀럼 총리와 부인은 성대한 연회를 개최했다. 저우언라이, 덩샤오핑 등이 요청에 응해 자리했다. 연회에서 휘틀럼은 그의 이번 중국 방문의 주요 의의에 대하여 높게 평가했다. 그는 말했다. "나는 북경에서의 4일을 믿습니다. 우리는 이미 과거 세대의 오해를 완전히 풀었습니다. 나는 오스트레일리아와 중국 간의 우의 건설이 이렇게 완만한 것에 안타까움을 느낍니다. 그러나 저는 우리나라의 인민과 국가를 대표하여 다음과 같이 말할 수 있습니다. 우리는 일단 친구가 되었으므로, 그 우의에 대하여 확고부동하며 조금도 흔들림이 없을 것입니다. 당신들이 완전하여 나누어 질 수 없는 중국의 수도에서 우리는 우리 양국 인민 간의 영원한 우의가 존재한다고 선포합니다." 이외 그는 마오쩌둥에 대한 숭배의 정을 언급했다. "나는 우리의 바람이 이미 실현되었으며 나아가 초과했다고 생각합니다. 우리의 회담 및 우리와 마오쩌둥 주석과의 만남 중에 우리는 매우 광범위하게 우리 양국과 전 세계가 직면한 각종 문제와 기회에 대하여 이야기를 나누었습니다. 저의 동료들도 광범위하게 회의를 진행했습니다. 이런 회담은 모두 내용이 실질적이고, 모두 오스트레일리아에게 실직적인 가치를 가지고 있습니다. 게다가 나는 중국에게도 가치가 없지 않았다고 믿습니다. 현재는 매우 분명합니다. 수많은 문제에서 우리 양국 간의 이익과 목적이 상당 부분에서 일치했다는 것입니다. 설령 현재 우리의 생각이 다른 상황이라도 우리는 서로의 관점에 대해서도 깊은 이해를 가지고 있습니다."

저우언라이가 이어서 답사를 하면서, 마오쩌둥과 휘틀럼의 이번 중요한 회담에 대하여 높게 평가했다. 그는 다음과 같이 말했다. "총리 각하가 우리나라를 방문하는 기간에 마오쩌둥 주석을 만나, 우호적인 담화를 나누었습니다. 우리 쌍방은 공동으로 관심을 가지고 있는 국제문제와 한층 더 발전된 양국관계 문제에 대하여 광범위하고, 구속이 없는 회담을 진행했습니다. 이번 회담은 쌍방에 있어서 모두 매우 유익한 것입니다." "이는 모두 각하의 이번 방문 기간에 비록 짧은 며칠이지만 서로의 이해를 증진시켰고, 양국 인민의 우의와 양국관계의 발전을 강화시켰고 중요한 공헌을 하였습니다."[73]

귀국 후 휘틀럼은 여러 차례 그의 이번 중국 방문의 주요 의의를 거듭 표명했고, 한층 더 중오 양국의 우호관계와 양국 인민의 발전에 대한 전망을 분명하게 밝혔다. 그는 말했다. "최근의 중국 여행은 오스트레일리아 총리의 첫 번째 중국 방문이었다. 이번 방문으로 중오 간의 우의와 이해가 분명하게 증진했다." "현재, 우리는 중오 양국 간의 직접적이고 실질적인 관계를 기대할 수 있다. 이런 종류의 관계는 우리 같은 국가, 즉 이 시역 혹은 진 세계에 중요한 이미를 가지고 있는

---

73) 『인민일보』, 1973년 11월 4일.

국가라면 당연히 가지고 있어야 하는 것이다." 그는 또 "나는 나의 방문이 오스트레일리아와 세계에서 인구가 가장 많은 국가 사이에 한 세대를 잃어버린 이런 상황이 순리적으로 끝났다는 것을 상징한다고 생각했다", "우리는 현재 중국의 약간의 문제를 대하는 태도에 더 많은 이해를 하게 되었다", "중국 측은 현재 우리의 정책에 대해서도 더 분명하게 직접적인 이해를 가지고 있다"라고 강조했다.[74]

"현대 역사상 거인을 잃었다"

휘틀럼은 마오쩌둥을 매우 존경하였다. 이후 그는 비록 마오쩌둥을 만나지 못했지만 그는 늘 양국 간의 대표단을 통하여 마오쩌둥에게 문안과 축원을 전달하였다.

1976년 9월 9일 마오쩌둥이 세상을 떠났다. 10일 이미 총리에서 물러난 휘틀럼은 즉시 오스트레일리아 주재 중국대사관으로 달려가 조문을 하고 그의 마오쩌둥의 별세에 대한 침통한 애도를 전달했다. 11일 그는 또 특별히 성명을 발표하여 재차 그 본인의 마오쩌둥에 대한 숭배의 정을 전달했다. 성명에서 다음과 같이 말했다. "나는 매우 비통하게도 마오쩌둥의 별세의 소식을 듣게 되었습니다. 그가 중국 인민의 자유와 통일을 쟁취하기 위해 한 투쟁은 인구가 세계에서 가장 많은 이 국가의 현대사에 있어 비교할 수 없이 탁월합니다. 그 개인이 자국 인민의

---

74) 『인민일보』, 1973년 11월 10일.

소원과 이상을 체현하고 적극적으로 나타내었습니다. 그는 중국 인민의 영수로써 한 일 및 시인과 철학가로서의 통찰력은 그의 단호하고 정의로운 사업에 헌신한 정신을 나타내는 것입니다." 성명은 계속 높게 마오쩌둥의 역사적인 공적을 찬양했다. "마오쩌둥의 서거는 현대 역사에서 거인을 잃은 것입니다. 반세기가 넘는 동안 그는 역사상 최대 규모의 군중운동 중 하나를 이끌었습니다. 그는 세계에서 인구가 가장 많은 국가의 존경을 받는 영도자이자 정신의 체현자입니다. 소수의 사람들과 현대 국가의 발전, 이 국가의 이상과 소망은 나눌 수 없이 연결되어 함께 합니다", "마오쩌둥 주석의 지도하에 중국은 많은 세기 동안 얻지 못했던 국제적인 명성과 국내의 안정을 얻었으며, 중국 인민은 중국이 지금까지 없었던 가장 청렴하고 가장 효과적인 정부의 도움을 받았습니다."[75]

후에 휘틀럼은 여러 차례 중국을 방문하고 중국의 이곳저곳을 두루 돌아다녔다. 그러나 만년에 이르러 그는 계속 1973년 그의 제2차 중국 방문을 인상 깊어 했다. 그 방문 중에 마오쩌둥이 그와 한차례 매우 중요한 담화를 진행한 적이 있기 때문이었다. 이 때문에 그는 이미 마오쩌둥에 대한 숭배의 정을 말이나 표정 속에 드러나게 말한 적이 있었다. 그는 다음과 같이 말했다. "1973년 11월 나는 중국을 방문한 첫 번째 오스트레일리아 총리로써 마오쩌둥 주석을 만났다", "그의 지혜와 역사적 감각은 심오하고 명석했다."

---

75) 『인민일보』, 1976년 9월 24일, 9월 14일.

32

"마오쩌둥이 유격전의 대가이고,
나는 단지 학생일 뿐이다"
- 마오쩌둥과 게바라

32

"마오쩌둥이 유격전의 대가이고, 나는 단지 학생일 뿐이다" — 마오쩌둥과 게바라

　체 게바라, 그는 1928년 6월 14일 아르헨티나의 로사리오에서 태어났고, 1967년 10월 9일 볼리비아에서 미국 CIA에 의해 살해당했다. 그때 그의 나이는 39세였다. 그는 전기적 색채가 매우 짙은 라틴 아메리카의 마르크스 혁명가이며, 또한 줄곧 국제 공산주의운동의 영웅과 좌익인사의 상징이 되었다.

　지금까지 세계적인 범위 내에서, 특히 청년들에게 그는 여전히 사람들이 상상하기 힘든 거대한 매력을 가지고 있었다. 쿠바 사진사가 찍은 한 장의 사진에서 체 게바라는 빨간색 베레모를 쓰고 의연한 얼굴 위에 한 쌍의 심오한 눈으로 전방을 주시하고 있었다. 이 사진은 지금까지 전 세계에 유행하고 있으며, 심지어 시대의 흔적이 되었다. 수많은 사람들이 볼 때, 이 사진은 일종의 좌익 혁명낭만주의를 대표할 뿐만 아니라, 세계화의 추세 아래 일종의 전통에 반항하고 반역문화를 추구하는 것을 대표했다. 이 사진의 전파에 따라 체 게바라의 이름도 세계에 퍼졌다. 그도 이 때문에 "붉은 로빈후드", "공산주의의 돈키호테"와 쿠바 봉기군 중에 "가장 강건한 유격 사령관이며 유격의 대가"라고 칭해졌다.

마오쩌둥도 세상이 인정한 유격전의 대가였다. 중국 혁명의 고통스러운 세월 속에 마오쩌둥은 일찍이 유격전의 정수를 통쾌하고 훌륭하게 발휘하였다. 마오쩌둥은 유격전의 지휘능력에 대해서도 줄곧 국내외 군사관계자들도 흥미진지하게 언급하곤 했다. 영웅은 영웅을 아꼈다. 동서 반대편의 두 유격전의 대가인 마오쩌둥과 게바라는 서로 매우 존중하였다. 마오쩌둥은 게바라의 영웅적인 업적을 매우 칭찬하였고, 진지하게 게바라의 유격전과 관련이 있는 저작을 연구하고는 그의 의견에 대하여 매우 칭찬하였다. 게바라는 마오쩌둥을 매우 숭배하고 겸손하게 다음과 같이 이야기 했다. "마오쩌둥은 유격전의 대가이다. 나는 단지 학생일 뿐이다."

쿠바 봉기군 중에서 "가장 강력한 유격사령관이며 유격의 대가이다."

20세기 스페인의 식민통치에서 벗어나기 위해 쿠바 인민은 30년에 걸친 무장투쟁을 겪었으며, 또 이 때문에 라틴아메리카에서 가장 나중에 스페인의 식민통치를 벗어나는 국가가 되었다.

근대 이래로 쿠바는 줄곧 라틴 아메리카의 수많은 모순의 초점이었는데, 쿠바 민족도 이 때문에 라틴 아메리카에서 식민의 압제를 모두 받은 고난의 민족이 되었다. 그러나 스페인의 식민통치에서 벗어난 후의 쿠바는 매우 빠르게 인접한 미국에 의해 승리의 열매를 도둑맞았다. 미국은 쿠바의 경제, 정치, 군사 등 방면에서 통제를 실시했다. 민족의 독립을 쟁취하기 위해 쿠바 인민은 부득이 하게 재차 투쟁을 전개했다.

그러나 객관적으로 형성된 지리적 특징과 역사적 조건은 쿠바 혁명의 막중함과 투쟁의 복잡성을 결정했다. 이는 다음과 같이 표현되었다. 쿠바의 혁명가들은 미국 및 쿠바의 대리인인 반동세력을 무장진압을 해야 하는 상황에 직면하였을 뿐만 아니라, 미국의 통제를 벗어 날수 없다는 '지리숙명론'과 미국에 의지해야만 비로소 살아남을 수 있다는 '경제보호론' 등에 직면해야 했다.

시대가 영웅을 부르듯이, 마침 이런 배경 아래에서 체 게바라 및 기타 오랫동안 명성을 누리던 유격전술이 쿠바의 역사무대에 올라섰다.

낭만적인 혁명정서를 품고 있던 체 게바라의 일생은 전기적 색채가 가득했다. 1928년 그는 아르헨티나의 부유한 가정에서 태어났고, 의학원을 졸업했다. 그는 어렸을 때 천식을 앓았기 때문에 정상적인 아동과 같이 입학할 수 없어 많은 양의 문학, 역사지식을 스스로 공부하였다. 병을 극복하기 위해 그는 또 체력단련을 매우 열심히 하였고 의지를 연마했다. 제2차 세계대전 후에 라틴아메리카의 몇몇 국가에 반제국주의 민중운동이라는 새로운 형세가 출현하고 있었다. 체 게바라는 의료 활동 중에 인민의 고통을 약물이 아니어도 치료할 수 있다는 것을 발견하게 되었다. 그의 가슴에는 고통을 받는 대중이 있었기 때문에 의사라는 좋은 직업을 버리고 오토바이를 타고 라틴아메리카 각국을 두로 돌아다니며, 그곳의 가난한 사람의 생활상을 이해하게 되었다.

게다가 그는 그 당시 반제국민주운동이 비교적 고조되고 있는 볼리비아, 과테말라 및 중앙아메리카 기타 몇몇 국가에 가서 민정을 체험했다. 이런 국가들의 혁명 유랑자들과 폭넓은 접촉을 한 후에 체 게바라는 혁명투쟁에 뛰어들 결심을 확고히 했다. 많은 양의 마르크스레닌주의 서적을 공부한 후, 그는 사람들을 빈곤과 고통으로부터 벗어나게 하기 위해 분투할 결심을 하고 전체 라틴아메리카의 해방을 자신의 임무로 삼았다.

1955년 게바라는 멕시코에서 피델 카스트로와 친분을 맺고, 비밀리에 쿠바 상륙을 준비하는 일에 참가했다. 1956년 그는 쿠바 혁명가와 함께 '그란마'호라는 유람선을 타고 쿠바에 상륙하여 카스트로와 함께 시에라 마에스트라 산에서 유격전을 벌였다. 그는 전투 중에 매우 용감하게 싸움을 했으며, 지략이 풍부해 매우 빠르게 쿠바 혁명단체의 주요 군사 지도자가 되었다. 더욱 그의 명성을 높인 것은 그의 성공적인 지휘 아래 쿠바혁명에 결정적 의의를 가지고 있는 산타클라라 전역을 얻고 친미 독재정권을 전복시켜, 쿠바혁명을 이룬 것이었다. 쿠바 혁명의 승리는 전 세계를 진동시켰으며, 10월 혁명과 중국혁명에 이은 또 하나의 위대한 사건이 되었다. 민족독립을 이룩한 쿠바는 이 때문에 라틴아메리카에서 첫 번째로 미국의 식민족쇄를 부수고 민족민주혁명의 승리를 얻은 국가가 되었고 첫 번째로 라틴아메리카 사회주의의 등대가 되었다.

젊은 체 게바라 등의 쿠바 혁명가들은 결코 천성적으로 혁명과 유격 전을 할 줄 알았던 것은 아니었다. 그러나 그들은 용감하게 혁명을 하고 용감하게 반동정권과 첨예하게 대립하는 무장투쟁을 벌였으며, 게다가 어떠한 종류의 고난과 위험에 직면하는 것에 상관없이 항상 강한 혁명의 의지를 유지했고, 또 결코 자신의 혁명노선과 분투의 목표를 포기하지 않았다. 반혁명의 압박이 나날이 커지고 투쟁의 환경이 나날이 어려워질수록, 그들의 혁명에 대한 의지는 더욱 강해졌으며 투쟁이 열정도 나날이 고조되었다.

고통스러운 혁명투쟁 중에 항상 체 게바라가 입에 달고 얘기했던 마오쩌둥의 명언은 "만리장성에 이르지 못하면 대장부가 아니다"였다. 그는 이 말로 스스로를 격려했고 그의 고난의 극복과 승리의 쟁취에 대한 강인한 신념을 표시하였다.

쿠바의 혁명은 선명한 민족적 특징을 가지고 있지만, 그것은 기본적으로 러시아 10월 혁명의 길을 따른 중국 혁명이 얻은 경험에 의지하고 있었다. 미국과 인접한 지리적 환경에서 12명의 혁명 선구자와 7개 부대의 보병 봉기군의 행보는 농촌과 향촌에서 도시를 포위하는 무장근거지를 건립하는 것이었다.

장기간의 고통스러운 투쟁에 그들은 한발 한발 혁명의 힘을 쌓고 확대하여, 최후에는 도시를 얻고 위대한 혁명의 승리를 이루었다. 쿠바혁명이 성공한 원인에 대하여 게바라는 일찍이 『쿠바혁명사상의 의식에 대한 연구기록(研 究古播革命思想意識的筆記)』에 상세하게 분석한 적이 있었다. 그는 다음과 같이 밝혔다. "쿠바혁명이 흡수한 마르크스 정신은 그가 과학을 내려놓고 혁명이란 무기를 들게 한 정신이다", "우리의 실제 혁명가들은 우리의 투쟁을 전개하였을 때, 단지 마르크스가 과학적으로 예견한 규율에 따라 행동했을 뿐이다. 구(舊) 정권을 부수는 방면에서, 우리는 본국 인민의 행복을 투쟁의 기초로 삼아 과학적인 마르크스의 예언에 부합했을 뿐이다. 이는 바로 마르크스주의의 규율이 쿠바혁명의 투쟁 중에도 영향을 미쳤다. 이는 지도자들이 이 규율을 이론의 관점에서 완전히 인식했는지의 여부를 결정했다."

쿠바 혁명을 위한 투쟁 중에 타국 혁명의 승리에 대한 역사적 경험을 얻기 위해, 체 게바라는 마르크스레닌주의를 학습하고 받아들이는 것과 동시에 또 이에 관련된 마오쩌둥의 저작을 공부했다. 마오쩌둥의 매우 많은 사상, 특히 유격전과 관련이 있는 사상이 그에게 깊은 영향을 주었으며 그를 깊이 계발시켰다. 체 게바라는 몸소 체험하고 힘써 실천하면서 혁명투쟁의 중심을 도시에서 산지와 농촌으로 이동시키고 그곳에 점진적으로 혁명투쟁의 근거지를 세우기 시작했다. 근거지의 건설과정 중에 그는 또 마오쩌둥을 본받아 매우 조심스럽게 군중을 움직였다. 이 과정 중에 그는 한편으로는 약상자를 메고 촌에서 병을 돌보면서 농민을 위해 무료 진료를 했다. 다른 한편으로 그는 또 유격전술을 광범위하게 이용하여 일거에 혁명에 승리했다. 매우 빠르게 그는 봉기군 중에 가장 우수한 정치 위원(委員)이 되었고, 또 군중들에 의해 매우 높은 명성을 누렸다. 그의 뛰어난 능력 덕분에 1957년 7월 카스트로는 그에게 소령 계급의 수여를 결정하게 되었다. 이 때문에 그는 미국 『타임』지의 표지인물이 되었으며, 쿠바 봉기군 중에 '가장 강한 유격사령관과 유격의 대가'라는 명예를 얻게 되었다.

"우리는 투쟁 중에 마오 주석을 줄곧 존경해 왔다"

건국 이후, 쿠바는 점차 자신의 입장을 분명히 했는데, 바로 사회주의 진형으로 전향한 것이었다. 이런 배경아래, 1960년 9월 28일 중화인민공화국과 만리 밖에 있는 쿠바공화국은 정시으로 외교관계를 수립하고, 쿠바도 이 때문에 당시 라틴아메리카에서 첫 번째로 신중국과 외교관계를 수립한 국가가 되었다. 중쿠 수교의 실현으로 신중국은 라틴아메리카와 카리브해 국가와 수교를 하는 서막을 열었다.

체 게바라는 중국 인민에게 두터운 감정을 가지고 있었다. 1960년 7월 중국 정부는 이미 외무부 부부장 루쉬장(盧緒章)을 수장으로 한 정부의 무역대표단이 쿠바를 방문했다. 방문기간에 루쉬장과 체 게바라는 매우 우호적인 회담을 진행했다. 회담은 매우 순리적으로 진행되어 쌍방은 빠르게 의견의 일치를 달성했다. 마지막으로 두 사람은 각각 양국 정부를 대표하여 무역과 지불협정, 문화합작협정, 과학기술합작협정에 서명을 했다. 당시 관계자의 기억에 의하면, 회담 기간에 젊은 체 게바라는 올리브 색의 군복을 입고, 허리엔 권총을 차고 있었으나 차분하고, 겸손하고 사고가 영활하여 다른 사람의 의견을 매우 존중했다고 했다. 위에서 언급한 세 개의 협정은 중쿠 양국이 아직 외교관계가 수립되지 않았던 때이며, 게다가 대만 '대사'가 아바나에 있었던 상황에서 체결한 것이었다. 이로 인해 게바라는 여러 차례 대표단을 향해 중국 정부와 인민이 쿠바혁명을 지지한 것에 대한 감격의 정을 표시했다. 대표단을 배웅 할 때, 체 게바라는 루쉬장에게 볼펜을 주고는 그에게 중국박물관에 전달하여 소장하고 전시해주기를 청했다. 그는 특히 카스트로가 이 볼펜을 사용하여 쿠바혁명정부가 26개 미국 회사를 국유로 회수한 법률문서에 사인을 하였다고 강조했다. 체 게바라는 그렇게 많은 설명을 하지는 않았지만, 대표단 모두는 이 볼펜은 쿠바 인민의 중국 인민에 대한 깊은 정과 우의를 표현하는 것이며, 특히 그들의 민족독립을 수호하고 조국의 존엄함을 수호하는 강한 의지와 두려워 할 줄 모르는 정신을 표현한 것임을 알았다.

중쿠 수교 이후, 2개월이 지나지 않아 중국 국무원 부총리 겸 재정 부장

리시엔니엔(李線念) 동지의 요청에 응하여 체 게바라가 쿠바 정부경제
대표단을 이끌고 정식으로 중국을 방문했다. 이는 중쿠 양국이 건교한
이후, 중국을 방문한 첫 번째 쿠바 정부의 대표단으로 체 게바라는
쿠바혁명의 지도자로써 중국을 방문한 첫 번째 인물로 당시 쿠바의
이인자였다. 이 때문에 중국 측은 체 게바라의 이번 방문을 매우 중요하게
생각했다.

혁명의 승리 이전의 쿠바는 단일 작물인 사탕수수가 발전한 식민경제
체제로 심각하게 미국에 의존하고 있었다. 혁명에 승리한 후에도 미국의
끊임없는 경제적 봉쇄와 군사적 교란 때문에 쿠바는 경제와 대외 투쟁에서
거대한 압력을 받고 있었으며, 매우 곤란한 상황에 처해 있었다. 이
때문에 체 게바라의 이번 중국 방문의 주요 목적은 반미 투쟁에 대한
중국의 지지를 얻기 위해서이고, 쌍방 간의 무역과 경제 합작을 협상하기
위해서이며, 중국의 설비 기술을 조사하고 중국의 경제건설의 경험을
파악하기 위해서였다. 게바라 스스로 말하기를 "나는 직접 중국 인민의
안내자이자 지도자인 마오쩌둥 동지의 지도 아래 장기적이고 용감하게
반제국주의 민족해방 투쟁 및 중국 인민 정부의 경제, 사회, 정치 각
방면에서 얻은 승리의 성과를 찬양하고, 아울러 이런 풍부하고 성공적인
경험을 배우고자 한다"라고 했다.

마오쩌둥을 존경하였기 때문에 중국 영토를 밟은 체 게바라는 마오
쩌둥을 만나보기를 원하였다. 11월 19일 그의 이 소망은 결국 실현되었다.
그는 앙모한지 이미 오래인 마오쩌둥을 만났다. 이날 67세의 마오쩌둥은
32세의 체 게바라 및 그가 인솔하고 온 쿠바 정부경제대표단 일행을
회견하고 그들과 친절하고 우호적인 담화를 나누었다.

이전에 체 게바라는 쿠바 국내에 그의 유명한 글 『쿠바혁명사상의 의식에 대한 연구기록』을 발표했다. 이 글에서 그는 쿠바 혁명투쟁으로 얻어진 소중한 경험에 대하여 최종으로 결론을 내렸다. 그는 다음과 같이 제시했다. "우리는 쿠바혁명의 경험에서 당연히 라틴아메리카 대륙의 혁명운동에 대하여 세 가지 교훈을 얻어야 한다." "첫째, 인민의 힘이 전쟁 중에 정규군대를 충분히 이길 수 있다. 둘째, 혁명의 전체 조건이 나날이 성숙했을 때, 늘 기다려서는 안 되었다. 봉기의 중심은 이러한 조건을 충분히 스스로 창조할 수 있다. 셋째, 아메리카 대륙의 경제발전이 낙후된 국가 중에 농촌지역에서 무장투쟁을 진행해야 했다." 글에서는 계속 "우리가 반드시 얻어야할 결론은 유격부대로 이는 사회를 개조하는 사람이다", "유격전쟁은 인민해방을 쟁취하는 투쟁의 기초이다. 그리고 유격부대의 투쟁은 군중의 투쟁이며 인민의 투쟁이다. 유격부대는 무장을 핵심으로 삼는 인민 전투의 선봉부대이며 그의 주요 역량은 주민과 민중에 의지하는 것에 있다"고 밝혔다. 게바라가 제의한 첫 번째와 세 번째의 관점과 마오쩌둥의 유격전 사상 사이에는 역사적인 연원관계가 존재했다.

만나자마자 마오쩌둥은 호남 말을 사용하여 친절하게 안부를 물었다. "체, 당신은 정말 젊군요!" 체 게바라는 긴장한 듯 마오쩌둥의 손을 잡으며 솔직하게 말했다. "우리는 당신을 줄곧 존경하고 있었습니다. 당신의 유격전 이론은 우리들을 이끌어 주었습니다." 마오쩌둥이 게바라의 손을 당기면서 말했다. "나는 이미 당신이 쓴 『쿠바혁명사상의 의식에 대한 연구기록』을 읽었습니다." 이어서 계속 게바라의 글에서 말한 세 가지 원칙을 언급했다. "첫째, 인민은 반동파에 승리할 수 있다. 둘째, 혁명을 진행하는데 모든 조건이 완전 성숙해지길 기다릴 필요가 없다. 셋째,

라틴아메리카의 혁명의 행동은 주로 농촌에서 이루어져야 한다.”

체 게바라를 경악하게 한 것은 이 문장이 발표된 지 겨우 1개월이 지났을 뿐인데, 그가 존경하고 만 리나 떨어져 있는 마오쩌둥이 이미 진지하게 읽었다는 것이었다. 체 게바라가 매우 격동하여 말했다. “우리는 투쟁 중에 마오 주석을 항상 존경했습니다”, “우리는 매우 많은 방면에서 다른 나라의 경험을 공부해야 했는데, 중국의 경험과 기타 사회주의 국가의 경험입니다”, “당신의 찬성에 감사합니다. 우리 대표단은 전부가 쿠바인은 아닙니다. 칠레에서 태어난 사람도 있고 에콰도르에서 태어난 사람도 있습니다. 그리고 대표단 단장인 저도 오히려 아르헨티나에서 태어났습니다. 비록 우리는 쿠바에서 태어나지 않았지만 쿠바 인민은 우리를 반대하지 않습니다. 카스트로는 전 라틴아메리카 인민의 의지를 대표합니다.” 마오쩌둥이 칭찬하며 말했다. “당신들은 국제주의자입니다.” 마오쩌둥이 그들을 칭찬한 것은 국제주의자이다. 이에 체 게바라가 보충하여 “우리는 라틴아메리카의 국제주의자입니다”라고 말했다.

이어서 마오쩌둥은 매우 기뻐하면서 중국 국내의 정치, 경제 방면의 상황을 소개했다. 그들은 당당하고 차분하게 이야기를 나누었고 분위기가 서로 융합되었다. 마오쩌둥은 쿠바혁명을 높게 평가했으며, 체 게바라 등 쿠바 혁명가들의 영웅적인 기개를 칭찬하였다. 그리고 당신들이 초라한 무기장비에 의지하여 용감하게 지척에 있는 미국과 벌인 투쟁은 정말 대단하다고 말했다. 그는 다음과 같이 말했다. “쿠바의 혁명투쟁은 정의의 투쟁으로 라틴아메리카 인민의 환영과 지지를 얻었을 뿐만 아니라, 세계적인 의의를 가지고 있습니다.” 확실한 것은 마오쩌둥은 마음속으로 쿠바 국민의 승리를 기쁘게 생각하여, 다른 장소에서 한 번으로 그치지 않고 쿠바혁명의 실질적인 역할에 대하여 이야기했고 쿠바혁명에 대하여 높은 평가를 했다는 것이다.

마오쩌둥의 평가를 들은 후, 체 게바라도 중국혁명을 칭찬하며, 존경의 어투로 말했다. "마오 주석, 당신들이 혁명을 할 때 우리의 혁명은 아직 태어나지 않았습니다!" 그는 마오쩌둥을 향하여 쿠바가 마오쩌둥의 저작을 공부하고 있는 정황을 소개했다. 그는 유격전을 할 때 먹는 것이 부실했고 정신적인 식량은 더욱 부족하였으며 재료가 보이지 않았다고 언급했다. 그러나 그들은 몇 편의 마오쩌둥의 저작 중에서 쿠바 혁명과 중국 혁명이 수많은 부분에서 비슷하다는 점을 얻을 수 있었다고 언급했다. 중국에서 장제스가 혁명무장과 근거지에 진공한 것을 '위초'라고 하는데, 쿠바의 반동파는 봉기군에게도 이 두 글자를 사용하였고, 심지어 책략도 같았다. 체 게바라는 "마오 주석의 문장 중에 피델이 매우 중요한 점을 알아냈는데, 저는 최초에는 알아내지 못했습니다.

이는 바로 포로를 특별대우하고 치료해준 뒤에 돌려보낸 것이었습니다. 종전의 우리는 이 점에 대하여 매우 부주의하여 우리의 전사들에게 부족한 신발과 의복을 포로들에게 빼앗아 나누어 주었습니다. 후에 피델이 우리에게 그렇게 하지 말고 했습니다." "포로를 우대한 것 외에 모든 노획물을 국가에 귀속시키는 것도 중요합니다." 그는 또 예를 들었다. 쿠바혁명투쟁 중에 한 번은 그가 한 개 중대도 못되는 부대를 이끌고 탱크 한 대를 노획했는데 전사들 전부가 떨 듯이 기뻐했다. 그러나 카스트로가 알게 된 후 총사령부에서 거두어 갔다.

게바라는 당시에 마음속으로 원하지 않았지만 카스트로가 가져온 마오쩌둥의 책 위에 쓰여 있는 '일체의 노획은 모두 국가에 귀속시켜야

했다'라는 글을 보고는 게바라가 이해하고 대국에 따라 탱크를 상납하게 되었다.[76]

이후 저우언라이와의 회담에서 체 게바라는 재차 마오쩌둥 등 중국 지도자들에 대한 숭배의 정을 표출했고, 그는 다년간 생각했던 중국 방문의 소망이 마침내 이루어졌다고 표시했다. 그는 "나는 나의 이 진정한 기쁨을 숨기지 않겠습니다. 그것은 바로 우리가 깊게 경배하는 세계적 혁명의 숭고한 인물들을 직접 알게 되고 그들과 이야기를 나눌 수 있는 것입니다. 다른 하나는 바로 중국 인민 정부가 승리한 후 경제, 사회, 정치 각 방면에서 얻은 승리와 풍부한 성공적인 경험을 관찰, 이해 그리고 학습할 수 있다는 것입니다." 그는 또 그들은 항상 경험을 학습하는 것을 중요하게 생각했다고 주장했다. 과거 라틴아메리카에 중국서적은 많지 않았다. 얼마 전 그들은 두 권의 『모택동선집』을 보고 자세하게 연구하고 토론을 진행하여 중쿠 양국이 하나는 크고 하나는 작지만, 과거 모두 식민지 또는 반식민지국가였으며 수많은 비슷한 점이 있으면서, 동시에 매우 많은 차이가 존재했다는 것을 알게 되었다.

체 게바라는 중국혁명에 매우 탄복하고, 마오쩌둥 등 중국 지도자들을 매우 앙모했다. 또 중국 인민에 대해서도 우호적인 감정을 품고 있었다. 중국 당과 정부도 그의 방문에 대하여 매우 중요하게 생각하여, 마오쩌둥, 저우언라이, 천이 등 당과 국가 지도자들이 각각 그를 만났다.

리시엔니엔 부총리는 그와 업무회담을 열어, 양국 정부의 경제합작협정,

---

76) 「게바라와 마오쩌둥의 우의(格瓦拉與毛澤東的友誼)」, 『당정론단(간부문고)』 10기, 2007.

1961년도의 무역과 과학기술합작 이 두 개의 의정서에 사인을 했다. 1962년부터 1965년까지 중국이 쿠바에게 6,000만 달러의 차관을 제공하고, 일부 공업에 관한 항목을 원조하여 건설하는 것과, 1961년도에 쿠바의 설탕 100톤 및 니켈과 구리 5,000톤을 수입하는 것을 결정했다.

체 게바라는 중국이 스스로 매우 곤란한 상황에서도 쿠바에게 지원을 해준 것에 대하여 매우 감동했다. 특히 중국 정부가 쿠바의 채무상환을 유예할 수 있다고 제의하고 심지어 담판을 통하여 상환하지 않을 수도 있다고 했을 때, 그를 더욱 더 감동시켰다. 그는 감개무량하여 다음과 같이 말했다. "사회주의 국가의 원조에 있어 중국은 가장 후한 국가입니다. 우리는 스스로 곤란하지 않을 때에 이르면 충분히 상환할 수 있습니다. 우리에게는 다음과 같은 속담이 있습니다. '자신이 자신을 도와야만 하느님이 비로소 당신을 도울 것이다.'"

11월 29일 체 게바라 일행은 만족스러워 하면서 북경을 떠났다. 그들은 귀국한 후, 수많은 보고를 했는데, 중국의 상황을 소개하고 중국을 방문한 소감을 말하면서 중국 정부와 중국 인민을 매우 찬양했다. 그는 다음과 같이 말했다. "중국 인민은 용감하고 두려움이 없고, 패기가 있었다. 중국 인민은 열정이 높고, 근면성실하게 일했다." 수년이 지난 후, 몸소 사탕수수 수확에 참가했을 때, 그는 사람들에게 다음과 같이 말했다. "군중과 직접적으로 접촉하고 노동에 참가하는 것은 내가 중국에서 받은 교육이다."

중국혁명은 기타 국가의 인민에게 하나의 본보기가 되었다

1960년대 중기에 들어서 중소 양당, 양국에 엄중한 대립이 출현하는 배경아래, 국제 공산주의 운동의 대변론(大辯論), 대분열(大分裂), 대개조(大改造)가 전 세계 국가의 공산당을 진동시켰다. 이런 형세에 직면하여, 1964년 말 라틴아메리카 22개 공산당 조직이 회의를 개최하고 9개 당으로 구성된 대표단을 파견할 것을 결정했다. 쿠바 공산당의 정치국 위원 라파엘 로드리게스가의 인솔 하에 중국을 방문하여 그들의 중소 논쟁의 문제에 대한 그들의 관점을 전달했다. 이 회담 중에 쌍방의 의견은 일치를 보지 못했다. 1965년 초에 아프리카를 방문하고 있던 체 게바라는 국내의 통지를 받고 그에게 잠시 아프리카 방문을 중단하고 두 명의 쿠바 공산당 중앙위원 아라고네스와 시엔푸에거스와 함께 중국을 방문하여 한층 더 쿠바의 입장을 천명하고 일부 문제를 분명하게 밝혔다.

이는 1960년 11월의 중국 방문 이후 체 게바라의 두 번째 중국 방문이었다. 첫 번째와 비교하여 체 게바라는 특수한 상황 때문에 이번 중국 방문은 확실히 차가웠다.

2월 2일 체 게바라 일행은 광주로 입국을 했다. 2월 3일 광주에서 참관을 한 후, 게바라 일행은 북경에 도착했다. 긴장 속에서 준비를 한 후에, 2월 4일 중쿠 쌍방은 정식회담을 개시했다. 이번 회담은 모두 4차례 진행되었다. 회담 중에 류샤오치는 쿠바 인민이 쿠바 공산당의 지도 아래, 미국을 반대하고 사회주의 건설을 진행한 것에 대한 인정과 칭찬을 하고, 아울러 쿠바혁명이 지니는 중대한 국제적 의의를 높게 평가했다.

게바라는 일부 중대한 쿠바 당의 기본 입장을 천명하고, 아울러 마오쩌둥 등 중국 지도자들과 중국혁명에 대한 경의의 정을 재차 표시했다. 그는 다음과 같이 말했다. "중국혁명은 기타 국가의 인민에게 모범이 되었습니다. 저는 양국 인민의 우의를 위하여 건배를 원합니다." 이 회담에는 매우 많은 문제에서 쌍방이 비록 진전을 거두지는 못했지만, 이해가 더욱 깊어졌다.

체 게바라의 일생은 전기적인 색채가 가득했다. 귀국한지 얼마 지나지 않아, 그는 곧 쿠바 당과 정부의 모든 직위를 사임하고, 소령의 계급과 쿠바의 국적을 포기하고, 쿠바 인민에게 공개적으로 작별을 고했다. 희생을 아끼지 않을 것이라고 선포한 후 새로운 전쟁으로 떠나 제국주의와 신 식민주의에 반대하는 혁명투쟁에 참가했다.

이후 그는 먼저 콩고(리)동부에서 반독재 유격전에 참가했다. 1966년 그는 또 라틴 아메리카 혁명가들과 볼리비아 혁명가들을 이끌고 유격활동을 전개했다. 체 게바라는 이곳을 라틴 아메리카의 반 제국, 민족민주혁명을 확대발전시키는 지점으로 삼았다. 그러나 불행하게도 쿠바혁명의 승리의 길은 결코 볼리비아에 재현되지 않았다. 군중이라는 기초가 부족하였기 때문에 밖에서부터 들어온 혁명은 결코 실현되지 못했다. 게다가 체 게바라는 그가 마오쩌둥과 담화를 나눌 때 발견한 하나의 상황을 소홀히 하였는데, 즉 기타 라틴 아메리카 국가에 혁명을 진행하면 미국과 기타 세력이 간섭할 것이라는 것이었다.

결국 모든 고난과 고통을 두루 겪고, 적과 우회전투를 치른 지 1년 후인 다음해 10월 체 게바라는 라틴아메리카 유격대를 이끌고 볼리비아의 그랜드 협곡 전투를 벌인 뒤 불행하게도 생포당하여 잔인하게 살해를 당했다.

마오쩌둥과 체 게바라, 이 두 명의 유격전의 대가, 두 명의 전기적 색채가 강한 우상적 인물은 지금까지도 여전히 세계적으로 사람들의 존경을 받고 있다. 그들은 서로를 존중했고, 서로를 좋아했으며, 또 담담한 물과 같이 왕래하였고 모두 후인을 위하여 무한한 상상을 남겼다.

主要參考資料

1. 서적

『毛澤東選集』(1~4卷), 人民出版社, 1991年 6月版.

『毛澤東文集』(1~8卷), 人民出版社, 1993年 12月版.

『毛澤東外交文選』, 中央文獻出版社, 1994年 12月版.

『毛澤東著作專題摘編』, 中央文獻出版社, 2003年 11月版.

『毛澤東傳』(1893~1949), 中央文獻出版社, 1996年 8月版.

『毛澤東傳』(1949~1976), 中央文獻出版社, 2003年 12月版.

『毛澤東傳』(1~6卷), 中央文獻出版社, 2011年 1月 第2版.

『毛澤東畫傳』, 中央文獻出版社, 2003年 8月版.

『毛澤東畫傳』, 中央文獻出版社, 2005年 1月版.

『毛澤東年譜, 1893~1949』, 中央文獻出版社, 1993年 12月版.

『建國以來毛澤東文稿』(第1壹13册), 中央文獻出版社,
　1987年 11月 ~ 1998年 1月版.

『周恩來年譜』, 中央文獻出版社, 1997年 5月版.

吳冷西, 『憶毛主席』, 新華出版社, 1995年 2月 第1版.

『汪東興日記』, 中國社會科學出版社, 1993年 9月 第1版.

吳冷西：『十年論戰』（上下冊），中央文獻出版社，1999年5月 第1版．

何平著：『毛澤東大辭典』，中國國際廣播出版社，1992年8月版．

『歷史巨人：毛澤東』（全三卷），當代中國出版社，2003年10月版．

張素華，張鳴 主編：『領袖毛澤東』（全十卷），中央文獻出版社，
2003年12月版．

鄧力群主編：『外交戰略家毛澤東』，中央民族大學出版社，
2003年5月版．

軍事科學院戰略研究部：『毛澤東大戰略』，
中國人民解放軍出版社，2004年1月版．

季仁編：『領袖的情懷：毛澤東的故事』，地震出版社，1992年12月版．

石仲泉等編：『毛澤東的故事』（全10冊），中共黨史資料出版社，
1993年10月版．

柯延編：『毛澤東生平全記錄』，中央文獻出版社，2003年12月版．

宮力：『毛澤東外交風雲錄』，中原農民出版社，1996年8月版．

裴堅章：『毛澤東外交思想研究』，世界知識出版社，1994年12月版．

董保存：『毛澤東和世界風雲人物』，人民出版社，1993年9月版.

于俊道，李捷：『毛澤東交往錄』，人民出版社，1991年6月版.

本書編輯組：『毛澤東與外國首腦及記者會談錄』，台海出版社，
2012年2月版.

本書編輯組編：『毛澤東國際交往錄』，中共黨史出版社，1995年3月版.

劉萬鎮，李慶貴 主編：『毛澤東國際交往錄』，中共黨史出版社，
2003年1月版.

吳江雄 主編：『毛澤東評點國際人物』，安徽人民出版社，1998年10月版.

程遠行：『新中國外交鬥爭追憶』，中央文獻出版社，2010年12月版.

殷理田：『毛澤東交往百人叢書』，山西人民出版社，1993年10月版.

俞清天 等：『毛澤東交往實錄叢書』，中國人民大學出版社，1993年1月版.

莫志斌，陳特水編：『毛澤東教我們學交往』，中共黨史出版社，
2003年11月版.

錢宏鳴，孫美娥：『毛澤東的人格魅力』，浙江人民出版社，1994年7月版.

宋壹秀，楊梅葉編：『毛澤東的人際世界』，中央文獻出版社，
2000年10月版.

王永盛, 張偉：『毛澤東的語言藝術』, 山東大學出版社, 1996年 8月版.

朱建華, 蔣建農 主編：『毛澤東外交生涯第壹幕』, 吉林人民出版社, 1999年 1月版.

陳敦德：『毛澤東, 尼克松在1972』, 解放軍文藝出版社, 1997年 1月版.

王嶽夫, 李擁軍編：『毛澤東教我們學處事』, 中共黨史出版社, 2003年 11月版.

顧保孜編：『毛澤東最後七年風雨路』, 人民文學出版社, 2010年 6月版.

楊奎松：『毛澤東與莫斯科的恩恩怨怨』, 江西人民出版社, 2011年 4月版.

『在曆史巨人身邊-師哲回憶錄』, 中央文獻出版社, 1991年 12月版.

劉傑誠：『毛澤東與斯大林會晤紀實』, 中共黨史出版社, 1997年版.

權延赤：『毛澤東與赫魯曉夫』, 吉林人民出版社, 1989年版.

武原主編：『外國人眼中的毛澤東』, 陝西人民出版社, 1992年版.

施密特：『偉人與大國』, 上海人民出版社, 1989年 4月 第1版.

『基辛格回憶錄全集 白宮歲月』, 世界知識出版社, 2003年1月 第1版.

『基辛格回憶錄:動亂年代』, 世界知識出版社, 1983年7月第1版.

『尼克松回憶錄』(上・中・下), 商務印書館, 1978年 12月 第1版.

『喬治 布什自傳:展望未來』, 國際文化出版公司, 1988年 12月 第1版.

郭思敏主編, 『我眼中的毛澤東』, 河北人民出版社, 1990年 1月 第1版.

劉華淸, 『論黨的第一代中央領導集體爲對外開放事業的奠基』,

『毛澤東 與新中國硏究文集』(下), 中央文獻出版社, 2010年, 7月版.

錢其琛, 『毛澤東在開創新中國外交和國際戰略思想上的偉大貢獻』,

『毛澤東百周年紀念 : 毛澤東生平和思想硏討會論文集』(上),

中央文獻出版社, 1994年 10月版.

2. 간행물

逄先知, 「毛澤東關于建設社會主義的一些思路和構想」, 『黨的文獻』

2009年 第6期.

房廣順, 「毛澤東與新中國國門的最初啓動」, 『黨史縱橫』 2007年 第8期.

文莊, 「我所經曆的毛澤東與胡志明的三次會面」, 『黨史縱橫』

2005年 第4期.

王殊,「兩見晚年毛澤東」,『湘潮』2008年 第3期.

夏遠生,「毛澤東在湖南的外事活動」,『湘潮』2004年 第1期.

夏遠生,「建國後毛澤東45次回湖南紀要」,『中共黨史資料』

1998年 第3期.

崔煥青,「論毛澤東的對外開放思想」,『晉陽學刊』1993年 第6期.

賀豐,「論毛澤東的對外開放戰略」,『江漢論壇』2003年 第9期.

吳其良,「毛澤東的對外開放思想新探」,『黨史研究與教學』

1994年 第6期.

楊宗麗,「毛澤東與中國的對外經濟交往」,『黨史研究與教學』

1994年 第2期.

楊瑞廣,「縱觀毛澤東的對外經濟交往思想」,『黨的文獻』1991年 第2期.

楊奎松,「新中國從援越抗法到爭取印度支那和平的政策演變」,

『中國社會科學』2001年 第1期.

翟强,「從隔閡到建交:一九四九年至一九六四年的中法關系」,

『中共黨史研究』 2012年 第8期.

劉建平, 「"中間地帶"理論與戰後中日關系 (上)」, 『當代中國史研究』

1998年 第5期.

劉建平, 「"中間地帶"理論與戰後中日關系 (下)」, 『當代中國史研究』

1999年 第1期.

林曉光, 周彦 : 「二十世紀五十年代中期中國對日外交」, 『中共黨史研究』

2006年 第6期.

張偉, 「中法建交震動西方世界」, 『環球時報』 2004年 1月 19日.

許虹, 「中法建交始末」, 『百年潮』 2003年 第8期.

王玫, 「格瓦拉的兩次中國行」, 『當代世界』 1997年 第9期.

範玉傳, 「一位英勇的國 際主義戰 - 紀念格瓦拉」, 『科學社會主義』

2009年 第1期.

劉維廣,「切 格瓦拉及其思想在中國的影響」,『拉丁美洲研究』

2008 年 第4期.

趙懷普,「中國謀求打開對歐關系的努力」,『當代中國史研究』

2003年 第4期.

洪左君,「胡志明引用中國諺語,

成語一覽（一）」,『中共黨史資料』2006年 第1期.

馬社香,「胡志明秘訪廬山始末」,『中華兒女』2005年 第1期.

舒建國,「毛澤東"反帝反修"外交戰略的內涵及其實踐效應」,『南昌大學學

報(人文社會科學版)』2008年 第3期.

張小欣:「論中國與印度尼西亞建交」,『當代中國史研究』2011年 第1期.

『人民日報』, 1949~2005年.

후기

이 책을 마오쩌둥 동지의 탄생 120주년을 기념하여 조심스럽게 헌정합니다. 이 책은 편집과정 중에 중국 국내외 관련된 전문가의 논문과 글 등의 연구 성과를 참고했으며, 이에 경의와 감사를 표시합니다. 중앙문헌연구실 제1편집부 루지에(盧潔) 동지가 이 책에 대하여 귀중한 의견을 제시해 주었으며, 이 책의 출판에 있어 인민출판사 호우준즈(侯俊智) 동지의 큰 지지와 도움을 얻었습니다. 이에 모두에게 감사를 표시합니다. 시간이 촉박하고 능력의 한계로 인하여 착오와 누락을 피할 수 없으니, 독자들의 비평과 조언을 간절히 요청합니다.

작자
2013년 12